Bill Napier **DIE OFFENBARUNG**

Bill Napier

DIE OFFENBARUNG

Roman

Deutsch von Teja Schwaner

Wunderlich

Die Originalausgabe erschien
2000 unter dem Titel «Revelation»
bei Headline Book Publishing, London

Der Übersetzer dankt Herrn
Levent Demirörs für die Hilfe bei
atomphysikalischen Fachfragen.

1. Auflage September 2001

Umschlaggestaltung Susanne Müller
Satz aus der Adobe Caslon PostScript PageMaker bei
Pinkuin Satz und Datentechnik, Berlin
Druck und Bindung Clausen & Bosse, Leck
Printed in Germany
ISBN 3 8052 0713 1

Die Schreibweise folgt den Regeln
der neuen Rechtschreibung.

Dieses Buch ist Fabio Migliorini gewidmet.

Ich habe vielen Freunden und Kollegen für ihre Hilfe zu danken. Michael Bartle bin ich dankbar für Informationen über Eisbrecher und grönländische Eisberge. Michael Patterson danke ich für Auskünfte über Ölbohranlagen.

In deutschen und armenischen Fragen haben mich Armin Theissen und Tigran Khanzadyan beraten. Danken möchte ich auch John McLarty und meiner Frau Nancy für ihre kritischen Anmerkungen zu frühen Versionen des Manuskripts. Besondere Anerkennung gebührt meinem Agenten Peter Robinson und Bill Massey, meinem Lektor bei Headline. Ihre Orientierungshilfe und ihr Rat waren von entscheidender Bedeutung, und wenn dieser Roman von Wert ist, haben sie daran einen großen Anteil.

PROLOG

Als ich von Memoiren spreche, droht mir der Minister mit der gesamten Palette, angefangen bei Section Two des Geheimhaltungsgesetzes bis zur chinesischen Wasserfolter. Da ich mir jedoch nichts mehr wünsche als ein friedliches Leben, mache ich sofort einen Rückzieher. Ihm ist jedenfalls hoch anzurechnen, dass er sich ein Hohnlächeln verkneift.

«Sie können mich aber nicht daran hindern, einen Roman zu schreiben.»

Der Minister wird puterrot, aber man weiß ja, wie sehr er dem Portwein zugetan ist.

Hier ist er also, der Roman. Natürlich handelt es sich nur um eine erfundene Geschichte, und wenn man mir zusetzt, werde ich leugnen, dass sie sich je zugetragen hat. Und geleugnet habe ich bereits, und das ohne Ausnahme in allen meinen Gesprächen mit jenen Menschen, die höflich reden und berechnend aus den Augen schauen.

Für einen Mann des Polareises wie mich gibt es nichts Seltsames an der Geschichte eines Feuers, das in einem arktischen Schneesturm seinen Anfang nimmt. Der Planet ist ein Ganzes, alles steht mit allem in Verbindung; ich sehe das Ausmaß der Brandrodung der Regenwälder an der Abnahme des Packeises, auf dem ich gehe, und den Verbrauch fossiler Brennstoffe an dem schrecklichen Hunger der Drei-Meter-Monster, die unsere Lager heimsuchen. Die Arktis hingegen wartet ab und schürt in aller Ruhe ihre Rachegelüste … Aber ich schweife ab.

Der Schlüssel zum Geheimnis der Tagebücher war Archie.

Mein alter Freund Archie erwies sich als fatale Fehleinschätzung der Marionettenspieler. Sie hatten zu Recht angenommen, dass ich das Material, das mir in die Hände fiel, nicht verstehen würde, dass mir das tief gehende Wissen fehlen würde, das den Schlüssel zu dem Geheimnis darstellte. Aber wenn diese individuelle Marionette ihre Fäden durchschnitt, wenn ich nicht das tat, was meine Drahtzieher von mir erwarteten, dann schreibe ich das Archie zu.

Archies und meine Geschichte reicht zurück bis zur Schöpfung. Als Jungen hatten wir uns auf den Straßen Glasgows im Bezirk Castlemilk herumgetrieben, in jenen Tagen, als dort die wahrhaft harten Männer das Sagen hatten, nicht die tuntigen Schwindler, die man heute dort findet. Junge Freibeuter, stets auf Ärger aus, den wir oft genug machten. Und wenn Ihnen das wie ein recht unwahrscheinlicher Beginn zweier akademischer Laufbahnen erscheint, könnte ich mit ein paar pikanten Geschichten über eine ganze Anzahl ehrenwerter Glasgower Bürger aufwarten. So hat zum Beispiel unser gegenwärtiger schottischer Premierminister … aber es geht schon wieder los, ich schweife ab.

Dann waren da die Damen, und dann ging ich nach Aberdeen, und unsere Wege trennten sich, bis wir uns Jahre später zufällig bei einem Dinner der Royal Society in London wieder begegneten. Archie, der Freibeuter, war inzwischen ein geachteter Kernphysiker und berühmt für seine Arbeit an der Superstring-Theorie. Ich erforschte das arktische Klima und suchte nach Anzeichen bevorstehender Katastrophen. Als Mönche der Neuzeit hatten wir für Handel und Wandel nur Geringschätzung übrig und verachteten alles Weltliche. Stattdessen widmeten wir unser Leben der Suche nach tieferen Wahrheiten.

Und wie dieses dem Weltlichen abgewandte Paar reagierte, als unermesslicher Reichtum in greifbare Nähe rückte, na ja – das ist Teil dieser Geschichte.

Der Rest der Geschichte handelt davon, den Planeten in Schutt und Asche zu legen.

1 DER SCHATTEN AUF DEM SEE

Donnerstag, 29. Juli 1942

Leute von außerhalb. Männer mit einer starken, fast schon übernatürlichen Aura. Kommen von Wer-weiß-wo nach Jot-we-de. Der Bahnhofsvorsteher bildet sich ein, dass sie Gangster sind, Mafia-Bosse, zu einem geheimen Meinungsaustausch eingetroffen.

Es ist schließlich eine ruhige Nebenstrecke, und mit irgendwas muss man seinen Geist ja beschäftigen.

Er kann absolut nicht wissen, dass die drei Männer, die aus dem Pullmanwagen steigen, unendlich viel gefährlicher sind als alles, was er sich auszumalen vermag.

Als Erster taucht John Baudino auf, der Leibwächter des Papstes. Seine Gorillagestalt füllt fast die gesamte Türöffnung aus. Er hat einen dunkelgrünen Einkaufsbeutel dabei. Baudino inspiziert argwöhnisch den Bahnsteig, bevor er aussteigt. Zwei weitere Männer folgen. Einer von ihnen ist groß und dünn, hat durchdringend blickende blaue Augen. Er trägt einen breitkrempigen Filzhut und raucht eine Zigarette. Der dritte Mann ist dünn und gelehrtenhaft, hat ein blasses, ernstes Gesicht und trägt eine Brille mit runden Gläsern.

Der Mann, der ungeduldig auf dem leeren Bahnsteig wartet, hatte nur Oppenheimer erwartet. Die anderen beiden überraschen ihn.

«Hallo, Arthur», sagt der Mann mit den blauen Augen und schüttelt ihm die Hand. Er sieht müde aus, als habe er nicht geschlafen.

«Du hättest doch fliegen können, Oppie. Tausend Meilen sind eine verdammt lange Zugfahrt.»

Oppenheimer lässt seine Zigarette auf den Bahnsteig fallen und bläst den letzten Rauch aus. «Du weißt doch, wie der General ist. Er hält uns für zu wertvoll, um eine Flugreise zu riskieren.»

Arthur Compton führt die Gruppe zum Ausgang.

Der Bahnhofsvorsteher bedenkt sie mit einem argwöhnischen Kopfnicken. «Sie sind zum Fischen hergekommen?», fragt er, um einen freundlichen Ton bemüht. Es ist keine Angelsaison. Sein Blick wandert zu ihrer Kleidung und zu ihrem Gepäck, die so gar nicht auf Angler hindeuten.

«Nein. Wir sind deutsche Spione», knurrt Baudino und hält ihm die Zugfahrkarten unter die Nase. Der Bahnhofsvorsteher schnappt sich die Karten und kichert nervös.

In Comptons Kombiwagen kramt Baudino ein Notizbuch und einen .38er Colt aus dem Einkaufsbeutel zu seinen Füßen. Er legt die Waffe auf seinem Knie ab. «Sagen Sie das, was Sie zu sagen haben, an einem ruhigen Ort, Mister Compton. Nicht in der Hütte», sagt er.

«Kommen Sie, John, das ist ein gutes Versteck. Niemand weiß, dass ich hier bin.»

«Wir haben Sie gefunden», sagt Baudino über die Schulter. Er ist schon dabei, Autokennzeichen mit einer Liste abzugleichen.

Compton denkt darüber nach. «Genau.» Er lenkt den Wagen über eine schmale, nicht sehr befahrene Vorstadtstraße. Nach ungefähr drei Meilen werden die Häuser allmählich immer weniger, und die Straße wird von Nadelwald gesäumt. Ab und zu blitzt rechts zwischen den Bäumen ein See auf. Nach zehn Minuten schaltet Compton runter und biegt dann auf eine unbefestigte Piste ab. Nach ungefähr einer weiteren Meile erreicht er eine Lichtung und hält vor einem Blockhaus. Auf der Veranda hängt Wäsche zum Trocknen an einer Leine. Sie steigen aus und recken sich. Die Luft ist kühl und klar. Baudino schiebt die Waffe in seinen Hosengürtel.

Compton sagt: «Wisst ihr, was ich an diesem Ort so besonders mag? Das Wasser. Es ist überall. Es ergießt sich sogar vom Himmel. Nach der Mesa ist es einfach herrlich. Mögt ihr Jungs vielleicht einen Kaffee?»

Oppenheimer schüttelt den Kopf. «Später. Lasst uns erst mal reden.» Er beugt sich in den Wagen und holt eine Aktentasche hervor.

Compton gibt die Richtung an, und sie machen sich auf den Weg durch den Wald. Nach ungefähr einer halben Meile gelangen sie an einen See, dessen fernes Ufer sich irgendwo hinter dem Horizont befindet. Sie gehen den steinigen Strand entlang. Baudino bildet das Schlusslicht und hält sich außer Hörweite gut dreißig Meter hinter den drei anderen: Was die Eierköpfe zu besprechen haben, geht ihn nichts an. Seine Aufgabe besteht darin, sie zu beschützen, und deswegen schaut er sich unentwegt um und späht in den Wald. Ab und zu tastet er wie zur Beruhigung nach seiner Waffe.

Compton sagt: «Oppie, was immer dich veranlasst haben mag, tausend Meilen bis an die kanadische Grenze zu reisen muss ja eine äußerst ernste Angelegenheit sein.»

Oppenheimer macht ein grimmiges Gesicht. «Teller glaubt, dass die Bombe die Atmosphäre entzünden wird, vielleicht sogar die Ozeane.»

Compton bleibt stehen. «*Was?*»

Oppenheimer klopft auf die Aktentasche. «Ich habe seine Berechnungen mitgebracht.»

Lev Petrosian, der Gelehrte, spricht zum ersten Mal seit ihrer Ankunft. Sein Englisch ist gut und deutlich, mit dem leichten Anflug eines deutschen Akzents. «Er meint, dass Stickstoff und Kohlenstoff in der Atmosphäre die Fusion des Wasserstoffs katalysieren werden. Hier ist die Grundformel.» Er reicht Compton ein Blatt Papier.

Der studiert es im Weitergehen ein paar Minuten lang. Schließlich blickt er zu seinen Kollegen auf. Seinen Augen ist Bestürzung abzulesen. «Mein Gott.»

Oppenheimer nickt. «Ein schlaues Bürschchen, unser Ungar. Bei den ungeheuren Temperaturen, von denen wir sprechen, geht es mit Kohlenstoff los, der verbindet sich mit Wasserstoff bis hinauf zu Stickstoff 15, und dann bekommt man seinen Kohlenstoff zurück. In der Zwischenzeit hat man vier Wasserstoffatome in Helium 4 umgewandelt und Gammastrahlen aller Energiestufen in den Raum geschleudert.»

«Mann, Oppie, wir brauchen den Wasserstoff doch überhaupt nicht zu erzeugen. Er macht achtzig Prozent der Atmosphäre aus. Und den Kohlenstoff haben wir schon im CO_2, ganz abgesehen von der Menge Wasserstoff im Wasser. Wenn das hier stimmt, verwandelt es die Atmosphäre in ein Teufelsgebräu.» Compton schüttelt den Kopf. «Aber es kann nicht richtig sein. Es dauert Millionen Jahre, Wasserstoff in Deuterium zu verwandeln.»

Petrosian sagt: «Ungefähr ein Wasserstoffatom unter zehntausend ist Deuterium. Es befindet sich also schon in der Atmosphäre.»

«Soll das heißen …»

«Gott hat unsere Atmosphäre wunderbar gestaltet. Er hat sie so geschaffen, dass auf manchen Energiestufen Reaktionen sehr unwahrscheinlich sind. Die Umwandlungsdauer wird von Millionen Jahren auf wenige Sekunden verkürzt.»

«Wann wird der Prozess ausgelöst?»

«Bei hundert Millionen Grad setzt er ein. Die Bombe könnte eine solche Temperatur erreichen.»

Oppenheimer hüstelt und bleibt stehen, um sich eine Zigarette anzuzünden. «Wir könnten den Planeten zu einem riesigen Feuerball werden lassen.»

«Was meint denn der Papst? Und was meint Onkel Nick?» Compton bezieht sich auf Enrico Fermi und Niels Bohr, Atomphysiker, deren Namen so heikel sind, dass man sie nicht einmal in der Stacheldraht-Enklave Los Alamos ausspricht, sondern sogar dort nur die Spitznamen benutzt.

Oppenheimer zieht nervös an seiner Zigarette. «Die wissen es noch nicht. Ich möchte, dass wir es zuerst überprüfen. Wir werden über Nacht daran arbeiten.»

Compton hebt einen Stein auf und wirft ihn ins Wasser. Sie betrachten die kleinen Wellen, bevor sie weitergehen.

«Raus damit», sagt Oppenheimer.

Compton klingt besorgt. «Oppie, vergegenwärtige dir doch die Gesamtlage. Die U-Boote haben die Engländer so ziemlich im Würgegriff. Hitlers Truppen halten Europa vom Nordkap bis nach Ägypten besetzt. Russland ist fast am Ende, und ich wette eins zu zehn, dass Hitler demnächst durch Persien vorstößt und im Indischen Ozean mit den Japanern zusammentrifft. Die Deutschen und die Japse werden schon bald Asien, Russland und Europa unter sich aufgeteilt haben.»

«Und?»

«Und dann wird Hitler über die Beringstraße kommen und durch Kanada einfallen, als sei es ein Kinderspiel. Wenn er hier ankommt, wird er stärker sein als wir. Wir teilen eine zweitausend Meilen lange Grenze mit den Kanadiern, Oppie, und die ist nicht zu verteidigen. Ich möchte nicht, dass mein Blockhaus innerhalb von fünf Minuten von Görings Stukas zu erreichen ist.»

Oppenheimers durchdringend blaue Augen sind auf den See gerichtet, als blicke er über den Horizont nach Kanada. «Das ist eine eindrucksvolle strategische Vision, Arthur. Aber was willst du damit sagen?»

«Vor zehn Minuten hat mir diese eindrucksvolle strategische Vision noch keine Kopfschmerzen bereitet. Sollten wir das Rennen um den Bau des Dings gewinnen können, wäre ja alles okay. Aber wie könnten wir auch nur das geringste Risiko eingehen, die Atmosphäre in Brand zu setzen? Tut mir Leid, Oppie, aber sollten wir die Wahl haben, wäre es wohl besser, uns in die Nazi-Sklaverei zu fügen.»

Oppenheimer nickt widerstrebend. «Das hier hat mich eine Menge schlaflose Nächte gekostet, Arthur, aber ich muss dir zustimmen. Wenn wir nicht hundertprozentig sicher sein können, dass Teller sich irrt, darf die Bombe keinesfalls gebaut werden.»

Ein Hauch von Traurigkeit liegt in Petrosians Stimme. «Ich verstehe Ihre Argumente, meine Herren. Ich würde wahrscheinlich auch so denken, wenn ich nicht unter den Nazis hätte leben müssen.»

2 FLESLAND ALPHA

Das neue Millennium

In Gestalt eines kleinen, bebrillten, sanftmütigen Norwegers in einem überlangen Trenchcoat und mit einer Aktentasche hielten Tod und Zerstörung Einzug in Findhorns Büro in Aberdeen. Er behauptete, sein Name sei Olaf Petersen, und in verblichener Goldprägung wies seine Aktentasche auch die Buchstaben O. F. P. auf.

Anne streckte den Kopf zur Tür herein. Sie trug heute ihr Haar in Rot. «Fred, hier ist ein Mister Olaf Petersen.»

Den roten Ledersessel hatte man zu einem weit herabgesetzten Preis bei einer Auktion brandgeschädigten Hausrats erstanden, aber er wies jede Menge Beschlagnägel aus Messing auf, hatte viele Knitterfalten und verlieh dem kleinen Büro das dringend benötigte Flair von Opulenz. Petersen ließ sich hineinsinken und überreichte eine kleine Visitenkarte. Er betrachtete die Fotos, die die Bürowände bedeckten: Eisberge, Nordlicht, ein knuddeliger kleiner Eisbär, ein Eisbrecher, der allem Anschein nach auf einem Schneefeld gestrandet war.

Auf der Karte stand:

Olaf F. Petersen, Cand.mag., Siv.ing. (Tromsø)
Flesland Field Centre
Norsk Advanced Technologies

«Kaffee?», fragte Findhorn, aber er spürte, dass dieser Mann kaum Neigung zu höflichem Vorgeplänkel hatte.

«Vielen Dank, aber ich habe nur sehr wenig Zeit. Die Company würde ein wenig Hilfe zu schätzen wissen, Doktor Findhorn.» Wie oft bei Skandinaviern war das Englisch des Mannes ausgezeichnet, und nur das Fehlen jeglichen regionalen Akzents wies darauf hin, dass es seine zweite Sprache war.

«Norsk und ich haben von Zeit zu Zeit Geschäfte abgewickelt.»

«Diese spezielle Aufgabe ist völlig anders als alles, was Sie bisher für uns erledigt haben. Es hat sich etwas ereignet. Die Angelegenheit ist dringlich und erfordert strengste Vertraulichkeit. Wir hoffen, dass Sie uns helfen können, obwohl wir uns so kurzfristig an Sie wenden.»

Findhorn dachte an die gähnende Leere im Terminkalender der kommenden Monate. Petersen sah ihn erwartungsvoll an. «Ich hatte auf ein paar Urlaubstage über Weihnachten gehofft.»

Petersen wirkte unzufrieden. «Ehrlich gesagt, ich bin enttäuscht. Sie wären der perfekte Partner für diesen Auftrag.»

Findhorn hielt es für besser, die abweisende Haltung nicht zu übertreiben. «Warum sagen Sie mir nicht, worum es geht?»

Petersen lächelte ein wenig und zog einen großen weißen Umschlag aus seiner Aktentasche. «Haben Sie einen Leuchttisch?»

«Natürlich. Hier entlang bitte.»

Dadurch, dass er die Tür mit «Wetter-Raum» gekennzeichnet hatte, hoffte Findhorn den Eindruck zu erwecken, dass sich entlang des Korridors statt der beiden Besenkammern und der Toilette noch weitere Räume mit Bezeichnungen wie «Schlammanalyse», «Kernprobenlaboratorium» oder gar «Simulation arktischer Umwelt. Eintritt verboten» befanden. Der Leuchttisch, ungefähr eins fünfzig mal eins zwanzig groß, nahm einen erheblichen Teil des Raums ein. Sie bahnten sich den Weg zwischen Pappkartons und Papierstapeln. Findhorn schaltete den Tisch ein und verdunkelte das Fenster mit einem schwarzen Vorhang. Petersen öffnete den Umschlag und zog ein Diapositiv hervor, das ungefähr dreißig Zentimeter im Quadrat maß. Die Beschriftung in einer Ecke sagte aus, dass es mit Genehmigung des National Ice Center zur Verfügung gestellt wurde und von einem DMSP-Infrarotsatelliten stammte.

Findhorn legte das Dia auf den Tisch. Unten links zeichnete

sich außer an den Stellen, wo Seenebel die Umrisslinien verbarg, die Westküste Grönlands als grauweißer, gezackter Fleck ab. Jemand hatte die Grenze des Packeises mit einer gestrichelten Linie gekennzeichnet. Vereinzelt waren auch Eisberge zu erkennen. Kleine Pfeile, die nummeriert waren, wiesen auf sie hin.

«Fällt Ihnen etwas auf?», fragte Petersen.

Findhorn ließ den Blick über das Bild schweifen. «Eigentlich nicht.» Er deutete auf einen Eisberg vor dem Davy Sund, nahe der Grenze zwischen den grönländischen und internationalen Gewässern. «Außer vielleicht A-02 hier. Der ist recht groß.»

«Ungewöhnlich groß für die Ostküste. Die großen Tafelberge sind normalerweise westlich von Grönland zu finden. Sie brechen vom Petterman-, vom Quarayaq- oder dem Jungersen-Gletscher ab und treiben dann durch die Baffin Bay zur Newfoundland Bank.»

«Und wohin treibt dieser?»

«Er ist in die Ostgrönland-Strömung geraten. Mag sein, dass er Cape Farewell umrundet und sich zu seinen westlichen Cousins gesellt, er könnte jedoch auch in den Nordatlantik ausbrechen. Aber Größe und Abtrieb sind nicht das Problem, Doktor Findhorn. Sehen Sie genauer hin.»

Es hatte sich etwas Staub auf dem Dia angesammelt, direkt über dem großen Eisberg, und Findhorn pustete. Der Staub ließ sich jedoch nicht wegblasen und blieb auch an Ort und Stelle, als Findhorn leicht mit dem Finger darüber rieb. Der Doktor runzelte die Stirn.

«Versuchen Sie's mit dem Mikroskop», schlug Petersen höflich vor.

Findhorn schwenkte das Mikroskop über das große Dia. Er hantierte an der Rändelschraube und stellte das Foto scharf.

Der Eisberg füllte das Format aus. Ein Muster gekräuselter Wellen markierte seine Drift im Ozean. Er war umgeben von einer Flottille kleinerer Schollen, nicht unähnlich einem Flugzeugträger inmitten von Segelyachten.

Findhorn schwenkte den vorderen Objektivhalter. Verwirrt runzelte er noch stärker die Stirn.

Die Staubflecken hatten sich in Rechtecke verwandelt, in von Menschen errichtete Bauten, die Hütten glichen. Weitere, kleinere Formen waren ringsum verstreut.

Er stellte das Mikroskop auf die höchste Vergrößerungsstufe ein und verstärkte die Intensität des Lichts, das durch das Glas nach oben abstrahlte. Und dann blickte er höchst verblüfft vom Mikroskop auf. «Aber das ist ja verrückt.»

Olaf stimmte zu. «Eisberge schmelzen. Spalten sich. Schlagen um. Kein Mensch, der bei Sinnen ist, betritt einen Eisberg.»

«Aber …»

«Aber auf diesem hat man ein großes Lager errichtet.» Olaf beugte sich über den Leuchttisch und tippte mit einem kurzen Finger auf das Foto. «Ja, Doktor Findhorn, es ist verrückt. Diese kleinen unregelmäßigen Formen, die Sie erkennen. Das sind Menschen. Auf einem Eisberg, der jederzeit umkippen könnte.»

Findhorn stand auf. Das Licht vom Tisch, das nach oben schien, verlieh Petersen ein etwas unheimliches Aussehen, sodass er einem wahnsinnigen Wissenschaftler in einem alten Horrorfilm glich. Findhorn wurde etwas unbehaglich zumute. «Und was genau will Norsk nun von mir?»

Petersen ließ die gute Imitation eines Lächelns sehen. «Zuerst möchten wir, dass Sie zur nördlichsten Bohranlage in unserem Field Centre fliegen.»

«Norsk Flesland?»

«Ebenda. Dann möchten wir Sie von dort zur *Norsk Explorer*, unserem Eisbrecher, fliegen, der sich gegenwärtig ungefähr dreihundert Kilometer nördlich der Bohranlage befindet, eben noch in Reichweite eines Hubschraubers. Die *Explorer* wird Sie zu A-02 bringen, noch weiter nördlich. Wir möchten, dass Sie den Berg erklettern.»

Und da war es wieder, das altvertraute Gefühl, als würde sich ihm der Magen umdrehen. «Warum? Und warum ausgerechnet ich?»

Petersen lächelte noch immer, aber sein Blick war berechnend. «Vielleicht sollte ich doch den Kaffee trinken, den Sie mir angeboten haben.»

«Wie läuft's denn so?»

«Okay, danke. Nur ein bisschen nervös.»

«Schon mal auf 'ner Bohrinsel gewesen?» Der Mann hatte die Stimme gehoben, um Findhorns Ohrenschützer zu durchdringen.

Findhorn blickte hinaus über das dunkle Meer. In der Ferne schimmerten Lichter am Horizont. Der Hubschrauber flog direkt auf sie zu.

«Bin ich nicht.»

«Dachte ich mir. Was ham Sie für'n Job?»

«Bin nur ein Besucher.»

«Sie sind also nur 'n Besucher?»

Findhorn nickte. Die lodernden Lichter nahmen langsam Gestalt an. Als sich der Hubschrauber näherte, konnte er allmählich drei erleuchtete Giganten ausmachen, die Händchen haltend im Ozean wateten.

Der Brummie mochte nicht so recht aufgeben. «Nicht, dass es mich was angeht, natürlich, Sie wissen schon, was ich meine.»

Jetzt konnte Findhorn erkennen, dass ihre oberen Aufbauten mit Kränen und großen metallenen Christbäumen bewaldet waren. Da gab es Röhren und seltsame Auskragungen und winzige Männer auf Laufgängen und Plattformen. Die Arme, die die Giganten verbanden, erwiesen sich als Passagen. Es war eine Stadt auf Stelzen. Ihr niedrigstes Deck thronte dreißig Meter über dem Arktischen Meer: Die Ingenieure hatten eine riesige Flutwelle, wie sie sich einmal alle hundert Jahre auftürmt, vorsorglich in ihre Konstruktion einbezogen. Was jedoch die Eisberge betraf, hatten sie sich auf Statistik und Gebete verlassen. Gegen einen Zehn-Millionen-Tonnen-Berg hätte Norsk Flesland jedoch genauso gut aus Streichhölzern zusammengeklebt sein können.

«Ich bin beeindruckt», sagte Findhorn.

«Ja, das sollten Sie auch sein. Was Sie da sehen, ist höher als der Eiffelturm. Mit zehn Decks und drei Turbinen, die uns mit fünfundzwanzig Megawatt versorgen. Wir holen jeden Tag 'ne halbe Million Barrel Rohöl und dreihundert Millionen Kubikfuß Gas raus. 'ne halbe Meile Wasser ist zwischen Bohrplattform und dem Meeresboden, und das Bohrloch reicht durch fünfzehntausend Fuß Schlamm.»

Er ist dicht dran, dachte Findhorn. *Sie bringen es auf sechshunderttausend Barrel am Tag, und sie haben sich durch achtzehntausend Fuß Sandstein aus dem Oberen Jura gebohrt.*

«Aber Sie müssen wissen», eröffnete ihm der Mann, «bei all dieser Größe gibt es etwas, das mich in der Dunkelheit aufhorchen lässt, wenn Sie verstehen.»

«Ein großer Eisberg?»

Der Mann schüttelte den Kopf. «Ein mikroskopisch kleiner Riss. Materialermüdung in einem Stelzenbein.»

«Welche ist denn Alpha?»

Der Mann beugte sich über Findhorn und zeigte mit einem nikotinverfärbten Finger. «Die Plattform in der Mitte, das ist Flesland Alpha, das Wohnquartier. Beta links hat die Bohranlage, und Delta rechts ist die Plattform für das Gas. Wir arbeiten in Schichten von zwölf Stunden. Man hat es lieber, wenn die Unterkünfte separat liegen. Ungefähr fünfzig Meter Korridor verbinden sie.»

«Wie ist denn die Arbeit auf einer Bohrplattform?»

«Norwegische Bohranlagen sind klasse. Auf Flesland Alpha zum Beispiel hat man alles, was man sich wünscht, angefangen vom Kino bis zur Sauna. Es gibt eine Sporthalle, Snooker, Ledersessel, Fahrstühle zwischen den Decks, Zimmer mit Bad, phantastische Verpflegung. Ist wie im Hilton. Nur die amerikanischen Bohranlagen im Golf können da mithalten, die haben obendrein auch noch das Wetter für Grillfeste. Die englischen Plattformen, die sind der reine Mist. Vier Mann auf einem Zimmer, zur Entspannung ein furzhässlicher Fernsehraum und Kantinenessen schlimmer als in der Autobahnraststätte.»

«Ich nehme an, Sie sind ein Brummie – aus Birmingham?», sagte Findhorn.

Der Mann reagierte aufgebracht. «Nein. Ich stamm aus dem Black Country, aus Doodley, hörn Sie das denn nicht? Da gibt's einen großen Zoo.»

«Und was ist Ihr Job?», fragte Findhorn. Der Hubschrauber kippte langsam ab. Ein langer Pier ragte von der Delta-Plattform hinaus, und an seinem Ende flackerte eine Flamme im Wind. Sie warf einen schwachen orange Lichtschein auf den dunklen Ozean. Findhorn konnte Drehkräne ausmachen und gleißend erleuchtete Laufgänge sowie ein undurchschaubares Gewirr von Röhren. Dann sank der Hubschrauber einem achteckigen Heliport entgegen, und der Wind von den Rotoren kräuselte die Wasseroberfläche.

«Ich kümmer mich um die Molche.»

Findhorn entschied sich dagegen, um eine nähere Erläuterung des seltsamen Wortes zu bitten.

Eine gedämpfte Stimme ertönte aus der Sprechanlage. «Da draußen herrscht sehr starker Wind. Halten Sie Ihr Gepäck fest und gehen Sie besonders vorsichtig. Behalten Sie Ihre Ohrenschützer auf.»

Auf dem Deck drohte der Wind Findhorn umzuwerfen. Er war kalt und nass von Gischt. Ölgeruch hing in der Luft. Auf dem Hubschrauberlandeplatz wiesen Männer in Richtung einer Treppe. Findhorn folgte den Ölleuten mit ihren Reisetaschen und in ihren orangefarbenen Überlebensanzügen. Es ging Metalltreppen hinunter und einen kurzen Flur entlang. Hier war es warm. Vor einem Schalter, der mit *Resepsjon* gekennzeichnet war, bildete sich eine Schlange. Schwimmwesten mussten abgegeben werden, Schutzhelm und Stiefel mit Stahlkappen wurden entgegengenommen. Ausweise wurden gegen Kabinen- und Arbeitskarten ausgetauscht.

Für Findhorn jedoch wurden die Regeln außer Kraft gesetzt. Der Plattformmanager, dessen stahlgraues Haar unter dem Helm hervorlugte, wartete schon. Wortlos nahm er ihn beim Arm und steuerte ihn an der Schlange vorbei. Findhorns Besuch auf Flesland Alpha durfte keine Spur hinterlassen.

Das Ding war so gigantisch, dass Findhorn anfangs dachte, seine Phantasie spiele ihm einen Streich. Seine Nerven waren zum Zerreißen gespannt. Allzu leicht konnte man sich einbilden, im grauen Schneegestöber des Blizzards irgendwelche gar nicht vorhandenen Gebilde zu sehen. Aber dann rief der Steuermann: «Eisberg voraus!» Plötzlich war es keine Einbildung mehr, und Findhorn hörte sich «O mein Gott!» sagen.

Als er immer näher kam, erwiesen sich die weißen Türmchen und Zinnen des Disneyland-Schlosses als Gletscherspalten und Überhänge und alte Schmelzwassertunnel, so breit wie Autobahnen.

Auf der Brücke sahen Findhorn und Hansen durch die große Panoramascheibe mit ihren sirrenden Wischern zu, wie das Vorderdeck des Schiffs in die Wellentäler absackte und schwarzes Wasser und Schaum und Eisbrocken über das Deck gewirbelt wurden, bevor sie gegen die Brücke schlugen und an den Seiten hinabrannen. Davits, Lüftungsschächte und Reling waren von einer Eisschicht bedeckt, die einen guten Fuß dick war.

Die Sicht wurde immer schlechter. Der Kapitän, der das Funkgerät umklammert hielt, das ihn mit dem Maschinenraum verband, wirkte verbissen und gab sich wortkarg. Findhorn bemerkte, dass sein Blick immer wieder den Inklinationskompass streifte. Alle paar Sekunden kollidierten kleine Berge mit dem Schiffsrumpf und ließen ihn erdröhnen.

Findhorn hielt vergeblich nach einem Weg Ausschau, der die einschüchternde und leblose Wand des Kolosses hinaufführte. Die Klippen waren pockennarbig und doch glatt. Schräg abfallende Kämme markierten der Länge nach die Linien, bis zu denen das Wasser gereicht hatte. Mehr als haushohe Wellen schlugen erbarmungslos gegen den Fuß des Eisbergs. Nochmals sagte er: «O mein Gott!»

«Aye», stimmte Hansen zu. «Aber lieber Sie als ich.»

«Eis zweihundertfünfzig Meter», rief der Schuljunge. Sein Gesicht war fast ganz hinter der Abdeckhaube des Radars verborgen. Er hatte nur einen ganz leichten norwegischen Akzent und gab sich cool und unbekümmert. Ihn verriet höchstens das leichte Beben in der Stimme; das und die Art, wie er die Tischkante umklammerte.

«Sind Sie sicher, dass es der Richtige ist?»

Hansen grinste sadistisch. «Wir leben im Zeitalter des GPS, Mister. Aber es gibt noch eine Möglichkeit, es zu überprüfen.» Ein plötzliches Getöse schüttelte Findhorn wie eine Explosion. Sein Herzschlag setzte aus, und der Klang der Schiffssirene hallte von hundert unsichtbaren Eisbergen wider. Sie warteten.

«Würden Sie sich das mal ansehen?», rief Hansen aus.

Eine winzige Gestalt bewegte sich auf dem Gipfel des Eisbergs. Es handelte sich um einen Mann, der in dicke weiße Felle gehüllt war. Er begann wie wild zu winken.

«Ist das Watson oder Roscoe?», fragte Hansen.

«Zu weit entfernt, um ihn zu erkennen», erwiderte Findhorn.

Zu seinem unaussprechlichen Schrecken wurde er gewahr, dass der Berg ins Schwanken geriet. Die Eiswand, die vor ihnen lag, neigte sich langsam nach vorn. Entsetzt musste er mit ansehen, dass sie ihnen immer weiter entgegenkippte. Der Mann hätte eigentlich abstürzen müssen, um einem schmerzhaften Tod im eisigen Wasser tief unter ihm entgegenzufallen; stattdessen kletterte er in aller Eile wieder hinauf und war kurz darauf nicht mehr zu sehen. Eine schwarze Welle türmte sich vom Fuß des Berges auf und schwemmte Treibeis fort.

Als das Schiff die Windschattenseite erreichte, gab Hansen weitere Befehle, die Findhorn allesamt rätselhaft blieben. Der Kapitän zeigte nach vorn. «Dort ist Ihr Weg nach oben!»

Findhorn erkannte eine schmale Strickleiter, die von der geneigten Steilwand herunterhing und im tosenden Wasser endete. Kleine Eisbrocken und Schneebretter lösten sich von der Oberseite des Eisbergs und stürzten rund um die Leiter ins Meer. Donnerndes Echo hallte von den Bergen in der Nähe wider. Seine Kehle war ausgedörrt, und mittlerweile fühlte er sich vor Angst und Schrecken wie versteinert.

«Ich werd nicht näher ranfahren, denn einige von den Biestern haben einen breiten Unterwasserschelf. Und ich will nicht mehr Männer in Lebensgefahr bringen als nötig. Findhorn, klettern Sie da rauf. Machen Sie Ihren Job und bringen Sie Ihre Leute so schnell wie möglich da runter.»

Findhorn stand wie festgefroren da. «Schnell doch, Mann», fauchte Hansen, «bevor er sich auf den Rücken legt.» Ein praktisch denkender Mann, unser Kapitän, dachte Findhorn, der nicht viel von Glückwünschen oder ähnlichem Quatsch hält.

«Eis unter Wasser in dreißig Meter Entfernung, Kapitän. Reicht sehr weit runter.»

«Gut denn. Weiter fahre ich nicht.» Hansen ergriff ein Telefon, und in dem Moment erzitterte das ganze Schiff.

«Können Sie mich nicht näher ranbringen?» Findhorn sah auf die Wellengebirge zwischen ihnen und dem Eisberg. Das Schiff rauschte abwärts wie ein Fahrstuhl in freiem Fall, und die Angst verzerrte seine Stimme.

«Mister Findhorn, Sir. Strapazieren Sie nicht Ihr verdammtes Glück. Ich dürfte überhaupt nicht hier sein. Ich breche bereits Eisbrecher-Regel Nummer eins, und die lautet: Du kannst mit zwei von den dreien – Nebel, Sturm und Eis – fertig werden, aber wenn du alle drei auf einmal hast, sieh zu, dass du so schnell wie möglich wegkommst. Und ich werde auch nicht das Schicksal mit Regel zwei auf die Probe stellen: Komm einem Eisberg nie näher, als er hoch ist.» Hansen nickte über Findhorns Schulter: das Exekutionskommando, bestehend aus Leroy, dem Ersten Offizier aus Jamaika, und Arkin, dem rotgesichtigen Bootsmann, der einen Eispickel in der Hand hielt und wie ein Mörder dreinschaute.

«Ich hab so was schon erlebt», sagte Hansen. «Der wird sich demnächst auf den Rücken legen. Und wenn er umschlägt, dann geschieht das ohne Vorwarnung.»

Findhorn, dem es die Sprache verschlug, zog seine Fellkapuze hoch. Ein Matrose stieß die Tür gegen den Wind auf, und plötzlich tobte ein Schneesturm auf der Brücke. Der Mann grinste, als Findhorn an ihm vorbeiging.

An Deck war das Getöse überwältigend. Von eisverkrusteten Kabeln und Drähten, die oben an den Masten befestigt waren, ertönte ein schrilles Pfeifen. Der Schnee schmerzte wie spitze Nadeln. Das Schiff begann plötzlich zu schlingern. Aufgewühlte schwarze See rollte dem Deck entgegen. Findhorn verlor das Gleichgewicht und griff nach einem dick vereisten Geländer. Leroy bekam ihn am Umhang zu fassen und zog ihn hoch. Sie kraxelten über das Deck. Arkin führte sie an und verwandelte sich sehr bald in einen Schneemann.

Auf der Leeseite machten sich vier Matrosen, die wie Eskimos gekleidet waren, an den Stützen zu schaffen, die mit der Motorbarkasse verbunden waren. Zwei von ihnen hämmerten wie wild auf dickes Eis. Arkin kletterte an Bord, und Findhorn merkte, dass eine unbestimmte Anzahl von Händen ihn ebenfalls in das Boot hievte. Dann packte er voller Schrecken die Seitenwand, als es von einer Winde in die Höhe gehoben wurde und dadurch das Schlingern des Schiffs nur umso stärker zu spüren war. Die «Zodiac» prallte aufs Wasser, und Arkin öffnete die Sicherheitsschäkel, die schnell zu lösen waren. Dabei wäre er beinahe ins Wasser gefallen.

Hier unten auf Meereshöhe waren die Wellen gigantisch. Eine türmte sich drohend über ihnen auf. Sie hatte eine geradezu hypnotische Wirkung auf Findhorn. Er sah sie immer näher kommen und argwöhnte, jetzt müsse er sterben. Stattdessen hob die Welle das Boot nach oben wie ein schneller Fahrstuhl und drohte es gegen den eisernen Rumpf des Eisbrechers zu schmettern; aber dann lenkte Arkin das kleine Boot schnell nach oben und über den Wellenkamm in Richtung des Eisbergs. Der schien nicht mehr weiter zu kippen, richtete sich aber auch nicht auf. So dicht an den kochenden Wellen wirkte das Wasser ölig. Es war von einer dünnen

Schicht aus Eiskristallen bedeckt, und Raureiffetzen füllten Findhorns Lungen und durchdrangen die Schichten seiner wärmenden Schutzkleidung. Die Gischt und der Schnee, die gegen sein Gesicht peitschten, verursachten schneidende Schmerzen.

«Wolln Sie sich die Strickleiter schnappen?», rief Leroy, dessen Gesicht sich pechschwarz gegen sein weißes Fellcape abzeichnete. Arkin steuerte um eine Eisscholle herum, die doppelt so groß war wie das Motorboot.

Findhorn betrachtete die großen Wellen, die mit Donnergetöse gegen die Eisbergwand schlugen. Wenn sie zu dicht heranfuhren, würde das Boot in Stücke geschlagen werden. Das Eis der Klippe sah hart wie Stahl aus. Zu entsetzt, um zu sprechen, nickte er nur.

Die Strickleiter baumelte in der Nähe einer großen Höhle. Drinnen war das Wasser relativ ruhig. Arkin tuckerte mit ihnen in die Richtung. Aus dieser Nähe wirkte der Berg monströs. Zischend ließ das schmelzende Eis Blasen uralter Luft frei. Findhorn kam es vor, als führen sie in den offenen Schlund eines lebendigen Wesens. Als sie in die Höhle gelangten, brodelte das eisige Salzwasser unter ihnen, schlug mit Macht gegen die Bergwand und ergoss sich über sie. Arkin packte die Ruderpinne mit beiden Händen. Dann wurde das Boot in die Höhe gehoben.

Leroy rief: «Eisplattform hebt sich! Nichts wie weg!»

Ein grässliches Zischen war zu hören, als der sich hebende Berg Wasser und Luft ansaugte. Die See kochte. Arkin, dessen Augen vor Angst weit aufgerissen waren, jagte den Motor hoch und schwang die Ruderpinne herum. Als sie unter dem überhängenden Eis hervorrasten, schrammte die Strickleiter an der Bootswand entlang, und in einem Anfall reinen Wahnsinns hechtete Findhorn danach. Er ergriff eine Holzsprosse und schwang benommen unter den Überhang zurück. Das Boot raste ungehindert davon. Der Lärm war furchtbar. Er kletterte aufwärts, wagte nicht hinunterzuschauen. Aber dann zog ihn der Berg aus dem Mahlstrom hinauf. Eis hagelte auf ihn herab, und ein faustgroßer Klumpen traf ihn schmerzhaft an der Schulter. Er kletterte wie von Sinnen, verzweifelt darauf versessen, dem zischenden Ungeheuer zu seinen Füßen zu entrinnen.

Als er fünfzig Meter zurückgelegt hatte, fasste er den Mut, einen Blick nach unten zu werfen. Arkin hatte die «Zodiac» aus dem Gefahrenbereich um den Eisberg manövriert. Kleine bleiche Gesichter sahen zu ihm hinauf. Der Schnee wurde wieder dichter, und die *Norsk Explorer* war nur in schemenhaften Umrissen zu erkennen. Er dachte daran, was er soeben getan hatte, und schon begann sein gesamter Körper zu zittern.

Er blickte nach oben. Die Strickleiter endete ungefähr zwanzig Meter über ihm, wo sie an glänzenden Kletterhaken aus Metall befestigt war, die man ins Eis geschlagen hatte. Dahinter befand sich ein Wulst, ungefähr einen Meter breit und früher mal die Wasserlinie, und darauf stand ein bärtiger Mann. Findhorn, dessen Herz hämmerte, kletterte den letzten Meter der Strickleiter hinauf. Er packte die Hand durch den Handschuh ganz fest und merkte, dass er auf ein flaches Stück rauen Eises gezogen wurde, bis er einen Mann mit abgehärmtem und besorgtem Gesicht vor sich sah, dessen von Eis bedeckter grauer Bart mindestens fünf Tage alt war. Kleine kalte Augen musterten ihn durch die Schneebrille. Buster Watson: Findhorn kannte ihn von einem halben Dutzend internationaler Kongresse. Ein penetranter kleiner Egozentriker.

«Gott sei Dank», rief der Mann gegen den Wind. «Wo, zum Teufel, bleiben Sie denn, Findhorn?»

«Wir können froh sein, es bei diesem Wetter überhaupt geschafft zu haben. Was ist mit Ihrem Funkgerät passiert?»

«Wir haben fast alles verloren, als das verdammte Ding kalbte.»

Sie haben das Funkgerät verloren, aber nicht die Hütten?

Dann rief Watson: «Bewegen Sie sich, wir haben nur sehr wenig Zeit.» Tief in den Wind gebeugt, führte er sie auf einem flachen Plateau von ungefähr fünfzig Meter Breite über den Berggipfel. Im Schneetreiben erkannte Findhorn heftig flatternde Zelte und schneeverwehte Hütten. Ein verankerter silberner Ballon zerrte horizontal an seiner Leine und schlug aufs Eis. Sie kamen an einem Sonarturm vorbei, der vom Wind gepeitscht wurde und kleine Zwitschertöne in die Atmosphäre abfeuerte. Die gesamte Anlage sah unzweifelhaft nach einer arktischen Wissenschaftsstation aus.

Nur der Standort war verrückt.

Jetzt kamen sie an den verkohlten Ruinen einer Hütte vorbei. Eine Rußspur markierte die Windrichtung zum Zeitpunkt des Feuers. Langsam neigte sich das Plateau. Watson ging voran zu einer rechteckigen Hütte, die ungefähr sechs Meter lang war: einer von Findhorns Staubflecken. Ein Schwall warmer Luft traf sie, als Watson die Tür gegen den fauchenden Wind öffnete. Drinnen hämmerte ein Generator. Er war mit tief reichenden Stahlbolzen im Eis befestigt. Es roch nach Dieseltreibstoff. Vom Generator ging ein glänzendes schwarzes Kabel aus. Es war auf dem Eis befestigt und verschwand in einem gut einen Meter breiten Schacht.

Watson streifte seine Pelzkapuze nach hinten und nahm die Schneebrille ab. «Wir haben mit einer Dampfsonde angefangen. Das Loch, das sie hinterlassen hat, diente als Orientierung für einen großen Gopher. Er hat sich dann in die Tiefe geschmolzen.»

Findhorn stand nervös am Rand des Schachts. An der Seitenwand leuchteten im Abstand von jeweils zehn Metern nackte Glühbirnen, und eine lange Aluminiumleiter verjüngte sich bis zu einem Lichtpunkt in der Tiefe. «Wie tief reicht der Schacht?»

«Dreihundert Fuß.»

«Was?»

«Ja. Unter Meereshöhe. Sie zuerst.»

3 BERG

Die Sprossen waren von glattem, hartem Eis überzogen, und wegen der Dornen unter seinen Sohlen war Findhorn gezwungen, seinen Stiefel erst von der Sprosse zu lösen, bevor er ihn auf diejenige darunter setzen konnte.

In einer Tiefe von ungefähr zwanzig Fuß war das Fauchen des Blizzards nur noch ein Flüstern. Bei vierzig Fuß herrschte eine Grabesstille, die nur von dem metallischen Klappern der Stiefel auf den Leitersprossen und von Watsons pfeifendem Atem durchbrochen wurde. Der Mann schien es sehr eilig zu haben, und seine Stiefel kamen Findhorns Kopf manchmal bis auf wenige Zentimeter nahe.

Aber dann, bei ungefähr sechzig Fuß, hörte Findhorn allmählich neue Geräusche. Sie kamen von unten und setzten sich aus diversen Komponenten zusammen. Da gab es etwas wie ein stoßweise auftretendes Zischen. Da war etwas, das nach menschlichen Stimmen klang. Aber hauptsächlich war da ein gelegentliches Dröhnen, so tief, dass man es fast körperlich spürte.

Die Leiter schwang langsam hin und her wie ein Pendel. So ungefähr alle zwei Minuten. Findhorn dachte, er könne den Schwingungsrhythmus nutzen, um die Tiefe des Eisbergs zu ermitteln, und begann im Kopf mit der Berechnung, aber ein neuerliches tiefes Dröhnen ließ die Zahlen davonstieben wie Krähen nach dem Flintenschuss eines Farmers. Ein paar Sekunden nach dem Dröhnen wurde ein Schwall kalter Luft den Tunnel hinaufgeblasen. Der Berg atmete.

Im Schein der Lampen tief unten sah Findhorn, dass der Tunnel sich leicht krümmte und die Leiter verschwand. Nach zweihundert Fuß Abstieg war das Zischen sehr laut, und gelegentlich hörte man das Rattern einer Kettensäge. Und dann, ungefähr dreihundert Fuß tief, öffnete sich der Schacht. Findhorn sprang auf das flache Eis am Ende eines kleinen Tunnels. Watson drängte sich an ihm vorbei und ging tief gebückt voraus, bis sich ihnen ein erstaunlicher Anblick bot.

Die Höhle war fünfzig oder sechzig Fuß breit und ebenso hoch. Wie eine Filmkulisse war sie von grellblauen Scheinwerfern erleuchtet, von denen einige auf hohen Stativen standen. Vier Männer leiteten dampfend heißes Wasser aus einem dicken weißen Schlauch, der an einen zweiten Generator angeschlossen war, in einen Tunnel. Sie waren in dichten Nebel gehüllt, der aus der Tunnelmündung drang. Zwei weitere schaufelten Eismatsch in einen großen Trichter, der am Generator angebracht war. In der Enge der Höhle war der Lärm ohrenbetäubend. Findhorns Ankunft erregte großes Aufsehen. Jubel brach los, ebbte aber ab, als sich der Boden weiter neigte.

Findhorn dachte: *Wir befinden uns unter dem Arktischen Ozean.* Er kämpfte gegen einen Anflug panischer Klaustrophobie.

Mit einer Handbewegung wies Watson auf das Ausmaß der Höhle. «Wir haben das hier mit Heißwasserkanonen ausgeschachtet.» Einer der Männer näherte sich und schwang dabei seine Kettensäge. Im seltsamen Licht der Höhle sah er aus wie ein Kobold aus Grimms Märchen. Er hatte das faltige Gesicht eines starken Rauchers und leckte sich aus lauter unbewusster Furcht die Lippen. «Was läuft denn so?», fragte er mit hartem Dublin-Akzent. «Na, kommen wir jetzt endlich raus aus diesem verfluchten Sarg?»

Findhorn wandte sich an Watson. «Wie lange geht das hier schon so?»

«Seit er gekalbt hat. Es wird immer schlimmer. In der vergangenen Stunde hat er sich um weitere fünf Grad geneigt. Hören Sie, ich möchte noch in den Genuss meiner Pension kommen. Können wir also weitermachen?»

«Wo ist Roscoe?»

«Wie ich schon sagte, es hat einen Unfall gegeben.»

Unter den gegebenen Umständen fragte Findhorn nicht weiter nach.

«Hier entlang. Hören Sie, wir haben nicht viel Zeit.» Die Furcht in Watsons Stimme war ansteckend. Er führte Findhorn zum Ende der Höhle. Sie kamen an einer hohen senkrechten Wand vorbei, die einen fünfzehn Zentimeter breiten Riss aufwies, der vom Boden bis zur Decke reichte. Als Findhorn diesen Riss erreichte, traf ihn ein starker, eisiger Windstoß. Zu seiner Überraschung und zu seinem Schrecken führte ein weiterer Tunnel vom Ende der Höhle tiefer hinab in die Eingeweide des Eisbergs. Man hatte grobe Stufen aus dem Eis gehackt. Watson starrte hinunter. Findhorn hätte sich beinahe geweigert, weiter zu folgen, denn ihn ergriff etwas wie Panik.

Das tiefe rhythmische Dröhnen ertönte aus diesem zweiten Tunnel. In gewissen Abständen hatte man lange Metallstäbe verschieden tief ins Eis getrieben. Grelle Lampen leuchteten an den Enden der Stäbe, und das Eis schimmerte von innen heraus in einem leuchtenden Aquamarin. Jede Lampe hatte um sich herum einen kleinen Bereich Eis geschmolzen, und das Schmelzwasser rann an den Stäben entlang und tropfte auf den eisigen Boden, sodass eine tückische, fast spiegelglatte Oberfläche entstand.

Aber der blaue Gletscher war keinesfalls lupenrein. Steine, Felsbrocken, Kies und Staub waren in seinem Inneren verteilt. In einer Entfernung von ungefähr fünfzig Fuß bildeten sie in ihrer Gesamtheit eine optische Barriere, die einer Mauer glich. Ungefähr dreißig Fuß tief ins komprimierte Eis und noch immer in Reichweite der starken Bogenlampen waren größere und dunklere Formen eingebettet. Eine von ihnen war als Propeller zu erkennen, dessen Flügel nach hinten gebogen waren. Dahinter, gerade noch sichtbar, befand sich ein schartiger Rumpfteil, und erstaunlicherweise war das Glas in einem seiner Fenster noch unbeschädigt. Zwei lange Kabelstränge schlängelten sich in die Dunkelheit.

Ein Mann stand mit dem Gesicht zum Eis. Als Findhorn näher kam, drehte er sich um. «Admiral Dawson, Forschungsbüro der US-Navy. Was, zum Teufel, haben Sie hier zu suchen?»

«Ich komme nur mal vorbei. Dachte, ich könnte Ihnen das Leben retten oder so.»

Der Eisberg richtete sich auf.

Wie aus heiterem Himmel fluchte Watson los. «Dieser verfluchte Wahnsinnige will, dass wir hier bleiben, bis der Berg umkippt. Schaffen Sie uns hier fort, Findhorn.»

Findhorn deutete auf die dunklen Formen. «Was ist das?»

«Eine Yak-10. Ein leichtes sowjetisches Flugzeug aus den fünfziger Jahren.»

Mit einer Reihe schartiger Einschusslöcher seitlich am Rumpf.

«Was beabsichtigen Sie, Admiral?»

«Wir waren dabei, uns bis zum Kabinenbereich vorzuarbeiten. Noch eine Stunde, und wir hätten es geschafft, aber so, wie das hier läuft, bleibt uns wohl keine Stunde mehr. Das Sonar zeigt an, dass sich noch weitere Rumpfteile dort im Dunkeln befinden. Und ein Flügel. Und da Sie schon da sind, sollten Sie sich das hier mal ansehen.»

Der Eisberg neigte sich langsam in die entgegengesetzte Richtung. Es war minus zwanzig Grad kalt, aber auf Watsons Gesicht standen die Schweißtropfen.

Findhorn folgte Admiral Dawson in den abschüssigen Tunnel und hielt sich dabei an einem roten Nylonseil fest, das als Geländer diente. Watson schloss sich ihnen an. Der Tunnel wurde schmaler und immer steiler. Ganz kurz kam sich Findhorn vor wie in einer Grabkammer innerhalb einer Pyramide, und als sie immer weiter hinabstiegen, spürte er, dass sich seine Nerven zum Zerreißen spannten. Aber dann, ungefähr hundert Fuß tiefer, blieb Dawson bei einem hell leuchtenden blauen Licht stehen. Man hatte die Lampe ein paar Fuß tief ins Eis getrieben. Dampf stieg zischend von ihr auf und zog in Schwaden durch den Schacht.

Findhorn wischte eine Schicht Reif weg, sodass sich durchsichtiges blaues Eis zeigte. Es dauerte einen Augenblick, bis er erkannte, was er sah.

Der Leichnam war schon teilweise mumifiziert. Die Verdunstung hatte wenig mehr übrig gelassen als ein Skelett, das von glattem weißem und hart aussehendem Fleisch bedeckt war. Teile des Fleisches hatten sich in eine dunkle wachsähnliche Substanz verwandelt. Der Leichnam war zum Teil verstümmelt. Teile der Arme waren abgerissen, und das Fleisch hatte sich mehr oder weniger von den Knochen gelöst. Die Kleidung war zum größten Teil weggerissen. Die Bauchdecke war geöffnet, und die Gedärme, die noch überraschend intakt waren, sahen aus, als bestünden sie aus braunem Pergament. Er war nicht weiter als einen Fuß von einem Gesicht entfernt, das die Größe eines Suppentellers hatte. Eine dunkle Substanz war aus dem Schädel gequetscht worden, und die Gletscherwanderung innerhalb von fünfzig Jahren hatte sie fächerförmig ausgebreitet, sodass sie bis außerhalb des Lichtkreises reichte, der die Bogenlampe in einem Radius von ungefähr sechs Fuß umgab. Ein Auge war erkennbar blau; das andere, vermutete Findhorn, befand sich wahrscheinlich auf der Rückseite des zerschmetterten Gesichts. Zähne hatten die lederne Haut durchstoßen, und die Kinnlade war seitlich weggehobelt. Die Nase war bis hinunter zum klaffenden Mund eingedrückt. Die zerrissenen Reste eines grauen Anzugs waren zwischen dunkleren Materialbrocken verstreut.

Findhorn starrte stumm auf das scheußliche Antlitz. Er bildete sich ein, dass das blaue Auge zurückstarrte.

«Auf dem Pilotensitz befindet sich ein weiterer Leichnam», sagte Dawson. «Doch an den kommen wir absolut nicht ran.»

«Warum konnten die denn nicht weiter oben im Gletscher abstürzen?», beklagte Watson.

Findhorn spähte ins Eis. Von einem rechteckigen schwarzen Teil ungefähr vier Fuß tief im Eis ging ein metallisches Glitzern aus. «Was ist das?»

«Das, worum es hier geht, Kumpel», sagte Dawson. «Als wenn Sie es nicht wüssten!»

Der Berg hatte aufgehört, beängstigend abzukippen. Aber das eisige Monstrum hatte sich auch noch nicht wieder aufgerichtet.

Findhorn sagte: «Sagen Sie Ihren Männern, sie sollen sich davonmachen, und lassen Sie mir eine Kettensäge da.»

Watson verschwand um eine Ecke und kehrte mit dem Kobold zurück. Der Ire rutschte fast den Tunnel hinunter. In seiner freien Hand schwenkte er eine Kettensäge, die aussah wie die Schere eines großen Krebses. Watson deutete mit seiner Taschenlampe aufs Eis, und ohne zu zögern, machte sich der Mann an die Arbeit. Im engen Tunnel war der Lärm ohrenbetäubend, doch die Säge fraß sich sehr schnell in die Wand, und Eisbrocken stoben durch den Tunnel.

«Schaffen Sie Ihre Männer hier raus, Watson», wiederholte Findhorn.

Der Berg bewegte sich wieder, aber er pendelte sich nicht ein, sondern die Neigung wurde immer stärker. «Heilige Mutter Gottes, er kippt endgültig», jammerte Watson. Seine Augen waren vor Schreck geweitet.

Der Mann aus Dublin war bis zu den Ellbogen im Eis. Der Tunnel hatte sich ausgerichtet und kippte langsam zur anderen Seite ab.

Jetzt war der Mann mit der Kettensäge bis zu den Schultern im Eis.

Ein mächtiges Dröhnen war zu hören, tief und furchtbar laut. Der Berg erzitterte. Watson rief: «Was für eine Scheiße ist das?»

Findhorn glitschte zur Haupthöhle zurück, die inzwischen unter ihnen lag. Eine Wand war aufgerissen. Der Spalt war jetzt einen ganzen Fuß breit, und vor seinen Augen weitete er sich mit einem grässlichen Knarren. Männer befanden sich am Schachteingang, schlugen und stießen um sich, weil sie die Leiter erreichen wollten. Er lief zurück zum Seitentunnel und zog sich an dem roten Nylongeländer hoch.

«Alle Mann von Bord!», rief er. Seine Stimme bebte vor Angst. Aber Dawson stieß den Iren weiter vorwärts.

Der trat hektisch um sich und wand sich aus dem Eis. Sein Gesicht war grau. «Mistdreck, ich bin hier weg», sagte er heiser. Und schon rutschte er aus, landete mit einem Schreckensschrei auf dem Rücken und rutschte den Tunnel hinunter. Die Kettensäge schlitterte ihm voraus.

«Geben Sie mir Ihren Eispickel», fuhr Dawson Findhorn an und packte das Nylonseil.

«Seien Sie kein Narr, Admiral. Er bricht auseinander. Also raus da.» Aber Dawson ergriff den Pickel mit seiner freien Hand und beugte sich in den Schacht. Er hackte wie besessen. Findhorn, der das Nylonseil mit beiden Händen umfasste, wartete und stand Höllenqualen der Ungeduld und Angst aus.

Ein weiteres Dröhnen. Plötzlich schlingerte der Berg.

«Er kippt!», schrie Findhorn.

Der Admiral zerrte an etwas. «Holen Sie mich raus! Schnell!»

Ein drittes gewaltiges Krachen ertönte vom Haupttunnel her. Findhorns Füße verloren den Halt. Er schlug schwer aufs Eis und stürzte in die Höhle. Dabei überschlug er sich. Der Spalt war jetzt sechs Fuß breit, und er schlitterte ihm entgegen. Kisten, Lampen, Bohrgeräte, Kettensägen und Männer rutschten unkontrolliert der Öffnung entgegen. Wasser brandete den Schacht hinunter und riss Männer mit sich. Die Lichter gingen aus. In der Finsternis stieß jemand einen schrillen Schrei aus. Findhorn, der auf dem Rücken rutschte und immer schneller wurde, ohne etwas tun zu können, spürte, wie ein eiskalter Windhauch an ihm vorüberrauschte. Das Geschrei war jetzt über ihm und wurde leiser, als käme es von einem Mann, der in die Höhe schoss. Von unten ertönte ein tiefes und ohrenbetäubend lautes Krachen wie von einer Explosion. Anfangs nahm er nichts anderes wahr, aber schließlich wurde ihm klar, dass es vom Wasser stammte, das in einen Hohlraum schlug. Er befand sich jetzt schon fast in freiem Fall.

Und dann spürte er, wie eine Riesenhand ihn von unten in die Höhe stieß, als beschleunigte der Tunnel himmelwärts. Eis riss eine schmerzende Wunde in seine Stirn, und ein Lichtfleck über ihm vergrößerte sich schnell. Einen Augenblick später hatte sich das immer näher kommende Grau aufgehellt, und fahles Tageslicht strömte in eine Gletscherspalte, und dann war er draußen und fünfzig Meter hoch, flog im Bogen durch die Luft und ruderte hilflos mit den Armen. Er konnte gerade noch ein winziges Boot sehen, aus dem ihn zwei entsetzte Gesichter anstarrten, und dahinter die umnebelten Umrisse des Eisbrechers. Das Bild beherrschte jedoch eine massige, von Eisbrocken übersäte schwarze Welle, ein bösartiges lebendiges Wesen, das größer war als das Schiff, und in den Sekunden, in denen er dem arktischen Wasser entgegenwirbelte, wusste Findhorn, dass er gleich sterben würde.

4 FINDHORNS TRAUM

Findhorn konnte sich in allen Einzelheiten an seinen Tod erinnern. In erster Linie fand er jedoch, dass es dämlich war, so zu enden.

Sie hatten beim Lunch im El Greco's ziemlich gebechert, Hazel, Bruce und er. Der *spada* war erstklassig gewesen (ohne Sauce, perfekt gegrillt). Sie hatten den Matsumo-Vertrag diskutiert und waren übereingekommen, dass er einen erstaunlichen Profit versprach. Bei Kaffee und Ouzo hatten sie – ohne dass er es hören konnte – ihre Überlegungen zur Attraktivität von Kontos alias «Bonkos» angestellt, dem hässlichen griechischen Besitzer mit dem roten Ferrari und der schier endlosen Reihe von «Zuckerpuppen», wie Bruce sie neidvoll nannte.

Draußen vor dem Restaurant hatte Hazel Findhorn etwas zugerufen, als er, beschwipst vom Wein, auf die Straße trat. Ihm blieb nur ein Sekundenbruchteil, Hazels erschrecktem Blick zu folgen, bevor ihn der Leyland-Laster anfuhr, seinen Schädel auf das harte Londoner Straßenpflaster schmetterte. Einen kurzen Augenblick später zermalmte ein wuchtiges Rad seinen Brustkorb.

Der Herzmonitor sendete sein Mikrowellensignal, und als der Krankenwagen den Eingang der Notaufnahme von St. John's erreichte, warteten die Geier schon darauf, dass sein Tod offiziell bestätigt wurde. Der Unfallarzt schüttelte den Kopf über Findhorns eingedrücktem Brustkorb, und nach einer eilig hingekritzelten Unterschrift wurde der Leichnam ganz schnell dem Team überstellt. Auf dem Weg über die Mall wurde er in dessen verplombtem grauem Transporter auf einen Tisch geschnallt. Mit einer Vielzahl von Skalpellen und einer kleinen Säge wurde Findhorns Kopf abgetrennt. Als sie in Haymarket einbogen, wurden die Blutgefäße am

Körper abgebunden, um den Blutfluss zu stillen. An einer roten Ampel wurden, während Touristen und Büromädchen vor ihnen die Straße überquerten, Findhorns Halsschlagadern mit Schläuchen verbunden, und man ersetzte das Blut in seinem Kopf durch eine sehr kalte Flüssigkeit. Am Piccadilly und die Regent Street hinauf wurde sein Kopf in eine Folie gewickelt und umgekehrt in einen Behälter mit flüssigem Stickstoff gelegt, wodurch der Transporter kurzzeitig von aufsteigendem Eisnebel erfüllt wurde, den man jedoch durch einen Entlüfterstutzen auf die belebte Straße ableitete. Nachdem man den Metalldeckel des Behälters fest verschlossen hatte, wurde warme Luft in den Transporter gepumpt, und die Mitglieder des Teams entledigten sich ihrer Operationsmasken, ihrer Schutzbrillen und ihrer blutigen Handschuhe. Sie entspannten sich. Jemand öffnete eine Thermosflasche; Zigaretten wurde angesteckt, und über dem kopflosen Kadaver wandte sich das Gespräch dem bevorstehenden Spiel zu. Der Transporter fuhr mit hoher Geschwindigkeit der M 1 entgegen. Sein Ziel war ein weiträumiges, anonymes Landhaus, das versteckt in Buckinghamshire lag.

All das sah Findhorn wie von oben, von einer Kamera im Dach des Transporters.

Da gab es einen Tunnel, und alles, was je gewesen war oder sein würde, war eingebettet in seine Wände, und er bewegte sich durch den Tunnel auf ein winziges Licht zu, das dessen Ende markierte, und das Licht wurde größer und größer, bis er sich in einem strahlend weißen Raum wiederfand. Er wachte auf, vermochte sich jedoch nicht zu bewegen. Die Kälte ließ sich mit nichts vergleichen, was er je erlebt hatte, und verursachte heftigste Schmerzen. Irgendwo im Hintergrund war ein sanftes Pulsieren, ähnlich dem Fließen von Blut in seinen Ohren. Der Raum hatte weder Wände noch eine Decke. Er war weiß und eiförmig. Nirgendwo war eine Lichtquelle zu entdecken, und doch war er hell erleuchtet wie ein Operationssaal. Eine Tür wurde aufgeschoben, und schweigend trat eine Krankenschwester ein, die um die zwanzig war. Sie beugte sich über ihn. Sie war die schönste Frau, die er je gesehen hatte.

«Ich habe es geschafft», sagte er, aber mehr als ein Flüstern brachte er nicht zustande.

«Gerade noch.» Ihre Stimme klang überraschend grob.

«Wie lange bin ich tot gewesen?»

«Eine sehr lange Zeit. Sehr lange.»

«Habe ich einen Körper?»

Sie lächelte. Es war ein sonderbares, mechanisches Lächeln. Ihre Lippen kräuselten sich fast zu einem Halbkreis. «Natürlich. Das Klonen ist eine uralte Kunst. Sie sind jetzt dreißig, physiologisch in perfektem Zustand. Das wird in alle Ewigkeit so bleiben. Und Ihr Verstand wurde optimiert. Nach den Maßstäben Ihres Jahrhunderts sind Sie ein Supermann.»

«Hat jemand überlebt, den ich kenne?»

«Nein. Die Gehirnkonservierung war zu Ihren Zeiten sehr ungewöhnlich. Das macht Sie zu einem höchst seltenen Exemplar. Wir haben unsere Pläne mit Ihnen.»

«Pläne?» Beklommenheit erfasste ihn.

Wieder dieses sonderbare Lächeln. Aus der Nähe hatte man den Eindruck, dass mit ihren Augen etwas nicht stimmte. Sie hatten eine seltsame Form. «Haben Sie erwartet, die Ewigkeit im Paradies zu verbringen?»

«Diese Kälte. Können Sie mich davon befreien? Warum kann ich mich nicht bewegen?»

«Wie ich schon sagte: Wir haben unsere Pläne mit Ihnen. Die Kälte gehört dazu.»

Langsam wurde Findhorn von einem unbestimmten Grauen erfasst. So hatte er sich seine Auferstehung ganz und gar nicht vorgestellt, dies war nicht die Welt, die er vorzufinden erwartet hatte. Plötzlich kam ihm ein Gedanke. «Sie sind nicht real, oder? Ein Hologramm.»

«Hologramm», wiederholte sie. Ein winziger Moment des Zögerns. «Hologramm. Ja, ich verstehe, eine Erfindung Ihres Jahrhunderts.» Findhorn meinte, eine Spur von Belustigung zu entdecken, fast schon Spott. «Nein, Mister Findhorn, ich bin kein Hologramm.»

«Aber Sie existieren nicht wirklich.» Ein neuerlicher Schrecken. «Ebenso wenig wie ich. Sie senden Impulse in mein Gehirn. Nichts von alledem hier ist real.»

«Was haben Sie denn erwartet? Ewig lebende Menschen, die nach Lebensraum hungern und Reichtümer begehren? Nein, schon vor sehr langer Zeit haben Maschinen alles organische Leben verdrängt. Dennoch halten wir noch immer ein lebendiges Gehirn für sehr nützlich, wenn wir eines finden können.»

Findhorn malte sich plötzlich einen Computer aus, der irgendwo stand und Träume in Gehirne fütterte, die in einem riesigen automatisierten Lagerhaus aufbewahrt wurden. Reine Wirtschaftlichkeit. Viel einfacher, Gehirnzellen zu kitzeln, als lebendige, nach Lebensraum hungernde und Reichtümer begehrende Menschen wieder zu erschaffen, die niemals sterben.

Das Pulsieren wurde lauter. Es erinnerte an einen Schiffsmotor. Die Kälte steckte ihm in den Knochen. Sie verursachte grässliche Schmerzen. «Hören Sie, so hab ich es mir nicht vorgestellt. Das hier will ich nicht bis in alle Ewigkeit.» Unter Schmerzen holte er Luft und kam zu einem Entschluss. «Es war ein Fehler. Bitte schalten Sie mich ab. Lassen Sie mich sterben.»

Die Lippen kräuselten sich abermals zu einem perfekten Halbkreis. Die Augen taten es dem Mund nach. Sie beugte sich über ihn, und zum ersten Mal sah Findhorn etwas Langes, Dünnes und Metallisches in ihrer Hand. «Tut mir Leid. Den Wunsch kann ich Ihnen nicht erfüllen.»

«Was hat er gesagt?»

«Er kommt zu sich.»

«Ich sage es dem Kapitän.»

Findhorn öffnete die Augen. Im Erste-Hilfe-Raum war es warm. Die Kälte, die Findhorn spürte, kam von innen. Er lag unter einer Schicht von Decken, ohne sich bewegen zu können. Ein sanftes, stetiges Pulsieren kam vom Schiffsmotor unter ihm. Leroy, dem die Dreadlocks in die Stirn hingen, beugte sich über ihn. Seinem Blick war Besorgnis abzulesen. Jetzt, da sich der Albtraum der Unsterblichkeit verflüchtigte, brachte Findhorn ein Flüstern heraus: «Leroy, Sie sind wunderschön.»

Die Besorgnis des Ersten Maats wich einem breiten Grinsen. «Da sollten Sie erst mal meine Schwester sehen.»

Hansens bärtiges Gesicht erschien an der Tür. «Dachte schon, Sie seien abgekratzt.»

«Was ist geschehen?»

Leroy trat beiseite, um in dem winzigen Raum dem Kapitän Platz zu machen. «Wie wär's jetzt mit 'ner schönen heißen Suppe?»

«Die könnte ihn umbringen», sagte Hansen. «Würde den Kreislauf durcheinander bringen und seinen Hirnstamm mit eisigem Blut überschwemmen. Also lieber lauwarm.»

Als der Erste Offizier gegangen war, wandte sich Hansen an Findhorn. «Wir haben sie.»

Findhorn, zum Sprechen zu schwach, nickte nur.

«Sie war in einem Eisblock. Sie haben ihn entdeckt, als er mit Watson rauskam. Man hat euch zuerst an Bord geholt und danach den Eisblock gesucht. Hat eine halbe Stunde gedauert, ihn im Treibeis zu finden.»

«Und?»

«Jetzt befindet sie sich im Schiffssafe. Der Admiral scheint der Meinung zu sein, sie sei sein Eigentum. Bei allem Respekt bin ich ganz anderer Ansicht. Wenn sie im Wasser gelandet ist, handelt es sich um Bergungsgut.»

Hansen zog seine Pfeife hervor und machte sich daran, sie mit teerigem schwarzem Tabak zu stopfen. «Sie kam uns teuer zu stehen. Der Eisberg ist glatt in zwei Teile zerbrochen. Watson, Dawson und Sie kamen aus seiner Mitte hervorgeschossen wie aus einem Kanonenlauf. Drei Männer aus Watsons Team kamen nie wieder zum Vorschein, vier sind ertrunken. Sieben Tote.»

Findhorn entsann sich. «Mein Gott.»

«Aye. Und drei weitere starben auf dem Berg, bevor wir hier ankamen, aber unsere amerikanischen Gäste sind bemerkenswert wortkarg, was das betrifft. Die Polizei von Leith wird sie deswegen zur Verantwortung ziehen.» Der Kapitän schaffte es zu sprechen, obwohl er gleichzeitig seine Pfeife anzündete. In dieser Kunst war er offenbar sehr versiert. «Leroy verdanken Sie Ihr Leben. Watson, dieser Admiral und Sie waren die Einzigen, die man erreichen konnte, und Sie drohten allesamt unterzugehen. Leroy kommt also zuerst Ihnen zu Hilfe, aber die Pelzklamotten sind im Wasser tonnenschwer. Danach kümmert er sich um den Admiral. Als Arkin und er ihn schließlich rausgezogen haben, ist Watson nicht mehr zu finden.»

Findhorn versank wieder in seinen Träumen.

Der Geruch von gebratenem Fisch zog in den Erste-Hilfe-Raum. Von unten war das Pochen lauter und schneller geworden. Fahles arktisches Licht schien durch ein Bullauge herein. Das Schiff rollte durch die schwere See, und jedes Mal, wenn es einen Wellenkamm erreichte, sah Findhorn Eisberge auf dem Meer verteilt wie Schiffe einer Armada. Also hatte Hansen wahrscheinlich Kurs nach Westen eingeschlagen, um dem Packeis auszuweichen, und war gleich hinter der Insel Jan Mayen nach Süden abgedreht. Doch es gab noch immer Treibeis. Wahrscheinlich hatten sie noch nicht siebzig Grad Nord erreicht.

Findhorn wand einen Arm unter den Decken hervor und streifte sie dann eine nach der anderen ab. Er setzte sich auf, und etwas Schwierigeres war ihm in seinem ganzen Leben wohl noch nicht gelungen. Seine Armbanduhr, die auf dem Tisch neben ihm lag, ging noch und zeigte 7 Uhr 15 an. Das musste wohl abends sein, denn Bratfisch war wohl sogar für diese kosmopolitische Besatzung eine Abendmahlzeit. Achtzehn Stunden lang war er ohne Bewusstsein gewesen. Seine Blase drohte zu platzen.

Mit erleichterter Blase und in einem übergroßen Pullover aus Aranwolle, Jeans und Turnschuhen erschien er am Eingang zur Messe. Er stemmte sich gegen das Schlingern des Schiffs.

«Sie verdammter Irrer», hieß Hansen ihn willkommen. «Wieso sind Sie denn auf?»

«Mir ist nach Leroys roter Erbsensuppe.»

Leroy verschwand. Als man Findhorn dabei behilflich war, sich zu setzen, fing er einen Blick des Dubliners auf. «Was ist mit Roscoe passiert?»

Der Ire antwortete ausweichend. «Es hat da einen kleinen Unfall gegeben, könnte man sagen.»

«Was genau?»

«Eine Art Feuer.»

«Was für ein Feuer?»

«Ich war im Innern des Bergs, als es passierte.» Der Ire wechselte das Thema. «Zehn Mann für eine Aktentasche, Sir. War es das wert?»

So viel zu Geheiminstruktionen, dachte Findhorn. Er war sich des Dutzends Gesichter – chinesischer, koreanischer, englischer, norwegischer, indischer – bewusst, die auf seine Antwort warteten.

Leroy trat über die Schwelle. Er stellte Brotkrusten und eine Schale roter Suppe vor Findhorn auf den Tisch. «Das werde ich wissen, wenn ich sie geöffnet habe.»

«Sie werden gar nichts öffnen.» Der Admiral, in einem hellblauen Hemd und mit Marinehosen, war Leroy in die Messe gefolgt. «Die Aktentasche ist Eigentum der Regierung der Vereinigten Staaten.»

«Mir geht es gut, danke für die Nachfrage», sagte Findhorn. «Wieso haben Sie dort eigentlich Tunnel ausgehoben? Sie waren doch weit außerhalb Ihrer Basis.»

Ein blondes Mannschaftsmitglied sagte: «Grönland gehört zum souveränen Königreich Dänemark. Ich denke, dass meine Regierung auch ihre Ansprüche hat.»

Leroy klatschte vor Vergnügen in die Hände. «Nur war der Berg bereits in internationale Gewässer getrieben, als wir ihn erreichten. He, ich nehm an, er gehört seinem Finder.»

Hansen blickte zum Bullauge hinaus. Seine Haare waren wie

sein Bart fast weiß, von dunklen Strähnen durchzogen. Über die Schulter sagte er: «Bei dieser Angelegenheit könnten Anwälte reich werden.»

Der Admiral war nicht in Stimmung für Geplänkel. «Ich kann Ihnen nur sagen: Die Aktentasche ist amerikanisches Eigentum. Im Namen der Regierung der Vereinigten Staaten fordere ich Sie, Kapitän Hansen, auf, mir die Tasche sofort auszuhändigen. Andernfalls müssen Sie mit unangenehmen Konsequenzen rechnen.»

Hansen kratzte in seinem leeren Pfeifenkopf. Die Pfeife gurgelte, als er hindurchblies. Er drehte sich um und trat dem Admiral bis auf einen halben Meter entgegen. Er sagte: «Admiral Dawson, Sir. Mit allem gebotenen Respekt – Sie können mich mal.»

5 DIE WHISKY SOCIETY

Die *Apeiron Trader* trieb durch einen dichten, eiskalten Seenebel, der sich in Tropfen auf Findhorns Hals legte, bis zu seinen Schultern hinunterrann und unter seine Jacke, den Wollpullover und die Thermalweste kroch. Port Seton und Musselburgh zogen eine Meile entfernt an Backbord vorbei, ihre Straßenbeleuchtung eine orangefarbene Dunstglocke.

Hansen erschien auf Deck und lehnte sich neben Findhorn auf die Reling. Er rauchte seine Pfeife. «Verdammt ungemütliche Nacht. Aber wenn man bedenkt, dass Sie kürzlich noch im Davy Sound geschwommen sind …»

Findhorn nickte und starrte hinunter in das vorüberfließende dunkle Wasser, in dem sich die Lichter der entfernten Stadt spiegelten. «Ich bin verwirrt.»

«Aye.» Hansen sah Findhorn im Halbdunkel hintersinnig an. «Ich hab auch schon drüber nachgedacht. Was schließen Sie aus Folgendem?» Er hob einen Handschuhfinger. «Erstens. Ich bekomme die Order, Longyear Island anzulaufen. Warum ist das geschehen, Findhorn?»

«Damit wir auf die *Apeiron Trader* umsteigen.»

«Aye, aber warum? Und zweitens.» Ein weiterer Finger wurde in die Luft gestreckt. «Nachdem man uns auf diesen wunderbaren Bananendampfer geschafft hat und es heißt, dass wir nach Aberdeen fahren, wird in letzter Minute die Route geändert, und wir laufen die Küste runter nach Edinburgh.»

«Die sind desorganisiert?»

Hansen lachte zynisch. «Norsk desorganisiert? Niemals. Nein, Findhorn, das geschieht aus einem bestimmten Grund. Denken

Sie mal drüber nach. Longyear Island ist so ungefähr der ödeste und gottverlassenste Ort auf Erden. Und bei dem Transfer gab es außer Eisbären absolut keine Zeugen.»

«Ich kann Ihnen nicht folgen», sagte Findhorn, aber er konnte es durchaus.

«Sie versuchen sicherzustellen, dass unsere Spur nicht verfolgt wird.»

Findhorn sagte: «Sie sind schon zu lange auf See, Kapitän», aber er spürte einen kalten Schauder. Hansens Überlegungen klangen einleuchtend.

«In der Aktentasche steckt was drin.»

Im Halbdunkel sah der Kapitän zornig aus. Findhorn wartete, und Hansen fuhr fort: «Ich hab ein Fax von Norsk bekommen. Die Mannschaft soll im Post House untergebracht und gleich morgen an ihre Bestimmungsorte ausgeflogen werden. Uns hat man ins Sheraton gesteckt.»

«Warum so mürrisch?»

«Ich hab meine Gründe. Drei davon sind in Laken gehüllt und befinden sich im Kühlraum der *Apeiron*. Einige weitere erfreuen sich einer arktischen Kreuzfahrt tausend Meter tief in einem Eisberg. Die werden eines Tages mal in Ihren Fischstäbchen enden.» Der Wind entfachte kleine Funken in seiner Pfeife und blies sie auf See hinaus.

«Und was geschieht als Nächstes?»

«Papierkram. Und die Polizei von Leith und die Leute von Lloyds und das Handelsministerium und der Untersuchungsausschuss für Unfälle auf See. Aber Sie nicht, Doktor Findhorn, jedenfalls nicht, soweit man mich instruiert hat. Unsere Vorgesetzten möchten, dass Sie unter keinen Umständen in diese Untersuchungen einbezogen werden. Man will, dass Sie mit der Aktentasche im Nebel verschwinden.»

«Und was halten Sie davon?»

Hansen nahm die Pfeife aus dem Mund und spuckte ins Wasser. «Was ich davon halte?», wiederholte er zornig. «Hier handelt es sich nun mal um meine Heimat, für die wir mit sechshundert Jahren Blutvergießen bezahlt haben. Ich lass mir nicht von einer Horde Eskimos vorschreiben, was ich den rechtmäßigen schottischen Behörden sagen darf oder nicht.»

«Was werden Sie also tun?»

Findhorn bekam eine Wolke beißenden Pfeifenrauchs ins Auge, aber Hansen hörte nicht zu paffen auf. «Mit den erwähnten Behörden kooperieren und zum Teufel mit Norsk. Dämliche Rentierhirten, die mein Land regieren wollen.» Hansen spuckte abermals in den Firth of Forth. «Und ich will Ihnen noch eins verraten, ganz umsonst. Da war was nicht ganz koscher an dieser amerikanischen Expedition.»

Im Halbdunkel erkannte Findhorn, dass sich die listigen Augen des Kapitäns verengten und ihn forschend ansahen. «Worum geht es hier eigentlich, Findhorn?»

«Ich habe nicht die geringste Ahnung.»

«Das mag sein oder auch nicht. Und was ist in dieser Aktentasche, dass die Yanks so großes Interesse daran haben?»

«Von Norsk ganz zu schweigen. Meinen Sie, die haben es geregelt, dass die Polizei mich im Nebel verschwinden lässt?»

«Wenn ja, dann ist es ungeheuerlich. Übrigens ist für Sie ein Treffen mit Firmenvertretern in den Räumen der Whisky Society anberaumt. Nach dieser kleinen Seereise scheint mir das ein verdammt guter Treffpunkt zu sein.» Hansen klopfte seine Pfeife an der Reling aus, und kleine Funken trieben mit dem Wind davon. Dann ging er zurück auf die Brücke.

Leroy kam herbeigeschlendert und stellte sich zu Findhorn an die Reling. Inzwischen war das Edinburgh Castle zu sehen. Ungefähr zwei Meilen voraus stand es links auf seinem Basaltsockel. Flutlicht illuminierte seine massiven Mauern. Die *Apeiron Trader* wurde langsamer und schickte sich an, in den Hafen einzulaufen. Der Leuchtturm auf Inchkeith Island schwenkte nach steuerbord.

«Edinburgh ist eine kalte, kalte Stadt, Mon. Gab mal 'ne Zeit, da wartete in der Constitution Street 'ne kleine heiße Schokolade auf mich. Genau das Richtige nach einer langen Reise. Lucinda, so hieß sie, mit Begeisterung bei der Sache.» Leroy war mit seinen Gedanken jetzt ganz woanders. «Glatte dunkle Haut, aus Jamaika, wunderhübsch, die Kleine. Aber verdammt auch, als ich in Murmansk war und noch weiter nördlich, hat sie zusammengepackt und ist zurück zu ihrem Daddy nach Jamaika, irgendwo oben in die Blue Mountains. Der ist Kaffeefarmer, Mon, und das ist jamaikanisch für bitterarm. Eines Tages geh ich da rüber und rette sie vor einem Leben als Kaffeepflückerin.»

«Vielleicht gefällt es ihr ja, Leroy. Was möchten Sie denn lieber sein? Arm und warm oder reich und kalt?»

«Aber jetzt krieg ich meine heiße Schokolade nur im Becher», klagte Leroy. «So tief bin ich gesunken.»

Findhorn, dessen Ohren vor Kälte schmerzten, lächelte mitfühlend und machte sich auf den Weg zu seiner Kabine.

Es klopfte an der Tür. Hansen, die Aktentasche in der Hand. «Von jetzt an tragen Sie die Verantwortung dafür, Laddie. Ich will nichts mehr damit zu tun haben.» Findhorn nickte und nahm die Tasche entgegen.

Er warf sie aufs Bett. Sie war schwarz. Auf der Seite waren die goldenen Lettern LBP zu erkennen. Sie war in gutem Zustand, und man mochte kaum glauben, dass sie sich ein halbes Jahrhundert lang im Gletschereis befunden hatte. Findhorn versuchte sich an dem Schloss, aber es war beinahe platt gequetscht. Man würde Hammer und Meißel brauchen, um an den Inhalt der Tasche zu gelangen.

Wem gehörte sie? Den USA, Dänemark, der Company oder dem Finder?

Ein weiteres Klopfen an der Tür. Diesmal fast gebieterisch. Admiral Dawson, in einer schweren Seemannsjacke für den Landgang gekleidet. Er wirkte wie ein Mann, der sich auf einen Streit gefasst gemacht hatte. Er deutete mit einem Kopfnicken auf die Aktentasche. «Danke. Ich übernehm sie jetzt.»

«Keinesfalls, Admiral.»

Dawson wollte sich in die Kabine drängen, aber Findhorn legte ihm eine Hand auf die Brust und stieß ihn zurück. «He, Kumpel, Sie sind nur Gast auf diesem Schiff.»

«Gehen Sie mir aus dem Weg, Findhorn. Diese Aktentasche ist Eigentum der Vereinigten Staaten.»

«Vielleicht, vielleicht aber auch nicht.»

Dawson atmete tief durch. Er sprach leise, aber seine Stimme klang zornig. «Hören Sie, Freundchen, Sie haben keine Ahnung, auf was Sie sich hier einlassen. Vergessen Sie einfach die ganze Geschichte. Händigen Sie mir die Aktentasche aus und marschieren Sie davon. Glauben Sie mir, das ist in Ihrem eigenen Interesse.»

«Wenn das eine Drohung sein soll, kann ich sie bitte schriftlich haben?»

Dawsons Gesicht lief rot an, und er sah wütend aus, aber er gab keine Antwort. Findhorn schlug ihm die Tür vor der Nase zu.

Zwanzig Minuten später eilte Findhorn die Gangway hinunter, die noch nicht sicher befestigt war. Er hatte einen Rucksack dabei und trug die Aktentasche in einer Hand, während er sich mit der anderen vorsichtig am Geländer der Gangway festhielt. Ein Glücksgefühl durchfuhr ihn, als er festen Boden unter den Füßen spürte. Der saure Geruch von Hefe hing in der Luft. Die Brauereien von Edinburgh leerten ihre Fässer. Vom Admiral war nichts zu sehen.

In kleinen Grüppchen ging die Mannschaft die Gangway hinunter, aber Findhorn eilte voraus zum Zollschuppen. Der Ire stand mit grimmigem Gesicht davor, als sei er seine Zufluchtsstätte. Zwei Polizisten näherten sich ihm, als hätten sie etwas zu klären. Findhorn ging mit einem Kopfnicken an ihm vorüber und musste sich dann in dem Schuppen einem Spießrutenlaufen zwischen argwöhnisch blickenden Beamten aussetzen. Doch ohne aufgehalten zu werden, gelangte er wieder hinaus in den dunklen und eiskalten Nebel.

Eine Gruppe froh gelaunter junger Matrosen überholte ihn und verschwand in der Dunkelheit. Es hörte sich an, als hätten sie einen ausgelassenen Abend vor sich. Ein Polizeiwagen stand auf dem Kai, und der Fahrer betrachtete den leichten Trubel spätabendlicher Geschäftigkeit mit gelassener Neugier. In gut zweihundert Meter Entfernung begrenzten hohe eiserne Tore das Ende der Docks. Weitere Polizisten, zwei von ihnen uniformiert, abermals strenge und prüfende Blicke. Ein so unmerkliches Kopfnicken, dass Findhorn sich fragte, ob er es tatsächlich gesehen hatte, und dann hatte er die Tore passiert und befand sich auf der Straße.

Dort stand Leroy und unterhielt sich mit einem Mädchen im Minirock. In der Ferne standen die Zollspeicher der großen Brennereien, und jenseits von ihnen wiederum warteten der Leith Walk und Pubs und Restaurants und Menschenmengen und die Anonymität.

Findhorn ging schnell die ruhige Straße an den Docks entlang, vorbei an den vergitterten Fenstern der Whisky-Lagerhäuser. Ein Taxi hupte, als es an ihm vorüberfuhr; Leroy griente und winkte, das Mädchen im Schlepptau. Eine halbe Meile vor ihm umrundete lebhafter Abendverkehr den Leith-Kreisel, und Findhorn schaute sich nervös um. Die Straße war leer. Seine Schritte hallten von den hohen grauen Mauern und Gebäuden wider. Er verfiel in leichten Trab, und sein Rucksack schlug ihm schwer gegen den Rücken. Erleichterung erfasste ihn, als er den Kreisel erreicht hatte. Hier gab es Restaurantbesucher und Betrunkene. Junge Leute hingen unentschlossen herum. Er ging nach rechts die Constitution Street entlang und am Spiral Galaxy vorbei. Dicht am Leith River befand sich eine hohe Mauer. Hindurch auf einen kleinen, mit Kopfstein gepflasterten Hof und dann eine Treppe hinauf. Oben stand ein Mann, höflich, im Anzug und muskelbepackt.

«Sind Sie Mitglied, Sir?»

«Mein Name ist Findhorn. Ich werde erwartet.»

«Aye, Doktor Findhorn, Sir. Ihre Gesellschaft erwartet Sie.» Die Tür ging auf, und warme Luft umfing Findhorn.

Es war ein großer alter Wohnraum, voll von rotem Plüsch und herrlich warm nach der schneidenden Kälte des Seenebels. Er war eingerichtet mit einer sonderbaren Ansammlung bequemer viktorianischer Sessel und Tische. Auf jedem Tisch stand ein Krug Wasser. Die angebotenen Whiskysorten kamen direkt aus dem Fass, und daher war es ratsam, sie zu verdünnen. In einer Ecke brannte anheimelnd ein offenes Kaminfeuer, und daneben stand eine Kanne Kaffee, aus der man sich bedienen konnte. Das Aroma von Whisky und Kaffee stieg in die Nase, und die Luft war hellblau von Tabakrauch.

Der Raum der Society war überfüllt. Eine Frau, die an einem Tisch in der Nähe des Feuers saß, fiel Findhorn ins Auge. Sie war hoch gewachsen, ungefähr fünfzig, hatte kurz gestutzte, ergrauende Haare und trug Perlenohrringe sowie eine lange rote Jacke. Ihr Begleiter war gedrungen und vierschrötig und schien aus Fernost zu kommen. Wahrscheinlich Koreaner, dachte Findhorn. Die Frau winkte. Als Findhorn näher kam, war nicht mehr zu verkennen, dass der Koreaner seine Körperfülle eher Muskeln als Bierkonsum zu verdanken hatte. Sein Gesicht hatte tiefe Falten, und er rauchte eine Zigarette.

Plötzlich fühlte sich Findhorn unbehaglich.

«Doktor Findhorn? Ich bin Barbara Drindle, vom Arendal-Büro der Norsk Advanced Technologies. Und das hier ist Mister Junzo Moon. Er spricht leider nicht viel Englisch.» Ihre Stimme war heiser, und ihr Akzent war gut, sogar sehr gut, doch Englisch war nicht ihre Muttersprache.

Findhorn stellte Rucksack und Aktentasche auf dem Boden ab und setzte sich auf den leeren Stuhl in direkter Nähe zu dem herrlich warmen Feuer. Die Frau lächelte: «Ich kann mir vorstellen, dass Sie nach Ihren Abenteuern etwas Starkes vertragen können. Die Society kauft direkt bei den Brennereien. Aus irgendwelchen seltsamen gesetzlichen Gründen darf sie die Markennamen nicht benutzen, und daher sind die Flaschen hier mit Nummern gekennzeichnet. Aber es gibt da eine kleine Liste an der Bar, der Sie alles entnehmen können, was Sie wissen möchten. Was darf es also sein?»

«Kaffee, glaube ich.» Findhorn bediente sich selbst und kehrte zum Tisch zurück.

«Die Company hat Ihnen für heute Abend ein Zimmer im Sheraton reservieren lassen. Ich vermute, Sie möchten so schnell wie möglich in Ihr Büro zurückkehren.» Sie schob einen Umschlag über den Tisch. «Ein Flugticket nach Aberdeen.»

Findhorn schob den Umschlag zurück. «Keine Umstände. Ich hab Sie bei Norsk noch nie gesehen. Von welcher Abteilung sind Sie?»

Plötzlich wurde der Koreaner feindselig, aber das Lächeln der Frau verschwand nicht. «Sekretariat. Ich arbeite direkt für Mister Olson. Und jetzt müssen wir weiter.» Sie beugte sich hinunter zur Aktentasche.

Findhorn ergriff ihr Handgelenk. Die Frau war verblüffend kräftig.

«Woher soll ich wissen, dass Sie tatsächlich von der Company sind? Ein paar sehr hartnäckige Amerikaner haben es auf das hier abgesehen.»

Der Koreaner sah aus, als wolle er Findhorn das Genick brechen. Das Lächeln der Frau wurde eisig. Sie seufzte, löste sich von Findhorns Hand und holte einen Briefbogen aus ihrer Handtasche.

An Dr. F. Findhorn.
Hiermit wird bestätigt, dass Ms. Barbara Drindle vom Direktorium der Norsk Advanced Technologies angestellt ist. Die Dokumente, die von der Shiva City Expedition aufgefunden wurden, sind ihr auszuhändigen.

Der Briefbogen trug das Logo der Norsk Advanced Technologies, – die Erde auf einer Handfläche –, wies alle richtigen E-Mail- und Postadressen sowie die richtigen Telefonnummern auf und war von Tor Olsen höchstpersönlich in seiner sauberen und präzisen Handschrift unterzeichnet.

«Zufrieden?»

Findhorn sagte: «Vergeben Sie mir, ich musste sicher sein. Sie arbeiten also in Olsens Büro in Arendal?»

«Korrekt.»

Sie nahm die Aktentasche zur Hand und prüfte das Schloss. Dann übergab sie sie dem Koreaner. Findhorn versuchte gefasst auszusehen, als der Koreaner wie ein übellauniger Gorilla nach ihr griff. Er fletschte die Zähne und schüttelte den Kopf wie ein Hund, der seine Flöhe loswerden will.

Findhorn sagte: «Sie war unter Tonnen Eis begraben.» Ms. Drindle bedachte ihn nochmals mit ihrem kühlen Lächeln und gab dem Koreaner ein Zeichen. Dann steuerte sie mit einem Winken auf den Ausgang zu. Der Koreaner stand auf. Zu Findhorns Verblüffung war er kaum größer als einen Meter fünfzig und sah bei seiner Körperfülle aus wie ein Orang-Utan. Er warf Findhorn einen unverhohlen hasserfüllten Blick zu und folgte Ms. Drindle nach draußen.

Findhorn ließ ihnen dreißig Sekunden und ging dann ebenfalls zum Ausgang. Ein Wagen fuhr rasant auf der Straße am Fluss davon, und es gelang ihm nicht mehr, das Kennzeichen zu erkennen. Dann lief er eilig die Treppen hinunter und schlug die entgegengesetzte Richtung ein. Schnell trabte er die Constitution Street hinauf und kehrte ins Spiral Galaxy ein. In der Sicherheit der gefüllten und verräucherten Bar setzte er sich mit einem Seufzer der Erleichterung: Er wollte keineswegs in Reichweite des muskulösen Koreaners sein, wenn sie die *Playboy*-Auswahl der *Apeiron Trader* entdeckten.

6 DAS MUSEUM

Findhorn hielt sich an eine Gewissheit in dieser ungewissen Welt. Unter keinen Umständen würde er sein Zimmer im Edinburgh Sheraton beziehen. Nicht, solange die eiskalte Ms. Drindle und ihr Knochenbrecher auf der Jagd nach ihm waren.

Er gestand sich eine Stunde im Spiral Galaxy zu, bevor er es riskierte, wieder auf die Straße zu gehen. Inzwischen waren seine Lungen randvoll von Tabakrauch. Er trottete den Leith Walk hinauf und beobachtete wachsam die dunklen Straßen. Der Rucksack lastete schwer auf seinem Rücken. Einmal hielt ein Auto ungefähr zwanzig Meter vor ihm und fuhr langsam rückwärts. Wahrscheinlich suchte jemand den Weg. Findhorn lief in eine Seitenstraße und in die Mündung einer Sackgasse, wo er klopfenden Herzens ungefähr zehn Minuten lang ausharrte, bevor er sich wieder auf die Hauptstraße wagte.

Oben auf dem Walk, in der Nähe von Carlton Hill, winkte er ein Taxi heran. Er ließ sich nach Newington fahren und klapperte ein halbes Dutzend anonymer Bed & Breakfasts ab, bevor er eins fand, das ein Zimmer anzubieten hatte. Auf sein Klingeln erschien die Dame des Hauses, deren langer grüner Rock im CampbellTartan zum Teppich im Flur passte. Sein Zimmer war klein und sauber. Es war mit einem dicken grünen Teppich – ebenfalls im Campbell-Tartan-Muster – ausgestattet. Er stellte sein Gepäck ab und ließ sich erschöpft auf das weiche Bett fallen. Das Zusammentreffen mit den entnervenden Abgesandten von Norsk hatte ihn ausgelaugt.

Er sah auf seine Uhr. Es war 11 Uhr abends. Im Flur gab es einen Münzfernsprecher und ein Telefonbuch. Im Vorübergehen sah er im Aufenthaltsraum einen Fernsehapparat flackern: irgendein Fußballspiel. Flüchtig nahm er einige Gäste wahr, die wie im Koma in ihren Sesseln lümmelten. Er wählte die Nummer des Sheraton und fragte nach einem Mister Hansen, der gerade erst angereist sein musste.

Am Lallen von Hansens Stimme war deutlich zu erkennen, dass er mit einem guten Liter Glenfiddich zu kämpfen hatte.

«Hansen? Findhorn hier. Ich brauche Ihre Hilfe.»

«Ho, ho, wenn dasch nich unser Phantom ischt. Sie suchen es hier, sie suchen es dorten, sie suchen unsern Findhorn allerorten.»

«Sie? Hat man mich gesucht?»

«Verzweifelt. Ein schnuckeliges Weibsbild dazu, Sie ham wohl verborgene Qualitäten, Laddie. Mit der würd ich mich jederzeit in den Ring wagen.» Der Kapitän kicherte.

«Die würde Sie wahrscheinlich mit ihren Schenkeln erwürgen. Werden Sie jetzt bitte nüchtern, Mann.»

Es folgte langes Schweigen. Findhorn hatte vor Augen, wie der Kapitän auf seiner Bettkante schwankte. Dann: «Wo sind Sie 'n jetzt?»

«Ein paar Meilen entfernt. Hören Sie, würden Sie bitte Norsk in Stavanger anrufen? Von hier kann ich das nicht. Hinterlassen Sie eine Nachricht auf dem Anrufbeantworter, wenn niemand da sein sollte. Richten Sie aus, dass ich die Papiere habe, um die es ihnen geht. Und sagen Sie ihnen, ich händige sie dann aus, wenn sie mir einen guten Grund nennen.»

Jetzt dauerte das Schweigen noch länger. Findhorn konnte beinahe spüren, wie sehr der Kapitän am anderen Ende mit sich rang. Als er dann sprach, war deutlich zu merken, dass er versuchte, wieder klar zu denken. «Einen guten Grund?»

«Ja.»

«Was, zum Teufel, soll denn das heißen?»

«Hören Sie, Hansen. Zehn Männer sind bei dem Unternehmen ums Leben gekommen. Shiva war hundert Meilen von seiner eigentlichen Operationsbasis entfernt. Die haben eine groß angelegte Untertunnelung durchgeführt, die mit arktischer Meteorologie nicht das Geringste zu tun hatte. Auf dem Eisberg waren Leute, die alles dafür getan hätten, in den Besitz der Aktentasche zu gelangen, und soweit ich weiß, haben sie vielleicht auch ein Recht darauf. Aber soweit ich auch weiß, bin ich jetzt der rechtmäßige Besitzer. Ich werde sie weder der Company noch sonst jemandem aushändigen, bevor ich nicht weiß, worum es sich handelt.»

«Sie werden sie nicht aushändigen – mein Gott, Findhorn.»

«Ich bin kein Angestellter. Es gab keinen schriftlichen Vertrag, und ich habe keine Bezahlung angenommen. Nichts verpflichtet mich, Material, das in einem Eisberg gefunden wurde, an sie oder sonst jemanden auszuliefern.»

«Die reißen Ihnen die Eier ab, Laddie. Norsk ist ein Riese.» Hansen suchte nach der passenden Beschreibung. «Ein Sumo-Ringer mit drei Eiern und groß wie ein Haus.»

«Rufen Sie im Stavanger-Büro an. Ich melde mich dann morgen früh bei Ihnen.»

Als er wieder in seinem Zimmer war, streifte Findhorn seine Kleidung ab und schlüpfte unter die kalten Laken. Er betrachtete das Material, das er der Aktentasche entnommen hatte: ein Bündel Briefe, mit rotem Band zusammengehalten, und ungefähr zwanzig kleine Tagebücher in Kalenderform, dunkelblau und jeweils mit einem Jahr gekennzeichnet. Eines von ihnen öffnete er aufs Geratewohl und blätterte darin. Es war in gutem Zustand. Die Bindung war locker, als hätte jemand versucht, sie von den Seiten zu lösen. Ansonsten gab es nur denkbar wenige Anzeichen dafür, dass es dem erbarmungslosen Druck von Gletschereis ausgesetzt gewesen war. Wasser hatte einige der anderen Tagebücher zerstört, die Tinte zu einem unleserlichen Geschmier verlaufen lassen oder sie sogar ganz gelöscht.

Auf dem Deckblatt jedes Buchs stand ein Name in lateinischen Buchstaben: Lev Baruch Petrosian. Sonst keine weiteren Einzelheiten. Der Name klang irgendwie vertraut. Das Tagebuch war in einer seltsamen Schrift niedergeschrieben worden. Sie sah kyrillisch aus, aber Findhorn kannte das russische Alphabet, und das war es nicht. Genauso wenig war sie arabisch. Er vermutete, dass es sich vielleicht um eine kaukasische oder asiatische Schrift handelte, wie zum Beispiel persisch. Über die Seiten verteilt und irgendwie unpassend zu der altertümlichen Schrift waren Gleichungen zu erkennen. Außerdem gab es hier und da Sätze auf Englisch, in kleinen deutlichen Buchstaben geschrieben.

Die Gleichungen erregten seine Aufmerksamkeit. Es handelte sich nicht um die ihm vertrauten aus der Meteorologie, und er verstand sie nicht, aber er erkannte die wissenschaftliche Disziplin, in der sie benutzt wurden, und diese Erkenntnis weckte eine besorgte Vorahnung.

Obwohl die Nachttischlampe ihm ins Gesicht schien, schlief er ein.

Am folgenden Morgen war der Seenebel einem klaren blauen Himmel gewichen. Er aß Eier mit Speck und trank dazu eine schwarze, kaffeeähnliche Flüssigkeit. Danach traute er sich auf die Straße, unschlüssig, ob er sich in Todesgefahr befand oder nur unter Verfolgungswahn litt.

Das Stadtzentrum befand sich zwei Meilen nördlich, und die Richtung schlug er ein. Er wurde zusehends nervöser, als er ihm über die South Bridge näher kam. Der Bahnhof Waverley befand sich unter der Brücke, und er malte sich aus, dass sie vielleicht dort nach ihm suchten, oder am Busbahnhof, oder am Flughafen, oder bei den Autovermietungen Hertz, Avis und Budget. Oder vielleicht fuhren sie auch die Straßen ab, oder sie machten all das, oder – dachte er – vielleicht falle ich auch einem akuten Schub manischer Paranoia zum Opfer.

Über die belebten Gehsteige zur George Street. Er fand ein Geschäftszentrum und machte sich daran, die Tagebuchseiten zu fotokopieren. Es handelte sich um eine Seite pro Tag, und das zwanzig Jahre lang. Zwei Seiten auf einer Kopie. Eine ermüdende Arbeit. Er brauchte eine Stunde und eine neue Papierfüllung, um bis 1940 zu kommen. Um sich eine Pause zu gönnen, loggte er sich in einen Computer ein und rief seine E-Mails ab. Er hatte sich ja zwei Wochen auf See befunden, und entsprechend lang war die Liste von Nachrichten. Aber sie waren größtenteils unwichtig oder nicht mehr aktuell. Die allerletzte Nachricht jedoch ließ ihn nervös schlucken. Sie stammte von 3 Uhr früh an diesem Morgen.

Lieber Doktor Findhorn,
es wäre in unser beiderseitigem Interesse, über die Papiere zu sprechen, die sich in Ihrem Besitz befinden. Ich vertrete nicht die Norsk Advanced Technologies. Darf ich vorschlagen, dass wir uns heute um, sagen wir, 13 Uhr im Fat Sam's treffen. Deren calzone *ist vorzüglich.*

Er sah auf seine Uhr und überschlug die verbleibende Zeit.

Edinburghs George Street hat massenweise Banken aufzuweisen, und gleich neben dem Geschäftszentrum befand sich eine Filiale der Bank of Scotland. Er betrat sie und verlangte, ein Schließfach einzurichten. Außer in Filmen über Banküberfälle hatte er das Innere eines Schließfachraums noch nie gesehen. Er verstaute die Tagebücher und das Bündel Briefe sorgfältig in einer kleinen Stahlkassette. Dann ging er um die Ecke zum Postamt in der Frederick Street, wo er seinen Rucksack mit einem Adressenaufkleber versah und ihn an sein Büro in Aberdeen schicken ließ.

Als er aus dem Postamt kam, trug er nicht mehr bei sich als ein Bündel von Fotokopien. Zumindest reiste er jetzt mit sehr leichtem Gepäck. Er kaufte eine billige Aktentasche in einem Geschäft mit dem Schild «Angebot des Jahrhunderts» im Fenster und legte die fotokopierten Tagebuchseiten hinein.

Jetzt schlug Findhorn den Weg durch Princes Street Gardens und hinauf zum Mound ein, um zur Zentralbibliothek von Edinburgh zu gelangen. Dort stöberte er in einem stillen Raum zwischen Gelehrten, Studenten und einem Stadtstreicher, der sich etwas Wärme gönnte, in der Encyclopaedia Brittanica. Die Schrift hatte er schnell identifiziert. Die Tagebücher waren auf Armenisch abgefasst. Dann schlug er unter Petrosian nach, und jetzt dämmerte es ihm.

Lev Baruch Petrosian. Ein Atomspion aus den fünfziger Jahren. Er war verschwunden, kurz bevor das FBI seiner habhaft werden konnte. Ein Skandal, der lange zurücklag, und alle Beteiligten waren inzwischen wahrscheinlich alte Männer oder gar schon tot. Findhorn dachte an das blaue Auge, eingebettet in ein grausiges Gesicht, das ihn durch das Eis angestarrt hatte. Oben in der Zeitungsabteilung blätterte er in der *Times* aus jenem Zeitraum. Petrosian hatte es auf einen Nachruf gebracht, und die Bibliothekarin machte ihm davon eine Fotokopie.

Ein weiterer kurzer und nervöser Ausflug auf die Straßen. Er kam an einer öffentlichen Fernsprechzelle vorbei, zog es aber vor, diejenige in einer ruhigen Ecke des Museums in der Chambers Street zu benutzen. Ein Grizzlybär musterte ihn aus kleinen feindseligen Augen. Er hatte sich auf die Hinterbeine erhoben, besaß klauenbewehrte Gliedmaßen von ungeheurer Kraft und zeigte seine scharfen Zähne, war aber ausgestopft.

«Archie? Hab ich dich geweckt?» Archie war einer jener Akademiker, die als Nachtmenschen sehr häufig erst gegen Mittag in ihrer Abteilung auftauchten und dann zu irgendeiner höchst seltsamen Stunde am nächsten Morgen wieder gingen.

«Fred? Wie geht's dir? Ganz und gar nicht, bin schon seit Stunden auf. Anne hat mir berichtet, dass du zum Nordpol wolltest. Rufst du von dort an?»

«Ich bin in Edinburgh. Hab mich von einem Eisbrecher mitnehmen lassen und bin früher zurückgekommen. Hör mal, ich brauch deinen Rat. Dabei geht es um dein Forschungsfeld, aber ich kann am Telefon nicht darüber sprechen. Können wir uns, sagen wir mal, in ein paar Stunden treffen?»

«Meine Güte, Freddie, alter Knabe, spionierst du für den KGB oder so was? Okay, ich hab heute Morgen keine Seminare. Ich kann um elf Uhr am George Square sein.»

«Nein. Ich möchte, dass wir uns in Edinburgh treffen.»

Es folgte eine erstaunte Pause, und dann: «In Ordnung. Treffen wir uns um zwölf am Bahnhof Waverley.»

«Geht auch nicht, Archie. Ich möchte nicht am Bahnhof gesehen werden. Ich bin im Royal Museum in der Chambers Street.»

«Da kann nur eine Frau dahinter stecken.»

«Ich wünschte, es wär so.»

«Also schön. Im Museum. In gut zwei Stunden müsste ich da sein.»

Das war das Gute an Archie. Er wusste, wann er keine Fragen stellen sollte.

Findhorn entschied sich für eine methodische Vorgehensweise. Er begann mit Verkehr und Transport, arbeitete sich durch Rüstungen vor bis zur Naturgeschichte, ging hinauf zur Kleidung im Mittelalter und zu den chinesischen Sachen im ersten Stock und weiter darüber hinaus.

Er war um die dreißig, hatte lange, ungepflegte Haare und einen ungepflegten schwarzen Bart. Er trug einen offenen Trenchcoat, der einen mächtigen Bierbauch sehen ließ. Der archetypisch wilde Glasgower, dachte Findhorn, der nervös von der Galerie im obersten Stock hinunterschaute, und dazu einer, der sich um nichts scherte.

Archie sah sich erwartungsvoll um. Findhorn ließ eine Minute verstreichen, aber er sah kein Anzeichen dafür, dass sein Freund verfolgt wurde. Er kam sich recht albern vor, rief und winkte und rannte die Treppe hinunter, vorbei an dem Buddha im ersten Stock.

Sie holten sich Kaffee und Doughnuts im Museumscafé. Findhorn ging voraus zu einem Ecktisch und setzte sich so, dass er beide Eingänge im Blick hatte. Vor Neugier hatte Archie glänzende Augen. «Also, was liegt an, Fred? Wenn du wüsstest, was ich mir auf dem Weg hierher alles zusammengereimt hab.»

«Ich kann dir nicht sagen, worum es geht, Archie. Noch nicht.»

«Also, hör mal. Sei vernünftig. Ich bin nicht den ganzen Weg gekommen, um Kaffee zu trinken. Wenn's keine Frau ist, hast du

Ärger mit der Polizei. Keins von beidem klingt nach Fred Findhorn.»

«Was kannst du mir über Lev Petrosian erzählen?»

Archie zog verblüfft die Augenbrauen in die Höhe. «Den Atomspion?»

«Ebenden.»

Archies Gesicht schien nicht zu wissen, ob es Erstaunen, Besorgnis oder Begeisterung ausdrücken sollte. «Worauf willst du in Gottes Namen hinaus, Laddie? Petrosian ist vor den Nazis hierher geflüchtet, wie Klaus Fuchs. Viele der besten Köpfe kamen zu Kriegszeiten her. Fuchs war der große Spion in der Atombomben-Ära, aber nicht viele Leute wissen, dass es noch andere gab. Theodore Hall zum Beispiel, ein Brite, der auch in Los Alamos war.»

«Was hat er denn eigentlich gemacht?»

Zwei Dutzend Zwölfjährige tobten lärmend ins Café. Sie hatten Bleistifte und Zeichenblöcke dabei, und ihnen folgten zwei Erwachsene, beides Frauen. Der Lärmpegel stieg steil an. Nervös musterte Findhorn die Erwachsenen.

«Er war zweimal in Los Alamos. Weiß nicht so genau, was er dort tat. Ich hab nur gehört, dass es beim ersten Mal große Aufregung gab. Teller kam auf den Gedanken, wenn es ihnen gelingen sollte, eine Atombombe zu zünden, könnte der Feuerball so heiß sein, dass er allen Wasserstoff der Welt entzünden und die Atmosphäre und die Ozeane in eine einzige gigantische Wasserstoffbombe verwandeln würde. Dadurch wäre man zwar Hitler losgeworden, aber auch den Rest der Menschheit. Petrosian war an den Berechnungen beteiligt, die diese Möglichkeit ausschlossen.»

«Man muss sehr überzeugt von sich sein, wenn man meint, sich in einer solchen Sache nicht irren zu können», behauptete Findhorn.

Archie studierte voller Konzentration seinen Doughnut, und so, wie er ihn kannte, vermutete Findhorn, dass er wahrscheinlich dessen topologische Eigenschaften analysierte. «Gewiss. Sie kamen immer wieder darauf zurück. Und dann beim zweiten Mal, als sie die H-Bombe entwickelten, da weiß ich noch weniger darüber, was er eigentlich tat. Es gab jedenfalls Gerüchte, dass der Typ ausrastete.»

«Inwiefern?»

«Lass mich nachdenken. Ich hab's. Es war wieder dasselbe. Die Angst, den Planeten in die Luft zu jagen. Aber da die Wasserstoffbomben in den Fünfzigern und Sechzigern wie Silvesterfeuerwerk in die Luft gingen, dürfen wir wohl mit Recht sagen, dass er sich geirrt hat.»

«Könnte er etwas Neues herausgefunden haben?»

Archie schüttelte den Kopf. «Die Kernphysik ist erforscht, Freddie. Auf den Energieebenen, für die sich diese Typen interessierten, gibt es keinen Platz für neue Sachen.»

Die Erwachsenen gaben sich alle Mühe, die Schulkinder zur Räson zu bringen, und Findhorn fand, die Schulbehörde hätte sie mit Peitschen ausstatten sollen. Er kramte tief in seiner Erinnerung und brachte eine Information hervor, die er aus den Fernsehnachrichten hatte. «Was ist mit kalter Fusion?»

Archies Tonfall war abwiegelnd. «Ein Fiasko. Daraus ist nie was geworden.»

Wäre dieser Kommentar von irgendeinem Establishment-Schreiberling gekommen, hätte Findhorn ihm keine nennenswerte Aufmerksamkeit geschenkt. Aber er kannte Archie: Okay, er war ein Bilderstürmer, aber er wusste sehr wohl, was er sagte. Seine Meinung gebot Achtung.

«Angenommen, du irrst dich dennoch, Archie. Angenommen, Petrosian hat etwas entdeckt. Und angenommen, die Mächtigen jener Tage wollten nicht, dass die Leute deswegen neugierig wurden. Zu verbreiten, dass er verrückt geworden sei, wäre eine wirksame Vertuschung gewesen.»

Archie sagte: «Jetzt fällt es mir wieder ein. Petrosian floh nach Kanada, kurz bevor das FBI ihn stellen konnte. Es heißt, er wurde aufgesammelt und flog über den Nordpol nach Russland. Aber es gibt keine offizielle Bestätigung dafür, dass er je ankam. Es wurde angenommen, dass er auf seiner Flucht irgendwo entlang der Polarroute abgestürzt sein musste.» Er bedachte Findhorn mit einem beunruhigend durchbohrenden Blick. «Und urplötzlich, fünfzig Jahre später, springt unser Arktisspezi Findhorn von einem Eisbrecher, mimt den Spionagespezi und fängt an, mir bohrende Fragen zu Petrosian zu stellen.»

«Eine Hypothese, Archie. Angenommen, etwas, das Petrosian gehörte, würde fünfzig Jahre nach seinem Verschwinden im Eis gefunden. Sagen wir ein Dokument. Und angenommen, dass einige Leute ganz begierig sind, es in ihre Hände zu bekommen, ja, so gut wie alles dafür tun würden. Die Frage lautet: Was könnte in dem Dokument stehen?»

Archie bedachte seinen Freund neuerlich mit einem langen, forschenden Blick. Dann sagte er: «Mir fällt verdammt nochmal nichts ein.»

«Archie, ich werde von Zeit zu Zeit dein Superhirn anzapfen müssen. Ich sehe nämlich langsam die Zahnräder ineinander greifen. Aber mehr kann ich dir leider noch nicht sagen.»

«Wann immer du willst, Tag und Nacht.»

Findhorn stand auf. «Ich muss gehen, Archie. Ich bin mit ein paar Leuten verabredet.»

Archie sah ernst aus. «Fred, es könnte sein, dass du in eine üble Sache gerätst. Wenn du da draußen in der arktischen Ödnis etwas gefunden hast, etwas, das manche Leute, fünfzig Jahre nachdem es verloren gegangen ist, in ihre Hände bekommen wollen, und wenn dieses Etwas mit Lev Baruch Petrosian zu tun hat, dann lass mich dir einen ernsthaften Rat geben.»

Findhorn wartete.

«Behalt es ganz für dich. Und traue niemandem.»

7 FAT SAM'S

Findhorn sah auf seine Uhr. Ihm blieben fünfundfünfzig Minuten bis zu seinem Treffen im Fat Sam's; genug Zeit, um noch eine wichtige Angelegenheit zu erledigen.

In der Bibliothek zog er einen Band Gelbe Seiten mit unzähligen Eselsohren heraus und fuhr mit dem Finger an der Rubrik *Übersetzer und Dolmetscher* entlang. Er dachte an seine überstrapazierte Kreditkarte und überging sämtliche Institute mit teuren Zierrahmen und mit Namen wie «School of Modern Languages» oder «International Translators». Ebenso diejenigen, die Dolmetscher für Handelsdelegationen anboten. Übersetzungsangebote ins Deutsche und Französische waren besonders zahlreich vertreten, und die schloss er ebenfalls aus. Es blieb ein halbes Dutzend zweizeiliger Eintragungen. Diese Telefonnummern notierte er sich.

Zurück ins Museum. Mit Kleingeld aus dem Café telefonierte er die Nummern systematisch durch. Nirgends war Armenisch im Angebot.

Zurück in die Bibliothek. Der Sicherheitsmann am Eingang fixierte ihn. Jetzt schlug Findhorn die Gelben Seiten unter der Rubrik *Clubs und Vereinigungen* auf und ackerte sich durch Arbeiterclubs, die Royal Navy Association, den Football Club Heart of Midlothian, Clubs der Royal British Legion, Gemeindevereinigungen, den Ancient Order of Hibernians, Bingo-Vereine und Großlogen der Freimaurer. Nach dem Studium dieser verblüffenden Mischung kam Findhorn zu zwei Schlüssen: Der Homo sapiens ist ein geselliges Lebewesen, und Edinburgh hatte keinen Armenier-Club aufzuweisen.

Ihm blieben noch vierzig Minuten.

Auf eine Eingebung hin nahm er ein Taxi zum King's Building und bat den Fahrer zu warten. In aller Eile suchte er die Abteilung für moderne Sprachen auf und dachte dabei stets an seine Verabredung um ein Uhr und das tickende Taxameter. Die Universität war fast menschenleer. Er ließ seinen Blick über das schwarze Brett schweifen und beachtete dabei weder die Prüfungsergebnisse noch die Konferenztermine. Drei Karten waren an das Anschlagbrett geheftet. Zwei von ihnen waren schon an den Rändern gebogen und boten Privatunterricht in Deutsch und Französisch an. Die dritte war neu und mit blauer Tinte beschriftet:

Angel Übersetzungsdienst
Hört die Engel singen
Übersetzen tun wir vor allen Dingen
Friede auf Erden, und eins weiß jeder
Bestens ist jedes Wort aus unserer Feder
Wir übersetzen:
Deutsch, Russisch, Türkisch,
Arabisch, Bulgarisch, Armenisch

Das war abgeschmackt genug, um auf ein studentisches Unternehmen hinzuweisen, sodass er sich dessen Dienste wohl würde leisten können. Die Adresse befand sich in der Dundee Street in einem nicht sonderlich gefragten Stadtteil, wie Findhorn sich erinnerte. Das ließ ebenfalls auf günstige Tarife schließen.

Das Taxi fuhr an der Fountain-Brauerei vorbei, an einem Massagesalon und einem Schild des FC Heart of Midlothian, bevor es ihn am Eingang einer Mietskaserne ausspuckte. Das Innere war verwahrlost und roch leicht nach Urin. Eine gelbe Vespa war mit einer schweren Kette an das Metallgeländer angeschlossen. Findhorn stieg die ausgetretenen Stufen hinauf. Im zweiten Stock wies die Tür zur Rechten eine Klingel, ein Guckloch und eine Karte auf:

```
R. Grigorian
S. A. Stefanova
J. Grimason alias Grim Jim
```

Nichts von einem Angel Übersetzungsdienst. Er zögerte, drückte dann aber doch auf den Summer.

Abgesehen von den übergroßen Zigeunerohrringen sah sie aus, als sei sie gerade erst aus dem Bett gestiegen. Sie war in den Zwanzigern, hatte dunkle Augen und blonde Haare, die an den Wurzeln schwarz waren. Sie hielt die Revers ihres grünen Morgenmantels zusammen und blinzelte Findhorn neugierig entgegen.

«Angel Übersetzungsdienst?», fragte Findhorn unschlüssig.

Die Wirkung war verblüffend. Ihre Augen weiteten sich. «O mein Gott! Was kann ich für Sie tun?»

«Ich brauche eine kleine Übersetzung.»

«Romella!», rief sie laut, ohne Findhorn aus den Augen zu lassen. «Arbeit!» Dann: «Welche Sprache?»

«Armenisch.»

«Romella! Oh, bitte kommen Sie doch herein. Ich bin Stefi Stefanova. Ich übersetze Bulgarisch und Türkisch. Sie badet gerade. Sind Sie sicher, dass Sie nicht auch etwas Bulgarisches brauchen?»

Es ging durch einen Flur mit einem Fahrrad, das an einem Tisch lehnte, auf dem sich Post stapelte. Im Vorübergehen erkannte Findhorn einen roten Mahnbrief. Links und rechts führten Türen in Schlafzimmer. Ein Haufen Stoffpuppen war auf einem Bett verteilt. Eine Küche rechts war ein Tohuwabohu aus nicht abgewaschenem Geschirr und einem überquellenden Mülleimer. Stefi führte Findhorn zu einem kleinen Zimmer mit psychedelischen Vorhängen, einem niedrigen Tisch, Kerzen und Kissen, aber keinen Stühlen. Das Poster einer Fußballmannschaft war umsäumt von Postkarten, die man an die Wand geheftet hatte. Dazu kamen Bilder eigentümlicher irischer Katen und Schwindel erregend hoher schneebedeckter Gipfel. Ein Kalender an der Wand zeigte ein Musterexemplar halb nackter Männlichkeit, das seine Brustmuskeln für die Kamera spielen ließ.

«Hörte ich Sie von Armenisch sprechen?»

Sie kämmte sich die schulterlangen braunen Haare, die noch feucht waren. Sie war schlank und recht klein, hatte aber wohlgerundete Brüste. Ihr Gesicht war klein und rund, und hinter einer John-Lennon-Brille blickten große braune Augen. Sie besaß ein fein geschnittenes Gesicht, und ihre Haut war glatt. Silberne Ohrringe in Form langer Zylinder baumelten an ihren zierlichen Ohren. Sie trug ein einfaches rosa T-Shirt und schwarze Lederhosen, dazu ein Paar abgetragener Nike-Turnschuhe.

«Ich bin Romella. Romella Grigorian, wenn Sie das aussprechen können.» Der Akzent war schottisch und melodiös, mit einem Anflug von Amerikanisch.

«Fred Findhorn.» Händeschütteln. Findhorn öffnete die Aktentasche und zog die Fotokopien hervor. «Das hier ist nur eine Auswahl. Insgesamt geht es um ungefähr zweitausend Seiten. Was sagen Sie dazu?»

Sie schaute sich wahllos einige Seiten an. «Die Handschrift lässt sich lesen. Manches davon ist ziemlich technisch, da würde ich wahrscheinlich sogar im Englischen meine Schwierigkeiten haben. Aber ja, ich denke, das geht in Ordnung.»

«Ich muss ein paar Leute treffen und würde das hier gerne einige Stunden bei Ihnen lassen. Zudem könnte es das eine oder andere Problem geben.»

Sie hob die Augenbrauen.

«Ich brauche die Übersetzung ganz dringend. Könnten Sie sich gleich daranmachen?»

Sie runzelte zweifelnd die Stirn und warf einen Blick auf den Wandkalender. Eine sehr schöne schauspielerische Leistung.

«Sollte es Ihnen zu viel werden, könnten Sie mich vielleicht an einen anderen Übersetzer verweisen.» Er spürte, wie Stefi an der Tür starr wurde.

Romella lächelte leicht. «Nein, ich kann das schon dazwischenquetschen.»

«Eine mündliche Übersetzung wäre das Schnellste. Wir müssten die Tagebücher gemeinsam durchgehen.»

«Okay.»

«Und, wie ich schon sagte, es ist dringend. Das bedeutet, Sie müssen viele Stunden daran arbeiten.»

«Auftrag ist Auftrag.»

«Da gibt es noch ein Problem. Das Material ist vertraulich.»

Romella fuhr ihn an. «Selbstverständlich sichere ich Ihnen absolute Vertraulichkeit zu.»

«Ich meine damit höchst vertraulich.» Findhorn warf einen Seitenblick auf Stefi. Sie nickte und lächelte, und sie schien jedes Wort fasziniert aufzusaugen. «Wir bräuchten einen separaten Arbeitsplatz.»

Diesmal war der unschlüssige Gesichtsausdruck nicht gespielt. «Da muss ich nachdenken.»

Findhorn zog eine Karte aus seiner Brieftasche. «Sie tun recht daran, vorsichtig zu sein. Ich bin nämlich eigentlich Jack the Ripper.» Sie lachte und zeigte dabei eine Reihe makellos weißer Zähne. Sie las die Karte. «Meine Sekretärin Anne ist im Urlaub, aber ich kann Ihnen ihre Privatnummer geben, wenn Sie wollen. Mein Vater ist Lord Findhorn, Richter am Obersten Zivilgericht. Er ist zu Hause in Ayrshire, und wenn Sie mögen, können wir ihn jetzt anrufen, um zu bestätigen, dass ich tatsächlich …»

«Ich wollte Ihnen nicht unterstellen –»

«Jetzt muss ich mich aber auf den Weg machen. Wir können die Modalitäten besprechen, wenn ich wiederkomme. Das heißt, wenn Sie die Arbeit übernehmen wollen.»

«Überstunden –»

«Kein Problem. Sie nennen mir Ihren Preis.»

Als er auf dem Weg hinab jeweils zwei Stufen auf einmal nahm, erwog Findhorn ein weiteres Problem: Wie konnte er dem alten Herrn das Geld aus dem Kreuz leiern?

Und wieder traute Findhorn sich auf die Straße. Es hatte eine ganze Meile zurückzulegen, und er hörte deutlich das laute Knallen des Ein-Uhr-Schusses, als er im Fat Sam's eintrat.

Ein paar Geschäftsleute saßen verteilt im Raum, und anlässlich einer Geburtstagsfeier fand ein Mittagessen statt. Al Capone, eine King-Size-Zigarre im Mund, trug eine Maschinenpistole im Arm. Bogart, Dietrich und andere Ikonen der Prohibitionszeit blickten von Postern an den Wänden auf das Geschehen hinab. In einer Ecke spielte ein elektrisches Klavier automatisch Jazzrhythmen, und in der Nähe der Kasse rammte ein fetter Fisch immer wieder den Kopf gegen die Scheibe des Aquariums. Auf einem Hinweiszettel stand zu lesen, dass es sich um einen Piranha handelte.

Zwei Männer saßen wartend an einem Ecktisch. Einer war hoch gewachsen, ältlich und leicht gebeugt, konventionell gekleidet in Anzug und Krawatte. Findhorn konnte eine große römische Nase erkennen, fleckige Haut über einem totenschädelähnlichen Gesicht und einen leicht geistesabwesenden Ausdruck, von dem er sich keinen Augenblick täuschen ließ. Der andere war um die vierzig, hager, trug eine Brille mit Metallgestell und ebenfalls einen Anzug, der ihn wie einen Zeugen Jehovas aussehen ließ. Findhorn sah die beiden nur in Umrissen, denn das Sonnenlicht strömte durch Dachfenster herein und verbarg ihre Gesichter.

«Das Lokal hier war mal eine Schlachterei», sagte der Totenschädel und deutete auf einen Stuhl. Sein Akzent war der der englischen Oberschicht, Winchester, Eton oder dergleichen: eine Spezies im Niedergang, aber noch immer mit viel Einfluss. «Daher die Dachfenster. Wir können uns umsetzen, wenn Sie mögen.» Findhorn schüttelte den Kopf. Der Mann bestellte *spaghetti alle vongole*, und Findhorn nahm die *calzone*. Der Zeuge Jehovas bestellte nichts. Sie einigten sich auf *aqua minerale*, klarer Kopf war angezeigt.

Der Totenschädel wartete, bis der Kellner außer Hörweite war. «Mein Name ist Mister Pitman, wie der Stenograph.»

«Aber natürlich doch.» Findhorn sah hinüber zum Zeugen

Jehovas. «Und ich nehme an, Sie sind Mister Speedhand, der Erfinder der Schreibmaschine.»

Der Zeuge Jehovas nickte. «Damit kann ich leben.» Sein Akzent war amerikanisch.

Pitman sagte: «Ich werden Ihre Intelligenz nicht beleidigen, indem ich Ihnen etwas vormache, Doktor Findhorn. Sie besitzen gewisse Dokumente. Wir repräsentieren Leute, die bereit sind, dafür zu zahlen.»

«Dokumente?»

«Und bitte beleidigen Sie meine ebenso wenig.»

Ein kleiner Korb mit Brot wurde serviert. «Sie machen in Aberdeen ein Beratungsbüro, glaube ich. Sie verkaufen Wetterdaten. Sie nennen sich Polar Explorers, um die Illusion zu wecken, dass Sie mehr als eine Person sind.»

«Das bin ich tatsächlich», monierte Findhorn. «Ich habe eine Sekretärin.»

Pitman nickte zerstreut und versuchte, eiskalte Butter auf dem weichen Brot zu verstreichen. «Ach ja, Anne mit den tausend Frisuren. Und wie läuft Ihr Geschäft?»

«Ich bin sicher, das werden Sie mir gleich sagen», antwortete Findhorn argwöhnisch.

«Als Unternehmer kann man Sie bestenfalls als schlechten Witz bezeichnen. Sie verkaufen ein paar unerhebliche Daten für kommerzielle und militärische Klimaprogramme, die letztlich deren Wettervorhersagen nur höchst geringfügig verlässlicher machen. Ihr Umsatz reicht gerade für Annes Gehalt, die Miete und eventuell noch für Kaffee. Sie machen weniger Profit als ein Straßenmusiker.»

«Ich könnte gut ein paar mehr Wetterstationen im Eis gebrauchen.»

Die Kellner hatten sich um den Geburtstagstisch geschart. Eine Torte mit Kerzen wurde kredenzt, und die gesamte Gesellschaft stimmte «Happy birthday to you» an. Unterstützt wurde sie dabei von dem Klavier und elektrisch betriebenen kleinen Negern, die auf einer Bühne ihre Banjos schrammelten. Der Mann wartete ab, bis die Kakophonie und der Applaus abgeklungen waren. «Wären Ihnen hunderttausend Pfund eine Hilfe?»

Ein sizilianischer Kellner aus der zweiten Einwanderergeneration servierte schwungvoll den Hauptgang. Pitman stocherte in den kleinen Muscheln auf seiner Pasta. Findhorn hatte schon einen Schluck aus seinem dritten Glas Wasser genommen, aber sein Mund war noch immer trocken. «Eine enorme Hilfe. Aber die Dokumente, wie Sie es nennen – eigentlich handelt es sich nämlich um Tagebücher – sind unverkäuflich.»

Mister Stenograph konzentrierte sich auf eine Muschel und sezierte sie wie ein Zoologe. Mister Speedhand sagte: «Also dann eine Million?» Der amerikanische Akzent erwies sich als einer von der Ostküste, wahrscheinlich Boston.

Findhorn merkte, dass ihm leicht schwindlig wurde. Er sah hinauf zu Al Capone und sprach den Gangster nachdenklich an. «Wenn Sie anbieten würden, eine Million Pfund auf mein Bankkonto zu überweisen, und dafür die Tagebücher verlangten, würde ich das wohl ablehnen müssen.»

Vom Sonnenschein geblendet, konnte Findhorn nur hoffen, dass er sich den Ausdruck in Mister Speedhands Augen eingebildet hatte. Pitman untersuchte eine kleine Muschel, die er mit der Gabel aufgespießt hatte. «Jemand hat mit Ihnen geredet.»

«Nein.»

Mister Speedhand sagte: «Doktor Findhorn, bevor Sie sich in eine ausweglose Situation manövrieren, sollten Sie lieber diese Tagebücher aushändigen und unbehelligt davonmarschieren. Es wäre in Ihrem eigenen Interesse.»

Findhorn sagte: «Eine faszinierende Situation.»

Pitman sagte leichthin: «Wer auch immer diese Tagebücher hat, befindet sich im Fadenkreuz.»

Findhorn spürte, dass ihm Schweißperlen auf die Stirn traten. Er schrieb es der Wärme im Restaurant zu. «Falscher Ort, falsche Zeit. Dies ist Edinburgh im neuen Millennium und nicht das Chicago der dreißiger Jahre.»

Pitman lächelte schmallippig. «Und Sie können sich nirgends verstecken.»

Findhorn atmete tief durch. «Wenn ich vor einen Bus stürze, werden die Tagebücher für immer verschwunden sein.»

«Glauben Sie mir, damit würden einige Leute sehr zufrieden sein.»

«Ich könnte mich von der Special Branch beschützen lassen», sagte Findhorn. Ein sonderbares Gefühl beschlich ihn, als betrete er ein paralleles Universum: Die vertraute Edinburgh-Umgebung war zwar noch da, aber eine neue Realität tat sich auf.

Das schmale Lächeln wurde breiter. «Sind Sie etwa ein Salman Rushdie, den fanatische Moslems ins Visier genommen haben? Ein berühmter Filmstar, dem nachgestellt wird? Sie sind ein Niemand. Solange Sie nicht von hohem öffentlichem Interesse sind, wird der Staat sich die Kosten ersparen.»

Findhorn schob seinen Teller zur Seite. Ihm wurde übel. «Sie hatten Recht, was die *calzone* betrifft.»

«Sie müssen eine ganz einfache Entscheidung treffen: eine Million Pfund oder baldiger Tod.» Er musterte Findhorn neugierig. «Den meisten Menschen würde diese Entscheidung absolut nicht schwer fallen.»

Findhorn nahm einige Zahnstocher aus einem Behälter. Er wollte einen kleinen Scheiterhaufen bauen, stellte aber fest, dass seine Hände zitterten. «Niemand bekommt diese Tagebücher, bevor ich herausgefunden habe, was darin steht. Und vielleicht auch dann nicht.»

Ein flüchtiger düsterer Blick; ein verwöhntes Kind, dem ein Spielzeug verweigert wird.

Mister Speedhand sagte: «Ich würde sehr gerne sehen, dass Sie mir in dieser Angelegenheit vertrauen. Sie können sich einfach nicht vorstellen, worin Sie sich hier verstricken.»

Findhorn fragte: «Sie vertreten amerikanische Interessen, nicht wahr?»

Trotz des grellen Sonnenscheins, der auf Findhorns Gesicht

fiel, bemerkte er eine subtile Veränderung in der Körpersprache beider Männer. Speedhand zögerte und fuhr dann fort: «Das braucht Sie nicht zu kümmern. Es geht nur darum, dass Ihnen soeben eine absurd hohe Geldsumme für Dokumente angeboten wurde, auf deren Besitz Sie ohnehin kein Anrecht haben.»

«Und dann ist da die verschleierte Drohung.»

«War sie verschleiert? Das tut mir aber Leid.»

Findhorn zählte die einzelnen Punkte an seinen Fingern ab. «Bei dem Versuch, diese Tagebücher in die Hände zu bekommen, starben zehn Männer. Mir ist gerade eine Million für sie geboten worden. Für den Fall, dass ich sie nicht aushändige, bin ich extrem bedroht worden. Tut mir Leid, Kumpel, aber bis ich nicht herausgefunden habe, um was es hier geht ... sagen wir einfach, ich bin neugierig.»

«Neugier hat schon der Katze den Tod gebracht», sagte Mister Speedhand.

«Ich bin aber keine Katze.»

«Aber verstehen Sie Armenisch?», fragte Pitman.

Findhorn wich der Frage aus. «Etwas ist mir jedoch ein Rätsel.»

Der Mann wartete. Findhorn nippte an seinem Mineralwasser und fuhr dann fort. «Es gab kein einziges Rettungsfahrzeug in der Nähe des Eisbergs. Zumindest nicht auf dem Radar. Aber Dawson benahm sich nicht wie ein Mann, dem der Tod durch Ertrinken droht. Ein Mann, der sein Leben riskiert, ja. Aber nicht ein Mann, der mit seinem Tod rechnet.»

Findhorn wartete, aber die Männer blieben ungerührt. «Okay», sagte er schließlich. «Also waren Vorkehrungen getroffen, Dawson zu retten. Und was war dann mit den anderen?»

Der ältere Mann rollte seine Spaghetti auf wie ein Italiener. «Sie waren sozusagen eine Unannehmlichkeit.»

Findhorn merkte, dass er blass wurde.

«Kaum anders als Sie auch», fügte Speedhand hinzu.

Pitman saugte eine lange Nudel ein. «Vielleicht wird es Ihre Entscheidung erleichtern, wenn ich Ihnen eröffne, dass es noch andere Gruppen gibt, die an diesen Tagebüchern interessiert sind, Parteien mit einer weniger freundlichen Einstellung als wir.»

Voller Selbstvorwürfe dachte Findhorn an die armenische Übersetzerin, und er fragte sich, in was er sie da vielleicht verwickelte. Und sich fragte er: *Verdammt nochmal, was steht bloß in diesen Tagebüchern?*

Pitman versuchte es jetzt mit einem gönnerhaften Ton. «Begeben Sie sich unter unsere Fittiche, Doktor Findhorn. Wenn Sie uns tatsächlich die Tagebücher nicht verkaufen wollen, lassen Sie uns Ihnen zumindest Schutz anbieten. Und natürlich einen Übersetzer. Lösen Sie das Rätsel der Tagebücher und befriedigen Sie dadurch Ihre lebensgefährliche Neugier. Aber gewähren Sie uns das erste Anrecht auf die Information, die Sie finden.»

«Es dürfte eine interessante Schlussphase werden, wenn ich die Information übergebe und feststellen muss, dass ich in dem Handel nichts mehr zu bieten habe. Erwarten Sie ernsthaft von mir, dass ich Ihnen traue?»

Der Mann gab sich perplex. «Natürlich nicht. Aber welche andere Wahl bleibt Ihnen denn? Ohne Schutz werden Sie höchstens ein paar Tage überleben, vielleicht auch nur einige Stunden.»

Mister Speedhand sagte: «Eine große Organisation sucht Sie bereits. Die Landstraßen können Sie vergessen, ebenso Züge und den Flughafen.»

Pitman sagte: «Und auf den Straßen der Stadt drohen Ihnen große Gefahren.»

Es folgte ein verbissenes Schweigen. Findhorns Zahnstocherkonstruktion brach in sich zusammen.

«Sie haben immer noch nicht verstanden, Findhorn», sagte Speedhand. «Wir müssen diese Tagebücher bekommen. Eine Weigerung, sie auszuhändigen, können wir keinesfalls dulden.»

«Und wenn ich mich trotzdem weigere?»

«Ohne unseren Schutz wird die andere Gruppe Sie sehr schnell finden.» Der Mann machte einen Kellner mit einem Fingerschnippen auf sich aufmerksam.

«Hier ist nichts so, wie es den Anschein hat», sagte Findhorn.

Pitmans Gesichtsausdruck änderte sich nicht, aber Speedhand sah ihn feindselig an.

«Nehmen Sie zum Beispiel den Piranha. Eigentlich handelt es sich um einen großen Barsch, *Serranid serranidae.*»

«Was wollen Sie?», fragte Speedhand. «Eine Strafverfolgung nach dem Warenkennzeichnungsgesetz?»

«Nein. Ich frage mich nur, was hier sonst noch auf dem Spiel steht.»

Als der Sizilianer herbeikam, stand Findhorn plötzlich auf und steuerte auf den Ausgang zu. Weil sie damit nicht gerechnet hatten, blieben die Männer wie angewurzelt sitzen. Er rannte hinaus, wandte sich nach links und wieder nach links. Ab und zu blickte er hinter sich, und er hatte keinen Plan außer der Absicht zu verschwinden. Kurz darauf befand er sich in der Lothian Road. Ein großes schwarzes Taxi tauchte auf, und er lief ihm direkt vor die Kühlerhaube. Mit quietschenden Bremsen kam es zum Stehen.

«Können Sie nicht aufpassen, Mann?»

«Ja doch. Morningside.» Das war das Erste, was ihm in den Kopf kam. Die Morningside-Vororte waren voller Ärzte und Anwälte, dort zahlte man hohe Hypotheken, und es gab Pflegeheime für gut betuchte alte Leute.

«So kommen Sie schnell zu Tode, Mister.»

Aber nicht in Morningside. In Morningside wird niemals jemand getötet. In Leith oder Craigmillar kann es passieren, dass man von üblem Pack zusammengeschlagen oder erstochen wird, aber den Menschen in Morningside geschieht das niemals. Die sind zu vornehm.

«O mein Gott!»

Der Taxifahrer sah seinen Fahrgast erschreckt an. «Sind Sie okay, Mann?»

«Nicht nach Morningside. Dundee Street. Können Sie sich beeilen?» Ein Gedanke hatte Findhorn plötzlich getroffen wie ein Hieb in die Magengrube. *Wie viele Übersetzer für Armenisch mochte es in Edinburgh geben? Und wie lange wird es dauern, Romella Grigorian zu finden, und durch sie dann mich?*

Aber der Stoßverkehr verstopfte die Straßen Edinburghs und wurde immer schlimmer. Zudem hatten sich die Ampeln gegen das Taxi verschworen. Als sie schließlich vor der Mietskaserne hielten, stand Findhorn kurz vor einem Nervenzusammenbruch. Er lief die Treppen hinauf und klopfte.

Und klopfte nochmal.

8 CAMP L

Findhorn registrierte einen Hauch von billigem Parfüm. Er gab sich alle Mühe, entspannt zu klingen. «Können wir gehen?»

«Jetzt? Nicht erst morgen?»

«Ich möchte wirklich anfangen. Wir können Ihr Honorar auf dem Weg besprechen.»

«Hat es nicht mal Zeit bis nach dem Abendessen?»

«Bitte!»

Romella bedachte ihn mit einem nachdenklichen und argwöhnischen Blick, während Findhorn innerlich kochte. Sie verschwand und ließ ihn an der offenen Tür stehen.

«Auf dem Weg wohin?», rief sie aus einem der Schlafzimmer.

«In die Wohnung meines Bruders. Wir müssen zum Charlotte Square.»

Als sie wieder erschien, trug sie eine Jeansjacke über ihrem rosa Pullover. Sie reichte Findhorn seine Aktentasche. «Und Sie sind auch ganz sicher, dass Sie nicht Jack the Ripper sind?» Sie zog sich einen peruanischen Hut über die Ohren.

«Nicht mal Jack the Lad.»

Stefi kam aus der Küche und trocknete sich die Hände an einem Geschirrhandtuch ab. Es war halb fünf nachmittags, und sie war immer noch im Morgenmantel. «Mögen Sie Shish Kebab? Mein Shish Kebab ist …» Sie küsste ihre Fingerspitzen.

«Ein andermal.»

«Aber Sie müssen doch essen», mahnte Stefi.

«Das habe ich ja gerade, danke.»

Romella sagte: «Also schön, gehen wir.»

Hinaus auf den Treppenabsatz. Sie zog die Tür mit einem Klicken hinter sich zu. Jemand kam die Treppen herauf. Findhorn erstarrte.

«'n Abend, Mrs. Essen.»

Eine alte Schachtel, in jeder Hand eine Plastiktüte; sie grunzte missmutig, als sie an ihr vorbeigingen. Findhorn tat einen Stoßseufzer und hatte weiche Knie.

Der Himmel war dunkelgrau, und leichter Schneeregen versprach noch schlechteres Wetter. «Bis zu Dougies Wohnung ist es ungefähr eine Meile. Sie hören sich gar nicht wie eine Armenierin an.»

«Kein Wunder, denn ich bin ja auch aus Glesca...», für einen Moment nahm sie einen ausgeprägten Cowcaddens-Akzent an, «... und einige Jahre lang in Kalifornien aufgewachsen. Meine Leute leben immer noch dort, in La Jolla. Dad ist Anwalt. Und Ihr Vater ist also Richter am Obersten Zivilgericht?»

«Ja. Die ganze Familie besteht aus Anwälten. Wenn Sie einen rosa Porsche durch Edinburgh fahren sehen, dann ist es mein jüngerer Bruder Dougie. Er arbeitet bei Sutcliffe & McWhirtle.»

«Von denen hab ich schon gehört. Sind Anwälte für Strafsachen, nicht wahr?»

«Dad findet, sie sind selber eher Straftäter als Anwälte. Sie sind darauf spezialisiert, winzige Schlupflöcher in den Gesetzen zu finden und daraus riesige Gräben zu machen. Die pauken Sie aus allem raus – wenn Sie bezahlen können. Meine Schwester lebt in Virginia Water mit einem Barrister namens Bramfield zusammen. Er ist reich, sie ist kreuzunglücklich, und beide sind betrunken, wann immer ich sie besuche.»

«Aber Sie haben sich nicht für die Juristerei entschieden. Auf Ihrer Visitenkarte steht, dass Sie Polarforscher sind.»

«Ich habe mit der Familientradition gebrochen. Ergebnis: Armut.»

«Ich hoffe nur, Sie können sich mein Honorar leisten.»

Es wurde langsam dunkler, und die Autoscheinwerfer leuchteten auf. Die Düsternis vermittelte Findhorn eine Illusion von

Sicherheit. Sie kamen am Fat Sam's vorbei und gingen links die Lothian Road hinunter. Als sie die Princes Street überquerten, war der Stoßverkehr bereits in vollem Gange, und der leichte Schneeschauer war zu einem eiskalten Regenguss geworden. Sie stapften auf matschigen Gehsteigen zum Charlotte Square hinunter. Hier besaßen die grauen Reihenhäuser kostspielige Türklopfer aus Messing sowie Messingschilder, die private Arztpraxen, Steuerberater und Anwaltskanzleien mit abstrusen Namen auswiesen. Zwischendrin befanden sich Privatwohnungen mit riesengroßen Lampen in den Fenstern.

Vor Kälte zitternd, stieg Findhorn einen kurzen Treppenabsatz mit breiten Granitstufen hinauf. Er fingerte an einem Schlüsselbund und öffnete eine schwere Tür mit einem Messingschild, auf dem Mrs. M. MacGregor stand. Dann schaltete er das Licht an.

Opulente Ausstattung und Kälte empfingen sie. Rosa venezianische Kronleuchter warfen ihr glitzerndes Licht auf einen gemusterten Axminster-Teppich, einen kleinen Queen-Anne-Tisch mit einem unechten Telefon aus den dreißiger Jahren und ein halbes Dutzend Türen aus buntem Glas. Jazzmusiker tummelten sich zwischen Spiralnebeln und nackten Engeln an der hohen Deckenkuppel. Am Ende des Korridors schraubte sich eine Treppenflucht außer Sichtweite. Sie wurde von einem großen Holzlöwen bewacht, und auf dem ersten Treppenabsatz knabberte eine nur leicht verhüllte Eva an einem Marmorapfel.

Romella lachte vor Entzücken und Überraschung. «Die Sixtinische Kapelle!»

«Dougie steht auf Surrealismus», sagte Findhorn. Er drehte an einem Knopf an der Wand, und man hörte ein leises *Whumpf!* vom Kessel einer entfernten Zentralheizung. «Im Moment ist er in Gstaad. Dort verbringt er den Winter mit Skilaufen.»

Sie betraten einen Wohnraum mit einem furchtbar hässlichen schwarzen Marmorkamin und einem Bücherregal vom Boden bis zur Decke. Auf höchst kostspielige Weise hatte man eine verblichene Tapete durch in Handarbeit geprägte Regency-Muster imitiert. Leichte Kumuluswolken schwebten an einer himmelblauen Decke.

«Warten Sie nur, bis Sie die Schlafzimmer sehen», sagte Findhorn. Er schaltete ein imitiertes Kaminfeuer ein und steuerte auf eine Hausbar zu, die wie eine Rum-Pinte auf Barbados hergerichtet war.

Romella ließ sich auf ein cremefarbenes Ledersofa sinken. «Die Schlafzimmer. Einen Gin Tonic, bitte, und übertreiben Sie es nicht mit dem Tonic.»

Findhorn füllte zwei Gläser und setzte sich in einen Sessel. Er zog die Fotokopien aus seiner Aktentasche und legte sie auf einen Glastisch zwischen ihnen. «Es gibt Leute, die hinter diesen Tagebuchaufzeichnungen her sind. Und daher suchen sie mich. Das sollten Sie wissen, bevor Sie anfangen, denn wenn Sie mir helfen, werden diese Leute vielleicht auch Ihnen nachstellen.»

Ihr leises und sanftes Lachen war hinreißend. «Das ist wirklich ein höchst sonderbarer Aufreißspruch. Jedenfalls ist es der originellste, den ich je gehört habe.»

«Sie können kommen und gehen, ganz wie Sie mögen. Ich bleibe aber hier. Wenn es irgendwie geht, möchte ich die Straßen meiden.»

«Hier sitze ich also mutterseelenallein mit einem irren Spinner in einer großen leeren Wohnung. Kommt mir vor wie etwas aus ‹Psycho›.» Es war im Scherz gemeint, aber Findhorn hatte den Eindruck, dass in ihrer Stimme leichtes Unbehagen mitschwang. «Es ist doch wohl ein Witz, dass Leute hinter Ihnen her sind, oder?»

«Nein, es ist mein Ernst. Vielleicht wollen Sie lieber aussteigen?»

«Wenn Sie mit Drogen zu tun haben ...»

«Hören Sie, wenn Sie sich sicherer fühlen würden, warum bitten Sie nicht Ihre Freundin Stefi herzukommen? Und Grim Jim oder irgendjemanden sonst – Ihren Freund, wenn Sie einen haben.

Ganz wie Sie wollen. Die können alle hier wohnen. Platz ist ja genug.»

«Okay. Ich werde Stefi fragen. Ein bisschen weibliche Gesellschaft dürfte gut sein. Vor morgen legen die Telefonleute unseren Anschluss nicht still.» Romella machte eine ausladende Handbewegung. «Sie wird das hier lieben. Jim ist über Weihnachten unterwegs. Er studiert Geologie und macht eine Feldstudie.» Sie nippte an ihrem Drink. «Werden Sie mir jetzt erzählen, was es wirklich mit diesem Zeug auf sich hat?»

«Ich meine es ernst. Es steckt etwas in diesen Tagebüchern. Ich habe keine Ahnung, was es ist. Aber es gibt Leute, die sie unter allen Umstände in die Hände bekommen wollen, und man hat mich bedroht. Jetzt brauche ich jemanden, der übersetzt, damit ich das Rätsel lösen kann. Und währenddessen kann ich mich nirgends blicken lassen. Man sucht in Edinburgh nach mir, und auf Bahnhöfe und dergleichen kann ich mich nicht trauen. Ich weiß, dass ich mich wie ein paranoider Richard Kimble anhören muss.»

Romella saß unnatürlich still. Findhorn wartete. Dann fügte er hinzu: «Ich brauche Ihre Hilfe. Ihr Honorar ist zweitrangig.»

«Lassen Sie mich Stefi anrufen.»

Mit seinem Gin Tonic in der Hand ging Findhorn in die Küche. Halbwegs rechnete er damit, dass die Eingangstür zugeschlagen würde, weil Romella die Flucht ergriffen hatte. In dem hellblauen Kühlschrank aus den dreißiger Jahren befanden sich nur eine Tafel Schweizer Schokolade, ein paar abgelaufene Joghurts und eine Ecke vergammelter Stilton.

Romella erschien wieder. Sie hatte ihre Jeansjacke ausgezogen. «Ich hab Stefi die ganze Geschichte erzählt. Sie lässt sich von nichts abhalten – sie hat nämlich eine romantische Ader. Sie stammt aus Bulgarien, und ich vermute, sie hat auch Zigeunerblut in den Adern. Sie verspricht, uns nicht zu behelligen, solange wir übersetzen. Sie kommt mit Kleidung zum Wechseln und Lebensmitteln und so.»

«Hervorragend.» Findhorn sah nicht den geringsten Grund, seine Erleichterung zu verbergen, und grinste.

«Und sie kocht leidenschaftlich gern.» Romella überlegte, welches die höchste Summe war, die sie sich zu fordern traute. «Ich denke, ich muss in diesem Fall hundert Pfund pro Tag verlangen.»

«Einverstanden», sagte Findhorn, ohne zu zögern. «Und Stefi bekommt zwanzig plus Haushaltskosten.»

«Also gut dann, Fred Findhorn, B. Sc., Ph. D. und Polarforscher in Hektik, warum fangen wir nicht an?»

Der große Wohnraum war mittlerweile gemütlich warm, und Findhorn ließ sich auf dem Sofa neben Romella nieder. Er reichte ihr die Kopie des Nachrufs aus der *Times*. «Zum Hintergrund.» Sie las laut vor:

Lev Baruch Petrosian, der vermutlich bei einem Flugzeugabsturz in der Arktis ums Leben gekommen ist, begann seine wissenschaftliche Laufbahn mit einer Anzahl wichtiger Beiträge zur so genannten Quantentheorie, die der modernen Auffassung von Materie und Strahlung zugrunde liegt. Besser bekannt ist er jedoch als Physiker, der an der Entwicklung der Atombombe zu Kriegszeiten und später an der Entwicklung der Wasserstoffbombe in den Zeiten des Kalten Krieges beteiligt war. Überschattet wird seine Karriere jedoch von dem Verdacht der Spionage, obwohl dieser Vorwurf nie bewiesen wurde. Rätselhaft bleibt der tödliche Flugzeugabsturz in der Arktis …

Sie hielt inne und sah Findhorn mit hochgezogenen Augenbrauen an.

… insofern, als es Gerüchte gibt, dass er in die Sowjetunion flüchten wollte.

Als Sohn eines Schafhirten wurde Petrosian am 29. Dezember 1911 in einer Kate in den Pambak-Bergen von Armenien geboren. Seine frühen Lebensjahre waren ebenso ereignisreich wie seine späteren. Als Folge eines türkischen Massakers an armenischen Christen schon in früher Jugend verwaist, entkam er als Kind mit einem Onkel nach Baku an der Küste des Kaspischen Meeres, und zwar kurz bevor die Stadt 1918 an die Türken fiel, die mit den Deutschen verbündet waren. Auf einem britischen Truppentransporter wurden sie aus der Stadt geschmuggelt und gelangten nach Persien, wo sie bis zum Ende des Krieges blieben.

Seine Schulausbildung begann in einem Privatgymnasium in Jerewan, und Petrosian erwies sich schon sehr bald als außergewöhnlich begabter Schüler. Ein zufälliges Zusammentreffen mit Ludwig Barth, dem deutschen Physiker, hatte zur Folge, dass man ihn einlud, an der Universität in Leipzig Physik zu studieren. 1932 nahm die Universität ihn als Doktoranden an, und er begann mit seiner Arbeit an der Quantentheorie. Es war eine aufregende Sache, in Deutschland Physik zu studieren …

«In mehr als einer Hinsicht», gab Findhorn zu bedenken. «Die Nazis kamen gerade aus den Löchern.»

Romella nahm den dicken Papierstapel vom Tisch. «Und da wären wir. Die Tagebücher beginnen.»

«Er muss dreiundzwanzig gewesen sein. Ich frage mich, was der Auslöser war.»

Romella blätterte in den Seiten. «Vielleicht ein junges Mädchen. Ein Mädchen namens Lisa Rosen.» Und während sie mit leiser melodiöser Stimme, die Findhorn als eigenartig sinnlich empfand, übersetzte, fanden sie schließlich Zugang zur seltsamen Welt des Lev Baruch Petrosian.

Sie hatte braunes Haar, war gesprächig und fröhlich. Der Kontrast zu Petrosians in sich gekehrtem Charakter hätte stärker nicht sein können.

Die Tagebücher zeichneten die Erinnerungen und die ein wenig unreifen Gefühle eines jungen Mannes auf, der seinen Weg in einer Welt suchte, die auseinander fiel. In Levs Welt gellten schrille Stimmen an den Straßenecken, marschierten Arbeitslose wie Roboter hinter Hakenkreuzfahnen und Marschmusik, begannen Professoren ihre Seminare mit «Heil Hitler!» und nahmen entweder aus Überzeugung oder Selbsterhaltungstrieb die Geisteshaltung und die Posen der Nazis an.

Die Tagebücher erwähnten überdies zunehmend den Namen Lisa Rosen.

Eines Abends nahm Lisa den Doktoranden Petrosian zu einer Gesellschaft im Haus ihres Bruders Willy Rosen mit. Die Gesellschaft erwies sich als ein Zusammentreffen kommunistischer Studenten. In aller Höflichkeit lehnte Lev es ab, sich ihnen anzuschließen. Er nahm, Arm in Arm mit Lisa, an mehreren dieser Treffen teil, mochte sich aber dennoch nicht wirklich engagieren.

Eines verschneiten Tages im Januar 1933 erschien Lisa nicht im Labor. Als er sie in ihrer kleinen Wohnung aufsuchte, fand Lev sie zu seiner Bestürzung im Bett. Ihr Gesicht war grün und blau geschlagen, ihre Augen fast ganz zugeschwollen. Die Braunhemden hatten mit Fäusten und Schlagstöcken eines der Treffen aufgelöst. Danach schien es Lev die natürlichste Sache der Welt zu sein, sich den Kommunisten anzuschließen, denn sie waren die einzige Gruppe, die sich mit nennenswertem Erfolg den Schlägern widersetzte. Auf Anweisung der Partei wurde er geheimes Mitglied. Ihm wurde streng verboten, sich dem Reichsbanner anzuschließen, den Gruppen der Sozialdemokratischen Partei, die sich mit den Nazi-Braunhemden Straßenkämpfe lieferten. Du bist zu begabt, sagte man ihm, für unsere Sache zu wertvoll, als dass du riskieren solltest, ein Messer zwischen die Rippen zu bekommen.

Am 30. Januar 1933 kam Adolf Hitler an die Macht. Am 27. Februar wurde der Reichstag in Brand gesteckt, und es folgte ein Pogrom gegen Kommunisten und Juden. Lev war mit Lisa zusammen und mied die engen Straßen, in denen Schaufensterscheiben splitterten und aufsässige Banden marodierten. Am 22. September wurde die Reichskulturkammer eingerichtet und machte sich prompt daran, alles «Nicht-Arische» aus dem deutschen Leben zu verbannen. Am 4. Oktober wurde die rassische und politische Reinheit aller Zeitungen und ihrer Redakteure durch die Verabschiedung des Reichspressegesetzes sichergestellt. Am selben Tag bestellte Ludwig Barth Lev zu sich: «Ich kann Sie nicht länger als meinen Studenten dulden. Ihre Herkunft ist nicht arisch, und Sie pflegen Umgang mit Lisa Rosen, einer Kommunistin und Jüdin. Sie haben überdies Ihre Stimme gegen die Braunhemden erhoben.»

«Ist das Ihre Meinung, Professor, oder die der Universität?»

«Darauf kommt es nicht an. Es besteht keine Aussicht für Sie, an dieser Universität zu promovieren.»

Professor Barths Ausführungen bestätigten nur Gedanken und Ahnungen, die Lev bereits hegte. Das akademische Leben Deutschlands befand sich in freiem Fall, und das entsprach dem Niedergang des Lebens draußen. Die Universitäten wurden nazifiziert, widerspenstige Professoren entlassen oder gar ermordet.

An jenem Abend klopfte Willy an die Tür von Levs Wohnung im vierten Stock. Lev ließ ihn herein. Willy war äußerst erregt. «Lev», sagte er, «man will dich verhaften. Die Partei hat entschieden, dass du sofort das Land verlassen musst.»

«Und Lisa und du?»

«Unser Platz ist hier», sagte Willy, «im Kampf gegen die Faschisten. Wer kann sagen, wie es ausgehen wird? Aber du bist zu wertvoll, als dass wir dich verlieren dürften. Du musst den Kampf für den Weltkommunismus im Ausland weiterführen.» Willy gab ihm den Namen einer jungen Frau in Kiel. «Sie wird sich um dich kümmern. Und jetzt mach dich schnell auf den Weg.»

Kaum eine halbe Stunde später schleppte Lev einen Koffer voller Bücher und weniger anderer Dinge durch die dunklen Straßen. Eine Stunde später und in sicherer Entfernung von seiner Wohnung kletterte er über einen Zaun und verbrachte eine bitterkalte Nacht auf einer Parkbank, wo er ständig auf die Geräusche der Dunkelheit horchte. Früh am Morgen schlug er sich zum Bahnhof durch. Er rechnete schon damit, bei seiner Ankunft verhaftet zu werden, konnte aber ohne den geringsten Zwischenfall einen Zug nach Kiel besteigen. Er erwartete auch dort, verhaftet zu werden, aber wieder konnte er den Bahnhof unbehelligt verlassen. Er fand den Weg zu einer Adresse, die zu einer Taxizentrale gehörte. Dort blieb er sechs Wochen lang, ohne sich einmal aus dem Haus zu rühren, bis man es für sicher genug hielt, ihn bei Nacht über die Felder nach Dänemark zu transportieren. Dort meldete er sich im Niels-Bohr-Institut in Kopenhagen, wo Otto Frisch gerade einen Assistenten suchte. Er wollte die schrullige Idee seiner Tante Lise Meitner überprüfen, dass ein Isotop des seltenen Schwermetalls Uran instabil war und wie eine Amöbe zur spontanen Verschmelzung neigte.

Ein paar Monate nach Petrosians Flucht wurde der SA-Mann Bernhard Rust Reichsminister für Wissenschaft, Erziehung und Volksbildung.

Bald darauf wurde ein weiterer SA-Mann zum Rektor der Universität von Berlin ernannt. Er richtete umgehend fünfundzwanzig Kurse in «Rassenpolitischer Wissenschaft» ein.

Die Physik wurde zum «Werkzeug des Weltjudentums zur Zerstörung der modernen Wissenschaft». Der Jude Einstein war ein «fremdrassiger Scharlatan», dessen Prestige bewies – wenn überhaupt ein Beweis nötig war –, dass die jüdische Weltherrschaft drohend bevorstand.

Während das kulturelle und wissenschaftliche Leben in Deutschland fortfuhr, sich selbst zu zerstören, kam es zu einem großen Exodus von begabten Menschen. Und schon bald sollte dieser immense Strom sich gegen das Reich wenden und sich auf dessen Zerstörung konzentrieren. Für einige der begabten Wissenschaftler ging es um die Entwicklung des Radars, andere befassten sich mit Dechiffrierung. Aber Lev Petrosian, der sich weit entfernt in der Wüste von New Mexico befand, ging es um die Bombe.

Lieber Lev,
ja, dein Brief ist über die alte Geghard-Handelsroute zu mir gelangt. Wenn du meinst, dass dies nicht meine Handschrift ist, hast du Recht. Ich diktiere das hier dem frommen alten Wüstling Vater Arzumanyan. Er lässt fragen, ob er sein altes Mathematikbuch wiederhaben kann, da du inzwischen ja genügend Zeit gehabt haben dürftest, um dessen Inhalt zu beherrschen.

Tomas geht es gut. Mir ebenso. Und unseren Schafen auch. Das wären so gut wie alle Nachrichten von hier, außer dass ich ein Mädchen treffe. Mehr kann ich nicht sagen, da der gute Vater sich weigern würde, es niederzuschreiben. Lass mich nur erwähnen, dass ihre Haut so glatt ist wie ein Babypopo und dass ihr Popo … ach, du liebe Zeit, schon werde ich zensiert.

Und hier wäre ein wunderbarer Zufall zu erwähnen, aber es kommen auch finstere Nachrichten. Tante Ljudmilla hat mir erzählt, dass ihre Freundin Karineh – die mit der Nase, du wirst dich erinnern – von jemandem wusste, der auf dieselbe Weise wie du über Dänemark aus Deutschland herausgekommen ist. Also habe ich mich erkundigt, und es stellt sich heraus, dass er jetzt Lehrer am Gymnasium ist. Ein Mann namens Victor. Er sagt, er kennt dich aus Leipzig. Es stellte sich zudem heraus, dass er von demselben Mädchen in Kiel hinausgeschmuggelt wurde. Die muss ja ziemlich toll sein, aber daran darf ich wohl nicht denken, denn ich bin verliebt. Jedenfalls, jetzt zu den schlechten Nachrichten. Er sagte mir auch, dass die Gestapo deine Freundin Lisa verhaftet hat. Er sagte, niemand weiß, was mit ihr geschehen ist, und solche Sachen passieren gegenwärtig andauernd.

Wir rechnen alle täglich mit Krieg. Ich will ja gern Nazis töten, aber wer soll sich um die Schafe kümmern? Tomas ist zu alt, um allein mit ihnen fertig zu werden.

Ich liebe deine Geschichten über England, aber natürlich erfindest du sie ja nur. Erzähl mir trotzdem mehr. Und wirst du es je nach AMERIKA schaffen?

Ich liebe dich, dein Bruder
Anastas

Petrosians Tagebuch, Montag, 27. August 1939

Jeden Tag kann der Krieg ausbrechen.

Ich hoffe, dass mein Antrag auf britische Staatsbürgerschaft durchkommt, denn sonst werde ich ein feindlicher Ausländer sein, und nur Gott weiß, was dann geschieht. Die Kollegen unterstützen mich sehr.

Die Zeitungen sind voll von dem Nichtangriffspakt zwischen Nazi-Deutschland und den Sowjets. Ich nehme an, Russland versucht, Zeit zu gewinnen, und Deutschland will nicht wieder an zwei Fronten kämpfen. Es wird nicht andauern. Und doch ist es schwer, sich nicht im Stich gelassen zu fühlen.

Promotion in der nächsten Woche, Nevill Mott aus Bristol als externer Prüfer. Gute Wahl. Er hat in Göttingen studiert, spricht fließend Deutsch und sympathisiert mit dem linken Flügel. Er ist in meinem Alter und bereits Professor!

Mittwoch, 10. Oktober 1939

Die Einbürgerungsanhörung verlief glatt. Hab ihnen erzählt, dass ich voller Hass auf die Nazis bin und immer noch in meinen Träumen Lisas geprügeltes Gesicht sehe. Max Born hatte schriftlich bestätigt, dass ich in meinen Tagen in Leipzig aktiv gegen die Nazis aufgetreten bin. Meine Beziehungen zu den Kommunisten wurden nicht erwähnt, aber Max hätte davon auch nichts wissen können. Man informierte mich, dass ich mit Kategorie C rechnen könne, was bedeutet, dass ich keinerlei Restriktionen ausgesetzt sein werde, ungeachtet eines russischen Pakts mit den Nazis.

Mein erster wissenschaftlicher Aufsatz, in Zusammenarbeit mit Max: *Über Fluktuationen der Nullpunktenergie*. Ich fühle mich wie der Vater eines neugeborenen Kindes! Großes Prestige wegen der Verbindung mit Max Born, der davon spricht, mir zu einem Doktortitel der Universität von Edinburgh zu verhelfen.

Sonntag, 29. Juni 1940

Schreibe dies drei Tage nach dem Ereignis. Ein Polizist klopfte mich bei Morgengrauen heraus und befahl mir zu packen, was ich tragen konnte. Wurde zur Polizeiwache gebracht, zusammen mit anderen auf einen Lastwagen verfrachtet und zu den Armeekasernen in Bury St. Edmunds gebracht. Dann aus irgendeinem Grund von den anderen getrennt und nach Glasgow gefahren. Dort im Stockdunkeln an Bord eines alten Dampfers gebracht. Er fuhr mit uns den Clyde hinunter und blieb auf dem Weg nach Süden immer in Küstennähe, bis wir die Isle of Man erreicht hatten. So viel zur Kategorie C – ich bin und bleibe eben ein feindlicher Ausländer. Das Lager ist riesig. Wir sind insgesamt ungefähr dreizehnhundert. Der deutsche Angriffskrieg hat mittlerweile Hitler ganz Westeuropa eingebracht, und es kann nicht mehr lange dauern, bis er den Ärmelkanal überquert. Ich möchte meine Mathematikkenntnisse und meine Physik benutzen, um ihn zu besiegen. Aber wie?

Ich hatte nicht einmal die Zeit, Kontakt mit meiner Fakultät aufzunehmen.

Donnerstag, 3. Juli 1940

Unter den Internierten herrscht das Gefühl vor, dass die Briten besiegt sind. Aber die britische Haltung, die uns von den britischen Wachen vermittelt wird, ist verblüffend – man scheint einfach nicht zu wissen, wann man geschlagen ist.

Ich persönlich bin gar nicht so sicher, dass sie am Ende sind. Noch gibt es nicht das geringste Anzeichen einer deutschen Invasion, und Dünkirchen ist schon einen Monat her. Wenn die Hunnen es da nicht hinkriegen konnten, können sie es wohl auch jetzt nicht schaffen. Es mag durchaus sein, dass der Krieg noch nicht verloren ist.

Bin sehr besorgt. Angenommen, ich irre mich, und die Briten

kapitulieren. Könnte doch sein, dass sie im Rahmen dessen ihre Internierten den Deutschen ausliefern müssen. Was würden die Nazis wohl mit Leuten wie mir machen?

Schreibe dies wiederum nach dem Ereignis. Auf eine Steam-Packet-Fähre nach Liverpool geschafft, dann zusammen mit über tausend deutschen und italienischen Kriegsgefangenen auf die *Ettrick* verfrachtet worden. Daraufhin hinaus auf den Atlantik. Unter der roten Schiffsflagge wehte das Hakenkreuz, um darauf hinzuweisen, dass wir Kriegsgefangene transportieren, aber der Kapitän besann sich eines anderen, als wir hörten, dass die *Arondora Star* drei Tage zuvor auch dadurch nicht gerettet worden war. Jetzt setzen die Briten ihr Vertrauen auf die Eskorte durch einen Zerstörer. Ein schlimme Überfahrt, die umso schlimmer wurde, weil wir uns von arroganten Nazis begleiten lassen mussten.

Samstag, 29. November 1940

Wir werden nach Camp Sherbrooke verlegt, um dem kanadischen Winter zu entkommen. Traurig, denn wir hatten uns alle schon in Camp L. eingewöhnt. Mir wird der wundervolle Ausblick von den Heights of Abraham über den St. Lawrence fehlen. Die Verpflegung und die sanitären Verhältnisse waren viel besser als in England, und daher ist es uns, den feindlichen Ausländern, gar nicht so schlecht ergangen. Geräumige Hütten, und wir hätten die bitterkalten kanadischen Winde aushalten können.

Und das kulturelle Leben war phantastisch. Friedlander wurde letzten Monat in den Lehrkörper des Trinity College in Cambridge aufgenommen. Ich habe mich mit ein paar großartigen Leuten angefreundet. Besonders Hermann Bondi, Tommy Gold, Klaus Fuchs und Jürgen Rosenblum.

«Klaus Fuchs?», fragte Romella mit einem Stirnrunzeln.

Findhorn sagte: «Der Atomspion.»

«Und was ist mit den anderen?»

«Einige kommen mir durchaus bekannt vor. Ich glaube, Bondi wurde einige Zeit nach dem Krieg wissenschaftlicher Leiter im britischen Verteidigungsministerium.»

«Nicht schlecht für einen feindlichen Ausländer.»

Findhorn verzog das Gesicht. «Bei Gold dämmert mir auch etwas. Ja, ich hab's. Bondi, Gold und Hoyle ließen sich die Theorie vom statischen Universum einfallen. Das hab ich mal im *Scientific American* gelesen. Rosenblum kenne ich nicht. Meinen Sie, diese Kontakte sind von Bedeutung?»

«Ich bin nur die Übersetzerin, denken Sie daran.»

«Und warum haben Sie dann aufgehört?», fragte Findhorn.

9 DER TEMPEL DER HIMMLISCHEN WAHRHEIT

Jesus Christus in Menschengestalt, Leib gewordenes Gefäß der Seele des Tati vom Sirius. Transformiert aus der Welt des Ätherischen in die des Materiellen. Botschafter aus der Höheren Ebene und Verbindung zum Transzendentalen. Und Führer der Apostel, die allein das Himmelreich erlangen.

Die Vollstreckerin traf als Erste ein. Sie war eine mütterliche Frau mittleren Alters und jenes Typs, bei dem man an Frühstückskaffee und hausgemachte Marmelade denken muss. Sie war in einen roten Anorak und einen langen schwarzen Rock gekleidet und trug eine große, aber ansonsten unauffällige schwarze Lederhandtasche bei sich. Ihr Taxifahrer war im Dorf Maybole rechts abgebogen, hatte den Verkehr nach Süden zu den Fähren nach Irland hinter sich gelassen und war noch einige Meilen auf einer ruhigen Straße durch eine so gut wie unbewohnte Landschaft in Richtung Meer gefahren. Die Zufahrt zum Schloss war von Warnkegeln verstellt, und ein Schild verkündete «WEGEN STURMSCHÄDEN KEIN ZUTRITT», aber ein sturmzerzauster Pförtner räumte die Kegel beiseite und winkte das Taxi durch.

Himmelreich? Die Wohnstätte der Engel, angesiedelt in den Ehrfurcht gebietenden Hallen der Milchstraße. Sein ganz spezifischer Ort: der innerste Planet, der den weißen Zwerg umkreist, den Begleiter des Sirius.

Der außergewöhnliche Beweis, der dieser außergewöhnlichen Behauptung entspricht? Man höre auf die prähistorischen Geschichten, die von Generation zu Generation der Dogon weitergegeben worden sind, eines Stamms aus der Sahara, mit dem die erste Welle von Außerirdischen Kontakt aufnahm. Man höre, wie sie die uralten Dogon-Mythen wiederholen, die beschreiben, dass der weiße Zwerg, ein Stern, der erst im vergangenen Jahrhundert von den Astronomen entdeckt worden ist, in einem Zyklus von einundfünfzig Jahren den Sirius umkreist. Was anderes sollte man darin sehen als eine Information, die den Primitiven von Besuchern aus jenem binären System zuteil wurde?

Im Buch der Offenbarung steht: «Und ich sah einen starken Engel vom Himmel herabkommen; der war mit einer Wolke bekleidet und hatte den Regenbogen auf seinem Haupt und ein Antlitz wie die Sonne und Füße wie Feuersäulen.» Und wie sollte man in diesen Worten etwas anderes sehen als die Kunde von einem Ufo mit außerirdischen Besuchern, das in der Hitze des Eintritts in die Atmosphäre aufglüht und Rauch und Flammen aus seinen Antriebsdüsen ausstößt?

Das Schloss stand direkt am Atlantik auf einem abgelegenen felsigen Vorgebirge im Südwesten Schottlands. Trotz dieser isolierten Lage war es nur neunzig Meilen von Edinburgh entfernt, wo sich irgendwo in der Stadt die Tagebücher befanden. Kanonen vor dem Schloss waren landeinwärts gerichtet, aber um ungestört zu bleiben, verließ sich Jesus doch lieber auf die Männer, die in glänzenden Regenmänteln unter großen Golfschirmen standen und per Handy miteinander kommunizierten.

Im Südflügel befanden sich Privatunterkünfte, und die waren vom Äußeren Kreis, den Auszubildenden und normalen Gläubigen, für die Ankunft von Jesus und dem Inneren Kreis hergerichtet worden.

Um 21 Uhr, als die ersten Abendmaschinen aus Europa in Glasgow, Edinburgh und Prestwick gelandet waren, setzte ein ungewöhnlich starker Verkehr auf der schmalen Zugangsstraße ein: Taxis, Mietlimousinen und der eine oder andere Rolls-Royce mit Chauffeur.

Jesus Christus traf um Mitternacht ein. Sein Hubschrauber, regennass glänzend und vom Wind gepeitscht, landete auf dem großen Rasen vorm Schloss auf einem Landeplatz, den man in aller Eile aus Laken hergerichtet hatte, die mit Steinen beschwert waren und von Scheinwerfern beleuchtet wurden.

Prophezeiung der Apokalypse, wie sie von den Sieben Engeln vom Sirius verkündet worden ist. Wenn es heißt: «Dein Zorn ist gekommen und die Zeit, die Toten zu richten und den Lohn zu geben deinen Knechten, den Propheten und den Heiligen und denen, die deinen Namen fürchten, und zu vernichten, die die Erde vernichten», wie sollte man das anders verstehen denn als Wiederkunft Christi und einen Aufruf, diejenigen zu vernichten, deren Unglaube die Ankunft einer zweiten Welle von Ufos verhindert, die alle Apostel ins Himmelreich transportieren werden?

Ein Büffet war im Restaurant im benachbarten Stallgebäude angerichtet, und die Leute aßen, was und wann sie wollten. In kleinen Gruppen wanderten sie in der Rüstkammer umher, deren Wände über und über mit historischen Waffen dekoriert waren. Andere Besucher zogen es vor, im spektakulären ovalen Treppenhaus mit seinen geschmackvollen Säulen zu verweilen. Als dann kurz darauf Nan Rice, die Rektorin des All Souls College in Oxford, in einem alten klapprigen Ford Escort eintraf, war der Innere Kreis des Tempels der Himmlischen Wahrheit endlich vollzählig versammelt.

Weil die Zeit knapp war, begann die Sitzung beinahe unverzüglich. Die Mitglieder des Kreises waren in lange schwarze Roben mit Mandarinkragen gekleidet, die sie bei allen offiziellen Ereignissen trugen. Nur Tati alias Jesus trug zusätzlichen Schmuck um den Hals: einen silbernen Anhänger in Form eines Kreuzes innerhalb eines Kreises, Symbol der Erde. Er war ein kleiner, stämmiger Mann von ungefähr fünfzig Jahren mit einem gepflegten grauen Bart und kurzen grauen Haaren. Ein große Bibel und eine Pepsi befanden sich auf dem Tisch vor ihm.

Tata, die menschliche Transfiguration der Frau im Kleid der Sonne und mit dem Mond unter den Füßen, eine Gefährtin von Tati, saß am Ende des Tisches neben ihm. Sie war hoch gewachsen, in den Dreißigern und hatte glatte Haut. Ihr Haar war zu einem Knoten gebunden. Sie besaß wachsame dunkle Augen und einen breiten, leicht lasziven Mund. Die Gläubigen wurden im Zölibat bestärkt, aber es bestand auch stillschweigende Übereinkunft, dass mit hohem Rang Privilegien verbunden waren.

Ein atlantischer Sturm peitschte gegen die Fenster des Konferenzraums, und die Flammen des offenen Feuers tanzten und flackerten im Windzug.

Die Brüder saßen um ein Quadrat aus polierten Eichentischen, die mit Wasserkaraffen, Seven-Ups und Cokes beladen waren.

«Ob Shin Takamara wohl so freundlich wäre, uns von unserem Beton-Projekt im Fernen Osten zu berichten?»

Shin Takamara war klein, um die sechzig, hatte schon fast keine Haare mehr und trug eine übergroße Brille. Er besaß ein freundliches gelehrtenhaftes Auftreten und sprach bescheiden, aber mit einem Unterton geheimen Stolzes. «Ich kann zu meiner Freude berichten, dass ein viel versprechender Anfang gemacht ist. Wie ihr alle wisst, fand unser Pilotversuch in den neunziger Jahren in Seoul statt. Dort konnten wir einen Bauunternehmer dazu bewegen, unseren minderwertigen Beton bei der Errichtung eines Warenhauses zu verwenden. Wie Sie wissen, ist das Gebäude eingestürzt, und dabei sind fünfhundert Menschen ums Leben gekommen.»

«Eine schöne Leistung», stimmte Jesus zu.

«Wie ist es euch gelungen, die Qualitätskontrolle zu umgehen?» Die Frage kam von Ricky Ross, dem Amerikaner von der Westküste.

Takamara lächelte dünn: Der Amerikaner war neu in der Gruppe und lernte noch. «Im koreanischen Umfeld ist es viel billiger, einen Beamten zu bestechen, als für Beton höchster Qualität zu zahlen. Wirtschaftliche Argumente haben in den Ökonomien der Tiger-Staaten starken Einfluss.»

«Er hat sich bestechen lassen, obwohl er wusste, dass das Warenhaus einstürzen könnte?», fragte der Amerikaner.

Takamara erklärte geduldig: «Der Beton, den wir benutzt haben, war von minderer Qualität, aber nicht so schlecht, dass Bauherr oder offizielle Stellen einen Einsturz befürchten mussten. Man hat einfach den Sicherheitsspielraum wegfallen lassen. Und unsere Bauingenieure haben dafür gesorgt, dass die Klimaanlage für den heißen koreanischen Sommer nicht ausreichte. Als dann das Warenhaus ein paar Jahre später in andere Hände kam, installierten die neuen Besitzer eine andere Anlage auf dem Dach. Von dem schwachen Beton hatten sie keine Ahnung. Als die Klimaanlage – tausend Tonnen Metall – auf dem Dach installiert war, handelte es sich nur noch um eine Frage der Zeit.»

«Nicht nur eine schöne Leistung, sondern auch nicht zu uns zurückzuverfolgen», formulierte Jesus seine Genugtuung.

«Im vergangenen Jahr haben wir in Korea und Taiwan über hundert Wohntürme gebaut, die sich in vergleichbarem Zustand befinden. In Abständen von wenigen Monaten werden sie nach und nach alle einstürzen. Der Skandal dürfte auch Regierungen stürzen.»

«Ausgezeichnet. Und jetzt unser Bruder aus Westeuropa.»

Herr Bund, ein leicht gebeugter Mann mittleren Alters, wandte sich an die Anwesenden. Er sprach reines BBC-Englisch. «Unsere Infiltration der Gruppen, die die arische Vorherrschaft propagieren, macht sich langsam bezahlt. Diese Gruppen brauchten eigentlich nur intelligente Führer. In Österreich und in Deutschland haben wir bereits Rassenkrawalle angezettelt. Der tatsächliche Verlust an Menschen ist bisher klein, aber es verbreitet sich in vielen Bezirken unserer größeren Städte eine prächtige Atmosphäre der Furcht. Ich erwarte, dass in Jahresfrist das Gespenst eines wieder aufkommenden Faschismus ganz vorn auf der Tagesordnung der Europäischen Union stehen wird.»

«Glückwunsch, Bruder Bund, an dich und unsere westeuropäischen Glaubensbrüder. Wir werden die weitere Entwicklung mit großem Interesse verfolgen.» Herr Bund lächelte zufrieden, und Jesus Christus wandte sich an einen kleinen Mann mit fliehendem Kinn. «Was gibt es zur irischen Frage zu sagen, Bruder McElvaney?»

«Die dortige Lage bedarf nur geringer Hilfe unsererseits. Wir haben beschlossen, dass wir am besten ganz in den Hintergrund treten und alles seinen Lauf nehmen lassen. Es ist nicht einmal nötig, dass wir beratend tätig werden, was die Lieferwege von Waffen und Semtex betrifft.»

Jesus machte ein missbilligendes Gesicht. «Es gehört nicht zu unserer Philosophie, in den Hintergrund zu treten und nichts zu tun. Keine Situation ist so schlimm, dass sie nicht durch wohlüberlegtes Eingreifen verschlimmert werden könnte. Könnt ihr denn nicht die Entwicklung vorantreiben? Vielleicht sogar einen Bürgerkrieg zwischen Norden und Süden vom Zaun brechen?»

McElvaney schluckte nervös. «Wir haben ein solches Szenario in Erwägung gezogen. Dabei ging es darum, eine Reihe von eskalierenden Ausschreitungen zu inszenieren, für die man den Geheimdienst der jeweils anderen Seite verantwortlich machen würde.»

«Raus aus der Schublade damit, Bruder. Lassen Sie die Überlegungen wieder aufleben. Wer weiß, wozu sie führen könnten? Bei unserer nächsten Zusammenkunft möchte ich einen detaillierten Plan vorgelegt bekommen. Und jetzt die Vereinigten Staaten?»

Ricky Ross konnte sich kaum zügeln. «Natürlich bietet mein Land ein reiches Reservoir an Ausgangssituationen, die unseren Zwecken dienlich sind. Die Waffenproblematik ist völlig außer Kontrolle geraten; das Verbrechen durchdringt alle Bereiche des Lebens; es gibt zahllose rassische, wirtschaftliche und kulturelle Spannungen; das Drogenproblem hat sämtliche Segmente der Gesellschaft erreicht; jeglicher soziale Zusammenhalt ist so gut wie verschwunden; es gibt viele kleine religiöse oder hinterwäldlerische Gruppen, die sich vom Rest der Gesellschaft isoliert haben und der Bundesregierung oder überhaupt jeder Regierung gegenüber feindselig eingestellt sind.»

«Ein ergiebiges Gebräu», stimmte Jesus ihm zu. «Und wie wollt ihr es nutzen? Mir ist zu Ohren gekommen, dass es einige Aufsehen erregende Bombenexplosionen gegeben hat.»

«Bedauerlicherweise kann meine West-Coast-Abteilung sie nicht auf ihre Fahne schreiben. Aber wir verbreiten unsere Botschaft. Im Internet haben wir bereits ganz einfache Anleitungen zur Herstellung von tödlichem Nervengas veröffentlicht. Jetzt hoffen wir, dass wir den Anschlag Aum Shinri Kyos auf die U-Bahn in Tokio wiederholen können, und zwar ohne die Fehler, die die Oberste Wahrheit bei den Vorbereitungen und bei der Freisetzung des Saringases gemacht hat.»

Shin Takamara sagte: «Es wurden nur elf Passagiere getötet, aber doch immerhin fünftausend verletzt.»

«Wenn man jedoch den Aussagen von Experten vor dem US-Senat glaubt, dann hätten Tausende ihr Leben verloren, wenn die Oberste Wahrheit den Job professionell erledigt hätte», sagte Ross voller Enthusiasmus.

«Und was schwebt dir vor?», wollte Jesus von ihm wissen.

«Gleichzeitige Attentate in allen Großstädten mit U-Bahn-Verkehr. Ich habe bereits ein Team von Chemikern auf einer Ranch im Westen von L. A. damit beauftragt, Botulismus-Aerosole und Saringas zu entwickeln. Wir haben Tramps und Stadtstreicher benutzt, um die tödliche Giftdosis zu kalibrieren.»

«Ich bin beeindruckt», sagte Jesus. «Die Amerikaner sind ein junges und tatkräftiges Volk. Die Geschwindigkeit Ihrer spirituellen Erleuchtung inspiriert uns alle.»

Ricky Ross begrüßte das Kompliment mit einem breiten Grinsen.

«Und jetzt Bruder Woroshilow?»

Ein ausgemergelter kleiner Mann mit grauem Gesicht nickte. Sein Akzent war kaum als osteuropäisch zu erkennen. «Bei allem Respekt für meinen Bruder von der West Coast haben wir doch in meinem Land viel mehr erreicht. In Amerika werdet ihr von Spezialagenten heimgesucht und nicht minder vom FBI. Eure Militärmaschinerie ist unter Kontrolle. Die richterliche Gewalt in eurem Land ist unabhängig und kaum korrupt. Unsere richterliche Gewalt und Bürokratie hingegen ist bereits fast ganz unterwandert. Und unsere Kooperation mit kriminellen Elementen ist geradezu überwältigend erfolgreich und bedroht inzwischen in extremem Maße unseren Frieden und unsere Wirtschaft. Die finanzpolitische Krise, die wir zumindest teilweise selbst herbeigeführt haben, unterminiert den Erhalt unserer strategischen Atomwaffen und macht die meisten unserer fähigsten Generäle und Admiräle zu Kriminellen.»

«Aber das alles wissen wir doch –», hob Jesus an.

«Aber ich habe eine weitaus größere Unternehmung zu melden. Eine nukleares Attentat steht kurz vor seinem Abschluss. Eigentlich wollte ich unsere Brüder und Schwestern mit der Erfolgsmeldung überraschen. Wenn wir uns das nächste Mal treffen, werde ich hoffentlich einen spektakulären Erfolg zu melden haben, der eine wichtige europäische Stadt betrifft.»

«Du bedarfst keines Lobes meinerseits, Bruder. Deine Erfolge sprechen für sich. Ich kann unser nächstes Zusammentreffen kaum erwarten.» Jesus nickte. «Und jetzt kommen wir zum Höhepunkt unserer Tätigkeitsberichte. Aber es geht nicht nur um die Berichte, sondern es betrifft eine Gelegenheit, die sich in unserer gesamten Geschichte nur ein einziges Mal ergeben hat. Ein großartiger Augenblick für uns alle. Unser Bruder aus dem United Kingdom wird jetzt berichten.»

Alle Aufmerksamkeit konzentrierte sich auf den Mann, der Jesus gegenübersaß. Er war um die vierzig, hager, hatte aufgeworfene Lippen, trug eine Brille mit Metallgestell und hatte kurze, abstehende rotblonde Haare. Geistesabwesend hantierte er mit den Papieren, die vor ihm lagen, und seine Wangen waren hochrot. «Ich habe einen temporären Rückschlag zu vermelden», sagte er mit einem farblosen, leicht nördlichen Akzent.

Tata blieb die Furcht im Gesichtsausdruck des Mannes nicht verborgen, und sie spürte, wie ihr Herz schneller schlug. Unter dem langen Eichentisch glitt ihre Hand auf Tatis stämmigen Oberschenkel und drückte fest zu.

Es herrschte ein erdrückendes Schweigen am Tisch. Die Apostel warteten.

«Unsere Suche nach der Maschine des Jüngsten Gerichts dauert noch an», sagte er mit bebender Stimme.

«Ich möchte ja nicht unterbrechen», sagte Jesus, «aber vielleicht sollten wir uns hier einer schlichteren Sprache bedienen. Dir war aufgetragen worden, bestimmte Dokumente zu beschaffen. Hast du diese Aufgabe nun erfüllt oder nicht?»

Unwillkürlich zuckte der Mund des Mannes. «Schlicht gesagt: nein.»

Jesus sagte gefasst: «Vielleicht solltest du die Umstände näher erläutern.»

Im Lichtschein des Kronleuchters hoch über dem Konferenztisch glitzerten die Schweißtropfen auf der Stirn des Mannes. Er nippte nervös an seiner Seven-Up. «Wie du weißt, sind uns gewisse Fakten durch einen unserer Brüder bei der NASA zur Kenntnis gebracht worden. Eine nicht geheime Routineüberwachung durch einen französischen Satelliten hat ergeben, dass sich an einem Gletschertor im östlichen Grönland ein Flugzeugwrack im Eis befindet. Der Fundort des Wracks deutet darauf hin, dass es sich bei dem abgestürzten Flugzeug wahrscheinlich um dasjenige handelt, mit dem Lev Petrosian, der Atomspion aus den fünfziger Jahren, zusammen mit bestimmten Dokumenten in die Sowjetunion transportiert werden sollte.»

«War diese Information geheim?», fragte Takamara.

«Sie war der Öffentlichkeit zugänglich, hatte aber nur sehr wenig Interesse oder Aufmerksamkeit erregt. Wir verfügten über Informationen dahingehend, dass die Dokumente an Bord des Flugzeugs –»

Jesus unterbrach: «– der Schlüssel zur Maschine des Jüngsten Gerichts waren, wie sie der fünfte Engel beschrieben hat.»

Der Mann schnappte nach Luft. «Ja. Ein amerikanisches Wissenschaftlerteam, das eine Wetterstation auf der grönländischen Eiskappe bemannte, die als Shiva City bekannt ist, war in der Nähe. Durch eine erhebliche Schenkung unsererseits an das Polar Research Institute, welches die Station finanzierte, konnten wir das Team, das von einigen unserer Leute verstärkt wurde, dazu bewegen, sich auf die Suche nach dem Wrack zu begeben. Unglücklicherweise begann der Gletscher zu kalben, und die Expedition von Shiva City fand sich auf einem treibenden Eisberg wieder. Wir hatten zwar die Gruppe erfolgreich infiltriert, aber unsere Brüder gingen unter, als der Eisberg zerbrach. Mittlerweile hatte ihn jedoch ein Eisbrecher erreicht.»

«Eine ganz normale Rettungsaktion?», fragte Ross.

«Wir befürchten, dass es nicht so war. Der Eisbrecher befindet sich im Besitz der Ölfirma Norsk Holdings. Jedenfalls hat sich eine Person an Bord des Schiffs, ein Polarforscher namens Findhorn, in den Besitz der Dokumente gebracht und ist mit ihnen verschwunden, bevor wir seiner habhaft werden konnten.»

Jesus schnippte mit den Fingern. Die Vollstreckerin beugte sich über ihre Handtasche und zog eine Spritze sowie eine kleine Flasche mit einer strohfarbenen Flüssigkeit heraus. Der Holzfußboden knirschte leise, als sie quer durch den Raum zu Jesus stöckelte. Der Regen prasselte gegen das Fenster, und das Feuer knisterte. Und doch hatte sich eine sonderbare Stille über den Raum gelegt.

Der britische Bruder leckte sich die Lippen. Er atmete schwer. Jesus betrachtete versonnen die Spritze. Dann stand er auf und ging hinüber an das vom Regen gepeitschte Fenster. Er war ein überraschend kleiner Mann. Die Beleuchtung des Schlosses ließ ein von weißen Schaumkronen bedecktes Meer erkennen, das in der Dunkelheit verschwand. Die Lichter eines Fischerboots blitzten in einer Entfernung von ungefähr einer Meile auf. Das Boot tauchte in der schweren See auf und nieder. Leuchttürme blitzten von Holy Island, Ailsa Craig und Pladda auf. Irgendwo draußen am Horizont befand sich Arran, aber in der pechschwarzen Dunkelheit war nur gelegentlich ein Lichtschein zu sehen. Unten links vor dem Schloss stand ein Bootshaus, und er konnte eine dunkle Gestalt ausmachen, einen Mann, der in sein Handy sprach und einen Regenschirm aufgespannt hatte.

Er wandte sich an seinen britischen Bruder, dessen Gesicht grau geworden war. Jesus sagte: «Wie wir alle wissen, sind unsere menschlichen Körper nur zeitweilig die Herberge unserer Seelen, bis nämlich das Säuberungsprogramm vollendet ist, welches die erste Welle vor über viertausend Jahren in Gang setzte, als die Ägypter als Erste unseren Heimatstern anbeteten. Dieses Programm soll sich im ersten Jahrhundert dieses Jahrtausends vollenden. Nur indem die Erde von ihren befleckten Seelen befreit wird, können diejenigen unter uns, die die Apostel sind, befreit werden, auf dass sie von den Körpern Besitz nehmen, die uns in unserer wahren Heimat Tatos erwarten, dem innersten Planeten, der den weißen Zwerg Sirius B umkreist.»

«Das weiß ich sehr wohl, Tati.»

«Aber es muss dir ins Gedächtnis gerufen werden.» Jesus nickte Tata zu. Sie öffnete die Bibel an einem Lesezeichen und las vor:

«Und der fünfte Engel blies seine Posaune; und ich sah einen Stern, gefallen vom Himmel auf die Erde; und ihm wurde der Schlüssel zum Brunnen des Abgrunds gegeben.

Und er tat den Brunnen des Abgrunds auf, und es stieg auf ein Rauch aus dem Brunnen wie der Rauch eines großen Ofens, und es wurden verfinstert die Sonne und die Luft von dem Rauch des Brunnens. Und aus dem Rauch kamen Heuschrecken auf die Erde …»

Tata hielt inne, bedachte den britischen Bruder mit einem kurzen, freudlosen Lächeln und sagte dann:

«Und in jenen Tagen werden die Menschen den Tod suchen und nicht finden; sie werden begehren zu sterben, und der Tod wird von ihnen fliehen.»

Tatis Tonfall hatte eine fanatische Schärfe angenommen. «Was beschreibt diese Passage anderes als eine kosmische Maschine, welche den Untergang der Menschheit herbeiführen soll? Diese Prophezeiung haben wir schon immer verstanden. Wie ließe sich der Zeitpunkt dieses Eisberg-Ereignisses anders erklären, als dass es von den Engeln der Offenbarung herbeigeführt wurde? Sie haben zweifellos ihre Macht eingesetzt, um uns Petrosians Maschine des Jüngsten Gerichts zu schicken. Sie haben uns mit der Aufgabe betraut, ihre Prophezeiung zu erfüllen, eine Aufgabe, die dir übertragen worden war. Dir war die Erfüllung unserer Bestimmung anvertraut.»

Bund sagte: «Du hast nicht nur uns gegenüber versagt und uns um die Heimreise gebracht, sondern du versagst gegenüber allen Aposteln, und zwar fünftausend Jahre zurück bis zu Menes aus der Ersten Dynastie.»

«Und du versagst gegenüber den Sothischen Brüdern und Schwestern, die uns auf Tatos erwarten», warf der Hüter Aller Seelen ein.

Jesus sagte: «Sieh also, was du uns angetan hast.»

Der Mann sah aus, als könne er jeden Moment in Ohnmacht fallen. Mit flackerndem Blick sah er sich am Tisch um, aber nirgends war Mitgefühl zu entdecken: Seine Brüder und Schwestern schauten ausnahmslos zornig drein. «Es handelt sich doch nur um einen zeitweiligen Rückschlag. Ich kann diesen Mann finden. Ich kann die Tagebuchaufzeichnungen beschaffen.»

Die Vollstreckerin hatte in gewissem Abstand vom Tisch still dagestanden. Jetzt nickte Jesus ihr zu. Langsam füllte sie die Spritze aus der Ampulle und näherte sich ebenso langsam dem Mann.

«Bitte ...» Er hatte die Wirkungsweise der Flüssigkeit bereits miterlebt.

Links und rechts ergriffen Brüder die Arme des Mannes. Die Vollstreckerin hielt ihn bei den Haaren. Er spürte die Spitze der Nadel an der Halsschlagader. «Ich kann die Dokumente wieder beschaffen», plapperte er. «Der Mann hat Edinburgh nicht verlassen.

Meine gesamte nördliche Abteilung ist dort zusammengezogen. Er kann keine Straße in Edinburgh betreten, ohne gesehen zu werden. Wir wissen, dass die Dokumente auf Armenisch abgefasst sind, und wir durchkämmen die gesamte Stadt nach Übersetzern, die diese Sprache beherrschen.» Die Frau setzte ganz sanft die Nadel an. Der Mann spürte, dass seine Haut gleich durchstochen würde, und seine Augen weiteten sich vor Entsetzen. «In ein paar Tagen haben wir ihn gefunden.»

«Wie viele Tage?», fragte Jesus.

«Drei. Allerhöchstens drei.»

Jesus blickte in die Runde. «Was sagt ihr? Sollen wir diesem unseligen Wicht noch eine Chance geben?»

Am Tisch erhob sich beifälliges Raunen. Tata schüttelte den Kopf.

Jesus sah sie an und schätzte dann die Meinung am Tisch ein. «Also schön, Bruder. Finde diesen Polarforscher …»

«Findhorn.» Es war nicht mehr als ein Krächzen.

«… diesen Findhorn und die Dokumente. Und zwar innerhalb von vierundzwanzig Stunden.»

«Vierundzwanzig Stunden?» Die Stimme des Mannes bebte ungläubig, aber dann wanderte sein Blick zu der Nadel, die immer noch nur Zentimeter von seinem Hals entfernt war. Die Vollstreckerin warf missmutig die Lippen auf. «Werde ich!», flüsterte er. «Das werde ich!»

«Und noch eins.»

«Sprich es aus, Tati. Teile mir deine Instruktionen mit.»

«Findhorns Diebstahl beleidigt unsere außerirdischen Väter. Sorge dafür, dass er das einsieht und dass er bereut, bevor du ihn vernichtest.»

10 HEISSE LUFT

«Ich glaube Ihnen!»

Es dauerte einen Augenblick, bevor er Stefi erkannte: Ein nass glänzender, kleiner runder Samthut war fast bis über die Augen gezogen, ein dicker Schal lag um ihren Hals, und sie trug einen knielangen Mantel und Lederstiefel. Sie hatte zwei große Koffer bei sich, und ihre Augen leuchteten vor Tatendrang. «Ich wusste gleich, dass an Ihnen was dran ist.»

«Kommen Sie herein, Stefi.» Findhorn blickte ganz kurz die Straße hinauf und hinunter, konnte aber nichts Außergewöhnliches bemerken.

«Es wird keine Probleme geben. Ich halte mich aus allem raus.»

«Okay. Vielleicht kann ich ja mal Ihr Kebab probieren.»

Hinter der Marmorstatue von Eva auf einem Treppenabsatz, der so groß war wie die Wohnung in der Dundee Street, beobachtete sie ein Flusspferd durch ein Schilfrohrdickicht. Auf der anderen Wand labte sich ein Zebra an der Tränke, ohne das regungslose Krokodil zu bemerken, von dem nur die Augen über die Wasseroberfläche ragten. Die Krokodile an der Decke besaßen jedoch Flügel und flogen in Formation. Die Szenerie um eine Wasserstelle in der afrikanischen Steppe wurde von sechs pastellfarbenen Türen durchbrochen. «Ich nehme Dougies Zimmer», sagte Findhorn und öffnete eine blaue Tür. Er hörte Stefi Stefanova einen entzückten Schrei ausstoßen, als sie die rosa Tür neben ihm öffnete. Romella entschied sich für das grüne Zimmer auf der anderen Seite des Treppenabsatzes.

Findhorn duschte im riesigen blauen Bad und fragte sich, ob Stefis Hilfsbereitschaft wohl so weit reichte, ihm Unterwäsche zu kaufen. Als er, in ein Badetuch gewickelt, wieder zum Vorschein kam, saß Romella auf seinem Bett. Sie hatte die Papiere, grob nach Jahren geordnet, um sich ausgebreitet.

«Stefi ist mal eben verschwunden, um noch spät etwas einzukaufen. Hoffentlich ist es okay, dass ich die Vordertür nicht abgeschlossen habe. Und ich dachte, wir könnten jetzt weitermachen.»

«Ausgezeichnet.»

Sie blätterte in einem Papierstapel. «Einundvierzig kann ich nicht lesen. Es ist hoffnungslos.» Sie ließ die Fotokopien des Tagebuchs mit seinen vielen Wasserflecken auf den Boden fallen. «Doch bevor wir anfangen, wüsste ich gern, wonach Sie eigentlich suchen.»

«Das wüsste ich auch gerne. Vielleicht irgendein neues wissenschaftliches Verfahren.» Wie sie so Seite an Seite auf dem schmalen Bett saßen und sich an das reich verzierte, aus Mexiko importierte Kopfbrett lehnten, nahm Findhorn mit Wohlgefallen die Wärme ihres Unterarms wahr.

Sie nahm 1942 zur Hand. «Was soll diese ganze Macho-Selbstdarstellung als Polarforscher? Was tun Sie wirklich?»

Findhorn betrachtete seine neue Gefährtin und kam zu dem Schluss, dass sie wirklich nur neugierig war.

«Ich reise zu meiner Station im Eis und sammle Messdaten. Wolkendichte, Windbedingungen nahe der Erdoberfläche und in erster Linie die Bewegungsmuster des Packeises.»

«Wozu? Zur Wettervorhersage?»

«Diese Sachen mache ich nur, um meine Forschung zu finanzieren. Letztendlich geht es mir darum, eine Theorie zu überprüfen.»

«Und was ist das für eine tolle Theorie?»

«Ich glaube, wir steuern auf eine Katastrophe zu.»

«Eine Katastrophe», wiederholte sie tonlos.

«Romella, ich muss etwas gestehen. Ich bin kein Polarforscher, sondern Mathematiker. Mein Feld ist die Instabilität komplexer Systeme.»

Sie lachte verblüfft. «Da bin ich aber perplex. Und was hat ein Mathematiker am Nordpol zu suchen?»

«Ich habe etwas entdeckt. Bisher nur auf dem Papier.»

«Erzählen Sie mir davon», forderte sie ihn auf.

«Wussten Sie, dass der Wasserspiegel der Meere im letzten Jahrhundert um zehn Zentimeter gestiegen ist? Zur Hälfte liegt das an schmelzenden Eisbergen, zur anderen an der Erwärmung der Ozeane.»

«Fred, ich weiß eine Menge, aber das wusste ich nicht.»

«Zehn Zentimeter sind noch keine Katastrophe, aber fünfzehn Meter sind es, und ich glaube, dass wir darauf zusteuern. Ich glaube, dass schon sehr bald große Brocken der Antarktis abbrechen werden. Insbesondere das westantarktische Eisschelf, das Hunderte von Kilometern ins Meer hinausragt. Es lagert auf dem Meeresboden und ist nur noch lose mit dem Kontinent verbunden. Es bedarf nur wenig Wärme, um es über den Fels gleiten zu lassen, und schon macht er sich auf die Reise: ein Eisberg, halb so groß wie Großbritannien, der in den Pazifik treibt und schmilzt.»

Sie betrachtete ihn nachdenklich. Er fuhr fort: «Sämtliche Städte an den Küsten der Ozeane würden enden wie Venedig. Los Angeles würde verschwinden, von New York City bliebe nur noch eine Hand voll Inseln übrig, und London würde sich in einen großen See verwandeln, aus dem ein paar Gebäude herausragen. Alle wichtigen Finanzzentren mit Ausnahme von Zürich würden verschwinden, und alle Häfen der Welt würden überflutet werden. Und die Kartographen müssten all ihre Atlanten neu zeichnen. Können Sie sich das wirtschaftliche Chaos ausmalen?»

«Und warum sind Sie dann nicht in der Antarktis und bohren Löcher?»

«Weil ich vermute, dass sich die ersten Anzeichen um den Nordpol bemerkbar machen werden und nicht im Süden.»

«Wieso das?»

«Ich stelle mir das folgendermaßen vor: Wenn das Packeis bricht, öffnet es dadurch einen langen Kanal zum offenen Meerwasser. Das ist ungefähr minus zwei Grad kalt, die Luft rundherum im Gegensatz dazu minus fünfunddreißig Grad. Also steigt Wärme aus dem Kanal auf und erwärmt das Eis, das ihn umgibt. Okay, so wie die Dinge im Moment liegen, wird der Kanal langsam wieder zufrieren. Aber bei der globalen Erwärmung, die auf uns zukommt, wird die Situation auftreten, dass die sich öffnenden Kanäle zu groß sind, um wieder zuzufrieren. Sie werden noch mehr Eis schmelzen lassen, dadurch weitere Kanäle schaffen und wiederum mehr Eis schmelzen lassen – und so weiter. Der Ozean wird seine Wärme plötzlich ins Eis fließen lassen. Die arktische Eiskappe wird aufbrechen und verschwinden.»

«Die Polarkappe wird verschwinden. Ganz plötzlich?»

Findhorn nickte. «Plötzlich. Aber das ist nur der Auslöser. Der Anstieg des Meeresspiegels wird dem westantarktischen Schelf Auftrieb geben, sodass es sich löst und davontreibt, wodurch weiteres Chaos angerichtet wird. An allen Küsten des Ozeans werden Städte, Inseln, Länder überschwemmt. Und bei all dem Wasserdampf in der Luft wird sogar die Grönland-Eiskappe langsam schmelzen. Große Teile des Planeten werden heißer als die Sahara. Und genau deswegen sollte man sich über die Arktis Gedanken machen, auch wenn man auf Jamaika lebt oder in Tokio. Wir sind alle miteinander verknüpft.»

«Und Sie sind da draußen, ein einsamer Pionier, der die Welt zu retten versucht. Können Sie keine Regierungsunterstützung oder so bekommen?»

«Unglücklicherweise wurde mein Antrag auf Subvention an Mickymaus alias Sir David Milton geschickt, und das war's dann.»

Jemand kam die Treppen heraufgelaufen. Findhorn erschrak.

Romella sagte: «Ganz ruhig, das ist nur Stefi. Sie glauben ernsthaft, dass man hinter Ihnen her ist, nicht wahr? Denken Sie auch, dass Ihre verrückte Theorie etwas damit zu tun hat, dass Sie von Norsk beauftragt wurden, die Tagebücher zu beschaffen?»

«Ich kann keinen Zusammenhang erkennen. Petrosian war eine ganz andere Art von verrücktem Wissenschaftler.»

Stefi erschien in der Tür, eine Plastiktüte in der Hand. Sie sah die beiden an und schmunzelte. Romella bedachte sie mit einem tadelnden Blick und sagte: «Und wie ist es denn nun eigentlich, wenn man da draußen arbeitet? Wenn man in der Arktis verschwindet, ohne Fernsehen und Fish and Chips?»

«Und ohne Frauen?», fügte Stefi hinzu.

«Stellen Sie sich vor, Tag für Tag in einer Tiefkühltruhe zu sein, manchmal unter Sturmgeheul. Es kann so kalt werden, dass man weinen möchte. Aber man wird auch entschädigt. Beim Anflug sieht man diese winzigen Ansammlungen von Häusern ganz in der Nähe von einem Schiff, und rundherum erstreckt sich eine riesige Eiswüste mit langen offenen Spalten voller Meerwasser. Man sieht riesige Eisblöcke, die seltsamen Skulpturen gleichen und aquamarinblau sind. Man hat das Gefühl, sich auf festem Boden zu befinden, aber man weiß, dass man auf einer Eisschicht steht, die nur einen Meter dick ist. Darunter ist das Wasser zwei Meilen tief. Des Nachts kann man manchmal hören, wie das Eis bricht. Ich habe erlebt, wie eine Hütte über Nacht verschwunden ist. Und ich bin einmal von einem Eisbrecher zweihundert Meter nach steuerbord gegangen, hab ein paar Stunden lang in einer Hütte gearbeitet und sah dann, als ich herauskam, das Schiff in nur fünfzig Meter Entfernung mit dem Bug direkt vor mir. Es ist unvergleichlich. Man kommt sich vor wie ein Forscher auf einem anderen Planeten.»

«Klingt gefährlich. All diese Blizzards und die Spalten im Eis.»

«Die Eisbären sind das große Problem. Das sind erstaunliche Mordmaschinen. Sie sind sehr schlau und besonders gefährlich, wenn sie Hunger haben.»

«Das Stichwort», sagte Stefi. Sie schwenkte die Plastiktüte und verschwand.

Romella blätterte in der Fotokopie des Tagebuchjahrgangs 1942. «Hier gibt es allerhand Fachchinesisch. Aber vielleicht können Sie das ja verstehen.»

Petrosians Tagebuch, Mittwoch, 28. Juli 1942

Unser schon seit langem versprochenes und dringend benötigtes langes Wochenende.

Hab Kitty früh abgeholt. War sehr froh, sie so glücklich zu sehen. Sie trug einen langen grünen Rock, einen Pullover und die indianischen Ohrringe, die ich ihr geschenkt hatte. Haben den Kombi mit der Campingausrüstung beladen, aber zur Hälfte war er schon voll mit ihren Staffeleien und Leinwänden und sonstigen Malutensilien. Nicht schwer zu raten, was sie vorhat.

Fuhren acht Uhr morgens ab in Richtung Westen. Interessant mitzuerleben, wie die Kakteen kleiner werden, je höher wir kommen, und wie dann Bäume auftauchen und immer größer werden. Verbrachten ein paar Stunden im Versteinerten Wald und fuhren dann weiter nach Flagstaff. Hübsche Stadt und saubere Luft nach dem «Backofen» Los Alamos. Jede Menge Kiefern. Fanden einen Rastplatz, verschlangen unsere Salatsandwiches und tranken dazu Limonade. Blauer Himmel, warme Luft und völlig unvorstellbar, dass Krieg herrscht. Nahmen dann die nördliche Richtung und fuhren auf einer langen schnurgeraden Straße an den südlichen Rand des Grand Canyon. Als wir dort ankamen, war es bereits dunkel.

Konnten uns die Restaurantpreise im Grand-Canyon-Dorf nicht leisten und beschlossen daher zu grillen, was ohnehin mehr Spaß machen würde. Gingen in den Laden am Ort und kauften Hickoryspäne, Holzkohle, Streichhölzer, Feueranzünder, Grillspieße, Blechteller, Trinkbecher, Kaffee, Zucker, Milch, zwei Flaschen Rotwein, T-Bone-Steaks, Grillsoßen, Bestecke, Salz, Pfeffer und Chili. Wurde doppelt so teuer wie ein Essen im Restaurant, aber wen schert das schon! Hatten superviel Spaß. Versuchte meinen Party-Trick (die Zahl π bis zu dreißig Stellen hinter dem Komma aufzusagen). Kitty ließ mich die Zahlen wiederholen, während wir langsam den Wein austranken. Glaube, ich habe den Test bestanden.

Dann der eigenartige Telefonanruf. Muss mich fragen, wie zum Teufel man mich gefunden hat, denn ich hatte ja selbst nicht einmal gewusst, dass wir in Arizona sein würden, ganz abgesehen vom Südrand des Grand Canyon. Ging zurück in den Laden, um Toilettenartikel zu kaufen, und als ich reinkam, klingelte das Telefon. Der Ladeninhaber fragte, ob ich Mister Miller sei – mein Codename, wenn ich auf Reisen bin –, und ich bejahte. Unglaublich!! Es war Oppie. Will, dass ich zu einer Hütte am See in der Nähe eines Orts namens Escanaba komme, anscheinend am Lake Michigan. Über tausend Meilen weit weg. Will, dass ich wegen einer Sache «höchster Dringlichkeit» morgen dort bin. Ich sage ihm, dass ich betrunken bin und mit Kitty zusammen, aber er sagt, ich soll sie einfach loswerden und auf jeden Fall kommen.

Verirrte mich auf dem Rückweg zum Zelt und wanderte im Dunkeln durch den Wald. Sah mich schon in den Canyon stürzen. Schrecklicher Streit. Sie ist überzeugt, dass ich angerufen habe. Fragte sie, ob sie mich am nächsten Morgen nach Flagstaff fahren könne und ob sie mir das Geld für die Zugfahrkarte leihen würde. Sie hätte mich beinahe geohrfeigt.

Donnerstag, 29. Juli 1942

An diesen Tag werde ich mich mein Leben lang erinnern.

Ich schlief im Kombi, Kitty im Zelt. Ich liebe Kitty wahnsinnig, und es tut mir weh, wenn wir uns streiten. Ich kann ihr keinen Vorwurf machen, aber ich kann ihr auch nicht von dem Projekt erzählen.

Wachte gegen sechs auf. Ein Waschbär war auf dem Weg, sich über die Reste unseres Grillpicknicks herzumachen, blieb ab und zu stehen und richtete sich auf den Hinterbeinen auf. Rannte davon, als ich Kitty wecken ging. Packten zusammen, und dann null Gespräch auf dem gesamten Weg nach Flagstaff. Bat sie, bis Samstag zu bleiben, ich würde dann versuchen wiederzukommen, damit uns unser Wochenende blieb, aber sie nahm die Ohrringe ab und sagte nur: «Gib die deiner Schnalle am Lake Michigan.» Mir war übel.

Kam zur Kate, die, wie sich herausstellte, von Arthur Compton gemietet war, der auch im Urlaub ist. Fuhren mit dem Auto zu einem abgelegenen Strand, von dem man auf den See schauen konnte. Dort hörte ich mir Oppies Geschichte an.

Teller hat den Temperaturanstieg berechnet, der auf die Kernspaltung folgt. Seiner Meinung nach wird die Hitze die Atmosphäre entzünden und vielleicht sogar auch die Ozeane.

Arthur und Oppie sind beide völlig fertig. Compton sagt, es sei besser, die Sklaverei unter den Nazis in Kauf zu nehmen, als auch nur das geringste Risiko einzugehen, dass Atombomben die Luft oder die Meere explodieren lassen. Das Ding darf nie gebaut werden.

Freitag, 30. Juli 1942

Erschöpft, hab die ganze Nacht an Tellers Berechnungen gearbeitet. Er meint, dass eine Deuterium/Stickstoff-Reaktion stattfinden wird und dass wir, da die Luft aus achtzig Prozent Stickstoff besteht, ein Riesenproblem haben:

C^{12} (H, γ) N^{13}
N^{13} (β) C^{13}
C^{13} (H, γ) N^{14}
N^{14} (H, γ) O^{15}
O^{15} (β) N^{15}
N^{15} (H, He^{4}) C^{12}

Bei Spaltungstemperatur verbinden sich zwei Wasserstoffatome mit einem Kohlenstoffatom, was zur Emission von Gammastrahlen führt. Der atmosphärische Stickstoff verbindet sich mit dem Wasserstoff im Wasserdampf, wodurch Sauerstoff^{15} und noch mehr Gammastrahlung entstehen, mit der kolossalen Energie von 7,4 MeV (Megaelektronvolt). Das O^{15}-Isotop ist instabil, und der Beta-Zerfall führt innerhalb von 82 Sekunden zu schwerem Stickstoff N^{15}. Die Energie aus dem Zerfall wird von dem Neutrino in die Galaxis weggetragen, also vergessen wir es. Aber dann reagiert der schwere Stickstoff mit weiterem Wasserstoff. Er verwandelt sich zurück in normalen Kohlenstoff, bildet Helium und gewaltige 5 MeV. Es ist, als sei die Atmosphäre der Erde geschaffen, um auf das nukleare Zündholz zu warten. Die Schwierigkeit ist die lange Reaktionszeit der Verbindung zweier Wasserstoffatome mit einem Kohlenstoffatom. Der Feuerball würde zu schnell abkühlen, um das zu schaffen. Aber Teller zaubert einen Trick aus dem Hut. Er sagt, die beiden benötigten Wasserstoffatome seien doch bereits im Wasser der Atmosphäre vorhanden: Ungefähr ein Wasserstoffatom unter zehntausend ist Deuterium.

Ich vermute, dass er sich irrt. Wenn die Summen, die ich über Nacht berechnet habe, stimmen, dann brauchen die Kernreaktionen einhundert Millionen Grad, um sich selbst zu erhalten. Ich bezweifle, dass eine Atombombe mehr als fünfzig Millionen Grad liefern wird. Vielleicht bleibt uns daher die Hölle erspart. Ein hübsches ethisches Dilemma: 1. Haben wir das Recht, in der Annahme, dass unsere Berechnungen korrekt sind, das Schicksal der Menschheit aufs Spiel zu setzen? 2. Sollten wir bei einem Spielraum von nur Faktor zwei das Risiko eingehen, die Welt in Brand zu setzen, oder sollten wir uns der Nazisklaverei unterwerfen?

Geistig und physisch am Ende. Aber ich darf mich nicht beklagen: Zumindest schießt niemand auf mich.

Samstag, 31. Juli 1942

Habe die Berechnungen mit Hilfe besserer Querschnitte überprüft. Jetzt stehen die Chancen ungefähr drei zu einer Million.

Compton sagt, das sei akzeptabel. Oppie stellt die Frage, für wen wir uns denn hielten, dass wir im Namen der Menschheit entschieden, was ein verantwortbares Risiko wäre. Ich schlage vor, in der Lokalzeitung die Öffentlichkeit dazu aufzurufen, ihre Meinung kundzutun. Keiner hält den Vorschlag für witzig.

Bin mit geborgtem Geld nach Flagstaff zurückgeflogen, lieh mir in großer Verzweiflung von einem unglaublich freundlichen Holzfäller einen Pick-up und prügelte ihn den ganzen Weg bis zum Grand Canyon. Kitty weg.

«Was reimen Sie sich daraus zusammen?», fragte Romella und rieb sich den Unterarm. «Mir ist sehr kalt.»

«Eine erzürnte Freundin und beinahe die ganze Welt in Schutt und Asche gelegt. Ein ganz normales Wochenende.»

«Diese Formel …», fragte Romella.

«Ich habe keine Ahnung.»

«Wenn schon Sie das sagen.»

«Wenn die Summen anders ausgefallen wären …», sagte Findhorn. «Was ist denn das da?» Er zeigte auf eine verwischte Kritzelei.

Sie hielt die Seite etwas schräg und legte vor lauter Konzentration die Nase in Falten. «Das heißt *HMS Daring.*»

«Und was hat das in diesem Zusammenhang zu bedeuten?»

Romella zuckte die Achseln. «Woher soll ich das wissen? Ist wahrscheinlich unwichtig.»

«Ganz meine Meinung. Wahrscheinlich nichts. Vergessen Sie's.»

«Standardzeug, Freddie. Teller hat das entdeckt, was man den Kohlenstoff-Stickstoff-Zyklus nennt. Der liefert heißen Sternen, die heißer sind als die Sonne, ihre Energie. Aber nichts auf Erden kann auch nur annähernd eine derartige Temperatur erreichen.»

Es war drei Uhr morgens, und sie bedienten sich einer umschreibenden Sprache. Archie hatte gesagt, es sei kein Problem, denn er arbeite ohnehin noch, und Findhorn glaubte ihm nicht ein Wort.

Nichts als eine Plauderei unter Freunden.

Über Atomphysik.

Um drei Uhr morgens.

Nichts Ungewöhnliches daran. Niemand, der mithörte, würde etwas bemerken.

Könnte Petrosian eine Möglichkeit entdeckt haben, die notwendige Temperatur zu erreichen, in den Zyklus einzugreifen, um eine extrem starke neue Bombe zu schaffen? Die Frage kam heraus als: «Nicht einmal, sagen wir, ein nuklearer Feuerball?»

«Nicht einmal eine Kernwaffe.»

«Es ist also nur ein weiteres Ablenkungsmanöver?»

«Ein Ab-Ablenkungsmanöver. Aber bleib dran, Laddie. Es wird ja immer spannender.»

Findhorn schaltete die Nachttischlampe aus und döste ein.

11 DIE GARDENS

«Ich weiß alles über die *HMS Daring*.»

Romella und Findhorn, die das Frühstücksgeschirr in eine Miele-Spülmaschine räumten, sahen überrascht auf. Stefi stand in der Küchentür, nahm eine dramatische Pose ein und sah aus wie eine schneebedeckte Mumie.

«Und?»

Sie warf Mantel und Schal ab und genoss ihren Auftritt ausgiebig. Sie zog einen Küchenstuhl hervor, setzte sich und legte die Füße in den Lederstiefeln auf den Tisch. «Zumindest weiß ich, wohin ich gehen muss, um alles über sie herauszufinden. Ich habe mich mit einem jungen Mann in der National Library sehr nett unterhalten. Es befindet sich alles im Staatsarchiv in Kew.» Sie las von einer kleinen Karte ab. «Der Admiralitätsbericht Nummer 26/54 zum Beispiel informiert uns über die Untersuchungen der Vibrationen unseres Schiffs. Und da gibt es noch eine Menge mehr dieser Art.»

«Wann fanden diese Untersuchungen statt?»

«1954.»

«Schlaues Mädchen», sagte Findhorn. «Aber der Tagebucheintrag stammt vom Juli 1942. 1954 gab es noch gar nicht.»

«Oh.»

Die Ernüchterung dauerte einige Sekunden. «Und was ist mit dem hier? *HMS Daring*. Britischer Zerstörer, 1375 Tonnen. Vor der Küste von Norwegen am 18. Februar 1942 von einem U-Boot torpediert. Nur fünfzehn Überlebende. Vier Monate nachdem es gesunken war, wurde der Tagebucheintrag verfasst.»

«Das ist alles? Nichts Ungewöhnliches an der Sache?»

«Es war ungewöhnlich, dass ein britisches Kriegsschiff von einem U-Boot versenkt wurde, aber ansonsten kann ich nichts Eigentümliches feststellen. Ihr Briten seid ja so stolz auf eure Royal Navy, aber Bulgarien hat auch eine Marine, glauben Sie mir. Ich könnte jetzt einen Kaffee gebrauchen, mit Zucker und einer Menge Milch.»

«Aber wir sind doch erst bis 1942 gekommen», gab Romella zu bedenken. «Schwarz und kein Zucker.»

«Ich muss die restlichen Seiten kopieren.»

«Und wo sind die?», fragte Stefi.

«Sicher verstaut.»

«Er traut uns nicht. Sind Sie sicher, dass Sie sich auf die lebensgefährlichen Straßen wagen wollen?» Ein leicht sarkastischer Ton schwang in Romellas Stimme mit.

Findhorn suchte nach dem Zucker. «Bin ich nicht, aber was bleibt mir übrig?»

«Okay, während Sie Ihr Leben aufs Spiel setzen, hol ich mir noch mehr Sachen für kleine Mädchen aus der Wohnung. Es sieht ja so aus, als blieben wir noch ein paar Tage hier.»

«Seien Sie vorsichtig, Romella. Wenn Sie jemand fragt, haben Sie noch nie von mir gehört. Und achten Sie darauf, dass Ihnen niemand hierher folgt.»

Romella warf Stefi einen Blick zu. «Ist das nicht ein wundervoller Aufreißerspruch? Was denkst du?»

Stefi band ihre Schnürsenkel los. «Ich glaube alles, was Fred mir sagt. Er wird von bösen Menschen gejagt. Ich bleib hier, trinke Kaffee und hoffe, dass er nicht geschnappt wird.»

Findhorn bestellte ein Taxi und hielt von einem Fenster im Obergeschoss nach ihm Ausschau. Auf der kurzen Fahrt zur Bank lehnte er sich zurück, betrachtete das normale Treiben auf den Straßen und kam sich albern vor, als seien Mister Shorthand und Mister Speedhand nur aus einem schlimmen Traum, der langsam verblasste. Miss Drindle und ihr Gorilla kamen ihm sogar noch unwirklicher vor.

Er verließ die Bank mit einem Arm voller Tagebücher. Die George Street war belebt und grau, denn kalter Nebel hatte sich gesenkt. Er ging hastig die Straße entlang, kam sich vor wie auf dem Präsentierteller und betrat dann das Geschäftszentrum.

Zuerst rief er Archie an. Das Gespräch war kurz.

Dann machte er sich ans Kopieren. Die Tagebücher reichten bis 1952, und nach einer Stunde war er bei 1948 und brauchte eine Pause. Abermals rief er Archie an. Diesmal war das Gespräch sogar noch kürzer.

«Archie?»

«Es ist alles bereit, Fred.»

«Danke.»

Und Findhorn kopierte weiter. Nach einer weiteren Stunde wurde die Monotonie unerträglich, und er setzte sich an ein Terminal. Er besaß jetzt Zugang zu einem antiquierten unbenutzten Computer im Untergeschoss von Archies Fakultät an der Glasgow University. Er überlegte sich ein Passwort. Es musste einprägsam sein, man durfte es nicht erraten können, und es durfte in keinem Wörterbuch stehen. Ihm fiel ein:

In Xanadu did Kubla Khan
A stately pleasure dome decree

Er nahm die Anfangsbuchstaben der ersten sieben Wörter, ersetzte das A durch die Zahl 1, sodass es iXdKK1s ergab, und hängte noch zwei Nonsenssymbole hinten dran. Das endgültige Passwort war nicht zu erraten, aber im Gedächtnis zu rekonstruieren:

iXdKK1s!!

Angenommen, die Leute hinter Drindle und dem Koreaner besaßen Zugang zu Hochleistungscomputern, die sie vielleicht im Verbund nutzen konnten, um eine Entschlüsselungsgeschwindigkeit von annähernd einer Million Zeichen pro Sekunde zu erreichen.

Ein Passwort aus sechs Zeichen, das aus einer Kombination von zehn Zahlen bestand, würde in zehn Sekunden geknackt sein. Für eines, das auf den 26 Kleinbuchstaben basierte, würde man vielleicht zweieinviertel Stunden benötigen. Ein Passwort, das auf allen 96 Zeichen eines Keyboards basierte, klein und groß, würde die Computer zwei Jahre und achtundsiebzig Tage beschäftigen, und zwar Tag und Nacht. Und Findhorns Passwort bestand aus neun Zeichen.

Jedenfalls musste er erst mal seinen Computer finden.

Das Einscannen dauerte länger und war ermüdender als das Kopieren, und er brauchte bis weit in den Nachmittag.

Kopien der Tagebücher bis zum Jahre 1950 lagen jetzt gestapelt vor ihm auf dem Tisch, ebenso wie die Originale; aber ihre elektronischen Klone lagen in einer geheimen Maschine, geschützt durch ein nicht zu knackendes Passwort.

Dann fiel Findhorn ein, seine E-Mails abzurufen. Er zuckte zusammen. Eine knappe Mitteilung starrte ihm vom Monitor entgegen:

1. Seafield-Friedhof, Punkt 16 Uhr
2. Allein
3. Tagebücher mitbringen
4. Ein Anruf bei der Polizei, und die Schlampe stirbt

Die Mitteilung kam von irgendeiner Adresse in Brasilien, die zweifellos ohne Bedeutung war. Er machte einen Ausdruck von der Nachricht. Seine Armbanduhr zeigte 15 Uhr 30 an.

Er rief in Romellas Wohnung an und ließ es eine volle Minute klingeln, bevor er aufgab. Dann rief er in der Wohnung seines Bruders an. Stefi antwortete unmittelbar: «Hallo?»

«Stefi.»

«Fred, Gott sei Dank, dass Sie anrufen.» Ihre Stimme klang sehr besorgt.

«Was für ein Problem gibt's?»

«Es geht um Romella. Sie hätte schon lange wieder zurück sein müssen. Und sie nimmt auch das Telefon nicht ab. Wo kann sie nur sein?»

«Stefi, bleiben Sie dort und gehen Sie nicht an die Tür. Ich bin gleich da.» Er legte auf, bevor sie antworten konnte.

In der George Street kam ein Taxi wie gerufen, und er ließ sich direkt zur Wohnung fahren. Der Fahrer hielt, ohne zu murren, im Halteverbot. Findhorn meinte eine Bewegung hinter der Gardine wahrzunehmen, als er die Treppe hinaufstieg. Er hörte, wie das Chubb-Schloss bewegt wurde und daraufhin der Riegel, der in den Fußboden einrastete, und schließlich das Yale-Schloss. Dann spähte Stefi ängstlich hinter der Tür hervor.

Findhorn reichte ihr ohne jede weitere Erklärung die E-Mail. Stefi schrie auf. Er ließ die Tagebücher zu Boden fallen und rannte zur Treppe. «Mir bleiben noch zwanzig Minuten.»

«Werden Sie die Polizei anrufen?» Sie kam hinter ihm hergerannt.

«Es würde länger als zwanzig Minuten dauern, es ihnen zu erklären, und auch dann würden sie mir niemals glauben. Und wenn die Polizei sich einmischt, bedeutet das Romellas Ende.» Stefi holte ihn an der Eva-Statue ein und hielt ihn am Ärmel fest.

«Fred, nur eine Minute. Überlegen Sie doch mal. Was wird Ihnen geschehen, wenn Sie dort auftauchen?» Sie begann zu zittern.

«Stefi, ich weiß nur, dass mir die Zeit davonläuft.» Er befreite sich, rannte hinauf zur afrikanischen Wasserstelle und nahm auf dem Rückweg je zwei Stufen auf einmal. Er trug eine Aktentasche bei sich. Stefi stand an der Eingangstür. Die Tür war verschlossen, und Stefi ließ den Schlüssel unter ihrem Pullover verschwinden.

«Was soll denn das werden?», rief er ärgerlich.

«Bei diesem Wetter wird der Seafield-Friedhof menschenleer sein.»

«Selbstverständlich. Warum würden die sonst …»

«Also kriegen Sie ein Messer zwischen die Rippen, Sie Idiot. Wenn Sie schon nicht an sich denken, denken Sie doch an Romella. Sie ist eine Zeugin. Was, denken Sie, werden die wohl mit ihr anstellen, sobald sie haben, was sie wollen?»

Findhorn zögerte.

«Wie viel liegt diesen Leuten an den Tagebüchern?»

Zehn Tote; das Angebot von einer Million Pfund; eine große Organisation, die mich jagt. «Sehr viel.»

«Also. Dann können Sie doch auch Bedingungen stellen, oder?»

«Okay. Okay.» Mit gesenktem Kopf ging Findhorn den Korridor auf und ab. Dann sagte er: «Sie haben ja Recht, Stefi. Ich werde diesen Schurken aus irgendeinem Cyber-Café eine E-Mail schicken. Und ein Treffen als ebenbürtige Partner im Edinburgh Castle vorschlagen.»

«Ist es dort sicher?»

«Es ist zumindest eine Militärgarnison.»

Sie sagte: «Ich werde mitkommen. Wenn Sie sie zurückbekommen, braucht sie weibliche Gesellschaft.»

Er zögerte abermals. Dann sagte Stefi: «Ich halte mich im Hintergrund. Niemand wird mich bei Ihnen sehen.»

«Verdammt, wir haben keine Zeit zum Streiten.»

Stefi tastete unter ihrem Pullover. «Der Schlüssel ist höllisch kalt.»

Der Mann war um die vierzig, hager, hatte aufgeworfene Lippen, trug eine Brille mit Metallgestell und hatte kurze, abstehende rotblonde Haare. Er trug einen langen schwarzen Mantel, hatte den Kragen hochgestellt, um vor dem eisigen Wind geschützt zu sein, und die Hände in den Taschen versenkt. Er stand neben Mons Meg und blickte über die Zinnen des Schlosses hinaus. Findhorn gesellte sich zu ihm an die Mauer. Tief unter ihnen durchquerten Büroangestellte die Princes Street Gardens und wirkten wie Amöben unter dem Mikroskop. Jenseits der Gärten rollte der Verkehr auf der mit Girlanden geschmückten Princes Street. «Ein langer Weg bis da unten in die Tiefe», sagte Findhorn.

«Aber es wäre wenigstens ein schneller Tod.» Es war etwas Sonderbares am Auftreten des Mannes, doch Findhorn vermochte nicht genau zu sagen, was es war. «Das Schloss stammt aus dem vierzehnten Jahrhundert. Man sollte doch denken, dass es uneinnehmbar wäre – wer könnte schon Mauern wie diese erstürmen. Und doch ist es in seiner langen Geschichte zweimal erobert worden. Einmal durch Belagerung, einmal durch List.» Der Akzent hatte eine leichte nordenglische Färbung; Findhorn ordnete ihn unter Vorbehalt dem Raum Yorkshire zu.

«Das mit der List irritiert mich.»

«Ja.»

«Mir gefällt es», sagte Findhorn und versuchte, sich keine Furcht anmerken zu lassen. «Keine falsche Sicherheit oder so etwas. Ich denke, vielleicht bin ich in wenigen Stunden tot.»

«In wenigen Stunden? Sie sind ein Optimist. Es sei denn, Sie liefern das Gewünschte.» Der Blick des Mannes huschte zu Findhorns Aktentasche. «Ich kann nur hoffen, dass Sie es haben.»

«Was genau steht denn in diesen Tagebüchern?»

«Wenn wir das wüssten, würden wir sie nicht brauchen.» Der Mann trat von der Mauer zurück. «Bedenken Sie, was wir in vierhundert Jahren erreicht haben. Bedenken Sie, was für einen Schaden eine Kanonenkugel aus der hier angerichtet hat.» Er tätschelte Mons Meg, die mächtige Kanone neben ihm. «Inzwischen haben wir Bomben von der Größe einer Kanonenkugel, die das Schloss hier, den Hügel, auf dem es steht, die Esplanaden und alles in einem Umkreis von einem Kilometer hinwegfegen könnten. Können Sie sich vorstellen, was die Zukunft bringen wird?»

«Ist das von Bedeutung?»

Die Augen des Mannes funkelten. «O ja, das ist es sehr wohl. Gott hat die Menschen rechtschaffen gemacht; aber sie haben sich in allen möglichen Berechnungen versucht. Prediger Salomo.»

«O Gott», sagte Findhorn. «Bitte nicht auch noch ein religiöser Fanatiker!»

«Nehmen wir Ihre Freundin. Ich könnte sie mit einer kleinen Bewegung meines Fingers auf der Stelle töten, obwohl sie doch meilenweit entfernt ist.» Er zog ein Mobiltelefon aus der Tasche und streckte es Findhorn entgegen. Auf dem kleinen quadratischen Display stand eine Nachricht, trotz der Dämmerung leicht zu lesen: TÖTET DIE SCHLAMPE.

«Ein Knopfdruck, und die Nachricht wird gesendet.» Der Mann steckte das Mobiltelefon wieder in die Manteltasche.

Findhorn hatte plötzlich das Gefühl, auf rohen Eiern zu gehen. «Warum ‹die Schlampe›? Haben Sie etwas gegen die Damen?»

«Wer kann schon eine tüchtige Frau finden. Sprüche einunddreißig, zehn.»

«Ein Frauenhasser und ein religiöser Wirrkopf, alles in einem. Das darf doch nicht wahr sein.»

«Seien Sie mir gegenüber vorsichtig, Doktor Findhorn. Ich bin real, ich bin ein religiöser Wirrkopf, wie Sie es ausdrücken, und ich handle höchst irrational. Zumindest nach Ihren Normen. Und jetzt möchte ich um die Tagebücher bitten.»

Voller Unbehagen öffnete Findhorn die Schnallenverschlüsse der Tasche und händigte dem Mann über ein Dutzend Blatt Papier aus. Er trat zurück, um einen Sicherheitsabstand zu wahren. Der Mann überflog die Seiten, hob den Kopf und warf Findhorn einen strengen Blick zu. «Und der Rest?» Sein Tonfall war plötzlich schroff.

«Der ist nicht hier. Was Sie in der Hand halten, ist der Beweis, dass ich die Tagebücher besitze. Und ich werde Sie Ihnen nicht aushändigen, ohne dass Sie mir die Freilassung von Romella garantieren.»

«So war es nicht vereinbart.»

«Nicht von Ihnen, Kumpel. Aber von mir.»

Gefühllose blaue Augen musterten Findhorn durch die Brille. «Sie wissen nicht, wem Sie auf der Nase herumzutanzen versuchen.»

«Wir schließen, meine Herren.»

Der Mann wartete, bis der Soldat außer Hörweite war. «Sie werden sie häppchenweise bekommen, Findhorn.»

«Wenn ich das erste Päckchen erhalte, beginne ich damit, die Tagebücher zu verbrennen.» Findhorn erwischte sich dabei, dass er wütend wurde, wollte aber keinesfalls die Kontrolle verlieren.

«Ich möchte die Herren jetzt bitten.»

«Mir geht es nur um einen gesicherten Austausch. Und vergessen Sie nicht, Sie brauchen die Tagebücher mehr als ich Romella. Die ist nur eine Übersetzerin. Und bedeutet mir gar nichts.»

«Was Sie nicht sagen.» Der Mann zischte: «Spazieren wir die Esplanade entlang, Doktor Findhorn, und treffen wir ein neues Arrangement. Und dabei werden Sie mir erklären, warum Sie Ihr Leben für eine junge Frau riskieren, die Ihnen nichts bedeutet.»

Es war achtzehn Uhr geworden, und Leute, die noch spät einkaufen oder ein Weihnachtsmärchen besuchen wollten, hatten den Feierabendverkehr abgelöst.

Findhorn bog von der Princes Street in einen steilen Weg ab, der in die Dunkelheit der Gardens führte. Dann wählte er die Abkürzung über nasses Gras und eilte, so schnell er konnte, in die Sicherheit des Dunkels. Zwei kichernde Mädchen gingen an ihm vorbei, dann ein Betrunkener, der ihm frohe Weihnachten wünschte. Findhorn grunzte nur zur Antwort. Er fand einen Baum, stellte sich in dessen Schatten, gab seinen Augen die Möglichkeit, sich langsam an die Dunkelheit zu gewöhnen, und wartete.

Und wartete.

Plötzlich, nach einer halben Stunde, tasteten sich Laserstrahlen wie futuristische Suchscheinwerfer in den Himmel. Sie gingen von einem Ort auf den Salisbury Crags in ungefähr drei Meilen Entfernung aus. Hinter Findhorn pulsierte das Leben Edinburghs, und in den Schaufensterscheiben spiegelte sich Weihnachtsbeleuchtung. Er war nur fünfzig Meter von der Sicherheit entfernt. Vor ihm erhob sich das Schloss hoch über die Gardens. Seine Türme und Mauern waren in fahles, gespenstisches Licht getaucht.

Hundert Meter zu seiner Rechten war die norwegische Kiefer mit Lichtern geschmückt. Vor ihm mühten sich zwei Männer auf

Leitern, ein Transparent über dem Podium anzubringen. Ein weiterer stellte Stühle auf der Bühne auf. Ein halbes Dutzend Musiker packte Instrumente aus. Ein Lichtkreis mit einem Radius von etwa dreißig Metern umgab das Podium. Außerhalb dieses Kreises bewegten sich schattenhafte Gestalten, die kaum mehr zu erkennen waren. Waren sie real oder auch nur Ausgeburt seiner Phantasie? Findhorn hätte es nicht sagen können.

Es war so riesig, dass Findhorn anfangs meinte, er müsse es sich eingebildet haben. Und dann wurde ihm klar, dass es daran lag, dass die turmhohe schwarze Klippe aus Lavagestein bestand und nicht aus Eis, dass das Grollen an ihrem Fuß von einem vorbeifahrenden Intercity-Zug verursacht wurde und nicht das Donnern der Wellen am Fuß des Eisbergs war. Zu seinem Entsetzen wurde ihm klar, dass er einen Augenblick lang eingedöst war. Aber mit der Realität kehrten auch die bittere Kälte und der Schrecken zurück.

Ausgesetzt auf einer Insel dunkler Schatten, umgeben von einer Lichterflut, umklammerte er die Aktentasche mit beiden Händen und spähte wieder hinaus in die dunklen Schatten. Sein Mund war ausgetrocknet. Ab und zu schaute er sich kurz um.

Wenn man dem Mann trauen konnte, befand sich Romella irgendwo da draußen in der Dunkelheit. Man würde sie in das Licht des Podiums bringen; Findhorn würde sich aus dem Dunkel mit den Tagebüchern nähern, die er jetzt mitgebracht hatte; der Austausch würde stattfinden, und die beiden Parteien würden wieder in der dunklen Nacht verschwinden.

Das hatten sie zumindest so gesagt.

Etwas Unheimliches war an den Männern auf dem Podium.

Ein Husten in der Dunkelheit, rechts von Findhorn. Er schmiegte sich dichter an den Baum.

Ungefähr hundert Meter links glühte rot eine Zigarette. Gelegentlich deutete ein Leuchtstreifen an, dass der Raucher sie an den Mund führte.

Der Schein einer Taschenlampe ließ eine Dreiergruppe auf der Brücke erkennen, die die Schienen überquerte. Es war nur ein ganz kurzes Aufblitzen, aber Romella befand sich in der Mitte der Gruppe. Er umklammerte seine Aktentasche noch fester.

Einen Augenblick später tauchten drei Gestalten im Licht vor dem Podium auf. Zwei Männer, einer davon ein Halbstarker mit Lederjacke und der andere der religiöse Wirrkopf, noch immer im langen warmen Mantel und dazu in einen roten Schal gehüllt. Romella in der Mitte, von ihnen gestützt. Ihr Kopf pendelte von einer Seite auf die andere. Sie trug einen kurzen Rock und ein einfaches T-Shirt. Findhorn nahm an, dass sie völlig unterkühlt sein musste. Die Männer blieben stehen und hielten Ausschau in die Dunkelheit.

Die Musiker waren kaum zehn Meter entfernt. Sie merkten nicht auf, und plötzlich wusste Findhorn, was mit ihnen war. Sie prüften nicht ihre Instrumente.

Und für das Publikum waren auch keine Stühle aufgestellt worden.

Und die Männer auf den Leitern brauchten ewig, um das Transparent anzubringen.

Er trat aus dem Schatten des Baumes und ging auf die drei zu. Aus ungefähr dreißig Meter Entfernung bemerkten sie ihn. Romella erstarrte.

Eine weitere Person. Eine kleine dralle Frau näherte sich wie ein Gespenst aus der Dunkelheit und blieb neben den beiden Männern stehen. Sie trug eine große, schlichte schwarze Handtasche bei sich.

Findhorn trat in den Lichtkreis um das Podium. Die Männer beobachteten ihn wachsam.

Einige der Musiker kletterten auf der gegenüberliegenden Seite vom Podium und verschwanden in der Dunkelheit.

Romella schüttelte den Kopf, irgendwie benommen, aber auch warnend.

12 DAS JÜNGSTE GERICHT

Findhorn nimmt deutlich wahr, dass sich jenseits des Lichtkreises Schatten bewegen. Er geht vorwärts, die Aktentasche fest in der Hand. Als er näher kommt, sieht er, dass die dralle Frau hinter Romella eine Spritze in der Hand hält. Romella sagt: «Fred, verschwinden Sie schnell», aber sie spricht undeutlich, und ihre Worte erreichen ihn kaum.

Er stellt die Tasche auf das von Raureif bedeckte Gras, ungefähr drei Meter von den Männern entfernt, und tritt einen Schritt zurück. Der Atemhauch aller wird in der eisigen Luft zu Dampf. Er hat noch nie alle seine Sinne als so wach empfunden; um ihn herum scheint alles in Zeitlupe abzulaufen. Er fragt sich, was wohl jenseits des Lichtkreises vor sich geht, wagt es aber nicht, sich umzudrehen.

Mister Religion lässt Romella stehen und nähert sich zögernd der Aktentasche, als erwarte er, dass sie explodiert. Er hockt sich nieder, um sie zu öffnen, und zieht wahllos ein Tagebuch heraus. Mit einer kleinen schwarzen Taschenlampe leuchtet er auf das Buch und blättert hastig darin. Dann leuchtet er mit der Lampe in die Aktentasche und zählt in aller Eile die Tagebücher. Die Laserstrahlen blitzen hoch über ihnen, und Findhorn kommt sich vor wie in irgendeinem seltsamen Science-Fiction-Film.

«Sie können sie jetzt gehen lassen», sagt Findhorn. Er schätzt die Entfernungen ab.

Der Mann blickt auf. «Wenn das Leben nur so einfach wäre.»

«Was, zum Teufel, soll das bedeuten?»

«Alle Menschen sind Lügner. Psalm …»

«Vergessen Sie Ihre Bibelzitate. Wir haben eine Vereinbarung.»

Der Mann seufzt. Er schließt die Aktentasche, steht auf und steckt die Lampe in seine Tasche. «Es ist nur fair, dass ich Ihnen in Ihren letzten Augenblicken Folgendes sage: Miss Grigorian wird eine besondere Ehre zuteil. Ihre Fähigkeiten werden dabei helfen, ein großes Rätsel zu lösen und es zu ermöglichen, dass sich eine großartige Prophezeiung erfüllt.»

«Prophezeiung?», fragt Findhorn, damit der andere nicht zu sprechen aufhört.

«Mit ihrer Hilfe wird es uns möglich sein, den Höllenschlund zu verschließen.» Mister Religion dreht sich um und nickt. Die Frau mit der Spritze und die Männer, die Romella stützen, bewegen sich rückwärts. Man hat den Eindruck, dass sie sich auf Rädern bewegen. Einen Moment lang kommt es Findhorn wirklich so vor, als befände er sich in einem Albtraum.

Er hört hinter sich eine Bewegung.

Die Podiumsbeleuchtung erlischt.

Plötzlich sind da nur noch die pulsierenden blauen Lichter am Himmel, und Silhouetten zeichnen sich an der Schlossmauer ab.

Findhorn stürmt vorwärts. Er prallt schmerzhaft mit einer dunklen Gestalt zusammen, die ein «Uff» ausstößt. Von hinten ergreift ihn jemand am Arm und ruft: «Renn los, Blödmann! Wir haben sie.» Er reißt sich los und sprintet in ihre Richtung. Er nimmt einen Hauch von Romellas Parfum wahr. Sie wird ebenfalls von der Hand fortgezerrt. Findhorn ergreift ihren freien Arm, den anderen Helfer kann er nicht erkennen. Taschenlampen blitzen auf. Abgehackte zornige Rufe folgen ihm in die Dunkelheit. Jemand läuft vorbei, Füße stampfen auf den gefrorenen Boden. Findhorn flüstert: «Nach links!» Sie laufen in großem Abstand an dem Weihnachtsbaum vorbei, halten sich von seinem Lichtradius fern und schlagen die Richtung zur schmalen Fußgängerbrücke über die Gleise ein.

Stefi trägt Handschuhe und ihren Helm. Sie jagt den Motor ihrer Vespa hoch. Sekunden gehen verloren, als Romella auf den Soziussitz klettert. Sie scheint kurz vorm endgültigen Zusammenbruch zu stehen. Dann ruft Findhorn: «Festhalten!», und Stefi fährt ohne Licht auf dem Fußweg rasch davon. Findhorn rennt auf dem Weg hinter ihnen her, verfolgt von seinem Gefährten. Weiter bis zu einer Straße mit Lichtern und Autos und über sie hinweg zu einem vielstöckigen Parkhaus. Eilige Schritte sind hinter ihnen zu hören. Stefis Motorroller verschwindet schnell um eine Ecke, Romella auf dem Rücksitz wie ein Klammeräffchen.

Im Parkhaus gibt es bestimmt Überwachungskameras, und auf der anderen Seite befindet sich eine stark befahrene Straße. Wenn die Leute mit der Spritze Kameras meiden wollen, ist das Parkhaus eine willkommene Pufferzone. Im Licht der Straßenlaternen erkennt Findhorn jetzt den anderen Mann: Mister Speedhand. Er ruft Findhorn etwas zu und deutet einladend auf ein Auto, in das er springt.

Vier Männer stürmen aus dem Parkeingang auf die King Stables Road. Ihre Gesichter sind unter Wollmasken verborgen. Findhorn weiß, dass er in einem längeren Wettlauf gegen sie keine Chancen hat. Sie bemerken den Wagen und laufen noch schneller, aber Findhorn ist als Erster da und springt hinein. Er knallt die Tür hinter sich zu. Es ist ein Wagen von der Sorte mit automatischem Navigationssystem und Quadrophonie-CD-Anlage und tiefen Ledersitzen und Klimaanlage, und Findhorns Rücken spürt einen beruhigenden Stoß, als der Fahrer in wenigen Sekunden von null auf sechzig beschleunigt. Die Verfolger schrumpfen im Rückfenster zu gestikulierenden Punkten.

Mit hämmerndem Herzen und nach Atem ringend macht sich Findhorn Gedanken über die Flüssigkeit in der Spritze. Er sieht, dass Pitman ihn im Rückspiegel kühl mustert, und er betrachtet Mister Speedhand, und dann fragt er sich, ob er sich nicht doch lieber mit den religiösen Fanatikern hätte einlassen sollen.

Entlang dem Grassmarket mit seinen Wermutbrüdern und dem Bistro-Publikum. Er glaubt, ganz kurz gesehen zu haben, wie ein rotes Rücklicht den Candlemarket hinauf verschwindet, eine steile, kopfsteingepflasterte Straße, die oben in einer T-Kreuzung endet. Der Wagen fährt ebenfalls diese Steigung hinauf. Entscheidend wird sein, in welche Richtung man oben abbiegt. Findhorn stockt der Atem.

Links geht es den Mound hinunter, wieder an den Gardens entlang; aber diese Richtung bedeutet ebenfalls Stadtzentrum, Verkehrsampeln, abendliche Menschenmengen. Rechts bedeutet kein Halten mehr, Vororte und jenseits davon nur noch Land; rechts bedeutet dunkle Rastplätze und schmale Wege, die sich hinauf in die Pentland Hills schlängeln.

Der große Wagen biegt nach links ab. Findhorn spürt, wie seine Knie weich werden, was höchst ungünstig ist, weil er vorhat, an der ersten roten Ampel aus dem Wagen zu springen. Er sieht ungefähr zweihundert Meter voraus Stefis hellgelben Motorroller und fragt sich, ob Pitman ihn wohl auch bemerkt hat und ob er ihm überhaupt folgt.

Den Mound hinunter. Die Ampeln sind so geschaltet, dass sie den ganzen Weg grün bleiben, wenn sie am Fuß des Hügels grün waren. Man wird ihn also durch die Stadt zu einem unbekannten Ziel schleusen, und es erwartet ihn eine ungewisse Zukunft.

Lass sie nicht deine Absichten ahnen. Du spielst nur den dankbaren Geretteten.

«Danke. Ich dachte, meine E-Mail sei ein allzu kühner Versuch, zumal ich ja nur auf die Antworttaste gedrückt hab. Waren die Musiker Ihre Leute?»

«Nein, deren Leute. Sie schulden uns was, Findhorn.» Speedhands Tonfall ist eisig, aber man spürt doch, dass der Mann vor Zorn kocht.

«Wer sind diese Leute überhaupt?»

«Sie haben uns gerade um die Tagebücher gebracht, Findhorn. Warum sollten wir Ihnen auch nur einen Scheißdreck erzählen?»

Die Anhöhe hinunter, die Ampeln sind grün. Die Autos vor ihnen geben Gas, um durchzukommen. Pitman trommelt mit den

Fingern auf dem Lenkrad und studiert aufmerksam den Verkehrsfluss mit all seinen Wirbeln und Engpässen, die in keiner Straßenkarte verzeichnet sind.

Stefi hat den Verkehr überholt und ist durch. Findhorn befürchtet, dass Romella ohne Helm und Motorradkleidung inzwischen tiefgefroren ist. Der Roller biegt scharf nach rechts und dann links ab, rast die Hanover Street hinauf und ist dann außer Sichtweite.

«Sie haben uns nicht aus lauter Wohltätigkeit gerettet.» Findhorn hat einen trockenen Mund.

Die Autoschlange vor ihnen löst sich schnell auf. Die Ampeln werden gelb, aber die Fahrer vor ihnen riskieren es. Auch Pitman gibt Gas. Die Straßen sind voller Weihnachtseinkäufer.

Jetzt ist die Ampel rot. Trotzdem versucht er noch sein Glück. Ein Bürger Edinburghs tritt in vollem Bewusstsein seiner Rechte auf die Straße. Pitman flucht und hält.

Findhorn betrachtet sinnierend die Gehsteige mit den vielen Menschen. «Wie haben die uns gefunden?»

Speedhand sagt: «Wie viele Übersetzer für Armenisch, glauben Sie, gibt es wohl in Edinburgh?»

«Okay, ich bin ein Amateur. Aber ich lerne schnell. Was wollen Sie von mir?»

«Sie haben uns gerade einen Riesenhaufen Ärger beschert, mein Freund.» Der Verkehrsstrom hat sich verändert. Viele sind abgebogen. Lange dauert es nicht mehr. Findhorn tut so, als sähe er zum Fenster hinaus, aber er studiert das Türschloss und den Griff. Eine lange Schlange haltender Autos hat sich hinter ihnen gebildet.

Ihm kommt ein entsetzlicher Gedanke. Vielleicht gibt es eine Kindersicherung. Vielleicht lässt sich die Tür gar nicht öffnen.

Es ist ein Automatik-Wagen. Er setzt sich gleitend in Bewegung; der große Motor ist kaum zu hören. Speedhand sagt: «Wenn Sie nicht noch dümmer sind, als ich glaube, haben Sie Kopien der Tagebücher gemacht. Die werden Sie uns geben.» Der Wagen bremst ab, um links die Hanover Street hinaufzufahren. In einem Kaufhausschaufenster ziehen Rentiere den Weihnachtsmann in einen von Schneeflocken erfüllten Himmel.

Die Leute überqueren nach Gutdünken die Straßen. Pitman schimpft kurz, bremst und fährt dann wieder an. Findhorn wartet bis zum letzten Augenblick. Er greift nach dem Türgriff. Die Tür geht auf; er springt hinaus. Der Wagen fährt ungefähr fünfundzwanzig Stundenkilometer, und er stolpert und wäre fast gefallen, bevor er auf den Gehsteig ausweicht und sich durch die Menge drängt. Der Wagen, der vom Verkehrsfluss mitgerissen wird, steuert weiter die Straße hinauf. Findhorn blickt zurück und erkennt Mister Speedhand an der Heckscheibe. Das Gesicht des Mannes ist vor Verblüffung und Wut verzerrt. Findhorn winkt ihm zu, aber der zeigt keine Spur von weihnachtlicher Menschenfreundlichkeit.

Romella kam aus der Toilette im Erdgeschoss, nachdem sie sich eine halbe Stunde lang übergeben hatte. Ihr Gesicht war kreideweiß, abgesehen von den blauen Flecken um ihr rechtes Auge und den Mund. Sie wies alle Hilfsangebote mit einer Handbewegung zurück und setzte sich auf die Ledercouch.

Findhorn sagte: «Es tut mir Leid. Vielleicht sollten Sie sich aus dieser ganzen Sache raushalten.»

Ihr gelang ein schwacher, aber trotziger Blick. «Machen Sie sich keine Vorwürfe, Fred. Sie haben mir die Situation geschildert, und ich habe mich entschlossen, das alles für ein Phantasiegebilde zu halten. Sie sind ja schließlich auch ein komischer Kauz.»

Stefi kam mit heißer Schokolade herein.

Jetzt flüsterte Romella wieder. «Und danke, dass du aufgetaucht bist. Das hättest du doch gar nicht tun müssen.»

«Das war doch das Mindeste, was er tun konnte», sagte Stefi. «Sieh dich nur mal an.»

«Wenn Sie nicht gekommen wären, hätten die so lange Löcher in mich gebrannt, bis ich ihnen gesagt hätte, wo Sie stecken. Die waren zu dritt.» Sie schaffte es, sich die Decke von den Knien zu ziehen. «Seht nur meine Strumpfhose.»

Findhorn kam der Aufforderung nach. «Was ist denn da passiert?»

«Die Hunde haben mich in den Kofferraum eines Autos geworfen und sind losgefahren. Ich weiß nicht, wohin. Die Fahrt dauerte Stunden, und ich bin beinahe erfroren.»

«Die wollten Sie auf Eis legen, bis sie ein Treffen mit mir arrangiert hatten», äußerte Findhorn seine Vermutung. «Sie hätten uns beide umgebracht, und mich sofort. Ich wäre nur ein hirngeschädigter Junkie gewesen, der sich in den Princes Street Gardens eine Überdosis gespritzt hat. Und mit Ihnen hätten sie sich später befasst, nachdem Sie erst mal alles übersetzt hätten.»

«Als sie mich schließlich rausließen, war es dunkel, und ich befand mich in einem Parkhaus. Anfangs konnte ich mich gar nicht auf den Beinen halten, als es dann aber ging, fing ich an, mich zu wehren. Der Lärm, den ich machte, erschreckte sie. Und da gab es die ersten Prügel. Ich weiß nicht, was als Nächstes geschah, außer dass man mich wieder in den Kofferraum bugsierte. Als sie ihn danach wieder öffneten, flößten sie mir eine grauenhafte Flüssigkeit ein. Ich bin sicher, dass es nur Hustensaft war. Sie wissen schon: Nur zwei Teelöffel, bei Überdosierung kann es zu Schläfrigkeit kommen.»

Romella versagte langsam die Stimme, und ihre Augen verdrehten sich immer mehr.

Stefi stellte den Becher auf dem Couchtisch ab und sagte: «Das reicht jetzt. Es wird nicht mehr geredet.»

«Der Wagen war ein Mercedes 250 SL. Vielleicht ein Jahr alt. Der Kofferraum roch noch wie neu.»

Sie legten sie auf der Couch zurecht.

«Grüner Mercedes. In der Schweiz zugelassen, glaube ich. Die Nummer konnte ich leider nicht erkennen.»

Findhorn zog ihr die Turnschuhe aus. Stefi wickelte sie in die Decke ein und schaltete das Licht aus. Das Kaminfeuer tauchte das Zimmer in ein mildes Rot. «Sie braucht einen Arzt.»

Findhorn sagte: «Bei den blauen Flecken und dazu einer Überdosis Medizin müsste ein Arzt die Polizei benachrichtigen.»

«Na und?», entgegnete Stefi. «Die Polizei rufe ich sowieso an.»

«Da hat Romella ein Wort mitzureden. Warten Sie bis morgen früh.»

«Irgendeine Veränderung?»

«Sie atmet leichter.»

«Sie sehen aus wie eine lebende Leiche, Fred. Gönnen Sie sich etwas Schlaf.»

Findhorn wankte davon. Wenn jetzt Männer ins Haus gestürmt kämen und mit Spritzen fuchtelten, dann hoffte er nur, dass sie zumindest keinen Lärm machen würden.

Sonnenschein weckte Findhorn. Eine Voodoo-Maske starrte ihn aus leeren Augenhöhlen an. Sie stand auf einem kleinen Bücherregal, das Reisebeschreibungen, Thriller und Werke über Cricket beherbergte. Er blickte hinaus über Edinburghs Silhouette mit ihren Denkmälern und Kirchtürmen. Das Schloss war weniger als eine Meile entfernt, schwarz und alles überragend. Stefis gelber Roller lehnte an der Mauer des rückwärtigen Gartens und war von der Straße nicht zu sehen. Er kleidete sich an, entdeckte dabei einen geschwollenen Knöchel und humpelte die Treppe hinunter. Romella hatte sich zur Rückenlehne der Couch umgedreht, und eines ihrer wohlgeformten Beine ragte unter der Decke hervor. Die unansehnliche Strumpfhose war verschwunden. Stefi saß auf dem Sessel, den Kopf im Nacken. Sie schnarchte leise.

In der Küche fand er eine Kaffeemaschine und Kaffeebohnen in einem kleinen Beutel mit dem Stempel «Blue Mountain, Mavis Bank, Jamaica». Typisch Doug, dachte er; nichts von dem grässlichen Pulverzeug für den kleinen Bruder. Die Kaffeemühle durchbrach mit ihrem heiseren Rasseln die Stille des Hauses. Ein paar Minuten später erschien Romella, barfuß, mit zerzausten Haaren, einer farbenprächtigen gelbblauen Schwellung um das rechte Auge und einer aufgeplatzten Lippe. Ihr Pullover und ihr Rock waren zerknittert vom Schlafen auf der Couch.

«Das Ding aus dem Sumpf», sagte Findhorn.

«Was?»

«Ein alter Horrorfilm. Sie erinnern mich an die Titelfigur.»

«Sehr nett, Fred.» Sie verzog das Gesicht.

«Soll ich Ihnen ein feuchtes Tuch holen?»

«Ich fühl mich immer noch wie unter Drogen.»

Als sie beim Kaffee saßen und Toast aßen, tauchte Stefi auf. In einem schwarzen Pullover und Leggins sah sie aus wie eine Ninja-Kämpferin. Sie schenkte sich Kaffee ein, gab Kondensmilch aus einer Dose dazu und pflanzte sich an den Küchentisch.

Findhorn brach als Erster das Schweigen. «Ich hatte nicht die geringste Ahnung, dass es so hart zugehen würde. Ich kann nicht mehr verantworten, dass Sie beide Ihr Leben riskieren. Ich denke, Sie sollten sich einfach aus dem Staub machen. Denen geht es um mich und die Tagebücher.»

«Wer sind die?»

«Ich weiß es nicht. Mindestens zwei verschiedene Gruppen sind hinter den Tagebüchern her. Eine von ihnen hat mir eine Menge Geld geboten.»

Romella musterte Findhorn über den Rand ihrer Kaffeetasse. Unter ihrem forschenden Blick fühlte er sich unbehaglich. «Wie viel Geld?»

«Eine Million Pfund.»

Es folgte ungläubiges Schweigen.

Stefi brach es schließlich. «Eine Million Pfund? Sie machen wohl Witze?»

«Es ist mein voller Ernst.»

«Und Sie haben abgelehnt?» Ihre Stimme klang ungläubig.

«Es geht hier nicht in erster Linie um Geld, Stefi. Es steht nämlich nicht fest, wem die Tagebücher eigentlich gehören oder ob sie überhaupt jemandem gehören. Mir geht es hauptsächlich darum, herauszufinden, was in ihnen steht. Petrosian war Atomforscher, vergessen Sie das nicht. Angenommen, er hat die Möglichkeit entdeckt, eine Superbombe zu bauen. Vielleicht gibt es aber auch irgendein politisches Geheimnis, das nach dem Wunsch dieser Leute nicht enthüllt werden darf. Irgendwie würde ich am liebsten die gesamten Bücher verbrennen.»

Romella berührte ihr verletztes Auge und stöhnte auf. «Vergeben Sie mir, Fred, aber für wen halten Sie sich, dass Sie sich gestatten, derlei Dinge zu beurteilen?»

«Tagebücher plus Gewissen gleich Verantwortung. Ich hatte keine Ahnung, in was ich da hineingeraten würde, aber jetzt stecke ich bis zum Hals drin. Sonst ist ja niemand da.»

«Und nehmen wir mal an, dass es sich um eine Entdeckung zum Wohl der Menschheit handelt?»

«Dann möchte ich sofort das Patent darauf anmelden und fürchterlich reich werden.»

Stefi sah Romella an, warf Findhorn einen durchdringenden Blick zu und sagte dann in einem Tonfall, der keinen Widerspruch duldete: «Ich glaube, Sie sollten mal ganz von vorn anfangen, Mister. Karten auf den Tisch.»

Findhorn vermutete, dass Stefi Stefanova einen Teil ihres englischen Vokabulars aus B-Filmen hatte. Romella hatte gewisse Schwierigkeiten beim Trinken. Sie holte ein Taschentuch hervor und tupfte sich die geschwollenen Lippen ab. «Ja, Fred, es ist Zeit, die Karten auf den Tisch zu legen.»

«Sie würden mir doch kein einziges Wort glauben», gab Findhorn zu bedenken.

Stefi und Romella fixierten ihn. Er legte die Karten auf den Tisch.

Am Ende sagte Romella: «Also schön, dann sollten wir jetzt weitermachen.»

Findhorns Herzschlag setzte aus. «Sie meinen, Sie sind bereit, mit der Übersetzung weiterzumachen?»

«Warum denn nicht? Ich lasse mich nicht gern herumschubsen.»

Stefi sah nachdenklich aus. «Mit dieser Sache könnte eine Menge Geld zu machen sein.»

«Oder auch gar keins», wandte Findhorn ein.

Stefi sagte: «Romella bekommt fünfzig Prozent.»

«Zehn», sagte Findhorn.

«Zwanzig.»

«Einverstanden.»

«Sie haben doch gesagt, es ginge nicht in erster Linie um Geld», erinnerte ihn Stefi.

Findhorn nickte argwöhnisch. «Mmhm.»

«Gut. Dann begnüge ich mich mit zehn Prozent.»

«Um Himmels willen, Stefi, weswegen sollten Sie denn zehn Prozent bekommen?»

Sie drohte ihm mit dem Finger. «Weil Sie mich brauchen. Die Leute kennen Sie, und sie kennen auch Romella. Wann immer ihr beide vor die Tür geht, riskiert ihr Kopf und Kragen. Aber ich? Von mir haben die keine Ahnung. Ich kann ohne Gefahr kommen und gehen und für Sie recherchieren, wie zum Beispiel die Sache mit der *HMS Daring*.»

«Gute Idee. Es könnte alles von Ihnen abhängen. Ich habe mich bereits mit einem Freund beraten, der über Spezialistenkenntnisse verfügt. Und ich werde ihn mit zehn Prozent dessen überraschen, was uns am Ende bleibt. Doch das ist wahrscheinlich gar nichts.»

«Wie sicher sind wir hier eigentlich?», fragte Romella mit gewisser Besorgnis. «Die könnten doch herausfinden, dass Sie einen Bruder in Edinburgh haben, und uns dann besuchen.»

«Das hier ist Dougs Zufluchtsort. Niemand weiß davon. Doug hat eine Wohnung in der Queen Street, doch als Strafverteidiger wollte er auch noch einen Ort haben, an den er sich zurückziehen konnte, ohne durch Anrufe belästigt zu werden oder zu seltsamen Zeiten von seltsamen Leuten Besuch zu bekommen. Diese Bleibe ist daher unter dem Mädchennamen unserer Mutter gemietet – MacGregor, wie auf dem Türschild steht. Und das Telefon ist auf Mabel MacGregor angemeldet und steht nicht im Buch.»

Stefi machte eine ausladende Handbewegung. «Mir könnte es hier schon gefallen. So viel Platz, und dann all die Engel und Krokodile.»

Findhorn sagte: «Wir sind jetzt ein Team und haben uns darüber geeinigt, wie wir die Ausbeute aufteilen. Das ist ein Anfang.»

«Einer für alle und alle für alle», sagte Stefi und bestätigte dadurch Findhorns Verdacht, dass sie ihr Englisch aus Filmen gelernt hatte.

Findhorn sagte: «Ich möchte wetten, dass sich der Wert des Geheimnisses demjenigen erschließt, der es zuerst entdeckt. Und ich weiß nicht, über welche Mittel und Quellen diejenigen verfügen, mit denen wir es hier aufnehmen.»

Romella tupfte wieder ihre Lippen ab. «Beteiligen wir uns an einem Wettlauf? Dann sollten wir losrennen.»

Findhorn kauerte vor dem skandinavischen Kaminofen, der den Effekt echter Kohlen vorgaukelte und von einer importierten mexikanischen Schutzeinfassung umgeben war. Er versuchte, die Funktion der Bedienungsköpfe zu verstehen.

«Über eine bestimmte Situation möchte ich jetzt sehr gerne lesen.» Sorgfältig bedeckte Romella ihre blauen Flecken mit hautfarbenem Puder. Die Fotokopien lagen ausgebreitet auf dem Couchtisch.

«Und?»

«Als sie zum ersten Mal eine Atombombe zündeten. Wie Petrosian dabei zumute war. Wie es war, wenn man zum inneren Kreis gehörte.»

Stefi, die im Schneidersitz am Tisch hockte, blätterte in einem Stapel Kopien. Findhorn drückte auf einen Knopf. Und Flammen loderten auf. Er gesellte sich zu Romella auf die Couch.

Petrosians Tagebuch, Donnerstag, 12. Juli 1945

Philip Morrison und ich nahmen das Plutonium aus dem Tresorraum in Omega. Natürlich bestand es noch aus unterkritischen Teilmassen. Wir legten sie in zwei Behälter, die ausschließlich zu diesem Zweck angefertigt worden waren. Verstauten sie auf dem Rücksitz von Robert Bachers Limousine und machten uns auf den Weg nach Alamogordo, eskortiert von einem Wagen vor uns und einem hinter uns. Bei dem Gedanken an einen Autounfall gerieten wir ins Schwitzen. Sehr unwahrscheinlich, aber was war, wenn wir von einem Laster angefahren würden und die Teile kritisch wurden? Ein komisches Gefühl, so durch Santa Fe zu fahren, eine verschlafene Kleinstadt, und den Kern des «Dings» – der Atombombe – mitzuführen. Wenn die Einheimischen wüssten, was da über ihre Hauptstraße transportiert wurde!

Bogen auf einen Sandweg ab und ließen das Plutonium in einem Zimmer auf MacDonalds Ranch, die schon seit langem von der Familie verlassen worden war.

Freitag, 13. Juli 1945

Kurz nach Mitternacht übergibt Bacher auf der Ranch offiziell das Plutonium von der University of California an Tom Farrell, General Groves' Adjutanten. Außerdem überreicht er ihm eine Rechnung über zwei Milliarden Dollar.

Dann warten wir. Schliefen sogar ein wenig.

Um neun Uhr morgens beginnt Louis Slotin damit, den Sprengkopf zusammenzusetzen. Dazu muss er auf einem Tisch die Plutoniumteile so dicht zusammenschieben, dass sie fast den kritischen Zustand erreichen. Er trägt eine große Verantwortung – wenn er auch nur den geringsten Fehler macht, sind wir allesamt tot, es gibt keine Bombe, der Krieg in Japan nimmt eine andere Wende und ebenso die Zukunft.

Seine Konzentration ist phantastisch. Immer wieder fährt er sich mit der Zunge über die Lippen. Man muss schon höchst genau hinsehen, um zu erkennen, dass seine Hände sich überhaupt bewegen. Wir stehen da wie die Salzsäulen und schreien innerlich. Dann taucht Oppie auf, und plötzlich herrscht eine geradezu knisternde Spannung. Das wirkt sich ungünstig auf alle Anwesenden aus. Chef oder nicht, Bacher befiehlt ihm hinauszugehen. Louis bringt seine Aufgabe zu Ende.

15 Uhr 18. Wir bekommen einen Anruf von Kistiakowsky. Das Ding ist bereit für den Sprengkopf. Wir tragen ihn auf einer Trage hinaus und laden ihn wieder auf den Rücksitz von Bachers Limousine. Unser Ziel ist der Turm in Trinity, und Bacher steuert unseren Wagen mit größter Vorsicht.

Arbeiten in einem Zelt am Fuß des Turms. Der Kern wurde mit einer Winde über die Apparatur gehievt. Und dann extrem langsam abgesenkt. Geigerzähler steigern sich zu einem Crescendo, als er eingeführt wird. Die Atmosphäre ist unglaublich – ich kann es nicht beschreiben. Die geringste Erschütterung könnte eine Kettenreaktion auslösen.

Wind wird stärker, Zeltplanen flattern. Staub dürfen wir uns nicht leisten.

Der Kern hat sich verklemmt. Es liegt an der Hitze des Plutoniums, die ihn ausgedehnt hat, anders als bei den Probeläufen mit Attrappen. Mehr Eierköpfe auf einem Haufen, als die Welt je gesehen hat, und keiner von uns hat daran gedacht. Was haben wir sonst noch übersehen?

Der Ausgleich ist schließlich erreicht, und um 22 Uhr ist die Apparatur vollständig. Wir lassen sie über Nacht im Zelt. Groves steigt plötzlich der Gedanke an japanische Saboteure zu Kopf, und er schickt bewaffnete Wachen zum Zelt.

Sonnabend, 14. Juli 1945

Wetter wird immer schlechter. Der aufbrisende Wind führt dazu, dass das Ding schwankt, als es den Turm hinaufgehievt wird. Bleibt einmal sogar stecken. Schließlich ist es aber ganz oben, und Jerry bringt es mit aller Vorsicht in die Wellblechhütte in dreißig Meter Höhe.

Sonntag, 15. Juli 1945

Wetter wird schlimm. Gewitterwolken, Sturmböen, fernes Donnergrollen. Was geschieht, wenn das Basislager vom Blitz getroffen wird? Oder gar der Turm?

Oppie oben auf der Spitze, überprüft die Verbindungen. Allein mit seiner Schöpfung. Welche Gedanken mögen ihm durch den Kopf gehen?

23 Uhr. Der General ist schon seit einigen Stunden vor Ort und wütet mit den Wetterleuten. Blitze und Sprühregen. Was ist, wenn ein Kurzschluss entsteht? Und was wird der Wind mit dem radioaktiven Staub machen? Militärpolizei ist in Bereitschaft, Socorro zu evakuieren, falls nötig. Aber auch Amarillo in Texas, dreihundert Meilen entfernt, könnte etwas abbekommen. Wie soll man innerhalb einiger weniger Stunden 70 000 Menschen evakuieren?

Das alte Gerücht kursiert wieder: Einige der rangälteren Männer sagen voraus, dass die Atmosphäre in Brand gesetzt wird. Wetten werden abgeschlossen, ob nicht alles Leben vernichtet wird.

Truman und Churchill haben ein Treffen mit Stalin in Potsdam verabredet. Man braucht nicht viel Phantasie, um sich auszurechnen, dass Truman ein Ergebnis sehen will. Ich kann mir vorstellen, dass Oppie und Groves größtem Druck von oben ausgesetzt sind.

Mitternacht. Kann vor lauter Dunst den Turm nicht mehr

sehen. Heftiger Regen. Die Voraussagen lauten, dass weitere Unwetter im Anmarsch sind.

Nicht mehr erträgliche Spannung. Langsam verlieren wir alle den Verstand.

Montag, 16. Juli 1945

In den frühen Morgenstunden gießt es.

Im Speiseraum des Basislagers äußert Fermi eine neue Sorge. Er meint, wenn der Wind plötzlich dreht, kann radioaktiver Fallout über uns alle niederregnen. Oppie verliert die Fassung – ihm kommen beinahe die Tränen. Groves nimmt ihn mit hinaus zum S.10000-Bunker. Viel zu nahe, wie ich glaubte.

Dann erwischt das Unwetter den Turm mit voller Kraft. Blitze gefährlich nahe. Sie müssen verschieben. Andererseits muss das Ding aber im Dunkeln gezündet werden, damit die Instrumente alles richtig aufzeichnen. Spätestmöglicher Termin ist 5 Uhr 30.

Vier Uhr. Der Regen hört auf. Wetterbedingungen sollen zwei Stunden lang stabil bleiben. Oppie und Groves kommen überein, im letztmöglichen Augenblick zu zünden: 5 Uhr 30. Ein Meer von Scheinwerfern in der Wüste – in aller Eile zieht sich die Rüstungsmannschaft vom Turm zurück.

Eine Gruppe von uns befindet sich auf Compania Hill, ungefähr zwanzig Meilen nordwestlich von Punkt null. Der Countdown beginnt bei zwanzig Minuten, dann Alarmsirenen, und die Leute vom Basislager ziehen sich in die Gräben zurück.

Und dann plötzlich scheint die Sonne, und die Berge glitzern in ihrem Licht. Es ist eine winzige Sonne am Horizont, zu gleißend, um hineinzuschauen, bis sie zu einer riesigen und brodelnden gelben Masse gewachsen ist. Und dann steigt sie auf einem langen Stamm aus Staub in die Höhe. Der Feuerball wird rot, als er abkühlt, und jetzt kann man um ihn herum eine blau leuchtende Aura erkennen – ionisierte Luft.

Das alles geschieht ohne einen Ton. Als der Knall ertönt, schmerzt er in meinen Ohren, und dann folgen ein langes, langes Grollen wie von heftigem Verkehr und schließlich eine starke Windbö.

Ich vermag meine Gefühle nicht zu beschreiben. Irgendwie ist es bedrohlich, als hätten wir in einen Bereich der Natur eingegriffen, in dem wir nichts zu suchen haben. Noch Stunden später habe ich Gänsehaut.

13 HEXENJAGD

Stefi sagte: «Auch ich habe ein Gefühl, das ich nicht beschreiben kann. Wir haben hier ein Stück lebendige Geschichte vor uns. Spüren Sie das nicht auch? Spricht es nicht zu Ihnen?»

Findhorn stand auf und reckte sich. «Stefi, es handelt sich nur um eine Fotokopie.»

«Langsam wird mir einiges klar, was Sie betrifft, Doktor Findhorn. Zum Beispiel haben Sie weniger Sinn für Abenteuer als ein hart gekochtes Ei.»

«Es ist doch nichts drin in dem Tagebuch», klagte Findhorn.

Romella sagte: «Er kommt immer wieder auf die Gefahr zurück, die Atmosphäre in Brand zu setzen.»

«Ich weiß», sagte Findhorn. Er bewegte seinen verstauchten Knöchel hin und her. «Der Gedanke quälte ihn.»

«Langsam quält er auch mich», sagte Romella.

«Mein Freund, der Atomphysiker, sagt, es muss sich um ein Ablenkungsmanöver handeln. Es hätte gar nicht passieren können, es sei denn, die Bombe wäre so groß gewesen, dass sie ohnehin den Planeten pulverisiert hätte.»

«Dieser religiöse Wirrkopf», fragte Stefi, «was hat er noch in den Gardens gesagt?»

«Dass es mit meiner Hilfe möglich sein wird, den Höllenschlund zu verschließen.»

«Ein sehr nützlicher Hinweis.» Findhorn nahm an, dass Stefi es ironisch meinte.

Sie stand auf. «Ich werde mich mal mit dem netten Jungen aus der Bibliothek unterhalten.»

«Über die *HMS Daring*?»

«*Inter alia*. Ich bring auf dem Rückweg was vom Chinesen mit. Tschüs.»

Romella hatte in den DIN-A4-Seiten geblättert. Sie machte ein nachdenkliches Gesicht. «Petrosian scheint nach dem Krieg irgendwie in Schwierigkeiten geraten zu sein.»

Findhorn setzte sich wieder auf die Couch. «Erzählen Sie mir die Geschichte», sagte er.

Montag, den 6. August 1945, um 8 Uhr 14 morgens japanischer Zeit rasten heftige Druckwellen mit der Geschwindigkeit einer Gewehrkugel über Hiroshima.

Die Nachricht von der Explosion wurde fünfzehn Minuten nach dem Abwurf von der Enola Gay gefunkt und in Los Alamos über das Tannoy-System verkündet. Oppenheimer rief eilig die gesamte Mannschaft in einem Hörsaal zusammen und nahm die Jubelrufe und Glückwünsche entgegen wie ein siegreicher Boxer. Mit einem Mal bestätigten sich die Vermutungen der Ehefrauen der Wissenschaftler, dass ihre Männer an einem außergewöhnlichen Projekt beteiligt waren. Die Kinder erfuhren, dass die Arbeit ihrer Väter vom Präsidenten gepriesen wurde und dass ihre überbelegte kleine Schule in Los Alamos in wichtigen Zeitungen erwähnt wurde. Ausgelassen und voller Begeisterung paradierten sie hinter einer Band, die auf Töpfen und Pfannen trommelte, durch jedes Haus in der Wohnsiedlung.

Drei Tage später wurde Fat Man von der *Great Artiste* abgeworfen. Nagasaki wurde zu einem Flammeninferno, das noch aus zweihundert Meilen Entfernung zu sehen war, und weitere achtzigtausend Tote wurden zu den einhundertzwanzigtausend in Hiroshima dazugezählt.

Ein paar Tage danach herrschte in Los Alamos Partystimmung. Es wurde getanzt, man bildete Polonaisen, Sirenen jaulten, die Leute betranken sich, und in der Wüste gingen TNT-Knaller hoch. Für die meisten sollten sich die Zweifel und moralischen Bedenken erst später einstellen; jetzt war dazu nicht die Zeit.

Im Laufe der nächsten paar Wochen hielt Niedergeschlagenheit Einzug in Los Alamos. Eine Diaspora setzte ein, denn begabte junge Leute nahmen an vielen Universitäten überall in den Vereinigten Staaten ihre Lehrtätigkeit auf. Einige wenige der Emigranten kehrten in ihre Heimatländer zurück. Fermi ging an ein neues Institut in Chicago. Oppenheimer nahm wieder seinen alten Posten am CalTech an, aber nach dem täglichen Kontakt mit extrem brillanten Köpfen und der Erschaffung einer Sonne, die New Mexicos Wüste verbrannt hatte, war die Lehrtätigkeit keine Herausforderung mehr und daher enttäuschend. Er nahm bald darauf die Berufung zum Direktor des Institute for Advanced Studies in Princeton an und beriet weiterhin die Regierung im Bereich der Entwicklung neuer Waffen, bis der Tag kam, als schließlich die Hexenjäger auch ihm zu Leibe rückten.

Auf der anderen Seite des Atlantiks zerstreuten sich auf ähnliche Weise die Radarleute, deren Beitrag zum Sieg fast noch wichtiger gewesen war als der der Atomwissenschaftler, und sie sollten in zukünftigen Jahren das wissenschaftliche Leben vergleichbar bereichern. Lovell, dessen Bordradar letztendlich die Bedrohung durch U-Boote ausschaltete, arbeitete weiter und schuf das Jodrell-Bank-Teleskop. Hoyle wurde nach seiner Radararbeit in Kriegszeiten der einflussreichste lebende Astrophysiker. Bondi, ein Österreicher und ehemaliger feindlicher Verbündeter, wurde Wissenschaftlicher Chefberater des Verteidigungsministeriums; und Tommy Gold, ein brillanter Bilderstürmer, der ebenfalls vor den Nazis aus Österreich geflohen war, sollte im Laufe des restlichen Jahrhunderts ein selbstgefälliges wissenschaftliches Establishment mit radikalen neuen Einsichten provozieren.

Ende 1945 gab Petrosian seine Junggesellenwohnung auf. Mit Hilfe von zwei Wissenschaftlerehefrauen füllte er Pappkartons mit indianischen Töpferwaren, Kakteen und Büchern und lagerte sie ein, damit sie ihm später nachgeschickt werden konnten. Er lenkte seinen viertürigen Buick langsam durch die seltsam geformten und vom Wind gemeißelten Canyons. Ab und zu konnte er einen Blick auf die Sangre-de-Cristo-Berge weit im Westen werfen, die im Schein der untergehenden Sonne blutrot aufleuchteten. Schon bald ließ sich das Fortkommen seines Wagens an den Spuren auf einer dünnen Schneedecke nachvollziehen. Schließlich erreichte er ein kleines Haus auf einem Gebirgskamm oberhalb von Santa Fe. Dort blieb er über Nacht bei Kitty Cronin. Der Morgen bescherte ihnen einen schweren Abschied.

Er nahm die Route 85 nach Süden, die parallel zum Rio Grande verläuft, bevor er nach links abbog und am Trinity-Testgelände entlangfuhr. Irgendwie war Trinity eine psychologische Barriere. Als er es dann hinter sich gelassen hatte, überkam ihn das Gefühl, eine Welt verlassen und eine neue betreten zu haben. Er fuhr tausend Meilen nach Arkansas und hielt nur ab und zu an Raststätten, um sich zu erleichtern und sich einen Imbiss zu gönnen.

Andere Wissenschaftler aus den Tagen in Los Alamos und aus dem besiegten Deutschland sollten Amerika zu einem Zentrum innovativer Wissenschaft und Technologie machen, woran Petrosian jedoch nicht teilhatte. In Arkansas vergrub er sich in einem Kleinstadtcollege, wo er eine Position innehatte, die weit unter dem angesiedelt war, was seine Fähigkeiten und sein Ruf ihm hätten einbringen können. Fast schon vorsätzlich war er in eine Versenkung zurückgekehrt, aus der er gekommen war.

Petrosians Ruf als Flüchtling, der am Manhattan-Projekt mitgearbeitet hatte, verbreitete sich in der Umgebung sehr schnell. Er hatte mitgeholfen, die Bombe zu bauen und den Krieg mit Japan zu beenden; er hatte Tausende amerikanische und japanische Leben gerettet. Er war ein lokaler Held.

Lev hatte sich schnell als beliebter und kompetenter Lehrer etabliert, der das Talent besaß, schwierige Zusammenhänge auf einfache Weise verständlich zu machen. Er lebte zurückgezogen und schloss nur wenige enge Freundschaften. Einige Südstaatenschönheiten machten ihm große Augen, aber er hielt sich zurück. Wenn er angesprochen wurde, sagte er zu allen erdenklichen Themen deutlich seine Meinung und galt schon bald als Gegner der Rassentrennung, Gegner der Religiosität und Gegner des Establishments. Seltsamerweise steigerten diese provokanten Ansichten seine Beliebtheit und festigten seinen Ruf als leicht verrückter ausländischer Exzentriker. Offiziell schloss sich Lev einer Organisation zum Schutz akademischer Freiheit an, aber ansonsten hielt er sich aus allen – ob politisch oder sozial – organisierten Aktivitäten heraus.

Und Romella ackerte sich jetzt Jahr für Jahr durch Tagebuchaufzeichnungen, die nichts als Banalitäten enthielten. Es gab nicht das geringste Anzeichen für ein Drama in Petrosians Leben, und nichts deutete darauf hin, dass er etwa eine neue Theorie entwickelt oder neue Möglichkeiten entdeckt hatte, um Energie zu schaffen. Noch hatte er etwa eine Methode erdacht, in der Gartenlaube eine Superbombe herzustellen. Nein, er war ganz einfach ausgestiegen. Stefi sang in der Küche, und Romellas Stimme wurde heiser, als sie sagte: «Und hier fangen die Probleme an.» Es begann an einem Mittwochmorgen im Sommer 1953.

Jener Mittwochmorgen begann ganz normal. Lev hatte mittlerweile seine Gewohnheiten entwickelt. Seine innere Uhr weckte ihn um halb acht. Um acht hatte er geduscht und war angezogen. Ungefähr zu dieser Zeit kam dann auch die Post, und die pflegte er bei einem Frühstück zu lesen, das aus Zerealien, Kaffee, einem gekochten Ei, Orangensaft (frisch gepresst aus Florida-Orangen) und Toast mit Marmelade bestand. Um neun war er auf dem Weg zum College. Der Fußmarsch entlang einer breiten Vorstadtallee war ungefähr zwei Meilen lang.

Die Probleme kündigten sich in einem ungewohnt aussehenden Brief an, der im Capitol in Washington abgestempelt war. Mit einer eigenartigen Vorahnung kehrte er an den Küchentisch zurück und schlitzte den Umschlag mit einem Brotmesser auf. Er las und las nochmal. Dann stand er auf, ließ das Frühstück stehen und ging in der Küche auf und ab. Die Gedanken wirbelten ihm im Kopf umher.

Lieber Doktor Petrosian,
Ihr Name ist in einer Zeugenaussage vor dem Unterausschuss für innere Sicherheit des Rechtsausschusses des Senats der Vereinigten Staaten gefallen. Diese Zeugenaussage wurde bei einer Exekutivsitzung gemacht, und ihre Veröffentlichung wurde aufgeschoben, um Ihnen die Möglichkeit zu einer Zeugenaussage zu geben. Wir haben Donnerstag, den 4. Juni 1953, als den Tag anberaumt, an dem es zu einer Veröffentlichung kommen soll. Entsprechend fragen wir Sie, ob Sie an diesem Tag um 9.30 in Raum 424-C des Bürogebäudes des Senats in Washington, DC, erscheinen wollen. Für den Fall, dass Sie von dieser Gelegenheit keinen Gebrauch machen wollen, werden die Beweise veröffentlicht.
Hochachtungsvoll
Henry J. Alvarez
Vorsitzender des Unterausschusses für innere Sicherheit

Petrosian ging seinen gewohnten Weg zum College wie ferngesteuert und nahm von seiner Umgebung so gut wie nichts wahr. Aber statt auf das Gebäude der mathematischen Fakultät zuzusteuern, nahm er einen schmalen Weg hintenherum zur philosophischen Fakultät und betrat den Flur der Anglisten. Erleichtert stellte er fest, dass Max Brogan in seinem Büro war.

Max Brogan war ein ungepflegter und übergewichtiger Westtexaner mit lockigen braunen Haaren, die oben auf dem Kopf immer lichter wurden, und einem Gesicht mit Doppelkinn. Es gelang ihm, ungeachtet aller äußeren Umstände permanent fröhlich zu erscheinen. Eine gewisse Prominenz verdankte er seiner kleinen und übergewichtigen Frau, die das «Sweet and Tart» führte, ein kulinarisches Juwel in der kleinen Stadt. Heute trug Brogan ein rosa

Hemd mit kurzen Ärmeln und Shorts. Bleistifte ragten aus einer Hemdtasche. Auf den ersten Blick entzog sich die Freundschaft zwischen dem schmalbrüstigen Ästheten Petrosian und Brogan, dem lebenslustigen und korpulenten Falstaff, jeder Erklärung, aber bei näherer Analyse stieß man auf eine Gemeinsamkeit: Jeder von ihnen entdeckte in dem anderen auf dessen eigene Weise einen stillen, aber grundsoliden Individualismus. Alle Modeströmungen, ob sie nun Kleidung betrafen oder Ansichten, umbrandeten diese Männer, ohne die geringste Wirkung zu hinterlassen.

Brogan saß an seinem Schreibtisch. Zumindest war zu vermuten, dass sich unter den Pyramiden aus Büchern und Papieren vor ihm irgendwo ein Schreibtisch verbergen musste. Er sah auf, als Petrosian eintrat. Seine normalerweise so fröhliche Miene verriet heute einen Anflug von ernster Besorgnis. «Ich hab's schon gehört.»

Petrosian ließ sich auf einen schwarzen Lederstuhl sinken. «Sonst noch jemand?»

«Neymeier von der französischen Literaturwissenschaft, Sam Lewis von den Geisteswissenschaften, aber Teufel auch, es ist doch noch früh am Tag, und es werden bestimmt noch mehr. Vielleicht bin sogar ich dabei.»

«Warum solltest du, Max? Du bist doch so grundamerikanisch wie der Truthahn zum Erntedankfest.»

Max hob die Hände. «Vielleicht irgendein Autor auf der Literaturliste, die ich meinen Studenten gegeben habe, oder vielleicht bin ich auch vor zehn Jahren mit den falschen Leuten auf eine Party gegangen. Wer durchschaut schon diese dämlichen Vollidioten?»

Ein altvertrautes Gefühl beschlich Petrosian, ein Gefühl, von dem er dachte, er hätte es vor zwanzig Jahren in Deutschland und fünfzehn Jahre davor in Baku hinter sich gelassen. Es war das Gefühl, aufs Korn genommen zu werden, gejagt zu werden von einer schwer definierbaren, unerbittlichen und böswilligen Macht. Furcht ließ seinen Mund trocken werden, als er sprach. «Was soll ich tun, Max?»

«Verpfeif deine Freunde. Das ist das Ritual. Du gestehst und gibst ihnen Namen. Sie gewähren Absolution und machen weiter.»

Petrosian sagte: «Aber ich habe nichts Unrechtes getan.»

«Ich beneide dich, Lev. Du bist ledig. Ein Mann mit Ehefrau und drei Kindern, der nichts Unrechtes getan hat, nun, das ist schon eine ganz andere Chose.» Brogan rutschte unbehaglich auf seinem Stuhl hin und her. Lev wartete, bis sein Freund Mut gesammelt hatte. Dann sagte der Texaner: «Hör mal, diese Typen jagen mir Angst ein. Die brauchen bloß deinen Namen zu nennen, und du bist ruiniert. Wenn du einmal auf ihrer schwarzen Liste stehst, findest du nie wieder Arbeit.»

Petrosian wiederholte: «Aber ich habe nichts Unrechtes getan.»

«Aber kannst du das auch nachweisen?»

«Ich bin nicht einmal Kommunist.»

«Du machst dir deine eigenen Gedanken, stimmt's? Du bist ein Liberaler? Vielleicht gar ein Anhänger des New Deal? Mehr brauchen die doch gar nicht, Kumpel. Die haben sich auf die Tagesordnung geschrieben, die politische Landschaft Amerikas irgendwo rechts von Dschingis Khan anzusiedeln.»

«Max, ich habe aber doch nichts Unrechtes getan.»

Max verlor nicht die Geduld. «Du hast immer noch nicht kapiert, Lev. Das reicht nicht als Verteidigung.»

Verwirrt schüttelte Petrosian den Kopf, und Max versuchte es noch einmal. «Hör zu, Mary hat einen Vetter, der Buchhalter bei den MGM-Studios ist. Die Geschichten, die er uns erzählt hat, würden dir die Haare zu Berge stehen lassen. Weißt du, dass diese Leute die Studiobosse zu Muttersöhnchen degradiert haben? Die haben irgendeinen Kriegsfilm als rote Propaganda denunziert, weil er zeigte, wie die Sowjets gegen die Nazis kämpften. Ein anderer Film wurde ähnlich behandelt, weil er fröhliche russische Kinder zeigte. Du hast etwas gesagt, oder du hast etwas getan. Gestern oder vor zwanzig Jahren. Oder jemand denkt, du hast was getan.»

«Mein Gefühl sagt mir, dass ich mich gegen die Schweine zur Wehr setzen muss.»

«Wir haben hier ein altes Sprichwort, Lev. Wer mit den Schweinen ringt, besudelt sich.»

Petrosian stand auf. «Okay, Max. Aber ich bin ein alter Kämpfer gegen die Nazis, und ich sag dir Folgendes: Wer sich von Schweinen leiten lässt, endet in deren Pfuhl.»

In seinem eigenen Büro war ein Zettel mit einer Nachricht auf dem Schreibtisch gegen einen Stapel Bücher gelehnt, damit man ihn nicht übersah.

Bitte melden Sie sich augenblicklich bei mir.
B. Lutyens

Auf dem Weg zu den Fakultätsbüros überquerte Petrosian den Unirasen. Sein Magen rebellierte. Janice tippte emsig auf einer Remington.

«Der Chef erwartet mich.»

Normalerweise hätte er mit einem Lächeln oder einem Scherz gerechnet. Aber heute nickte sie nur, ohne aufzublicken oder innezuhalten. Lev klopfte an Lutyens' Tür.

Der Dekan, Boothby W. Lutyens, war ein vierschrötiger weißhaariger Mann mit rotem Gesicht. Seine Fähigkeiten waren begrenzt, aber sein Aufstieg in der College-Hierarchie hatte viel damit zu tun, dass er ein raffiniertes Gespür für Verwaltungspolitik besaß und darüber hinaus die schon beinahe unheimliche Fähigkeit, die richtigen Dinge zum richtigen Zeitpunkt zu sagen. Die Tatsache, dass er einer reichen Südstaatenfamilie entstammte, die die Universität mit großzügigen Spenden unterstützt hatte, hatte selbstverständlich nicht das Geringste mit seiner Position zu tun.

Lutyens schenkte sich an einer Kaffeemaschine in der Ecke des Raums eine Tasse ein. Er trug einen zerknitterten weißen Anzug, dessen Hosen von grellgelben Trägern gehalten wurden. Er wirkte zornig, und Lev ahnte, dass er schon etwas wusste. Er bot Lev keinen Kaffee an, sondern ging nur an seinen Schreibtisch und legte die Füße darauf. Lev blieb stehen und reichte ihm wortlos den

Brief. Lutyens warf einen Blick darauf und warf ihn zurück. «Ich habe eine Kopie.»

«Was geht hier vor?»

«Was da geschrieben steht, Petrosian. Sie müssen Fragen beantworten.» Lutyens klang kalt.

«Das sagt mir nicht viel.»

«Mehr bekommen Sie von mir nicht zu hören.»

«Wer sind denn diese Leute?», fragte Lev. Die Feindseligkeit war rätselhaft.

Lutyens musterte Lev über den Rand seiner halbmondförmigen Lesebrille. «Lesen Sie denn keine Zeitungen? Es mag vielleicht Ihrer Aufmerksamkeit entgangen sein, aber wir befinden uns im Krieg. Und während die Commies in Korea das Blut unserer Jungs vergießen, gibt es andere, die hier bei uns in ihrem eigenen Land den eben erwähnten Jungs den Dolch in den Rücken stoßen. Die unsere Institutionen infiltrieren, unsere Werte aushöhlen und unsere Jugend vergiften. Ich kann mir vorstellen, dass die Fragen des HUAC etwas mit Ihren Verbindungen in diesem Kontext zu tun haben. Wenn ich gewusst hätte, dass Sie ein Commie sind, hätte ich Sie niemals eingestellt.»

«Welche Verbindungen?»

«Die Amerikanische Gesellschaft für Demokratische Information und Freiheit, nichts als eine Tarnorganisation, das ist doch wohl unbestreitbar. Und offensichtlich haben Sie wohl vergessen, dieses College über Ihre Mitgliedschaft in dieser Organisation zu informieren, als wir Ihnen die Stelle bei uns anboten.»

«Doktor Lutyens, die Amerikaner haben Gesellschaften mit gemeinsamem Interesse gebildet, seit es diese Nation gibt. Dieser Prozess ist Teil der Demokratie. Der Grund, warum ich dieser Gesellschaft angehöre, ist folgender: In den dreißiger Jahren habe ich in Deutschland studiert. Ich habe mit ansehen müssen, was für Feiglinge die Akademiker sind. Sie schwafeln von Freiheit, aber bei der kleinsten Bedrohung verkriechen sie sich in den Büschen. Ich habe den Eindruck, dass die einzige Organisation, der man sich heutzutage ungefährdet anschließen kann, die methodistische Kirche ist.»

Lutyens schürzte die Lippen, sodass die Haut über ihnen sich in schmale, vertikale und missbilligende Falten legte. «Geben Sie Acht, was Sie sagen, Petrosian.»

«Ich hab immer gedacht, dass die amerikanische Lebensauffassung einem Menschen einräumt, sich frei seine Meinung zu bilden und diese dann auch zu äußern. Haben Sie damit ein Problem?»

Lutyens sagte: «Es gibt eine Grenze, die von der akademischen Freiheit nicht überschritten werden sollte, Petrosian. Wir sind in diesen Tagen sehr abhängig von bundesstaatlichen Geldmitteln. Soll heißen, wir sind anfällig für regierungsamtliche Definitionen von Loyalität und politisch angemessener Geisteshaltung.»

«Ich kann Sie nur beneiden, Sir. Ich wünschte, ich besäße Ihre moralische Flexibilität.»

Lutyens knallte seinen Kaffeebecher voller Ingrimm auf den Tisch. Ärgerlich stand er auf und bekam seinen Mund nicht mehr zu. Lev sagte: «Können Sie wenigstens sagen, von welcher Art Zeugenaussage die Loyalitätskommission eigentlich redet?»

Lutyens funkelte ihn zornig an. «Hören Sie schlecht? Ich sagte Ihnen doch schon, dass ich keine weiteren Informationen für Sie habe. Und jetzt raus mit Ihnen.»

Lutyens blickte nicht auf, als Petrosian den Raum verließ.

Im Laufe der nächsten paar Tage machten sich subtile Veränderungen in Levs Berufsleben, aber auch in seinem Privatleben bemerkbar. Beim ersten Mal überquerte ein Kollege schnell die Straße, um nicht grüßen zu müssen, und Lev schrieb diese offensichtliche Kränkung der eigenen überempfindlichen Phantasie zu. Als es das zweite Mal und mit einem anderen Kollegen geschah, war er sich nicht so sicher. Beim dritten Mal war es unmissverständlich: Mit Lev Petrosian gesehen zu werden bedeutete Ärger. Im Gemeinschaftsraum wurde ihm keine offene Feindseligkeit entgegengebracht; seine Kollegen verhielten sich höflich, aber distanziert. Sie neigten dazu, ihn von ihren Unterhaltungen auszuschließen. Bei Scherzen wurde er jedoch völlig ausgeklammert, und wie es schien, zielte mehr als ein Ausbruch spöttischen Gelächters in seine Richtung. Im Unterricht schauten seine Studenten öfter aus dem Fenster, verschoben öfter geräuschvoll ihre Tische und waren weniger aufmerksam als sonst. Es könnte ja vielleicht auch daran liegen, dachte er, dass der Unterrichtsstoff immer schwieriger wurde; aber die gewohnte gegenseitige Neckerei und die schlagfertigen Antworten, die er mit seinen Studenten austauschte, waren verschwunden, und stattdessen herrschte trotziges und feindseliges Schweigen.

Es war jedoch nichts Subtiles an der anonymen Notiz, die Lev vor seinen Füßen fand, als er eines schwülen Nachmittags seine Bürotür öffnete. Das Farbband der Schreibmaschine war verbraucht, und der Schreiber war offenkundig ungeübt. In Großbuchstaben stand da zu lesen:

JUDEN, NIGGER, COMMIES, IHR SEID ALLE GLEICH.
HITLER HAT ES NICHT ZU ENDE GEBRACHT.
DAS WERDEN WIR TUN.

Petrosian fand Max Brogan wieder in einer ruhigen Ecke auf dem Campus. Er saß im Schatten. Ungefähr fünfzig Meter entfernt versuchten sich einige Mädchen mit ihren Hula-Hoop-Reifen, und von Zeit zu Zeit ließen sie sich kichernd aufs verdorrte Gras fallen.

«Du siehst blass aus», sagte Brogan, als Lev sich auf die Bank sinken ließ.

Petrosian gab ihm die Botschaft. Brogans Lippen verkrampften sich vor Zorn, als er sie las.

«Was hat das zu bedeuten, Max?»

«*Semper in excretum, solo profundis variat.*»

«Mann, ich jedenfalls steck bis zum Hals drin.»

Ein geschmeidiges Mädchen in einem engen Pullover und Shorts ließ die Hüften kreisen, und Max hielt für einen Augenblick inne. «Lev, du brauchst Rechtsvertretung. Ich kenne einen liberal gesinnten Anwalt. Vielleicht kannst du dich ja auf das Recht der Aussageverweigerung berufen oder so.»

Petrosian schüttelte den Kopf. «Ich brauche keinen Anwalt. Ich habe nichts Unrechtes getan. Und ich bin nicht einmal Kommunist.»

Max Brogan lachte verkrampft. «Nun, das ist hilfreich. Weißt du, was man sagt?»

«Nein, was sagen sie denn?»

«Der falsche Nigger wird nicht gelyncht, das ist unamerikanisch.»

«Sag nichts Schlechtes über dein Land, Max. Ich habe unter den Nazis gelebt.»

Brogan zuckte die Achseln. «Du bist sowieso verloren. Die Mitglieder des Aufsichtskomitees haben höllische Angst. Ich hab Gerüchte gehört, dass sie McCarran mit einem Loyalitätseid kaufen wollen. Das dürfte einige Professoren aus ihrer Lethargie rütteln. Lev, wirst du mit dem HUAC zusammenarbeiten?»

«Ich denke schon.»

Max lächelte düster. «Natürlich wirst du. Du bist ein Baseball liebender, Kaugummi kauender, gottesfürchtiger und loyaler Amerikaner. Und dann spricht noch eine Sache für dich.»

«Und was wäre das, Max?»

«Du bist weiß. Denn Gott sei dir gnädig, wenn du in dieser Gegend hier als Theodore Sambo Roosevelt geboren wurdest.»

14 INQUISITION

«Hallo, FBI Atlanta, hier spricht Lewis Klein vom Nationalen Geheimdienst in Washington. Würden Sie mich bitte mit Don Dilati verbinden?» Eine Pause, dann: «Don? Lewis Klein hier … Gut, danke, und Ihnen? … Es geht um diesen Petrosian … Ihren Haus-und-Hof-Kommunisten, ja. Die Anhörungen vor dem HUAC … da hat es eine Änderung gegeben. Das College, an dem der Typ arbeitet, hält eine interne Untersuchung ab, um die Roten auszumerzen, und das HUAC möchte ihn dahin abgeben, weil man hier überlastet ist. Jedenfalls findet die Befragung am Ort statt, und ich hab mir gedacht, dass wir vielleicht mit euch Jungs da unten im tiefsten Arkansas Hand in Hand arbeiten könnten. Uns ist dieser Petrosian absolut nicht geheuer. Wir halten ihn für weitaus mehr als nur einen hellroten Salonkommunisten. Wir haben den Verdacht, dass er Informationen an Russland weitergegeben hat, als er an der Atombombe arbeitete … Sorry, die Quelle ist geheim. Wir haben von dem Mann im oberen Stockwerk die Erlaubnis, alle gängigen Abhörgeräte einzusetzen, und sogar einen Durchsuchungsbefehl für seine Mülltonnen … Was wollen Sie damit sagen – Gesetz und Ordnung nach Arkansas-Methoden – mit Leuten wie euch können wir schon lange mithalten … Gut, ich komm dann mit meinem Team runter, und wir werden mal sehen, ob wir ihm nicht diesmal was anhängen können. Will sagen, ob wir nicht was finden, um ihn zu rösten. Ist mein Ernst, ‹rösten› wie auf dem Grill … Sicher doch, Ihnen auch. Und Weidmannsheil.»

Eine Mittelschule war für die Anhörungen hergerichtet worden. Petrosian, der sich schrecklich einsam fühlte, ging durch das

Haupttor zum Eingang, wo ein schwarzer Sicherheitsbeamter an einem schrecklich unbequemen kleinen Schultisch saß. Der Mann prüfte Levs Brief, hakte seinen Namen auf einer Liste ab und schickte ihn mit einer Handbewegung und einem mitfühlenden Brummen nach links. In Petrosians einsamer Welt war ein mitfühlendes Brummen wie die Umarmung einer Mutter.

Ein kahler Korridor war gesäumt von Menschen, hauptsächlich Männern, die rauchten, und die Luft war blau von Zigarettenrauch. Schwarze Kabel schlängelten sich von einem Fenster her in ein lautes Klassenzimmer. Auf einer an die Tür gehefteten Karte stand mit Blaustift geschrieben «HUAC INTERVIEW ROOM». Ein weiterer Sicherheitsbeamter in blauer Uniform sah sich Levs Brief an und führte ihn am Ellbogen in den Raum. Ein Raunen ging durch die Reihen, als er eintrat. Einige Blitzlichtlampen flammten auf. Zwei Filmkameras standen im Hintergrund auf ihren Stativen. Der Wärter führte ihn zu einem Platz im vorderen Bereich des Klassenraums und nahm dann selbst auf einem Stuhl neben der Tür Platz. Zwei Mikrophone standen vor Lev auf dem Tisch, und er hielt sie in einem so kleinen Raum für unnötig. Vor sich hatte er ein erhöhtes Podium, auf dem ein langer Tisch mit Wasserkaraffen, Bechern, Papieren und einem hölzernen Richterhammer stand. Dahinter waren drei schwarze Stühle mit hohen Rückenlehnen angeordnet. Vor ihnen auf dem Tisch befand sich jeweils eine kleine Karte: «Mr. Andrew Dodds, Aufsichtskomitee, Greers Ferry College», «Kongressabgeordneter Olaf B. Yates, Arkansas», «Senator Henry Alvarez, HUAC, Washington». An der Wand war eine Schultafel angebracht, die man sauber abgewischt hatte. Eine amerikanische Fahne hing schlaff herunter, und neben ihr befand sich eine weitere Tür. Lev nahm an, dass seine Inquisitoren durch diese zweite Tür hereinkommen würden, die wahrscheinlich in einen angrenzenden Klassenraum führte. Heiße, stickige Luft strömte durch ein offenes Fenster herein. Der Schein der Morgensonne fiel auf eine Stenographin, die neben der Tür saß. Sie hatte weiße, straff nach hinten gebundene Haare und saß aufrecht in einer Ecke. Sie starrte ins Leere und wirkte wie eine Maschine, die nur darauf wartete, dass man sie anschaltete.

Ein paar Minuten vergingen. Die Hitze war erdrückend, und Levs Gedanken schweiften ab. Er fragte sich, ob sie den kleinen Richterhammer wohl aus Washington mitgebracht oder beim örtlichen Gericht ausgeliehen hatten. Ob sie ihn vielleicht sogar in einem Richterhammer-Laden gekauft hatten. Aber da wurde die Tür neben der Wandtafel geöffnet, und drei Männer traten ein.

Sie waren alle zwischen vierzig und fünfzig. Lev kannte Andrew Dodds, den Vertreter des College, vom Sehen. Er war klein, beinahe glatzköpfig, hatte ein fliehendes Kinn und kleine Augen, die hinter einer runden Nickelbrille hervorlugten. Petrosian fand, dass er eine erstaunliche Ähnlichkeit mit Himmler hatte, und konnte in seiner Vorstellung die beiden kaum auseinander halten.

Olaf B. Yates watschelte hinter Dodds herein. Der Kongressabgeordnete aus Arkansas sah aus wie ein Bauer und war es wohl auch. Er war ein stämmiger kleiner Mann mit wettergegerbter Haut und einer platten Boxernase.

Alvarez war groß und gebeugt. Er hatte einen leicht asymmetrischen Mund, dessen einer Winkel heruntergezogen war. Es stellte sich schon bald heraus, dass dieser Mundwinkel gelegentlich nervös zuckte und dadurch auch die Wange des Senators entgleisen ließ. Instinktiv hatte Lev das Gefühl, mit Dodds und dem Bauern fertig werden zu können, weil er ihnen intellektuell überlegen war. Aber derselbe Instinkt flößte ihm auch Furcht vor Alvarez ein, dem reisenden Inquisitor aus Washington. Alvarez hatte Petrosian mit einem starren, feindseligen Blick fixiert, als wolle er die Gedanken des Wissenschaftlers lesen.

Der Mann aus Arkansas, Olaf B. Yates, forderte mit einem Hammerklopfen Aufmerksamkeit. «Ich bitte um Ruhe für diese Anhörung in der Angelegenheit Lev Baruch Paytrojan.»

Nach einigen einleitenden Bemerkungen, die hauptsächlich damit zu tun hatten, dass der Anwaltsstuhl neben Petrosian leer war, feuerte Dodds alias Himmler seine Eröffnungssalve ab. Seine Sprechweise war konzentriert und abgehackt, und seine leicht nasale und schrille Stimme machte sehr schnell nervös. «Doktor Petrosian. Der Generalstaatsanwalt und der Direktor des FBI haben feststellen müssen, dass überall in Amerika Institutionen von Personen unterwandert werden, die subversive Ziele verfolgen, das heißt Ziele, die sich schädlich auf die amerikanische Lebensart auswirken. Von diesen Leuten – Kommunisten und ihren Mitläufern – werden auf verstohlene Weise verfassungswidrige Mittel eingesetzt, um einen Umsturz zu bewirken.»

Aus dem Augenwinkel hatte Petrosian bemerkt, dass Alvarez' Gesicht zuckte. Das sollte im Laufe der langen Befragung zu einer immer stärker störenden Ablenkung werden.

Dodds fuhr fort: «Diese Personen haben Organisationen und Institutionen aller Art und auf jeder Ebene infiltriert. Sie haben Bildungseinrichtungen, wissenschaftliche Institute, Regierungsbehörden, Gewerkschaften und Medien, insbesondere die Unterhaltungswelt, verseucht. HUAC, das House Committee on Un-American Activities, arbeitet aktiv daran, diese subversiven Elemente aus dem amerikanischen Leben zu eliminieren. Junge und idealistische Menschen im Bildungswesen sind besonders anfällig für gefährliche und fremdländische Ideen. Wir im Greers Ferry Community College sind darum bemüht, diese patriotische Aufgabe in vollem Umfang zu erfüllen. Zweck dieser Anhörungen ist, die Loyalität unseres Personals Amerika gegenüber festzustellen. Dem hier versammelten Komitee sind in geheimer Sitzung Zeugenaussagen gemacht worden, die den Schluss nahe legen, dass Ihre Loyalität fragwürdig ist. Sie sind jetzt hier, um uns zufrieden stellend davon zu überzeugen, dass Sie treu zu dem Land stehen, zu dem Sie jetzt gehören. Haben Sie verstanden?»

Petrosian nickte.

«Bitte antworten Sie mit Ja oder Nein.»

«Verstanden, Sir.»

Der Kongressangehörige aus Arkansas fragte: «Doktor Paytrojan, wo wurden Sie denn wohl geboren?» Die Stimme besaß einen geradezu lachhaften Hillbilly-Akzent.

«Armenien.»

«Das ist Russland, nicht wahr?»

«Inzwischen. Aber Armenien ist ein Land mit eigener Kultur, Sprache und sogar Schrift. Die armenische Kirche ist die älteste christliche Staatskirche. Sie reicht zurück bis ins Jahr 300.»

«Was Sie nicht sagen. Aber Sie sind dennoch Russe?»

«Ich bin 1945 amerikanischer Staatsbürger geworden.»

Dodds übernahm die Befragung. «Ich habe hier die Literaturliste, die Sie Ihren fortgeschrittenen Studenten aushändigen. Sie enthält ein Buch mit dem Titel *Through Rugged Ways to the Stars* von Professor Harlow Shapley, Direktor des Harvard College Observatory.»

«Ja, es befindet sich auf der Liste der von mir empfohlenen Bücher.»

Durch seine Brille musterte Dodds Petrosian. «Ist Ihnen bekannt, dass Shapley Mitvorsitzender der Progressive Citizens of America gewesen ist? Dass er Wissenschaftler aufgefordert hat, ich zitiere, ‹sich einem höheren Zweck zu verschreiben und die Bedeutsamkeit ihrer Weltbürgerschaft allen nationalen Loyalitäten vorzustellen›? Was, glauben Sie, hat er damit gemeint, Doktor Petrosian?»

«Ich weiß, dass er linksgerichtete Überzeugungen vertritt.»

Die Andeutung eines höhnischen Lächelns. «Das können Sie wohl sagen. HUAC führt ihn als Mitglied von elf bis zwanzig kommunistischen Tarnorganisationen.»

Alvarez unterbrach mit tiefer, befehlsgewohnter Stimme, die für den beengten Raum und die Mikrofone viel zu laut war. «Lassen Sie mich deutlicher werden, Sir. Halten Sie es für richtig, leicht zu beeindruckende junge Menschen Ideen auszusetzen, die den Köpfen von Kommunisten und deren Mitläufern entsprungen sind?»

«Ja.»

Diese Antwort verblüffte das Gremium. Petrosian fügte hinzu: «Ich dränge ihnen jedoch keine Meinung auf, sondern ich mache meine Studenten nur mit der ganzen Bandbreite von Ideen bekannt.»

Alvarez wechselte abrupt das Thema. «Wie schlagen sich die Brooklyn Dodgers im Moment?»

Jetzt war es an Petrosian, verblüfft zu reagieren. «Ich habe keine Ahnung.»

«Und die Cardinals?»

Lev zuckte verwirrt die Achseln.

«Spielen Sie Baseball?»

«Nein, Sir.»

«Football? Basketball?» Alvarez gab sich alle Mühe, ungläubig zu klingen.

«Nein.»

«Sind Sie körperlich nicht in der Lage, das zu tun?»

«Nein, ich erfreue mich guter Gesundheit. Ich habe nur kein Interesse an Sport.»

«Was wohl heißt, dass Sie keinen Sinn dafür besitzen, einer Mannschaft anzugehören. Sind Sie nicht der Ansicht, dass die amerikanische Staatsbürgerschaft soziale Pflichten nach sich zieht?»

«Sie wollen damit sagen, dass ich nach dem höheren Ziel sozialer Konformität streben sollte, wie die Kommunisten es tun?»

Alvarez schaute Petrosian zornig an. «Bevor wir mit dieser Befragung weitermachen, Sir, lassen Sie mich eins klarstellen. Ironische Reden dieser Art sind in dieser Anhörung nicht willkommen.»

Der Kongressabgeordnete sagte: «Sehn Sie, es ist so, Mister Paytrojan. Ich habe noch nie einen Ballspieler kennen gelernt, der Kommunist war. Gute, loyale Amerikaner sind Mannschaftsspieler.»

«Gehen Sie zur Kirche?», wollte Alvarez wissen. Es war nicht zu übersehen, dass ihn Levs trotzige Antwort aus der Fassung gebracht hatte.

«Nein.»

«Welcher Religion gehören Sie denn eigentlich an?»

«Ich wurde als armenischer Christ erzogen.»

«Und jetzt?»

«Ich bin nicht mehr aktiv.»

Mister Arkansas grinste viel sagend. «Sie gestehen also ein, Atheist zu sein?»

«Agnostiker wäre das richtige Wort. Es gibt Dinge in der Welt der Natur, die ich nicht erklären kann, zum Beispiel, warum wir überhaupt existieren.»

«Und setzen Sie Ihre Studenten diesem Atheismus aus?»

«Ich setze sie im Hörsaal absolut keiner Art von Propaganda aus, es sei denn, Sie verstehen unter Propaganda auch selbständiges Denken. Ich mache sie nur mit den Ideen und Theorien der modernen Physik bekannt.»

«Haben Sie ein Problem mit Gott, Vaterland und Fahne?», verlangte Senator Alvarez zu wissen.

«Nicht das geringste. Aber ich halte es auch für meine Pflicht, junge Menschen zu ermuntern, selbständig zu denken. Ich weiß nicht, wie ich das tun soll, ohne sie mit neuen Ideen bekannt zu machen. Und alle neuen Ideen sind in einem gewissen Ausmaß auch subversiv.» Leichter Schweiß trat auf Levs Stirn.

Und wieder Alvarez: «Während unsere Jungs also da drüben in Korea auf dem Rückweg zum 38. Breitengrad durch den Fleischwolf gedreht werden, machen Sie es sich hier nett und gemütlich und raten unseren jungen Leuten, es mit der Loyalität nicht so wichtig zu nehmen?»

«Habe ich das gesagt?»

«Nein, Sir, haben Sie nicht. Zumindest nicht ausdrücklich.»

Alvarez lehnte sich zurück. Mister Arkansas gab sich alle Mühe, gespielt verwirrt auszusehen. «Habe ich recht gehört, dass Sie soeben zugaben, Ihren Studenten subversive Ideen beizubringen?»

«Der Lehrplan umfasst auch die Diskussion neuer Theorien in der Physik. Ich sagte nur, dass alle neuen Theorien auch subversiv sind.»

«Subversiv.» Der Kongressabgeordnete hielt inne, um den Eindruck zu erwecken, dass er darüber nachdachte. Außerdem wollte er wohl die Aufmerksamkeit auf sich lenken. «Subversiv. Bedeutet dies Wort nicht die Unterminierung der feststehenden Ordnung der Dinge?»

«Ja.»

«Und beinhaltet nicht Illoyalität dieselbe Sache?»

«Ja.»

«Also, entschuldigen Sie, wenn ich was übersehen habe. Mir ist keine höhere Bildung zuteil geworden. Für mich sieht es so aus, als würden Sie Ihre leicht zu beeinflussenden Studenten zwar keiner Propaganda aussetzen, aber sie dennoch durchaus mit illoyalen Ideen konfrontieren.» Ein triumphierendes Lächeln, das eine Reihe gelber Zähne zeigte, breitete sich auf dem Gesicht des Bauern aus Arkansas aus: Er hatte einen Atomwissenschaftler ausmanövriert und ihm einen vernichtenden Schlag versetzt. Selbstgefällig beobachtete er, dass die Reporter sich emsig Notizen machten.

Die Logik war so unfassbar, dass Petrosian nicht antworten konnte. Sprachlos saß er da. Bis Alvarez einschritt. Der Senator stellte jetzt die rituelle – und tödliche – Frage: «Doktor Petrosian, sind Sie jetzt ein Mitglied der Kommunistischen Partei der Vereinigten Staaten oder sind Sie es je gewesen?»

Das war zu erwarten gewesen, aber trotzdem bekam Petrosian feuchte Hände. «Nein.»

«Nichtsdestoweniger schlossen Sie sich jedoch 1946 dem American Committee for Democratic and Intellectual Freedom an.»

«Ja.»

«Sind Sie sich dessen bewusst, dass es sich dabei bekanntermaßen um eine Tarnorganisation zur Verteidigung kommunistischer Lehrer handelt? Dass die Organisation von ebendiesem House Committee on Un-American Activities für unamerikanisch und subversiv erklärt worden ist?»

«Das habe ich gehört. Aber ich wusste es noch nicht, als ich Mitglied wurde.»

Alvarez bezog sich auf ein Blatt Papier, das vor ihm lag, und sagte: «Am 30. Juni 1946 besuchten Sie eine Party im Haus von Max und Gill Brogan, die angeblich Mitglieder der Kommunistischen Partei sind.»

«Ich kann mich nicht erinnern.» Petrosian wischte sich den Schweiß von der Stirn.

«Auf der Party anwesend war auch Martha Haines. Sind Sie mit ihr bekannt?»

«Ja.» Die Frage machte Petrosian stutzig. Sie war die Bibliothekarin am Ort, eine mollige, mütterliche Frau. Er sah sie alle vierzehn Tage auf der anderen Seite des Bibliothekstresens.

«Ist Ihnen bekannt, dass Miss Haines Mitglied bei den Töchtern der Bilitis ist?»

«Bei den was?»

«Eine lesbische Organisation, Sir. Sie nahmen zudem an Zusammenkünften im Haus von Paul und Hannah Chapman teil, die als Funktionäre der Kommunistischen Partei bekannt sind. Paul Chapman wurde kürzlich von General Electric entlassen, weil man ihn für ein Sicherheitsrisiko hält. Ich nehme an, auch an diese Zusammentreffen erinnern Sie sich nicht.»

«Ich habe eine Menge Freunde aus meiner Zeit in Los Alamos. Deren Zugehörigkeiten und Verbindungen kenne ich nicht, noch kümmern sie mich.»

«Ja, kehren wir zurück zu Ihren Tagen in Los Alamos, Doktor.»

Eine gewisse Furcht beschlich Petrosian. «Lassen Sie mich wiederholen: Ich habe eine Menge Freunde aus meiner Zeit in Los Alamos. Ihre Verbindungen kenne ich nicht, und sie kümmern mich auch nicht.»

«Eine Bekanntschaft im Besonderen.»

Kitty! Sie wollen, dass ich Kitty denunziere. Diese Hundesöhne! Petrosian fragte sich, ob sie wohl gemerkt hatten, dass er vor Zorn zu beben begann.

Alvarez tat so, als müsse er einen Namen lesen. «Eine Miss Catherine Cronin. Kannten Sie diese Frau?»

Achte auf den richtigen Tonfall. Du darfst nicht feindselig wirken, sondern musst ganz cool blieben. «Kitty Cronin. Ja, wir waren befreundet.»

«Sie waren befreundet.» Fast schon hämisch fragte Alvarez dann: «Und was war das für eine Freundschaft?»

Picknick im Wald. Skilaufen. Herrliche Bergwanderungen. Grillfeste. Kinobesuche. Weiches, erhitztes Fleisch und zerzauste Haare auf dem Kopfkissen. Leidenschaft und Spaß. Und das geht Sie einen Dreck an. «Wir waren gute Freunde.»

«Wie gut?»

Lass den Hundesohn auflaufen. Zwing ihn dazu, die intimen Sachen zu fragen. Damit er sich als der geile Schnüffler entlarvt, der er ist. «Wir waren eng befreundet.»

Alvarez schien jedoch die Falle zu ahnen. Er lenkte ein. «Haben Sie sich nicht zu Kriegszeiten mit ihr immer dann getroffen, wenn Sie sich von Ihrer Arbeit auf der Los Alamos Mesa freinahmen?»

«Das haben wir, aber oft war es nicht.»

«Ist es nicht am 14. Januar 1943 zwischen Ihnen und Kitty Cronin zu einem Treffen in ihrem Haus in der Nähe von Santa Fe gekommen? Und war nicht auch Klaus Fuchs, der Atomspion, bei dieser Zusammenkunft anwesend?»

«Ich kann mich nicht entsinnen. Doch, ich weiß.» Nachdenklich bildete Petrosian mit seinen Fingern eine Pyramide. «Wir waren eine ganze Gruppe. Dick Feynman, Klaus, noch jemand, an den ich mich nicht erinnere. Wir sind alle zusammen in Dicks Wagen umhergefahren. Aber es war natürlich in dem Sinne keine Zusammenkunft. Mit diesem Wort wollen Sie nur andeuten, dass irgendeine verschwörerische Absicht dahinter steckte. Aber wir haben nur einen Tagesausflug gemacht, um ein Picknick zu veranstalten und unseren Spaß zu haben. Wenn ich mich recht erinnere, fuhren wir zuerst nach Santa Fe. Dick hatte verabredet, dort ein Mädchen abzuholen.»

«Blieben Sie über Nacht bei Miss Cronin, nachdem die anderen weggefahren waren?»

«Die Frage ist empörend. Ein Gentleman stellt keine Fragen, und er schweigt.»

Ihre Blicke trafen sich. Alvarez' Gesicht zuckte. Er fragte sich wohl, ob er Levs Widerspenstigkeit zum Thema machen sollte. Dann: «Haben Sie nicht im Verlauf dieses Abends Miss Cronin ein Dokument überreicht?»

«Nein.»

Das war eine Lüge.

Und Alvarez wusste es.

Die Gesichter auf dem Podium spiegelten die Bandbreite von Verbissenheit bis Zorn wider. Petrosian spürte die Feindseligkeit körperlich. Sie schien ihn zu erdrücken.

«Waren Sie in Los Alamos ein enger Freund von Doktor David Bohm?»

Petrosian nickte. «Es handelte sich um eine kleine und geschlossene Gemeinde mit intensiven Beziehungen untereinander. Jeder kannte jeden.»

«Es möge im Protokoll festgehalten werden, dass Petrosian die Freundschaft mit David Bohm zugibt. Ist Ihnen gewärtig, dass Oppenheimer ihn als einen äußerst gefährlichen Mann beschrieben hat?»

«Nein, aber es überrascht mich nicht. David steckt voller gefährlicher Ideen. Das ist jedoch nicht dasselbe wie Illoyalität.»

Und wieder der Bauer: «Verstehe ich also recht, Mister Paytrojan aus Russland? Sie geben zu, mit Commies und Tarnorganisationen zusammenzuglucken, aber gleichzeitig behaupten Sie weiterhin, kein Roter zu sein?»

«Korrekt.»

«Nicht mal rosa?»

Jemand im hinteren Bereich des Raums lachte.

Alvarez mit einem Zucken: «Doktor, ich möchte Ihrer etwas eigentümlichen Behauptung ein wenig weiter nachgehen, wenn ich darf. Ist Ihnen gewärtig, dass die Kommunistische Partei in diesem Land die Spionage fördert?»

«Nein, Sir.»

Der Senator seufzte. «Sir, ich möchte Sie daran erinnern, dass Sie unter Eid stehen.»

Lev zuckte die Achseln. «Ich bin mir bewusst, dass Annahmen in dieser Richtung allgemein verbreitet sind. Ich kenne jedoch keine überzeugenden Beweise, die das untermauern.»

Mister Arkansas beugte sich über sein Mikrofon. Seine Stimme war voller Hohn. «Ich war noch nie in Australien. Wollen Sie sagen, ich sollte an seiner Existenz zweifeln, weil ich es noch nicht mit eigenen Augen gesehen habe? Vielleicht meinen Sie auch, Australien existiere nur vom Hörensagen oder so?» Im Publikum wurde Kichern laut, und der Kongressabgeordnete grinste wieder, offenbar stolz auf diesen Witz. Petrosian saß ganz still da und blinzelte durch seine Brillengläser.

Alvarez warf einen kurzen irritierten Blick auf seinen Kollegen aus Arkansas. «Doktor, die Kommunistische Partei ist vom Generalstaatsanwalt laut Verfügungsanordnung 9835 und 10450 zu einer subversiven Organisation erklärt worden, die die Regierung der Vereinigten Staaten mit Hilfe verfassungsfeindlicher Mittel stürzen will. Stünde uns die Zeit zur Verfügung, könnten wir beliebig viele höchst kompetente Quellen, von ehemaligen Kommunisten bis zu Geschichtsprofessoren, zu Rate ziehen, die uns bestätigen werden, dass der Kommunismus sich zu einer Weltmacht entwickelt hat, deren erklärtes Ziel darin besteht, die gesamte Menschheit unter ihre Herrschaft zu bringen. Sind Sie angesichts all dessen, Doktor, noch immer glücklich über die Behauptung, die Sie gerade geäußert haben?»

Störrisch schüttelte Petrosian den Kopf. «Ich habe nie der Kommunistischen Partei Amerikas angehört und tue es auch jetzt nicht. Ich besitze keine direkten Kenntnisse über deren Aktivitäten. Mir kommen die Anschuldigungen zu Ohren, aber soweit ich weiß, sind sie nichts als Ausgeburt von Paranoia oder Massenhysterie. Oder auch reiner Dummheit: Die ist ja weit vertreten.»

«Werden Sie nicht absurd.» Dodds verlegte sich auf einen Tonfall, der an den gesunden Menschenverstand appellierte. In Petrosians Augen war damit die Übereinstimmung mit Himmler fast perfekt. «Jedermann weiß doch, dass die Partei sich der Verschwörung, Infiltration und aller Formen übler Machenschaften bedient, dazu der Täuschung, Doppelzüngigkeit und der Unwahrheit. Sie hat unsere Universitäten infiltriert, unsere Kultur und sogar unser Außenministerium.»

Petrosian saß still da.

«Beantworten Sie die Frage», sagte Dodds-Himmler in aller Schärfe und blickte grimmig durch seine Nickelbrille.

«Es tut mir Leid, aber ich habe das nicht als Frage wahrgenommen.»

«Waren Sie in Deutschland Mitglied der Kommunistischen Partei, bevor Sie in dieses Land flohen?»

«Nein.»

Wieder eine Lüge.

Petrosian fragte sich schon beinahe panisch, was sie wohl wissen mochten und ob sie sein ganz kurzes Zögern bemerkt hatten. Aber wie sollte er diesen Dummköpfen erklären, dass er zuerst aus Liebe zu einer jungen Frau Mitglied geworden war und zudem, um üblen Schlägern Widerstand zu leisten, aber nie wegen irgendwelcher Überzeugungen in Bezug auf neue Weltordnungen oder ähnlichen Unsinn?

Dodds-Himmler nahm ein Blatt Papier zur Hand und reichte es hinunter zu der Stenographin, die anscheinend auch als Anhörungssekretärin im Einsatz war.

Lev merkte, dass seine Wangenmuskeln extrem angespannt waren. Er gab sich Mühe, sie zu entspannen, aber sein Körper wollte seinem Verstand nicht gehorchen. «Ich werde Ihnen jetzt die Kopie eines Akteneintrags aus dem FBI-Archiv zeigen. Herr Vorsitzender, es handelt sich um einen Auszug aus Gestapo-Akten, die 1945 in die Staaten verbracht und 1948 registriert worden sind.»

«Er darf dem Protokoll hinzugefügt werden.»

«Der Eintrag ist natürlich auf Deutsch, und diese Sprache beherrschen Sie ja wohl fließend, Doktor. Vielleicht könnten Sie ihn diesem Unterausschuss auf Englisch verlesen. Seien Sie möglichst korrekt; ich habe nämlich eine englische Übersetzung vor mir liegen.»

Petrosian las sich den kurzen Absatz durch. Es handelte sich um eine Gestapo-Akte über ihn, und er sah sie zum ersten Mal. Er konnte das Zittern seiner Stimme nicht verbergen:

> Petrosian, Lev, Student der Physik, geboren am 29. Dezember 1911. Der Genannte steht in Verbindung mit einer kommunistischen Zelle, die in Kiel aktiv ist. War zuvor aktives Mitglied der Kommunistischen Partei in Leipzig. 1932 und 1933 kontaktierte er während seiner Besuche in Berlin und Heidelberg bekannte prosowjetische Akademiker. Besuchte kurz die österreichische Jüdin Lise Meitner im Nobel Institut in Stockholm.
> Rüsselheim, RSHA IVA, Gestapo Außenbüro, Kiel

«Die Buchstaben RSHA –», begann Dodds-Himmler.

«– beziehen sich auf das Zentralbüro der Geheimen Staatspolizei», unterbrach Petrosian. «Unsere Wege haben sich gekreuzt.» Petrosians Stimme klang leicht gefährlich; Dodds machte einen Rückzieher.

«In Verbindung mit kommunistischen Zellen … aktives Mitglied der Kommunistischen Partei.» Dodds wartete auf Levs Reaktion, hatte die Augenbrauen hochgezogen. Im Raum herrschte erwartungsvolle Stille. Lev schwieg. «Würden Sie uns bitte diese Umstände erläutern.»

«Ich habe in Deutschland studiert. Zu jener Zeit waren die Kommunisten die einzige echte Opposition der Faschisten.»

Mister Arkansas bleckte wieder die Zähne. «Was Sie nicht sagen», kommentierte er mit übertriebenem Sarkasmus.

«Ich war ungefähr zwei Jahre lang in ihren Reihen. Und zwar

von 1932 bis 1934. Nicht etwa, weil ich an ihr System glaubte, sondern deswegen, weil ich den Nazis entgegentreten wollte.»

«Entgegentreten? Indem Sie sich kommunistischen Straßenbanden anschlossen?»

«Bei allem Respekt, Sie wissen einfach nicht, wie es damals war.»

Alvarez reichte ein weiteres Stück Papier nach unten. Es glich einem Bogen aus dem Notizblock eines Stenographen. «Ich werde Ihnen jetzt eine Seite aus einem Notizbuch zeigen, das im März 1945 auf Ihrem Schreibtisch in Los Alamos zurückgelassen wurde. Die Mitglieder des Aufsichtskomitees sind vor einigen Wochen darauf aufmerksam gemacht worden.» Petrosians Hände zitterten leicht, als er das Blatt Papier entgegennahm.

«Würden Sie bestätigen, dass es sich um Ihre Handschrift handelt?»

«Ja.»

«Es stehen Berechnungen darauf.»

«Ja. Wie haben Sie es in die Hand bekommen?»

«Wir stellen hier die Fragen. Betrachten Sie die handgeschriebene Notiz in der oberen rechten Ecke der Seite. Herr Vorsitzender, geschrieben hat man auf der vorangegangenen Seite, aber die Nachricht wurde vom FBI durch Hochkontrastfotografie und andere Techniken sichtbar gemacht. Doktor, würden Sie bitte vorlesen.»

«Jürgen, Grand Central, 4.15 p.m.»

«Es handelt sich um eine Notiz über ein Treffen mit jemandem namens Jürgen, nicht wahr?»

«Ja.»

«In Ihrer Handschrift?»

«Ja.»

«Wer ist dieser Jürgen?»

«Jürgen Rosenblum. Ein Kollege aus den Tagen vor dem Krieg. Ich verabredete ein Treffen mit ihm in New York.»

«Und haben Sie ihn getroffen?»

«Ja.» Langsam fühlte sich Petrosian immer matter. Sein Rücken und seine Oberschenkel waren schweißnass.

«Was genau war Sinn und Zweck dieser Zusammenkunft mit Rosenblum?»

«Warum lassen Sie es so klingen, als handele es sich um eine finstere Verschwörung? Es war nichts als eine ganz normale Begegnung mit einem Bekannten. Uns verbindet eine gemeinsame Vergangenheit. Wir sind beide von den Nazis verfolgt worden und auch beide aus Nazideutschland geflohen. Sie haben ganz offensichtlich nicht die geringste Vorstellung, was das für diejenigen von uns bedeutet, die das alles durchgemacht haben. Und was der Zweck des Treffens gewesen ist? Wir wollten uns unterhalten. Wir sprachen von Menschen, die es unseres Wissens nach ebenfalls geschafft hatten davonzukommen, und von anderen, denen es nicht gelungen war. Wir unterhielten uns über Wissenschaft. Sprachen über Bücher. Sprachen auch über die Frauen. Wir redeten und wir redeten –»

«Beinhalteten all die Gespräche auch die Diskussion über Politik?»

«So etwas Ähnliches, ja, natürlich.»

«Darauf möchte ich wetten», sagte Alvarez. Er hielt inne. Dann: «Haben Sie nicht Rosenblum auch 1939 in einem Internierungslager für feindliche Ausländer in Sherbrooke in Kanada getroffen? Und haben Sie sich nicht dort durch Rosenblum als Mitglied der Kommunistischen Partei registrieren lassen?»

«Registrieren lassen? Wovon reden Sie denn da?»

«Das wissen Sie sehr genau, und bevor Sie in diesem unverschämten Ton weiterreden, Sir, möchte ich Sie daran erinnern, wen Sie hier vor sich haben. Ich will ja nicht sagen, dass Aufnahmeanträge oder Mitgliedsausweise ausgetauscht wurden. Wie lief es also ab, Doktor Petrosian? Mit einem Händeschütteln in einer ruhigen Ecke? Einem Kopfnicken und einem Augenzwinkern? Einem stillschweigenden Einverständnis, dass man in einem angemessenen Zeitraum an Sie herantreten und um Informationen nachsuchen würde? Sind Sie je ein loyaler Bürger Amerikas gewesen? Oder sind Sie nicht immer ein Maulwurf, ein jederzeit aktivierbarer Agent, ein trojanisches Pferd gewesen, und zwar zuerst in Harwell und dann in Los Alamos?»

«Nein.»

Alvarez sagte: «Herr Vorsitzender, ich möchte die folgenden Dokumente ins Protokoll aufnehmen lassen. Bei dem ersten handelt es sich um entschlüsselte Auszüge aus Kontakten zwischen Moskau und der Russischen Botschaft in London, die 1939 dem britischen MI 5 zur Kenntnis gekommen sind. Sie beziehen sich auf einen gewissen Leo, einen GRU-Offizier, der bei den Internierten zu dem Zweck eingeschleust wurde, sich mit geflohenen Wissenschaftlern anzufreunden und so genannte Kommunikationskanäle zu öffnen. Das zweite Dokument enthält die MI-5-Einschätzung, dass es sich bei dem fraglichen GRU-Agenten wahrscheinlich um Jürgen Rosenblum handelt.»

«Warum wurde diesem Rohs in Bluhm überhaupt die Einreise nach Amerika gestattet?», fragte Mister Arkansas.

«Kriegswirren», erwiderte Alvarez. «Das MI 5 archivierte seinen Bericht, und unser FBI wurde erst 1943 von deren Verdacht in Kenntnis gesetzt. Eine langjährige Überwachung erbrachte nichts bis zum Jahr 1951, als es zu der Zusammenkunft zwischen Petrosian und Rosenblum kam.»

«Wo ist dieser Rohs in Bluhm denn jetzt?», wollte Mister Arkansas wissen.

«Er lebt ganz offen in New York City.» Alvarez wandte seine Aufmerksamkeit wieder dem schwitzenden Wissenschaftler zu. «Ich möchte jetzt mit Ihrer Erlaubnis zu der Zusammenkunft zurückkehren, an der Sie am 7. Juli im Haus von Paul und Hannah Chapman teilnahmen.»

«Es war nur eine Abendgesellschaft. Deren Hochzeitstag, wenn ich mich recht erinnere.»

«Das sagten Sie ja schon. Wer sonst nahm an dieser Abendgesellschaft teil?»

«Sie wollen, dass ich Namen nenne?»

«Sie sind doch kein Commie, oder?», fragte der Kongressabgeordnete aus Arkansas. Lev nickte. «Wo liegt also das Problem?»

Petrosian schloss für einen Moment die Augen. Er zögerte, atmete tief durch und sagte: «Okay. Okay. Okay. Ich habe an einem Treffen der Kommunistischen Partei teilgenommen. Wir waren ungefähr fünfundzwanzig.»

Die Leute im Raum verstummten.

«Eine sehr wichtige Persönlichkeit aus Hollywood hielt eine Ansprache.» Petrosians Stimme bebte, und er rang sichtbar nach Atem.

«Lassen Sie sich Zeit. Und erzählen Sie uns davon.» Die Augen von Mister Arkansas funkelten. Beichte deine Sünden, mein Sohn. Rede dir die Last von Seele.

«Es war am 7. Juli nach der Party bei den Chapmans. Ich wurde angewiesen, nach Eintritt der Dunkelheit nach Greers Ferry Park zu kommen.»

«Wer übermittelte diese Anweisung?»

«Mein –», Petrosian senkte die Stimme, «– mein Aufseher.»

Das Tippen der Stenographin; das leise Surren der Filmkameras; ein Rascheln draußen im verdorrten Gras.

«Ihr *Aufseher*?» Der Kongressabgeordnete flüsterte fast. Nur nicht die Atmosphäre stören. Nicht den Fluss der Beichte unterbrechen. Er beugte sich weit über den Tisch nach vorn.

«Ja. Mein Aufseher.»

«Wer war dieser Aufseher?»

«Ich habe ihn nie zu Gesicht bekommen.»

«Wie übermittelte er seine Nachricht?»

«Durch Gedankenstrahlen.»

Nichts als Verblüffung spiegelte sich im Gesicht des Kongressabgeordneten wider.

Petrosian fuhr fort: «Im Park wartete eine fliegende Untertasse. Sie hatte einen Durchmesser von ungefähr fünfzehn Metern und war sechs Meter hoch. Eine offene Rampe führte hinein, und ich stieg hinauf. Ich setzte mich an ein Bullauge, und wir starteten. Wir flogen mit erstaunlicher Geschwindigkeit, aber ich spürte die Beschleunigung überhaupt nicht. Wir flogen nach Los Angeles hinüber, um John Wayne abzuholen. Er materialisierte sich direkt vor uns, mitten in der Untertasse.» Im hinteren Teil des Raum ertönte ein kaum unterdrücktes Lachen. Petrosian fuhr fort: «Dann flogen wir zum Saturn, der, nebenbei gesagt, mein Heimatplanet ist. Wir brauchten nur eine halbe Stunde. Dort trafen wir den Führer. Er war braun gebrannt, hatte lange blonde Haare und freundliche blaue Augen. Er sagte uns, dass die Weltherrschaft durch Außerirdische die einzig mögliche Grundlage für die Rettung der Menschheit sei und man den Weltkommunismus als einen Schritt auf dem Weg ansehen müsse. Dann fragte er, ob wir bei diesem großartigen Unterfangen mithelfen würden.»

Die Totenstille war schon gestört worden von Gekicher, das hier und da ausbrach, und jetzt brandete allseitiges Gelächter auf. Mit wutverzerrtem Gesicht schwang der Kongressabgeordnete seinen Hammer. Er rief laut: «Hiermit beschuldige ich Doktor Lev Paytrojan des Meineids und der Missachtung dieser Verhandlung», aber Petrosian fuhr, mit dem Mund dicht am Mikro, in seiner Zeugenaussage fort: «Dann informierte der Duke uns über die Hintergründe und die Art, wie seine Jungs Hollywood infiltrierten und die Amerikaner beeinflussten, während er die Rolle des Gegners aller Roten spielte, um Leute wie Sie in die Irre zu führen. Eine ganze Menge bester Hollywood-Amerikaner sind an diesem Unternehmen beteiligt, und die Liste mit ihren Namen werde ich Ihnen jetzt geben.»

Das Publikum war inzwischen in zwei Lager gespalten. Die eine Hälfte buhte zornig, die andere lachte und klatschte Beifall. Der Kongressabgeordnete hämmerte auf sein Pult und schrie: «Entfernen Sie diesen Mann vom Mikrofon!», aber Petrosians Stimme übertönte noch immer den Aufruhr. «Es sind dreihundert Namen darauf, und Leute wie Gary Cooper und Daryl Zanuck stehen ganz oben.»

Die Sicherheitsbeamten, bedrohlich ungeschlachte und übergewichtige Kerle, steuerten auf ihn zu. Petrosian stand auf. An der Tür schaute er zurück auf das Chaos, das er hervorgerufen hatte. Mister Arkansas drosch immer noch auf den Tisch ein. Dodds-Himmler starrte durch seine Nickelbrille auf den Physiker, als sei der gerade mit seiner fliegenden Untertasse gelandet. Der nervöse Tic im Gesicht von Alvarez spielte verrückt. Ein halbes Dutzend Reporter machte wie wild Notizen.

Kräftige Hände packten Petrosians Ellbogen. Als Letztes sah er noch die Uhr. Ihm war es so vorgekommen, als hätte die Befragung zermürbende drei oder vier Stunden gedauert. Zu seinem Erstaunen sah er jedoch, dass es gerade mal fünfundzwanzig Minuten gewesen waren.

Auf dem Korridor wurde Lev von einem Blitzlichtgewitter empfangen. Er war von Reportertrauben eingekesselt und musste sich mühevoll den Weg bahnen, wobei er die Fragen, die auf ihn einprasselten, so höflich beantwortete, wie es ging. Auf dem Spielplatz dicht am Eingang der Schule war eine weitere Filmkamera aufgebaut.

Als er sich der Straße näherte, die ganze Meute im Schlepptau, fuhr ein Taxi vor und setzte einen Mann und eine Frau ab. Der Mann war klein, hatte ein rundes Gesicht und kaum mehr Haare. Die Frau war um die dreißig, hatte lange dunkle Haare und trug einen langen grünen Mantel. Sie hakte sich bei dem Mann unter, und gemeinsam gingen sie in Richtung Schule, ohne dass jemand von ihnen Notiz nahm. Es dauerte eine ganze Weile, bis Lev sie wieder erkannte, aber als es dann geschah und er die Reporter und die Mikrofone und das Gebrabbel hinter sich gelassen hatte, musste Lev schlucken. Ihre Blicke hatten sich im Vorübergehen ganz kurz getroffen. Eine etwaige Kontaktaufnahme war unmöglich. Sie lächelte kurz und matt. Dann war sie auch schon vorbei, und Petrosian dachte, bis auf ein paar wenige Pfunde um die Hüften und einige Falten um die Augen habe Kitty sich in acht Jahren nur wenig verändert. Während er gegen die Tränen ankämpfte, wurde ihm bewusst, dass er sie immer geliebt hatte und auch immer lieben würde.

«Du verfluchter Narr», sagte Brogan zum vierten Mal innerhalb einer Stunde.

«Ich hab mich in deine Frau verliebt, Max», sagte Petrosian und lächelte zu ihr hinüber. Sie zog nur die Augenbrauen hoch und schob eine Bratpfanne auf die große elektrische Kochplatte. «Es ist ihre Flusskrebspastete», sagte Petrosian und füllte sich noch etwas mehr auf.

«Dann solltest du lieber zulangen. Denn da, wo man dich demnächst einquartiert, gibt's so was nicht.»

Eine schwarze Kellnerin kam durch die Schwingtür herein, einen Stapel Teller auf jedem Arm. «Nummer vier ein Bier un' Spiegeleier und 'n Austern-Poor-Boy mit Dirty Rice, und eins fragt, ob sein Grouper erst noch geangelt werden muss.»

«Brauch noch fünf Minuten für den Grouper», rief Mary Brogan zurück. Sie goss Southern Comfort in die Pfanne, schüttelte sie, und Flammen loderten zu einem schwarzen Fleck an der Decke auf.

Max schwenkte die Arme. «Eine große Geste, mit der du rein gar nichts erreichst, absolut null, wie in einer großen verfluchten runden Null. Was, zum Teufel, ist denn nur in dich gefahren, Lev? Eine schöne Karriere im Eimer und obendrein vielleicht auch noch ein Jahr in irgendeinem gottverfluchten Loch.»

«Voller Schwuler und sadistischer Wärter», kommentierte Petrosian.

«Warum hast du das nur getan, Lev? Warum hast du deine Zukunft weggeworfen?»

Petrosian nippte an seiner Coca-Cola. «Diese Mieslinge sind mir einfach auf den Geist gegangen.»

«Lev, vielleicht kannst du dir so einen großen Auftritt leisten, aber ich hab schulpflichtige Kinder. Und was ist, wenn die Leute anfangen, den Laden hier zu boykottieren? Da braucht sich doch nur einer von den stiernackigen American-Legion-Typen hier vor die Tür zu stellen und Flugblätter zu verteilen, und dann können wir den Laden gleich in ‹The Commie Diner› umtaufen.»

«Mary ist doch keine Kommunistin, oder?»

«Komm schon, Lev, was hat denn das damit zu tun? Umgang reicht doch schon.» Max machte ein gequältes Gesicht.

Lev sagte leise: «Spuck's schon aus.»

Schwer zu ertragende Anspannung lag in Brogans Stimme. «Hör zu, Lev, tut mir Leid. Aber vielleicht solltest du eine Weile nicht mehr herkommen. Du weißt schon – der Beruf. Mary und die Jungs.»

Lev nickte traurig. «Ich versteh voll und ganz, Max. Mach dir keine Sorgen. Es gehört nicht zu unserer Freundschaft, dass du den Bösen gegenübertreten musst wie Gary Cooper in ‹Zwölf Uhr mittags›. Ich halt mich eine Weile fern.»

Die Erleichterung war spürbar. Brogan streckte die Hand aus, und Lev schüttelte sie schweigend. Der Texaner sah seinen Freund spöttisch an. «Endlich verstehe ich.»

«Und was heißt das, Max?»

«Deine Zeugenaussage vor den Mieslingen. Es ist absolut die Wahrheit. Du stammst wirklich vom Saturn.»

15 DIE SUPER

«Nicht aufhören», befahl Stefi.

Das Essen vom Chinesen war in der Küche bereits kalt geworden, und Romellas Stimme war hörbar überanstrengt vom Übersetzen. Stefi hatte einen langen seidenen Morgenrock mit Drachenmotiv in einem von Dougs Kleiderschränken gefunden und trug ihn über einem gelben Pyjama. Sie saß mit gekreuzten Beinen auf dem Fußboden. Eine schwarze Marmoruhr voller Schnörkel und viktorianischer Engel schlug ein Uhr.

«Dieses ganze Zeug von der roten Gefahr», sagte Romella. «War da überhaupt etwas dran?»

Die Schwellung um ihr rechtes Auge hatte eine gelbgrüne Tönung angenommen.

«Das war vor meiner Zeit», sagte Findhorn. «Ich glaube, die Hysterie hatte ihren Höhepunkt in den fünfziger Jahren. Es war wohl so eine Art Phobie à la *Die Körperfresser kommen*. Dein Nachbar sieht vielleicht so aus wie du, aber sein Verstand könnte von Außerirdischen beherrscht sein.»

«Oder ihr Verstand», sagte Stefi. Müde stützte sie den Kopf in die Hände.

«Aber ganz sicher war es nicht nur reine Hysterie, Fred. Die Kommunisten wollten doch eine Welt, die von Moskau regiert wird. Und es gab auch Spione. Schließlich haben wir doch gerade von Klaus Fuchs gelesen.»

«Sicher gab es Spione, aber die Hexenjäger fanden sie nicht. Ihre Erfolgsquote war praktisch null. Stellen Sie sich vor, dass man seine Nachbarn wahllos erschießt, und zwar auf die vage Chance hin, dass einer von ihnen ein Spion sein könnte. Bei all diesen fehlgeleiteten Bemühungen, denke ich, war die McCarthy-Ära das goldene Zeitalter für den KGB.»

«Und was ist mit Petrosian?», fragte Stefi. «War er tatsächlich ein Spion? Und warum kämpfen Leute darum, die Tagebücher in ihre Hände zu bekommen? Warum wollen die Sie töten, und was steht in den Tagebüchern, das Millionen wert ist, und –»

«Okay. Stefi möchte ihre zehn Prozent. Lesen Sie weiter, Romella.»

Petrosians Gewohnheiten waren die eines stillen und pflichteifrigen Junggesellen. Abends pflegte er etwas leicht Zuzubereitendes aus dem Kühlfach zu nehmen und in der Bratpfanne zu brutzeln. Während es brutzelte, machte er sich einen Martini. Dann aß er, was immer es war, und schaute sich dabei auf seinem kleinen Schwarzweißfernseher an, was immer gerade lief, ohne dem einen oder anderen größere Aufmerksamkeit zu widmen. Den restlichen Abend verbrachte er mit Lesen, Schreiben oder dem Zensieren von Klausurarbeiten seiner Studenten. Freitags jedoch schlug er über die Stränge: Er aß in Marys Küche und spielte Stud-Poker mit Max und Freunden bis in die frühen Morgenstunden. Im Allgemeinen gewann er genug, um sich das mitgebrachte Bier leisten zu können.

Doch das war vor den Ausschussanhörungen. Jetzt hatte sich eine Barriere, unsichtbar zwar, aber fast doch fühlbar, zwischen Petrosian und seinen Bekannten aufgetürmt.

An diesem Freitagabend, nach seinem Abendessen im «Sweet and Tart», trank er ein kühles Bier auf seiner Veranda. Leichter Schweiß perlte auf seiner Stirn und seinen Armen, denn es war schwüle zweiunddreißig Grad warm. Ein Stückchen weiter die Straße hinunter sang Ella Fitzgerald durch ein geöffnetes Fenster von «Eating Baloney on Coney», hatte es aber schwer, sich gegen nachtschwärmende Insekten und einen in der Ferne jaulenden Hund Gehör zu verschaffen.

Heute Abend hatte Lev seine normalerweise so ruhelosen Gedanken gebändigt. Da er sich geistig ausgelaugt fühlte, gab er sich dem einfachen Vergnügen hin, einem fast vollen Mond dabei zuzuschauen, wie er hinter dem Weidenbaum im Garten seines Nachbarn langsam seine Bahn zog. Satchmo begleitete ihn durch die Zweige hinauf in einen von Sternen übersäten Himmel. Der Hund jaulte noch immer.

Gegen 22 Uhr tuckerte ein großer Wagen mit Weißwandreifen, Heckflossen und fremden Nummernschildern langsam an Levs Haus vorbei. Die beiden Passagiere, die sich ganz offensichtlich in der Gegend nicht auskannten, ließen den Blick langsam über die Häuser schweifen. Ein paar Minuten später kam der Wagen zurück und bog in Levs Auffahrt ein. Die beiden stiegen aus. Einer hatte kurze, sauber gestutzte Haare und trug unpassenderweise einen dunklen Anzug mit Krawatte. Der andere hätte kaum einen größeren Gegensatz bilden können: Er sah zerzaust aus und war salopp gekleidet. Sein zerknittertes Hemd stand am Hals offen, und das Jackett trug er über dem Arm.

«Doktor Petrosian?»

«Sie sehen aus wie vom FBI», sagte Petrosian.

«Lieutenant Mercier, Nachrichtendienst der Army.» Im Halbdunkel blitzte ganz kurz eine Marke auf. «Und das hier ist Mister Smith. Können wir uns unterhalten?»

«Sicher.»

Im Wohnzimmer lehnte man jedes Angebot von Gastfreundlichkeit höflich ab. Die drei Männer setzten sich an einen kleinen runden Tisch. Der langhaarige Mister Smith bedachte Petrosian mit einem hintersinnigen Lächeln. Lev ging auf, dass über seine Stellung nichts gesagt worden war.

Petrosian versuchte es aufs Geratewohl. «Sie sehen aus wie ein Akademiker», sagte er zu Smith.

Smith lächelte nur.

Petrosian leerte sein Bier und lehnte sich zurück. Er war verwundert. «Okay, ich gebe auf. Wer sind Sie?»

Der Mann von der Army sagte: «Dieses Treffen findet nicht statt. Wir sind nicht hier.»

«Okay», sagte Petrosian bedachtsam.

«Und nichts, was hier gesagt wird, darf diesen Raum verlassen.»

«Damit gibt es aber ein Problem. Ich bin ein eingeschriebenes Parteimitglied der Kommunisten. Alles, was Sie sagen, wird sofort nach Moskau weitergeleitet.»

Mercier sah aus, als nähme er die Bemerkung ernst. «Wir wissen alles über die Anhörung im College, und wir wissen auch sehr genau, was dort heute gesagt worden ist.»

Petrosian schüttelte verblüfft den Kopf. «Innerhalb einer Woche habe ich meinen Job verloren und stehe auf der schwarzen Liste. Was könnte die Army schon mit mir anfangen?»

Mercier sagte: «Die Army würde Sie nicht mal mit einer Feuerzange anfassen.»

«Und warum sind Sie dann hier?», fragte Petrosian konsterniert.

Der Mann von der Army griff nach seiner Aktenmappe und zog einen Umschlag heraus. Petrosians Besucher betrachteten ihn aufmerksam, als er sein leeres Bierglas abstellte und den Umschlag aufriss. Er las den Brief zweimal und sah dann seine Gäste voller Überraschung an.

«Betrachten Sie es mal unter folgenden Gesichtspunkten, Doktor Petrosian», sagte Smith. «Wie Sie sagen, werden Sie schon in ein paar Tagen arbeitslos sein. Und wenn Sie einmal auf der schwarzen Liste stehen, werden Sie in Amerika nie wieder arbeiten, außer vielleicht bei der Müllabfuhr. Und sollten Sie versuchen, Amerika zu verlassen, werden Sie feststellen müssen, dass das Außenministerium Ihnen den Pass verweigert.»

«Und da tauchen Sie auf und wedeln mit diesem Brief vor meiner Nase. Ein geradezu übernatürliches Timing.»

Smith grinste noch immer so hintersinnig. «Sie brauchen sich über nichts Gedanken zu machen als über die Adresse und die Unterschrift.» Das unleserliche Gekritzel von Norris Bradbury – Oppenheimers Nachfolger in Los Alamos – war Petrosian schon in dem Moment ins Auge gefallen, als er den Brief auseinander gefaltet hatte.

«Und meine Loyalität?»

Petrosians Besucher reagierten darauf nicht. Lev versuchte in ihren ausdruckslosen Blicken zu lesen. Dann fuhr er fort: «Ich denke, ich kann erraten, worauf Sie hinauswollen.»

Jetzt hob Mercier einen Finger an die Lippen und schüttelte mahnend den Kopf. Unhörbar formten seine Lippen ein Wort: *Wanzen*.

Petrosian fragte verwundert: «Ist das Ihr Ernst?»

«Wieso denn nicht? Sie werden verdächtigt, ein Commie zu sein.»

«Aber das wäre ganz sicher nicht legal.»

Jetzt grinste der Mann von der Army auch. «Ach, du liebe Güte. Sie stammen wirklich vom Saturn», sagte er, und Petrosian fragte sich, wie in aller Welt sie es geschafft haben mochten, die stets so geschäftige Küche des «Sweet and Tart» zu verwanzen.

Smith saß zusammen mit Petrosian hinten im Wagen, um ihn umso leichter einweihen und instruieren zu können, während sie durch die heiße Nacht fuhren. «Übrigens heiße ich Griggs, Ken Griggs.»

Mercier, der am Steuer saß, drehte sich um. «Und ich bin Mercier.»

«Also wollen wir jetzt die Super?»

Im Halbdunkel sah Petrosian, dass Griggs nickte. «Wir befinden uns in einem Wettrennen, Lev.»

«Ich weiß nicht, ob eine H-Bombe überhaupt machbar ist.»

«Wenn die Sowjets sie vor uns bekommen …»

«Irgendwo in Russland gibt es Leute, die dasselbe von uns sagen.»

Mercier mischte sich ein: «In der *Prawda* werden wir regelmäßig beschuldigt, einen Atomkrieg zu planen.»

«Tatsächlich?»

«Der Präsident vertraut sich mir nicht an. Dennoch, wenn wir zwei Dutzend H-Bomben bauen, könnten wir die Welt beherrschen.»

«Oder sie innerhalb einer Stunde vernichten», fügte Griggs gespielt scherzhaft hinzu.

«He, vielleicht sollte ich doch lieber Mülleimer leeren», sagte Petrosian.

Mercier bremste ab, um einem Schlagloch auszuweichen. «Was soll denn die Angst? Es ist ganz einfach eine Angelegenheit der nationalen Sicherheit. Die Russen machen es, also müssen wir es auch machen.»

Griggs sagte: «Der Preis der Freiheit besteht in ewiger Wachsamkeit; wenn du Frieden willst, bereite dich auf den Krieg vor, und diejenigen, die die Geschichte ignorieren, sind dazu verdammt, sie zu wiederholen. Das macht dann fünfzehn Scheine. Ich nehme fünf Dollar pro Binsenwahrheit.»

«He, passen Sie auf, was Sie sagen», beschwerte sich Mercier.

«Ich habe Sie wegen meiner Loyalität gefragt», sagte Petrosian.

Mercier sprach über die Schulter: «Wenn es nach mir ginge, kämen Sie nicht weiter als hundert Meilen an Los Alamos heran.»

Griggs sagte: «Die Atomenergie-Kommission führt ein Verfahren zur Sicherheitsüberprüfung durch.»

«In dem Fall kann ich mich ja gleich an den Müll machen.»

«Wenn irgendjemand, zum Beispiel Mercier hier, Ihre Loyalität infrage stellt, sind Sie draußen. Zweifel allein reicht schon, und es ist an Ihnen, diese Zweifel zu zerstreuen. Beweise, die aus Befragungen hervorgehen, können Sie vergessen, außerdem das Recht, Zeugen ins Kreuzverhör zu nehmen und dergleichen. Dieses Prüfungsverfahren stellt die angelsächsische Rechtsprechung auf den Kopf.»

«Ich verstehe nicht.»

«Aber wenigstens haben wir akzeptable Verfahrensregeln. Sie könnten zum Beispiel bei der Revisionskammer für Personalsicherheit Einspruch erheben. Der wahre Zweck des Verfahrens besteht darin, das HUAC in Schranken zu halten. Wenn diese Monster Sie nämlich erst mal in den Klauen haben …»

Merciers Ton war ungnädig und schneidend. «Diese Monster sind zufälligerweise unsere beste Verteidigung gegen innere Subversion. Jeder weiß doch, dass die Roten ihre Befehle aus Moskau bekommen. Wir merzen die Verräter aus.»

«Da sehen Sie, wogegen Sie ankämpfen müssen, Lev.»

Petrosian sagte: «Nach dem, was Sie beide mir da erzählen, habe ich keine Hoffnung, in das Projekt aufgenommen zu werden.»

«Ich hab mich verirrt.» Mercier spähte in einen Lichttunnel hinaus, der nur eine endlose und schnurgerade Straße erkennen ließ.

«Fahren Sie noch zwei Meilen weiter und biegen Sie dann links ab. So kommen wir zurück in die Stadt.»

«Es ist alles ein wenig fragwürdig», sagte Griggs. «Die endgültige Entscheidung über die Sicherheit treffen nämlich die Angehörigen der Atomenergie-Kommission persönlich. Sie brauchen sich von niemandem dreinreden zu lassen. Aber mehr als einmal wagen sie es auch nicht, sich solche Mätzchen zu leisten. Ich nehme an, dass Bradbury Ihre Talente als wesentlich für das Projekt ansieht.»

«Ich fühle mich geschmeichelt. Aber vielleicht fang ich auch an, den Russen Geheimnisse zuzuspielen.» Schweiß rann Petrosian den Rücken hinunter, und seine Oberschenkel klebten am Plastik der Sitzbank.

Griggs sagte: «Ich muss Ihnen eröffnen, dass Bradbury über ein paar Leichen und besonders die von Strauss gehen würde, um Sie zu bekommen. Und doch ist es so, Lev: Unser Erfolg bei diesem Projekt hängt davon ab, dass es uns gelingt, Männer mit Talent und Vision dafür einzuspannen. Diese Männer werden verschiedenster Herkunft sein und die verschiedensten Ansichten haben. Paranoia ist ein Luxus, den wir uns nicht leisten können.»

«Der Nachrichtendienst der Army ist gegen Sie», sagte Mercier. Es war nicht klar, ob er Griggs oder Petrosian ansprach.

«Hören Sie, was der Mann sagt, Lev, und seien Sie vorsichtig.

Ihnen ist kein Schutz garantiert. Dies ganze liberale Denken der Schwachköpfe von Wissenschaftlern, die ihre Erkenntnis mit ausländischen Kollegen austauschen und dergleichen. Das ist illoyal und beweist nur, dass wir unter kommunistischem Einfluss stehen. Deswegen will das HUAC auch, dass die Army das Wasserstoffbomben-Projekt übernimmt. Und die Army will es ebenfalls.»

«Und wo habe ich meinen Platz in dieser Sache?»

«In diesem Kampf, Lev, sind Sie nur ein ganz kleiner Fisch. Hören Sie auf meinen Rat und bleiben Sie es auch. Kümmern Sie sich um die Wissenschaft und sagen Sie keinen Ton zu politischen Angelegenheiten. Der Mann, hinter dem sie wirklich her sind, ist der ganz große Fisch, nämlich Oppenheimer.»

Vier Wochen später tauchte Petrosian in Los Alamos auf, nachdem er alle Zelte in Greens Ferry abgebrochen hatte. Nach siebenjähriger Abwesenheit war in den Tagebüchern keine Gefühlsregung verzeichnet, keine Rede von Heimkehr, von Verlust oder Gewinn. Viel eher vermittelten die Aufzeichnungen den Eindruck, dass der Mann nur für ein verlängertes Wochenende fort gewesen war. Kitty Cronins Name wurde nicht mehr erwähnt. Die Seiten der Tagebücher waren gefüllt mit Anmerkungen zur Wasserstoffbombe. Im Verlauf des Jahres wurden sie zunehmend technisch, und Findhorn konnte die Eintragungen kaum verstehen. Romella stolperte immer öfter über die technische Terminologie. Einige der Wörter waren englisch. Wahrscheinlich deswegen, dachte sie, weil es im Armenischen keine präzisen Entsprechungen gab.

Gegen Ende 1953 veränderte sich Petrosians Stil ganz plötzlich. Die Eintragungen wurden länger, der Text klang sowohl enthusiastisch wie gnadenlos technisch, und die Handschrift war die eines Mannes, der kaum schnell genug schreiben konnte, um seine Gedanken festzuhalten.

Inzwischen verstanden sie kaum noch ein Wort. Aber das Gekritzel, der kryptische Stil und der Enthusiasmus sagten Romella und Findhorn dasselbe. Der armenische Physiker war einer ganz besonderen Sache auf der Spur.

Die erste derartige Eintragung war vom 29. November. Stefi war mit heißer Schokolade und Keksen gekommen, und Romella begann vor lauter Müdigkeit fast zu lallen.

Petrosians Tagebuch, 29. November 1953

Verbrachte den Tag mit Skilaufen auf dem Saywer Hill. Schneepflüge, abrupte Bremsmanöver, Sprünge, jede Menge blaue Flecken. Wolkenloser Tag. Hab dann etwas wirklich Dummes gemacht. Spontan sammelte ich meine Camping-Sachen zusammen und begab mich zum Ende des Frijoles-Canyon, wo er auf den Rio Grande trifft. Wundervolle Einsamkeit, sogar die Klapperschlangen hatten sich verzogen. Schlief unter freiem Himmel. Bitterkalt.

Wachte in den frühen Morgenstunden auf. Lag da und blickte in einen funkelnden Sternenhimmel. Ohne dass ich nachdachte oder mir den Kopf zerbrach, kam mir blitzartig ein Gedanke. Einfach so. Mir wurde plötzlich klar, dass die beiden beeindruckendsten Experimente in der Physik – der Casimir-Effekt und das foucaultsche Pendel – in Zusammenhang stehen. Vielleicht lag es an all dem Gerede mit Bethe über die ZPE. Doch eher ist es wohl ein Gottesgeschenk.

Und dieser Zusammenhang lässt mich ein uraltes Problem lösen: Woher wissen wir, dass zehn Minuten im alten Griechenland dieselbe Zeitspanne waren wie zehn Minuten heute? Wir können zwar Messlatten vergleichen, indem wir sie mit uns herumtragen, aber wir können keine Uhren in der Zeit hin- und hertransportieren. Quantenfluktuationen in der ZPE sind die Antwort. Sie bieten uns eine absolute Uhr, die durch allen Raum und für alle Zeit konstant ist.

Sollte es tatsächlich möglich sein, dass wir die vergangenen vierzig Jahre einen falschen Ansatz in der Physik hatten??!!

Okay, die ZPE selbst mag nicht beobachtbar sein, weil sie alles durchdringt, aber Veränderungen in ihr sind ganz sicher beobachtbar. Wenn das stimmt, ist das Vakuum ein Höllenschlund. Wundervoll ist, dass die ZPE vielleicht geändert werden kann, wenn man die Randbedingungen manipuliert, so wie bei den Casimir-Platten.

Das führt zu einem phantastischen Gedanken. Könnte ich Wasserstoff in so kleine Hohlräume pressen, dass die ZPE niedriger Frequenz ausgeschlossen wird und die Atome schrumpfen müssen? Und dabei Energie frei werden lassen? Wenn die Coulomb-Barriere mit einer Casimir-Kontraktion überwunden wird, was dann? Sind wir auf dem Weg zur Planck-Energie?

In meinem Kopf wirbeln die phantastischsten Gedanken. Kann nicht schlafen – ärgere mich sowieso über die Zeit, die das Schlafen in Anspruch nimmt.

Findhorn war plötzlich auf den Beinen. Erregt marschierte er auf und ab und schüttelte dabei den Kopf. Einen Moment lang sah er die Frauen aufgewühlt an. Seine Augen waren blutunterlaufen. Dann nahm er seine hektische Wanderung wieder auf.

«Fred!», flehte Romella.

Er blieb stehen, um sie anzusehen. «Ich kann es Ihnen nicht sagen.»

«Wir haben doch auch Aktien in der Sache, verdammt», beschwerte sich Stefi.

«Es ist einfach zu absurd, zu abgehoben. Ganz sicher irre ich mich.»

Stefi stellte sich ihm in den Weg. «Stellen Sie uns auf die Probe.»

Findhorn schüttelte nachdrücklich den Kopf. «Sie würden das nicht verstehen. Sie sind ja nur Linguistin.» Er sah auf die Uhr. Sie zeigte morgens halb drei an. «Stefi, ich möchte, dass Sie mir den nächstmöglichen Flug nach Amerika buchen. Aber nicht vom Flughafen Edinburgh. Ich gebe Ihnen meine Kreditkartennummer.»

«Wie soll ich als Linguistin so etwas können? Wohin in Amerika?»

«Los Alamos. Ich will dort etwas rumschnüffeln.»

Romella schüttelte den Kopf. «Fred, die Leute, die Sie im Fat Sam's getroffen haben …»

«… arbeiten aller Wahrscheinlichkeit nach für die amerikanische Regierung.»

«Und Sie wollen sich in die Höhle des Löwen begeben?»

«Amerika ist der allerletzte Ort, an dem sie mich erwarten. Ich setze darauf, dass mein Name nicht in den Computern der Einwanderungsbehörde ist.»

«Ich komm mit», sagte Romella. «Das FBI wird doch gewiss noch alte Akten über Petrosian haben.»

Findhorn blinzelte verblüfft. «Sie wollen einfach so in die FBI-Büros in Washington marschieren und nach Petrosian fragen? Sie sind ja verrückt.»

«Wie Sie schon sagten, Fred: Nichts würden die weniger erwarten. Die suchen uns doch in Edinburgh. Ich möchte wetten, dass deren Rechte nicht weiß, was die Linke tut. Wir müssen es einfach drauf ankommen lassen.»

Stefi sagte: «Ihr seid beide verrückt.»

Romella sagte: «Sie müssten aber mein Ticket bezahlen, Fred. Ich bin blank.»

«Tun Sie das nicht», riet Stefi.

«Geben Sie mir Ihre Kontonummer, und ich überweise Ihnen Geld.»

«Kann ich bitte auch mitkommen?», fragte Stefi. «Ich war noch nie in Amerika.»

Findhorn schüttelte den Kopf. «Sie werden hier gebraucht. Versuchen Sie, etwas über grüne Mercedes herauszubekommen, die in der Schweiz zugelassen sind.»

Stefi deutete ein Schmollen an.

Romella sammelte die Fotokopien ein und ordnete sie zu einem Stapel. «Sagen Sie uns wenigstens noch eins, Fred. Was bedeutet ZPE?»

«Das bedeutet ‹zero point energy›. Die Nullpunktenergie, der niedrigstmögliche Energiezustand, den ein System haben kann.»

«Das Gefühl kenn ich.»

16 KULT

Beim ersten Mal mochte er es sich noch eingebildet haben.

Aber beim zweiten Mal nicht mehr. Da war es wieder, ein leises Poltern aus dem Zimmer direkt unter ihm. Er kämpfte sich in Gedanken durch die Aufteilung des Hauses, bevor er sich für Dougs Arbeitszimmer entschied.

Findhorn nahm an, dass er ungefähr zwei Stunden geschlafen hatte.

Er lag im Dunkeln da. Sein Herz hämmerte und er lauschte angestrengt. Vor langer Zeit hatte das Bauamt aus Brandschutzgründen darauf bestanden, dass eine Metalltreppe vom obersten Stockwerk des Hauses in den rückwärtigen Garten führen musste. Diese Treppe war durch das Fenster in Stefis Zimmer zu betreten. Vernünftig also, sich und die Frauen hier wegzuschaffen und dann die Polizei von einer öffentlichen Telefonzelle zu informieren.

Er schlüpfte in Dougs Hausschuhe und streifte einen Morgenmantel über, bevor er die Tür Zentimeter für Zentimeter öffnete. Schwaches Licht schimmerte den Treppenaufgang herauf.

Leise stieg er die Treppe hinab und wusste doch genau, dass es höchst albern war. Die Tür zum Arbeitszimmer stand einen Spalt offen. Er blieb einen halben Meter von der Tür zurück und spähte ins Zimmer. Das grelle Licht tat ihm in den Augen weh.

Romella saß in einem pfirsichfarbenen Negligé vor der Tastatur von Dougs Computer und starrte gespannt auf den Monitor. Findhorn konnte den Text auf dem Bildschirm nicht lesen, weil der Winkel zu ungünstig war. Unerwartet blickte sie in seine Richtung. Er trat zurück und schlich die Treppe hinauf. Er wusste nicht, ob sie ihn bemerkt hatte.

Im Bett lag er auf dem Rücken und dachte, dass seine langen Aufenthalte in arktischen Gegenden ihn womöglich hatten verblöden lassen und dass er vielleicht deswegen, weil er nur mit seinesgleichen verkehrt hatte, nicht mehr das Ausmaß menschlicher Doppelzüngigkeit einzuschätzen vermochte. Dass vielleicht die Leute von Fat Sam's noch vor ihm auf Romella getroffen waren oder dass sie während ihrer kurzen Gefangenschaft umgedreht worden war. Archies Worte «Trau niemandem» wollten ihm nicht aus dem Kopf gehen.

Sie hatten die Tagebücher. Aber sie würden wissen, dass Findhorn sich Kopien gemacht hatte. Vielleicht wollten sie ja die Kopien zerstört sehen. Vielleicht war der Zusammenstoß am Musikpodium ja nur inszeniert worden, vielleicht hatte man ihn absichtlich mit Romella entkommen lassen. Vielleicht wusste Romella ja die angenehmen Seiten des Lebens zu schätzen, all das, was man sich mit einer Million Pfund leisten konnte. Sie brauchte doch nur die Dokumente im Computer zu finden und mit einem Tastendruck zu löschen. Nicht gerade viel zu tun, um sich eine Million zu verschaffen. Und was schuldete sie Findhorn eigentlich?

Dann dachte er, dass es vielleicht die Umstände seien, die ihn so paranoid machten, dass es eventuell eine ganz plausible Erklärung geben könnte und dass nur ein Mistkerl anders denken würde.

Er zermarterte sich eine halbe Stunde lang den Kopf, er wand und wälzte sich auf zerknüllten Laken, fühlte sich betrogen, paranoid und schuldig, manchmal alles gleichzeitig, und dämmerte dann langsam in einen ruhelosen Schlaf.

«Du solltest sehr vorsichtig sein, wenn du über einen religiösen Kult sprichst, Fred. Das Problem ist nämlich, dass es sich bei ‹Kult› um ein Hasswort handelt. Es besitzt emotionale Untertöne, und die Leute benutzen es als Waffe, um negative Vibrationen auf die Gruppe zu übertragen, von der sie reden. Gleichermaßen zeigt dein Gebrauch des Wortes ‹Schwachkopf›, dass in den trüben Tiefen deines Unterbewusstseins eine üble Intoleranz wirksam ist. Die meisten abgehobenen Systeme religiösen Glaubens sind harmlos und haben Anspruch auf Toleranz –»

Findhorn unterbrach und tippte eilig auf die Tastatur: «Mike, ich akzeptiere deine Kritik. Ich werde versuchen, mich zu beherrschen. Aber wenn man es mit Leuten zu tun hat, deren Ziel die Zerstörung menschlichen Lebens ist …»

Die Antwort erschien auf dem Bildschirm. «Wenn es sich dabei wirklich um ihr Ziel handelt und es nicht etwas ist, das ihnen von irgendeiner Hassgruppe zugeschrieben wird.»

«Ist die Herstellung von Nervengas und Botulismustoxin ausreichend?»

«Unzweifelhaft gibt es eine Schwelle, jenseits deren man den Krieg erklären muss, allein schon deswegen, um diejenigen zu schützen, die man liebt. Dann ist es durchaus statthaft, von einem Weltuntergangskult zu sprechen.»

«Solche Kultgruppen existieren?»

«Es gibt Tausende von religiösen Minderheiten in unserem Register, von denen vielleicht zwei Dutzend der Überwachung bedürfen. Aber auch die sind größtenteils eher harmlos oder höchstens wegen ihrer selbstmörderischen Tendenzen gefährlich für sich selbst. Das Furchterregende ist jedoch, dass verantwortungslose Deppen Internet-Kochbücher geschaffen haben, in denen sie Schritt für Schritt detaillierte Anweisungen zur Herstellung biologischer Gifte geben, und dergleichen mehr. Aerosolgifte im Zusammenhang mit Weltuntergangskulten sind eine unheilige Allianz.»

«Mike, du machst mir Angst.»

Mike fuhr fort, und sein Text erschien mit hoher Geschwindigkeit und fast fehlerfrei auf dem Monitor: «Es gibt bestimmte Eigenschaften, die von den meisten dieser Gruppen geteilt werden. Da wäre erstens einmal die gewaltige apokalyptische Vision. Gewöhnlich glauben sie, dass der Welt eine Tragödie bevorsteht, wie zum Beispiel das Armageddon. Manchmal meinen sie auch, dass sie durch Gruppenselbstmord der Tragödie entkommen können und in den Himmel gelangen, möglicherweise mit einem UFO.»

«Ich glaube, von einer solchen Gruppe habe ich gelesen.»

«Das muss der Kult Heaven's Gate gewesen sein, eine christliche UFO-Sekte, deren Mitglieder kollektiven Selbstmord verübten, als der Komet Hale Bopp auftauchte. Es gab neununddreißig Tote. Aber dieser Sektenglaube geht mindestens bis auf die Unarianer zurück, die sich seit 1954 dieser UFO-Sache verschrieben haben, ohne jemandem Schaden zuzufügen. Ein zweites gemeinsames Charakteristikum ist der charismatische Führer.»

«Besitzen diese Führer alle ähnliche Eigenschaften?»

«Zweifellos. Es handelt sich ausnahmslos um einen dominanten Mann, intelligent oder zumindest schlau, einen gesellschaftlichen Außenseiter oder jemanden, der in der Normgesellschaft versagt hat. Zudem ist es immer ein Mensch, der davon besessen ist, Herrschaft auszuüben. Er hat eine Art hypnotischer Wirkung auf die Gläubigen, die er dazu einsetzt, ihr sexuelles, soziales und emotionales Leben zu bestimmen.»

«Du hast gerade Adolf Hitler beschrieben», kommentierte Findhorn.

«Vorsichtig, Fred. Heikles Thema.»

Findhorn hielt inne, weil er nicht wusste, ob er seinen alten Freund, der inzwischen Universitätsrabbi war, unterbrechen sollte. Dann tippte Michael weiter: «Ein weiteres Kennzeichen der Kultmentalität besteht in dem Hort von Waffen, den sie ansammeln, gepaart mit einer gewissen paranoiden Überzeugung, dass Leute von außen oder gar Regierungen es auf sie abgesehen haben. Sie glauben, dass sie vom FBI oder anderen Regierungsbehörden überwacht werden.»

«Hoffentlich stimmt das auch.»

«Natürlich säen viele dieser Sekten Hass, besonders die der rechtsgerichteten Christen. Wenn du schwarz bist oder schwul, ein Kommunist oder Jude, solltest du dich zum Beispiel von Christ Foremost mindestens tausend Meilen entfernt halten.»

«Erinnerst du dich noch an Abo? Der passte in drei der vier Kategorien.»

«Hoffen wir nur, dass er sich nie nach Waco in Texas verirrt. Also, hast du eine bestimmte Sekte im Auge?»

«Ich muss sie noch identifizieren, aber die Hinweise sind recht dürftig. Das Buch der Offenbarung scheint für sie von zentraler Bedeutung zu sein, sie sind auf das Jüngste Gericht fixiert, und es gibt, glaube ich, auch eine Verbindung zur Schweiz.»

Die folgende Pause dauerte ungefähr dreißig Sekunden. Die Tür zum Arbeitszimmer ging auf, und Romella kam mit zwei Bechern Tee herein. Sie stellte sie auf den Schreibtisch und blickte Findhorn über die Schulter. Mit großer Geschwindigkeit nahmen die Wörter auf dem Bildschirm Gestalt an: «DER TEMPEL DER HIMMLISCHEN WAHRHEIT».

Findhorn spürte Erregung. Dann schrieb sein Freund: «Moment noch, ich ruf sie auf einem anderen Bildschirm auf. So, da wären wir. Ja, es ist keine von diesen Weltuntergangssekten, die einen Riesenspektakel veranstalten. Das ist eben das Problem. Manche von diesen Gruppen halten sich bedeckt, und man hört erst dann von ihnen, wenn sie sich als die Urheber einer Aufsehen erregenden Untat entpuppen. In ihrer besten Zeit hatte die Oberste Wahrheit weltweit vierzigtausend Mitglieder, einschließlich dreißigtausend in Russland, unter denen so manche Ingenieure waren, die Zugang zu Atomwaffen besaßen, was einem doch wohl zu denken gibt. Sie verfügten über ein Vermögen von einer Milliarde Dollar –»

«Und die Himmlische Wahrheit?»

«Nur Geduld, der Download läuft noch. Das ist ein weiterer christlicher UFO-Kult, angereichert mit einem Mischmasch aus griechischen und afrikanischen Mythen. Die bedienen sich der Prophezeiungen aus der Offenbarung und dazu der Schriften des Nostradamus aus dem sechzehnten Jahrhundert, mit deren Hilfe sie voraussagen, dass die Welt jeden Augenblick untergehen wird. Das können sie gar nicht abwarten, weil die daraus resultierende Reinigung von allen Sünden einer zweiten Welle von Außerirdischen die Möglichkeit eröffnet, auf die Erde zu kommen und sie anschließend mit hinauf ins Himmelreich zu nehmen.»

«Wie steht es mit ihrer Organisation? Wie sind sie strukturiert?»

«Ich habe hier eine graphische Darstellung ihrer Organisationsstruktur, aber es handelt sich um lauter Mutmaßungen. Man nimmt an, dass es regionale Untergruppen gibt, die zusammentreffen, um Aktivitäten zu koordinieren. Sie verhalten sich höchst geheimnisvoll und sind weltweit verteilt. Über die Zahl ihrer Mitglieder weiß man absolut nichts. Sie sind reich, verfügen über weit verteilte Vermögenswerte, die insgesamt vielleicht eine Milliarde Dollar betragen, aber das weiß man nicht genau. Sie betreiben eine Tarnorganisation, die Tati Foundation, die eine Vielzahl verschiedener Anliegen unterstützt.»

«Wo sind sie niedergelassen? Auf der Erde, meine ich.»

«Moment. Ja, genau, sie haben Tempel in Japan und Dakota, aber ihre Hauptzentrale liegt versteckt in einer Bergregion in der Nähe von Davos in der Schweiz. Ein Ort namens Piz Radönt, und es sieht so aus, als sei sie teuflisch schwer zu erreichen. Ich habe hier ein Foto. Moment, ich beam es dir rüber.»

Findhorn wartete, während sich auf dem Schirm sehr schnell ein Bild aufbaute und Linie für Linie den Text überlagerte. Zuerst erschien ein blauer Himmel, dann folgten schneebedeckte Gipfel, und das Bild zeigte goldene Zwiebeltürme, die eher muslimisch als christlich aussahen, bevor schließlich ein Gebäude wie ein großer weißer Schuhkarton in idyllischer Berglandschaft zu sehen war. Findhorn klickte eine Taste an und reduzierte dadurch das Bild auf Briefmarkengröße. Dann hämmerte er wieder im Zweifingersystem auf die Tastatur.

«Zu diesem Weltuntergang, an den sie glauben. Gibt es irgendeinen Beweis dafür, dass sie ihn gern beschleunigen würden?»

«Okay, hier habe ich eine nicht geheime Zeugenaussage vor dem Global Organized Crime Project Steering Committee, CSIS beim House of Representatives Committee on National Security.»

Findhorn hatte nicht die geringste Vorstellung, was das bedeuten sollte, aber ließ es unkommentiert durchgehen.

«Ich schieß dir das rüber, aber im Wesentlichen ist es Folgendes: Gemäß dieser Zeugenaussage wurden in den letzten beiden Jahren in Kalifornien fünf NEST-Teams aktiviert, drei davon als Reaktion auf Informationen betreffend den Tempel der Himmlischen Wahrheit.»

«Informationen betreffend. Das ist äußerst vage.»

«Absichtlich. Daran habe ich keinen Zweifel. Man muss Informationsquellen schützen. Die CIA hat ein Zentrum zur Terrorismusabwehr, und beim FBI existiert eine entsprechende Abteilung für innere Angelegenheiten, und wenn du unbedingt deine Zeit verplempern willst, könntest du versuchen, bei denen mehr herauszubekommen. Es gibt auch den Verdacht, dass von Lasterkonvois in Deutschland Giftgasangriffe ausgegangen sind und in Korea Gebäude absichtlich zum Einsturz gebracht wurden, indem man die Belastungen absichtlich falsch berechnet und mangelhaften Beton benutzt hat. Aber im Fernen Osten wird eh so lausig gebaut, dass niemand mit Gewissheit sagen kann, ob irgendwelche religiösen Spinner dahinter stecken oder ob sich nur Beamte die Taschen füllen wollten.»

«Was ist mit ihrem Anführer?»

«Also, Freddie, da gibt es was sehr Interessantes.»

Findhorn wartete. Er verschlang die Worte geradezu, als sie auf dem Monitor erschienen. «Es wird dich interessieren zu erfahren, dass diese Truppe von einem Burschen namens Tati angeführt wird, der ganz zufällig vom Sirius stammt. Beim ersten Mal kam er in der Gestalt von Jesus auf die Erde. Bei diesen Kerlen handelt es sich um Seelen, die nur zeitweilig in menschlichen Körpern wohnen, verstehst du? Ähnlich wie bei den Inkas, die ja auch glaubten, sie kämen von den Sternen und würden nach ihrem Tod dorthin zurückkehren.»

«Wenn er nicht gerade Tati vom Sirius ist, wer ist er wirklich?»

«Das macht ihn ja so interessant. Niemand weiß es. Seine Herkunft ist *ein einziges großes Rätsel.*»

«Dann stammt er ja vielleicht wirklich vom Sirius.»

Die Worte des Rabbi erschienen auf dem Bildschirm: «Die Möglichkeit besteht immer.»

«Und?», fragte Romella.

Findhorn ging nervös auf und ab. «Könnte ein Zufall sein.»

«Stimmt. Wovon auch immer Sie reden.»

«Es gibt tatsächlich einen Weltuntergangskult, dessen Zentrale sich in der Nähe von Davos befindet. Das Buch der Offenbarung ist einer seiner Grundpfeiler.»

«Und das heißt was?»

Findhorn blieb stehen, und Romella reichte ihm seinen Tee. «Ich glaube, Leute vom Tempel der Himmlischen Wahrheit haben uns die Tagebücher entwendet. Sie könnten sich jetzt in deren Tempel in Piz Radönt befinden.»

«Fred, kommen Sie mal wieder auf den Teppich. Das sind doch alles nur Hinweise. Wer war das überhaupt?»

«Mike? Ein alter Kumpel. Ein trinkfreudiger Studienfreund. Er hat sich zum Rabbi ausbilden lassen, verbrachte einige Zeit in einem Kibbuz und kam dann als Geistlicher an die Uni zurück. Nach einem Motorradunfall blieb er gelähmt und verbringt jetzt seine Zeit damit, weltweiten religiösen Trends auf der Spur zu bleiben. Er hat sich einen Ruf als Autorität erworben und macht einen Batzen Geld damit.»

«Wohl ein Ausgleich.»

«Ich muss mir den letzten Schwung Tagebücher aus dem Netz ziehen. Sie sind in einen Computer gescannt. Dazu brauche ich ein paar Stunden.»

«Okay, ich gönn mir etwas Schlaf.»

«Haben Sie denn nicht geschlafen?»

«Nicht viel. Ich hab im Netz gesurft und versucht, Informationen über Mercedes-Verkäufe in der Schweiz zu bekommen.»

«Mit Erfolg?»

«Nur Mist.» Romella verließ das Arbeitszimmer und reagierte leicht verwirrt auf das unerwartete Grinsen Findhorns.

Ich sollte mir angewöhnen, den Menschen etwas mehr Vertrauen zu schenken, sagte sich Findhorn, als er in seine Cookies ging, um die Aufzeichnung seiner letzten fünfhundert Tastaturbefehle aufzurufen.

Stefi erschien in grüner Bluse und mit Rock. Sie trug einen eleganten schwarzen Schal um den Hals und hatte nicht mit Lidschatten gespart. Ihre Haare waren frisch blondiert und hingen in Ringellöckchen herunter. Sie fuhr einen großen roten Saab mit cremefarbener Polsterung, sodass Findhorn sich fragte, wie weit seine Kreditkarte inzwischen wohl schon ausgereizt sein mochte. Sie steuerte den Wagen auf den rückwärtigen Weg, wo Romella und Findhorn ihre Reisetaschen in den Kofferraum warfen. Sie überreichte Findhorn einen Umschlag mit Flugtickets; Findhorn gab ihr die Schlüssel zu Dougs Wohnung. Romella setzte sich nach vorn, während Findhorn sich alle Mühe gab, auf dem Rücksitz unsichtbar zu bleiben.

Stefi fuhr mit ihnen nach Westen, ließ das Stadtzentrum hinter sich und schien nicht die geringste Mühe mit dem großen Wagen zu haben. Sie fuhr durch die Corstorphine-Vororte und auf die M 8 Richtung Glasgow und Prestwick International Airport. Als sie mit 130 km/h dahinglitten, fand Findhorn, dass er endlich ungefährdet seine Nase über den unteren Fensterrand hinaus recken konnte.

Sie verschliefen die Flugreise über den Großen Teich.

«Hier trennen sich unsere Wege», verkündete Romella. Zu ihren Füßen stand eine kleine grüne Reisetasche, und ab und zu warf sie einen Blick durch die Scheibe auf die Taxischlange vorm Ankunftsgebäude.

Findhorn hingegen blickte in die andere Richtung, auf die Anzeigetafel der Flüge zum Dulles Airport. «Stellen Sie sich vor, ich bin immer noch müde.»

«Wir könnten uns ein Hotel suchen», schlug Romella vor, und Findhorn fragte sich unwillkürlich, was sie wohl im Sinn haben mochte.

«Dazu fehlt uns die Zeit, Ms. Grigorian. Die Konkurrenz arbeitet bestimmt auf vollen Touren.»

«Wollen Sie mir immer noch nicht sagen, was Sie in den Tagebüchern gefunden haben?»

Findhorn strich sich über die Bartstoppeln. «Es ist zu phantastisch, als dass man es glauben könnte, Romella. Und es kann durchaus sein, dass da gar nichts ist. Ich muss erst sehen, was ich in Los Alamos herausfinden kann, wenn überhaupt.»

«Irgendwas kommt mir da komisch vor, Fred. Wenn Petrosian nach Russland fliehen wollte, brauchte er doch nicht die Tagebücher, um dort zu berichten, was ablief. Warum hat er sie also auf die Flucht mitgenommen?»

Findhorn nickte zustimmend. Er war noch immer nervös, weil er so ungeschützt an einem öffentlichen Ort unter so vielen Menschen stand. «Ich glaube, ich muss nach Phoenix fliegen und von dort nach Los Alamos fahren.»

Die Taxischlange wurde kürzer. Romella hob ihre Reisetasche auf, und Findhorn ging mit ihr zur automatischen Drehtür. Sie sagte: «Und ich werde sehen, was ich in alten FBI-Akten in Washington aufstöbern kann. Ich denke, die müssten inzwischen für jeden zugänglich sein.»

«Bleibt noch eine letzte Frage, Romella. Wo in den Vereinigten Staaten vom Amerika sollen wir uns wieder treffen?»

Romella sagte: «Wählen Sie einen Ort, an den man uns nicht so leicht verfolgen kann. Auf jeden Fall keine Stadt wie Los Alamos und Washington.»

«Gefunkt hat es zwischen Lev und Kitty am Grand Canyon.»

Romella lächelte erstaunt und froh zugleich. «Was soll das heißen, Fred? Sollten Sie irgendwo eine romantische Ader haben?»

«Ich bin verrückt, bösartig und gefährlich.» Er gähnte. «Am südlichen Rand des Grand Canyon also, und zwar sobald wir es schaffen.»

«Seien Sie vorsichtig, Fred. Denken Sie daran, dass man Sie noch immer im Visier hat.»

Findhorn schnitt eine Grimasse. «Was Sie nicht sagen.»

Ein Taxi fuhr vor, und Romella drehte sich noch einmal um, als sie die Tür öffnete. «Und sprechen Sie keine fremden Frauen an.»

17 LOS ALAMOS

SIE BETRETEN EIN TESTGELÄNDE FÜR EXPLOSIVSTOFFE. BESTIMMTE BEREICHE SIND MÖGLICHERWEISE VON SPRENGKÖRPERN VERSEUCHT. BLEIBEN SIE AUF DEN STRASSEN. BERÜHREN ODER VERLAGERN SIE KEINE GEGENSTÄNDE. WENN SIE GEGENSTÄNDE FINDEN, MELDEN SIE ES DER POLIZEI VON WHITE SANDS.

Die Morgensonne brannte jetzt schon heiß. Der Wind, der sanft an dem Schild rüttelte, trieb auch Beifußbüsche über die Wüstenlandschaft, und Findhorn, der sich nach der sechsstündigen Taxifahrt aus Phoenix wie eine geschmorte Tomate vorkam, war froh und dankbar, dass er wehte. Das Taxi zog eine Staubwolke hinter sich her, als es verschwand. Sein Fahrer war erschöpft, aber auch reicher.

Zwei Männer warteten neben einem gelben Sportwagen außerhalb des Stacheldrahtzauns. Einer von ihnen, in einer gelbbraunen Uniform mit schwarzem Gürtel und einer Waffe im Holster, musterte Findhorn mürrisch durch eine Brille mit kleinen, argwöhnischen Augen. Er hatte ebenfalls Bartstoppeln und wirkte wie ein Mann, der eine schlaflose Nacht hinter sich hatte. In ein paar hundert Meter Entfernung glitzerte eine Ansammlung von Observatoriumskuppeln.

«Cartwright von *The Times*, vermute ich», sagte der Mann. Sein Händedruck war schlaff, die Hand feuchtkalt trotz der trockenen Luft.

«Meine Freunde nennen mich Ed oder Eddie.»

«Ich bin Frank. Ich habe keine Freunde.»

Findhorn zeigte mit einer Armbewegung auf die Observatoriumskuppeln. «Ist das nicht der Ort, von wo man Jagd auf bedrohliche Asteroiden macht?»

Der Wachposten sah Findhorn an, als habe sich dieser gerade als bewaffneter Terrorist zu erkennen gegeben.

«He, woher wissen Sie das?», fragte White.

Findhorn lächelte. «Das ist eine andere Geschichte.»

Der Wachposten mochte heute nicht zurücklächeln. «Bevor das hier weitergeht, sollten Sie sich ausweisen, Mister.» Findhorn präsentierte einen Pass und einen in aller Eile gefälschten Empfehlungsbrief mit einem Logo der *Times,* das man von einem Exemplar der Zeitung eingescannt hatte.

«Ja, das ist eines der LINEAR-Teleskope», sagte White, während der Wachposten Findhorns Papiere mit ostentativem Argwohn untersuchte. «Teil des GEODSS-Systems der Air Force. Wenn Sie eine Besuchserlaubnis erhalten möchten, brauchen Sie zwei Monate Zeit und müssen drei Bürokratie-Ebenen überwinden. Und das gilt schon, wenn Sie amerikanischer Staatsbürger sind.»

«Hören Sie, es ist sehr nett von Ihnen, mich hier unten zu empfangen. Wir befinden uns doch noch zweihundert Meilen südlich von Los Alamos, *n'est ce pas*?»

Der Wachposten gab Findhorns Papiere zurück. Er sah aus wie ein Mann, der genau wusste, dass man ihn reingelegt hatte, aber eben nichts daran ändern konnte. White winkte Findhorn zu dem Corvette Kabrio und verabschiedete sich mit einer matten Handbewegung von dem Wachposten, der sich zurückzog. Der schwarze Ledersitz des Wagens schickte sich an, Findhorns Hintern, seinen Rücken und seine Oberschenkel zu grillen.

Der Flitzer brauste mit einem angenehm sportlichen Dröhnen davon. Findhorn nahm an, dass die geradezu alarmierende Geschwindigkeit bei derartiger Bodennähe nichts als eine optische Täuschung war.

«Stimmt», sagte White. «Aber Sie schienen es so verflixt eilig zu haben, Ihren Artikel über diesen Petrosian zu schreiben. Und ich hatte zufällig über Nacht hier etwas zu erledigen.» Was es zu erledigen gegeben hatte, wurde nicht weiter erläutert, aber White fügte hinzu: «Wir sind nur eine Meile von der Trinity Site entfernt. Und um dafür eine Besuchserlaubnis …»

Findhorn lachte, aber der Tachometer zeigte hundertundfünfzig, und das Lachen klang ein wenig gekünstelt.

Durch die terrakottafarbene Wüste mit ihren wundervoll rosa und lila Farbtönen, und in der Ferne schneebedeckte Berge. An der Santa Ana Reservation vorbei und an Navajo-Frauen, die am Straßenrand Schmuck, Teppiche und Clint-Eastwood-Ponchos verkauften.

Gegen Mittag, als die Sonne sein Hirn zu braten begann, sah Findhorn zu seiner Erleichterung endlich ein Los-Alamos-Schild.

«Die meisten mögen Los Alamos», sagte White bei einem Fahrtwind, der gewiss einhundertundsechzig Stundenkilometer schnell war. «Nach außen wirkt es wie eine ganz gewöhnliche Universitätsstadt. Eines sollten Sie jedoch nicht vergessen.»

«Die Sicherheitsvorkehrungen?», fragte Findhorn, dem der Wind an den Haarwurzeln zerrte.

«Die Höhe. Es liegt beinahe dreitausend Meter hoch. Und wenn Sie sich nicht akklimatisiert haben, können Sie nicht rennen.»

«Warum sollte ich denn rennen wollen?»

White bedachte ihn mit einem fiesen Grinsen. Er nahm Gas weg, schaltete einen Gang zurück, Minuten später trudelten sie an rosa und grünen Lehmziegelhäusern vorbei. Auch Schmuck und Teppiche standen wieder zum Verkauf. In der Nähe des Stadtzentrums quetschte der Kernphysiker seine Corvette zwischen einen verbeulten gelben Oldsmobile und eine Reihe von Motorrädern.

«Manche Leute bezeichnen Los Alamos als die weltgrößte Ansammlung von oberschlauen Spinnern», klagte White. «Das wäre höchst ungerecht gegenüber Berkeley in Kalifornien. Aber was dieser Gemeinde fehlt, ist die Mittelmäßigkeit. Daraus resultiert eine sozusagen asymmetrische Eigenschaftsverteilung innerhalb der Population.»

Sie saßen in der Blue Adobe an der Central Avenue. Die Wände waren meterdick, die Mariachi-Musik kam vom Band, und die Klimaanlage war die beste im erforschten Universum. Andenken und Fotos vom Manhattan-Projekt zierten die Wände. Sie hatten Glück gehabt, eine freie Nische in dem gut besuchten kleinen Restaurant zu finden. «Wir haben hier so viele Doktoren – die höchste Pro-Kopf-Zahl der Welt –, dass man, wenn man nicht gerade ein Arzt ist, einfach mit Mister angesprochen wird. Außenstehende bezeichnen uns als Überflieger, die ihre Kinder unter Leistungsdruck setzen und ihre Ehefrauen vernachlässigen.»

Findhorn, der spürte, dass hier ein wunder Punkt zur Sprache kam, wollte White zum Thema zurückführen. «Petrosian …», begann er.

Eine kleine Latina-Kellnerin kam an den Tisch. Sie strahlte White an.

«Rosa, meine Schöne, wie wär's mit einem späten Frühstück?», fragte White.

«Für Sie, Francis, hätten wir Huevos Rancheros, Huevos Borrachos oder Omelett.»

White übersetzte: «Ed, Sie können Eier mit grünen Chilis, Eier mit roten Chilis oder ein Omelett haben. Das ist mit Chilis gewürzt.»

«Ich nehme ein Spiegelei», sagte Findhorn. An der gegenüberliegenden Wand hing ein Milchkarton der Hillside-Molkerei aus den vierziger Jahren – mit der Aufschrift *From Moo To You.* Er fügte hinzu: «Und ein Glas Milch.»

«Für mich auch», sagte White. Als Rosa gegangen war, sagte er: «Um nochmal aufs Thema zu kommen. Alles, was Petrosian in den fünfziger Jahren tat, ist Vorgeschichte. Fünfzig Jahre alte Physik.

Mann o Mann, Ed, das war vor Quarks, Gluonen, QCD, Stringtheorie, Superstrings. Es war das Dampfmaschinenzeitalter der Kernphysik.»

Findhorn wischte sich die Stirn ab. Sie fühlte sich brennend heiß an. Er zog einen Stenoblock aus der Tasche. «Wie viele Teilchentypen zählen Sie?»

«Fünfundzwanzig. Alles, was Sie um sich herum sehen, der ganze Klimbim – sogar die köstliche kleine Rosa – wird von fünfundzwanzig fundamentalen Teilchen bestimmt. Fragen Sie mich nicht, warum es fünfundzwanzig sind und nicht sieben oder fünfzehn. Das weiß niemand.»

«Aber Sie verfügen doch über eine Theorie zu alledem, das Standardmodell. Ich bin nie über Elektronen, Protonen und Neutronen hinausgekommen, und natürlich noch Lichtteilchen – Photonen.»

White nickte. «Die alten Knaben. Wenn man sie als Bausteine benutzt, dann hat man Wasser, CO_2, DNS, Kohle für Ihre Heizung, Ziegel für Ihr Haus, Benzin für Ihr Auto und Medizin für Ihre Kinder. Die gesamte Chemie gründet sich darauf, nur diese vier Teilchen zusammenzusetzen. Stellen Sie sich Rosa dort als eine glitzernde Masse atomarer Teilchen vor.»

«Wer braucht also die anderen einundzwanzig Teilchen – Quarks und dergleichen?»

«Zum Beispiel Sie, Mister Findhorn.» White wies mit einer ausholenden Geste auf das Sonnenlicht, das durch die großen Fenster hereinschien. «Es sei denn, Sie wollen als eine Art Urschleim existieren, am absoluten Nullpunkt und im Stockfinstern. Sonnenlicht ist auf Kernfusion angewiesen, richtig? Wasserstoff verschmilzt zu Helium, wobei der Masseüberschuss als Energie frei wird? Und die Protonen – für Sie Wasserstoffkerne –, wie verbinden die sich?»

Rosa tauchte wieder auf. Die Speisen auf den Tellern waren von rotem Staub bedeckt. «Möchten Sie noch mehr Chili drauf?»

«Die Leute hier halten ziemlich viel von Chili», riet White.

Findhorn nickte, und Rosa streute eine großzügige Portion über sein Spiegelei, das nicht nur mit rotem Staub besprenkelt war, sondern auch noch eine Schicht roter und grüner Chilis aufwies und mit einer Maistortilla garniert war. Er sagte: «Ich kann mich entsinnen, dass die intensive Hitze, die man im Innern von Sternen vorfindet, dieselbe ist, die auch bei einer Atombombe entsteht. Und diese Hitze bringt die Wasserstoffatome zum Verschmelzen. Diese Verschmelzung setzt die Umwandlung von Elementen in Kraft, und wenn das geschieht, wird noch mehr Hitze freigesetzt. Daher die Wasserstoffbombe.»

«Ich frage Sie nur, warum bringt die Hitze die Atome dazu, miteinander zu verschmelzen?»

Findhorn zuckte die Achseln, und White sagte: «Da gibt es allerlei über Up-Quarks, die sich in Down-Quarks umwandeln und Hüftknochen, die mit Oberschenkelknochen verbunden sind. Dann sind Sie auch schon bei den restlichen einundzwanzig Teilchen. Aber worauf ich hinauswill, Ed: Das alles brauchen Sie nicht zu wissen. Denn Petrosian wusste es auch nicht. Wie ich schon sagte, sie entwickelten die Bombe im Dampfmaschinenzeitalter, als die Leute noch nicht über Kernbindungsenergien hinaus waren.»

«Ich versuche, Ihnen zu folgen», sagte Findhorn. Schweiß trat ihm auf die Stirn, denn er hatte angefangen, sein Spiegelei zu essen.

White fuchtelte mit seiner Gabel in der Luft. «Ich möchte darauf hinaus, dass Petrosians Welt inzwischen *verstanden* ist. Über sie gibt es nichts Neues zu sagen. Sie ist von drei Generationen Physikern durchharkt worden, und alles, was man möglicherweise über sie wissen könnte, weiß man auch.»

Das Restaurant füllte sich langsam mit frühen Mittagsgästen. Ein junger Mann mit Brille setzte sich an einen Tisch ihnen gegenüber. Er sah aus wie ein Naturfreund, trug Jeans und hatte seine langen blonden Haare in einem Pferdeschwanz gebändigt. In keiner anderen Situation wäre er Findhorn überhaupt aufgefallen.

«Sie wollen mir also sagen, dass Petrosian keinesfalls etwas entdeckt haben könnte, was für die moderne Wissenschaft relevant wäre.»

White nickte zustimmend. «Petrosians Welt bestand aus Protonen, Neutronen und Elektronen. Jede Entdeckung, die er in dem Bereich hätte machen können, wäre bereits lange von jemand anderem wieder entdeckt worden. Was die Kernenergie betrifft, an der die Pioniere von Los Alamos arbeiteten, sind keine Überraschungen mehr übrig.»

«Und die neuen Teilchen? Die anderen einundzwanzig?»

«Um die exotischen Sachen zu Gesicht zu bekommen, die Quarks und dergleichen, muss man hereinkommende kosmische Strahlen betrachten oder die starken Atomzertrümmerer zur Hilfe nehmen. Diese Geräte kosten massig Geld, und in Petrosians Zeit gab es sie noch gar nicht. Niemand hätte die Welt voraussagen können, die durch sie aufgetan wurde. Jede Vorstellung von dem einsamen Kämpfer, der einen Geistesblitz hat, mit dem er drei Generationen von Atomwissenschaftlern überspringt – hören Sie, das ist Blödsinn. Vergessen Sie's.»

Rosa näherte sich wie ein Rammbock mit einer Schüssel Chili. In Panik bestellte Findhorn Kaffee. Das nahm ihr den Wind aus den Segeln, und sie zog sich in die Küche zurück.

Spontan versuchte Findhorn es mit einem Hasardspiel. Er sah White in die Augen und fragte: «Und wie hat sich das Gerücht dann verbreitet?»

«Welches Gerücht?» White sah aufrichtig verständnislos aus.

«Dass Petrosian irgendein neues Verfahren entdeckt hatte.»

White zögerte nur einen winzigen Moment. Es hätte durchaus etwas mit Rosas Chilis zu tun haben können. Er versuchte es mit einem Lachen zu kaschieren. «Was für ein Verfahren? Wo haben Sie denn das gehört?»

Findhorn berührte seinen Nasenflügel, stocherte noch ein wenig mehr. «Mein Gewährsmann meint, dass man etwas vertuscht hat.»

White schüttelte ärgerlich den Kopf. «Klar, mit nichts verkauft man mehr Zeitungen als mit einer Enthüllungsgeschichte. Ich befürchte, wie bei dem UFO-Vorkommnis in Roswell sind wohl ein, zwei ernst zu nehmende Informationen verdreht worden. Außerirdische Flugobjekte, das Gesicht auf dem Mars, Energie aus dem Nichts, was Sie wollen, da draußen gibt es ein Publikum, das darauf erpicht ist, Ihnen die Verschwörungstheorie abzukaufen. Und je absurder die Geschichte, desto größer ihr Publikum.» White versuchte es mit einem verständnisvollen Tonfall. «Hören Sie, Ed, dieses Zeug ist gut für unseren *National Enquirer* und nicht für die englische *Times*. Wer immer Ihre Quelle sein mag, seine Geschichte von einem neuen Verfahren entbehrt jeder Grundlage. Es gibt dafür weder eine Grundlage in der Geschichte noch etwa eine in der Wissenschaft.»

«Ich jage also einem Hirngespinst hinterher?»

«Absolut.»

Findhorn gab sich alle Mühe, überzeugt zu wirken. «Wodurch hätte dies Gerücht in die Welt gesetzt werden können?»

White zuckte die Achseln. «Das müssten Sie mir beantworten.»

Findhorn wagte es nochmals. «Das Verfahren galt als gefährlich.»

Diesmal war White darauf gefasst. «Ihre Quelle ist auf dem Holzweg. 1942 flackerte die Angst auf, dass die Explosion einer Atombombe die Atmosphäre entzünden und eine unkontrollierbare Kettenreaktion hervorrufen könnte. Oppenheimer bildete eine Einsatzgruppe, die das überprüfen sollte. Wenn ich mich recht erinnere, trug deren Bericht die Codebezeichnung LA-602. Man fand heraus, dass der Feuerball dazu doch nicht ganz in der Lage gewesen wäre. Petrosian arbeitete an diesen Berechnungen mit.»

White klang überzeugend und schien zu wissen, wovon er sprach. *Verdammt*, dachte Findhorn, *langsam verfalle auch ich den Verschwörungstheorien.* Findhorn schloss seinen Notizblock und sagte: «Okay, Frank, ich bedanke mich.»

«Ich befürchte, Sie haben die lange Reise umsonst gemacht. Hören Sie, ich könnte sie zur X-2 bringen, ich habe nämlich eine Unbedenklichkeitsbescheinigung –»

«X-2?»

«Die Entwicklungsgruppe für Kernwaffen. Doch auch dort sieht es nicht anders aus als in jedem beliebigen Bürogebäude. Abgesehen von den Typen mit ihren AK-47ern natürlich.»

«Ich glaube, jetzt haben Sie unsere Überwachung aufgescheucht», sagte Findhorn und wies mit einem Kopfnicken auf den jungen Mann mit Pferdeschwanz, der mit übertriebenem Interesse die Speisekarte studierte.

White grinste. «Jedenfalls glaube ich nicht, dass Ihnen dort jemand helfen könnte.»

«Brauchen wir denn eigentlich in Zeiten nach SALT immer noch Los Alamos?», fragte Findhorn und schnappte hörbar nach Luft. Er spürte, dass sich wegen der scharfen Chilis auf seinen Lippen bereits Bläschen bildeten.

White lehnte sich auf seinem Stuhl zurück, stützte sein Kinn mit den Händen, die er zu einer Pyramide geformt hatte, und blickte über den Brillenrand. «Mehr als je zuvor, mein Freund. Die Welt ist gefährlicher geworden, nicht ungefährlicher, und es wird immer schlimmer. Bald wird der Iran über genügend wieder aufbereiteten Nuklearbrennstoff verfügen, um ein nicht zu unterschätzendes Kernwaffenprogramm zu starten. Saddam Hussein und seine Spießgesellen mussten bombardiert werden, um sie daran zu hindern, Kernwaffen zu entwickeln. Indien und Pakistan haben schon drei Kriege ausgetragen, und jetzt bedrohen sie sich gegenseitig mit Kernwaffen. Nuklearschmuggel aus Russland ist eine tödliche Gefahr – es ist nur noch eine Frage der Zeit, bis Die Höchste Wahrheit oder die Märtyrer Gottes oder ein Damenkränzchen in Montana sich nach Instruktionen aus dem Internet eine Höllenmaschine zusammenbasteln.»

«Das sind aber doch Probleme, mit denen sich das FBI und die CIA beschäftigen müssen.»

«Aber ohne Leute, die sich mit Waffen auskennen, wüssten die doch überhaupt nicht, wonach sie suchten sollten. Und was ist mit unseren eigenen Beständen? Nukleare Anlagen werden im Laufe der Zeit immer unsicherer. Wir brauchen fachmännisches Können, um auch das im Griff zu behalten. Die Welt da draußen ist gefährlich, Ed, und komplex dazu.»

Rosa servierte dem jungen Mann mit dem Pferdeschwanz einen Teller kleine Tortillas, die mit gebratenem Fisch, Tomaten, Salat, Sour Cream und Chilis gefüllt waren.

«Wenn es keine neuen wissenschaftlichen Erkenntnisse waren, wie steht es denn mit neuer Technologie? Hätte Petrosian eine Möglichkeit ersinnen können, die Bombe wirkungsvoller zu machen? Nehmen wir an durch Miniaturisierung oder den Verzicht auf Plutonium?»

«Lassen Sie mich Ihnen etwas zur Miniaturisierung sagen, Ed. Konzepte dazu werden ständig entwickelt, aber wir dürfen sie nicht mehr testen. Diese Baupläne sind Kunst und Wissenschaft gleichermaßen, und ebendeswegen sind so viele Bombendesigner in der X-2 Frauen. Die verfügen über mehr Intuition. Aber die Komplexität einer Kernexplosion bringt sogar einen Cray-Computer an seine Grenzen. Keineswegs hätte Petrosian in diesem Bereich fünfzig Jahre überspringen können. Und was den möglichen Verzicht auf Uran oder Plutonium betrifft, geht es da um einen Bereich, über den ich nicht sprechen kann, ohne dass unser Bewacher, in dessen Brille sich zweifellos ein Mikro befindet, an seinen Tortillas ersticken würde.» White beugte sich vor und senkte die Stimme. «Aber es gibt ein paar Dinge, die Sie sich aus öffentlich zugänglichen Informationen erarbeiten könnten. Zum Beispiel ist Lithium im Gestein auf der Erde verbreitet, aber Astronomen haben auf Sternen noch nicht viel davon entdecken können. Warum ist das so?»

«Ich weiß nicht, Frank. Warum?»

White lehnte sich noch weiter vor. «Weil es leicht zu entzünden ist, nuklearmäßig. Wasserstoff benötigt zehn oder zwanzig

Millionen Grad. Und Lithium braucht weniger als eine Million. Wenn man das nun irgendwie reproduzieren könnte, eine stellare –»

«Könnte Petrosian 1953 eine Möglichkeit ersonnen haben, das zu tun? Unter Verzicht auf Plutonium eine Atomwaffe aus Gestein herzustellen?»

«Das Konzept könnte er durchaus ersonnen haben. Wenn es gelänge, irgendwie Kernenergie aus ganz normalem Material freizusetzen, wäre das wahrhaftig ein Durchbruch. Aber als eine tödliche Gefahr für die Zivilisation im Jahr 1953? Wo hätte er auch nur eine Million Grad hernehmen sollen? Der Laser wurde doch erst 1960 erfunden. Immer unter der Voraussetzung, dass wir Hochenergie-Laser bräuchten, um das Kunststück zu versuchen», fügte White hastig hinzu. In seinen müden Augen war ein Funkeln zu bemerken.

«Aber natürlich. Immer unter dieser Voraussetzung.»

White sah aus, als würde er gleich vor Erschöpfung zusammenbrechen. Findhorn winkte der Kellnerin. Er sagte: «Na ja, er hatte keine Laser, aber er hatte Elektrizität. Vielleicht hat er sich etwas ganz Verrücktes ausgedacht. Nehmen Sie die gesamte Energieversorgung von New York City in einer kalten Nacht. Schicken Sie all diese Elektrizität durch ein mikroskopisch dünnes Kabel. Präparieren Sie das Kabel mit Lithium und allem Sonstigen, was Sie noch brauchen.»

White griente. «Ed, das würde Sie nicht mal bis zum Vorgebirge bringen.»

Findhorn blies Luft aus. «Dann versuchen Sie es mit einer von Rosas Chilis.»

Findhorn bedankte sich bei White und ließ ihn in den westlichen Teil der Stadt fahren, um etwas wohlverdienten Schlaf zu finden. Er selbst machte einen Spaziergang, um sich in dieser fremden Stadt ein wenig umzusehen und umzuhören.

Whites Predigt war unmissverständlich. Petrosian war etwas, in das er sich verrannt hatte, ein Stück Geschichte, das dem neuen Millennium nichts Bedeutsames mitzuteilen hatte.

Es gab jedoch ein Problem bei dieser These. Nämlich die Spur von Verheerung, die den Tagebüchern folgte. Findhorn fragte sich, ob Whites Predigt ehrlich gemeint war oder nur dem Versuch diente, weitere Nachforschungen abzublocken. Und was wäre, fragte er sich, wenn er nicht aufhörte zu graben?

Er nahm sich ein Taxi zum städtischen Lesesaal von Los Alamos und fragte dort eine freundliche, lockenköpfige junge Frau nach Informationen über die Nachkriegsaktivitäten des Atomspions Lev Petrosian. Ohne mit der Wimper zu zucken, verschwand sie.

Und Findhorn wartete. Nach zehn Minuten wurden seine Spekulationen immer wilder.

Er überlegte schon, ob er es aufgeben sollte, als ein Bibliotheksaufseher, ein gedrungener weißhaariger Navajo, erschien und schwergewichtig drei Tische von Findhorn entfernt Platz nahm. Zumindest nahm Findhorn an, dass er ein Bibliotheksaufseher war. Der Mann verschränkte die Hände und starrte Findhorn an. Und dann kam endlich die junge Frau wieder und trat mit einem netten Lächeln und einem schwarzen Aktendeckel an Findhorns Tisch.

Anleitung zum Bau einer Wasserstoffbombe

Das Konvolut war schwer. Da gab es Forschungsberichte und auch Notizbücher. Findhorn begann mit den Berichten. Sie lagen in dreifacher Ausführung vor. Ein Original und zwei Durchschläge. Jeder trug am Anfang eine eingekreiste Nummer. Die Berichte waren auf abstruse Weise mathematisch und trugen Titel *Die Wahrscheinlichkeit des Quantentunnelns im polarisierten Vakuum* oder *Die Anwendung der Markov-Kette auf die Ulam/Teller-Implosion.* Außer in ganz groben Umrissen machten sie für Findhorn kaum einen Sinn. Er schrieb sich die Titel auf, aber er hatte das Gefühl, dass sie nicht mehr waren als die Grundelemente des Wasserstoffbomben-Projekts; der Apparat der Wissenschaft von gestern.

Die Arbeitskladden waren dicker und interessanter. Es waren

ungefähr zwei Dutzend, liniert und mit weichen blauen Einbänden. Sie waren ebenfalls nummeriert. Vielleicht, vermutete Findhorn, um einen potenziellen Spion daran zu hindern, seine eigenen Geheimnisse hinauszuschmuggeln. Findhorn ging systematisch vor und fing auf Seite eins von Band eins an. Die kleine, aber sehr deutliche Handschrift Petrosians war unverkennbar. Die Anmerkungen waren englisch und mit Tinte geschrieben. Viele Stellen waren durchgestrichen und korrigiert. Es gab außerdem eine ganze Menge von Kritzeleien. Petrosian schienen es besonders kleine fliegende Untertassen angetan zu haben, was auf die UFO-Manie jener Tage hinwies, aber es waren auch Kühe und Galaxien zu finden. Besonders gut zeichnete er Schweine, manche sogar mit Flügeln. Oftmals kamen aus dem Mund eines Tieres kleine Sprechblasen, und in denen standen unter anderem auch Gleichungen, technische Begriffe oder kryptische Kommentare.

Findhorn stellte fest, dass er unter größeren Mühen die Abfolge von Petrosians Anmerkungen in Beziehung zu dem Inhalt der mit der Maschine geschriebenen Berichte zu setzen vermochte. Hier und da stieß er auf verblichene Randbemerkungen, die mit dem Bleistift gekritzelt worden waren: «Kitty, Orchester, 7 Uhr» oder «Kolloquium, 14 Uhr» oder «Kaffee, Bohnen, Öl, Milch» oder «Korrektur, Abgabe JETZT».

Am Spätnachmittag fiel ihm besonders eine Kritzelei ins Auge. Eine kleine Karikatur zeigte Albert Einstein, der Pfeife rauchte. Eine lange Rauchfahne aus der Pfeife verband drei große Rauchwolken über Einsteins Kopf.

Das Datum lautete: Montag, 30. November 1953. Am Tag zuvor hatte er in seinem Tagebuch seinen Enthusiasmus verzeichnet.

Das erste Wölkchen zeigte ein Schiff. Kleine Blasen stiegen von seiner Schraube auf. Daneben stand «*HMS Daring*, 1894».

Das zweite zeigte eine Art Golfball, aus dem ein Dutzend Beinchen hervorragten. Daneben stand «Chase & Henshal».

Das dritte enthielt nur die Buchstaben «ZPE».

Findhorn dachte darüber nach. Dann kopierte er das sonderbare kleine Bild in sein Notizbuch.

Als ihm gegen Abend beinahe schwindlig wurde, schloss Findhorn das letzte der Notizbücher, setzte sich mit einem Seufzer zurück und reckte sich. Der Bibliotheksaufseher, wenn es denn wirklich einer war, hatte sich die gesamte Zeit nicht gerührt. Findhorn gab der jungen Frau mit den lockigen Haaren den schweren Aktenordner mit einem Lächeln zurück und trat dann hinaus in die warme Abendluft. Die vielen Schlauberger dieser Stadt kehrten von ihrer Arbeit zurück, auf Fahrrädern, Rollerskates oder in Trucks mit Vierradantrieb, die mit Skiausrüstung beladen waren.

Findhorn mietete sich jetzt ein Wohnmobil, das ein unerwartet heiseres Röhren von sich gab und am Zielort wieder abgegeben werden konnte. Er fuhr nach Süden, und in der Ferne glitzerten die Lichter von Santa Fe. Im Westen lagen die Jemez Mountains noch im Sonnenschein. Sie glühten blutrot. Sein Mund brannte noch immer. Vor ihm wirkte Santa Fe wie ein großes Mongolenlager auf einem Berghang, seine Lichter wie eine Myriade Lagerfeuer.

Petrosian hatte etwas verbergen wollen. Er hatte große Sorgfalt darauf verwendet, seine nächtliche Inspiration und alle Anzeichen für die Begeisterung, die er seinem Tagebuch anvertraut hatte, aus seiner Kladde herauszuhalten. Es war, als hätte es zwei Petrosians gegeben. Und doch waren die kleinen Kritzeleien die Fenster zu seiner Seele. Sie waren Gedankenspielereien. Petrosian bei einem zielbewussten Spiel.

Findhorn plagte sich mit den bizarren Bildern ab: *HMS Daring*, 1894, ein Golfball mit Beinen, ZPE. Und sie wirbelten mit anderen, weitaus düstereren Bildern in seinem Kopf herum: Feuerbälle, die ganze Städte zerstörten; flammende Ozeane.

Er sah wieder in den Rückspiegel, und die Haare in seinem Nacken sträubten sich. Die Scheinwerfer waren noch immer eine halbe Meile hinter ihm, wie schon seit Los Alamos.

Er dachte, dass es sich um einen Zufall handeln müsse, dass

Jetlag und Anspannung eine leichte Paranoia verursachten, dass die klaustrophobische Atmosphäre im sicherheitsbesessenen Los Alamos diese Gedanken hervorrief, dass es ganz und gar unmöglich war, dass White oder sonst jemand in den Staaten Cartwright von der *Times* mit Findhorn aus der Arktis in Verbindung brächte.

Das alles ging ihm durch den Kopf, und dann gratulierte er sich dazu, dass reine Vernunft über primitive, irrationale Angst gesiegt hatte. Und er gab Vollgas.

18 DIE VENONA-AKTEN

Die Entscheidung, einmal umzukehren, völlig abwegige Routen einzuschlagen und auf den zweihundert Meilen von Santa Fe nach Flagstaff Nebenstraßen zu nehmen, warf ihn um kostbare acht Stunden zurück. Aus lauter Frust hätte Findhorn am liebsten laut losgeschrien. Es war Spätnachmittag, als er den Eingang des bewaldeten Campingplatzes am Grand Canyon erreichte, aber zumindest konnte er sicher sein, dass ihm niemand gefolgt war.

Dennoch fuhr er am Eingang vorbei.

Nach fünf Meilen verlangsamte er die Fahrt, wendete auf der leeren Straße und fuhr zurück. Er fragte sich, ob wohl alle, die überwacht wurden, schließlich akutem Verfolgungswahn verfielen. Auf dem Rückweg zum Canyon begegnete ihm kein einziges Fahrzeug, weder in der einen noch in der anderen Richtung.

Bäume und Boden waren von einer dünnen Schneeschicht bedeckt. Der Mather Campground war größer, als er ihn sich vorgestellt hatte, und er konnte nur hoffen, dass die Suche nach Romella, wenn sie denn inzwischen da war, nicht zu einem Riesenproblem werden würde. Einige wenige Autos und Zelte standen verstreut zwischen den Bäumen, und er lenkte das Wohnmobil gemächlich über die schmalen Straßen, die den Campingplatz durchzogen. Er fragte sich, wo sich wohl vor fünfzig Jahren Petrosian und Kitty aufgehalten haben mochten. Es war keine Spur von Romella zu entdecken, und es ließ sich auch nicht sagen, ob eines der Hand voll Fahrzeuge, die hier standen, ihr gehörte. Er parkte an einer ruhigen Stelle – das nächste Gefährt war ein japanischer Allrad-Geländewagen in zweihundert Meter Entfernung, chromglänzend und grässlich lila. Er verstaute die Tagebücher, seinen Laptop und das

Notizbuch im Rucksack, weil er das Risiko scheute, sie im Van zu lassen. Er stieg aus, gönnte sich einen Augenblick, um sich zu recken und seine Lungen mit der frischen Luft zu füllen, die nach Kiefern roch, und ging dann in schnellem Tempo zu der kleinen Ansammlung von Läden, an der er zuvor vorbeigefahren war. Er ging in östlicher Richtung auf einem Pfad, der sich von Mather Point aus am Rand des Canyon entlangschlängelte.

Findhorn hatte oft genug Fotos von dieser Landschaft gesehen, aber die Realität war dennoch höchst beeindruckend. Die Ausmaße waren übermenschlich, zu gigantisch, um sie wirklich fassen zu können. Er beugte sich über die niedrige Brüstung und folgte mit seinem Blick den Windungen eines kleinen Pfads in der Tiefe. Er dachte, dass er sehr gerne eines Tages hier eine Wanderung unternehmen würde, aber noch konnte er keinen Ausweg aus den Schwierigkeiten erkennen, in denen er sich befand, und vielleicht würde er es auch nicht schaffen, bevor er seinen Mördern gegenüberstand.

Einige wenige Leute – Familien, Paare, Einzelreisende – hielten sich um ihn herum auf. Sie trieben ganz normale Dinge: machten Fotos, saßen auf der niedrigen Mauer, betrachteten die einzigartige Landschaft, aßen. Findhorn musterte sie allesamt voller Argwohn und fragte sich dann, ob er wohl je seine verlorene Unschuld würde wiederfinden können. Er ging davon, erkundete die ungewohnte Umgebung und sah in die Fenster von Andenkenläden und Restaurants mit Namen wie Hopi House, Bright Angel Lodge, Lookout Studio, Verkamp's Curios.

Keine Romella weit und breit.

Dann wanderte er westlich zum Hermit's Rest und schließlich zurück auf den Pfaden, die den Campingplatz zwischen den verstreuten Bäumen durchquerten. Inzwischen zitterte er vor Kälte. Hoffnungslos ruhelos kehrte er an den Rand des Canyon zurück und blickte hinaus über die riesige rosa Schlucht. Schwere Schneewolken trieben niedrig herein, und die Temperatur sank abrupt.

Er wandte sich in Richtung der Bright Angel Lodge, weil er

einen Koffeinschub brauchte. Mit einem Stapel Dollarmünzen in Griffweite rief er in der Wohnung in Edinburgh an. Dort musste es um die Mittagszeit sein.

Eine männliche Stimme antwortete.

«Dougie?»

Eine Pause und dann: «Fred?»

Findhorns jüngerer Bruder. «Hi, Dougie, du bist früher zurück?»

«Zu viel Schnee, lausige Bedingungen zum Skilaufen. He, ich bin froh, dass du anrufst! Ich bin heute Morgen ganz früh nach Hause gekommen, und rate mal, was ich hier vorfinde ...»

«Stefi Stefanova. Tut mir Leid, ich hoffe, du hast nichts dagegen.»

Eine Pause und dann: «Dagegen? Der Tag muss erst kommen, an dem ich mich beschwere, dass ich in meiner Wohnung eine knackige Blondine vorfinde ... Ich hab mich nur gefragt, ob sie vielleicht eine Schwindlerin ist oder so.»

«Nein, mit ihr ist alles in Ordnung.»

«Und als ich sie ein bisschen ausquetsche, stellt sich raus, dass du sogar zwei Weibsbilder bei dir hattest.» Es folgte ein diebisches Lachen. «Ich bin höchst beeindruckt. So kenn ich meinen großen Bruder ja ganz und gar nicht.»

«Komm schon, Doug, es geht um Arbeit.»

«Arbeit? Wenn das unserem Alten zu Ohren kommt ...»

«Übersetzungsarbeit, du Vollidiot. Hör zu, hat Stefi dir die Lage erklärt?»

«Nicht die Spur, ich vermute, sie glaubt mir noch nicht mal, dass ich ich bin.»

«Gib sie mir mal.»

Einen Moment später war eine nervöse Stimme zu hören. «Fred?»

«Stefi, Sie können ganz beruhigt sein. Das ist mein Bruder Doug. Er ist nur früher aus Gstaad zurückgekommen.»

Die Erleichterung in ihrer Stimme war nicht zu überhören.

«Oh, Gott sei Dank. Ich vermute, ich sollte jetzt ausziehen. Nein, er schüttelt den Kopf.»

«Stefi, Sie können Doug absolut vertrauen, außer vielleicht zur Schlafenszeit, wenn Sie verstehen, was ich meine. Jetzt zu unserer Arbeit. Könnten Sie herausfinden, was 1894 mit der *HMS Daring* geschah?»

«Ich denke doch. Was sollte das mit der Schlafenszeit?»

«Ich rufe Sie später wieder an. Und Sie können ruhig Dougie die ganze Geschichte erzählen. Für den Fall, dass er sie auch hören will. Vergessen Sie nicht, dass er Anwalt ist und deswegen eventuell nichts von alledem wissen möchte.»

Doug kam wieder an den Apparat. Findhorn sagte: «Dougie, Stefi hat dir eine Geschichte zu erzählen, die du kaum glauben wirst. Es könnte wahnsinnig viel auf dem Spiel stehen, aber vielleicht auch gar nichts. Das einzige Problem ist, du möchtest vielleicht nicht in Informationen eingeweiht werden, die dich in deiner Position als eine der Säulen der juristischen Bruderschaft kompromittieren könnten. Egal, das musst du selbst wissen.»

Findhorn konnte praktisch spüren, wie sein Bruder an der Leine zerrte. Dougie sagte: «Um Himmels willen, Fred, leg verdammt nochmal auf, damit ich diese Frau ausfragen kann.»

«Ich melde mich wieder.» Findhorn trank einen Schluck Kaffee und dachte, so wie er den kleinen Bruder kannte, würde es nicht lange dauern, bis der ebenfalls auf zehn Prozent Anspruch erhob.

ZPE. Zero Point Energy. Die Nullpunktenergie. Der niedrigstmögliche Energiezustand, die Energie des leeren Raums. Aber um wie viel Energie handelte es sich da? Ein phantastischer Gedanke schoss Findhorn durch den Kopf. Könnte man an diese Energie herankommen, wie groß auch immer sie sein mochte? Könnte man irgendwie aus dem Vakuum Energie abzapfen?

Jetzt fiel Findhorn auch die Annahme der Kosmologen ein: dass das Universum *ex nihilo* geschaffen worden war, dass der Big Bang selbst eine Fluktuation im Vakuum gewesen sein musste. Das ultimative Überraschungsgeschenk, sagten sie. Die Schöpfung war Gottes Betriebsunfall, eine Vakuumfluktuation, die außer Kontrolle geraten war.

Und Petrosian war an jenem Novemberabend 1953 über die Nullpunktenergie in helle Aufregung geraten.

Langsam fügte sich etwas zusammen.

An einem Tisch in der Lodge schrieb Findhorn einige Zahlen, an die er sich unter Schwierigkeiten erinnerte, auf Hotelbriefpapier. Am Anfang war das Erg, die ungefähre Energie einer fallenden kleinen Feder. Bei einer Million Gramm die Tonne hatte ein Expresszug von fünfzig Tonnen, der sich mit einer Geschwindigkeit von hundert Kilometern die Stunde bewegte – er rechnete –, fünf Millionen Millionen Millionen Ergs, oder 5 gefolgt von achtzehn Nullen, oder 5×10^{18} Ergs. Er kritzelte noch ein wenig mehr und verfasste schließlich eine kleine Tabelle:

eine fallende Feder	1 Erg
ein Gramm Dynamit	10^{11} Ergs
eine Revolverkugel	10^{11} Ergs
ein Expresszug	10×10^{14} Ergs
eine Schiffskanone	5×10^{15} Ergs
die Hiroshima-Bombe	8×10^{20} Ergs
eine mittlere Wasserstoffbombe	4×10^{22} Ergs
Sonnenausstoß (in der Sekunde)	4×10^{33} Ergs
Energie, um den Atlantik zu verdampfen	4×10^{33} Ergs
Energie einer sich bewegenden Galaxis	2×10^{59} Ergs

Also würde die Energie, die von der Sonne kommt, bei richtiger Konzentration den Atlantik in einer Sekunde verdampfen lassen. Das wissen nicht viele Menschen, dachte er selbstzufrieden. Bis jetzt hatte er es ja auch nicht gewusst.

Dann fiel ihm wieder ein, wonach er hatte suchen wollen. Die Planck-Energie, die Höchstenergie, die in einem Kubikzentimeter Vakuum enthalten war. Er fügte sie seiner kleinen Tabelle hinzu:

Energie pro Kubikzentimeter Vakuum 10^{93} Ergs

Er betrachtete die hingekritzelte Zahl und verglich sie mit den anderen, die er aufgeschrieben hatte. Er dachte: Nein, das kann nicht sein, niemals.

Die Zahlen hypnotisierten ihn. 10^{93} Ergs. Pro Kubikzentimeter. Er rannte los, zur Rezeption. Die junge Frau war sehr freundlich, sehr gewandt, sehr amerikanisch. «Ich muss ein paar E-Mails abschicken. Kann ich irgendwo meinen Laptop anschließen?»

«Sicher. Gehen Sie nur ins Büro. Hier herum.»

Archie – Es ist extrem wichtig, dass ich mit den besten Experten über das Vakuum spreche, über die Energie, die es enthält, und über die Möglichkeit, Energie aus ihm abzuziehen. Kannst du mir jemanden empfehlen? Oder gar etwas für mich klarmachen? Ich rufe später an.

Findhorn bestellte noch einen Espresso und setzte sich an den Tisch. Die Nachmittagssonne lugte kurz hinter dichten Wolken hervor, besann sich eines anderen und verschwand wieder. Er schrieb eine Eins und hängte dreiundneunzig Nullen daran. Er schaute es sich an. Das war keine Zahl mehr, es war ein Rammbock. Eine gewaltige Energie, jenseits aller Vorstellungskraft. Es war die Hitze von Gottes Schmiedefeuer.

«Hi, Fred.»

Findhorns Herzschlag setzte aus. Sie steckte in cremefarbenem Kunstfell, trug schwarze Jeans und schwarze Lederstiefel. Die Felljacke war offen, und darunter erkannte er eine Halskette von Ronnie Mackintosh und ein ansehnlich gerundetes schwarzes T-Shirt mit dem «I Love ET»-Motiv, das den schmusigen Außerirdischen zeigte. Irgendwo hatte sie die Zeit gefunden, dem ganzen Chaos zu entrinnen und sich eine jungenhafte Frisur machen zu lassen. Eine legere schwarze Tasche trug sie am Riemen über der Schulter. Die Schwellung über ihrem Auge war ziemlich abgeklungen, und sie versuchte angestrengt, nicht so aussehen, als würde sie sich freuen, ihn zu sehen.

Findhorn entging nicht der Hauch eines teuren Parfums. «Hi, Romella. Irgendwelche Probleme auf dem Weg hierher?»

«Keine. Wenn ich verfolgt wurde, habe ich's nicht bemerkt.» Sie klopfte auf ihre Tasche. «Hier hab ich ein paar hübsche Geschenke.»

«Sollen wir ein Stück gehen?»

«Später. Ich hab seit gestern nichts gegessen. Und ich möchte auch ein paar Papiere ausbreiten, aber nicht hier.»

«Okay, gehen wir erst in den Lebensmittelladen und dann in meinen Wagen. Glauben Sie, wir sind hier sicher?»

Endlich lächelte sie. Ein freches, schelmisches Lächeln. «Bin ich denn vor Ihnen sicher?»

An dem kleinen Tisch im Wohnmobil holte Romella einen dicken Stapel Papier hervor. Auf dem von einer Gasflasche gespeisten kleinen Herd kochte Wasser in einem Topf, und die kleinen blauen Flammen erwärmten die Luft. «Die Leute vom FBI waren äußerst hilfreich», sagte sie.

Findhorn deutete mit einem Kopfnicken auf die Papiere. «Ich kann es kaum abwarten, mich da durchzuarbeiten. Aber dazu brauche ich bestimmt die ganze Nacht.»

«Ja. Es ist fast ihr ganzes Material über Petrosian.»

«Fast?»

«Es gibt Auslassungen, die nach dem Gesetz erlaubt sind. Wenn die nationale Sicherheit betroffen ist oder wenn unschuldige Menschen, die noch leben, auf irgendeine Weise kompromittiert werden könnten, dann lässt man bestimmte Dinge weg.»

«Okay. Ich nehme an, inzwischen haben wir so gut wie alles, was wir bekommen können.»

Seufzend zog sich Romella ihre Muscovado-Stiefel aus und beförderte sie mit einem Fußtritt in die Ecke. Ihre Berghaus-Felljacke lag auf dem Boden, und sie rekelte sich auf einem niedrigen kastanienbraunen Sofa. Das Wasser begann zu sieden, und die Fenster beschlugen. Gegen jede Vernunft vermittelten die beschlagenen Scheiben Findhorn das Gefühl, abgeschirmt und geschützt zu sein, als könnten sie tatsächlich eine feindliche Außenwelt fern halten.

«Drei Sachen habe ich beim FBI herausbekommen», sagte sie. «Aber warum erzählen Sie nicht zuerst, wie es Ihnen in Los Alamos ergangen ist?»

Er ging zum Kocher hinüber, öffnete ein Päckchen Spaghetti und klapperte mit Tellern auf der Arbeitsfläche. Er goss Olivenöl in eine kleine Schüssel, schnitt mit einem blitzenden Küchenmesser Basilikum klein und gab es in das Öl. Dann hackte er Pinienkerne in kleine Stücke. «Dort glaubt man, dass er verrückt war. Niemals hätte er etwas entdecken können, was sie nicht auch wissen. Und sie haben seit Petrosian fünfzig Jahre Hochenergiephysik, auf die sie sich stützen können.»

«Was haben Sie für ein Gefühl im Bauch, Fred?»

«Dass da was vertuscht wird.»

Romella sagte: «Wow!» Sie zog die angewinkelten Beine unter den Körper, sah Findhorn hintersinnig an und sagte: «Und was ist mit Petrosians Geheimnis? Sie sehen aus wie ein Mann, der einer wichtigen Sache auf der Spur ist.»

Findhorn rieb einen harten kleinen Klumpen Parmesan. «Sie müssen bei der CIA sein. Wieso hätten Sie sonst so viel Hilfe vom FBI bekommen sollen?»

«Sie irren sich, Fred. Ich arbeite für Außerirdische Entführungen. Das sollten Sie doch wissen, denn Sie können doch kaum den Blick von meinem T-Shirt lassen.»

«Tut mir Leid, das ist wegen des Bildes von ET, glauben Sie mir.»

Sie lachte. «Was eine verdammte Beleidigung wäre, wenn es stimmte. Fred, Sie sind gerade von zehn Jahren am Nordpol zurückgekehrt. Und mir fällt auf, dass Sie meine Frage noch nicht beantwortet haben.»

Findhorn schüttete die Spaghetti ins kochende Wasser. «Das hier dauert ein paar Minuten. Reden Sie weiter.»

«Würde ich lieber nicht tun.» Sie betrachtete sich in ihrem Taschenspiegel und tastete mit dem kleinen Finger vorsichtig den blauen Fleck um ihr Auge ab.

«Was?»

«Fred, ich bin mit drei Geschenken gekommen. Im Austausch möchte ich auch etwas. Sagen Sie mir also, welcher Sache Sie auf der Spur sind.»

Findhorn hörte zu rühren auf. Romellas Stimme klang kalt. «Sie vertrauen mir nicht, oder?»

Sie klappte den Puderdosendeckel zu und machte Anstalten, sich die Stiefel anzuziehen.

«Was haben Sie vor?», fragte Findhorn erschrocken.

«Guten Appetit bei Ihren Spaghetti!» Sie schlüpfte in ihre Jacke, nahm ihre Tasche zur Hand und schob die Wohnwagentür auf.

«Romella!» Voller Panik packte er sie am Arm. «Allein schaffe ich das hier nicht.»

Sie hauchte einen Kuss neben seine Wange. «Adieu, Darling.» Dann war sie auch schon draußen und stürmte durch den Schnee in Richtung des lila Chrommonsters.

«Ich ergebe mich, verdammt nochmal. Ich erzähle Ihnen alles.»

Sie zitterte bereits in der dünnen kalten Luft. Findhorn hatte seine Hände wie zum Gebet gefaltet. Als sie wieder im Wagen war, schloss er die Tür, half ihr aus dem Mantel und aus den Stiefeln und sagte: «Mir ist der Gedanke gekommen, dass Petrosian eine Möglichkeit erdacht haben könnte, Energie aus dem leeren Raum zu gewinnen. Die Menge der Energie, um die es geht, könnte enorm sein. Bitte verlassen Sie mich nicht.»

«Energie aus dem leeren Raum? Sie meinen doch bestimmt nicht aus dem Nichts?»

Das Wasser kochte über. Findhorn drehte die Gasflamme niedriger. «Noch kann ich Ihnen nicht mehr verraten. Ich warte darauf, dass Stefi mir mitteilt, was 1894 mit der *HMS Daring* geschehen ist. Und jetzt sind Sie dran.»

«Sie sagen mir die Wahrheit», erklärte Romella. «Das alles ist so meschugge, dass Sie es gar nicht erfinden könnten. Okay. Zuerst die Venona-Akten.» Findhorn öffnete den Mund, und Romella sagte: «Das sind Abschriften geheimer sowjetischer Nachrichten aus den Jahren 1940 bis 1948. Man hat mir gesagt, dass ungefähr dreitausend davon teilweise entschlüsselt worden sind. Ich habe ungefähr hundert, die sich auf Los Alamos beziehen.»

«Wird Petrosian darin erwähnt?»

«Möglich. Wir müssen uns da durchackern. Zweitens habe ich Abschriften von Verhören des FBI mit Wissenschaftlern während der McCarthy-Ära, besonders mit denjenigen, die mit dem Wasserstoffbomben-Projekt zu tun hatten. Petrosian gehört dazu. Sie haben ihn sich mehrere Male vorgenommen. Und drittens haben wir die FBI-Überwachungsberichte zu Petrosian.»

Findhorn unterbrach sein Kochen. «Im *Times*-Nachruf wurde behauptet, dass Petrosian für die Russen spionierte.»

Romella klopfte auf den Papierstapel, der vor ihr lag. «Die Spur, die uns zu Petrosians Geheimnis führt, ist hier drin, Fred, wenn sie überhaupt irgendwo ist. Irgendein Hinweis, der uns zu ihm führt.»

Im Wohnmobil war es inzwischen warm, und es roch nach Diorissimo und Pesto. Findhorn öffnete eine Flasche. Der Abend versprach eine berauschende Mischung aus Spaghetti al pesto, Valpolicella und Spionage. Und wer wusste schon, was sonst noch.

TOP SECRET UMBRA VENONA
NEW YORK/MOSKAU
YOUNG leitet gegenwärtig eine Gruppe in CAMP-2 und hat Beck einen Bericht über die momentanen Aktivitäten im U gegeben. Dazu eine Liste der Schlüsselpersonen bei ENORMOZ. Noch immer gibt es keinen Hinweis darauf, wann FUNICULAR einsatzbereit sein wird. Beck ist der Ansicht, dass

es beinahe unmöglich ist, 88746 62354 76234 QUANTUM heranzuziehen.

CHARLES, QUANTUM und BILL OF EXCHANGE reisen nach PRESERVE und treffen sich mit VOGEL und TINA.

ALEKSANDRE

«Ist das vor oder nach der Entschlüsselung?», wollte Findhorn wissen. Mit der Gabel angelte er eine Nudel aus dem Topf.

«Angenommen, Sie wollen eine Nachricht übermitteln. Sie suchen die Wörter aus einem Codebuch zusammen, einer Art Wörterbuch, das jedes Wort durch eine vierstellige Zahl ersetzt. Dann stellen Sie all diese Zahlen zu Fünfergruppen zusammen. Jetzt fügen Sie zu jeder Fünfergruppe eine weitere fünfstellige Zahl hinzu, die Sie einem Verzeichnis entnehmen, das nur einmal gebraucht wird. Ihre Nachricht kann auf der anderen Seite nur von jemandem gelesen werden, der über dasselbe Verzeichnisunikat verfügt. Die Russen ließen all diese vielen Verzeichnisse permanent von bewaffneten Wärtern bewachen. Und weil man jede Seite von dem Verzeichnis nur ein einziges Mal benutzt, ist der Code nicht zu knacken.»

Findhorn grunzte zufrieden. «*Al dente*. Aber er wurde dennoch geknackt.»

Romella nippte an ihrem Rotwein. «Teilweise. Nach ein paar tausend Stunden, etlichen Millionen Dollar und ein oder zwei Nervenzusammenbrüchen.»

«Und wieso?» Mit Gabel und Löffel häufte er Pasta auf ihre Teller.

«Ende 1942, als die Russen durch die deutsche Invasion unter Druck gerieten, unterlief jemandem ein grober Fehler. Sie benutzten das Verzeichnis mehrfach. Sobald man das macht, schafft man Muster. Und die reichten schon für einige sehr clevere Leute, einen Teil der Nachrichten zu entziffern. Hinzu kam, dass die Finnen, die gegen die Russen kämpften, im Dezember 1941 ein sowjetisches Konsulat stürmten. Das NKWD musste sich in aller Eile davonmachen und hinterließ vier Codebücher, die nur teilweise verbrannt waren. Ein Codebuch war für diplomatische Nachrichten, eins war für das NKWD – das ist das alte KGB –, eins für den GRU, den militärischen Geheimdienst der Sowjets, und eins für den GRU der Marine. Man schickte das Zeug nach Schweden, damit es nicht wieder in russische Hände geriet. Natürlich waren die Schweden neutral, aber sie wussten verdammt genau, wenn die Russen Finnland erobern würden, wären sie als Nächste dran. Also gelangten die Codebücher schließlich nach Amerika.»

Er löffelte Pesto auf die Teller und streute *parmigiano* darüber. «Und welche Bedeutung hat denn nun Venona?»

«Für die Amerikaner und die Briten? Ein Traum, der wahr wurde. Sie bekamen eine Vorstellung davon, wie weit der sowjetische Spionageapparat allerorten vorgedrungen war. Große Spione wie Klaus Fuchs konnten gefasst werden, die Cambridge-Apostel wie Philby, Burgess und McLean wurden entlarvt, und die Rosenbergs kamen auf den elektrischen Stuhl. Zudem wurden weltweit noch Hunderte kleine Fische gefasst.»

«Vermutlich sind die Zahlen hier Codeteile, die niemand knacken konnte.»

Romella nickte mit vollem Mund. Dann sagte sie: «Was zwischenmenschliche Beziehungen betrifft, sind Sie vielleicht eine Katastrophe, Fred, aber kochen können Sie. Die Namen sind Kryptonyme, Jargon, der von GRU und NKWD benutzt wurde. Nehmen Sie «Charles». Das bezieht sich auf Klaus Fuchs. «Bill of Exchange» ist Oppenheimer, «Camp-2» ist Los Alamos und so weiter. Vom FBI habe ich eine Liste bekommen. Danach lautet die Nachricht folgendermaßen:

«Theodore Hall leitet gegenwärtig eine Gruppe in Los Alamos und hat Beck einen Bericht über die momentanen dortigen Aktivitäten gegeben. Dazu eine Liste der Schlüsselpersonen beim Manhattan-Projekt. Noch immer gibt es keinen Hinweis darauf, wann die Bombe einsatzbereit sein wird. Beck ist der Ansicht, dass es beinahe unmöglich ist, bla bla Quantum heranzuziehen.

‹Fuchs, Quantum und Oppenheimer reisen zum Argonne Radiation Laboratory› – das ist in Chicago – ‹und treffen sich mit Vogel und Tina.›»

«Wer sind denn ‹Quantum›, ‹Vogel› und ‹Tina›?», fragte Findhorn.

«Das weiß niemand. ‹Vogel› und ‹Tina› waren ein Ehepaar und spionierten gemeinsam. ‹Vogel› war auch als ‹Pers› bekannt.»

«So müsste man der Sache doch näher kommen.»

«Sie können ja Detektiv spielen. Es ist wie mit Jack the Ripper: ungefähr zwei Dutzend Verdächtige und einer plausibler als der andere. Manche Leute nannten einen Physiker namens Rudolf Peierls, und zwar offenbar deswegen, weil seine Frau Eugenia Russin war und sie mit Fuchs befreundet waren. Das M 15 nahm die Unbedenklichkeitsbescheinigung der Peierls nach dem Krieg zurück. Zum Leidwesen der Amateurdetektive verliehen die USA den Peierls 1947 die Freiheitsmedaille, und 1968 wurde er von Großbritannien sogar geadelt. Was wohl kaum zu einem Mann passen dürfte, der unter dem Verdacht steht, ein Spion zu sein.»

Findhorn sagte: «Okay, dann werden wir also nie erfahren, ob Petrosian ein Spion war.»

Romella sah ihn unschlüssig an. «Da bin ich anderer Meinung. Wir haben einen großen Vorteil gegenüber dem FBI.»

«Tatsächlich?», sagte Findhorn. Er wartete, bis Romella eine lange Nudel aufgesaugt hatte. Dann fuhr er fort: «Ja. Wenn wir etwas in den Tagebüchern mit etwas in den Venona-Akten in Zusammenhang bringen können …»

«Gehen wir sie durch, gleichen wir die Daten mit den Tagebucheintragungen ab und sehen wir, ob sich eine Verbindung herstellen lässt.»

Romella blätterte mit der freien Hand in den FBI-Akten. «Dafür brauchen wir ewig.»

Findhorn füllte ihr leeres Glas. «Dann betrinken wir uns eben nebenbei.»

Die erste Verbindung wurde nach zwei Stunden offenbar, und zwar in einer kurzen kryptischen Nachricht von *rezident* Aleksandr, dem russischen Spionagechef in New York. Inzwischen war es im Wohnmobil gemütlich warm geworden. Der Gaskocher brannte noch immer, und langsam übermannte sie die Schläfrigkeit. Während Findhorn, an die Wand gelehnt, in den FBI-Akten las, hatte sich Romella auf der Couch lang gemacht und übersetzte jeweils den gleich datierten armenischen Text aus den Tagebüchern.

> TOP SECRET UMBRA VENONA
> NEW YORK/MOSKAU
> Am 14. Januar besuchten CHARLES, ANT, QUANTUM und Anführung Feynman Abführung 28312 81241 49775 Anführung Kitty Cronin Abführung 65234 76385 76349 Auto.

«He.» Findhorn war plötzlich hellwach. «Kitty Cronin.»

Romella setzte sich auf. Sie nahm das kleine blaue Tagebuch von 1943 zur Hand und blätterte zum 14. Januar. Sie überflog den Eintrag, und plötzlich strahlte ihr Gesicht: «Fred, hören Sie sich das an:

> Ein weiterer dieser seltenen freien Tage.
> Klaus, Dick und ich machten uns früh auf den Weg. Trafen uns am Osttor und fuhren in Dicks Auto los. Er hatte sich mit einem Mädel in Santa Fe verabredet, das sich als eine freche Blondine namens Halina entpuppte, die toll aussah, aber völlig hirnlos war. Klaus' Schwester Kristel war aus Cambridge runtergekommen. Ein dünnes, irgendwie nervöses Mädchen. Sammelten sie beide in der Nähe der Post auf und fuhren dann in die Berge, um Kitty abzuholen.
> Verbrachten einen anstrengenden Tag auf Sawyer Hill, um das Skilaufen zu lernen. Die freche Blondine überraschte uns alle,

weil sie sich dabei so geschickt anstellte. Mit einem Rock, der kaum ihre Knie bedeckte, muss sie jedoch bis auf die Knochen durchgefroren gewesen sein.
Abends zurück zu Kitty, hungrig und verfroren. Sie hatte für uns den Tisch gedeckt. Kaltes Brathuhn. Jede Menge Wein, Milch, Brot und Äpfel! Nektar! Später fuhr Dick mit der Blondine, Klaus und dessen Schwester weg. Der Trip muss ihn sein ganzes Benzingeld für den Monat gekostet haben.
Blieb bei Kitty. Haben beide blaue Flecken an den seltsamsten Stellen!»

«Okay. ‹Charles› ist Klaus Fuchs. Und wer ist dann ‹Ant›?»

Romella kramte in dem Papierstapel. «Irgendwo habe ich ein FBI-Dossier über sie. Da ist es ja.» Sie überflog die Seiten. «Kristel Fuchs, jüngere Schwester von Klaus, alias Kristel Heinemann. Unglücklich verheiratet, drei Kinder. Sie lebte in Cambridge, Massachusetts. Später als schizophren diagnostiziert, wiederhergestellt, heiratete nochmals und bekam drei weitere Kinder.»

«War sie eine Spionin?»

«Es heißt, dass Fuchs seinen Kontaktmann Harry Gold, auch ‹Goose› genannt, in Kristels Haus traf. Aber es gibt keinen Beweis, dass sie wusste, was da lief.»

«Okay», sagte Findhorn. «Wir haben Klaus und Kristel Fuchs, Dick Feynman und Kitty Cronin in Petrosians Erwähnung eines Picknicks, das am selben Tag stattfand. Und Petrosian.»

Findhorn schrieb in zwei Spalten auf einem Blatt DIN-A4-Papier:

KLAUS FUCHS	=	CHARLES
DICK FEYNMAN	=	?
HIRNLOSE BLONDINE	=	?
KRISTEL FUCHS	=	ANT
KITTY CRONIN	=	?
LEV PETROSIAN	=	?

Er sagte: «Bleibt also die Frage, wo ordnen wir ‹Quantum› ein?»

«Kitty und die Blondine können wir vergessen», sagte Romella. «Kitty gehörte nicht zum Manhattan-Projekt, und die Blondine war nur eine Zufallsbekanntschaft.»

Findhorn atmete tief aus. «Und Feynman war ein junger Bilderbuch-Amerikaner aus der Bronx. Er ist nie verdächtigt worden. Unter diesen Umständen deutet alles darauf hin, dass Petrosian ‹Quantum› war.»

«He, da haben wir doch was gefunden. Und wenn das stimmt, ist er wahrscheinlich kein Spion gewesen. Zumindest nahm Beck an, dass er nicht als einer herangezogen werden konnte.»

«Und warum, zum Teufel, ist Petrosian dann mit nutzlosen Tagebüchern nach Russland geflohen?»

Romella sagte: «Es ist heiß hier drinnen.» Sie machte sich daran, ihre dunklen Strümpfe abzustreifen. Sie reckte sich, und ET reckte sich mit ihr. «Okay, Fred, machen wir Schluss für heute.» Dann sah sie ihn an und fragte betont unschuldig: «Ich weiß nur nicht so recht, wie wir das mit dem Schlafen regeln sollen.»

Findhorn sah hinüber zu dem japanischen Ungetüm in Chrom und Lila, das ein paar hundert Meter entfernt stand. Leichte Schneeflocken trieben am Fenster vorbei, und der Himmel war inzwischen dunkelgrau.

«Gehört das abscheuliche Gefährt da drüben Ihnen?»

«Der lila Menschenfresser? Ja, den habe ich gemietet.»

«Es wird eine kalte Nacht. In dem Ding könnten Sie zu Tode frieren.»

«Was schlagen Sie also vor?», fragte Romella.

«Ich leihe Ihnen eine Decke.»

«Wissen Sie, Fred, der Hass, den ich für Sie empfinde, ist von extremer Reinheit. Er ist von keiner anderen Emotion getrübt, und er hat die Intensität eines Lasers. Spüren Sie das nicht? Oder sind Sie etwa aus Stein?»

Findhorns Miene spiegelte Verblüffung. «Gut, dann zwei Decken.»

19 DAS FOUCAULTSCHE PENDEL

Findhorn schleppte sich fröstelnd einen Pfad entlang, der von einer leichten Schneeschicht bedeckt war, auf der sich die Spuren eines kleinen, mit Klauen bewehrten Tiers abzeichneten. Ein dünner rotnasiger Zombie mit Handtuch und Kulturtasche schlurfte auf die Herrentoilette. Im Babbitt's schlenderten zwei schläfrige Camper, die nur aus Skimützen und gesteppten Daunenanzügen zu bestehen schienen, an der Fleischtheke entlang. Trotz seiner noch müden Augen fand Findhorn Milch und wählte Frühstücksflocken, die «Morning Zing» hießen.

Ein hoch gewachsenes junges Mädchen mit rundem Gesicht stand an der Verkaufstheke und sortierte Zeitungen. «Sind Sie das gelbe Wohnmobil?»

«Mhm.» Findhorn plagte sich mit ungewohnten Münzen.

«Hier ist ein Fax für Sie gekommen.»

Draußen vor dem Laden las Findhorn die Nachricht:

Ich fand das hier in einem Buch über Schiffbau und hab nicht die geringste Ahnung, was es zu bedeuten hat. Wenn Sie mehr brauchen, könnte ich nach Kew fahren und die Admiralitätsberichte einsehen, die sie dort aufbewahren, Fahrtenbücher, Logbücher von Schiffen und so weiter.
Bei Hochgeschwindigkeits-Testfahrten des britischen Zerstörers *HMS Daring* traten 1894 heftigste Schraubenvibrationen auf, die man der Bildung und dem Platzen von Blasen zuschrieb, einem Phänomen, das als Kavitation bekannt ist. Dieses Phänomen, das in vielen Bereichen der Unterwassertechnik von Bedeutung ist, konnte inzwischen

weitgehend erforscht werden. Ein damit zusammenhängendes Problem wurde im Ersten Weltkrieg entdeckt, als man extrem starke akustische Ortungsgeräte entwickelte, um feindliche U-Boote zu entdecken. 1927 fand man heraus, dass derartig starke Töne unter Wasser Kavitation bewirken. Eine außergewöhnliche Entdeckung offenbarte 1934, dass die Blasen beim Platzen ein sichtbares blaues Licht produzieren. Die Quelle dieses Lichts bleibt bis heute ein Rätsel. Wie der Nobelpreisträger Julian Schwinger vermutet, besteht die Möglichkeit, dass ein dynamischer Casimir-Effekt wirksam wird, d. h., dass Nullpunktenergie aus dem Vakuum freigesetzt wird. Eine Blase im Wasser ist ein Loch in einem dielektrischen Medium, und die Geschwindigkeit des Kollapses ist extrem ...

Findhorn rief: «Ja! Ja!», und führte auf dem Gehsteig einen kurzen Kriegstanz auf. Ein etwa fünfzehnjähriges Mädchen stürzte erschrocken davon und hielt seine Milchtüte fest umklammert. Er las noch schnell das Ende:

Ihr Bruder ist sehr nett, und wir verstehen uns blendend. Hab ihm die Geschichte erzählt, und er erwartet dringend Ihren Anruf.
Alles Liebe
Stefi

Findhorn rechnete im Kopf aus, dass es in Glasgow jetzt schon fast vier Uhr nachmittags sein musste. Sogar Archie müsste inzwischen auf den Beinen und in Aktion sein. Er ging rasch zurück zum Babbitt's, fütterte den Münzfernsprecher mit einem ganzen Haufen Fünf-Cent-Stücken und wählte die Nummer. Er hätte schon beinahe aufgegeben, als am anderen Ende ein Stöhnen zu hören war.

«Archie?»

Ein Augenblick, und dann laut und deutlich: «Fred, mein Alter.»

«Hab ich dich geweckt?»

«Macht ja nichts.»

«Hör mal, der Zeitpunkt ist gekommen, dein Superhirn anzuzapfen.»

«Weswegen?»

«Was ist der Zusammenhang zwischen dem foucaultschen Pendel und dem Casimir-Effekt?»

Noch eine lange Stille. Als er sprach, klang Archies Stimme sehr ernst. «Da hast du dir aber 'n mächtiges Problem ausgesucht, Fred.»

«Ein Pendel ist ein mächtiges Problem?»

«Es ist ungeheuer. Du möchtest zehn Jahre Grenzwissenschaft in einem Telefongespräch von fünf Minuten?»

Findhorn schwieg. Im Hintergrund hörte er laufendes Wasser und etwas, das wie eine weibliche Stimme klang. Es folgte ein längeres Schweigen, das mindestens zwei Fünf-Cent-Stücke kostete, und schließlich sagte Archie: «Okay, hoffentlich weißt du zu schätzen, welche Mühe es mir macht. Zurück also zum foucaultschen Pendel. Wahrscheinlich hast du schon davon gehört. Es handelt sich um ein Experiment, das 1851 im Panthéon in Paris stattfand. Dieser Typ Foucault lässt an einem sechzig Meter langen Draht eine schwere Eisenkugel aus der Kuppel runterhängen und setzt sie in Bewegung. Ein Stift an der Unterseite der Kugel kratzt über die Oberfläche eines Tabletts mit Sand, sodass die Richtung der Pendelbewegung aus der Spur im Sand abzulesen ist.»

«Eine gerade Linie.»

«Außer dass sich die Richtung dieser geraden Linie im Lauf von Stunden verlagert. Sie verändert sich im Uhrzeigersinn, mit einer Geschwindigkeit, die sie in zweiunddreißig Stunden wieder in die ursprüngliche Richtung zurückbringt ... lass die Dusche laufen, Süße.»

«Ich kenne das Experiment.»

«Dann weißt du also auch, dass die Verlagerung nur eine menschliche Perspektive ist, denn wir sind ein verdammter Haufen ichbezogener Affen, und wir müssen unsere Ansichten reichlich verbiegen, um das wahre Bild zu erkennen, und das zeigt, dass sich nicht das Pendel verlagert, sondern wir selbst es tun. Das Tablett mit Sand drehte sich. Das Panthéon, das Sandtablett, die Pariser, die zuschauten, sie alle drehten sich, wurden auf einer rotierenden Erdkugel weitergetragen. Das Schwingen des Pendels war im Raum fixiert. Es war konstant im Verhältnis zu entfernten Galaxien.»

«Und warum ist das jetzt ungeheuer?»

«Mann, benutz doch mal, was du zwischen den Ohren hast, Freddie.»

«Das versuch ich ja.»

«Verstehst du denn nicht, Fred? Das Pendel sagt uns, dass seine Trägheit durch den intergalaktischen Raum fixiert ist. Was sind denn die Schaukel eines Kindes oder das Schwanken eines Schiffs anderes als bessere Pendel? Es bedeutet, dass alle Dynamik, sagen wir zum Beispiel der Schaden, den du anrichtest, wenn du gegen einen Laternenpfahl rennst, letztlich von fernen Galaxien kontrolliert wird. Entweder siehst du etwas als seltsam an, oder dein Hirn ist tot … Natürlich weiß ich deinen Namen. Du heißt Heather.»

«Okay, unser Bezugsrahmen für die Dynamik ist also das gesamte Universum.»

«Genau, Kumpel, bis hinunter zum Tanz der Atome.»

Findhorn zählte noch fünf Fünf-Cent-Stücke. «Rede weiter.»

«Aus heiterem Himmel fragt mich der arktische Findhorn nach dem Casimir-Effekt, der, wie der Zufall es will, uns ebenfalls etwas über die Energie des Universums sagt. Bei diesem Experiment nimmt man zwei flache Platten und hält sie ganz dicht aneinander. Das muss in einem Vakuum geschehen, damit es keinen Luftdruck gibt, und die Platten müssen mikroskopisch dünn sein. Wenn man das macht, wenn man die Oberflächen dieser flachen Platten ganz dicht aneinander bringt, ohne dass sie sich berühren, wirkt eine

Kraft, die sie zusammenpresst ... würdest du bitte damit aufhören, Helen?»

«Du meinst eine Kraft wie die Schwerkraft?»

«Das meine ich nicht. Schwerkraft rührt von Materie her. Diese Kraft entsteht aus dem leeren Raum. Sie wird von Energie verursacht, die im leeren Raum enthalten ist und die wir Nullpunktenergie nennen, weil sie nicht weiter zu vermindern ist. Es ist absolut unmöglich, sie loszuwerden. Manche Schwärmer würden dir sagen, dass diese ZPE die Basis des Universums ist und dass alles, was du siehst, wir selbst eingeschlossen, nichts anderes ist als Niedrigenergieschaum, der auf der Oberfläche eines tiefen Ozeans aus Vakuumenergie schwimmt.»

«Das klingt für mich ein wenig phantastisch.»

Am anderen Ende der Leitung war ein ironisches Lachen zu hören. «Mutter Natur muss ja nicht gerade deiner begrenzten Einbildungskraft Vorschub leisten, Fred. Ob paradox oder nicht, der Casimir-Effekt beweist jedenfalls, dass der leere Raum einen riesigen Energievorrat birgt. Und da ich nicht so blöd bin, wie ich aussehe, vermute ich mal, dass du mir diese Fragen stellst, weil Petrosian glaubte, er könne die beiden in Verbindung bringen. Vielleicht sah er in dieser Nullpunktenergie den gemeinsamen Nenner, die magische Tür zwischen dem Örtlichen und dem Kosmischen.» Ein eigentümliches Kichern kam kurz über die Leitung. «Also das wäre der richtige Zaubertrick für dich. Den Schlüssel zur magischen Tür zu finden. Energie aus den Galaxien abzuziehen. Ungeheuer ...»

«Archie, ich glaube, ich will mit Aristoteles sprechen.»

«Der ist schon längst tot.»

«Aristoteles Papagianopoulos an der Universität von Patras.»

Lange wurde nichts gesagt, und dann: «Papa, der Grieche. Das würde ich nicht tun.»

Archies Stimme hatte etwas Negatives. Findhorn war mit einem Mal auf der Hut. «Wo liegt das Problem? Soweit ich weiß, ist er doch weltweit eine Autorität der Elementarphysik.»

«Aber ja doch. Er lässt Hawkins neben sich wie den Klassenclown aussehen.»

«Und?»

«Es fängt damit an, dass es leichter ist, eine Audienz beim Papst zu bekommen. Ich war noch nie so nah an ihm dran, dass ich auch nur seine Robe hätte berühren können.»

«Aber angenommen, ich bekomme eine Audienz?»

«Er hätte niemals Zeit für dich, Fred. Er ist der arroganteste Pisser seit Ludwig dem Vierzehnten.»

«Ich würde nur meine Zeit verschwenden?»

«Absolut.»

«Ich werde ihn trotzdem besuchen. Es ist einen Versuch wert.»

«Sei nicht so bekloppt –»

Die letzte Münze war aufgebraucht.

Findhorn legte auf. Unbehagen hatte ihn erfasst. Er brauchte einige Sekunden, bis er dessen Grund herausgefunden hatte.

Es mochte durchaus der altruistische Wunsch gewesen sein, ihm ein peinliches Zusammentreffen zu ersparen, aber vielleicht war es auch akademische Eifersucht.

Was auch immer. Archie hatte jedenfalls versucht, ihn zu beeinflussen.

Auf dem Lenkrad des Wohnmobils erwartete ihn eine Nachricht: *Zum Teufel mit diesem Campingquatsch. Ich frühstücke in der Bright Angel Lodge, und ich glaube, ich hab was entdeckt.*

20 FBI

Romella saß am großen Panoramafenster. Die frühe Morgensonne tauchte den oberen Rand der Canyon-Wände in orangerotes Licht. Der Colorado River tief unten lag noch im dunklen Schatten. An diesem Morgen trug sie Levi's, Stulpenstiefel und einen Aranpullover, sodass Findhorn sich fragte, wo sie wohl ihren Kleidervorrat aufbewahrte. Er bemerkte, dass die langen Silberohrringe wieder da waren. Kaffeetassen und ein Teller mit weichen Brötchen standen auf dem niedrigen Tisch vor ihr, und außerdem lagen da noch ein paar Fotokopien eines maschinengeschriebenen Textes.

GEHEIME ANORDNUNG
(Titel 35, Gesetzbuch der Vereinigten Staaten 1952, Paragraphen 181–188)
BESCHEID: An Dr. Lev Baruch Petrosian, seine Erben und Bevollmächtigten, Anwälte und Agenten. Sie erhalten hiermit den Bescheid, dass Ihr Antrag nach unserer Kenntnisnahme Inhalte besitzt, deren Enthüllung der nationalen Sicherheit abträglich sein könnte. Entsprechend wird Ihnen auferlegt, die Erfindung nicht zu publizieren, nicht zu konstruieren und nicht offen zu legen. Das gilt gleichermaßen für sämtliche Informationen, in mündlicher oder schriftlicher Form oder welcher Art auch immer, die für diese Erfindung von Belang sind. Sie dürfen keinem Individuum, keiner Gruppe oder Organisation zugänglich gemacht werden, es sei denn, es wird zuvor eine schriftliche Erlaubnis vom bevollmächtigten Leiter des Patentamtes eingeholt.

Ihnen wird ausdrücklich untersagt, die Erfindung, die in Ihrem Antrag beschrieben ist, in ihrer Gesamtheit oder auch teilweise an ein fremdes Land oder an einen fremden Staatsangehörigen innerhalb der Vereinigten Staaten zu veräußern. Das gilt ebenfalls für alle Sachinformationen zu der Erfindung.
Zuwiderhandlung gegen diese Anordnung ist strafbar nach Paragraph 182 und 186 von 35 U.S.C. (1952).
Diese Anordnung sollte keinesfalls so ausgelegt werden, als hätte die Regierung die Absicht, sich die oben erwähnte Erfindung zu Eigen zu machen, oder hätte das bereits getan.

Findhorn blickte auf. «Wow!»

«Er hat etwas erfunden.»

«Und das wurde von der Regierung der Vereinigten Staaten unterdrückt.»

Findhorn stand auf und ging hinüber zum großen Fenster, um sich ein wenig Zeit zu nehmen, über diese neue Information nachzudenken. Das Sonnenlicht war ein wenig in den Canyon hineingekrochen, und am Südrand stieg leichter Dunst von den schneebedeckten Bäumen auf. Ein kleine Gruppe hatte sich auf den Pfad begeben, der nach unten führte. Findhorn zählte fünf Erwachsene und zwei Kinder. Er drehte sich um und setzte sich wieder an den Tisch. Romella rieb sich die Oberschenkel und freute sich merklich über die Wärme, die mit dem Sonnenschein kam. Er sagte: «Wissen Sie, was das bedeutet, Romella? Wir suchen nach etwas, das wir nicht finden dürfen, wenn es nach der US-Regierung geht.»

Sie nickte. «Ja. Wir befinden uns auf feindlichem Territorium. Vielleicht sind wir sogar Spione.»

«Wissen die, dass wir hier sind?», fragte sich Findhorn.

Romella sagte: «Das möchte ich nicht auf die harte Tour herausfinden. Es wäre vielleicht eine gute Idee, so schnell wie möglich aus Amerika zu verschwinden.»

«Woher haben Sie das hier bekommen?», fragte Findhorn und wedelte mit dem Blatt Papier.

«Habe ich nicht erwähnt, dass mein alter Herr Anwalt ist?»

«In La Jolla, aber nicht in Washington.»

«Nun, Grigorian, Skale und Partner haben ihre Verbindungen, und Dad würde alles für sein kleines Mädchen tun, außer sich von seinem Geld zu trennen. Als ich ins Patentamt kam, um über Petrosian nachzuforschen, stellte ich fest, dass man mir den Weg geebnet hatte. Ansonsten …» Sie tippte auf die Papiere, die vor ihr lagen. «Und dann ging ich zum FBI und tat genau dasselbe. Dad hat mir immer gesagt, es gebe Informationsfreiheit. Um die richtige Form von Freiheit zu erlangen, muss man manchmal sanfte Gewalt anwenden.»

«Also kommen Sie zu Dads Tür herein und sagen, he, ich brauche Material über Lev Petrosian, den Atomspion, und er sagt, klar doch. Romella, das regle ich für dich. Hat er denn keine Fragen gestellt?»

«Das hat Dad schon vor langer Zeit aufgegeben. Ich glaube, er hält mich für ebenso leicht exzentrisch wie meine Mutter.»

«Romella, für eine Frau haben Sie geradezu brillant gearbeitet. Jetzt wissen wir, dass die ganze Angelegenheit sich um irgendeine Art Maschine dreht.»

«Die schlechte Nachricht ist jedoch, dass schon jemand nach demselben Material gefragt hat. Irgendeine Anwaltskanzlei in der Schweiz, die im Auftrag eines Klienten handelt.»

«In der Schweiz», wiederholte Findhorn.

«In der Schweiz», bestätigte sie.

Findhorn schenkte sich Kaffee ein und lehnte sich seufzend zurück. «Ich muss so schnell wie möglich nach Griechenland.»

Romella hob die Augenbrauen, stellte aber keine Fragen. «Und ich möchte verdammt nochmal hier verschwinden, bevor das System uns einholt. Lesen Sie aber noch die FBI-Sachen, bevor Sie abfliegen.»

Show: 18. Band: 3142
7. November. Anwesend sind die Agenten Miller und Gruber, und bei uns ist Doktor Lev Petrosian. Ähm, das hier ist (Dialog, der nicht zur Unterredung gehört).

Frage: Doktor Petrosian, danke, dass Sie sich bereit erklärt haben, mit uns zu sprechen. Es handelt sich nur um eine Routinebefragung, und ich bin sicher, dass Sie uns zufrieden stellend antworten können.

Lev Petrosian: Aber ja. Fangen Sie an.

Frage: Sie haben Anspruch auf die Anwesenheit eines Rechtsbeistands, wenn Sie darauf Wert legen.

LP: Okay, aber ich sehe keine Veranlassung.

Frage: Natürlich wissen wir, dass, hm, wissen wir, dass Ihre Arbeit hier in Los Alamos höchster Geheimhaltung unterliegt, und daher können wir auch keine, hm, Aspekte dieser Arbeit ansprechen.

LP: Schön, ja, ich bin froh, dass Sie das respektieren.

Frage: Äh, es geht eigentlich auch um Ihre Aktivitäten außerhalb dieser Mauern. Insbesondere nahmen Sie doch wohl, beginnend mit dem 15. Juli diesen Jahres, einen einwöchigen Urlaub.

LP: Das stimmt, ja.

Frage: Den Sie in New York City verbrachten.

LP: Drei Tage davon, ja. Danach bin ich in den Appalachen gewandert.

Frage: Welcher Grund führte Sie nach New York?

LP: Wie ich schon sagte, ich machte Urlaub.

Frage: Haben Sie während Ihres Aufenthalts dort, haben Sie da, äh, einen Mann namens John McGill auf den Stufen zum American Museum of Natural History getroffen?

LP: Nicht, dass ich mich entsinnen könnte.

Frage: Haben Sie dem soeben erwähnten John McGill einen Umschlag ausgehändigt?

LP: Nein.

Frage: Ich werde Ihnen jetzt eine Reihe von Fotos vorlegen. Würden Sie sich die bitte näher anschauen, und können Sie dann die Personen identifizieren?

LP: Nun, ja, das bin offenbar ich, und das ist auch dieser McGill. Ich vermute, Sie haben mich überwacht.

Frage: Sie geben zu, ihn getroffen zu haben?

LP: Ja, das habe ich, und vermutlich ist das ja wohl der Beweis. Ich hatte es nur völlig vergessen.

Frage: Aber sicher doch, Sir. Und könnten Sie mir jetzt die Umstände dieses Zusammentreffens erläutern?

LP: Langsam fällt es mir wieder ein. Er ist Journalist. Wie er mir sagte, verfügte er über eine Menge Kontakte, und bei einem Journalisten leuchtet das ja ein. Er sagte, er könne bezüglich einer Erkundigung, die ich anstellen wollte, ein gutes Wort für mich einlegen.

Frage: Worum ging es?

LP: Um eine Dame.

Frage: Ja, eine Dame also.

[Zwischenbemerkung von Agent Miller:] Und wer soll diese Dame gewesen sein?

[Dialog zwischen den Agenten Gruber und Miller, nicht zur Befragung gehörig]

Frage: Tut mir Leid, Sir. Würden Sie uns bitte von der Dame erzählen?

LP: Ein deutsches Mädchen, das ich vorm Krieg kannte. Sie heißt – oder hieß – Lisa. Ich wollte herausfinden, was mit ihr geschehen war. Ob sie überlebt hatte.

Frage: Wie sind Sie mit McGill bekannt geworden?

LP: Durch einen Mann namens Jürgen Rosenblum. Wir haben uns 1941 in Camp Sherbrooke kennen gelernt. Das war ein Lager für feindliche Ausländer in Kanada, bevor man sich schließlich entschloss, wer wirklich Freund oder Feind war. Jürgen und ich haben uns zufällig vor ein paar Jahren wieder getroffen.

Frage: Sagt Ihnen die Adresse 238 West 28th Street etwas?

LP: Nein.

Frage: Würde es Sie überraschen zu erfahren, dass John McGills wahrer Name Andrei Sobolew lautet und die Adresse seiner Arbeitsstelle 238 West 28th Street ist, nämlich der Sitz von Amtorg, äh, auch bekannt als die sowjetische Handelsdelegation?

[Schweigen]

Frage: Sir?

LP: Ja, ich bin am Boden zerstört.

Frage: Was war in dem Umschlag, den Sie ihm gaben?

LP: Nun, es waren gewiss keine Atomgeheimnisse, wenn Sie darauf hinauswollen. Es handelte sich um Informationen über Lisa, die vielleicht helfen konnten, sie aufzuspüren. Ihre Freunde vor dem Krieg, die Universitätsvorlesungen, an denen sie teilnahm, und so weiter.

Frage: Bestand eine emotionale Bindung zwischen Ihnen und dieser Lisa?

LP: Das war vor sehr langer Zeit.

Frage: Ja, Sir. Würden Sie aber bitte meine Frage beantworten?

LP: Ich kann nicht sagen, welche Gefühle ich jetzt habe.

Frage: [Agent Miller] Haben Sie sie gevögelt, verdammt nochmal?

[Gruber zu Miller] Ruhig doch!

LP: Es gab seither noch eine andere Frau, aber es kam zu einer Trennung. Der Krieg hat sonderbare Dinge mit einigen von uns angestellt, und dieser King Kong hier würde es nicht verstehen, auch wenn ich es erklären könnte. Lisa war ein Verbindungsglied zu meiner Vergangenheit.

Frage: Ist es Ihnen schon mal in den Sinn gekommen, äh, Sir, dass, wenn eine emotionale Bindung zu dieser Lisa bestanden hätte und sie schließlich unversehrt und bei bester Gesundheit in der sowjetischen Besatzungszone aufgefunden worden wäre, dass Sie selbst dann zu einem höchst nahe liegenden Ziel sowjetischer Erpressung hätten werden können?

LP: Nein. Ich nehme an, ich bin in derlei Dingen ein bisschen naiv.

Frage: [Agent Miller] Oder (Kraftausdruck) smart. Vielleicht gab es ja doch Atomgeheimnisse in dem Umschlag, und die Geschichte mit der Dame dient nur der Vertuschung.

Frage: Während jenes Urlaubs, hatten Sie da noch andere Dinge in New York oder woanders zu erledigen?

LP: Nein.

Frage: Besuchten Sie, waren Sie in der, haben die Sowjets, haben Sie, äh, das sowjetische Konsulat während Ihres Urlaubs aufgesucht?

LP: O mein Gott, das muss ja einen sehr schlimmen Eindruck erwecken. Ja, das habe ich.

[Agent Miller] Es geht (Kraftausdruck) schon wieder los!

LP: Ich habe einen Bruder im sowjetischen Armenien. Ich wollte versuchen, ein Ausreisevisum für ihn zu bekommen, damit er mich hier besuchen könnte. Ich habe genügend Geld gespart, um seinen Flug zu bezahlen. Außer ihm habe ich keine Familie mehr.

[Agent Miller] Noch so eine Schwachstelle.

LP: Ganz und gar nicht. Der Geheimdienst der Armee wusste vom ersten Tag an über Anastas Bescheid.

Frage: Zum Schluss noch eins, Doktor Petrosian. Geben Sie uns die Erlaubnis, Ihre Wohnung zu durchsuchen?

LP: Nein, ich möchte nicht, dass Sie das tun.

Frage: Und warum nicht?

LP: Weil es dort Dinge gibt, von denen ich lieber nicht möchte, dass Sie sie finden.

Frage: Soso. Haben Sie Dank für Ihre Kooperation, Sir. Und einen schönen Tag noch.

Findhorn blickte verwirrt. «Dinge, von denen er lieber nicht möchte, dass sie sie finden?»

Romella sagte: «Vielleicht die Tagebücher. Aber lesen Sie weiter.»

Frage: Haben Sie Dank, dass Sie sich bereit erklärt haben, uns bei unserer Untersuchung zu unterstützen, Mrs. Morgenstern.
KM: Keine Ursache, ich helfe gern. Worum geht es denn?
Frage: Sind Sie mit Lev Baruch Petrosian bekannt?
KM: Geht es hier um Lev? Ja, ich kenne Lev schon sehr lange.
Frage: Und wie lange wäre das?
KM: Inzwischen über zehn Jahre. Wir lernten uns Anfang der vierziger Jahre in Santa Fe kennen.
Frage: Als er an der Bombe arbeitete?
KM: Das weiß ich jetzt, aber damals hatte ich keine Ahnung. Wieso befragen Sie mich zu Lev?
Frage: Wie war Ihre Beziehung zu Doktor Petrosian?
KM: Wir waren befreundet.
Frage: Eng?
KM: Ja.
Frage: Handelte es sich um eine intime Beziehung?
KM: Tut mir Leid, aber ich denke, das geht Sie gar nichts an.
Frage: Dann ging Petrosian in den Süden?
KM: Ja, und wir verloren irgendwie den Kontakt. In den fünfziger Jahren kam er dann nach Los Alamos zurück.
Frage: Und Sie waren inzwischen verheiratet.
KM: Ja.
Frage [Agent Miller]: Mit Mister Morgenstern.
KM: Auf Anhieb richtig kombiniert.
Frage: Als Sie Petrosian in den fünfziger Jahren wiedersahen, nahmen Sie auch die Freundschaft zu ihm wieder auf?
KM: Ja.
Frage [Agent Miller]: Wurden Sie seine Geliebte?
KM: Sie sind reichlich unverschämt.
Frage: Mrs. Morgenstern, wie viel hat Ihnen Doktor Petrosian von seiner Arbeit in Los Alamos erzählt, von der in den vierziger oder auch der in den fünfziger Jahren?
KM: Nicht das Geringste. Die Arbeit war geheim. Natürlich wussten alle in Santa Fe, dass die Army an irgendwelchen geheimen

Dingen arbeitete, aber wir hatten nicht die geringste Ahnung, um was es dabei ging.

Frage: Hat er je über Russland geredet?

KM: Nein. Wir unterhielten uns über Filme, nicht über Politik. Aber, Moment mal, ja, ich glaube, er sagte etwas darüber, wie sehr er bewunderte, welchen Kampfgeist das russische Volk bewies. Das war während des Krieges.

Frage: Er gab also prorussische Kommentare ab?

KM: Ich denke, so kann man es ausdrücken.

Frage: Hat er mit Ihnen je über seine Familie gesprochen?

KM: Nein.

Frage: Wussten Sie, dass er einen Bruder im sowjetischen Armenien hatte?

KM: Nein.

Frage: Hat er Sie zu irgendeinem Zeitpunkt gebeten, für ihn Dokumente oder Briefe zu versenden?

KM: Nein.

Frage [Agent Miller]: Sie lügen, Lady.

KM: Vielleicht mal eine Postkarte oder so.

Frage [Agent Miller]: Vielleicht auch ab und zu mal einen dicken, fetten Umschlag?

KM: Ich möchte keine Fragen mehr beantworten.

Frage: Wie lange ging diese Weiterleitung von Dokumenten vonstatten?

[Schweigen]

Frage: Lassen Sie es mich mal so sagen, Mrs. Morgenstern. Weiß Mister Morgenstern davon, dass Sie eine Affäre mit Petrosian haben?

KM: Das ist ja empörend. Wir haben keine Affäre.

Frage [Agent Miller]: Möchten Sie ein nettes und äußerst pikantes Tonband hören?

KM: Sie Schweine.

Frage: Wie viele Briefe haben Sie auf den Weg geschickt, Mrs. Morgenstern?

KM: Ich habe Leuten wie Ihnen nichts mehr zu sagen.

Frage: Am vergangenen 21. Juni, haben Sie da mit Lev Petrosian und einem weiteren Mann eine lange Autofahrt unternommen?

KM: Sie haben doch gehört. Ich habe nichts mehr zu sagen.

Frage: Wie hieß dieser andere Mann?

[Schweigen]

Frage [Agent Miller]: Ich kann es auch (Kraftausdruck) anders ausdrücken. Wegen Spionage können Sie sich dreißig Jahre einhandeln, vielleicht sogar den Stuhl.

KM: Ich möchte mit meinem Anwalt sprechen.

Frage: Mrs. Morgenstern, wir alle hier können uns eine Menge Ärger ersparen, wenn Sie nur ganz einfach die Frage beantworten.

KM: Sein Name war Railton oder so ähnlich. Ich hatte ihn zuvor noch nie getroffen.

Frage: Ist dies hier der Mann? [Der Befragten werden Fotos von Jürgen Rosenblum gezeigt]

KM: Ja, das ist Railton.

Frage: Worüber haben Sie sich unterhalten?

KM: Alles Mögliche. Worüber man sich auf einem angenehmen Nachmittagsausflug eben so unterhält.

Frage [Agent Miller]: Wir haben da nettes Bettgeflüster, das sich Mister Morgenstern gewiss gern anhören würde.

KM: Würden Sie so etwas tun?

Frage: Ihr Privatleben kümmert uns nicht, Ma'am. Solange wir nur erfahren, worüber bei dieser Autofahrt gesprochen wurde.

«Halt mal. Hier ist was Seltsames.»

«Was meinen Sie denn?», fragte Romella.

«Rosenblum war ein sowjetischer Spion, nicht wahr?»

Sie blätterte ein paar Seiten durch. «Ja, einer aus einer ganzen Kette von Kurieren, deren sich die Sowjets in den fünfziger Jahren bedienten. In den vierziger Jahren pflegte Fuchs geheime Papiere an einen Burschen namens Harry Gold weiterzureichen, aber der saß inzwischen für dreißig Jahre im Gefängnis.»

«Wenn Petrosian also geheime Papiere weiterleitete, warum gab er sie dann Kitty? Warum nicht Gold in den vierziger und später in den fünfziger Jahren Rosenblum?»

«Vielleicht war sie ebenfalls Kurier.»

«Und warum hat das FBI sie dann nicht angeklagt?»

Romella hob die Hände, um auszudrücken, dass sie keine Ahnung hatte.

KM: Es war nur ein Ausflug in die Berge um Santa Fe. Wir haben uns über nichts Besonderes unterhalten.

Frage [Agent Miller]: Und wo war Mister Morgenstern zu dieser Zeit?

KM: In Chicago. Geschäftlich, so hatte er zumindest gesagt.

Frage: Die Dokumente, die Sie weitergeleitet haben: Wohin gingen die?

KM: Immer an denselben Ort. Eine Adresse in der Türkei.

Frage: Etwas genauer, bitte.

KM: Ich habe nicht darauf geachtet. Ein Ort namens Igloo oder Iguana oder so. Ich kann es nicht mehr sagen.

Frage: Wer war denn der Empfänger?

KM: Es war ein Laden. Ein unaussprechlicher Name. Er sagte, seine Schwester würde dort arbeiten.

Frage: Es gibt keinen Nachweis dafür, dass Petrosian eine Schwester hatte. Überrascht Sie das?

KM: Wie ich Ihnen schon sagte – er hat nie über seine Familie gesprochen.

Frage: Bei jener Autofahrt am 21. Juni, waren da Rosenblum und Petrosian je außer Ihrer Hörweite?

KM: Nur einmal, als ich einem natürlichen Bedürfnis folgen musste.

Frage: Wurde über Petrosians Arbeit in Los Alamos gesprochen?

KM: Nein. Aber da war eine Sache.

Frage: Ja?

KM: Werden Sie mir das Tonband geben? [Pause] Auf dem Rückweg von meinem natürlichen Bedürfnis wurde ich Zeuge einer heftigen Auseinandersetzung. Railton war sichtbar erregt, und Lev schüttelte den Kopf. Ich bin sicher, er sagte: «Nein, das werde ich nicht tun», oder so ähnlich. Sie hörten aber sofort zu reden auf, als ich näher kam.

Frage: Wüssten Sie sonst noch etwas, das die beiden sagten?

KM: Nein.

Frage: Irgendwas, zu dem Zeitpunkt oder später? Bitte überlegen Sie in aller Ruhe.

KM: Nur noch, was man auf einem Ausflug über Land ebenso redet.

Frage: Gibt es sonst noch etwas, das Sie uns erzählen möchten?

KM: Nein, sonst gibt es nichts.

Frage: Vielen Dank, dass Sie so kooperativ waren, Mrs. Morgenstern. Einen schönen Tag noch.

KM: Und das Tonband?

Frage: Welches Tonband meinen Sie, Mrs. Morgenstern?

Romella blickte von der Abschrift auf. «Er hat über Kitty Nachrichten weiterleiten lassen.» Sie sahen einander an. «Ich wüsste gern, welcher Art diese Nachrichten gewesen sind, Fred.»

Findhorn sagte: «Was auch immer, jedenfalls gingen sie an einen Ort namens Igloo in der Türkei.»

«Oder Iguana.»

«Vor einem halben Jahrhundert hat er also etwas an eine unbekannte Adresse in irgendeiner unbekannten Stadt geschickt, und von der hat man nie wieder etwas gehört.»

Romella sagte: «Ich wette, Kitty Cronin wusste die ganze Zeit, wohin die Nachrichten gingen. Und vielleicht lebt sie ja noch.»

Findhorn schaute Romella skeptisch an. «Ist das Ihr Ernst? Das muss die kälteste Spur auf dem ganzen Planeten sein.»

«Haben Sie denn eine bessere Idee?», fragte Romella hitzig.

«Ich werde selbst versuchen, dem auf die Spur zu kommen, was Petrosian entdeckt hat.»

Romella lachte und prustete. Sie klapperte mit der Kaffeetasse auf dem Tisch. Der Angestellte hinterm Tresen warf ihnen einen strafenden Blick zu.

«Okay, Mizz Grigorian, aber wir leben in schlimmen Zeiten.»

Sie tupfte ihre verletzte Lippe mit einer Papierserviette trocken. «Ich denke, zwei erstklassige Idioten sind besser als nur einer. Und da wir von Zeiten sprechen …»

Findhorn stand auf. «Ja. Wir haben schon fast keine Zeit mehr. Die andere Seite verfügt über größere Fachkenntnis und über mehr Geld. Und sie hat uns gegenüber noch einen weiteren Vorteil: Sie wissen, hinter was sie her sind.»

«Ich fürchte, wir geraten immer mehr ins Hintertreffen.» Sie ordnete die Papiere auf dem Tisch zu einem akkuraten Stapel. «Wo wollen wir uns wieder treffen, Fred?»

«Irgendwo auf unserem Planeten.»

Romella nickte nachdenklich. «Einverstanden. Irgendwo auf dem Planeten.»

21 INSEL DER OFFENBARUNG

Nach Einbruch der Dunkelheit wanderte Fred nervös durch die Straßen von Washington, einer Stadt, die ihm völlig fremd war. Aber auch ein nächtlicher Aufenthalt auf dem Flughafen von Dallas versprach nicht gerade viel Spaß und Vergnügen. Da es noch acht Stunden bis zum Abflug nach Athen dauerte, nahm er sich ein Zimmer im Hilton, denn er sagte sich, wenn schon pleite, dann wenigstens stilvoll. In einem Hotelzimmer, wie er sie bisher höchstens mal im Kino gesehen hatte, schloss er seinen Laptop an. Er hatte eine ganze Menge Junk-Mails und eine Nachricht von Romella.

> Fred – es hat sich was ergeben. Streichen Sie Ihren Trip nach Griechenland und treffen Sie mich morgen. Ich werde im Holiday Inn von San Diego sein. Bestätigen Sie den Erhalt dieser Nachricht umgehend. Romella

Er runzelte die Stirn, setzte einen für mindestens zwei Personen ausgelegten Whirlpool in Gang, las die Nachricht noch einmal und ließ sich dann ins brodelnde Wasser gleiten. Er fragte sich, warum sie wohl nicht bei ihren Eltern in La Jolla wohnte, praktisch einem Vorort von San Diego. Nach einer halben Stunde sorgenvoller Gedanken und angenehmer Unterwassermassage wanderte er tropfnass zum Telefon und rief das Holiday Inn in San Diego an. Für eine Ms. Grigorian war für den folgenden Abend ein Zimmer reserviert. Er stöpselte seinen Computer um, trug ihn zur Wanne, balancierte ihn höchst gefährlich auf der Kante und tippte:

Habe Athen abgesagt. Treffe morgen spät in San Diego ein.
Fred

Er drückte die Return-Taste und lehnte sich zurück. Er wollte sich von den warmen Wasserstrahlen die Muskeln entspannen lassen, aber beunruhigende Gedanken verhinderten das. Dann gab er ‹foo› ein, gefolgt von ‹IXDKK1S!!›. Die Computer in Glasgow waren vor der Außenwelt mit undurchdringlichen Firewalls geschützt, aber Findhorn hatte sich jetzt Zugang verschafft. In jeder Richtung standen immer noch massenweise Gateways fahrlässig offen, aber Archie war schon immer nachlässig gewesen. Findhorn schrieb ‹cd home/amk/mail›, fand Zugang zu Archies elektronischem Briefkasten und kam sich vor wie ein Dieb. Er ging in das Verzeichnis der Mails, die Archie erhalten hatte. Die letzte war gerade erst vor einer halben Stunde eingetroffen. Sie lautete:

Habe Athen abgesagt. Treffe morgen spät in San Diego ein.
Fred

Er durchstöberte Archies E-Mails der letzten paar Tage. Ihm wurde übel, und er fühlte sich verraten.

Es war noch immer dunkel, als Findhorn an der Flugzeugtür die warme, wohlduftende mediterrane Luft entgegenschlug. Der Flughafen von Athen kam ihm vor wie ein riesiger Schlafsaal für Rucksacktouristen. Die alten Hasen hatte ruhige Ecken gefunden und lagen wie bewusstlos lang ausgestreckt in ihren Schlafsäcken; andere saßen mit Pappbechern oder Zigaretten in der Hand mehr oder weniger weggetreten an den Wänden oder Schaltern.

Findhorn bestieg einen Bus, der ihn und ein halbes Dutzend schläfrige Reisende rappelnd, aber verblüffend schnell ins Stadtzentrum brachte. Er sah die Akropolis auf ihrem Hügel. Schemenhaft leuchtete sie in der Morgendämmerung. Die Venus strahlte am dunkelblauen Himmel, aber der Tagesanbruch rückte immer näher, und als er sich schließlich zum Bahnhof durchgeschlagen hatte, war es bereits hell. Zu seiner Überraschung war der Bahnsteig schon um diese Zeit voll, und als der Zug eingefahren war, wurde er wie bei einer Rugby-Drängelei in den Waggon mitgerissen. Er war zwischen einem langhaarigen jungen Deutschen und seiner Freundin eingekeilt, die geradezu grausam gut in Form war. Beide trugen identische T-Shirts und Shorts. Es war nicht daran zu denken, sich zu dem reservierten Platz durchzukämpfen, und er sah zu, wie die weißen Vorstadthäuser Athens mit ihren flachen Dächern vorüberzogen und allmählich offener Landschaft wichen. Schließlich prüfte ein Kontrolleur seine Fahrkarte, schüttelte den Kopf, brabbelte etwas vor sich hin und ließ ihn an einem Bahnübergang inmitten verdorrter Weingärten aussteigen.

Findhorn sah dem Zug nach, bis er hinter dem Horizont verschwand.

In der Sonne wurde es immer heißer.

Und jede Minute, die er auf den Bahngleisen vertrödelte, war eine Minute, die seine Widersacher gewannen.

Nach einer Stunde, in der sein Frust immer größer wurde, hielt ein großer Wagen mit dunkel getönten Scheiben am Bahnübergang, und ein gedrungener kleiner Mann stieg aus. Er hatte eine Einkaufstasche dabei und ein Jackett über den Arm gelegt. Der Wagen fuhr davon. Der Mann betrachtete Findhorn neugierig und sagte etwas Unverständliches. Findhorn, der nicht recht wusste, was er davon halten sollte, wünschte ihm einen guten Morgen. Schweigend standen sie da und warteten. Nach zehn Minuten hielt noch ein Wagen, und diesmal stieg eine dicke kleine Frau aus. Danach kamen immer mehr Autos und Lieferwagen, und schließlich tauchte ein Zug am Horizont auf. Abermals wurde Findhorn, ohne recht zu wissen, wie ihm geschah, in einen Waggon gespült. Langsam fragte er sich, ob man wohl schon registriert hatte, dass er nicht in San Diego erschienen war, und wenn ja, was der Feind wohl deswegen unternehmen würde.

Der Zug war beinahe leer und zudem nervenaufreibend langsam. Die Sonne schien gleißend durchs Abteilfenster. Als er irgendwann einmal zum Fenster hinaussah, blickte Findhorn zu seiner Verblüffung in den Schornstein eines Schiffes: Sie befanden sich auf einer schmalen Brücke über den Golf von Korinth, die das griechische Festland mit der Halbinsel Peloponnes verbindet. Jenseits von Korinth bummelte der Zug gemächlich an der spektakulärsten Küste entlang, die Findhorn je gesehen hatte. Links waren Klippen zu sehen, und rechts erstreckte sich das türkisfarbene Meer. Als der Zug in einen Bahnhof namens ΠΑΤΡΑ einlief, war es Mittagszeit, und Findhorn hatte Kopfschmerzen und fühlte sich verschwitzt.

Er wanderte aufs Geratewohl los und wurde eine Zeit lang von einem ausgemergelten schwarzen Straßenköter verfolgt, der aus einem abgelegenen Gehweg aufgetaucht war und hinter ihm hertrottete, bis er durch einen interessanten Geruch aus einer Seitengasse abgelenkt wurde. Findhorn fand sich schließlich auf einem geräumigen Platz mit schlanken Palmen, einer Sonnenuhr sowie diversen Tavernen und Konditoreien wieder. Ein paar Einheimische mit verwitterten Gesichtern saßen vor Karaffen mit Weißwein und musterten ihn neugierig. Er versuchte es mit «Universität» in drei Sprachen und bekam reichlich Gebrabbel zu hören, aber keinen Hinweis auf eine einzuschlagende Richtung. Er trat durch die Pendeltür eines Hotels und probierte die drei Sprachen abermals aus. Diesmal hatte er es mit einem fröhlichen dunkeläugigen Mädchen zu tun, das ihm schließlich eine Skizze machte und ausdrucksstark mit den Händen fuchtelte.

Eine halbe Stunde später sah er die niedrigen weißen Gebäude der Universität auf einem entfernten Hügel jenseits des Stadtrands. Über den Campus und in einen höhlenartigen Innenhof; ein hakennasiger und dunkelhaariger junger Mann, der Findhorn zur Tür des Fachbereichs Physik geleitete; eine rundliche Frau mit leichtem Damenbart, die gut genug Englisch sprach, um ihm mitzuteilen, dass Professor Papagianopoulos fort sei: eine zweitägige Konferenz zum Thema ‹Raum, Zeit und Vakuum› auf der Zykladeninsel Patmos, ziemlich weit weg. Kehren Sie nach Athen zurück und fliegen Sie zur Insel Kos und nehmen Sie von dort die Fähre zur heiligen Insel; die Überfahrt dauert vier Stunden, und um diese Jahreszeit kann die See durchaus rau sein; die Konferenz ist nur für angemeldete Teilnehmer; Sie sind höchst willkommen.

Findhorn, der vor Enttäuschung am liebsten laut geschrien hätte, gelang es, ein Taxi zum Busbahnhof zu organisieren, und ein klimatisierter Bus brachte ihn noch am Nachmittag nach Athen. Zu seiner Überraschung fand er noch eine Kreditkarte, die für den Flug nach Kos gut war. Inzwischen war die Sonne hinter grauen Wolken verschwunden, aus denen Nieselregen fiel. Es ging eine träge Dünung, die die Fähre von einer Seite zur anderen krängen ließ. Es war zwar beileibe nicht so beängstigend wie auf dem Eisbrecher vor einer Woche, aber irgendwie schien etwas in seinem Ohr mit dem Schwanken gekoppelt zu sein. Zumindest war es auf der Fähre ruhig, und er konnte auf der Toilette still vor sich hin kotzen, ohne die anderen Passagiere zu behelligen.

Vier Stunden später änderte sich das Geräusch der Maschine, und das Auf und Ab mäßigte sich ebenso wie der Brechreiz. Findhorn, der sich todkrank fühlte, schleppte sich die Stufen aufs Deck und sah, dass die Fähre in einen ruhigen Hafen einfuhr, über dem sich ein Gewitterhimmel spannte. Das Wasser spiegelte die Lichter eines Dorfs wider. Eine wuchtige Klosterfestung krönte den Berg, der hinter dem Dorf aufragte.

Dann torkelte Findhorn an Fischtavernen, Cafés und Touristenläden vorbei, von denen die meisten geschlossen und verrammelt waren. Er stieg steile Gassen hinauf, die von winzigen Kirchen und prächtigen Villen gesäumt waren. Eine Ansammlung von würfelförmigen strahlend weißen Häusern umgab das Kloster des heiligen Johannes. Er hatte nicht die geringste Ahnung, wohin er ging und was er eigentlich vorhatte. Als plötzlich ein heftiger Regenschauer niederging, war ihm auch das egal. Ab und zu überquerte er einen kleinen Platz, von dem aus sich ein eindrucksvoller Blick auf die Ägäis öffnete.

An dem schmiedeeisernen Tor vor einer zweistöckigen Villa war ein Schild angebracht, dessen Aufschrift bedeuten konnte, dass hier Zimmer zu vermieten waren. Erschöpft, nass und verzweifelt drückte er auf den Klingelknopf und wartete. Über die Gegensprechanlage formulierte eine Frauenstimme ein paar unverständliche Worte, und er sagte nur: «Ich möchte ein Zimmer mieten.» Das Tor öffnete sich mit einem Klicken, und er trat in einen kleinen Hof, den Farne und Büsche schmückten. Eine Frau blickte von einer Veranda zu ihm hinunter. Sie war Mitte dreißig und trug ein einfaches blaues Kleid. Mit einem Lächeln winkte sie ihn herein.

Tropfnass betrat er eine bestens eingerichtete Küche voller Chinesen. Drei hatten sich um runde Töpfe versammelt, die auf einem Herd dampften. Zwei deckten den Tisch, und der sechste, ein älterer Mann, saß auf einem Küchenstuhl, den er auf den beiden hinteren Beinen balancierte, während er Rotwein direkt aus der Flasche trank. Aufgeregte Begrüßungen wurden laut. Der Älteste erstarrte, die Lippen noch immer an der Flasche. Er stand auf, lächelte, verbeugte sich höflich und sagte mit tiefer Stimme und in hervorragendem Englisch: «Sind Sie auch zur Konferenz hier?»

Die chinesische Delegation schien den Weg zu kennen, und Findhorn ließ sich mit ihr durch die schmalen, regennassen Gassen treiben. An einem Platz, der nicht größer war als ein Tennisfeld, betraten sie ein kleines Hotel. Eine Tafel auf einer Staffelei verkündete *Raum, Zeit und Vakuum*. Von links kam Stimmengewirr, und Findhorn wanderte in einen Raum, in dem sich ungefähr dreißig Leute, hauptsächlich Männer, tummelten. Schon auf den ersten Blick konnte er sich ein Bild machen: Die Anzahl der Anzüge war niedrig, die der Bärte hoch. Also eine akademische Konferenz. Eine Reihe von Namensschildern war auf einem langen Tisch ausgelegt, und zwei Frauen nahmen Manuskripte entgegen, hakten Namen auf einer Liste ab und händigten die Namensschilder aus. In einer Ecke hatte sich eine Menschentraube um eine dritte Frau gebildet, die nach Überprüfung der Namensschilder von einem Stapel kleine blaue Rucksäcke austeilte.

Ohne Rucksack und Namensschild, dachte sich Findhorn, hätte er auch gleich den Stempel «Ungebetener Eindringling» auf der Stirn tragen können. In einem Speisesaal hinter der Rezeption waren Tische mit Gläsern Wein und Platten mit Häppchen, Käse und Tomaten angerichtet. Er spazierte in diesen Raum und nahm sich ein Glas Weißwein. Es wurde durcheinander geredet, und er bekam nur Bruchstücke mit. Er ließ sich weitertreiben und gab sich Mühe, unauffällig die Namensschilder zu lesen. Den Namen Aristoteles Papagionopoulos erkannte er aus zehn Meter Entfernung, da sich ein Teil des Raumes zeitweilig geleert hatte. Aristoteles hatte den Kopf nach vorn gestreckt und hörte aufmerksam einem glatzköpfigen Mann mit Brille zu. Sein Gesicht war runzlig. Seine ausdrucksvollen braunen Augen verrieten fanatische Intelligenz, aber gleichzeitig auch eine gewisse Abgehobenheit. Findhorn, der nicht wusste, wie er den Mann ansprechen sollte, drängte sich vorwärts und rüstete sich dabei mental für die Ari-Papa-Erfahrung.

«Guten Abend, Doktor Findhorn.»

Findhorn dreht sich um und verschüttet dabei etwas von seinem Wein. Der Mann der Offenbarung, Mister Mons Meg persönlich. An seiner Seite steht Archie in einem weißen Leinenanzug, dessen Jackett er über dem Arm trägt. Unter Archies Achseln prangen Schweißflecken, und sein bärtiges Gesicht ist rot vor Überraschung, Entsetzen und Bestürzung.

Der Gesichtsausdruck von Mister Offenbarung hingegen hat etwas von Glückseligkeit. «Und willkommen auf Patmos. Dieses winzige Eiland nennt man auch das Jerusalem der Ägäis. Wenn Gott Ihnen die Zeit gewährt, sollten Sie sich innerhalb der Mauern begeben, die das Kloster beschützen, und dessen außergewöhnliche Schätze in Augenschein nehmen: byzantinische Ikonen, heilige Gefäße, mehr als achthundert Jahre alte Fresken, Stickereien, die mehr als tausend Jahre alt sind. Es gib hier wundervoll illustrierte Manuskripte und sehr seltene Bücher.»

«Auch alte Tagebücher?» Findhorns Stimme bebt.

Mister Offenbarung lacht. «Patmos ist der Ort, an dem Johannes in göttlicher Inspiration sein Buch der Offenbarung schrieb. Ist es daher nicht der geeignetste Ort auf Erden, um über Johannes' Vision von der Apokalypse nachzusinnen?»

Findhorn sieht sich nochmals die Konferenzteilnehmer an. Die biblische Vision, die ihm in den Kopf kommt, handelt von Daniel in der Löwengrube.

22 PAPA, DER GRIECHE

Findhorn gab sich alle Mühe, besonnen zu bleiben. Ohne ein weiteres Wort drehte er sich um und bahnte sich den Weg zu Papagianopoulos. Der Grieche hörte immer noch dem Engländer zu, wirkte aber inzwischen irritiert und skeptisch.

Findhorn unterbrach das Gespräch. «Ich möchte mich über das Vakuum informieren.»

Papagianopoulos zögerte nicht eine Sekunde. «Um das Vakuum zu verstehen, müssen Sie zuerst die Zeit verstehen.» Sein starker Akzent wies ihn unverkennbar als Griechen aus.

«Mein Name ist Cartwright, und ich bin Wissenschaftsreporter bei der *Times* in London. Darf ich Sie Papa nennen?»

«Nein, ich bin Aristoteles, wenn Sie unbedingt vertraulich werden möchten. Darf ich Ihnen meinen Kollegen Professor Bradfield vorstellen?» Bradfield war groß, fast glatzköpfig und trug einen schweren dunklen Anzug sowie eine Krawatte. Auf seinem Gesicht standen die Schweißperlen. Er stellte sich selbst als John Bradfield vom Rutherford-Appleton-Labor vor. Er reichte zwei schlaffe Finger zum Händedruck.

Papagianopoulos sagte: «Ich kann Professor Bradfield am besten als einen exzellenten Führer auf ausgetretenen Pfaden beschreiben.»

«Ausgetretene Pfade sind für abgeschlagene Männer», sagte Bradfield. «Und bin ich abgeschlagen? Von einer exzentrischen Randfigur vom hintersten Balkan?»

Findhorn entnahm dem Geplänkel, dass die beiden Männer befreundet sein mussten. Er sagte: «Ich dürfte gar nicht hier sein. Ich habe mich eingeschlichen. Aber ich schreibe einen Artikel über die

Natur des Vakuums, und ich möchte mit den Koryphäen auf diesem Gebiet sprechen.» Erfahrung hatte Findhorn gelehrt, dass man das Herz eines Akademikers am besten gewinnt, indem man ihm hemmungslos schmeichelt.

Papagianopoulos bedachte Findhorns Einschätzung mit einem Kopfnicken. «Sie haben sich den richtigen Mann ausgesucht.»

«Hier drinnen ist es so laut. Ich würde Sie gern zum Essen einladen.»

«Ich werde mich anschließen», sagte Bradfield. «Dann kann ich die Irrtümer meines Kollegen korrigieren.»

«Für ein Interview mit der *Times* nimmt man ein bisschen Gekläff gern in Kauf. Aber das Abendessen, Mister Journalist, übernehme ich. Ich habe Freunde auf dieser Insel.»

Archie schlenderte heran und murmelte irgendetwas. «Meinetwegen, dann komm eben mit», sagte Findhorn.

Aristoteles warf einen Blick auf Archies Namensschild und nickte gleichgültig. «Abends um diese Zeit weht in den Bergen eine kühle Brise. Ich schlage vor, dass wir sie genießen.»

Sie folgten Aristoteles hinaus zu einem kleinen blechernen Fiat, der auf dem Platz parkte. Stellenweise war das blanke Metall durch die blaue Lackierung zu sehen. Findhorn sah sich um. Mister Offenbarung stand am Hoteleingang und sah ihnen verzückt nach. Archie und Bradfield klemmten sich auf den Rücksitz. Die Luft war feucht, und es roch nach Katzen. Aristoteles ratterte mit dem Wagen vom Platz und lenkte ihn über eine kaum befahrene Straße, die von Bäumen und Kalksteinvorsprüngen gesäumt war. Irgendwann einmal bog sie ins Landesinnere ab und schlängelte sich dann steil in die Berge hinauf. In der Nähe eines felsigen Gipfels gelangten sie in ein Dorf – oder zumindest eine Ansammlung von vier oder fünf Häusern – und hielten an.

Ein schwarzer Schäferhund lag ausgestreckt auf einem staubigen Weg, allem Anschein nach tot. Obwohl das Licht immer schwächer wurde, konnten sie erkennen, dass er von Fliegen umschwirrt wurde. Auf einem Schaukelstuhl im Schatten eines Baumes saß eine alte Frau und beobachtete die Besucher. Sie strickte mit flinken Fingern und ließ sich nicht beirren. Der Weg führte auf die Rückseite eines niedrigen, weiß getünchten Hauses, und Aristoteles ging voran. Als sie näher kamen, sprang der tote Schäferhund auf und trottete davon.

Hinter dem Haus setzten sie sich auf Küchenstühle um einen kleinen Gartentisch. Ein appetitlicher Geruch kam aus der Küche, und es wurde mit Geschirr geklappert. Bradfield brach mit seinen Gepflogenheiten und zog das Jackett aus. Die Krawatte des Brasenose College behielt er jedoch fest um den Hals gezurrt. Der Garten war von einer niedrigen Kalksteinmauer eingefasst und fiel steil ab. Sie saßen unter herabhängenden Weinreben. Ein hagerer, gebeugter Mann trat aus einer Küchentür. Er breitete eine weiße Papiertischdecke über ihrem Tisch aus. Aristoteles schien wohl bekannt zu sein, denn laut wurden griechische Scherzworte ausgetauscht. Der Mann verschwand und kehrte kurz darauf mit einem großen Stück Brot, Ziegenkäse und mit Kräutern bestreuten Tomaten sowie zwei Karaffen kaltem Weißwein zurück.

Findhorn blickte über das ausgedörrte steinige Land, das steil abfiel, auf das dunkle Meer, das in der Ferne glitzerte. Die Sonne war eine große scharlachrote Ellipse knapp über dem Horizont, und ihre Strahlen brachen durch schwere Gewitterwolken. Es kam ihm in den Sinn, dass sich diese Szenerie im Laufe von Tausenden Jahren wahrscheinlich nur wenig verändert hatte und dass man in Kalifornien oder Nizza für ein Haus mit dieser Aussicht mindestens eine Million Dollar auf den Tisch legen müsste.

Er wandte sich an Bradfield. «Danke, dass Sie mir Ihre Zeit opfern.»

Bradfield sagte: «Ich bin froh, Ihnen helfen zu können.» Noch froher, seinen Namen in der *Times* zu finden, unterstellte Findhorn.

Aristoteles deutete mit einer ausladenden Handbewegung auf die Landschaft, über die sich Dunkelheit senkte. «Das hier ist ein magischer Ort. Hier in Griechenland wurden die Beschaffenheit der Materie und das Vakuum zum ersten Mal erörtert, und zwar sechshundert Jahre vor Christi Geburt. Es war hier, wo mein Namensvetter, der andere Aristoteles, behauptete, dass eine absolute Leere in der Natur nicht existiere. Seine Überzeugung geriet für zweitausend Jahre in Vergessenheit. Erst im zwanzigsten Jahrhundert entdeckten die Teilchenphysiker, dass das Vakuum tatsächlich ein Meer brodelnder Partikel und Strahlung ist. Wir hätten uns für unsere Diskussion auf der ganzen Welt keinen passenderen Ort aussuchen können.»

Findhorn feuerte die Eröffnungssalve ab. Er steuerte so dicht an die Wahrheit, wie er meinte wagen zu können. «Ich versuche, Geschichten über den Atomspion Petrosian zu überprüfen, die sich so hartnäckig halten. Sie mögen vielleicht davon gehört haben. Unter anderem die Geschichte, dass er eine Möglichkeit entdeckt haben soll, Energie aus dem leeren Raum zu gewinnen.»

Bradfield bedachte Findhorn mit einem skeptischen Blick. «Ich kann mich nicht erinnern, je davon gehört zu haben.»

«Könnte denn überhaupt etwas daran sein?»

Der Engländer gab sich alle Mühe, nicht spöttisch zu lächeln. «Aber natürlich nicht. Von Zeit zu Zeit kommen einige abwegige Ideen aus Amerika. Und das ganz besonders aus jener Ära. Es gab da so manches sonderbare Phänomen, das ich als Ausgeburt kranker Hirne bezeichnen möchte. Fliegende Untertassen, Psychokinese, die Rote Gefahr und dergleichen mehr. Meiner Ansicht nach handelt es sich dabei um psychologische Reaktionen auf die Ängste vor einem thermonuklearen Holocaust, die in den fünfziger Jahren grassierten.»

«Sie würden also nichts darauf geben?»

Bradfield fuhr fort: «Ich habe ein Problem, Mister Cartwright. Da sich meine Ansichten den gängigen Erkenntnissen der Physik zuordnen lassen, erklärt man mich allzu leicht zu einer Art Sprecher des Establishments. So komme ich mir hier schon fast vor wie der Sheriff von Nottingham im Kampf gegen Robin Hood», Bradfield warf einen kurzen Blick auf Aristoteles, «aber es ist in der Tat so, dass die meisten Physiker übereinstimmend der Ansicht sind, dass der leere Raum keine signifikante Energie enthält. Gegenteilige Meinungen sind jedoch von einer kleinen und lautstarken Clique von Außenseitern geäußert worden. Ich vermute, dass dadurch Ihre Nachforschung ausgelöst worden ist. Sie sollten sich jedoch vergegenwärtigen, dass diese Leute in der wissenschaftlichen Gemeinde nur geringfügigen Einfluss besitzen.»

Der Kellner kam heraus und brachte eine Öllampe, die er mitten auf den Tisch stellte und mit einem Feuerzeug anzündete. Aristoteles ignorierte Bradfield demonstrativ und sprach Findhorn an. «Modeströmungen kommen und gehen in der Wissenschaft wie anderswo. Die einzige Ansicht, die zählt, ist die von Mutter Natur.»

«In unserer Wissenschaftsdisziplin gibt es eine Menge Spinner», konterte Bradfield geschmeidig. Aristoteles erstarrte, wie deutlich zu sehen war.

Findhorn wollte von der deutlich zunehmenden Feindseligkeit ablenken. «Ich habe vom Casimir-Effekt gelesen und auch von der Nullpunktenergie. Was sind das für Dinge? Und von wie viel Energie reden wir da eigentlich?»

Aristoteles holte einen Kuli hervor, schob einen Teller mit Brot beiseite und fing an, auf der Papiertischdecke zu kritzeln. «Das Vakuum ist angefüllt von einem Licht mit unvorstellbarer Intensität, wenn wir es denn sehen könnten. Lassen Sie mich zuerst dessen Intensität niederschreiben.» Dann schrieb er groß und schwungvoll eine Gleichung auf: $I_f = Kf^3$. Findhorn neigte den Kopf, um die Gleichung lesen zu können. «Vergessen Sie nicht, dass ich nur Journalist bin. Sie müssten es schon näher erklären.»

Der Grieche versuchte es mit einem Scherz. «Sogar Journalisten können doch lesen. I_f ist die Intensität dieses Lichts bei der bestimmten Frequenz f. K ist eine extrem kleine Zahl.»

«Was die Intensität des Lichts extrem klein machen würde», bemerkte Findhorn. «Und wie klein ist überhaupt K?»

Aristoteles kritzelte $6{,}14 \times 10^{-57}$. «Für den Laien heißt das 6,14 geteilt durch eine Eins mit siebenundfünfzig Nullen.»

«K ist also so dicht an null, dass der Unterschied unerheblich ist», sagte Findhorn.

Aristoteles gab sich geduldig. «Aber betrachten Sie das f^3 auf der anderen Seite, junger Mann. Die Gleichung besagt auch etwas anderes, nämlich dass die Intensität dieses Lichts sich mit der dritten Potenz seiner Frequenz vergrößert. Wie winzig das K auch ist, seine geringe Größe wird bei einer hinreichend hohen Frequenz stets überwältigt.»

«Okay, wir sind also in einem Strahlungsfeld von gewaltiger Intensität gefangen.» Findhorn brach ein Stück Brot ab und tunkte es in seinen Wein. Er hatte im Kino gesehen, dass manche Leute dies taten. «Warum werden wir denn darin nicht geradezu gegrillt? Ich kann es ja nicht einmal sehen. Der Weltraum ist schwarz.»

Aristoteles schwenkte die Arme, als wolle er den Himmel umfassen. Ein leicht fanatischer Unterton färbte seine Worte. Oder vielleicht war das auch nur die mediterrane Theatralik, dachte Findhorn. «Spürt ein Fisch auf dem Grund des Ozeans auf jedem Quadratzentimeter seiner Oberfläche das Gewicht von einer Tonne darüber liegendem Wasser? Spüren Sie den Druck der Atmosphäre auf Ihnen lasten, ein Kilogramm auf jedem Quadratzentimeter Ihres Körpers? Das tun Sie nicht. Weil dieser Druck Sie durchdringt. Nur Druckunterschiede sind spürbar. Den zermalmenden atmosphärischen Druck spüren Sie nicht, aber Sie nehmen einen leichten Windhauch auf Ihrer Wange wahr.»

«Wollen Sie damit sagen, dass wir dieses Vakuumlicht nicht sehen, weil wir davon durchdrungen sind?»

Aristoteles nickte nochmals. «Es ist überall, in der Netzhaut Ihrer Augen, in Ihrem Bauch, in den Zwischenräumen Ihrer Atome.»

«Und woher wissen Sie überhaupt, dass es existiert?»

«Angenommen, Sie befinden sich in einem U-Boot ohne Druckanzeiger, wie könnten Sie da feststellen, wann Sie sich unter Wasser befinden?»

«Sagen Sie es mir.»

Noch mehr Theatralik. Jetzt quetschte Aristoteles ein imaginäres U-Boot zwischen seinen Handflächen. «Dadurch dass sein stählerner Rumpf ein ganz klein wenig schrumpft. Eine Schrumpfung von wenigen Millimetern würde Sie auf die Existenz eines riesigen äußeren Ozeandrucks schließen lassen. Genauso gibt es feinste Manifestationen der Vakuumstrahlung. Winzige Abweichungen in den erwarteten Energiepegeln von Atomen. Minimale Kräfte, die zwischen flachen Platten in einem Vakuum wirken. Die noch so geringen Hinweise auf diese Schattenwelt. Der Rest ist Schlussfolgerung. Aber wir haben keine Senkschnüre, um die letzten Tiefen dieses Ozeans von Energie auszuloten. Der ist *terra incognita*.»

«Und was hat das mit der Nullpunktenergie zu tun?»

«Die Zero Point Energy, ZPE, mein Freund und Journalist, ist die Energie des Vakuums, will heißen, die Energie dieses Strahlungsfeldes. Sie ist ein Überbleibsel der Schöpfung, und ihr Ausmaß entzieht sich jeder Vorstellung.»

«Und der Casimir-Effekt?»

«Derartig intensiv ist die Strahlung bei den höchsten Frequenzen, dass beim geringsten Schatten der Unterschied in der Intensität Druck verursacht. Das eben geschieht beim Casimir-Effekt. Die Platten schirmen einander – wie gering auch immer – von der umgebenden Vakuumstrahlung ab. Der Differentialdruck des Lichts presst sie zusammen.»

Bradfield unterbrach den Dialog. Seine Stimme klang leicht gereizt. «Lassen Sie sich nicht vom Enthusiasmus meines Kollegen mitreißen, Mister Cartwright. Auch die erfolgreichsten Experimente haben nicht mehr Casimir-Kraft hervorgerufen als das Gewicht einer Büroklammer.»

Aristoteles reagierte mit einem abfälligen «Bah!». Dann kritzelte er $F = Cd^{-4}$ auf die Papierdecke. «Das ist die Kraft, die die Platten zusammendrückt. Je dichter sie beieinander sind und je besser sie einander abschirmen, desto größer ist der Druck. Die Kraft vergrößert sich mit der inversen vierten Potenz ihres Abstands *d*. Es stimmt, dass experimentelle Einschränkungen im Laboratorium zu großem Abstand zwischen den Platten geführt haben und die gemessene Kraft daher klein ist. Aber brächte man sie zehnmal dichter aneinander, würden sie der zehntausendfachen Kraft ausgesetzt sein. Hundertmal dichter, und die Kraft vervielfacht sich hundertmillionenfach.»

«Tausendmal dichter, und man würde das U-Boot zermalmen», behauptete Archie. Sein verschwitztes rotes Gesicht hatte einen seltsamen Ausdruck, wirkte beinahe fiebrig. Findhorn fand, dass es fast habgierig aussah.

«Aber wie könnten wir an all diese Kraft herankommen?», fragte Findhorn. «Was hat Petrosian entdeckt?»

Wieder meldete sich Bradfield zu Wort, und jetzt war seine Verärgerung offenkundig. «Welche Kraft? Sie existiert doch gar nicht. Es gibt keine Vakuumenergie.»

Archie wirkte irritiert. «Aber, Professor Bradfield, Sie haben doch eben noch erzählt, dass man die Kraft zwischen den Platten gemessen hat.»

«Man hat eine Kraft gemessen. Aber das ist alles interatomar. Die Atome registrieren es, wenn sie dicht beieinander sind.»

«Es hat nichts mit dem Vakuum zu tun?»

Bradfield antwortete mit großer Entschiedenheit: «Nicht das Geringste. Das Vakuum ist leer. Theorien, Energie aus ihm zu gewinnen, gehören auf eine Stufe mit Geräten zur Aufhebung der Schwerkraft und Astralprojektion.»

Findhorn fragte: «Können Sie das beweisen?»

Bradfield streckte seine Hand aus. «Ich sehe meine Hand. Keine Verzerrung, keine Lichtkrümmung, meine Hand ist einfach da.»

Findhorn sah ihn verdutzt an. «Das ist der Beweis?»

Bradfield sagte: «Korrekt, Mister Cartwright. Energie besitzt Masse. Masse übt Schwerkraft aus. Würde das Vakuum so viel Energie in sich tragen, wie Papa hier behauptet, würde das Universum eine weitaus größere Masse haben, als die Astronomen uns sagen. Es würde unter seinem eigenen Gewicht in sich selbst zusammenbrechen. Der Kosmos würde auf die Größe eines Golfballs schrumpfen.» Wie in einer Parodie von Aristoteles schwenkte er jetzt ebenfalls die Arme. «Erstaunlicher Golfball!»

Archie schrieb mit Aristoteles' Kuli. «Ich verstehe, was Sie sagen wollen. Trotz der winzigen Energie, die bereits im Labor gemessen wurde: Ferne Galaxien könnte man nicht sehen.» Er lehnte sich zurück und sah Aristoteles stirnrunzelnd an. «Es besteht bereits ein Widerspruch zwischen dem Labor und dem Teleskop.»

Bradfield schaffte es, an seinem Wein zu nippen und gleichzeitig zustimmend zu nicken. «Ein eklatanter. Und Aristoteles weiß das auch. Energiegewinnung aus dem Vakuum gehört in eine Reihe mit dem Perpetuum mobile und der kalten Fusion. Der reine Unsinn.»

«Unsinn redet ausschließlich Professor Bradfield.» Aristoteles' Gesicht war hochrot. «Schwerkraft ist nichts als eine gegenseitige Abschirmung der Atome von der ZPE. Die Nullpunktenergie kann sich nicht von sich selbst abschirmen. Sie kann keine Gravitationskraft ausüben und lässt deswegen auch nicht das Universum zusammenbrechen.»

Ohne dass sie bestellt worden waren, wurden Teller mit Suppe gebracht. Der Kellner balancierte sie auf seinen Armen. Findhorn sah kleine Fische und Tintenfischtentakel in einer dickflüssigen tomatenroten Suppe. Bradfield betrachtete seinen Teller ziemlich verschreckt. Der Schäferhund tauchte wieder auf und ließ sich mit einem Seufzen nieder. Er wahrte so viel Abstand, dass er nicht getreten werden konnte, sich aber in Reichweite möglicherweise zugeworfener Brocken befand.

Aristoteles sagte: «Pfeffer? Nicht zu leugnende Tatsache ist jedoch, Mister Cartwright, dass zahlreiche kleine atomare Reaktionen erklärt werden können – und nur dann erklärt werden können –, wenn das Vakuum eine Strahlung enthält, deren Intensität sich unbegrenzt steigert, wenn wir zu immer höheren Frequenzen kommen. Die Energie muss sich dem Unendlichen nähern.»

Bradfield hatte sich wieder gefangen. «Nicht alles, was in einer

Gleichung erscheint, ist auch physikalische Realität. Diese ZPE ist nicht mehr als ein rechnerischer Trick.»

Aristoteles tunkte Brot in seine Fischsuppe. «Wir machen Fortschritte. Mein Kollege räumt jetzt ein, dass die Nullpunktenergie eine vereinheitlichende Erklärung für einen weiten Bereich atomarer Phänomene ist. Die Amerikaner – oder sind es die Briten? – haben dafür einen Ausdruck. Wenn es aussieht wie eine Ente, wenn es watschelt wie eine Ente und wenn es quakt wie eine Ente, dann nennen wir es auch eine Ente – und nicht etwa einen rechnerischen Trick.»

Archie stach mit der Gabel nach einem der Tentakel, als erwartete er eine Reaktion.

Findhorn sagte: «Das hier übersteigt mein Begriffsvermögen.»

«Vielleicht brauchen Sie noch einen Schluck Retsina, mein Freund», regte Aristoteles an und schenkte ein.

Findhorn fand, dass der Wein eher wie Terpentin schmeckte, aber er trank trotzdem davon. «Von wie viel Energie reden wir eigentlich?»

Aristoteles harpunierte mit seiner Gabel einen Fisch. «Die Nullpunktenergie formt Moleküle, ja, sie bestimmt sogar die innere Struktur der Atome. Die materielle Welt ist Schaum, der auf der Oberfläche eines tiefen Ozeans aus Vakuumenergie schwimmt.»

«Nennen Sie mir eine Größenordnung.»

Papa hatte eine schnelle Antwort parat: «In einem Hohlraum von der Größe einer Kaffeetasse ist genug Energie, um die Weltmeere verdampfen zu lassen.»

Archies Augen strahlten. Bradfield sagte: «Ährgh!» Ob in Bezug auf die Suppe oder die Behauptung des Griechen, war unklar.

«Das ist ja ungeheuerlich», sagte Findhorn lahm.

«Sie müssen doch darüber nachgedacht haben, welche Auswirkungen eine Quelle unendlicher Energiereserven hätte, die man auch noch leicht anzapfen könnte», sagte Aristoteles.

«Billige Elektrizität. Das Ende aller Hungersnot. Wasser in der Wüste. Eine Welt des Überflusses.»

Aristoteles brach in Gelächter aus. «Billige Superbomben, verheerender als Nuklearwaffen und viel leichter zu bauen. Wirtschaftlicher Zusammenbruch. Massenarbeitslosigkeit. Gesellschaftliches Chaos. Und irgendwo dann das Auftauchen eines neuen Führers, der die Situation retten soll.»

Findhorn versuchte es abermals. «Wie könnte man sich diese Energie zunutze machen, Papa. Wie ginge das?»

Aristoteles schob seinen Stuhl nach hinten und stand auf, den Teller in der Hand. Der Schäferhund sprang erwartungsvoll auf. Der Kellner begann einen überschwänglichen Wortwechsel mit Aristoteles auf Griechisch. Geld wechselte nicht die Hände, und Findhorn ließ es dabei bewenden. «Ganz einfach. Denken Sie an eine einfache Methode, das Vakuum zerfallen zu lassen. Den Grundzustand des neutralen Vakuums zu verändern.»

Bradfield sah aus, als habe er Schmerzen.

«Ich verstehe diese Termini nicht», sagte Findhorn frustriert.

«Vergessen Sie mechanische Vorrichtungen wie parallele Platten. Schauen Sie auf die atomare Ebene. Suchen Sie nach einem System, das in der Vakuumenergie schimmert, gleich einem Kristall mit komplexen Resonanzen auf der Quantenskala, wodurch es in der Lage ist, das Unmögliche zu erreichen, wie zum Beispiel eine zeitweilige Umkehrung des Zeitverlaufs. Beschäftigen Sie sich damit.» Aristoteles stand an der Küchentür. «Meiner Ansicht nach gibt es jedoch ein Problem bei allen Versuchen, technisch mit dem Vakuum umzugehen. Petrosian hat sich das vergegenwärtigt, vielleicht aber auch nicht.»

Findhorn wartete. Aristoteles beendete seine dramatische Pause und fuhr fort: «Wir würden mit etwas spielen, von dem wir nur sehr wenig wissen.»

«Sie meinen ...»

«Also, Mister Journalist von der *Times*» – schwang da, fragte sich Findhorn, ein ganz leichter Hauch von Argwohn in Aristoteles' Ton mit? –, «ich habe Ihnen Zeit geopfert, habe Ihnen das Vakuum und den Kosmos präsentiert. Mehr dürften Sie für Ihren

Zeitungsartikel nicht benötigen.» Ein gleißend blauer Blitz zuckte auf, und Sekunden später grollte Zeus zornig über den Bergen. «Wir sollten zurückkehren.»

«Noch ein Letztes, Papa», sagte Findhorn.

Aristoteles wartete.

«Wer waren Chase und Henshal?»

Im Halbdunkel wirkte Aristoteles verblüfft. Bradfield wirkte verblüfft. Archie wirkte verblüfft. Und schließlich wirkte auch Findhorn verblüfft.

«Ich vermute, du warst überrascht, mich hier zu sehen», sagte Archie. Die Luft war stickig, und auf seiner Stirn stand leichter Schweiß. Er schaute immer wieder durch das Küchenfenster auf den Hof hinaus.

Findhorn schenkte ihnen beiden Wein nach. «Überrascht warst ganz allein du, Archie. Aber inzwischen hast du ja wohl genug Zeit gehabt, dir eine einleuchtende Geschichte auszudenken.»

Archie blies laut Luft aus und nahm einen Schluck. «Du bist zu verdammt schlau für einleuchtende Geschichten. Also kann ich es dir genauso gut erzählen.»

«Du musst blitzschnell hierher gekommen sein, nachdem du mir die falsche Nachricht geschickt hattest.»

Archie zögerte. Dann: «Ja. Woher wusstest du, dass sie falsch war?»

«Beinahe hättest du mich getäuscht. Dein Fehler entstand bei den Übergangsadressen zwischen der Angel Lodge und meiner Adresse in Aberdeen. Statt «digital.com» stand da «digitil.com». Das konnte nur bedeuten, dass die E-Mail-Adresse mit der Hand von jemandem eingetippt worden sein musste, der seine Spuren verwischen wollte. Und inzwischen hatte ich auch kapiert, dass immer wenn ich dich kontaktierte, kurz darauf etwas Übles passierte.»

Archie schwieg.

Findhorn war plötzlich zornig. «Es gibt da Leute, die mich umbringen wollen.»

«Das gehörte nicht zu der Abmachung.» Archies Blick huschte immer wieder zum Fenster.

«Du hast mich sehr verletzt, Archie. Du warst der Einzige, von dem ich glaubte, dass ich ihm trauen könnte.»

«Tja, wir müssen eben alle mal erwachsen werden.»

«Warum?», fragte Findhorn, obwohl er die Antwort bereits kannte.

Archie sah Findhorn an. Seine Augen waren rot gerändert. «Du bist ein Narr, Fred. Wenn dieser Petrosian wirklich einer Sache auf der Spur war, dann geht es um weit mehr als nur ein Vermögen. Stell dir vor, das Patent auf eine Vorrichtung zu haben, die der Welt kostenlose Energie verschafft.»

«Du hast doch gehört, was Papa der Grieche zu sagen hatte. Es könnte auch nach hinten losgehen. Also nur schnell das Geld zusammenraffen und zum Teufel mit den Risiken?»

«Fred, du bist da auf etwas gestoßen, das dich reicher machen könnte als Krösus. Mir hängt die Armut zum Hals raus, und empfehlen kann ich sie absolut nicht. Ich möchte mehr vom Leben haben, als mich zu schinden und zu versuchen, eine Generation drittklassiger Studenten zu unterrichten, die nicht das geringste Interesse haben. Ich wollte doch nur nach oben kommen, zu denen gehören, die es geschafft haben. Ein Stück vom Kuchen, ist denn das so schlimm?»

«Ein netter Kuchen.» Findhorn hielt inne und fragte dann unvermittelt: «Was hast du mit diesen religiösen Wirrköpfen zu tun?»

Man merkte Archie an, dass ihm unbehaglich war. «Du weißt ja nicht, gegen wen du da antrittst.»

«Steckt ihr gemeinsam da drin, du und Romella?»

Er schmollte wie ein kleines Kind.

«Wenn Bradfield Recht hat, gibt es gar keine Nullpunktenergie, und diese Casimir-Sache beruht nur auf interatomaren Kräften.»

«Ja.»

«Ein Ja, das nein bedeuten soll.»

Archie nippte an seinem Wein und machte unmissverständlich deutlich, wie wenig er ihm schmeckte. «Bradfield passte es in den Kram, eine Sache nicht zu erwähnen. Diese atomaren Kräfte, von denen er tönte. Die werden überhaupt erst von der ZPE verursacht.»

«Du willst sagen …»

«Sie sind einfach Teil der verflixten Nullpunktenergie. Außerdem hat er dich mit seiner Bemerkung über eine lautstarke kleine Gruppe von Außenseitern ebenfalls in die Irre geführt. Die Leute, die an die ZPE glaubten, legten nämlich ebenfalls die Grundsteine der modernen Physik. Leute wie Einstein, Planck, Feynman und Bethe.»

Feynman und Bethe. Namen in Petrosians Tagebüchern: Er hatte in Los Alamos mit ihnen zusammengearbeitet. «Und was sagt dir nun dein Gefühl, Archie?»

«Ich setz auf den Griechen.» Dann: «Fred, da ist etwas, das ich dir sagen muss.» Archie schenkte sich nach und nahm einen großen Schluck. Angeekelt verzog er das Gesicht. «Verflixtes Terpentin.»

«Brauchst du das Zeug, um dir Mut anzutrinken?»

«Man erwartet von mir, dass ich dich auf einen letzten Drink in mein Hotel einlade. Es liegt einen Kilometer entfernt, und auf dem Weg dorthin gibt es jede Menge dunkler Gassen. Es gibt außerdem massenweise hübsche kleine Buchten, in denen nächtliche Schwimmer allzu leicht ertrinken können. Und ich nehme an, dass die forensische Wissenschaft in dieser Ecke nicht gerade Weltklasse hat.»

Findhorn bekam eine Gänsehaut. «Ich hab mich schon gefragt, wie sie es wohl bewerkstelligen wollen.»

«Insel der Offenbarung. Das Jerusalem der verflixten Ägäis.» Archie schüttelte den Kopf. «Verschwinde, Fred. Mach dich fort von dieser Insel, so schnell du kannst.»

«Ich denke unentwegt daran. Aber man kann Patmos nur auf eine Weise verlassen, und das ist mit der Fähre aus dem Hafen von Skala.»

«Hast du mich nicht verstanden? Hau ab aus diesem Haus. Verschwinde. Schlaf unter freiem Himmel. Dann begib dich direkt aus den Bergen hinunter auf die Fähre, sobald sie sehr voll ist. Und bleib zwischen hier und dem nächsten Flughafen niemals allein, auch nicht eine Sekunde. Das ist deine einzige Chance, Fred.»

«Und was wird mit dir?»

«Ich werd ihnen sagen, dass du dir ein Quartier in Oriko suchen wolltest, um in der Nähe des Strandes zu sein. Mehr kann ich nicht für dich tun.» Zum ersten Mal an diesem Abend sah Archie seinem Freund direkt in die Augen. Verzweiflung verschleierte seinen Blick. «Ich hab dich schwer enttäuscht, Fred. Es tut mir Leid. Aber ein paar Tage lang konnte ich einen wundervollen Traum von Freiheit genießen.»

Findhorn hatte eine bessere Idee. Am frühen Morgen tauchte er, frisch rasiert, aber frierend und ein wenig nach Schafskot riechend, auf einem Weg auf, der nach Kampos führte, dem nördlichsten Dorf der Insel. In einem kleinen Laden kaufte er schwarze Schuhcreme, in einem anderen Sicherheitsnadeln, eine Schere und ein paar Meter schwarzen Stoff. Dann verschwand er wieder den Pfad hinauf. Er musste zwei Stunden lang experimentieren, bis er zufrieden war, und mit den schwarzen Augenbrauen hatte er auch seine liebe Mühe, aber die Männer auf dem Kai schenkten der Frau keine Beachtung, die von Kopf bis Fuß in traditionelles Schwarz gekleidet und mit einer Sonnenbrille auf der Nase die Gangway der Morgenfähre hinaufkletterte.

Der Taxifahrer machte dem schrecklichen Ruf griechischer Taxifahrer alle Ehre, und Findhorn, der gerade erst dem Tod entronnen war, hielt es für äußerst dumm, jetzt etwa an einem Laternenpfahl zu enden. Als er am Flughafen von Athen eintraf, war er völlig erschöpft und einem Nervenzusammenbruch nahe. Er bekam gerade noch einen Flug nach Heathrow über Paris und fand sich schließlich in einer ruhigen und sauberen Frühstückspension in Cricklewood wieder, so weit entfernt von Central London, wie die U-Bahn ihn hatte bringen können.

Er kaufte einen Burger und aß ihn in seinem Zimmer, wobei er eine undefinierbare Quizshow im Fernsehen betrachtete. Die Ereignisse des Tages spukten ihm im Kopf herum. Ich bin gerade noch davongekommen. Ich weiß jetzt, was auf dem Spiel steht. Aber ich bin Petrosians Mechanismus noch nicht näher gekommen.

Er telefonierte nicht, und er rief auch keine E-Mails ab. Niemals könnte er hierher verfolgt werden. Nichts konnte ihm etwas anhaben. Er war geschützt. Absolut sicher. Wieder einmal, sagte er sich, triumphiert die reine Vernunft über irrationale Ängste.

Und er verkeilte einen Stuhl unter dem Türgriff.

23 DER VERRÄTER

Jürgen Rosenblum trug einen langen Mantel, dessen hochgeklappter Pelzkragen seine Ohren vor dem eisigen Schneegestöber schützte. Er stampfte mit den Füßen auf und betrachtete verdrossen die Schaufensterdekoration. Diverse Puppen tummelten sich in tropischer Strandkleidung vor einer Kulisse aus Palmen und sonnigen Stränden. Sie umlagerten in physiologisch völlig unglaubwürdigen Posen ein Motorboot, und über ihnen forderte ein Schild auf: «Mach Eindruck mit Speedo Swimwear.»

Er sah auf, erblickte Petrosian und grinste. «He, alter Freund!»

«Na», antwortete Petrosian auf Deutsch und ergriff seine Hand, «du siehst ja aus wie ein Schneemann. Wie läuft denn das Leben so?»

Rosenblum grinste noch mehr. «Es ist die Hölle, aber wir, das Proletariat, müssen eben noch viel schuften, bis eine sozialistische Gesellschaft geschaffen ist.»

Petrosian sagte: «‹Vorwärts dem Sieg entgegen marschieren unsere Helden›», und Rosenblum warf ihm einen fragenden Blick zu.

Rosenblum nahm Petrosian beim Arm, und sie gingen im schneidenden Wind die Straßen entlang. Petrosian schmerzten die Ohren. «Also, was gibt es, Jürgen?»

«Nicht hier. Machen wir einen Spaziergang.»

Sie gingen hinüber in den Central Park und dann in nördlicher Richtung. Auf einem Teich vergnügten sich Schlittschuhläufer, und Kinder tollten um einen Schneemann. Rosenblum nickte einer Frau zu, die einen verfrorenen kleinen Terrier ausführte. Als sie an ihr vorbei waren, sagte er: «Lev, du wirst demnächst verhaftet.»

«*Was?*»

«Ich kann dir nur so viel sagen, wie du wissen musst, und etwas, wovon du nichts wissen musst, ist meine Informationsquelle. Sagen wir nur, ich habe einen Freund in New York, der einen Freund in New York hat.»

Niemand war in ihrer Nähe, aber Petrosian sprach ganz leise. «Ich weiß, dass ich in Greers Ferry abgehört wurde. Und das FBI hat sich nach mir und Kitty erkundigt.»

«Wir sollten Englisch sprechen, Lev. Mit Deutsch erregen wir nur Aufmerksamkeit. Man hat dich inzwischen ein ganzes Jahr lang abgehört. Und während des Manhattan-Projekts wurdest du fast zwei Jahre lang überwacht.»

«Woher weißt du das?»

«Lev, wie ich schon sagte, stell bitte keine Fragen. Aber ein Haftbefehl auf deinen Namen wird noch heute ausgestellt. Vielleicht ist er sogar schon draußen.»

«Wessen werde ich beschuldigt?», fragte Petrosian fassungslos.

«Spionage.»

Rosenblum beobachtete die schockierte Reaktion seines Freundes mit kühlem Interesse. Dann brachte Petrosian heraus: «Die liegen völlig falsch.»

«Das weiß ich. Aber frag mich nicht, wieso ich das weiß», fügte Rosenblum eilig hinzu.

«Und wenn ich einfach mit ihnen reden würde?»

«Klar doch.» Es klang nicht einmal sarkastisch. «Ich krieg langsam Frostbeulen am Hintern. Suchen wir uns ein Café.»

Petrosian sagte: «Da du so viel weißt, Jürgen, weißt du ja vielleicht auch, was sie gegen mich in der Hand haben.»

«Manches davon geht auf Manhattan zurück. Sie wissen, dass du über Kitty Dokumente weitergeleitet hast.»

«Das waren doch nur Briefe.»

«Warum hast du denn nicht wie alle anderen in Los Alamos das Postfach 1663 benutzt?»

«Kann ich nicht sagen.»

«Du wirst es aber sagen müssen, wenn es zum Prozess kommt.»

«Ich weiß, dass es schlecht aussieht.»

«Es sieht furchtbar aus.»

Sie verließen den Park. Die Wege waren vom Schnee befreit, aber es schneite noch reichlich. Sie gingen den North Broadway entlang. Rosenblum ließ seinem Freund Zeit, die Information zu verdauen, und unterbrach dessen Gedankengang nicht durch den Versuch, ein Gespräch zu führen. Er führte ihn in ein warmes Café und ließ ihn an einem Fenstertisch Platz nehmen. Dann kam er mit einem Tablett zurück und servierte ihnen beiden Cappuccino und Bagels.

Rosenblum tunkte seinen Bagel in den Cappuccino. Auf der anderen Seite der Fensterscheibe tauchte ein Mann auf, der seinen Kragen hochgestellt und seinen Hut fast bis über die Augen heruntergezogen hatte. Rosenblum betrachtete ihn mit einer Mischung aus Argwohn und Angst.

«Jürgen, das alles ist vor zehn Jahren geschehen. Wenn sie etwas hätten unternehmen wollen, hätten sie das doch schon damals tun können.»

«Irrtum, Irrtum, Irrtum. Damals herrschte Krieg. Sie gingen das Risiko mit dir aus reiner Notwendigkeit ein. Jetzt ist es anders. Sie haben neue Sachen gegen dich gesammelt, Beweise, die jede Jury überzeugen dürften.» Rosenblum sah immer wieder zu dem Mann auf der anderen Seite der Fensterscheibe.

«Wie kann das sein? Ich hab doch nichts getan.»

«Du wurdest gesehen, wie du bei mehreren Gelegenheiten das Sowjetische Konsulat in New York betreten hast.»

«Mein Bruder lebt in Armenien. Ich habe mich nach der Möglichkeit erkundigt, Ausreisevisa für ihn und seine Familie zu bekommen. Dazu hat mich schon das FBI befragt.»

«Haben die sich zufrieden gegeben?» Eine Frau mittleren Alters gesellte sich zu dem Mann. Sie hakten einander unter und eilten davon. Rosenblum wirkte sichtbar erleichtert. Er knabberte an seinem Bagel.

Petrosian sagte. «Ich glaube schon.»

«Sie waren eben nicht zufrieden. Aber deswegen sollst du auch nicht verhaftet werden. Vor vierundzwanzig Stunden wurde vom Konsulat ein langes Telegramm nach Moskau geschickt, und zwar nicht in der gängigen Verschlüsselung, die nicht zu knacken ist, sondern in einer alten GRU-Methode, die Arlington Hall schon vor Jahren entschlüsselt hat. In diesem Telegramm wirst du namentlich erwähnt. Es heißt darin, du hättest hervorragende neue und detaillierte Informationen über die Arbeit in Los Alamos geliefert, die man als Diplomatensendung schicken würde. Das alles ist sehr clever vermischt mit Sachen, von denen sie sich sicher sind, dass die Amerikaner sie bereits kennen. Du verstehst also den Grundtenor. Du wirst dem Henker ausgeliefert, Vaseline auf dem Schädel und Elektroden an den Eiern. Du bist dem Tod geweiht, Lev. Und du kannst dich nirgends verstecken.»

Petrosian merkte, dass er blass wurde. Er schob den Teller zur Seite. «Du nennst dich vielleicht Freund, Jürgen, aber du bist der verräterischste Bastard, den ich je kennen gelernt habe.»

«He!» Rosenblum spielte die gekränkte Unschuld. «Erschieß nur nicht den Boten. Ich bin dein Kumpel.»

«Ich werde dies Gespräch dem FBI mitteilen.»

«Wer würde dir schon glauben? Tätest du es, wenn du einer von den Feds wärest?»

«Warum denn nicht?»

«Dir bleiben zwei Tage, um das Land zu verlassen, Lev. Du kannst es machen wie die Rosenbergs.» Die Rosenbergs waren erst im vergangenen Sommer auf dem elektrischen Stuhl hingerichtet worden. «Oder du kannst dich stilvoll ausfliegen lassen, in unserem eigenen Privatflugzeug. Die Sowjetunion würde einen Mann von deinen Talenten und deiner Kreativität mit offenen Armen empfangen. Du würdest mit allen Privilegien leben. Aber es wäre auch ein Eintrittsgeld zu zahlen.»

«Darauf möchte ich wetten.»

«Sämtliche Informationen zur Super, über die du verfügst.»

Petrosian schüttelte traurig den Kopf. «Von Zeit zu Zeit hatte ich ja schon Bedenken, was dich betraf, Jürgen. Und jetzt fügen sich all diese Kleinigkeiten zu einem Bild zusammen.» Er lehnte sich auf seinem Stuhl zurück und blickte Rosenblum forschend ins Gesicht. «Sag mir doch mal, wie man sich so vorkommt als Verräter.»

«Das könnte ich dir nicht sagen, mein Freund, denn ich bin Patriot. Nur wird meine Loyalität nicht durch den Zufall des Geburtsortes bestimmt, nicht durch Geschichte oder Geographie. Sie gilt der gesamten Menschheit, nicht nur dem einen oder anderen Volksstamm. Schon in der Schule habe ich Geschichte und Geographie gehasst. All diese Schlachten und die endlosen Listen von Königen.»

«Welche Schule war denn das?»

«Komm schon, Lev, dies hier ist zum Nutzen eines größeren Ganzen. Ich bin dein Rettungsanker. Was stand denn eigentlich in diesen Briefen, die du Kitty ausgehändigt hast?»

«Das geht dich gar nichts an. Vielleicht suche ich mein Heil im amerikanischen Rechtssystem.»

Rosenblum bleckte gelbe Zähne. «Die Gerichte entscheiden nach Beweisen, die ihnen vorliegen. Was sollen sie sonst machen? Hast du Beweise dafür, dass dir etwas angehängt worden ist? Jeder kann behaupten, dass er reingelegt worden ist, und wenn die Gerichte anfangen, den Leuten das ohne Beweise abzukaufen, bräuchte ja nur jeder Ganove im Land aufzukreuzen und zu erklären, ihm sei etwas angehängt worden, und niemand würde noch für etwas verurteilt werden. Und du meinst also, du könntest zum FBI gehen und sagen: ‹Man hat mir was angehängt, aber beweisen kann ich das nicht›, und die würden antworten: ‹O ja, damit wären dann all diese Beweise erklärt, Kumpel, tut uns Leid, dass wir Sie behelligt haben›?»

«Beruhige dich, schließlich bin ich es, dessen Leben auf dem Spiel steht.»

«Ich brauche eine Antwort. Du hast zehn Sekunden.»

«Ich hab den Hals voll von repressiven Gesellschaften.»

«Ist dies etwa eine freie Gesellschaft? McCarthy ist Schneewittchen, und die sieben Zwerge sind das HUAC?»

«Was hast du mir denn anzubieten, Jürgen? Onkel Joe und seine Sowjetunion?»

«Möchtest du lieber in Alcatraz getoastet werden? Möchtest du in deinem eigenen Fett braten und dich brutzeln hören wie Speck in der Pfanne? Dich am Aroma eines Petrosian-Bratens laben?»

«Nein.»

«Heißt das jetzt ja oder nein? Deine zehn Sekunden sind abgelaufen, Lev. Für einen Mann, dem keine Wahl bleibt, brauchst du verdammt lange.»

Petrosian stützte den Kopf in die Hände. «Stimmt, ich habe keine Wahl.»

Rosenblum grinste. «Ich sehe das als ein Ja an. Und welchen Tribut kannst du dem Mutterland im Gegenzug zollen?»

«Nach Los Alamos kann ich nicht zurück. Man würde mich verhaften.»

Rosenblum wartete.

Dann sagte Petrosian: «Ich habe zwanzig Jahre lang Tagebuch geführt. Alles, was ich an der Atombombe und der Super getan habe, ist darin enthalten. Ich kann dir meine Tagebücher geben.»

«Aber wie du ja schon sagtest, kannst du nicht zurück, um sie zu holen.»

«Sie sind hier in der Stadt. Ich hab sie aus Los Alamos weggeschafft, als das FBI mit der Schnüffelei anfing. Schließlich sind sie ja Zeugnis eines schweren Verstoßes gegen die Geheimhaltung. Sie werden euren Wissenschaftlern in den Gulags verraten, wie der aktuelle Stand der Dinge ist.»

«Was für Gulags? Das ist doch nur westliche Propaganda. Und die Wissenschaftler brauchen technische Details.»

«Das technische Zeug ist im Abriss darin vorhanden. Deuterium-Tritium-Reaktionsraten, Implosions-Geometrien, alles. Und dazu jede bedeutsame Unterhaltung, die ich geführt habe. Es ist ein kompletter Bericht über die Entwicklung der Wasserstoffbombe aus der Perspektive von Los Alamos. Und dann sind da sogar noch Sachen aus Livermore.»

Rosenblum nickte hoch zufrieden. «Das hört sich ganz nach deinem Eintrittsgeld an. Ich werd es ihnen unterbreiten. Mann, alter Junge, freu dich doch. Schon bald erwartet dich ein neues Leben in einem sozialistischen Paradies.»

«Lange kann ich hier nicht durchhalten. Deinen Freunden bleiben achtundvierzig Stunden, um mich außer Landes zu bringen. Wenn sie bis dahin nicht alles geregelt haben, werde ich mich dem FBI stellen.»

Rosenblum kritzelte eine Nummer in ein Notizbuch, riss die Seite heraus und reichte sie Findhorn. «Du bist ein zäher Verhandlungspartner. Ruf mich morgen früh an. Bis dahin darfst du ihnen nicht ins Netz gehen.»

Petrosian gelang ein Lächeln. «Ich hab so was schon mal mitgemacht.»

«He, hab ich auch. Und ich bin ja so froh, dass du wieder gute Laune hast.»

Aus dem Schneegestöber war inzwischen ein regelrechter Blizzard geworden. Petrosian schaute Rosenblum nach, der zu einer U-Bahn-Station eilte. Er wandte sich in die entgegengesetzte Richtung und ging mit schnellen Schritten nach Norden, ohne sich von der bitteren Kälte beeindrucken zu lassen. Er hatte nichts anderes im Sinn, als die Tagebücher zu holen und irgendwo in den Vereinigten Staaten von Amerika einen sicheren und warmen Schlafplatz zu finden.

Es war dunkel, als Petrosian am Trinity-Friedhof aus dem Bus stieg. Er ging durch Straßen, an die er sich nur schwach erinnerte, und richtete sich dabei sowohl nach seinem inneren Kompass als auch nach Orientierungspunkten. Schließlich erkannte er das Haus wieder, ein weißes Gebäude aus Holz mit einer kurzen Auffahrt, in der ein alter Ford parkte. Der Schnee auf dem Weg war unberührt, und im Haus brannte Licht.

Ant öffnete die Tür. Sie sah Lev erstaunt an, und dann verdunkelte Besorgnis ihr hageres Gesicht. «Hallo, Kristel. Ich bin gekommen, um meine Aktentasche abzuholen.»

Er hörte die Stimmen, leise und sachlich.

Sie hielt ihn hin.

Er schnappte sich Jackett, Mantel und die Aktentasche mit den Tagebüchern. In der Küche legte er einen Finger an die Lippen und schlich demonstrativ übertrieben auf Zehenspitzen hinaus. Die Kinder kicherten aufgekratzt.

Ganz leise zur Hintertür hinaus. Durch den Garten. Über den Zaun und dann durch den Garten der rückwärtigen Nachbarn. Nach links, an Kristels Straße vorbei. Ein Buick parkte an ihrem Eingangstor. Petrosian wandte sich ganz schnell nach rechts, ging durch eine schmale Seitengasse voller Mülleimer. Ein alter Drahtzaun mit einer Öffnung in Kindergröße, dahinter Bäume. Er quetschte sich durch die Öffnung und befand sich auf einem Streifen spärlich bewaldeten Parkgeländes. Er durchquerte es auf dem Weg zu einer weiteren Straße, planlos, wenngleich er eines wusste: Er musste so weit weg wie nur möglich.

Am Bahnhof kaufte er eine Fahrkarte und wartete in kaum erträglicher Ungeduld auf dem Bahnsteig. Morgendliche Pendler tauchten auf. Er hielt sich möglichst fern von ihnen. Der Pullman fuhr ein und war halb leer. Er hielt schier unerträgliche zehn Minuten am Bahnsteig, während er den Eingang beobachtete und sich fragte, wie sie so dumm sein konnten, etwas so Naheliegendes wie einen Bahnhof nicht zu überwachen. Doch dann malte er sich aus, dass sie wahrscheinlich später nachfragen würden. Der Schalterbeamte würde ihn auf dem Foto wieder erkennen, und sie würden ihn dann am anderen Ende erwarten. Eine simple Maßnahme, die dann, in ein, zwei Jahren, darin münden würde, dass sein Blut ins Kochen geriet und ihm Flammen aus dem Mund schossen.

Der Zug fuhr ab, und Petrosian behielt den Bahnhofseingang im Auge. In seiner Vorstellung sah er Männer in letzter Sekunde auf den Bahnsteig stürmen. Die Pendler nahmen ihre Zeitungen zur Hand. Leute, die regelmäßig fuhren, tauschten Grußworte aus oder nickten einander zu. Jemand begann mit einer unendlichen Geschichte und redete schließlich nur noch mit sich selbst. Petrosian war niemandem auch nur einen Blick wert, und er staunte darüber, dass seine innere Angst keine Aufmerksamkeit erregte. Ungefähr zehn Minuten lang fuhr der Zug in gemächlichem Tempo und kam dann wieder zum Halten. Pendler strömten herein. Niemand stieg aus. Petrosian, dessen Nerven zum Zerreißen gespannt waren, drängte sich durch die Fahrgäste, die zugestiegen waren, und sprang in dem Augenblick vom Zug, als er sich wieder in Bewegung setzte.

Der Kontrolleur, ein junger gebeugter Mann mit schwarzer Weste, betrachtete verblüfft die Fahrkarte.

«Hab's mir anders überlegt», erklärte Petrosian.

«Wünschen Sie eine Erstattung?», fragte der Mann.

«Nein danke.»

«Dauert nicht mehr als fünf Minuten.»

«Ich hab's eilig.»

«He, ist aber doch vier fünfzig wert, Mister», beschwerte sich der Mann, als Petrosian davonging. Insgeheim schalt der sich dafür, dass er so viel Aufsehen erregt hatte.

Das wird sich rumsprechen. Öffentliche Verkehrsmittel darf ich nicht mehr benutzen.

Als mittelgroße Stadt im Staat New York sollte Poughkeepsie eigentlich einen Taxidienst haben. Aber Taxis haben Funkgeräte. Petrosian sah sich im Fond eines Taxis sitzen, während seine Beschreibung durchgegeben wurde, stellte sich die gespielte Gleichgültigkeit des Fahrers vor, der so tat, als würde er seinen Fahrgast darin nicht wieder erkennen; die Furcht des Mannes davor, ermordet zu werden; die verschlüsselten Mitteilungen an die Zentrale; die FBI-Leute, von denen sie umzingelt wurden.

Ich darf kein Taxi benutzen.

Die Aktentasche war der Killer. Achten Sie auf einen Mann mit einer mittelgroßen schwarzen Aktentasche. Kurz dachte er daran, sie loszuwerden und damit seine Aufzeichnungen über die vergangenen ereignisreichen fünfzehn Jahre. Doch die Tagebücher waren auch sein Visum. Ohne sie war er verloren.

Eine andere Aktentasche? Es war zu früh. Die Geschäfte waren noch geschlossen. Und zudem waren die Straßen menschenleer, und er war noch immer nicht weiter als zehn Minuten von Kristels Haus entfernt, und am Bahnhof von Poughkeepsie hatte er ja gleichsam lauthals gerufen: «Kommt doch und schnappt mich!»

Einen Wagen mieten?

Gewiss doch, Sir, aber warten Sie hier bitte einen Moment, während ich nachsehe, was wir zur Verfügung haben – und kurz einen Anruf erledige, weil Sie auf die Beschreibung passen, die gerade durchgekommen ist.

Einfach an Ort und Stelle bleiben? Sich in einem ruhigen Park verstecken, wie er es in Leipzig getan hatte?

In Leipzig war es über Nacht gewesen, und Leipzig war eine Großstadt. Jetzt war es frühmorgens in einer kleinen Stadt. Wenn er blieb, bot er ihnen nur Zeit, die Schlinge zuzuziehen. Niedergeschlagen ging er die Hauptstraße entlang und schleppte eine Aktentasche, die laut rief, Glocken läuten ließ und auf einer Trillerpfeife pfiff. Rosenblums Drohung, «in Alcatraz getoastet zu werden», ging ihm bohrend durch den Kopf.

Sonnenschein. Und Cappuccino in den Bars kleiner Bergdörfer, und knatternde kleine Lieferwagen, die bauchige Weinflaschen transportierten. Klapperndes Geschirr und lärmendes italienisches Geschnatter. Mönchskloster in Griechenland und gruselige religiöse Fanatiker. Verräterische Freunde und Erdrosselungen in dunklen Seitengassen. Findhorn wachte auf, und die gespenstischen Bilder aus seiner Traumwelt verblassten für immer. Das graue Tageslicht Londons stahl sich zwischen den Vorhängen hindurch, und seine Uhr sagte, dass es acht Uhr morgens war. Er zog sich schnell an und gab sich alle Mühe, seine Gedanken in Trab zu bringen, als er die Treppen hinunterstolperte. Am Speisezimmer vorbei, wo ein paar italienische Touristen ihr englisches Frühstück genossen und ihren Cholesterinspiegel in die Höhe schraubten. Er schenkte sich das Frühstück, rechnete mit der Wirtin ab, einer pummeligen und grauhaarigen kleinen Frau, und machte sich dann auf den Weg, um ein Einkaufszentrum, ein Cybercafé oder sonst einen Ort zu finden, wo er seine E-Mails abrufen konnte.

Eine neue Nachricht war eingetroffen, nichts als eine Telefonnummer mit amerikanischer Vorwahl. Er dachte, es könnte New York sein, und wenn, dann würde es dort drei Uhr morgens sein. Er wählte durch.

«Fred?» Sie klang aufgeregt und froh.

«Wo sind Sie?»

«La Guardia in New York. Ich werde gleich in eine Concorde einsteigen.»

«Was?»

«Nur ruhig, Fred. Das finanziert Ihr Bruder. Stefi und Doug

kommen aus Edinburgh runter. Wir werden in drei Stunden alle gemeinsam Kriegsrat in Heathrow abhalten. Wo sind Sie?»

Findhorn musste sich erst einmal kurz umsehen. «London.»

«Großartig, darauf haben wir auch gesetzt. Ich sehe Sie dann in drei Stunden. Wir treffen uns im Pizza Hut in Terminal 1.»

«Pizza Hut. Sie werden wahrscheinlich vor mir dort sein.»

«Doug möchte, dass Sie ihn so schnell wie möglich anrufen. Muss jetzt fliegen – ha, ha.»

Findhorn rief in Dougs Wohnung in Edinburgh an. «Dougie?»

«Fred, du lebst noch. Okay, hör zu, wir fahren jetzt zum Flughafen.»

«Romella hat mich informiert. Ich seh euch dann gleich.»

«Ja, aber hör mal. Ich hab schwer für dich gearbeitet. Ich hab die Sache mit dem grünen Mercedes verfolgt. Ich hab dir einiges zu erzählen.»

Findhorn lächelte. Der kleine Bruder schaukelte sich hoch für den Kampf ums Geld. «Darauf bin ich gespannt.»

«Und von jetzt an geht alles auf meine Rechnung.»

«Also schön, du Raffzahn, was hast du dir gedacht?»

«Dreißig Prozent von der Sore. Schließlich geh ich ja ein Risiko ein, es könnten auch dreißig Prozent von null werden.»

«Ein Risiko. Du weißt doch gar nicht, was das Wort bedeutet. Ich bin auf Eisberge geklettert, bin Attentätern entkommen …»

«Schön und gut, Mister Bond, aber haben Sie auch das nötige Kleingeld, um weiterzumachen?»

«Ohne die Tagebücher hätte diese ganze Sache niemals abgehoben. Zehn Prozent.»

«Abgehoben? Ohne mich hättest du eine Bruchlandung hingelegt. Meine juristischen Kontakte eröffnen uns Wege, die anderen Leuten verschlossen bleiben. Und dann ist da noch meine Wohnung, das absolut sicherste Versteck, das man sich vorstellen kann. Fünfundzwanzig Prozent.»

«Ich komm auch gut ohne dich aus», log Findhorn. «Zwanzig.»

«Geht in Ordnung. Ich seh dich dann gleich.»

Es stellte sich heraus, dass Findhorn als Erster im Pizza Hut eintraf. Nach seinem zweiten Kaffee stand er auf und schlenderte ruhelos umher, wanderte durch den Sock Shop, das Tie Rack, durchs Past Times und Thorntons. Bei W. H. Smith stöberte er in den Büchern. Der Klappentext eines Romans mit dem Titel «Nemesis» behauptete: «Dies ist vielleicht der letzte Thriller, den Sie noch lesen können.» Er legte das Buch hastig beiseite. Zu bedrohlich klang die Prophezeiung.

Er saß vor seinem dritten Kaffee, als Stefi und Doug aus dem Getümmel im Flughafen auftauchten. Sie trug einen weißen Pelzmantel, und Findhorn staunte, dass sie sich das als Studentin leisten konnte. Doug hatte nur wenig äußerliche Ähnlichkeit mit Findhorn, bis auf die leichte Rundung der Kinnbacken, die väterlicherseits vererbt worden war. Er war kleiner als Fred und gedrungener, hatte Haare, die schon lichter wurden, was bei einem so jungen Mann erstaunlich war, und trug eine dicke schwarze Brille. Bekleidet war er mit einem Nadelstreifenanzug und einem dunklen Trenchcoat von Gucci. Er trug eine teuer aussehende braune Aktenmappe aus Leder bei sich.

Stefi hauchte Findhorn einen Kuss auf die Wange.

«Frühstück, schnell», sagte Doug.

Findhorn überließ sie ihren Bratkartoffeln, Spiegeleiern und Würstchen, ohne sie zu stören. Eine fünfköpfige Familie machte sich an den Nachbartischen breit. Die Kinder, die sich kabbelten und ihre Getränke verschütteten, hatten Rotznasen, und ihre Eltern schienen es aufgegeben zu haben, sie zurechtzuweisen.

Als sie beim zweiten Kaffee waren, erschien Romella mit ihrer Reisetasche. Sie hatte sich einen hellblauen Mantel über die Schultern geworfen, trug eine schlichte weiße Bluse und einen kurzen schwarzen Rock. Sie sah ziemlich mitgenommen aus. Findhorn stellte seinen Bruder vor.

«Okay», sagte er dann, «sollen wir unser Plauderstündchen hier abhalten?»

Romella lehnte mit einer Handbewegung die Speisekarte ab, die Doug ihr reichen wollte. «Wenn Sie wollen. Aber mit meinem Concorde-Ticket kann ich euch alle auch in die Executive Lounge von British Airways mitnehmen.»

Es folgte ein eiliger Aufbruch.

«Ich zuerst», sagte Findhorn. «Ich habe entdeckt, von welcher Art Petrosians Maschine ist.» Und er berichtete ihnen von der Energie des Vakuums, davon, dass sie nichts sein konnte oder auch unvorstellbar gewaltig, und davon, dass Petrosian eine Möglichkeit gefunden hatte – oder zumindest geglaubt hatte, eine gefunden zu haben –, diese Energie anzuzapfen, und dass es sich um den Anbruch einer neuen Welt handeln könnte oder, abhängig von unbekannten physikalischen Gesetzen, das Ende der alten. Er erzählte ihnen von dem Fehlschlag, den es beinahe mit der Atombombe gegeben hatte, und von seiner Annahme, dass Petrosians Verstand auf diese Erfahrung so empfindlich reagiert hatte, dass er an den Rand der Labilität geraten war. Und er gestand ihnen auch, dass er selbst sich ebenfalls Sorgen machte über die mögliche Instabilität komplexer Systeme, wenn auch in geringerem Ausmaß und in einem anderen Bereich. Und er sagte ihnen, dass es ihm nicht gelungen war, das Geheimnis aufzudecken, das konkrete Verfahren zu finden, mit dessen Hilfe Petrosian geglaubt hatte, die Vakuumenergie anzapfen zu können.

Stefi hatte die Augen weit aufgerissen. «Ich bin überwältigt, Fred. Wenn Sie Recht haben und es sich hier um eine Art Maschine handelt, um aus dem Nichts Energie zu gewinnen, könnte dies die ganze Welt auf den Kopf stellen.»

Doug bekam seinen Mund nicht wieder zu. «Die finanziellen Möglichkeiten sind unglaublich.»

«Denkt an den warnenden Vorbehalt. Zuerst müsste untersucht werden, wie es sich mit der Stabilität verhält.»

«Stefi und ich glauben zu wissen, wer Romella entführt hat und wer hinter den Versuchen steckt, sich die Tagebücher anzueignen.

Und was du uns erzählst, passt ausgezeichnet zu dem, was wir herausgefunden haben. Es liefert uns das Motiv.»

«Sicher ist es der Tempel der Himmlischen Wahrheit?»

«Ich denke, das sind nur Handlanger. Ich glaube, dass hinter ihnen eine weit mächtigere Organisation steckt.»

Findhorn spürte ein leichtes Kribbeln auf der Kopfhaut. Er lehnte sich vor. Doug zog einen quadratischen Umschlag aus seiner Aktenmappe. Er sah sich verstohlen in der Lounge um, bevor er ihn Findhorn gab. «Diese Bilder sind von Überwachungskameras im Edinburgh Sheraton aufgenommen worden. Erkennst du jemanden darauf?»

Die Bilder waren mit einem Weitwinkelobjektiv gemacht worden und boten volle Sicht auf einen Hotelkorridor, wobei die Randbereiche leicht verzerrt waren. Kleine Zahlen in der oberen rechten Ecke der Schwarzweißaufnahmen nannten die Uhrzeit. Findhorn blätterte das erste halbe Dutzend durch, erkannte aber niemanden. Die Bilder sieben bis elf bildeten eine Serie. Sie zeigten einen angetrunkenen Mann, der aus einem Fahrstuhl stieg, unschlüssig stehen blieb, auf eine Tür zuging und schließlich verschwand. Die Zeit auf dem letzten Bild war 23 Uhr 47. In Edinburgh schlossen die Pubs um halb zwölf.

«Captain Hansen», sagte Findhorn.

Das nächste Foto war mit 01.07 gekennzeichnet. Der Fahrstuhl hatte einen Mann und eine Frau ausgespuckt. Der Mann trug einen Hut mit breiter Krempe, einen langen Mantel und eine Sonnenbrille. Nichts von alledem konnte davon ablenken, dass er klein und von massigem Körperbau war. Das Gesicht der Frau war ebenfalls von dunklen Brillengläsern geschmückt, aber es war hager, mit heruntergezogenen Mundwinkeln und demselben bösartig verbissenen Ausdruck. Sie trug ebenfalls einen langen Mantel, der Findhorn an ein ähnliches Kleidungsstück erinnerte, das er in einem Film über Wyatt Earp gesehen hatte.

Die nächsten Einzelaufnahmen zeigten, wie die beiden den Korridor entlanggingen, vor Hansens Tür stehen blieben, zeigten, wie sich die Tür öffnete, ohne dass Hansen in Erscheinung trat, und dann schließlich wieder einen leeren Korridor. Die letzten drei Bilder waren mit 05.33 markiert und zeigten dasselbe Pärchen erst im Korridor und dann am Fahrstuhl. Auf Bild drei waren sie nicht mehr zu sehen.

Findhorn schloss den Umschlag und legte ihn zurück. «Das sind die Leute, die versucht haben, mir Petrosians Aktentasche abzunehmen. Sie haben behauptet, bei Norsk angestellt zu sein.»

«Und sie waren mehr als vier Stunden in Hansens Zimmer.» Doug überreichte einen weiteren Umschlag. «Hier sind ein paar Polizeifotos.»

«Wie bist du denn an die gekommen?»

«Der Weihnachtsmann hat sie untern Baum gelegt. Und das hier ist der vorläufige Autopsiebericht. Voller Fachausdrücke, aber man kann ihm entnehmen, was die beiden während der vier Stunden getrieben haben.» Findhorn blätterte die Fotos durch und merkte, dass er blass wurde. «Der Draht da ist ein Telefonkabel. Es gibt Hinweise darauf, dass man ihn geknebelt hat, vermutlich, um ihn am Schreien zu hindern. Die Brandnarben um seine Geschlechtsorgane lassen darauf schließen, dass sie sich auf irgendeine Weise den elektrischen Strom im Zimmer zunutze gemacht haben. Die winzigen Löcher um seinen Bauchnabel deuten ebenfalls darauf hin – sieh dir die Fotos drei und vier an. Und sie haben ihm etwas unter die Fingernägel getrieben, bevor sie sie ausrissen – Bilder sieben bis zehn. Die restlichen solltest du dir lieber gar nicht ansehen. Professor Hillion hat die Autopsie vorgenommen. Er ist zu dem vorläufigen Ergebnis gekommen, dass Hansens Herz versagt hat.»

Doug nahm Bilder und Umschlag aus Findhorns zitternder Hand.

«Warum nur?»

«Sie wollten dich finden, Fred.»

Findhorn sagte: «Diese Leute waren nicht bei Norsk angestellt. Sie sagten, sie kämen aus Arundel. Norsk hat aber gar kein Büro in

Arundel. Ich müsste es schließlich wissen, denn ich habe ein Jahr lang dort gewohnt.»

Doug nickte. «Das Hauptbüro von Norsk ist in Leiden.»

«Das hab ich nicht gewusst.» Findhorn war noch immer erschüttert, und die Bilder von Hansen gingen ihm nicht aus dem Sinn.

«Ist aber recht normal, Fred. Viele europäische Firmen haben ihre Hauptbüros unter niederländischen Adressen, obwohl sie sich eigentlich gar nicht in den Niederlanden befinden. Sie befinden sich auf den Niederländischen Antillen, genauer gesagt auf Aruba, einer Insel nördlich von Venezuela.»

«Soll das heißen …»

«Norsk befindet sich im Besitz einer Off-shore-Firma. Finde raus, wem diese Firma gehört, und du hast den wahren Machtfaktor hinter Norsk. An Orten wie Aruba oder Nassau sind die Schaltzentralen. Firmenvertreter in diesen Off-shore-Oasen beweisen oft eine Art von Wagenburg-Mentalität, was Nachforschungen zu finanzpolitischen, steuerlichen oder auch kriminellen Aktivitäten betrifft. Es ist so gut wie unmöglich, den Cashflow bei solchen Firmenkonstruktionen nachzuvollziehen. Du wirst jedoch mit großer Freude vernehmen, dass dein kleiner Bruder nicht nur Leute kennt, die wiederum Leute kennen, die über korrumpierbare Kontakte an diesen Orten verfügen, sondern dass diese Leute deinem kleinen Bruder auch den einen oder anderen Gefallen schulden.»

«Sie sprechen doch nicht etwa von Kriminellen?», fragte Romella mit geheuchelter Unschuld.

Doug reagierte mit gequälter Miene. «Klienten, Romella, ich möchte doch bitten. Jedenfalls weiß ich inzwischen, wem Norsk in Wirklichkeit gehört.» Er machte eine typische Anwaltspause, als wolle er den Geschworenen Zeit lassen, die Information zu verdauen. «Und diese Information hat es mir ermöglicht, deine Freunde auf den Fotos aus dem Sheraton zu identifizieren.»

Doug trank einen Schluck Tonic und fragte: «Was weißt du über die Japanese Friendship Societies?»

Findhorn schüttelte den Kopf, und Doug fuhr fort: «Diese so genannten Freundschaftsgesellschaften in Japan sind Gangster, *sokaiya* auf Japanisch. Es handelt sich um einen speziellen Zweig der *yakuza*. Ursprünglich machten sie ihr Geld mit Drohungen, die Jahreshauptversammlungen großer Aktiengesellschaften zu sprengen, wenn man ihnen nicht große Geldsummen zahlte. Anscheinend war das bis 1983 eine legale Gepflogenheit in Japan. Ich kann mir jedoch vorstellen, dass diese Zahlungen auch heute noch geleistet werden, ob nun legal oder nicht. Aber inzwischen hat ja die darwinsche Evolution ihren Lauf genommen. Zwischen den Großkonzernen, die ihre Opfer waren, und diesen Parasiten ist eine höchst seltsame Allianz entstanden. Jetzt heuern die Konzerne sie an, um sicherzustellen, dass bei den Aktionärsversammlungen niemand unbequeme Fragen stellt.»

«Ich hab einen schrecklichen Verdacht», sagte Findhorn.

«Aye, Fred. Die Bösewichte, denen du im Whisky Club begegnet bist, gehören zu einem Klan, der unter dem Namen *genyosha*, Gesellschaft des dunklen Ozeans, bekannt ist. Sie wiederum sind verknüpft mit einer Gruppe namens Matsumo Holdings. Und diese *genyosha* hat einen ziemlich üblen Ruf. Zu ihren Methoden der menschenfreundlichen Überredungskunst gehören das Brechen von Gliedern, das Abhacken von Fingern und Ähnliches. Gerüchte besagen, dass besonders widerspenstigen Aktionären zu einem frühen und frohen Wiedersehen mit ihren Vorfahren verholfen wurde.»

Tonlos sagte Findhorn: «Hör mal, Norsk hat mich gebeten, die Tagebücher von jenem Eisberg zu holen. Warum haben die denn nicht ganz normale Angestellte ihrer Firma losgeschickt, um sie mir abzunehmen?»

«Dafür fällt mir nur eine Erklärung ein, Fred. Matsumo Holdings will dir an den Kragen.»

Findhorn seufzte. «Du denkst an ein frühes und freudiges Wiedersehen mit meinen Vorfahren?»

Doug nickte. «Es scheint ja schon zu reichen, dass du mit den Tagebüchern in Berührung gekommen bist. Und jetzt, bei dieser

Geschichte mit der Vakuumenergie, die du uns erzählst, fügt sich langsam alles zusammen.» Er zog eine dicke Hochglanzbroschüre aus seiner Aktenmappe. «Ich hab ein Firmenprofil der Matsumo Holdings ausgegraben.»

«Ein Firmenprofil?»

«Ja. Matsumo hat im vergangenen Jahr die Fuyo-Gruppe übernommen.»

«Sagt mir gar nichts.»

«Keine Panik, Fred, ich weiß, du hast den kommerziellen Durchblick eines tibetischen Mönchs. Ich mach's ganz einfach. Die Fuyo-Gruppe konzentriert sich um das *zaibatsu*.» Er zog fragend die Augenbrauen in die Höhe, und Findhorn sah ihn verständnislos an. Doug sagte «okay» im Ton eines Mannes, der sich anschickt, einen steilen Berg hinaufzuklettern. «Das *zaibatsu* war in Vorkriegszeiten ein Firmenkonglomerat. Die US-Besatzungstruppen brachen es auf, weil es während des Kriegs das japanische Militär unterstützt hatte. Aber die Japaner tricksten ihre US-Herren aus.»

«Wie das?»

«Die Machtzentren in Japan waren schon immer durch geheime Gesellschaften untereinander verbunden. Die Industriellen betrieben weiterhin ihre Geschäftemacherei wie zuvor, jedoch ohne formelle legale Identität. Zentrum dieser Nachkriegsgruppe – eines *keiretsu* oder Firmenkonglomerats – war die Fuji-Bank. Zu der Gruppe gehörten außerdem Nissan, Yasuda Trust and Banking, die Marubai Corporation und Yamaichi. Nach der Matsumo-Übernahme gehören zu der Gruppe jetzt die großen vier Maklerhäuser – Nomura, Nikko, Daiwa und Yamaichi Securities – sowie eine weitere einflussreiche Bank, die Dai-Ichi Kangyo.»

«Matsumo ist also richtig groß. Ich bin beeindruckt.»

Doug trank noch einen Schluck Tonicwater. «Freut mich sehr, dass du beeindruckt bist, Fred. Denn das sind die Leute, die deinen Tod wollen.»

Findhorn fragte sich, ob es unter diesen Umständen wohl einen Ort auf der Welt geben mochte, an dem er sicher wäre.

Doug machte ein sehr ernstes Gesicht. «Und jetzt wissen wir auch, warum.»

Findhorn sah seinen Bruder an. «Wie du schon sagtest, ich habe so viel Durchblick wie ein tibetischer Mönch. Also erkläre es mir bitte.»

Stefi sagte: «Es geht alles zurück auf die Leute, die Sie gebeten haben, die Tagebücher zu beschaffen.»

«Norsk Advanced Technologies?»

Sie nickte. «Eine Tochter von Matsumo.» Stefi schlug eine dicke Hochglanzbroschüre auf. Es war die englische Ausgabe des Jahresberichts der Matsumo Holdings. Seine Titelseite zeigte eine Fotomontage mit berühmten Bauwerken im Fernen Osten. Auf den ersten Blick erkannte Findhorn die fast vier Kilometer lange Hängebrücke Akashi Kaikyo und die über vierhundertfünfzig Meter hohen Petronas-Doppeltürme in Kuala Lumpur, die längste der Welt und die höchsten der Welt.

«Fred, Matsumo Holdings mag zwar riesig sein, aber sie sind auch verwundbar. Sie haben sich auf eine gigantische Finanzspekulation eingelassen. Sehen Sie sich diese Liste an.» Unter der Überschrift *Wichtigste Firmen der Gruppe* bewegte Stefi ihren Fingernagel an einer Liste von Namen entlang, unter denen sich Energy America, Hickson Oil, Seafield Oil, Shell Africa, Expro Borneo und Fortune Exploration befanden.

«Öl. Das ist bei Yoshi Matsumo in den vergangenen fünf Jahren zur reinen Besessenheit geworden. Er hat die gesamte Zukunft seiner Organisation darauf gesetzt», sagte Stefi. «Zum Teil haben sie sich auf den Erwerb entsprechender Firmen verlegt, zum anderen gründen sie neue Ölförderungsfirmen. Am meisten Geld gibt Norsk Advanced Techs aus – von der wir wissen, dass sie zu neunzig Prozent in japanischem Besitz ist. Sehen Sie sich hier Matsumos Drei-Jahres-Übersicht an.» Sie blätterte weiter zu *Gewinn- und Verlustbilanz*. «Norsk setzt auf Tiefsee-Ölförderung. Unter dem 31. März beläuft sich das Anlagevermögen auf 34 Milliarden Pfund Sterling, die Verbindlichkeiten betragen 13 Milliarden, und an Gläubiger werden Schulden in Höhe von 14 Milliarden fällig. Dieses ungeheure Risiko, all dies Geld, das ausgegeben wird.»

Findhorn sagte: «Derartige Summen sind höher als das Bruttosozialprodukt so mancher Länder. Ein wahrhaft gigantischer Aufwand, den diese Japaner treiben.»

«Aber es hat den Anschein, als hätten sie damit Erfolg», fuhr Stefi fort. «Das Ölfeld, das sie im norwegischen Sektor entdeckt haben, ist riesig. Die Kosten, das Öl unter der Arktis zu fördern, übersteigen jedoch die Möglichkeiten eines so kleinen Landes wie Norwegen, aber es scheint so, als habe es da einen kleinen Kuhhandel gegeben.» Stefi legte einen Finger an die Lippen, als würde sie sogleich ein großes Geheimnis enthüllen. «Nichtsdestoweniger sind sie darauf angewiesen, dass die Ölpreise hoch bleiben. Angenommen, die Ölpreise würden innerhalb der nächsten paar Jahre steil fallen, wären die Konsequenzen katastrophal. Matsumo Holdings würde den Bach runtergehen. Wie bei einer Kette aus Dominosteinen würden die Volkswirtschaften des Fernen Ostens eine nach der anderen kippen, und die Auswirkungen wären auch im Westen zu spüren. Aber da ist noch etwas viel Schlimmeres.» Stefi machte eine dramatische Pause.

«Sagen Sie es mir.»

«Mister Matsumo fände sich auf dem Gipfelpunkt dieser apokalyptischen Katastrophe wieder. Denken Sie nur an seine persönliche Erniedrigung.»

Findhorn stöhnte.

Stefi sagte: «Yoshi Matsumo kann sich nicht erlauben, dass es Sie gibt, Fred. Er muss Sie auf jeden Fall aus dem Weg schaffen, bevor Sie dem Geheimnis auf die Spur kommen.»

«Das ist absurd. Niemand würde dergleichen tun.»

«Fred, werden Sie erwachsen.» Stefis Lächeln war nicht ohne Ernst. «Es geht das Gerücht, dass der Tschetschenienkrieg vor ein paar Jahren von der Matsumo-Gruppe angezettelt wurde, um den Ölpreis in die Höhe zu treiben. Wenn die also etwas Derartiges bewerkstelligen können, was bedeutet ihnen schon ein Polarforscher?»

Doug sagte: «Die Hälfte der Industriellen dieser Welt würde morden, um dieses Vakuumverfahren zu bekommen, die andere Hälfte würde morden, um es zu zerstören. Denk doch nur daran, dass Ölfirmen wie BP, Exxon und Shell über Nacht bankrott wären. Autohersteller und ihre sämtlichen Zulieferer würden eine Rezession erleben. Denk nur an die Massenarbeitslosigkeit, die das zur Folge hätte.»

Romella sagte: «Sie sprechen aus dem Blickwinkel der reichen zwanzig Prozent der Menschheit. Was ist denn mit der Milliarde Menschen, die unter Wassermangel leidet? Was ist mit Düngemitteln, Infrastruktur und medizinischer Versorgung der Dritten Welt? Kostenlose Energie würde den Menschen erlauben, Meerwasser zu destillieren und in Wüstenregionen zu pumpen. Sie würde es ermöglichen, Nitratdünger aus der Luft zu gewinnen.»

«Oder Semtex», sagte Stefi. «Denken Sie nur, wie billig der Terrorismus würde. Die Bevölkerungsexplosion, das Ungleichgewicht der Macht, das im Mittleren Osten entstehen würde. Das würde uns alle mitreißen.»

Dougs Augen funkelten hinter den dicken Brillengläsern. «Hier lässt sich ein Vermögen machen. Ein Riesenvermögen.»

Findhorn sagte: «He, das klingt ja toll. Nur sind wir ohne Petrosians Maschine aus dem Spiel, und wir haben Petrosians Maschine nun mal nicht.»

Romella gähnte und reckte sich. «Dann sollten Sie nett zu mir sein. Ich weiß nämlich, wo sie ist.»

25 ARMENIEN

Romella sagte: «Sie hatten Recht, was die alte Geghard-Handelsroute betrifft. Nach dem Krieg wurde die Ware auf diesem Weg rausgeschafft.»

Findhorn war wie elektrisiert. Aber jetzt sagte sie: «Es gibt aber auch eine schlechte Nachricht. Die Konkurrenz war zuerst bei Kitty.»

Ein männermordender Teenager, nur Lidschatten und falsche Wimpern, betrat die Executive Lounge mit einem kleinen Koffer. Die Kleine starrte Findhorn unverhohlen an, und der warf ihr einen argwöhnischen Blick zu.

Romella fuhr fort: «Es ist schon verrückt. Die waren weniger als eine Stunde vor mir bei Kitty. Die arme Frau war völlig verwirrt. Aber ich nicht minder.»

«Also wohin genau gingen die Nachrichten?»

Romella strahlte. «Nicht in die Türkei. Nach Armenien!»

«Sie meinen, er hat sie an seinen Bruder geschickt?»

«Das ist ziemlich sicher. Und es handelte sich nicht um Atomgeheimnisse, denn die hätte er einem Kurier wie Gold oder Rosenblum überlassen.»

Findhorn sagte: «He, vielleicht waren es doch nur Briefe.»

«Vielleicht, aber Kitty erinnerte sich an die letzte Sendung, die Petrosian auf den Weg brachte, bevor er verschwand. Es war ein dicker Umschlag, und sie dachte damals, dass es damit etwas auf sich haben musste. Nach all den Jahren erinnert sie sich heute noch daran.»

«Okay, das ist unsere beste Chance, um nicht zu sagen, unsere einzige. Jetzt müssen wir nur noch Levs Bruder finden. Wenn er noch am Leben ist.»

Romella sagte: «Wir brauchen Visa.»

Doug sagte: «Es sieht so aus, als lägen wir in diesem Rennen Kopf an Kopf mit unserer Konkurrenz. Wenn die auch aus Heathrow wegfliegen, sind sie vielleicht sogar in derselben Maschine. Sie könnten sogar jetzt schon im Terminal sein.»

Stefi kicherte nervös. «Aber bestimmt nicht in dieser Lounge.»

«Höchst unwahrscheinlich», stimmte Doug ihr zu.

Sie sahen sich um, waren plötzlich aufgescheucht. Eine Schar weißhaariger Damen erfreute sich drei Tische weiter an irgendeinem Skandal; zwei japanische Geschäftsleute tranken heiße Schokolade und erzählten Witze. Ansonsten war es in der Lounge ganz ruhig.

Findhorn schaute auf den Bildschirm mit den Abflugzeiten. Er sagte: «Mist! Wo ist die armenische Botschaft?»

Doug und Stefi standen frierend und ungeduldig am Eingang von Terminal vier. Findhorn war kaum aus dem Taxi gestiegen, als Doug ihm auch schon die Tickets in die Hand drückte. «Man hat schon zum Einsteigen aufgerufen, Flugsteig vierzehn. Verpasst den Flug bloß nicht, denn der nächste geht erst in zwei Tagen. Lauft!»

«Viel Glück!», rief Stefi den Davoneilenden nach.

In Terminal 4 brabbelte ein genervter Angestellter unaufhaltsam in ein Sprechfunkgerät, während er Findhorn und Romella durch die Sicherheits- und Passkontrolle schleuste. Ein massiger Amerikaner im grünen Anzug mit Karomuster gesellte sich zu ihnen und blieb ihnen auf dem Weg durch lange Korridore keuchend auf den Fersen, bis sie schließlich das Flugzeug bestiegen, an dessen Tür sie von einer stämmigen Stewardess in Empfang genommen wurden.

Findhorn machte es sich auf einem Fensterplatz bequem, und Romella musste laut Bordkarte mit einem Sitz hinten in der Maschine vorlieb nehmen. Die Tupolew schien aus sowjetischen Beständen ausgemustert zu sein. Es stank nach Kerosin, die Teppiche waren fadenscheinig und die Sitze klapprig. Dazu offene Gepäckregale: Die Maschine war anscheinend für die flache russische Steppenlandschaft konstruiert, wo nicht mit steilem Schrägflug zu rechnen war.

Der Amerikaner mit seinen dicken Brillengläsern und dem grünen Jackett ließ sich neben ihm auf den Sitz fallen. Sein feister Arm ragte in Findhorns Bereich hinüber, und eine *New York Times* wurde ebenfalls rigoros ausgebreitet.

«Schon mal in Armehnjen gewesen?»

Findhorn schüttelte den Kopf und gab sich alle Mühe, abweisend zu wirken.

«Noch immer voller Commies. Geschäftlich unterwegs?»

Findhorn reagierte noch einen Grad abweisender. Ohne von seinem Bordmagazin aufzublicken, murmelte er: «Tourist.»

«Armehnjische Frauen sind der reine Schrott. Haben weder Klasse noch Deodorant.» Der Amerikaner bohrte sich in der Nase und fuhr seinen Ellbogen noch weiter aus.

Die Klimaanlage funktionierte nicht, und die Maschine parkte eine halbe Stunde auf dem Rollfeld. Die Luft wurde immer stickiger, und Findhorns Hemd und Hosen waren nass von Schweiß. Ein Baby strapazierte mächtig seine Lungen, und die Flugbegleiterin paradierte den Mittelgang auf und ab wie eine Gefängniswärterin. Schließlich heulten die drei Düsentriebwerke auf, erstarben, heulten auf, erstarben und brachten sie nach dem dritten Aufheulen über die Startbahn und im Steigflug hinauf in den blauen Himmel wie eine Lancaster auf dem Weg nach Dresden.

Irgendwo über dem Ärmelkanal versuchte es der Amerikaner von neuem: «Übrigens, lassen Sie sich von der lausigen Polsterung nicht täuschen. Das hier ist eine äußerst robuste Maschine, nämlich aus Stahlträgern gebaut.»

Findhorn grunzte erfreut.

«Bei der Wartung hab ich jedoch meine Bedenken. Hab gehört, dass das Bodenpersonal seit Monaten keinen Lohn mehr kriegt.» Der Amerikaner machte sich dann über sein Bordmagazin her und überließ Findhorn dem Studium der Nieten auf der Tragfläche.

In Amsterdam gab es einen langen und schweißtreibenden Zwischenaufenthalt auf dem Rollfeld, und es war bereits dunkel, als die Tupolew in Armenien landete. Nervlich angespannt, wie Findhorn war, kam es ihm vor, als würde die Maschine mit geradezu höllischer Geschwindigkeit aufsetzen. Der Flughafen von Jerewan war ein sehr großes und kompaktes Betongebäude, das aber nicht über Läden und Restaurants verfügte, die westliche Flughäfen zierten. Findhorn und Romella stellten sich in der Schlange an. Sie mussten einer nach dem anderen einen kurzen Durchgang passieren, und ein an der Decke angebrachter Spiegel verschaffte einer uniformierten jungen Frau Sicht auf den Durchgang, während sie in seinem gefälschten Pass mit dem echten Visum blätterte. Sie fixierte ihn mit einem fragenden Blick und ging dann nochmals, betont langsam, die Dokumente durch. Er gab sich alle Mühe, entspannt zu wirken, obwohl ihm der Magen in die Kniekehlen rutschte. Dann stempelte sie seinen Pass ab, und er konnte durchgehen. Dabei fragte er sich, warum die Einwanderungsbeamten Russen waren, wenn Armenien sich doch als unabhängiges Land darstellte.

Auf stockdunklen Straßen, die von hell erleuchteten Verkaufsständen gesäumt waren, brachte ein Bus mit geborstener Windschutzscheibe eine Hand voll Passagiere nach Jerewan. Neben den Ständen waren Betten aufgebaut, und es hatte den Anschein, als würden deren Besitzer *al fresco* neben ihrer Ware schlafen.

Das Hotel Dwin war ein weiterer massiger Tribut an die sowjetische Zuckerbäckerarchitektur, und es bildete sich abermals eine Schlange, als an der Rezeption die Pässe in Empfang genommen und die Namen überprüft wurden. Der Amerikaner tönte laut davon, ständiger Besucher zu sein, und sprach mit seinem dröhnenden Bass alle beim Vornamen an. Findhorn versuchte, zum Fahrstuhl zu entrinnen, aber der Mann schob sich gerade noch zur Tür hinein, als sie sich schloss. Im siebenten Stock händigte eine Frau an einem Tisch jedem seinen Schlüssel aus. Romella hatte das gegenüberliegende Zimmer, der Amerikaner war erfreulicherweise am anderen Ende des Flurs untergebracht. Findhorn warf Aktenmappe und Reisetasche aufs Bett und öffnete die Balkontüren. Er sah hinaus über die dunkle Stadt und ließ sich fünf Minuten lang von einer angenehmen Brise abkühlen. Dann schlüpfte er leise aus seinem Zimmer. Zwei Stunden später kehrte er verunsichert und frustriert zurück, duschte in aller Eile und warf sich aufs Bett. Er schlief schlecht.

Als Findhorn früh am nächsten Morgen aus dem Fenster schaute, stellte er fest, dass sich die Szenerie nicht im Geringsten von dem unterschied, was er in ehemaligen Ländern des Sowjetblocks von Polen bis zur Slowakei gesehen hatte. Ein Durcheinander von Hütten, Wellblechdächern, überall haufenweise Schutt. Zwei räudige Hunde streiften umher, und irgendwo in einem Garten voller Bäume krähte ein Hahn. Zu seiner Rechten schien der schneebedeckte Gipfel des fast sechstausend Meter hohen Ararat am Himmel zu schweben, denn der Fuß des Bergs war in blauem Dunst verborgen. Gegen halb acht tauchten die ersten Frauen mit Plastiktüten auf ungepflasterten Wegen auf, und einige nicht zu identifizierende Autos ließen auf der von Schlaglöchern übersäten Straße dunkle Wolken von Auspuffgasen hinter sich.

Findhorn aß zum Frühstück geraspelte Rote Bete, hart gekochte Eier und Karotten. Dazu trank er Kaffee. Weder von Romella noch von dem Amerikaner war etwas zu sehen. Das Mädchen an der Rezeption sprach gut Englisch. Es war zuvorkommend, hatte jede Menge Klasse und keinen Bedarf an Deodorant. «Ich möchte bitte einen Wagen mieten», sagte Findhorn.

«Hab ich schon geregelt.» Findhorn drehte sich um. Eine schwer atmende Romella, die anscheinend gelaufen war.

«Wie sieht es mit unserer Zeit aus?»

«Nehmen wir lieber an, dass wir keine haben.»

«Ich trau diesem Amerikaner nicht.»

Ohne sich zu unterhalten, warteten sie in dem großen, öden Foyer. Der Amerikaner tauchte auf, immer noch in grünem Jackett und grüner Hose. Über einer Schulter trug er einen kleinen schwarzen Beutel. «He ho!», posaunte er im Vorübergehen. «Was habe ich Ihnen von den Frauen erzählt, hä?»

Zehn Minuten später tauchte ein kleiner Mann mit türkischen Zügen und einem Schnurrbart wie Clark Gable auf. Mit Hilfe einer handgezeichneten Karte gab Romella ihm Anweisungen. Dann wurden sie und Findhorn zu einem schwarzen Mercedes geführt und nahmen im Fond Platz.

«Ich hab mir gedacht, wir fangen beim Geghard-Kloster an.»

«Stammt der Brief von Anastas?»

«Ja, von einem Priester geschrieben. Die Petrosian-Familie muss doch bei den Leuten hier bekannt gewesen sein.»

«Nur dass die Priester höchstwahrscheinlich schon längst fort sind, und Anastas ebenfalls.»

Der Fahrer hantierte mit dem Zündschlüssel. Der Motor hustete und sprang schließlich widerwillig an. Der Fahrer hielt kurz inne, um sich eine türkische Zigarette anzuzünden, und fuhr dann los, ohne sich um solche Feinheiten zu kümmern wie Rückspiegel, Blinker oder einen Blick über die Schulter. Er kutschierte sie über von Erdbeben malträtierte Straßen und an trostlosen Hochhäuserblocks vorbei, auf deren Balkonen überall Wäsche zum Trocknen aufgehängt war. Oben im zwölften Stockwerk hatte jemand ein großes Loch in die Mauer gestemmt, wahrscheinlich um frische Luft in seine Wohnung zu leiten. Kinder und Hunde spielten im Staub. Die Sonne war aufgegangen, und die Luft wurde langsam warm.

Dann hatten sie die Stadt hinter sich gelassen und befanden sich auf einer steil ansteigenden Straße mit fester Decke. Der Verkehr war nur schwach. Bald schon durchquerten sie das Bergland mit hoch gelegenen Aussichtspunkten und tiefen Schluchten zwischen Wänden aus geriffeltem Basalt. In Findhorns Augen hatte die Landschaft etwas Biblisches. Da sie inzwischen den Smog hinter sich gelassen hatten, konnte er erkennen, dass der Ararat tatsächlich mit der Erde verbunden war und nicht im Himmel schwebte. Die Straße war völlig verlassen. Nach einer Stunde Fahrt, während deren Romella immer wieder markante Punkte mit ihrer Karte verglichen hatte, kam sie an zwei Mädchen vorbei, die Wasser in großen Coke-Flaschen schleppten und einen Esel vor sich hertrieben. Dann tauchten Kälber auf, die von dem Wasser tranken, das aus einem Rohr über die Straße floss.

Zu beiden Seiten ragten die Berge steil auf, und die Straße schlängelte sich in immer engeren Kurven. Romella sagte: «Wir müssten bald da sein.» Nach weiteren fünfzehn Minuten endete die Straße an einem kleinen staubigen Platz, auf dem zwei Busse und ein halbes Dutzend Autos parkten. Ein Trio von Männern in traditioneller Kleidung hieß sie mit einem kurzen frenetischen Musikstück willkommen, das mit Trommel, Dudelsack und Flöte vorgetragen wurde, und dann stiegen sie einen steilen gepflasterten Pfad hinauf an einer Hand voll Frauen vorbei, die klebrige Süßigkeiten und kleine Broschüren verkauften. Das Mönchskloster war zum Teil in einen steilen und geriffelten Berghang hineingebaut.

Am Torbogen sagte Romella: «Hier dürfte einiges Fingerspitzengefühl angebracht sein. Vergessen Sie nicht, dass Armenien vor kurzem noch kommunistisch war und die Leute wahrscheinlich noch ziemlich verschlossen sind.»

«Ich verstehe den Wink mit dem Zaunpfahl.» Er ließ Romella durch einen Kreuzgang davongehen und spazierte ungefähr zwanzig Minuten lang durch das schmucklose Bauwerk, dem Erdbeben viele Risse zugefügt hatten, bevor er durch eine Seitentür in einer Mauer hinaustrat und einen schmalen Pfad hinaufkletterte, der sich steil nach oben wand. Er setzte sich auf einen Felsbrocken und schaute hinunter auf das Kloster. Ihr Fahrer lehnte an seinem Wagen und rauchte Kette. Eine Hand voll Touristen wanderte über den Innenhof. Die Frauen mit den Süßigkeiten saßen einfach da. Und dann tauchte auch Romella schon wieder auf und sah sich um. Findhorn kletterte in aller Eile den Berg hinunter.

Im Wagen sagte Romella: «Gna ajs tschanapahow tass kilometr u teqvi depi dsach.» Es war das erste Mal, dass Findhorn sie Armenisch sprechen hörte.

Sie lehnte sich auf dem Sitz zurück und sagte: «Es ist unser Glückstag. Levs Bruder lebt nicht nur noch, sondern er ist auch sein Leben lang nicht umgezogen. Lev und Anastas sind in einer Schafhirtenkate nicht weit von hier aufgewachsen.»

Sie fuhren ungefähr zehn Kilometer zurück, und dann tippte Romella Clark Gable auf die Schulter und deckte ihn mit einer weiteren Salve von Instruktionen ein. Der Mann knurrte. Hinter einer Kurve und nach einem weiteren Kilometer führte eine schmale Piste zu einer Behausung, die so aussah, als könne sie Schafhirten gehören. Sie schlugen die Piste ein und rumpelten über den holprigen Boden, vorbei an einer angebundenen Ziege, bis sie neben einem schmutzigen grauen Škoda anhielten.

Nachdem sie ausgestiegen waren, streckten sie erst mal die Beine aus. Überall waren Fliegen.

Der Mann, der die Tür öffnete, war über achtzig und gebeugt. Er hatte weiße Haare, einen weißen Schnurrbart und ein von Falten zerfurchtes Gesicht. Aber seine dunklen Augen waren hellwach und überaus neugierig. Findhorn sprach Englisch, Romella übersetzte ins Armenische. Sie überzeugte sich erst einmal davon, dass der alte Mann tatsächlich Anastas Petrosian war, und sie hatten kaum damit begonnen, als der Schafhirte sie auch schon ins Haus winkte. Seltsamerweise schien Clark Gable anzunehmen, dass die Einladung auch ihm galt. Er wanderte in den Raum und sah sich alles sehr genau an.

Sie saßen in einem kleinen voll gestopften Zimmer um einen grob gezimmerten Tisch. Es roch nach Pfeifentabak. Eine kleine alte Kommode stand voller Fotos: eine junge Frau und Kinder, einzeln und zusammen, ein junger Mann, eine schon beinahe viktorianische Aufnahme von einem ältlichen Paar. Der Schafhirte verschwand in der Küche und kam dann wieder hervor mit Brot, Käse, vier Bechern und einer Flasche mit einer goldfarbenen Flüssigkeit.

«Zuerst», sagte Findhorn, «bitte ich um Entschuldigung, dass ich nicht Armenisch spreche.» Romella und der alte Mann tauschten Blicke aus. Der Schafhirte lächelte, als sei die Vorstellung, dass ein Ausländer Armenisch spräche, ohnehin völlig abwegig. «Ich bin Historiker», log Findhorn. «Und ich bin interessiert an Leben und Arbeit Ihres Bruders Lev Petrosian.»

Der alte Mann riss vor Erstaunen die Augen weit auf. Er und Romella verfielen auf der Stelle in ein unverständliches Gebrabbel. Findhorn wartete geduldig ab. «Während des Kriegs und gleich danach verfasste Ihr Bruder einige wissenschaftliche Schriften, ich meine, Artikel. Ich weiß, dass er, als er noch in Amerika war, einige davon an Sie geschickt hat, damit Sie sie aufheben. Ich schreibe eine historische Abhandlung über jene Zeit und würde sehr gerne wissen, was aus diesen Dokumenten geworden ist. Sind sie überhaupt hier bei Ihnen angekommen?»

Der alte Mann sagte nichts, aber sein faltiges Gesicht wirkte plötzlich höchst angespannt.

Findhorn versuchte es nochmal. «Ich möchte Ihnen diese Papiere ja nicht entführen. Für meine historische Forschung müsste ich sie nur lesen. Wenn Sie diese Papiere also im Besitz haben, wäre ich Ihnen sehr dankbar, wenn ich sie lesen könnte. In Ihrer Gegenwart und ohne welche davon zu entnehmen. Sollten Sie sie jedoch bereits den Behörden übergeben haben, lassen Sie mich bitte wissen, wohin sie gegangen sind.»

Schweigen. Der Schafhirte hätte auch stumm sein können. Und ganz gewiss besaß er nicht die Gabe, seine Gedanken zu verschleiern: Der Argwohn stand ihm ins Gesicht geschrieben.

Findhorn nippte an der Flüssigkeit. Es war erstklassiger Kognak. «Ich weiß, dass all das schon sehr lange her ist, aber die Bombe war ein Wendepunkt in der Weltgeschichte. Andere haben die Geschichte mit Schwertern und Armeen verändert, aber Ihr Bruder und seine Kollegen taten es mit Mathematik und Physik. Über jene Zeit muss alles bekannt werden. Und ich möchte ganz besonders, dass Levs Anteil für die Nachwelt aufgezeichnet wird, dass man alles versteht, was er getan hat. Es darf nicht sein, dass er von Oppenheimer, Teller, Fermi und den anderen in den Schatten gestellt wird und in der Versenkung verschwindet. Seine Aufzeichnungen sind seit fünfzig Jahren verschollen, und Sie sind die Verbindung dazu. Um meiner Forschungsarbeit willen und zum Andenken an die Leistungen Ihres Bruders wäre ich sehr dankbar, sie zu Gesicht zu bekommen. Sie sind die einzige lebende Person, dir mir helfen kann.»

Der Schafhirte ging zu einer Anrichte und öffnete eine Schublade. Sie beobachteten ihn erwartungsvoll. Hervor kam ein Gefäß, und eine Pfeife wurde mit dunklem Tabak gestopft. Er paffte bedächtig daran, und schon bald waberten blaue Rauchwolken durch das kleine Zimmer. Dann kehrte der Alte zum Tisch zurück und sprach mit dem Fahrer, der angriffslustig den Kopf zu schütteln begann. Es folgte eine lebhafte Unterhaltung.

Schließlich wandte sich Romella Findhorn zu: «Der alte Mann sagt, dass er keine solchen Dokumente in Besitz hat. Er lügt jedoch. Dieser dämliche Fahrer schüchtert ihn ein. Irgendeine politische Sache.»

Findhorn ließ das auf sich einwirken, und Romella fuhr fort: «Er sagt uns zudem, auch wenn er sie gehabt hätte, wäre ihr Besitz in den Tagen der Sowjetunion gefährlich gewesen. Man hätte von ihm erwartet, dass er sie den Behörden aushändigt, und sogar dann wäre er vielleicht in einem Gulag geendet. Ich glaube, er hat einfach Angst und denkt noch in den alten Kategorien.»

«Er meint, er bekommt Schwierigkeiten, wenn er zugibt, sie zu haben?»

Romella nickte. «So würde ich es interpretieren.» Aber ein ärgerlicher Disput war zwischen Clark Gable und dem Schafhirten entflammt. Dann war der alte Mann plötzlich wieder auf den Beinen. Er ging zur Anrichte, öffnete eine andere Schublade und kehrte mit einer Medaille zurück, die er mit einer schwungvollen Geste auf den Tisch legte. Der Fahrer machte eine Bemerkung, die ganz deutlich beleidigend war, und der Schafhirte reagierte in einem barschen Tonfall voller Wut und Verachtung.

Findhorn saß verblüfft da und versuchte zu verstehen. Aber das Fazit war klar. Wenn der alte Mann die Petrosian-Dokumente besaß, würde er das doch nicht zugeben. «Okay, wir kommen so nicht weiter. Vergessen Sie's.»

«Was?»

«Wir machen ihn doch nur nervös.»

«Wie bitte? Fred, würden Sie bitte am Ball bleiben? Irgendwo in diesem Haus, nur ein paar Meter entfernt von uns, befindet sich ein Dokument, das den Grafen von Monte Christo wie einen Fall fürs Sozialamt aussehen lassen würde. Es würde die Zukunft revolutionieren. Und Sie wollen so ohne weiteres darauf verzichten?»

Der Schafhirte und der Fahrer fauchten einander inzwischen voller Zorn an. Findhorn hob die Stimme, um den Lärm zu übertönen. «Er hat Angst vor den Behörden.»

«Also drohen wir ihm mit ihnen.»

«Er glaubt wahrscheinlich eh, wir sind von der Behörde und wollen ihn reinlegen. Hören Sie, Romella, das hier ist außer Kontrolle geraten. Er braucht jetzt die Gewissheit, dass wir okay sind. Fahren wir weg und versuchen es später noch einmal ohne diesen idiotischen Fahrer.»

Romella sah und hörte sich den erzürnten Streit an und nickte zustimmend. Sie tippte dem Fahrer auf die Schulter und wandte sich mit beschwichtigenden Worten an den alten Mann.

Der Fahrer machte noch eine Bemerkung zu dem Schafhirten, die den alten Mann in noch größeren Zorn versetzte. Romella sagte in scharfem Ton auf Englisch: «Raus mit Ihnen!» Dann ging sie zur Tür.

Clark Gable fuhr ruppig und unkonzentriert, und auf dem gesamten Rückweg zum Hotel Dwin murmelte und grummelte er vor sich hin. Findhorn war leicht übel, und er beschloss, aufs Mittagessen zu verzichten. Romella stimmte mit überraschender Bereitwilligkeit zu, obwohl die Zeit doch drängte. Findhorn öffnete die Balkontür, um eine kühle Brise hereinzulassen, und streckte sich auf dem Hotelbett aus.

Dösend hatte er eine gute Stunde auf dem Bett gelegen, bevor ihm eine einfache, aber erschreckende Möglichkeit in den Sinn kam. Es geschah in einer Art Wachtraum, der sich um einen alten Fernsehfilm über den Grafen von Monte Christo rankte. In diesem Wachtraum gab es all die zeitgenössischen Kostüme und Perücken und absurd arrogante Gesichter bei beiden Geschlechtern. Aber der Mann, der den Grafen von Monte Christo spielte, war eine Frau, Romella, und Findhorn öffnete urplötzlich die Augen, starrte auf die Fliegen an der Decke und kam auf den Gedanken, dass seine Reisebegleiterin eventuell nicht abgeneigt sein könnte, eine kleine Privatinitiative zu ergreifen, die womöglich einen Lebensstil ermöglichte, welcher den Grafen von Monte Christo hätte erblassen lassen.

Er klopfte an Romellas Tür, und schon trat das vertraute unliebsame Gefühl in der Magengrube ein. Die Verzögerung von einer Stunde schrieb er seiner calvinistischen Erziehung zu, der ständigen Neigung, den Menschen nur das Bestmögliche zu unterstellen, obwohl doch alle Anzeichen darauf deuteten, dass das Gegenteil der Fall war.

Ein Taxi, das er eilig von der Rezeption hatte herbeirufen lassen, brachte ihn wieder aus der Stadt, und Findhorn gab seine Anweisungen aus der Erinnerung. Als sie eine Stunde später auf den steinigen Pfad abbogen, sank ihm der Mut, denn er sah einen kleinen blauen Wagen neben dem Škoda des Schafhirten parken. Er bedeutete dem Fahrer, gut fünfzig Meter entfernt von der Kate zu halten. Da sie über keine gemeinsame Sprache verfügten, konnte der Fahrer sein Erstaunen nur durch übertriebenes Augenrollen ausdrücken.

Es war inzwischen Spätnachmittag, und das kleine Zimmer wirkte jetzt völlig unbewohnt. Der Geruch von verbranntem Essen war inzwischen stärker als das Tabakaroma. Ansonsten war das Zimmer nicht viel anders als zu dem Zeitpunkt, da Findhorn es verlassen hatte. Bis auf die paar grauen Mauersteine, die aus der Mauer über dem Herd entfernt worden waren und jetzt zwischen Gipsbrocken und Schmutz auf dem Fußboden lagen. Der Hohlraum, der auf diese Weise freigelegt worden war, besaß ungefähr dieselbe Größe wie Findhorns Schließfach in Edinburgh. Er enthielt ein offiziell aussehendes Dokument, das Findhorn für ein Testament oder eine Urkunde über Landbesitz hielt. Zudem enthielt er noch ein kleines Bündel Banknoten, die ordentlich mit einem Bindfaden zusammengebunden waren. Wer auch immer den Hohlraum ausgeräumt hatte, war bestimmt nicht an Geld interessiert gewesen.

Findhorn stakte über den Leichnam des Mannes. Dessen Gesicht und Zunge waren lila angelaufen, und die Augen, die hervorgequollen waren, weil man ihm eine Schlinge fest um den Hals gezurrt hatte, starrten ausdruckslos an die Decke. In der Küche fand er ein Brotmesser. Die Bohnen in einem Topf waren bereits verbrannt, und Findhorn stellte die Flamme ab. Als er wieder im Wohnzimmer war, benutzte er das Messer, um dem Schafhirten ein kleines Büschel Haare abzuschneiden. Er stopfte diese Haare in seine Hemdtasche und wischte mit einem Taschentuch alle Oberflächen ab, die er berührt hatte. Am Ellbogen hob er Romella sanft aus ihrem Stuhl.

Sein erster Gedanke war gewesen, dass sie den Mann erdrosselt hatte, aber diese Absurdität schlug er sich schnell wieder aus dem Kopf. In verzweifelter Bemühung um menschlichen Kontakt hielt sie ihn sekundenlang fest umklammert. Er sagte: «Sie sollten sich die Tränen abwischen.» Dann waren sie draußen, und Findhorn benutzte sein Taschentuch, um die Tür zu schließen. Dann nahm er Romella an die Hand. Der Fahrer lehnte an seinem Auto, hatte seine Zigarette halb aufgeraucht.

Der Amerikaner trank in einer ruhigen Ecke der großen Eingangshalle des Dwin sein Bier. Findhorn erwiderte sein Winken, ließ sich aber nicht aufhalten. Zusammen mit Romella nahm er den

Aufzug zum siebenten Stock und sammelte in aller Eile seine Habseligkeiten zusammen. Sie eilten die Treppen hinunter, als sich die Fahrstuhltür öffnete, meldeten sich ab und erhielten ihre Pässe zurück.

Sie flogen in einem blitzenden neuen Airbus zurück, dem Flagschiff der Armenian Airlines. Er war, wie Findhorn wusste, vorschriftsmäßig gewartet und besaß modernste Navigationsinstrumente und Mikrochips überall, wo sie eingesetzt werden konnten. Die Musik vom Band beruhigte ihn, und die Flugbegleiterinnen lächelten, waren elegant und rochen köstlich. Sein Sicherheitsgurt funktionierte, und die Toilettentür ließ sich abschließen.

Er sah hinunter auf den Ararat, jenen biblischen Berg, und die weißen Gipfel des Kleinen Kaukasus. Jenseits von ihnen lagen in leichtem Dunst Georgien und die endlose Weite Russlands. Er bedauerte, dass sie in ihrer panischen Eile, den Mördern zu entkommen, den ersten und einzigen Flug nach Heathrow genommen hatten, statt über Paris oder Amsterdam, Coonabarabran oder die Äußere Mongolei zu fliegen.

Findhorn kippte zwei Bloody Marys hinunter, aber die Bilder des gewaltsamen Todes wollten nicht verschwinden. Er hielt sich zurück und bestellte keine dritte.

Es war ja nicht nur so, dass die Bösen den Wettlauf um das Geheimnis gewonnen hatten. Es war doch auch so, dass er selbst deren Risikofaktor war. Er könnte reden. Und selbst bei den Unzulänglichkeiten des armenischen Telefonnetzes war seine Flugnummer inzwischen bestimmt bekannt, und ganz sicher hatte man auch Vorkehrungen getroffen.

«Warum sind Sie zurückgefahren?», fragte er.

Ihre Augen waren noch immer rot. «Liegt das nicht auf der Hand? Zu dritt waren wir eine Bedrohung, besonders dieser idiotische Fahrer. Ich dachte, wenn ich allein zurückfahre, kann ich vielleicht ganz behutsam mit ihm reden. Fred, er war noch warm. Einfach furchtbar.»

Es war tatsächlich ihr erstes Gespräch seit drei Stunden. Er drückte ihre Hand.

Es würde vielleicht aussehen wie eine zufällige Begegnung, etwas so Unverfängliches wie eine gemeinsame Taxifahrt mit einem Fremden. Oder vielleicht würden sie auch jemanden benutzen, den er kannte und dem er vertraute.

Neben ihm starrte Romella verdrießlich aus dem Fenster, und Findhorn überlegte.

26 FLUCHT

Wie bei Newtons Apfel bedurfte es eines Zusammenpralls, um Petrosian auf einen neuen Gedanken zu stoßen. Er entschuldigte sich mit einem Murmeln bei dem Mann mit der Zeitung, sah ihm nach, wie er davoneilte, und betrat dann den Zeitungsladen.

Und er brauchte nicht einmal eine Zeitung zu kaufen: Ungefähr ein Dutzend Karten war an einer Pinnwand angeheftet, und auf einer von ihnen stand:

Pierce-Arrow V12 Modell 53 Roadster 6500 Kubik. Weißwandreifen kürtzlich neu gespritzt gepolstertes Armaturenbrett neue Chromstoßstangen kürtzlich überholt 50 000 Meilen 500 Dollar Verhandlungsbasis. Bitte nach Tom fragen.

Die Wohnungstür wurde knapp fünf Zentimeter weit geöffnet. Ein dunkles Auge musterte ihn misstrauisch. Das Mädchen hat sehr schöne Wimpern, dachte er.

«Hi. Könnte ich mit Tom sprechen?»

«Vielleicht isser nich da.» Aus dem hinteren Bereich der Wohnung waren schlurfende Geräusche zu hören. Petrosian sah ganz kurz einen nackten schwarzen Jugendlichen von einem Zimmer ins andere laufen. Das Mädchen sagte: «Eigentlich isser um diese Zeit noch nich auf, Mister.»

«Es geht um sein Auto.»

«Dafür stehter bestimmt auf.»

Die Tür wurde geschlossen.

Zwei Minuten später wurde sie von dem jungen Mann wieder geöffnet. Er stopfte sich noch das Hemd in die Jeans und schlenderte dann aus dem Haus zum Hof eines Baustoffhändlers, Petrosian im Schlepptau. Und da stand er dann, das Reserverad an der Seite angebracht, ein Trittbrett über die ganze Länge, neue Chromstoßstangen und lackiert in glänzendem Schwarz.

«Wie läuft er denn?»

«Einfach traumhaft, Mister.»

«Ich meine, kann man sich auf ihn verlassen?»

«He, ich hatte noch nich einen Tag Ärger mit ihm.» Der Junge spielte überzeugend die gekränkte Unschuld. Andererseits bot er aber auch keine Probefahrt an.

Petrosian tat so, als würde er den Wagen fachmännisch untersuchen. Die Reifen waren blank, und bei einem von ihnen war schon ein Stück Leinwand zu sehen.

«Wie viel hat er runter?»

«Fünfzig.»

Petrosian schaute hinein. Der Fahrersitz war durchgesessen, und die Pedale waren abgewetzt. Er schätzte, dass der Wagen vier- bis fünfmal mehr Meilen hinter sich hatte.

«Sie verlangen fünfhundert Dollar?»

«Ja, Sir, fünf.»

Keine Zeit zum Feilschen. Aber wenn ich nicht feilsche, sieht es verdächtig aus.

«Okay. Aber sagen wir vier.»

«He, ich bin 'n armer Schlucker und nich vonner Wohlfahrt. Ich brauch vierfümmunsiebzich für diesen Luxusschlitten.»

«Also vier fünfundzwanzig.»

«Verkauft für vierfümmfzig, Mister. Bar, oder?»

Das Flugticket für Anastas, dachte Petrosian.

«Jürgen?»

«He, alter Junge.»

«Sie sind mir auf den Fersen.»

«Sag kein Wort mehr. Hör mir nur zu. Es ist alles geregelt für morgen Abend um zehn Uhr.»

Petrosians Stimme klang entsetzt. «Morgen? So lange halt ich nicht durch.»

«Ich hab gesagt, du sollst nur zuhören.»

«Also schön, und wo?»

«Ein Ort, den du kennst, Lev, denn dort hast du mal Angst bekommen, dass der Planet sich überhitzen könnte. Mein Telefon ist angezapft, und dein Anruf wird zurückverfolgt. Also leg auf und verschwinde sofort von da.»

Um Gottes willen. «Danke, Jürgen.»

«Eine Nacht und ein Tag, Lev, halte nur noch eine Nacht und einen Tag durch.»

«Und was wird mit dir?»

«Ich hab vier Minuten Vorsprung vor ihnen. Wenn ich's nicht schaffe, grüß das Mutterland von mir.»

Ein seltsames leises Klicken war in der Leitung zu hören. Aber Petrosian befand sich auf der Interstate 93 und fädelte sich in weniger als einer Minute in den starken Abendverkehr ein, der in Richtung Boston floss.

«Ist alles eingeleitet?»

«Ja, Sir.»

«Und nichts kann schief gehen?»

«Absolut nicht. Die Corporation braucht keine Furcht zu haben.»

«Hoffen wir, dass Sie Recht haben, um unser aller willen. Heute Abend werde ich für seine Seele beten.» Genießerisch nippte der Chairman an seinem Weißwein. «Ein guter Orvieto ist nur schwer zu schlagen, es sei denn, es handelt sich um einen besseren Frascati. Und was ist mit seinem Geheimnis?»

«Er trägt eine große Aktentasche bei sich, seit er geflohen ist. Die lässt er nie aus der Hand. Sie wird natürlich mit ihm zusammen verschwinden.»

Da war etwas an der Körpersprache des Mannes. Der Chairman sagte: «Gibt es sonst noch etwas?»

«Da ist eine Sache, eine Kleinigkeit.»

Der Chairman erstarrte. Die Erfahrung seines langen Lebens hatte ihn gelehrt, dass es diese Kleinigkeiten waren, die Weltreiche zum Untergang gebracht hatten. «Und?»

«Im Verlauf der vergangenen Stunde wurde ich informiert, dass das FBI seine Spur aufgenommen hat.»

«Ja?»

Er befindet sich ganz kurz vor der kanadischen Grenze. Wenn er die überquert ...»

Der Chairman fuhr fort: «Besitzt das FBI keine Machtbefugnis mehr.»

«Sehr richtig, Sir. Man müsste die Grenze illegal überschreiten.»

Der Chairman entspannte sich. Der Mann machte sich zu große Sorgen. Eine Linie auf der Landkarte war in der Tat nur eine Kleinigkeit. «Ich werde mit Mister Hoover sprechen. Seien Sie sicher, er versteht, dass außergewöhnliche Situationen außergewöhnliche Maßnahmen erfordern.»

Erschöpft sah Petrosian die Lichter einer kleinen Stadt.

Er musste essen, musste trinken, musste schlafen.

Er hatte den Pierce-Arrow V 12, Modell 35 Roadster, mit Weißwandreifen sechshundert Meilen weit in östlicher Richtung gelenkt, während das leichte Klopfen im Motor zu einem ohrenbetäubenden Rumpeln geworden war, das nur von einer Kurbelwelle kommen konnte, die sich loszureißen versuchte. Der Pierce-Arrow war zwanzig Jahre alt und musste sowieso Aufsehen erregen, und in Petrosians Fall war ein Pierce-Arrow mit lärmendem Motor auf Landstraßen geradezu die Einladungskarte, auf dem elektrischen Stuhl Platz zu nehmen. Irgendwo hinter Grand Rapids hatte er schließlich die Nerven verloren und war vom Highway auf eine Landstraße abgebogen. Er war dann noch fünfzig Meilen gefahren, bis der heißgelaufene Motor zu qualmen begonnen hatte. Ohne Licht war er, so weit es eben noch ging, in einen Wald gefahren und hatte den Wagen dort stehen lassen.

Er wünschte, er hätte sich die Zeit genommen, nach einem Modell T zu suchen.

Etwas Positives hatte es jedoch. Zwischen den Bäumen konnte er in der Ferne den Lake Michigan schimmern sehen.

So früh fuhren noch keine Busse, und Petrosian hätte sich nur zu Fuß oder mit dem Zug aus dem Staub machen können. Der New-York-Express war gerade abgefahren, als sie den Bahnhof erreichten, und es hatte einer Menge Anrufe bedurft, alle Haltestellen zu überprüfen. Es war eine weitere halbe Stunde vergangen, bis ein einfältiger junger Eisenbahner in Poughkeepsie Petrosian identifizierte: Der Spion, mutmaßten sie, musste über eiserne Nerven verfügen und schon auf der nächsten Station ausgestiegen sein.

Eine gründliche Suche in der Stadt ergab keine Spur des Spions. Er hatte weder einen Bus genommen noch ein Taxi oder gar einen Wagen gemietet. Eine Befragung in Geschäften, die früh geöffnet hatten, hatte sie jedoch zu einem Zeitungshändler geführt, der ihn wieder erkannte. Der Mann hatte seinen Laden betreten, sich die Angebotskarten an der Wand betrachtet und war dann wieder gegangen, ohne etwas zu kaufen. Ihm war nur aufgefallen, dass der Kerl irgendwie nach einem Ausländer ausgesehen hatte und nervös wirkte.

Eine der Karten bot ein Auto zum Verkauf an. Tom Clay, ein Straffälliger am Ort, leugnete jede Beteiligung an dem Überfall auf einen Schnapsladen in der vorangegangenen Woche und informierte sie, dass er den 45er Colt in der Schublade für einen Freund aufbewahrte. Doch er gab eilfertig zu, dass er den Pierce-Arrow an einen komischen Kauz mit mehr Geld als Verstand verkauft hatte.

Bis man eine Ringfahndung eingeleitet hatte, konnte der Spion sich an einem beliebigen Ort innerhalb eines Radius von hundertfünfzig Meilen befinden, und das schloss städtische Großraumbereiche wie New York City, Boston und Philadelphia ein. Gesunder Menschenverstand ließ darauf schließen, dass er sich inzwischen eines derart auffälligen Wagens entledigt hatte und in einem Zug oder Greyhound-Bus nach irgendwo saß. Daher war es ein Riesenglück, dass die routinemäßige Überwachung seines Agentenführers Rosenblum ihnen ein kurzes Gespräch mit Petrosian beschert hatte. Die Spur verriet ihnen, dass er aller Wahrscheinlichkeit nach auf dem Weg nach Boston war.

Nur dass der Spion leider davon wusste, dass sein Gespräch abgehört wurde. Wenn er also nicht wirklich dämlich war – und die Agenten mussten annehmen, dass ein Atomforscher ebendies nicht war –, dann hatte er sich in irgendeine andere Richtung aufgemacht. Da sie sich im Nordosten der Vereinigten Staaten befanden, blieben ihm nur begrenzte Möglichkeiten. Er konnte sich nach Portland, Concord oder auch Albany aufmachen, oder er konnte natürlich auch versuchen, über die Grenze nach Montreal in Kanada zu entkommen. Der Sankt-Lorenz-Strom war eine natürliche Barriere, die man nur an einer Hand voll Orte wie Sherbrooke oder Niagara Falls überqueren konnte.

Es gab noch eine weitere Information: Er hatte ein Treffen an einem See wahrzunehmen. In dem Fall wäre er auf dem Weg nach Westen zu einem der Great Lakes. Er würde die I-90 nehmen, und da dies eine mautpflichtige Straße war, könnte man ihn ganz leicht in Syracuse oder Buffalo hochnehmen.

Je mehr Stunden ohne Nachricht verstrichen, desto wahrscheinlicher wurde es, dass er ihnen durchs Netz geschlüpft war. Aber die Information über den See war so unmissverständlich, dass anzunehmen war, er müsse sich jetzt in einer der Städte oder Dörfer am Rande der Seen Superior, Michigan, Huron, Erie oder Ontario befinden.

‹Ein See, wo du mal Angst bekommen hast, dass der Planet sich überhitzen könnte.› Es war vielleicht absurd, aber irgendwie klang das nach Atombombe. Vielleicht konnte jemand bei der AEC oder dem militärischen Geheimdienst zur Klärung beitragen, vielleicht würden sogar einige von seinen langhaarigen Kollegen helfen, wenn sie nicht alle hartgesottene Commies waren.

Sie hatten bis morgen früh zehn Uhr Zeit, diesen Kerl zu schnappen.

Die Aktentasche war schwer wie Blei, egal, in welcher Hand er sie hielt. Er wanderte die Hauptstraße entlang, hielt ständig nach Polizei Ausschau und zog gelegentlich neugierige Blicke von Passanten auf sich. Die Tür einer neonbeleuchteten Bar öffnete sich, als er vorbeiging, und plötzlich war er umfangen von einem Strom wunderbar warmer Luft, die nach Bier roch. Der Geruch von scharf gewürzten Speisen rief ihm in Erinnerung, dass er den ganzen Tag noch nicht gegessen hatte.

Weiter unten an der Straße kam er an einem Hotel vorbei. Er konnte einen Blick in das Restaurant werfen. Zwei blonde Kinder schauten verzückt zu, wie der Kellner Flammen über ihre Steaks goss. Dann war die Tür auch schon wieder zugefallen, und er stapfte weiter durch den Schnee.

Er besaß das Geld, US-Dollars. Er konnte sich auch eines dieser flambierten Steaks leisten, auch er konnte die Nacht in einem warmen, bequemen Bett verbringen.

Aber es war viel zu gefährlich. Es konnte sein, dass das FBI alle Hotels in der Gegend überprüfte. Schon allein dadurch, dass er um diese Zeit abends im Anzug und mit Aktentasche über die Hauptstraße spazierte, ging er ein furchtbares Risiko ein. Doch eine Nacht über im Freien zu bleiben, in irgendeinem Park, könnte ohne weiteres zum Tod durch Unterkühlung führen. Schon jetzt schien die bittere Kälte seinen Rücken gefühllos zu machen.

In der Nähe des Stadtrands verloren sich die Läden und Bars. Er traf auf einen dunklen See, in dem sich die Lichter vom anderen Ufer widerspiegelten. Eine Promenade säumte den See, und auf deren Landseite standen hier und da einige Reihenhäuser und Hotels. Gut zweihundert Meter vor ihm ragte ein Pier ins Wasser hinaus. Eine Menge Motorboote und Segelyachten waren am Pier vertäut, und die Masten der Yachten schwankten sanft.

Der älteste Trieb von allen – der Überlebenstrieb – brachte Petrosian auf einen verzweifelten Gedanken.

So weit entfernt von der Stadt war die Straße verlassen. Er überquerte sie in Richtung Ufer, kletterte über ein Geländer und ging den von Kieseln übersäten Strand entlang, um von den Häusern aus nicht gesehen zu werden. Am Ende kletterte er glitschige Steintreppen hinauf und ging dann den Pier entlang. Dabei blickte er interessiert auf die vertäuten Boote hinunter.

Petrosian verstand nicht das Geringste von Booten. Er nahm an, dass die Motorboote sich nur mit einem Zündschlüssel starten ließen und ihre Besitzer diese ganz bestimmt zu Hause aufbewahrten. Sein Blick blieb an einer der Yachten hängen. Im Dunkeln sah sie blau aus. «The Overdraft» war an ihrem Bug zu lesen. Plötzlich waren Kälte und Erschöpfung nicht mehr zu ertragen, und Petrosian kletterte die tückischen glatten Stufen hinunter, hielt sich an einem rostigen Geländer fest, um nicht das Gleichgewicht zu verlieren, und stand dann auf der Yacht.

Niemand war zu sehen. Er fand eine kleine Luke und eine steile Treppe. Als er sie hinuntergestiegen war, tastete er umher und ließ seine Augen sich an die Dunkelheit gewöhnen. Es roch stark nach Diesel.

Im schwachen Licht, das durch die Eisblumen auf den Bullaugen hereinfiel, konnte er erkennen, dass die Kabine sich nach vorn verengte. Als seine Augen sich an die Finsternis gewöhnt hatten, erkannte er ein Sofa, Schränkchen, eine Kombüse und die Tür zu einem weiteren kleinen Raum, von dem er annahm, dass es die Toilette war.

Eine Kombüse bedeutete einen Herd und Wärme. Er stöberte in den Schubladen und fand eine fast leere Schachtel Zündhölzer. Nach etwas Experimentieren hatte er es sehr bald geschafft, dass Propangas aus einem Kochring hervorzischte. Er riss das erste Zündholz an. Prompt flackerte die Flamme kurz auf und verlosch wieder. Weil ihm plötzlich bewusst wurde, dass nur noch zwei Hölzchen in der Schachtel waren, ging er beim zweiten mit größter Vorsicht vor, musste aber erleben, dass der Phosphorkopf abbrach und sofort verpuffte.

Das letzte Zündholz war mit einem Mal der wichtigste Gegenstand in Petrosians Universum. Er riss es mit aller Vorsicht an, fest, aber nicht zu ruppig. Es leuchtete auf, flackerte, wollte schon erlöschen. Er hielt es schräg, schirmte es mit den Händen ab und hielt es an das zischende Gas. Mit einem leichten Puffen entzündete es sich und tauchte die kleine Kabine in bläuliches Licht. Petrosian fühlte sich zu matt, um zu lachen oder zu weinen.

Im vorderen Bereich der Kabine befanden sich seitlich zwei Kojen mit Holzbrettern, gefalteten Laken und Kissen. Es verging keine Minute, und Petrosian hatte sich ein Bett gemacht. Er ließ sich auf die Kante fallen und sah gebannt in die Gasflamme, als würde sie ihn hypnotisieren.

Kurz darauf war es in der Kabine auch schon warm. Er warf seinen Anzug von sich, besaß gerade noch die Geistesgegenwart, die Gasflamme abzustellen, glitt zwischen die eiskalten Laken und fiel in Sekundenschnelle in einen Schlaf völliger Erschöpfung.

27 DNS

Jenseits der Passkontrolle musterte Findhorn aufmerksam die Menge der Reisenden um sich herum. Er steuerte mit Romella eine ruhige Ecke an. Sie sah ihn überrascht an, sagte aber nichts.

Findhorn leckte sich die trockenen Lippen. Er sagte: «Zehn Männer auf dem Eisberg. Dann Hansen. Und jetzt Petrosians Bruder. Zwölf Tote, und ich stehe auf Matsumos Abschussliste. Vielleicht sogar auf der der CIA, wenn die auch Leute umbringen. Ich seh keinen Ausweg. Wie lange hab ich noch zu leben, Romella?»

«Fred, rasten Sie jetzt bloß nicht aus.»

«Jemand ist im Besitz von Petrosians Geheimnis, und wir tappen völlig im Dunkeln. Was bleibt uns denn übrig?»

Romella schwieg, und Findhorn, der einen Kloß im Hals hatte, fuhr fort: «Und wie passen Sie in diese ganze Sache, Romella? Haben Sie sich mit jemandem verbündet?»

«Es ist nicht so, wie es aussieht», sagte Romella. Und fügte hinzu: «Fred, Sie müssen mir vertrauen.»

«Wieso?»

Die kühle Beherrschung in ihrer Stimme verunsicherte ihn. «Ihnen bleibt keine andere Wahl.»

Zwei bewaffnete Polizisten patrouillierten am anderen Ende des Terminals. In gewisser Weise beruhigte ihn ihr Anblick. «Es könnte hier Leute geben, die mir etwas antun wollen.»

Sie hakte sich bei ihm unter. «Die können wir abschütteln.»

Drei Taxis und eine Stunde später hatten sie sich einen kleinen Tisch im «Black Swan» bei Egham ausgesucht, von dem aus man über die Themse blicken konnte. Findhorn kam mit Kaffee zurück.

«Wir haben das Spiel verloren, stimmt's?» Es waren seine ersten Worte seit dem Flughafen.

Sie sah ihn bitterernst an. «Wie soll ich es am vorsichtigsten ausdrücken? Wenn wir verloren haben, sind Sie tot.»

Findhorn starrte vor sich hin.

Sie schenkte Kaffee ein. «Wie kann sich Matsumo sicher sein, dass Sie nicht Petrosians Geheimnis mit Hilfe der Tagebücher enträtselt haben, und zwar mindestens so weit, um ein Patent anzumelden? Es bleibt ihm doch schon fast nichts anderes übrig, als Sie im Laufe der nächsten ein oder zwei Tage abzuservieren. Was für eine Wahl hat er denn sonst, Fred? Glauben Sie mir, Sie werden gnadenlos gejagt.» Sie schaute ihm eindringlich ins Gesicht. «Übrigens, *haben* Sie das Geheimnis gelöst?»

Über Romellas Schulter hinweg sah er ein älteres Paar an einer Schleuse aus einer Barkasse klettern. Die beiden hantierten mit einem Schleppseil, aber wirkten ziemlich unsicher dabei. Vom Kabinendach beobachtete sie eine kleine schwarze Promenadenmischung mit großem Interesse.

«Und wo stehen Sie?»

Sie bestrich ihr Brötchen mit Butter. «Ich bin Übersetzerin.»

«Ich möchte Ihnen vertrauen.»

Romella schwieg eine Weile und sagte dann: «Sie verheimlichen etwas.»

«Das stimmt.»

Sie biss von dem Brötchen ab. «Fred, warum haben Sie Anastas Haare abgeschnitten?»

«Petrosian hat sich nicht in dem Flugzeug befunden.»

Romella erstarrte, noch bevor sie die Kaffeetasse an die Lippen setzen konnte.

«Es waren zwei Leichen in dem Wrack. Die Leiche des Piloten befand sich vor den Instrumenten, und die andere Leiche war nicht die Petrosians.»

«Keine Sorge, Fred, ich werde auf Sie aufpassen. Langsam gefallen Sie mir nämlich.»

«Die infrage kommende Leiche hatte blaue Augen. Petrosian war transkaukasischer Herkunft, ein Armenier mit türkischen und persischen Vorfahren. Seine Augen dürften braun gewesen sein.»

«Und das haben Sie vom ersten Tag an ganz für sich behalten?»

«Ich habe auch eine Ecke eines Tagebucheinbands behalten. Darauf befindet sich getrocknetes Blut. Und hier habe ich, wie Sie so richtig sagen» – er tippte auf seine obere Tasche –, «ein Haarbüschel von Anastas Petrosians Leiche. Ich werde einen DNS-Vergleich durchführen lassen.»

«Fred, wie konnten Sie in den Eisberg hineinsehen? Es gab Licht, nicht wahr?»

«Ja, Bogenlampen. Und es gab auch eine Taschenlampe. Sein Gesicht war weniger als einen halben Meter von meinem entfernt.» Findhorn sah das grässliche Gesicht des Toten wieder vor sich.

Hinter ihrer runden Brille spiegelten Romellas Augen größte Skepsis. «Sieht Eis nicht in hellem Licht blau aus? Vielleicht hat es nur eine Sinnestäuschung bewirkt.»

«Eines Tages werde ich ein Buch darüber schreiben, wie Eis aussieht und welche Sinnestäuschungen es bewirken kann. Jedenfalls war das Auge blau, und es war auch nicht Petrosian. Ich weiß nicht, was auf jenem kanadischen See geschah. Aber irgendwie sind Petrosians Tagebücher an Bord geklettert und er nicht.»

«Vielleicht hat man ihn über dem Nordpol aus dem Flugzeug gestoßen.»

«Ich würde darauf wetten, dass er einfach in den Wäldern verschwunden ist. Vielleicht hat er einen Deal mit den Russen gemacht. Atomgeheimnis – eventuell gar *sein* Geheimnis – im Austausch mit einer neuen Identität. Man hat dem FBI vorgegaukelt, dass er hinter dem Eisernen Vorhang verschwand. Der alte Petrosian tot, der neue beginnt ein anderes Leben.»

Jetzt sah sie eher nachdenklich aus. «Gehen wir mal einen Augenblick der Vorstellung nach, die Sie sich da ausmalen. Schlagen Sie vor, dass wir irgendwo auf dieser Erde nach einem Mann suchen, der seit fünfzig Jahren verschollen ist? Nach jemandem, der mit einer neuen Identität ausgestattet wurde und deswegen absolut unauffindbar sein dürfte? Der wahrscheinlich inzwischen tot ist? Und sollte er noch leben und sollten wir ihn finden, was dann? Und angenommen, er ist nicht inzwischen total plemplem, erwarten Sie denn, dass er so einfach alles enthüllen würde?»

Hinter Romella sanken die Motorbarkasse, das Paar und der Hund langsam unter Augenhöhe. Der Hund kläffte aufgeregt und wedelte mit dem Schwanz. Unter dem Tisch streichelte sie mit dem Fuß Findhorns Bein.

«Hallo, ist dort die Hsü-Klinik?»

«Jaha.» Eine Frau mittleren Alters, Börsenmaklerenglisch. Findhorn stellte sich eine dickrandige Brille vor, das Haar zu einem Knoten gebunden, missbilligend herabgezogene Mundwinkel.

«Ich möchte die Verwandtschaft zweier Menschen überprüfen lassen.»

Zuerst dachte Findhorn, er sei an eine Tonbandaufnahme durchgestellt worden: «Vielen Dank, dass Sie die Hsü-Klinik angerufen haben Ihre Anfragen werden streng vertraulich behandelt die Ergebnisse unserer hochmodernen automatischen DNS-Fingerprint-Methode AB 1377 sind in über tausend Gerichtsverfahren in Großbritannien als beweiskräftig anerkannt worden Sie können die Proben per Post schicken oder persönlich überbringen das Überprüfungsverfahren dauert ungefähr drei Wochen in den meisten Fällen können wir eine Vaterschaft mit 99,99-prozentiger Sicherheit und die Nichtvaterschaft mit absoluter Gewissheit bestätigen Bezahlung unbedingt im Voraus.»

«Ich habe biologische Proben beider Personen.»

«Jaha. Welche Verwandtschaft soll überprüft werden? Vaterschaft kostet zweihundert Pfund, alles sonst dreihundertfünfzig, außer eineiigen Zwillingen, die wir für hundert Pfund plus Mehrwertsteuer testen.»

«Brüder.»

«Geht es um eine geplante Klage?»

«Nein, die Sache ist rein persönlich, eine Stammbaum-Recherche. Von dem einen Probanden habe ich eine kleine Haarprobe, von dem anderen einen Quadratzentimeter getrocknetes Blut aus einem fünfzig Jahre alten Tagebuch.»

Kurzes Schweigen, und dann schaltete das Band zurück auf menschliche Reaktion. «Ach, du meine Güte! Sind wir etwa in Agatha-Christie-Gefilden?»

«Nichts derart Langweiliges.»

Eine weitere Pause, während Madame Börsenmakler seine Antwort bedachte. Findhorn füllte die Stille, indem er sagte: «Ich brauche das Ergebnis bis morgen.»

«Die meisten unserer Kunden brauchen die Antworten bis gestern. Die Wartezeit beträgt mindestens sechs Wochen.»

«Morgen reicht schon.»

Die Stimme wurde frostig. «Die DNS-Fingerprint-Methode ist ein hoch qualifizierter und zeitintensiver Prozess, und die Ergebnisse haben womöglich medizinisch-juristische Konsequenzen, allein das Präparieren der Proben …»

«Ich komme später mit den Proben und tausend Pfund in bar bei Ihnen vorbei.»

«Ich freue mich darauf, Sir. Sie dürften die Ergebnisse bis zum Abend haben. Sie sagten doch *zweitausend* Pfund?»

Romella fand in Staines ein Internet-Café. Eine Hand voll Männer und Frauen, größtenteils noch jung, saß an Terminals und tippte: Zwei Studentinnen widmeten sich einer Hausarbeit, ein nach Jurist aussehender Typ las irgendein geschwollen abgefasstes Dokument, und ein Schuljunge ging eine Liste mit Job-Angeboten durch. Sie setzte sich neben einen jungen Mann mit Kopfhörern. Er besaß einen schon fast lächerlich übertriebenen Gesichtsausdruck intensiver Konzentration und reiste durch Labyrinthe, in denen er auf seltsame und feindselige Kreaturen traf, die er vernichtete, indem er mit erstaunlicher Geschwindigkeit auf seinem Keyboard hackte.

Sie loggte sich in eine Suchmaschine ein und tippte «Holocaust + Überlebende». Es dauerte nur Minuten, und schon klickte sich Romella durch unendlich viel düstere Labyrinthe, und sie sah sich von einer Welt aufgesogen, die irrwitziger und irrealer war als die ihres Nachbarn, der gegen seine Kobolde kämpfte. Eine Stunde später trat sie verstört wieder ans Tageslicht und tröstete sich an der Normalität ihrer Umgebung, der Läden, der Brücke über die Themse, ja sogar des starken Nachmittagsverkehrs. Sie nahm einen roten Bus ins Zentrum von London und dann die Tube nach Elephant und Castle. Als sie die Adresse erreichte, die sie im Internet gefunden hatte, war es bereits dunkel. Sie fror, und London erlebte seinen ersten winterlichen Schneeschauer.

Als Findhorn aus dem Menschengewühl am Leicester Square auftauchte, war es fast zehn Uhr, und Romella war bis auf die Knochen durchgefroren.

Er sparte sich höfliches Geplänkel. «Petrosian hat das russische Flugzeug nie bestiegen. Und wie sind Sie vorangekommen?»

«Abgesehen davon, dass man mir in der letzten Stunde drei unzüchtige Anträge gemacht hat? Es war furchtbar traurig. Die schwarzen Bretter sind am schlimmsten. Da bittet zum Beispiel jemand in Rumänien, dass seine Schwester, die zuletzt in Dachau gesehen wurde, sich mit ihm in Verbindung setzt, als hoffte er, dass eine achtzigjährige Oma durchs Netz surft ...»

«Romella, ganz ruhig. Das ist doch alles Vergangenheit.»

«So hab ich's ja auch immer gesehen. Aber für manche Menschen sind Leid und Schmerz noch immer gegenwärtig.»

«Okay. Gehen wir wohin, wo es warm ist.» Findhorn nahm sie am Arm und steuerte mit ihr aufs nächstgelegene Kino zu. «Wo übernachten Sie heute?»

«Bei Ihnen. Bitte.»

Erregung durchfuhr Findhorn, aber gleich darauf folgte ein Schuldgefühl. Hervorgerufen durch den Gedanken, dass er mit einer Zustimmung doch nur ihren angeschlagenen Gefühlszustand ausnutzen würde. «Darüber reden wir noch. Und Sie können mir berichten, was Sie herausgefunden haben.»

«Darüber reden wir noch? Mit Männern wie Ihnen, Fred, wie können wir da unsere Kriege gewinnen?»

Sie setzten sich im Kino ganz nach hinten, und zwei unbesorgte Stunden lang aßen sie Popcorn und tranken Orangensaft, während ihnen nach und nach warm wurde und der Sohn von Godzilla durch die Straßen von New York tobte.

28 DIE ARCHIVARIN

«Es gibt zwei Listen, aber kein Zentralregister. Doch abhängig von Zeit und Geld, die Ihnen zur Verfügung stehen, gibt es mehrere Stellen, wo Sie mit der Suche beginnen können», sagte die Archivarin.

«Geld ist nicht das Problem», sagte Findhorn, «sondern Zeit.»

«Manche Leute versuchen seit sechzig Jahren, Überlebende aufzuspüren.»

«Wir haben ungefähr sechzig Stunden. Maximal.»

Die Archivarin verzog missbilligend den Mund. «Wäre dies ein Thema zum Witzemachen, würde ich sagen, das war ein sehr schlechter.»

«Wir müssen es versuchen», sagte Findhorn.

«Wie kann denn überhaupt die Suche so dringend sein?»

«Das möchten Sie lieber gar nicht wissen.»

Die Archivarin sah Findhorn neugierig an. «In welches Lager wurde sie denn geschickt?»

«Das weiß ich nicht.»

Sie seufzte. «Wenn Sie das Datum festmachen könnten, an dem sie deportiert wurde, könnten Sie eventuell in Nazi-Archiven Informationen finden, zum Beispiel denen, die von den USA im Berlin Documentation Center unterhalten werden, oder auch im französischen Archiv in der *Wehrmachtsauskunftsstelle*, das ebenfalls in Berlin unterhalten wird. Die Nazis fanden Gefallen daran, alles zu dokumentieren. Ja, sie waren tatsächlich überaus penibel.»

«Gibt es wirklich keine zentrale Informationsstelle?»

Sie lächelte nachsichtig, um ihrer Stimme die Schärfe zu nehmen. «Was erwarten Sie denn, ein Kaffeekränzchen der Überlebenden? Wenn Sie ein paar Monate Zeit hätten, würde ich vorschlagen, dass Sie sich auf das europäische Festland begeben. Sie könnten es beim Rijksinstituut voor Oorlogsdocumentatiae in Amsterdam oder im Centre Documentation Juive Contemporaire in Paris versuchen. Nur einige wenige Underground-Haltestellen von hier gibt es die Weiner Library. In den Staaten finden Sie das Center for Holocaust Studies in Brooklyn und das Simon Wiesenthal Institute in Los Angeles. Außerdem bestehen noch Zentren in Washington und Chicago. Oder Sie hätten natürlich auch versuchen können, sich Zugang zu den Archiven des Yad Vashem in Jerusalem zu verschaffen.»

Findhorns Erfahrung bei der Informationssuche beschränkten sich auf Suchmaschinen im Internet, spezialisierte Bibliothekare, die noch am selben Tag antworteten, und riesige zentralisierte Datenbänke, zu denen man per Mausklick Zugang fand. Die Unmöglichkeit dieses Unterfangens ging ihm langsam auf.

Die Archivarin sprach noch immer. «Sie werden schnell merken, dass all diese Orte zwei Dinge gemeinsam haben. Erstens: Die Leute, die dort arbeiten, sind voller Mitgefühl und Verständnis. Zweitens: Die Namen werden eifersüchtig gehütet. Das Leid derjenigen, die überlebt haben, ist Privatsache, und öffentliche Einmischung ist unerwünscht. Und wie ich schon sagte, es gibt keine offiziellen Listen von Überlebenden, sondern nur Menschen, die sich entschieden haben, ihre Erinnerungen mit diesen Stellen zu teilen.»

«Allein schon die Flugzeit –», hob Romella zu sagen an.

«– dürfte Ihre geringste Sorge sein. Die Zugangsverfahren zu den Dokumentationen sind oft schwerfällig und zeitraubend. Ein Empfehlungsschreiben ist immer hilfreich.» Die Archivarin lehnte sich auf ihrem Stuhl zurück und musterte sie. Sie hatte die Handflächen zusammengelegt. «Welche genauen Informationen haben Sie denn eigentlich über diese Lisa Rosen?»

Romella sagte: «1933, als sie ungefähr zwanzig war, studierte sie an der Universität von Leipzig. Sie wurde verhaftet und verschwand 1939.» Die Archivarin hob erwartungsvoll die Augenbrauen. Sie spielte mit ihrer goldenen Halskette und wartete. Dann sagte sie: «Und?»

«Das ist alles.»

Sie schüttelte schon fast amüsiert den Kopf. «Versuchen wir's trotzdem.»

Sie befanden sich in einem Raum voller Aktenschränke, Tonbänder, CDs, Bücher und einem Computer samt Drucker und Scanner. Sie führte sie zu einem Schrank, zog die Schublade auf, die mit «R bis S» gekennzeichnet war, und begann mit einem Verzeichnis der Karteikarten.

Es lieferte ihnen zehn Lisa Rosen.

«Bedenken Sie, dies sind zehn Überlebende, die emigrierten und sich entschlossen, uns ihre Geschichte zu erzählen. Die große Mehrzahl von Lisa Rosen hat jedoch gar nicht überlebt. Dadurch allein stehen Ihre Chancen ziemlich schlecht. Von denjenigen, die durchkamen, sind die meisten nach Israel oder in die Staaten ausgewandert, nicht hierher. Und die meisten derjenigen, die hierher kamen, haben ihre Erlebnisse für sich behalten oder nur mit der eigenen Familie geteilt. Höchstens haben sie sich mit kleinen Gruppen von Überlebenden ausgetauscht.» Sie hielt inne und sah sie durchaus mitfühlend an. «Selbst für den unwahrscheinlichen Fall, dass sie überlebt hat, wird sie doch aller Wahrscheinlichkeit niemals gefunden werden. Und ganz bestimmt werden Sie ihr nicht innerhalb von drei Tagen auf die Spur kommen.»

«Das müssen wir aber», sagte Findhorn.

Romella blätterte durch die Karteikarten. «Davon passt keine. München, Berlin, Dryans, wo immer das sein mag. Oh, hier ist eine aus Leipzig, ein Mädchen, das Theresienstadt überlebt hat.»

«Bei ihrer Befreiung gerade zwölf Jahre alt», wandte die Archivarin ein.

«Was ist mit Willy Rosen, ihrem Bruder?»

Es gab neun Wilhelm Rosen. Keiner von ihnen kam infrage.

«Okay», sagte Findhorn resigniert. «Vielen Dank für Ihre Mühe.»

Sie geleitete sie durch einen Raum mit drei geschäftigen Sekretärinnen hinaus. Die Wände waren von stark vergrößerten Fotos bedeckt, die Pyramiden aus Menschenhaar zeigten, Viehtransporter mit menschlicher Fracht und bis aufs Skelett abgemagerte Kreaturen in gestreifter Häftlingskleidung. Am Ausgang sagte sie: «Sie könnten es natürlich direkt in Leipzig versuchen und vielleicht durch die Immatrikulationsurkunden der Universität Kontakte aufspüren. Ich habe Leute kennen gelernt, die verblüffende Erfolge mit Hilfe von Telefonbüchern verzeichnen konnten.»

Sie traten durch die Tür, wie vor den Kopf geschlagen, und fanden sich an einem kalten Morgen in London wieder, sechzig Jahre fortgeschritten in der Zeit. Sie strebten auf den U-Bahn-Eingang zu. Geschäftsleute standen Schlange, um Zeitungen zu kaufen. Zwei alte Männer stritten sich an der Bushaltestelle temperamentvoll über ein Fußballspiel. Die Straße hatte eine Trattoria, ein Café und einen Spielsalon aufzuweisen, die jedoch zu dieser frühen Stunde noch geschlossen hatten. All das hatte eine Atmosphäre von Unwirklichkeit, ja sogar Trivialität. Die tatsächliche Realität lag hinter der von einer Überwachungskamera geschützten Tür verborgen, aus der sie soeben gekommen waren, in den Erinnerungsstücken und Dokumenten und geflüsterten Tonbandprotokollen. Obwohl die Sonne schien, war die Luft schneidend kalt.

Romella fand eine Telefonzelle und bestand darauf, dass Findhorn außer Hörweite zurückblieb. Sie sprach einige Minuten voller Eindringlichkeit, während Findhorn die Arme an den Körper schlug, um sich zu wärmen. Dann legte sie den Hörer auf, kam heraus und steuerte mit schnellen Schritten auf Piccadilly zu. «Okay. Doug möchte, dass Sie ihn anrufen. Er meint, dass er etwas entdeckt hat, was den grünen Mercedes betrifft. Ich habe Stefi auf das Leipzig-Problem angesetzt. Um Zeit zu sparen, reise ich direkt dorthin.»

«Sie reisen nach Leipzig. Ich mach mich auf den Weg nach Japan.»

Sie befanden sich auf einem Fußgängerüberweg. Sie blieb stehen und sah Findhorn verblüfft an. «Sie sind ja verrückt.»

«Matsumo und ich verbünden uns. Er will, dass dies Ding vereitelt wird.»

«Möchten Sie Ihr Leben darauf verwetten?»

Ein blauer Mazda hupte ungeduldig. Sie verließen die Straße. Findhorn sagte: «Wenn Sie zwanzig Milliarden Dollar in die Ölsuche in der Arktis gesteckt haben, würden Sie dann wollen, dass Ihre Investition durch eine Maschine für kostenlose Energie zunichte gemacht wird?»

«Petrosians Geheimnis zu vernichten gehört nicht zu unserer Abmachung», sagte sie zornig.

«Die Abmachung ist irrelevant. Ich glaube langsam, dass durch das, was immer Petrosian entdeckt haben mag, unser Planet in Flammen aufgehen könnte.»

Romella machte ein finsteres Gesicht. «Aber auch das wissen Sie nicht mit Gewissheit. Welches Recht haben Sie, eine Entscheidung zu treffen, die den gesamten Planeten in Mitleidenschaft ziehen könnte?»

«Welches Recht habe ich, das Geheimnis weiterzugeben? Petrosian tat es nicht. Jetzt gilt es, unter Einbeziehung aller Eventualitäten unsere Planung zu treffen, und zwar für den Fall, dass wir ganz schnell handeln müssen.»

«Ich würde ja das Vermögen erwähnen, das Sie verdienen könnten, wenn Sie dann nicht sofort wieder Ihre verdammten Prinzipien reiten würden.»

Ein plötzlicher Schauer von Eisregen ließ die Fußgänger am Leicester Square in alle Richtungen auseinander stieben. Sie gingen jedoch weiter, ohne sich beeindrucken zu lassen. Findhorn sagte: «Das hier ist die reine ‹Mission Impossible›, Romella, aber irgendwie müssen Sie Petrosian innerhalb von achtundvierzig Stunden finden, wenn er überhaupt noch am Leben ist. Bis dahin müsste ich aus Kioto zurück sein, und dann sehen wir weiter.»

Romellas nächste Äußerung war für Findhorn wie ein Schlag in die Magengrube. «Wenn Sie das Geheimnis aus der Welt schaffen wollen, müssen Sie auch alle aus der Welt schaffen, die es kennen.»

«Ich weiß.»

«Und das können Sie nicht, oder?»

Findhorn schwieg. «Aber es spricht doch nichts dagegen, diesen Job jemand anderem zu übertragen.»

Peinliches Schweigen, aber Romella ließ nicht locker. «Sie wollen, dass jemand umgebracht wird, Fred? Die Leute vom Whisky Club können das erledigen. Da brauchen Sie sich nicht erst Matsumos Gangstern zu überantworten.» Romella winkte ein Taxi herbei. «Sie werden im Japanischen Meer enden.»

Das Taxi hatte auf der verkehrsreichen Straße gewendet und hielt auf der gelben Doppellinie. Fred sagte: «Er braucht mich als Verbündeten.»

Sie schüttelte den Kopf. «Und wenn Sie ihm schließlich nicht mehr von Nutzen sind?»

«Glauben Sie nur nicht, dass ich mir darüber nicht den Kopf zerbrochen habe. Aber was bleibt mir übrig? Hören Sie, nehmen Sie mich bitte zum Cybercafé in Staines mit. Das liegt doch mehr oder weniger auf dem Weg.»

Findhorn, der feine Nuancen im Tonfall seines Bruders zu interpretieren wusste, erkannte sofort, dass Doug ihm etwas zu sagen hatte. «Fred? Ob ich wohl Neuigkeiten für dich habe? Wie viele grüne Mercedes wurden in den vergangenen achtzehn Monaten in der Schweiz verkauft? Was denkst du?»

«Zwei? Fünftausend?»

«Hundertsechzig. Und wie viele davon waren 250 SL?»

«Zehn.»

«Achtzehn. Und die Wagen wurden an zwei Anwälte verkauft, eine reiche Witwe, einen Schauspieler, der seine beste Zeit hinter sich hat, zwei Restaurateure und so weiter. Und einer war ein Firmenwagen, zugelassen auf einen Konrad Albrecht, Generalmanager einer Firma namens Rexon Optica in Davos.»

«Davos? Ist das nicht –»

«Ist es, nicht weit vom Tempel der Himmlischen Wahrheit. Rexon Optica ist darauf spezialisiert, holographische Leitsysteme für diverse NATO-SAMs und auch den Mark Three Eurofighter zu entwickeln.»

Findhorns Schweigen dauerte so lange an, dass Dougie fragen musste: «Bist du noch da, Fred?» Dann sagte Findhorn: «Das ist furchtbar dünn.»

«Da ist aber noch mehr. Ich habe ein Detektivbüro beauftragt –»

«Dougie, ich darf meinen Flug nicht verpassen.»

«Okay. Das Fazit: Konrad Albrecht besitzt auch eine Ranch in Dakota, wo – Überraschung, Überraschung – der Kult zufälligerweise seinen zweiten Haupttempel hat. Er hat eine Wohnung in Monaco und einen Feriensitz in den Southern Uplands, wo er – Überraschung hoch vier – sich über Weihnachten aufhielt, einschließlich seines Firmenwagens.»

«Bringst du ihn mit dem Tempel in Verbindung?»

«Er könnte sogar dessen Anführer sein, dieser Tati. Niemand außerhalb des Kults hat ihn je zu Gesicht bekommen.»

«Doug, ich muss fliegen. Aber eins musst du noch für mich erledigen.»

«Und das wäre?»

«Ich brauche einen Einbrecher und ruf dich morgen an.»

Dougie wollte schon herausplatzen, aber Findhorn legte schnell auf.

Seine E-Mail war kurz und an die Hauptverwaltung der Matsumo Holdings gerichtet, zu Händen des Aufsichtsratsvorsitzenden:

«In dreißig Minuten werde ich in London Heathrow sein und nehme dann den nächsten Flug nach Kioto. Ich weiß noch nicht, um welchen es sich handeln wird. Könnte ich abgeholt werden? Findhorn.»

Während der Taxifahrt sprachen sie kaum ein Wort. Schwarzweiße Bilder aus der Vergangenheit flimmerten wie Wochenschauen vor Findhorns geistigem Auge, unterbrochen von Visionen, in denen japanische Gangster und das Japanische Meer auftauchten.

Terminal 2 war voller Weihnachtsreisender. Die Schlangen vor den Schaltern waren endlos. Findhorn und Romella schauten sich die Abflugzeiten an. Wie durch wohlmeinende höhere Gewalt erschien auf dem Schirm ein KLM-Flug nach Osaka am frühen Nachmittag. Findhorn sagte: «Osaka ist nicht weit von Kioto. Wenn noch ein Platz frei ist, nehm ich diesen Flieger.»

Romella wirkte besorgt. «Ich hoffe nur, dass wir uns wiedersehen, Fred.»

Findhorn lächelte nervös. «Das hört sich an wie ein Satz aus einem Kriegsfilm.»

«Wo sollen wir uns treffen? Nur für den Fall, dass Sie Ihr Treffen mit Matsumo überleben.»

«Hinterlassen Sie eine E-Mail-Nachricht für mich. Aber vergessen Sie nicht, dass sie wahrscheinlich auch von anderen gelesen wird.»

«Sei bitte ganz vorsichtig, Fred.» Ohne Vorwarnung schlang sie die Arme um seinen Hals und küsste ihn wollüstig auf die Lippen. Dabei presste sie ihr Becken mit aller Kraft an ihn. Dann stieß sie ihn von sich und war gleich darauf auch schon im Getümmel verschwunden. Mit rotem Kopf und höchst verwirrt stand Findhorn da und spürte sein Herz wild klopfen.

Am KLM-Schalter sagte eine freundliche blonde Holländerin: «Ach, Mister Findhorn, wir haben Sie schon erwartet, und da wäre eine Nachricht für Sie.» Mit diesen Worten überreichte sie ihm ein Ticket, an dem ein Zettel mit einer Büroklammer befestigt war. Mit der Maschine geschrieben stand darauf: «Im Siran Kaikan in Kioto ist für Sie ein Zimmer reserviert.»

Sibirien, schwarz, riesig und unwirklich, war verhangen von rätselhaften roten und grünen Wolkenvorhängen, die Stunde für Stunde oben am Himmel geschimmert hatten. Die 747 quälte sich auf ihrer Route nach Japan am Nördlichen Polarkreis entlang. Findhorn trank seinen Gin Tonic und hielt vergeblich nach Lichtern zehntausend Meter unter ihnen Ausschau. Er fragte sich, wie es wohl dort unten am Boden sein mochte, und spielte mit dem Gedanken an eine Notlandung in der vereisten Tundra, an ausgehungerte Passagiere, die einander begehrlich ansahen, an Wölfe, die jenseits des Lichtscheins verglühender Scheite umherschlichen. Und es kam ihm in den Sinn, dass er in dieser Situation wahrscheinlich größere Überlebenschancen hätte als jetzt. Er leerte seinen Drink, machte die Beine lang, wie es nur in der Business-Klasse möglich war, und gähnte, während ihn das große Flugzeug mit einer Geschwindigkeit von zehn Meilen in der Minute unaufhaltsam Yoshi Matsumo und der Dark Ocean Society näher brachte.

Stefi hatte ein kleines Wunder vollbracht …

Es nieselte leicht, als die Maschine auf dem Flughafen von München landete. Romella nahm einen Bus ins Stadtzentrum. Sie sah Schulkinder umhertollen, ein junges Pärchen in knallbunter Kleidung auf Fahrrädern, Frauen mit Einkaufstaschen, in ein Schwätzchen vertieft. Zwischen dieser anscheinend so unbeschwerten Normalität und der wahnwitzigen Welt, in der sie noch vor ein paar Stunden gesteckt hatte, konnte sie nicht die geringste Verbindung sehen.

… sie hatte einen armenischen Überlebenden namens Viktor ausfindig gemacht …

Sie orientierte sich an der Frauenkirche mit ihren Zwillingstürmen und ging nördlich die Ludwigstraße entlang, bevor sie schließlich nach rechts in die Maximilianstraße einbog. Aus festlich dekorierten Warenhäusern flutete das Licht, und auf den Straßen wimmelte es von Menschen, die in letzter Minute ihre Weihnachtseinkäufe erledigten.

... der nicht nur Petrosian und Lisa gekannt hatte ...

Sie hatte Wohnblöcke wie in England erwartet, von Graffiti und Urinpfützen verunziert, und als sie der Wegbeschreibung folgte, war sie überrascht, sich plötzlich in einem kleinen Einkaufszentrum wiederzufinden. Sie stieg zu einem jungen Paar, dessen rosiges Baby in seinem Wagen schlief, in den Fahrstuhl und trat dann auf einen Flur, der mit einem dicken Teppich ausgelegt war und dessen Wände mit teurem Stoff bespannt waren.

... sondern auch noch einen gemeinsamen Freund aus den Tagen in Leipzig ...

Nummer fünf war direkt gegenüber. Unter einem kleinen Guckloch war ein Namensschild angebracht. Darauf stand Karl Sachs, und sie hoffte nur, dass ihre schauspielerischen Fähigkeiten so gut sein würden wie ihr Deutsch.

... dessen Name Karl Sachs war, ein jüdischer Arzt im Ruhestand, der jetzt mit seiner Frau in München lebte ...

Der Mann, der die Tür öffnete, hatte ein runzliges Gesicht und weiße Haare. Er trug eine leichte blaue Strickjacke, und auf seiner Nase thronte ein Pincenez. Zur Begrüßung bedachte er sie mit einem zaghaften Lächeln und sagte: «Miss Dvorjak?»

Der Flughafen Kansai war wie alle anderen großen Flughäfen, außer dass es sich bei ihm zudem um eine ausgedehnte rechteckige Insel im Meer handelte, die durch eine lange schmale Nabelschnur mit der Stadt Osaka verbunden war. Es gab kein Empfangskomitee. Nach einigen Schwierigkeiten fand Findhorn schließlich einen Zug nach Kioto. Er war makellos sauber, fuhr geschmeidig und fast lautlos. Zudem kam er pünktlich zu dem Zeitpunkt an, den der Fahrplan versprochen hatte. Die Zugbegleiterinnen waren hübsche junge Frauen, die sich lächelnd umdrehten und verbeugten, bevor sie die einzelnen Wagen verließen. Findhorn dachte an die Eisenbahn in Großbritannien und erwiderte ihr Lächeln.

Auf der Karte war die Grenzlinie zwischen Osaka und Kioto deutlich zu sehen, aber aus dem Eisenbahnfenster war absolut nicht festzustellen, wo eine Großstadt endete und die andere begann: Er reiste durch eine Megalopolis, eine Riesenstadt aus Großstädten. Am Bahnhof von Kioto entschied er sich gegen heroischen Wagemut und nahm sich ein Taxi. Er sagte nur «Siran Kaikan» und lehnte sich entspannt zurück.

Im Hotel erwarteten ihn weitere hübsche Frauen, die sich ständig verbeugten, eilfertig vorantrippelten und seine billige Reisetasche behandelten, als sei sie die Bundeslade. Er duschte im winzig kleinen Badezimmer, schlüpfte in den Morgenmantel, der bereit lag, und schlief sofort ein.

Die Vertreter der Friendship Society kamen ihn um acht Uhr am nächsten Morgen abholen. Sie waren zu zweit, sehr höflich, aber doch auch sparsam, was Freundlichkeit betraf. Es waren junge Männer in dunklen Anzügen, die entweder kein Englisch sprachen oder es vorzogen, darauf zu verzichten. Findhorn saß allein im Fond eines klimatisierten großen BMW, der ihn fast geräuschlos die Shijo-Dori entlangkutschierte, vorbei an Bürohochhäusern und teuer aussehenden Warenhäusern mit Namen wie Takashimaya und Fuji Daimaru, Shinto-Schreinen, die mit Hakenkreuzen verziert waren, und unzähligen Radfahrern. Dann hatten sie die Stadt hinter sich gelassen und befanden sich auf einer kurvigen Straße, die rechts von Bäumen gesäumt war und links von einer riesigen Wasserfläche.

Der Mann von Friendship drehte sich um und deutete mit einer Handbewegung auf den See. «Biwa», bellte er.

Findhorn nickte seine Zustimmung und lehnte die Lucky Strike ab, die ihm angeboten wurde. Sie fuhren über eine höchst eindrucksvolle lange Hängebrücke, die ihm irgendwie bekannt vorkam. Dann erinnerte er sich, dass er sie auf dem Umschlag von Matsumos Jahresbericht gesehen hatte. Sie kamen in bewaldetes und bergiges Gelände und fuhren vorbei an einer Stadt mittlerer Größe mit einstöckigen Holzhäusern, die sich um schmale Straßen mit vielen Oberleitungen drängten. Schließlich erstreckten sich um sie herum überflutete Reisfelder und Pflanzungen von Teesträuchern.

Einige Meilen hinter der Stadt wurde der Wagen langsamer und fuhr eine bergige Straße hinauf. Der Fahrer bog in eine Art Zementwerk ab. Findhorn sah das bläuliche Flimmern von TV-Monitoren durch die Jalousien vor den großen Fenstern. Dann hatte der Wagen das Werksgelände durchquert und kurvte einen schmalen Teerweg hinauf, zu dessen beiden Seiten sich Rasenflächen erstreckten, die hier und da von kleinen, kunstvoll beschnittenen Bäumen verziert waren und auch von Ringern, Heiligen und Geishas, lackiert und lebensgroß.

Das Haus war eine simple einstöckige Konstruktion. Es bestand aus gut einem halben Dutzend einzelner Gebäude, ganz aus Glas und ungefirnisstem Holz und Veranden und pagodenähnlichen Dächern, miteinander verbunden durch überdachte Gänge und bucklige Brücken über Teichen. Umgeben war es von Pfaden, die sich durch die Rasenflächen wanden. Überall standen Miniaturbäume und steinerne Laternen. Hinter einigen hohen Bäumen meinte Findhorn einen kleinen Golfplatz erkennen zu können. Ein Gärtner fischte mit einem Kescher Blätter aus einem Teich. Er schenkte Findhorn nicht die geringste Beachtung.

Der Wagen hielt, und Mister Friendship öffnete Findhorn mit missmutigem Gesicht die Tür. Eine Frau mittleren Alters in traditionellem Kimono und mit dickrandiger Brille stand oben auf dem Absatz einer Holztreppe. Als sich Findhorn näherte, lächelte sie, verbeugte sich, sagte «*O-agari kudasai*» und ging dann zu seinem Unbehagen auf die Knie, löste seine Schnürsenkel und ließ seine Füße in braune Slipper schlüpfen.

Vor ihm öffnete sich ein duftendes großes Atrium, in dem es bis auf zwei niedrige Stühle, einige Vasen mit Blumen und einen Sockel gut einen Meter vor ihm keine Einrichtungsgegenstände gab. An der Seite des Sockels befand sich eine Inschrift in Kanji, und oben stand die Büste eines streng blickenden und glatzköpfigen Mannes. Und für den Fall, dass jemand es nicht schon auf den ersten Blick erkannt hatte, blickte der gestrenge Matsumo auch noch in Öl von der Wand links herab. Findhorn fühlte sich plötzlich an den gnadenlosen Ming aus einem alten Flash-Gordon-Film erinnert, den er als Junge gesehen hatte. Unter den gegebenen Umständen war diese Erinnerung kein sonderlicher Trost.

Die Frau führte ihn an dem Sockel vorbei zu einer Schiebetür aus Papier und verbeugte sich, als Findhorn eintrat. Die Männer der Friendship Society bemerkte er erst, als sie die Tür hinter ihm zuschoben.

Der Raum war mit kaum mehr möbliert als einem niedrigen Tisch, auf dem man einige Magazine akkurat gestapelt hatte. Es gab keine Stühle, sondern einzig dünne quadratische Kissen, und Tatamimatten waren in geometrischen Mustern über den Fußboden verteilt. Köstliche Düfte stiegen von Blumen in Vasen auf, die in den Ecken standen. Die Wände waren nichts als Papierschirme. Eine von ihnen verdeckte einen Bücherschrank, der vom Boden bis zur Decke reichte, die gegenüberliegende war mit einer Anzahl ungewöhnlicher Gemälde verziert.

Findhorn, der angespannt war und irgendwie Gefahr ahnte, betrachtete das nächstgelegene. Es war rechteckig und etwas mehr als einen Meter lang. Es zeigte anscheinend ein gutes halbes Dutzend großer Strudel. Sie waren hellblau. Einige überschnitten andere und überdeckten sie, während andere sich ineinander zu verweben schienen, wobei die Linien an ihren Rändern parallel verliefen. Hier und dort versuchten dünne kleine Linien sich wie Finger zwischen ihre großen Brüder zu drängen. Je länger Findhorn hinschaute, desto mehr wurde ihm eine seltsame Mischung aus Harmonie und Widerstreit bewusst, aus Ordnung und Chaos. Das Bild wirkte beruhigend und gleichzeitig wie hypnotisch.

«Sie sehen die sich wiegenden Wellen des Meeres vor sich.»

Findhorn drehte sich verschreckt um.

Der Gärtner alias Yoshi Matsumo.

Findhorn sagte: «Ich dachte, ich sähe Fingerabdrücke.»

Matsumo verzog keine Miene. Er sprach gutes asiatisches Englisch. «Wie soll ich es am feinsinnigsten ausdrücken? Um das Gemälde zu verstehen, bedarf es, sagen wir so, einer gewissen Sensibilität. Ich denke, man könnte es ein Gespür für künstlerische Formgebung nennen. Das Gemälde ist in einem traditionellen Stil gemalt, der als *Nihon-ga* bekannt ist. Es stammt von Matazo Kayama aus Kioto. Er ist ein Meister dieses Stils.»

Matsumo hatte sich weder verbeugt noch seine Hand ausgestreckt, noch gelächelt oder *O-agari kudasai* gesagt. Seine Worte klangen höflich, aber er wirkte wie ein Mann, der gerade einen Einbrecher überrascht hat.

Matsumo fuhr fort: «Sie haben eine sehr lange Reise hinter sich, Findhorn-san. Ich denke, Ihnen würde auch eine sehr lange Ruhe gut tun.»

Findhorn dachte, dass Matsumos Englisch vielleicht doch nicht so gut war und dass er es vielleicht nicht so gemeint hatte, wie es klang.

29 MATSUMO

«Sehen Sie dort hinunter, junge Lady.» Die Hände des Arztes wiesen über die Stadt. «Und sagen Sie mir, was Sie sehen.»

Sachs und Romella standen, Weingläser in der Hand, auf einer Veranda. Sie befanden sich hoch über einer langen Hauptstraße. Es war inzwischen fast dunkel, und die Scheinwerferkegel der Autofahrer bewegten sich in beide Richtungen. Die Alpen, die auf die Entfernung niedrig erschienen, bildeten die Kulisse für eine Stadtsilhouette mit vielen Kirchtürmen. Aus der Küche kamen die Geräusche von klapperndem Geschirr.

Romella blickte über die Silhouette der mittelalterlichen Stadt. «Ein toller Ausblick. So viel Verkehr. Große Warenhäuser. Horden von Menschen, die ihre letzten Weihnachtseinkäufe machen.»

Sachs sagte: «Ich sehe dort hinunter, und ich sehe Gespenster. Es war die Ludwigstraße, auf der die Braunhemden hinter ihren Hakenkreuzfahnen aufzumarschieren pflegten. Da gab es Kinder in bayerischer Tracht und Blaskapellen, die alte bayerische Märsche schmetterten. Ich verspüre eine gewisse Entfremdung.» Sein Englisch war ausgezeichnet, auch wenn er einen Akzent hatte. «Irgendwie fühle ich mich dem, was man hier sieht, nicht zugehörig, sondern die Gespenster sind meine Realität. Doch Sie können wohl nicht verstehen, was ich meine.»

Vielleicht nicht.

Er fuhr fort: «Jedenfalls gilt Ihr Interesse ja auch nicht meinem Lebensweg, sondern dem dieser Lisa. Sie hat überlebt.»

Sie hat überlebt! Erregung durchfuhr Romella. «Woher wissen Sie das?»

Der alte Arzt lächelte. «Ich bin ihr begegnet. Es kam zustande durch die Buschtrommel, wie man heutzutage wohl sagt. Sie war ebenso wie ich an der Universität aufrecht kommunistisch gewesen, und jüdisch dazu. Ein Bekannter an der medizinischen Fakultät hatte von einer Gruppe von Überlebenden gehört, die sich in Leipzig zusammenfand – nur eine Hand voll Menschen, wie Sie wohl nachvollziehen können. Ich nahm den Kontakt auf, und da war sie, die Einzige aus der Gruppe, die ich kannte. Wir versprachen einander, in Verbindung zu bleiben, und das haben wir seitdem auch wahr gemacht.»

«Sie lebt noch immer?»

«Und ist glücklich verheiratet. Wir schreiben einander jedes Jahr.»

Romella gab sich alle Mühe, nicht zu aufdringlich zu klingen. «Ich wäre Ihnen äußerst dankbar, wenn Sie ein Zusammentreffen arrangieren könnten.»

Der Arzt runzelte die Stirn; Romella hielt den Atem an. Dann sagte er: «Entschuldigen Sie mich, ich kümmere mich ja gar nicht um meine Frau. Mischa, du hättest mich rufen sollen. Warum nehmen Sie nicht Platz, *Fräulein*, während ich meinen Küchendienst erledige?»

Die Friendship-Raubeine standen links und rechts von der Tür zum Baderaum, weil sie anscheinend eingreifen sollten, wenn Findhorn Anstalten machte, Matsumo zu ertränken.

Findhorn saß bis zur Brust im Holzzuber. Seine Kleidung hatte man fortgeschafft, um sie angeblich aufzubügeln, aber in Wirklichkeit wollte man sie wohl nach elektronischen Geräten durchsuchen, wie er vermutete. Er schwitzte in dem fast brühend heißen Wasser, und jede Bewegung verursachte ihm Schmerzen. Dampfwolken füllten den kleinen Raum.

Matsumo, der inzwischen offen feindselig wirkte, betrachtete Findhorn sinnend. «Ich stelle mir die Frage: Ist dieser Mann nach Asien gekommen, um sich persönlich dafür zu entschuldigen, dass er die Tagebücher Petrosians gestohlen hat? Entschuldigt hat er sich aber nicht. Also ist er zerknirscht und reumütig und will sie mir jetzt zurückbringen? Das tut er aber auch nicht. Es befinden sich keine Papiere in Ihrem Gepäck, noch haben Sie welche zwischen Kansai und Hikone in Aufbewahrung gegeben.» Er nippte an einem kleinen Schälchen Sake und fuhr fort: «Es bleiben also noch zwei Möglichkeiten. Er ist gekommen, um mit mir über einen Verkauf zu verhandeln, oder er ist gekommen, um mich mit den Dokumenten zu erpressen. In beiden Fällen bewundere ich Ihren Mut, wenn auch nicht Ihre Intelligenz.»

«Sie irren in beiden Fällen. Ich bin hier, um ein Bündnis anzuregen.»

Matsumo sah Findhorn durchdringend an. Er vermutete wohl eine Finte. «Zu welchem Zweck? Wie kommen Sie auf den Gedanken, dass ich mich mit Ihnen verbünden könnte?»

«Unsere Interessen decken sich, zumindest momentan. Man hat mir das Geheimnis entwendet.»

«Was?» Kleine Wellen heißen Wassers breiteten sich von Matsumo aus. «Wer hat die Papiere?»

«Ein Mann vom Sirius hat sie mir gestohlen.»

Matsumo verzog keine Miene. Findhorn fuhr fort: «Derselbe Mann, der auch vorhatte, Ihnen das Verfahren zu stehlen.»

«Und haben Sie diesen Mann vom Sirius identifiziert?»

«Das habe ich. Es handelt sich um einen Industriellen. Und ich habe Grund zu der Annahme, dass er ein Team von Ingenieuren zusammenstellt, um das Verfahren und die Konstruktion eines Prototyps der Maschine zu diskutieren. Sobald seine Ingenieure über den Grundprozess Bescheid wissen, ist das Geheimnis heraus und kann nicht wieder in der Versenkung verschwinden.»

«Sehen Sie, was Sie mit Ihrem blödsinnigen Diebstahl angerichtet haben?»

Findhorn beachtete den ärgerlichen Kommentar nicht. «Ich habe vor, ein wenig Industriespionage zu betreiben, und hoffe, dadurch das Wo und Wann in Erfahrung zu bringen. Meine Vermutung ist, dass das Treffen irgendwo in der Schweiz stattfinden wird, und zwar schon sehr bald.»

Matsumo bellte irgendetwas. Einer der Friendship-Leute öffnete eine Schiebetür, und die beiden gingen. Kurz darauf kam die Frau, die Findhorn für Matsumos Gattin hielt, mit Handtüchern herein. Ihr folgte ein junges Mädchen von ungefähr achtzehn Jahren in traditionellem Kimono. Es brachte Findhorns Kleidung, frisch gebügelt und akkurat zusammengelegt. Matsumos Frau ging hinüber zu einer runden papierbespannten Tür und schob deren Hälften auseinander. Kühle Luft wehte in den Raum, und Findhorn konnte in den Garten hinaussehen, wo neben einem Ginkgobaum ein niedriger Tisch gedeckt war. Matsumo kletterte aus dem Zuber und stieg auf den Tatamiboden. Er war rosarot bis zur Brust, hatte einen faltigen Hängebauch und weiße Schamhaare. Seine Frau machte sich daran, ihn mit einem großen weißen Handtuch abzutrocknen. Findhorn, dem die Situation furchtbar peinlich war, kletterte ebenfalls hinaus und schlang ein Handtuch um sich. Das Mädchen, dessen Hilfe er ablehnte, gab sich alle Mühe, keine Miene zu verziehen.

Der Lunch bestand aus gemischtem *sashimi*, rohem Tintenfisch und Lachs, die in rosafarbene Stücke geschnitten waren, und dicken Scheiben Thunfisch, angerichtet auf quadratischen Lacktellern. Ein Barsch, garniert mit Rettich und Zitrone, sah Findhorn traurig und vorwurfsvoll an. Die Damen waren verschwunden, und die Friendship-Leibwächter hatten diskret und bewegungslos zwanzig Meter entfernt Aufstellung genommen. Der Biwa-See blitzte unter ihnen, und Findhorn sah einem Tragflügelboot nach, das mit großer Geschwindigkeit auf eine Insel in der Mitte zustrebte, auf der er nur eine Ansammlung von Schreinen wahrnahm.

«Da Sie aus dem Westen stammen, gehe ich davon aus, dass Sie von Habgier getrieben sind», sagte Matsumo. «Sie müssen wohl der Ansicht sein, wenn Sie mir erzählen, wo ich das Geheimnis finden kann, wird man Ihnen einen Anteil an den zukünftigen Gewinnen daraus zukommen lassen.»

Die Luft war nach dem extrem heißen Bad erfrischend kühl. Findhorn sagte: «Das Verfahren könnte gefährlich instabil sein. Es könnte eine Katastrophe für den ganzen Planeten auslösen. Es muss daher noch vor seiner Verwirklichung abgewürgt werden.»

Etwaige Überraschung war Matsumos Gesicht nicht abzulesen. Findhorn sprach weiter: «Vielleicht liegt das Risiko nur im Bereich von einem Prozent, vielleicht ist es auch nur eins zu einer Million. Aber die möglichen Profite sind gigantisch, und der Mann vom Sirius ist bereit, auch das größte Risiko einzugehen.»

«Und Sie sprechen sich dagegen aus?»

«Wenn es allein sein persönliches Risiko wäre, gut. Aber er gefährdet um des persönlichen Profits willen die Zukunft des Lebens auf dieser Erde. Vier Milliarden Jahre Evolution werden auf eine Karte gesetzt. Und wenn wir in der Galaxis allein sind …»

«Jetzt fange ich an zu verstehen. Sie möchten das Petrosian-Dokument in Ihren Besitz bringen, um es aus altruistischen Motiven zu zerstören.»

Findhorn fand den Barsch ein wenig irritierend. «Und Sie wollen es aufgrund kommerzieller Habgier in Ihren Besitz bringen.»

Matsumos feindseliger Ausdruck wich nach und nach einem gewissen Respekt. «Soso. Sie haben also Erkundigungen über mein Unternehmen eingezogen.»

«Mmhm. Besonders über Norsk Advanced Technologies.»

Matsumo musterte Findhorn eindringlich. Er knurrte: «Entweder sind Sie, wie Sie glauben machen wollen, ein Idealist, dem es darum geht, den Planeten zu retten, oder Sie sind nichts als ein cleverer Freibeuter.»

«Lassen Sie mich raten, wie sich die Ereignisse abgespielt haben. Als das Flugzeugwrack entdeckt wurde, sahen Sie sich in einem Wettlauf mit den Amerikanern. Sie scheuten den offenen Konflikt, und daher baten Sie die religiösen Fanatiker, die Sache für Sie zu erledigen. Sie schleusten sie in die Expedition ein, weil Sie wollten, dass die Tagebücher auf Ihrem Eisbrecher landeten.

Womit haben Sie sie geködert, Matsumo-sensei? Mit einer erheblichen Geldsumme?»

Matsumo schwieg.

«Bis jetzt war alles nur nehmen und nichts geben. Sagen Sie mir, was geschehen ist. Wie ist Ihre Verbindung zu dem Mann vom Sirius?»

Wie ein Chirurg hantierte Matsumo mit seinen Stäbchen. «Im Verlauf meiner langen Karriere haben nur ein oder zwei Leute mich in diesem Ton angesprochen. Traurigerweise ereilte sie ein bedauerliches Schicksal.» Gekonnt zog er einem Fischstückchen die Haut ab. «Ich kannte die Gerüchte über das geringe Risiko von Instabilität bei Petrosians Geheimnis, schenkte ihnen aber keinen Glauben. Wie könnte eine Maschine so viel Zerstörung bewirken? Aber ich wusste auch, dass die Fanatiker des Tempels der Himmlischen Wahrheit es bei ihrer wahnhaften Wahrnehmung der Realität glauben würden, weil sie wollten, dass es wahr wäre. Sie würden in den Tagebüchern einen Weg zur Weltuntergangsmaschine sehen. Das war für sie der echte Anreiz. Wir kamen überein, dass sie die Tagebücher an sich bringen und mir geben würden. Ich würde ihnen anschließend die Maschine bauen.»

«Bis auf die Tatsache, dass Sie niemals die Absicht hatten, der Vereinbarung nachzukommen. Sie hatten vor, die Tagebücher zu vernichten», äußerte Findhorn seine Vermutung.

«Und die Fanatiker dazu.»

«Lassen Sie mich noch ein wenig weiterraten. Der Anführer des Kults hat ein falsches Spiel mit Ihnen getrieben. Er glaubt genauso wenig wie Sie an eine Instabilität. Und ebenso wenig, wie er glaubt, dass er wirklich vom Sirius kommt, hat er vor, eine Maschine zum Gelddrucken auszuhändigen.»

«So hat es wohl den Anschein. Ich gebe zu, mich verkalkuliert zu haben. Der Mann ist anscheinend ein höchst gerissener Schwindler. Ich gebe nicht vor, mich auf die Psychologie religiöser Führer zu verstehen. Sie deuteten jedoch an, die Identität dieses Tropfs in Erfahrung gebracht zu haben?»

«Ist es möglich, Spiegeleier mit Stäbchen zu essen?»

«Aber natürlich.» Matsumo schnippte mit den Fingern. Das Mädchen erschien mit dampfendem weißem Reis in einer Schüssel aus zartem Porzellan. Sie teilte die Tellerchen aus und streifte dabei Findhorn leicht mit dem Arm. Sie trug jadegrünen Lidschatten und hatte die Augen mit dickem schwarzem Eyeliner betont. Sie warf Findhorn einen langen und fast schon aufreizend frechen Blick zu. Matsumo entging das nicht, und er fuhr sie in scharfem Ton an. Sie trippelte davon und kicherte dabei hinter vorgehaltener Hand.

«Wenn Sie tatsächlich ein cleverer Freibeuter sind, werden Sie bei erster Gelegenheit versuchen, ein falsches Spiel mit mir zu treiben», sagte Matsumo. «Das Verfahren noch vor seiner Verwirklichung abzuwürgen: Sind Sie sich der Konsequenzen bewusst?»

Findhorn nickte, und er spürte das inzwischen wohlvertraute Gefühl in der Magengrube. «Der infrage kommende Industrielle hat das Dokument gelesen. Um das Wissen aus der Welt zu schaffen, müssen Sie den Mann aus der Welt schaffen.»

«Nicht ich, Findhorn-san. Wir. Nur wenn Sie die Schuld mit mir teilen, ist Ihr zukünftiges Schweigen und damit meine Sicherheit gewährleistet.»

Matsumo trennte sorgfältig und gekonnt die Hauptgräte des rohen Barsches heraus. «Bei diesem Unternehmen müssen Sie sich meinen Ninjas anschließen.»

«Mein Gott.»

«Sind Sie bereit, das zu tun?»

«Ein Mörder zu werden? Welche Wahl habe ich denn?» Findhorn hörte die Wörter aus eigenem Mund, konnte aber kaum glauben, dass er sie tatsächlich ausgesprochen hatte.

«Und dann wären da noch die Ingenieure.»

«Die sollte man in Ruhe lassen. Mein Mann dürfte nicht gewagt haben, Informationen über das Verfahren zu verbreiten. Sicherheit ist alles. Er wird das Verfahren bei dem Zusammentreffen mit ihnen bekannt machen und sie wahrscheinlich an den Gewinnen beteiligen, um ihr Schweigen sicherzustellen.»

Matsumo hielt inne, ein Stückchen toten Fisch direkt vor den Lippen. «So würde ich es ebenfalls handhaben. Und daher sollten wir besser an Ihren Mann herankommen, bevor er die Leute trifft. Wenn wir bis zu dem Treffen warten, müssen alle umgebracht werden, die daran teilnehmen.»

«Ich muss anscheinend sehr schnell erwachsen werden», sagte Findhorn und legte seine Stäbchen beiseite.

«Die moralische Problematik des Tötens macht Ihnen zu schaffen, zumal wir uns ja nicht einmal im Krieg befinden. Aber denken Sie nach, Findhorn-san. Wenn Sie diesen elenden Kerl nicht umbringen, wird er eine Maschine bauen und aus persönlicher Profitgier unseren Planeten aufs Spiel setzen. Welche Moral liegt darin, ihn nicht davon abzuhalten, skrupellos ein derartiges Risiko einzugehen? Sie haben die Wahl, einen Mann zu töten oder ihn nicht zu töten. Wenn Sie es tun, werden Sie zum Mörder. Wenn Sie es nicht tun, leisten Sie dem Risiko Vorschub, dass das Leben auf Erden ausgelöscht wird.»

«Ich vermute, Sie haben ähnliche Erwägungen bereits getroffen.»

Matsumo zuckte die Achseln. «Die meisten Menschen kommen nie über jene moralischen Gemeinplätze hinaus, die man in jedem beliebigen Western-Film findet. Ihre Ansichten sind von ignoranten Klerikern und Hollywood-Produzenten geformt. Aber die Welt gehört Männern, die verstehen, welch begrenzten Wert derartige Moralpredigten haben.»

«Ich bin begeistert über Ihre Kraft zur Selbsttäuschung. Darüber, wie Sie einen Mord schönreden können.»

Matsumo wechselte das Thema. «Die junge Frau, die bei Ihnen war. Sie ist nicht nur eine Gefährtin für kalte Nächte.»

«Sie hat mir bei den Tagebüchern geholfen.»

«Kommen Sie, Findhorn-san, sie ist doch mehr als nur eine Übersetzerin.»

Jetzt zuckte Findhorn die Achseln. «Ich weiß nicht, wen sie vertritt. Eine Zeit lang dachte ich, sie hätte sich an die Himmlische Wahrheit verkauft.»

«Sie ist gefährlich. Sie wird versuchen, Ihnen wie mir das Geheimnis zu stehlen. Daher muss sie ebenfalls aus dem Weg geräumt werden. Das verlangt schon die Logik.»

«Die Lady ist unantastbar.»

Matsumo antwortete nicht. Aber das brauchte er ja auch nicht, dachte Findhorn.

«Natürlich hatte ich als Parteimitglied meine Privilegien, aber es dauerte nicht lange, und ich war völlig ernüchtert, was das System betraf. Es war durch und durch korrupt. Die Partei gab mir schlussendlich die Erlaubnis, nach Kanada zu emigrieren, und ich nahm die Chance wahr. Dort habe ich in einer kleinen Stadt namens Kapuskasing dreißig Jahre lang praktiziert.»

«Das erklärt Ihr ausgezeichnetes Englisch.»

Sachs schüttelte skeptisch den Kopf. «Sie sind sehr freundlich. Ich habe einen schlimmen deutschen Akzent. Na jedenfalls, als die Kinder dann erwachsen und über drei Kontinente verteilt waren, entschlossen wir uns, wieder hierher zurückzukehren. Alle Überlebenden von Mischas Familie stammen aus Bayern.»

«Noch ein paar Kartoffeln?» Das waren die ersten Worte, die Mischa gesprochen hatte. Sie war eine kleine, rundliche Hausfrau, die damit zufrieden schien, dass ihr Mann allein die Unterhaltung bestritt.

Romella lächelte und klopfte sich auf den Bauch. «Nein danke.»

«Sie sind viel zu dünn», tadelte Mischa.

«Ich werde jetzt Lisa anrufen», sagte Sachs. «Vergeben Sie mir, aber Sie werden verstehen, dass wir alle gegenseitig unser Privatleben schützen. Ich werde erläutern, dass Sie eine Arbeit über die deutschen Universitäten in den dreißiger Jahren schreiben und daher gerne mit ihr sprechen würden. Ich bin ziemlich sicher, dass sie ablehnen wird. Bitte warten Sie hier.»

Sachs verschwand im Flur. Romella wartete einige Minuten. Als er zurückkam, sah man ihm die Ablehnung an. «Es tut mir Leid. Sie ist sehr alt, wie wir alle inzwischen, und obwohl sie noch immer einen wachen Verstand besitzt, möchte sie jenen Teil ihres Lebens nicht noch einmal durchleben müssen. Sie bittet um Verzeihung und wünscht Ihnen viel Glück mit Ihrer Arbeit.»

Romella nickte. Sachs zeigte sich überrascht, wie wenig enttäuscht sie allem Anschein nach war, und sie schalt sich insgeheim eine miserable Schauspielerin.

Der Anlass ihres Besuchs hatte sich damit erledigt. Der Rest des gemeinsamen Essens verbrachten sie mit belangloser Unterhaltung. Sie verabschiedete sich eine Stunde später, wünschte ihnen aufrichtig alles erdenklich Gute und sah, dass eine ungeöffnete Flasche Wein auf dem Tisch zurückblieb.

Das Abteil im Zug zum Flughafen war leer. Sie holte den kleinen Van-Eck-Monitor aus ihrer Handtasche und schaltete ihn ein. Er funktionierte! Die Nummer, die Sachs gewählt hatte, erschien auf dem kleinen Bildschirm. Romella notierte sie schnell, denn sie hatte Angst, dass das ihr fremde Gerät, das sie in aller Eile in dem Spionageladen in der Nähe der Burlington Arcade gekauft hatte, plötzlich seinen Geist aufgeben könnte. Es war eine Nummer in Großbritannien, aber die Stadt konnte sie nicht identifizieren.

Am Flughafen von München rief sie die Auslandsauskunft an. Die Adresse befand sich in Lincoln, aber nicht unter dem Namen Lisa Rosen.

Noch war sie unter dem Namen Lev Petrosian eingetragen.

Sie war jedoch unter dem Namen eines Len Peterson registriert.

Vor halb sieben am nächsten Morgen war kein Flug von Kansai nach Europa zu bekommen. Findhorn schlug das Angebot ab, sich nach Kioto fahren zu lassen, und machte stattdessen einen Ausflug mit dem Tragflügelboot zur heiligen Insel im Biwa-See. Nachdem er ein paar hundert Treppenstufen hinaufgestiegen war, bestaunte er den buddhistischen Schrein, die brennenden Räucherstäbchen und die atemberaubende Aussicht. Er meinte sogar, Matsumos Heim erkennen zu können, in dessen Fenstern sich das Sonnenlicht widerspiegelte. Als dann die Dunkelheit einsetzte, nahm er den Keihan nach Kioto und durchstreifte die strahlend beleuchteten Straßen voller Menschen. Ohne sichtbaren Beweis hatte er mehr als einmal das Gefühl, verfolgt zu werden, aber er schrieb es schließlich seinem überstrapazierten Nervenkostüm zu.

Außerhalb des Stadtzentrums folgte Findhorn einer Menschenmenge und fand sich plötzlich auf einem Pfad wieder, der von Papierlaternen gesäumt war. Noch ein weiterer Schrein, diesmal ein kleiner. Eine rätselhafte Zeremonie ging vonstatten, mit Priestern, die eine Art Sprechgesang rezitierten, Flöten, hellen Glöckchen und klangvollen Trommeln. Er kam sich vor wie ein Besucher von einem anderen Stern, kaufte sich an einem Stand eine Cola und machte sich dann auf den Rückweg ins Hotel.

Er saß in dem kleinen Büro, während der Manager wunschgemäß ein Passwort in den Computer eingab. Er hatte zwei E-Mail-Nachrichten:

Petrosian lebt, und ich weiß, wo er sich befindet. Treffpunkt Branston Hall, 5 Meilen außerhalb von Lincoln.
Romella

Findhorns freudige Erregung fand ihr abruptes Ende, als er die zweite Nachricht las:

Wir haben eine gemeinsame Aufgabe zu lösen. Antworten Sie an diese Adresse mit einem Vorschlag, wo wir uns treffen können.
Barbara Drindle

30 LEV BARUCH PETROSIAN

Sie fanden die Wohnung in der Nähe vom Westgate, dicht beim Spielzeugmuseum und in Sichtweite des Schlosses. Findhorn folgte Romella die Treppe hinauf und gab sich alle Mühe, nicht auf ihre wohlgeformten Beine zu achten. Im obersten Flur waren drei Türen. Auf der rechten Tür hatte man eine mit der Hand beschriebene Karte in die Halterung geschoben: *L. Peterson*. Findhorn und Romella sahen einander an. Dann atmete Findhorn tief durch und klopfte.

Es verging so viel Zeit, dass es schon den Anschein hatte, als sei niemand zu Hause. Dann war innen ein Geräusch zu hören, und die Tür wurde von einer weißhaarigen Frau mit tiefen Falten im Gesicht geöffnet. Sie war bestimmt schon über achtzig und ein wenig gebeugt, aber in ihrer grauen Strickjacke und dem langen blauen Kleid wirkte sie fast elegant. Sie trug eine goldene Halskette. «Ja?»

«Mrs. Peterson? Mein Name ist Fred Findhorn, und das hier ist Romella Grigorian. Könnten wir vielleicht mit Ihrem Mann sprechen?»

Ihre Stimme war altersschwach, aber gut zu verstehen, und sie klang redegewandt, wenngleich sie einen leichten ausländischen Akzent hatte. «Sie sind nicht die Telefonleute.»

Findhorn tätschelte seine Aktenmappe. «Wir möchten verlorenes Eigentum zurückbringen.»

Sie runzelte argwöhnisch die Stirn. «Ich wüsste nicht, dass wir etwas verloren hätten.»

«Es ist vor langer Zeit verloren gegangen.»

Die Frau zögerte einen Augenblick, um diese verblüffende Mitteilung zu verdauen. Schließlich öffnete sie die Tür und sagte: «Dann sollten Sie vielleicht lieber hereinkommen.»

Sie führte sie in einen großen, luftigen Salon. Die Möbel waren alt, aber von guter Qualität. Fotos waren nirgends zu sehen. Von der einen Seite des Erkers blickte man über die Stadt hinaus, auf die Kathedrale und das Schloss, von der anderen blickte man auf eine gegenüberliegende Wohnung, deren Fenster von Aufklebern und Wimpeln bedeckt waren.

Der Mann, der das Zimmer betrat, war ebenfalls weißhaarig und runzlig. Er trug einen grauen Pullover und ziemlich unförmige Flanellhosen. Seine Haut war braun, eher von Geburt als von der Sonne gebräunt, und seine Augen waren dunkel und intelligent. Seine Stimme war leise und klar, mit einem kaum merkbaren amerikanischen Akzent. «Setzen Sie sich doch bitte.» Findhorn und Romella nahmen gemeinsam auf einer Couch Platz.

«Möchten Sie vielleicht einen Kaffee?», fragte Mrs. Peterson von der Tür her.

«Ja, danke», antwortete Romella für sie beide. «Kann ich Ihnen helfen?»

«Das schaff ich schon.»

Mister Peterson setzte sich auf einen leicht abgewetzten Sessel Findhorn und Romella gegenüber. «Sie sprachen von verlorenem Eigentum?»

Das war der Augenblick, den Findhorn ebenso gefürchtet wie gespannt erwartet hatte. Er öffnete die Aktenmappe zu seinen Füßen und holte ein Bündel DIN-A 4-Bögen nach dem anderen hervor. Er legte sie auf den niedrigen Couchtisch zwischen ihnen. Einen Stapel, den er aufs Geratewohl ausgewählt hatte, überreichte er dem alten Mann. Mit schwarzem Filzstift hatte er «1945» auf dessen Klarsichthülle geschrieben. «Leider handelt es sich nur um Kopien. Aber ich glaube zu wissen, wo sich die Originale befinden.»

Mister Peterson zog seine Brille aus der Hemdtasche und setzte sie bedächtig auf. Das Dokument schlug er nicht sofort auf, sondern hielt es in beiden Händen und betrachtete das Datum. Seine Hände wirkten ein wenig arthritisch. Dann sah er Findhorn schon fast beunruhigend lange und forschend an. Ein sonderbarer Ausdruck überzog sein Gesicht. Schließlich öffnete er das Tagebuch und blätterte bedachtsam darin.

Man hörte, wie in der Küche ein Wasserkessel gefüllt wurde.

Ungefähr in der Mitte des Tagebuchs von 1945 hielt er inne. «Das war ein besonderer Tag. Mir kommt es vor, als sei es gestern gewesen: *Um neun Uhr morgens beginnt Louis Slotin damit, den Kern zusammenzusetzen.*» Er sah auf. «Er war Kanadier. Nicht lange danach kam der arme Louis in Los Alamos ums Leben, als er etwas sehr Ähnliches tat. Er brachte zwei unterkritische Teile Plutonium ein ganz klein wenig zu dicht aneinander. Es kam zu einem Schub radioaktiver Strahlung. Sehr kurz, aber ausreichend.»

«Gebäck?», fragte Mrs. Peterson von der Türschwelle her.

«Nein danke. Soll ich Ihnen auch wirklich nicht helfen?» Mrs. Peterson schüttelte den Kopf und verschwand.

«Und ...», sagte Peterson und sah Findhorn erwartungsvoll an.

«Sie wurden vergangene Woche gefunden, und zwar in dem Wrack eines sowjetischen Flugzeugs in der Nähe von Grönland. Ich bin Polarmeteorologe.»

Petrosian alias Peterson seufzte. «Nach fünfzig Jahren. Ich sollte angeblich bei dem Absturz ums Leben gekommen sein. Wie haben Sie mich gefunden?»

«Ein Holocaust-Überlebender namens Viktor führte uns zu Sachs, und Sachs hat uns zu Ihnen geführt.»

«Ich denke, es war eine Art Manie, diese Tagebuchschreiberei. Sie müssen wissen, ich mache das noch heute. Ich besitze einen ganzen Schrank voller Tagebücher. Natürlich habe ich heutzutage nichts wirklich Erwähnenswertes mehr zu schreiben. Nicht wie in Los Alamos oder in den dreißiger Jahren in Deutschland. Und darüber bin ich auch ganz froh, zumal ich kaum mehr einen Stift halten kann. Und wer wird schon Interesse haben, meine Tagebücher zu lesen, wenn Lisa und ich nicht mehr sind?»

«Zwei Interessierte sitzen hier vor Ihnen», sagte Romella leise.

«Kaffee kommt gleich», sagte Mrs. Peterson und stellte ein Tablett auf den Tisch. Tassen, Milch und Zucker standen säuberlich aufgereiht darauf, und sie hatte ihnen doch Kekse mitgebracht.

Petrosian wartete, bis sie das Zimmer verlassen hatte, und sagte: «Das hier wird ein schlimmer Schock für meine Frau sein. Unter anderem auch deswegen, weil es eine Vergangenheit wieder aufleben lässt, an die sie sich lieber nicht erinnert. Die verschiedenen Überlebenden haben ihr Leid auf jeweils verschiedene Art zu bewältigen versucht. Lisa hat versucht, es einfach hinter sich zu lassen. Es auszulöschen, wenn Sie so wollen. Die einzige Verbindung zu jenen Tagen ist ein alter Freund in … ach, Sie sagten, dass Sie uns so gefunden haben?»

Romella antwortete: «Herrn Sachs trifft keine Schuld. Ich habe ihn überlistet. Ich brachte ihn dazu, Lisa anzurufen, und habe dann die Telefonnummer elektronisch gespeichert. Das ist wahrscheinlich illegal gewesen.»

«Und natürlich wird unser gemeinsames Leben dadurch zerstört. Meinen Sie, man wird mich in meinem Alter noch ins Gefängnis stecken?»

Findhorn war bestürzt. «Das ist nicht unsere Absicht. Wir sind ganz und gar nicht in offizieller Funktion hier.»

Romella fügte hinzu: «Wir möchten weder Ihrer Frau noch Ihnen selbst auch nur den geringsten Schaden zufügen.»

«Wir sind die Einzigen, die Ihre wahre Identität kennen. Und wir wollen es auch dabei belassen.» Kaum hatte er das ausgesprochen, fiel Findhorn Petrosians Bruder Anastas ein. Er konnte nur hoffen, dass Lev sich nicht nach ihm erkundigte.

«Worum geht es Ihnen dann?»

Findhorn fühlte sich noch nicht bereit, diese Frage zu beantworten. «Es gibt da etwas, das mir Kopfzerbrechen bereitet, Sir.» Normalerweise sprach er niemanden mit «Sir» an, aber in Gegenwart dieses Mannes kam ihm diese Anrede wie selbstverständlich von den Lippen. «Es geht um Ihre Flucht vom Lake Michigan. Sie waren nicht in jenem russischen Flugzeug, aber natürlich steht in den Tagebüchern, die wir haben, nichts über diese Geschehnisse. Was ist in jener Nacht passiert?»

Petrosian lehnte sich auf seinem Sessel zurück. Der Geruch von Kaffee zog ins Zimmer. «Na ja. Auch das war ein besonderer Tag. Oder vielmehr eine besondere Nacht.»

Petrosian wurde vom rhythmischen Klatschen des Wassers an die Seitenwand der Yacht geweckt. Graues Licht fiel durch die kleinen Bullaugen. Plötzlich voller Furcht, dass der Bootsbesitzer auftauchen könnte, wälzte er sich aus der Koje und stieg die Treppe zur Kombüsentür hinauf. Sie war festgefroren. Erfolglos stemmte er sich mit der Schulter dagegen, fand dann aber ein Brotmesser, mit dessen Hilfe es ihm schließlich gelang, die Tür aufzustemmen. Dabei knirschte und krachte es bedenklich laut.

Über Nacht hatte es geschneit, und die Yacht lag unter einer fünfzehn Zentimeter dicken Schneedecke. Der See war jedoch noch nicht zugefroren, sondern von dünnen Eisschollen gesprenkelt, und die kleinen Wellen bewegten sich zähflüssig und träge.

Die Ferienkate, die als Treffpunkt dienen sollte, stand auf dem gegenüberliegenden Ufer des Sees, ungefähr hundert Meilen jenseits des Horizonts in westlicher Richtung.

Der zurückgelassene Wagen könnte schon innerhalb weniger Stunden entdeckt und gemeldet werden. Oder auch nicht.

Man würde auf den Gedanken kommen, die Boote zu durchsuchen. Oder auch nicht.

Der Besitzer könnte auftauchen. Oder auch nicht.

Wenn er sich auf einer Fernstraße sehen ließ und mit seinem Gepäck auffiel, wäre sein Schicksal besiegelt. Es sei denn, man hatte in dieser Gegend noch nicht mit der Suche begonnen.

Er könnte mit dem Boot über den See segeln. Er hatte in seinem ganzen Leben noch nie ein kleines Boot gesegelt. Das Verschwinden des Boots könnte tagelang unbemerkt bleiben, aber sein

Besitzer könnte auch in einem der Häuser wohnen, die weniger als hundert Meter entfernt waren.

Alles Unwägbarkeiten, von denen Rettung oder Verlust seines Lebens abhingen.

Gegen drei Uhr nachts stand so gut wie sicher fest, dass der Spion, sollte er in der Tat zu einem der Großen Seen unterwegs sein, die großen Fernstraßen hinter sich gelassen hatte. Bis Tagesanbruch war nichts mehr zu erreichen.

Das Morgengrauen machte seinem Namen alle Ehre, denn es brachte nichts als trübes graues Licht. Als der Tag jedoch langsam voranschritt, hatte nicht eine Polizeistreife aus den vielen Kleinstädten am Rand der Großen Seen gemeldet, dass der schwarze Pierce-Arrow entdeckt worden war. Es sah langsam so aus, als sei der See, von dem gesprochen worden war, einer der kleineren gewesen, wie zum Beispiel Mooselookmeguntic oder die Richardson Lakes, Moosehead oder gar First Connecticut. Allesamt berührten sie die kanadische Grenze und befanden sich an abgelegenen und unzugänglichen Orten. Oder vielleicht täuschte man sich ja völlig, und der Treffpunkt des Spions befand sich weiter im Süden, zum Beispiel Lake Winnipesaukee in New Hampshire. Langsam wurde das FBI-Team von Hoffnungslosigkeit ergriffen.

Doch kurz vor Mittag unterbrachen hervorragende Neuigkeiten die pessimistischen Grübeleien der Teammitglieder. Forstarbeiter hatten der Polizei am Ort einen verlassenen Wagen gemeldet. Es war ein Pierce-Arrow mit Weißwandreifen, zugelassen auf einen Tom Clay. Ein Ort namens Ludington, eine Kleinstadt am Ufer des Lake Michigan, lag in Sichtweite der Fundstelle.

Er war ihnen so gut wie sicher.

Am frühen Nachmittag kamen jedoch keine Meldungen aus Hotels, Pensionen, Restaurants oder Cafés. Das war sonderbar, denn erstens musste der Bursche doch essen und zweitens, wenn er im Freien übernachtet hatte, müsste er inzwischen zu einem Eiszapfen erfroren sein. Man wusste, dass er Geld besaß, denn er hatte erst vor ein paar Tagen fast tausend Dollar abgehoben und damit sein Konto so gut wie leer geräumt. Zudem hatte Tom Clay ausgesagt, dass der Spion ein fettes Bündel Bargeld besaß und davon den Wagen bezahlt hatte.

Die Befragung in einer Pension förderte eine Augenzeugin zutage. Der Inhaber hatte nichts gesehen, aber eine der Damen, die bei ihm wohnte, hatte beim Frühstück einen Mann erwähnt, der sich eigentümlich verhalten hatte. Gegen zehn Uhr am Abend zuvor hatte sie zufällig aus ihrem Fenster im Obergeschoss hinausgesehen. Sie hatte einen Mann mit einer Aktenmappe bemerkt, der über das Geländer direkt gegenüber dem Haus geklettert war und dann unterhalb der Ufermauer verschwand. Es gab doch einen ausgezeichneten Gehsteig, und wenn er nur spazieren ging, wozu hatte er dann eine Aktenmappe dabei? Sie hatte noch länger hinterhergeschaut und gemeint, ein paar Minuten später eine Bewegung auf dem Pier wahrgenommen zu haben. All das war ungewöhnlich genug, um ihren Freundinnen beim Frühstück davon zu berichten. War das ein Spion gewesen oder so was, hatte sie den FBI-Agenten aufgeregt gefragt, und der Inhaber hatte sie in aller Höflichkeit zur Diskretion ermahnt.

Gott segne alte Damen und durchsichtige Gardinen. Er war also entweder auf dem Weg nördlich nach Manistee, oder er hatte ein Boot gefunden. Jeder Versuch, zu dieser nächtlichen Stunde auf einer kaum befahrenen Straße ein Auto anzuhalten, und das bei zwanzig Grad unter null, hätte dem Staat die Kosten für Hochspannungselektrizität erspart. Daher musste er sich wohl in einem der Boote befinden, keine hundert Meter von ihnen entfernt.

Dort hatte er sich auch befunden, aber inzwischen war er fort. Seine Fußspuren waren noch immer auf Deck zu sehen, und der Besitzer war ein Bauarbeiter aus New York, der seit drei Monaten keinen Schritt mehr in die Nähe seines Bootes gesetzt hatte. Leider führten die Fußspuren aber in die Stadt zurück und mischten sich schon sehr bald mit denen der gesamten zu Fuß gehenden Bevölkerung. Und als man schließlich herausgefunden hatte, dass die Frühfähre nach Kewaunee noch immer verkehrte, hatte sie bereits den See überquert und ihre Passagiere an Land gelassen.

Petrosian zitterte ganz gewaltig und war darüber höchst erfreut. Irgendwo, vielleicht in einem *Reader's Digest* in irgendeinem Wartezimmer, hatte er gelesen, dass man in Schwierigkeiten war, wenn man zu zittern aufhörte. Das bedeutete nämlich, dass der Körper nicht mehr die Energie besaß, die er zum Zittern brauchte.

Zittern war ein biologischer Mechanismus zur Wärmeerzeugung. Also immer weiter zittern.

Außerdem hatte er auch Angst.

Zwei Gefahren musste er unter allen Umständen meiden: den unmittelbar drohenden Tod durch Erfrieren und einen später lauernden durch den elektrischen Stuhl.

Er spähte in den dunklen Wald. Dort gab es wahrscheinlich Elche und Wölfe und an den zugefrorenen Teichen auch Biber. Bisher hatte jedoch nur Totenstille geherrscht. Im Lauf des Abends hatte sich die Bewölkung aufgelockert, und die Temperatur sank rapide. Ein Dreiviertelmond ging auf.

Zum zehnten Mal innerhalb einer Stunde sah er auf die Uhr. Sie hatte kleine Leuchtziffern und -zeiger, und als jemand, der sich mit radioaktiver Strahlung auskannte, hatte er darauf geachtet, dass das Leuchten von Fluoreszenz verursacht wurde und nicht von Radium.

Seit dreißig Stunden hatte er nicht mehr gegessen.

Na und? Überlebe erst mal die Nacht. Und dann kümmere dich um deinen Magen.

Obwohl er gerade erst auf die Uhr gesehen hatte, tat er es schon wieder. Es war zwanzig Minuten vor zehn. Einige Meilen südlich wurden die Lichter einer kleinen Stadt vom Wasser reflektiert. Drei Komma zwei Meilen ganz genau. Ein Fußweg von einer Stunde für einen kräftigen Mann mit einer Aktenmappe. Auf einer guten Wegstrecke. Länger aber für ein physisches Wrack, das seit dreißig

Stunden nicht mehr gegessen hatte und nach jedem Schritt ängstlich in den dunklen Wald spähte.

Petrosian hatte einen einsamen Angler auf einem Bootssteg beobachtet und sich voller Schrecken gefragt, ob er wohl vorhaben mochte, die ganze Nacht lang zu angeln. Gegen acht Uhr hatte der Mann jedoch seinen Kombi beladen und war auf der Piste durch den Wald davongefahren, ohne etwas gefangen zu haben. Jetzt war Petrosian mit sich allein in der Stille, die nur vom leisen Plätschern der Wellen durchbrochen wurde, die jenseits der Straße am Strand aufliefen.

Da war ein prasselndes Lagerfeuer und ein Teller mit heißem Chili con carne und eine Frau mit Lisas wundervoll gerundetem Körper und einem warmen, liebevollen Gesichtsausdruck, aber gleichzeitig doch auch mit Kittys langen Beinen, ihrem schmalen Gesicht und ihren blonden Haaren. Die Wärme vom Feuer durchdrang ihn bis auf die Knochen, und er sank in den tiefen weichen Teppich. Er gab seinem überwältigenden Schlafbedürfnis nach, und dann musste er feststellen, dass er mit dem Gesicht nach unten im Schnee lag und sich nicht daran erinnern konnte, hingefallen zu sein. Er hatte jedes Gefühl in den Zehen an seinem linken Fuß verloren und fragte sich, ob sie wohl amputiert werden mussten. Dann fürchtete er in einem kurzen Panikanfall sogar, sein ganzes Bein zu verlieren.

Anfangs fragte er sich, was ihn geweckt haben mochte, aber dann hörte er ein schwaches Motorengeräusch, das vom See her kam. Zuerst dachte er, es müsse sich um ein Schiff handeln, aber als es an Intensität zunahm, stellte er fest, dass es sich um das Geräusch eines Flugzeugs handelte. Er rollte sich auf die Seite, schaffte es, auf Hände und Knie zu kommen, und richtete sich dann unter größten Mühen und taumelnd ganz auf. Er zerrte an der Aktenmappe, aber die schien inzwischen mit Mauersteinen gefüllt zu sein. Er schleppte sich durch den Schnee, fiel hin und rappelte sich wieder hoch, umging mühselig Höcker und Mulden.

Und jetzt konnte er sie zwischen den Bäumen erkennen, die kleine dunkle Maschine, deren laufender Propeller das Mondlicht zerhackte. Sie war vielleicht ein, zwei Meilen vom Ufer entfernt.

Und da war auch noch ein Auto, das sich schnell von Kewaunee her näherte.

Petrosian blieb hinter den Bäumen versteckt gut zwanzig Meter vom Wegesrand entfernt stehen. Das Flugzeug flog sehr niedrig und schien direkt auf ihn zuzukommen. Das Auto war noch ungefähr zwei Meilen entfernt und kam schnell näher.

Das Motorengeräusch flaute ab und klang jetzt nur wie ein Husten. Dann waren hell im Mondlicht zwei Gischtstreifen zu sehen, der Motor wurde im Leerlauf noch einmal auf Touren gebracht, und das Flugzeug nahm Kurs auf den Landungssteg. In grausamer Entschlusslosigkeit verharrte Petrosian, wo er war.

Der Motor des kleinen Flugzeugs erstarb. Die Tür öffnete sich, und ein Mann trat auf den Schwimmer. Er stützte sich mit einer Hand an der Tragfläche, und mit der anderen hielt er etwas fest. Es sah aus wie eine Rolle Tau. Er sah angestrengt zu den Bäumen und schien Petrosian anzustarren. Dann fuhr plötzlich das Auto über die Kiesel am Ufer, und für einen kurzen Augenblick erfassten seine Scheinwerfer das Flugzeug und den Piloten. Vor lauter Schreck ließ Petrosian die Aktenmappe fallen und nahm allen Mut zusammen, um in den Wald zu rennen.

Der Fahrer des Wagens war ausgestiegen und rannte den Steg entlang. Der Pilot warf ihm die Leine zu. Es folgte ein kurzer Wortwechsel auf Russisch. Petrosian erkannte eine der Stimmen, wollte vorwärts laufen, fiel, konnte nicht wieder aufstehen. Als er endlich wieder auf die Beine gekommen war, hangelte sich der Fahrer bereits am Flügel entlang. Mit einem Bein tastete er nach einem Halt, und der Pilot hielt ihn am Arm fest, während das kleine Flugzeug bedrohlich schwankte.

Und dann waren sie eingestiegen. Die Tür knallte zu, und der

Propeller wurde auf Touren gebracht. Wie ein Betrunkener taumelte Petrosian den Steg entlang, schwenkte die Arme und rief mit heiserer Stimme.

Der Motor ging aus, und die Tür wurde geöffnet.

«He, Lev!», rief Rosenblum begeistert.

«Ich hab sie. Die Tagebücher.»

«Und wo sind sie? Bring sie her!»

Petrosian taumelte in die Dunkelheit und kehrte dann mit der Aktentasche zurück. Rosenblum stand auf halber Höhe der Tragfläche. Er warf ihm das Tau entgegen. Petrosian fing es und zog. Dann half er Rosenblum auf den Steg. Dazu bedurfte es seiner ganzen Energie.

«Dachte, du hättest es nicht geschafft, alter Freund. Am Ufer wimmelt es von Agenten. Das sind sie?» Grinsend hob er die Aktentasche hoch, und in seinen Brillengläsern spiegelte sich das Mondlicht.

«Sie sind alle beisammen, Jürgen.»

Rosenblum griff in die Innentasche seiner Jacke. Einen furchtbaren Augenblick lang dachte Petrosian, er würde jetzt erschossen. Aber dann reichte Rosenblum ihm einen Umschlag und sagte: «Pass, Führerschein, Geburtsurkunde und so weiter. Man hat dir sogar einen Lebenslauf zurechtgebastelt, wenn du ihn benutzen möchtest. Du bist soeben wiedergeboren worden, Lev. Hör mal, wir könnten dich wahrscheinlich noch reinquetschen. Bist du sicher, dass du es so willst?»

Petrosian nickte, nahm den Umschlag und betrachtete ihn wie benommen.

«Das Auto gehört dir. Du hast es ja schon seit Jahren benutzt. Schlüssel steckt im Zündschloss. Setz dich rein und sieh zu, dass du wegkommst. Und sei mir nicht böse, dass ich hier verdammt nochmal verschwinde. Das Mutterland erwartet seinen revolutionären Helden.» Sie schüttelten einander die Hand.

Kurz bevor er die Tür schloss, winkte Rosenblum noch einmal und rief: «Mach dich auf den Weg, Lev! Fahr nach Mexiko oder sonst wohin.» Und dann rotierte der Propeller immer schneller, und das Flugzeug rauschte übers Wasser.

In der lebensrettenden Wärme des Wagens gestattete sich Petrosian noch einen letzten Blick über den See. Aber es gab kaum mehr etwas zu sehen: nur abflauendes Kielwasser im Mondlicht und Schatten.

31 INSTABILITÄT

Petrosian lächelte traurig. «Sehen Sie, die Tagebücher waren nutzlos. Sie enthielten keine Information, die Stalin beim Bau der Superbombe hätte von Nutzen sein können. Aber ich hatte meinem verräterischen Freund Rosenblum etwas anderes erzählt, und er übernahm die Tagebücher im Austausch mit einer neuen Identität für mich. Sie waren mein Visum für die Freiheit. Ich danke Ihnen für diese Kopien. Sie werden wunderbarer Lesestoff für mich sein.»

Romella fragte: «Warum haben Sie Ihre Entdeckung verheimlicht? Sie hätte Sie sehr reich machen können.»

«Und sie hätte Aufsehen erregt. Und reich? Warum denn? Wir sind glücklich. Uns geht es gut. Wir haben alles, was wir brauchen.»

Findhorn warf ein: «Sie hätte Ihnen wissenschaftliche Ehren bescheren können.»

Fast hätte Petrosian gelacht. «Aha! Ich spreche also mit einem Wissenschaftler! Einstein hat mir mal gesagt, er wäre am liebsten Holzfäller geworden. Irgendwann habe ich verstanden, was er damit meinte. Unser größtes Glück war, dass Lev Petrosian bei jenem Flugzeugabsturz ums Leben kam und Leonard Peterson, der mit antiquarischen Büchern handelte, die Deutschlehrerin Lisa Rosen heiratete. Der Schlüssel zu unserem Glück war unsere Anonymität.» Er sah sie an und wirkte plötzlich argwöhnisch. «Was uns zu der Frage bringt, warum Sie hier sind.»

Romella gab sich Mühe, freundlich zu klingen, aber ihre Worte waren schroff. «Es kann sein, dass wir Ihnen diesen Schlüssel nehmen müssen.»

Leicht vornübergebeugt kam Lisa mit einer altmodischen Kaffeemaschine herein. Sie stellte sie auf das Tablett und sagte: «Hast du unsere Untersetzer gesehen, mein Lieber?»

Petrosian sagte: «Lisa, ob du uns vielleicht mal für eine Weile allein lassen könntest?»

Aufgeschreckt sah sie zuerst ihn an und dann die Besucher. «Stimmt etwas nicht?»

«Alles in Ordnung», sagte Petrosian.

«Und warum machst du dann so ein Gesicht?»

«Sie brauchen sich keine Sorgen zu machen, Mrs. Peterson», log Romella. Lisa ging hinaus, ohne Skepsis und Besorgnis verhehlen zu können.

«Ich denke, jetzt verstehe ich. Sie haben Erpressung im Sinn.» Petrosians Akzent nahm jetzt eine deutsche Färbung an. «Sie wollen mir das Geheimnis des Verfahrens abnötigen und bieten mir dafür Ihr Schweigen.»

Findhorn schenkte Kaffee in die zerbrechlichen weißen Tassen. «Jemand hat das Geheimnis bereits in Händen. Milch?»

«Nein! Das ist ja furchtbar! Wie konnte das geschehen?»

Es ließ sich nicht vermeiden. Findhorn sagte: «Die Tagebücher haben einige Leute auf die Spur Ihres Bruders Anastas gebracht.»

«Anastas? Ist ihm etwas zugestoßen?»

«Nein», log Findhorn. «Ich habe ihn persönlich kurz gesehen.»

Petrosians Miene war die Erleichterung anzusehen. «Und wie geht es ihm?»

«Es ging ihm gut, als ich ihn verließ. Er arbeitet noch immer, denke ich. Er hat einen kleinen Škoda und raucht Pfeife. Wir haben uns gemeinsam an einem sehr guten armenischen Kognak erfreut. Unglücklicherweise wurde aber in sein Haus eingebrochen, und man hat die Dokumente mitgehen lassen.»

Petrosian schien jetzt ein Selbstgespräch zu führen. «Meine Eitelkeit ist schuld an diesem Problem. Es war eine so wundervolle Entdeckung, aber ich hätte sie schon im Keim ersticken sollen. Zuerst habe ich versucht, mir die Entdeckung patentieren zu lassen. Erst als man das ablehnte, wurde mir klar, dass sie riesigen kommerziellen Interessen zuwiderlief. Ich hatte sogar zunehmend das Gefühl, dass mein Leben in Gefahr war.»

Petrosian war mit seinen Gedanken einen Moment lang ganz woanders. Dann fuhr er fort: «Schließlich wurde mir bewusst, dass es Ungewissheiten bei dem Verfahren gab, verstehen Sie, ja, dass es vielleicht sogar gefährlich sein könnte. Daher entschloss ich mich, es bis zu dem Tag zu verstecken, an dem es von einer kenntnisreicheren und inspirierteren wissenschaftlichen Gemeinde untersucht werden konnte als der der fünfziger Jahre.»

«Also schickten Sie es über die Geghard-Handelsroute an Ihren Bruder?», fragte Romella und gab selbst Milch in ihren Kaffee.

Petrosian reagierte überrascht. Er trank einen kleinen Schluck Kaffee und nahm einen Teelöffel braunen Zucker. «Ich bin höchst erstaunt, was Sie alles herausgefunden haben.»

«Wir wissen auch, dass Sie über Kitty Cronin Briefe an Ihren Bruder geschickt haben. Wir wissen nur nicht, wie.»

«Ach, Kitty.» Seine Gedanken schienen wieder zu schweifen. «Lebt sie noch?»

«Es geht ihr gut», sagte Romella. «Sie heiratete einen Geschäftsmann namens Morgenstern. Nach fünfzehn Jahren wurden sie geschieden. Sie hatten zwei Kinder. Kitty zog an einen Ort in den kanadischen Rockies und eröffnete einen Laden, in dem sie Ausrüstung für Bergsteiger verkaufte.»

Petrosians Gesicht wurde von einem kurzen Lächeln aufgehellt. «Sie liebte die Berge.»

«Vor zehn Jahren hat sie sich zur Ruhe gesetzt und lebt jetzt mit ihrer Tochter in Miami.»

«Ich bin froh, dass das Leben es gut mit ihr gemeint hat. Kittys Schwägerin arbeitete in der Türkischen Botschaft in Washington. Nach dort gingen meine Briefe. Sie wurden unzensiert an eine Adresse in Igdir weitergeschickt, einer kleinen Stadt in der Türkei. Von dort aus war es leicht. Mein Vater war Schafhirte, und Anastas trat in seine Fußstapfen. In den Gengham-Bergen kannten wir jeden Pfad zwischen dem Sevan-See und der türkischen

Grenze. Der Basar von Geghard bestand schon lange vor dem Krieg. Es war eine geheime Handelsroute. Wir benutzten sie, um Käse, Kaffee und andere Dinge aus der Türkei hereinzuschmuggeln und sie in Garni und Geghard zu verschachern. Soweit ich weiß, hat der Krieg den Fluss der Waren nur verstärkt. Doch man durfte sich nicht erwischen lassen ... na ja, sie haben sogar Kinder erschossen.»

Findhorn sagte: «Wir sind hier, weil wir erfahren möchten, warum Sie Ihre Entdeckung zurückgehalten haben. Dafür gab es doch nicht nur persönliche Gründe, oder?»

Romella reichte dem alten Mann den Teller mit Cremetorte, doch er schüttelte nur den Kopf. «Ich weiß nicht, wie viel ich Ihnen erzählen sollte.»

«Vielleicht kann ich helfen», sagte Findhorn. «Ich habe den Verdacht, dass das Verfahren instabil sein könnte. Wenn Sie mich davon überzeugen können, werde ich versuchen, der Sache Einhalt zu gebieten.»

«Mag ja sein. Aber vielleicht ist es Ihnen ja auch nicht gelungen, das Geheimnis zu lösen, und Sie wollen jetzt einen unbedarften alten Mann überlisten, es Ihnen zu verraten.»

«Diese Möglichkeit müssen Sie in Erwägung ziehen», sagte Findhorn. «Schließlich kennen Sie uns ja überhaupt nicht.»

Petrosian stand auf und ging ans große Fenster. «Einmal wäre ich fast enttarnt worden. Es war in Oxford, nicht lange nach dem Krieg. Ich traf auf dem Causeway einen Mann, der mich höchst eigenartig musterte. Ich brauchte ein paar Sekunden, bis ich in ihm Rudolf Peierls erkannte. Mir blieb nichts anderes übrig, als direkt auf ihn zuzulaufen. Aber natürlich galt ich da schon als lange tot, und ich ging einfach an ihm vorbei, ohne mir das Geringste anmerken zu lassen. Bis heute bin ich mir nicht sicher, ob er mich erkannt hat.»

«Hatte die Begegnung ein Nachspiel?»

«Ja. Ich begann meine Laufbahn im Handel mit antiquarischen Büchern hier in Lincoln statt in Oxford.»

«Haben Sie's bedauert?»

«Nicht ein einziges Mal. Mit der wissenschaftlichen Literatur, zumindest im Forschungsbereich, habe ich nie Schritt gehalten. Aber der Handel mit alten Büchern hat mich mit einigen der klügsten Köpfe in Kontakt gebracht, die je gelebt haben. Meine besten Freunde sprechen aus vielen Ländern und aus vielen Jahrhunderten zu mir.» Er kam vom Fenster zurück und setzte sich wieder. «Ihnen können Sie für die Entscheidung danken, die ich getroffen habe. Denn sehen Sie, ohne diese Menschen hätte ich nie die Einblicke in die menschliche Seele bekommen, über die ich jetzt zu verfügen meine. Ich habe mich entschieden, Ihnen zu vertrauen, und kann nur hoffen, dass meine Freunde mich nicht enttäuschen. Ich werde Ihnen von dem Verfahren erzählen.»

Findhorn warf Romella einen Blick zu. «Ich werde Mrs. Peterson zur Hand gehen. Von dem technischen Zeug bekomme ich sowieso nur Kopfschmerzen.»

Romella lenkte ihren gemieteten Rover zur A 1. Sie fuhren in eine nette kleine Marktstadt namens Retford und hielten Ausschau nach Hinweisschildern zur Autobahn. Prompt verirrten sie sich in einem Labyrinth von Einbahnstraßen.

«Öffnen Sie meine Handtasche», sagte sie.

Findhorn fischte die große schwarze Tasche vom Rücksitz. Sie enthielt genau den Krimskrams, den Findhorn als typisch für Frauen erwartet hatte, einschließlich eines kleinen Flakons Diorissimo-Parfum, das ihn ganz verrückt machte, und zweier zusammengefalteter Blatt Papier.

«Sehen Sie sich die Papiere an. Dad hat sehr großen Druck gemacht, um sie zu beschaffen. Heute Morgen hat er sie gefaxt, und jetzt stirbt er fast vor Neugier.»

Es waren zwei Dokumente. Das erste war gestempelt «Nur für CIA-Gebrauch»:

AN: FBI-DIREKTOR

VON: CIA-DIREKTOR

OUT:

FROM:

DATUM DER INFO: 7-12 JULI 1953

BETREFF: MEXIKOREISE VON MRS. MORGENSTERN

- Am 7. Juli berichtete eine gewöhnlich verlässliche Quelle, dass Kitty Morgenstern, geb. Cronin, plante, in Kürze eine Urlaubsreise nach Mexico City zu unternehmen. Sie werden sich erinnern, dass sie zu Kriegszeiten verdächtigt wurde, Dokumente mit Atomgeheimnissen, die sie von Lev Petrosian bekam, an die UdSSR zu übermitteln.
- Eine andere gewöhnlich verlässliche Quelle hat berichtet, dass Mrs. Morgenstern während ihres Aufenthalts in Mexico City bei Edward Ros wohnte. Edward Ros ist ein bekannter linksgerichteter Journalist.
- Während dieses Aufenthalts wurden sie von einem Mann besucht, der seiner Beschreibung nach auffällige Ähnlichkeit mit Dr. Lev Petrosian hatte. Sie werden sich erinnern, dass nach Berichten unserer Agenten Dr. Petrosian versucht hat, von der kanadischen Grenze aus in einem sowjetischen Flugzeug in die UdSSR zu fliehen. Auf Befehl des Präsidenten wurde dieses Flugzeug in einem Geheimunternehmen von der USAF über Grönland abgeschossen.
- Obwohl unbestätigt, verleitet obiger Bericht doch zu der Mutmaßung, dass Dr. Petrosian sich tatsächlich gar nicht an Bord des oben erwähnten Flugzeugs befand.
- Obige Information wurde von höchst gefährdeten Quellen erlangt und sollte nicht weiterverbreitet werden.

VERTEILUNG: Legal Attache

Da ihm kein vernünftigerer Kommentar einfiel, sagte Findhorn nur: «Ich werd verrückt!» Dann nahm er sich das zweite Blatt vor. Es war mit «Offizielle Eilmitteilung» gekennzeichnet und an vielen Stellen eingeschwärzt.

LUFTPOSTVERSAND
MITTEILUNG NR. [redacted]
KLASSIFIZIERUNG [redacted]
AN [redacted]
VON [redacted]
BETREFF: (Dr.) Lev Petrosian

1. Sie werden sich natürlich an die Ermittlungen zu oben genannter Person erinnern, die Sie auf unseren Wunsch hin in den Jahren 1949 bis 1951 durchführten. Sie werden sich erinnern, dass die Zielperson bei diversen Gelegenheiten mit einem bekannten sowjetischen Agenten, J. Rosenblum, sowie Angehörigen der Sowjetischen Botschaft zusammengetroffen ist. (Die Schutzbehauptung, dass er sich nach Freunden und Verwandten hinter dem Eisernen Vorhang erkundigen wollte, konnte nicht widerlegt werden.)

2. [redacted]

3. Zielperson wurde bei mehreren Gelegenheiten in Oxford, England, erkannt, nachdem sie angeblich in die UdSSR zu fliehen versucht hatte. Der Mann lebt jetzt mit Lisa, geb. Rosen, zusammen, einer deutschen Kommunistin, die die Konzentrationslager überlebt hat. In Lincoln, England, betreibt er eine Buchhandlung.

4. Überwachung der genannten Buchhandlung durch das MI 6 hat bisher keinen Beweis erbracht, dass es zu Kontakten mit bekannten oder möglichen Sowjetagenten gekommen ist. Am 23. August war [redacted], die Ehefrau von [redacted], in der Stadt Lincoln, aber zu einem Kontakt kam es nicht.

5. Zielperson hat keinen Zugang mehr zu geheimem Material.
6. Angesichts dieser Situation und der Schwierigkeiten, mit VENONA, Abhörprotokollen und ähnlichem Material vor ein ordentliches Gericht zu gehen, haben wir entschieden, auf Auslieferung oder Strafverfolgung zu verzichten. Das britische MI6 ist darüber informiert. Seine illegale Einreise nach Großbritannien bleibt unbeachtet, zumal er als nützlicher Köder dienen könnte, sollten die Sowjets ihn in Zukunft bei irgendeiner Gelegenheit benutzen wollen. Der Innenminister ist einverstanden.

Koordinationsoffizier

Endlich hatten sie die Stadt durchquert und fuhren nach Westen. Findhorn sah hinaus auf die flachen Getreidefelder. Weit vor ihnen war ein kleines Flugzeug zu sehen, das sich in langsamem Landeanflug einem kleinen Flugplatz näherte, der von Bäumen verborgen war. «Da haben sich Lev und Lisa fünfzig Jahre lang versteckt, ohne dass es nötig gewesen wäre.»

«Das dürfen wir ihnen aber nicht sagen.» Romella bremste ab, weil eine enge Kurve vor ihnen lag.

«Einverstanden. Wir lassen sie in ihrem Versteck zufrieden. Ich frage mich nur, was da wohl geschwärzt worden ist.»

«Werden Sie nicht übermütig, Fred. Es war schon ein großes Glück, dass ich überhaupt etwas bekommen habe.»

Ein paar Meilen vor ihnen markierten Lasterkolonnen den Verlauf der A1. Romella wirkte nachdenklich. «Sie haben sich also entschieden, was das Geheimnis von Petrosian betrifft.»

«Man muss ihm einen Pflock durchs Herz treiben.»

«Was? Warum?»

«Es ist zu gefährlich. Es könnte einen traumhaften Erfolg bringen, aber es könnte auch den gesamten Planeten auslöschen.»

«Wie stehen die Chancen?»

«Hundert zu eins, dass alles gut geht. Vielleicht sogar tausend zu eins.»

«Eins zu hundert, ausgelöscht zu werden, gegenüber der hohen Wahrscheinlichkeit, mit mehr Geld als Bill Gates da rauszukommen. Das Risiko würde ich vielleicht eingehen, Fred.»

«Ich würde es vielleicht auch versuchen. Auf individueller Ebene wäre es vielleicht das Risiko wert. Aber nicht, wenn man dadurch das Schicksal der gesamten Menschheit aufs Spiel setzt. Es gibt da draußen Leute, die sich absolut um niemanden scheren als um sich selbst.»

«Und Albrecht ist wahrscheinlich einer von ihnen», sagte sie. Vor ihnen zog ein Trecker eine Maschine mit langen Metallzinken, die manchmal ausschwenkten. Sie nahm Gas weg und überholte dann sehr vorsichtig. «Die Pflicht gebietet, dass wir all dies den Behörden übergeben.»

«Wir haben noch eine größere Pflicht, Miss Grigorian. Die gilt dem Gemeinwohl.»

«Das war jetzt Rosenblum in Reinkultur. Sie haben eine antiautoritäre Ader, Fred. Aber was maßen wir uns eigentlich an? Wir müssen die Sache nach oben weitergeben.»

«Nichts würde ich lieber tun. Unglücklicherweise befindet sich aber mein Gewissen hier im Auto bei mir und nicht in den oberen Etagen. Jemand da draußen könnte dies Hundert-zu-eins-Risiko eingehen.»

Sie schüttelte den Kopf, um zu zeigen, dass sie ganz anderer Meinung war.

Inzwischen befanden sie sich auf einem langen schnurgeraden Straßenabschnitt. «Schätze, hier waren die Römer am Werk», sagte Findhorn, um das angespannte Schweigen zu durchbrechen.

Die Auffahrt zur A 1 war ungefähr eine Meile entfernt. Romella zog die Stirn kraus. «Abgemacht ist, dass wir Petrosians Geheimnis aufdecken.»

«Also bleiben wir auch dabei.»

«Aber, Fred, wir wissen doch nicht einmal, wo sich das Dokument befindet.»

«Wahrscheinlich hat es Albrecht inzwischen in Händen. Ich denke, er studiert es in irgendeinem abgelegenen Versteck und kann jeden Moment seine Ingenieure zusammenrufen. Wir müssen bei ihm sein, bevor das geschieht, denn wenn sie es erst einmal in Händen haben, ist alles zu spät. Er wird so schnell wie möglich ein Patent anmelden. Ich schätze, uns bleiben keine achtundvierzig Stunden.»

«Aber Sie kennen jetzt doch das Prinzip der Sache. Können Sie ihm nicht bei dem Patent zuvorkommen – vorausgesetzt, dass Sie es in Ihrer unendlichen Weisheit für lohnend halten, dies Risiko einzugehen?»

«Keine Chance. Es würde Wochen dauern, die mathematischen Einzelheiten auszuarbeiten, bevor man beginnen könnte, sich mit den Konstruktionsaspekten zu beschäftigen.»

«Haben Sie sich das alles auch gut durchdacht, Fred? Angenommen, wir finden Albrecht. Was machen wir mit ihm? Inzwischen kennt er das Geheimnis.»

Findhorn, der ahnte, was Romella als Nächstes sagen würde, spürte ein flaues Gefühl im Magen. Sie fuhr langsamer, weil sie sich der Autobahnauffahrt näherten.

«Trauen Sie sich einen Mord zu, Fred? Würden Sie für das Gemeinwohl einen Menschen umbringen?»

Findhorn kaute auf seinem Daumennagel. «Matsumo hat mir dieselbe Frage gestellt.»

«Fred, in diesem Geschäft macht sich ein Mann viele Feinde. Er versteckt sich höchstwahrscheinlich vor dem Mossad, vor den Palästinensern, den Irakis, den Iranern, der Mafia und der Heilsarmee. Er ist ein schwer zu fassender Mann. Wie sollen wir überhaupt herausbekommen, wo er ist?»

«Die Himmlische Wahrheit weiß es eventuell. In ihrem Schweizer Hauptquartier könnten wir an die Information kommen.»

Der Rover hatte an der Auffahrt angehalten. Auf der A1 war der Verkehrsstrom in beide Richtungen fast lückenlos. Es dauerte ein paar Sekunden, bis Romella begriffen hatte, welche Konsequenzen sich aus Findhorns Bemerkung ergaben. Mit offenem Mund wandte sie sich ihm zu. «Ist das Ihr Ernst? Sie wollen in den Tempel einbrechen?»

«Es muss morgen geschehen. Wir haben keine Zeit mehr.»

«Sie sind absolut wahnsinnig, völlig durchgedreht.»

«Der Augenblick der Entscheidung, Romella. Südlich nach Whitehall oder nördlich zu Dougies Haus?»

Ein kleine Lücke hatte sich im Verkehrsfluss nach Süden aufgetan. Auf der nördlichen Fahrspur blockierten Lastwagen die Autobahn und hatten vor sich ein Stück Straße frei gelassen. «Ach, verdammt», sagte Romella und kurvte mit dem Rover schneidig über die Straße und auf die Fahrbahn nach Norden.

Findhorn sagte: «Das kann ich wohl meinem Charme zuschreiben.»

32 PIZ RADÖNT

Findhorn kam aus dem Schneeregen Glasgows in die Wärme und das Stimmengewirr einer überfüllten Pizzeria. Kellner umschwirrten die Tische, und gegen alle Gesetze der Schwerkraft balancierten sie Tellerstapel auf den Armen.

Ein junger Sizilianer im Smoking führte Findhorn an einen Tisch und zündete eine Kerze an. Findhorn, dem es eigentlich egal war, was er zu essen bekam, bestellte Spaghetti mit Venusmuscheln.

Die freien Stunden in Glasgow hatten ihn emotional arg mitgenommen. Miss Young, die weißhaarige Fakultätssekretärin, hatte den Mund vor Schreck aufgerissen, als er auftauchte. Er wusste es, als sie loshastete, um Julian Walsh zu holen, den affektierten und pingeligen kleinen Direktor des Fachbereichs Physik, und er wusste es, als Walsh mit der Miene eines Beerdigungsunternehmers zur Tür hereinkam.

Archie war in Urlaub gewesen und war am Isthmus von Korinth zu nahe an den Abgrund getreten. Es handelt sich um eine enge Felsschlucht mit steilen Wänden, künstlich angelegt, in Griechenland, Sie wissen schon.

Hab davon gehört. Hat jemand ihn stürzen gesehen?

Nein. Sie wollen doch wohl nicht unterstellen, dass er gesprungen ist? Die spitzen Lippen hatten nervös gezuckt: In seinem Blick stand die Besorgnis über einen eventuellen Skandal am Institut, zusätzliche Arbeitsbelastung, bohrende Fragen bei der Fakultätssitzung im nächsten Monat.

O nein, nichts dergleichen. Er war gestoßen worden. Über ihn wäre der Zugang zum Tempel der Himmlischen Wahrheit möglich gewesen, und wegen dieser Gefahr hatte er nicht am Leben bleiben dürfen.

Diese letzten Gedanken hatte Findhorn für sich behalten, und Walshs Lippen hatten sich entspannt. Er war mitteilsam geworden. Man wird ihn vermissen. Seine Vorlesungen über Festkörperphysik für Fortgeschrittene waren von exemplarischer Klarheit gewesen.

Findhorn gönnte sich nach den Spaghetti noch eine *Zabaglione*, doch die war mit billigem Sherry gemacht statt mit *Marsala al uovo*, denn so konnte das Restaurant Geld sparen, und diesen Gästen würde es sowieso nicht auffallen. Er trat in den Nieselregen draußen auf der Argyle Street.

Die nächsten vierundzwanzig Stunden, das wusste er genau, würden die schwierigsten und gefährlichsten seines Lebens werden.

Widerstrebend und geplagt von bösen Vorahnungen ging er weiter, um ein Taxi zu finden. Spaghetti und Venusmuscheln lagen ihm schwer im Magen.

«Ich sterbe. Ich spüre, wie das Leben aus mir weicht.»

«Ruhig doch, Stefi. Lassen Sie Joe seinen Job machen.»

«Ich sage Ihnen doch nur, dass ich mich zu Tode friere.»

«Dann seien Sie bis dahin wenigstens still.» Findhorn wendet sich dem Mann zu, der hinter dem Felsblock hockt. «Was sehen Sie?»

«Moment noch.» Der verändert leicht seine Position und tippt auf das Messingokular seines Fernrohrs. «Ein großer Hund. Sieht aus wie ein irischer Setter. Nein, es ist ein Dobermann.»

Findhorn sagt: «Eine schlechte Nachricht.»

«Kann man wohl sagen. Hier, sehen Sie mal.»

Der Mann steht auf, reibt sich die Oberschenkel und wedelt mit den Armen. Findhorn hockt sich hin, stellt die Schärfe nach. Bei dieser starken Vergrößerung kräuselt sich das Bild im Questar ganz leicht, da die kalte Luft aus dem Tal weiter unten sich mit der noch kälteren in dreitausend Meter Höhe mischt.

Ein gut drei Meter hoher Zaun umgibt das ungefähr vier Morgen große felsige und abschüssige Gelände, das die Form eines Quadrats hat. In der Mitte des Quadrats befindet sich ein großes rechteckiges Gebäude, das im Schein der untergehenden Sonne rot zu glühen scheint. Einen Kilometer jenseits und von dem Gebäude durch eine riesige, Furcht erregende Schlucht getrennt, thront auf einem nahe gelegenen Gipfel ein Restaurant, das aussieht wie eine angestrahlte fliegende Untertasse. Durch sein Fernrohr kann Findhorn gerade noch erkennen, dass Restaurant und Gebäude durch ein Drahtseil miteinander verbunden sind und dass drei kleine Seilbahnkabinen in einer Station aus Beton unterhalb des Restaurants verankert sind. Das Drahtseil verschwindet hinter der Rückseite des rechteckigen Gebäudes, und Findhorn kann nicht erkennen, wo es endet.

Das Gebäude hat vier Türme, an jeder Ecke einen, und alle vier sind von goldenen Kuppeln gekrönt. Auf zwei Etagen gibt es Fenster, so ungefähr ein Dutzend auf jeder der beiden Häuserseiten, die Findhorn sehen kann. Das Dach hat eine steile Schrägung und ist weiß von Schnee. Das Dachgesims ragt weit über die Wände hinaus. Eine massive, gewölbte Doppeltür kommt schimmernd ins Blickfeld, und über ihr befindet sich ein immenser hölzerner Kreis, der ein Kreuz einschließt: das zodiakale Erdzeichen, das der Tempel der Himmlischen Wahrheit sich zum Symbol erkoren hat. Vor der großen Tür sind drei Personen ins Gespräch vertieft. Allem Anschein nach tragen sie lange schwarze Roben, doch auf diese Entfernung ist es unmöglich, ihre Gesichter zu erkennen. Der Dobermann schnüffelt um ihre Knöchel.

«Und was denken Sie, Joe?», fragt Findhorn.

«Mir wird ganz anders.»

«Ich meine …»

«Was ich sehe, gefällt mir ganz und gar nicht. Es ist ein großes Risiko.»

Findhorn wirft einen Blick auf seine Uhr, aber das ist gar nicht notwendig. Sie befinden sich bereits im düsteren Schatten des großen Bergs, und es wird schnell kälter. Auf den Tempel fällt noch immer rötliches Sonnenlicht, aber lange schwarze Schattenfinger arbeiten sich zu ihm vor.

«Wo kann man rein?»

Der Mann schiebt Findhorn sanft beiseite und sieht wieder durch das Okular des starken Fernrohrs.

«Sie sind nach drinnen gegangen. Den Hund kann ich auch nicht mehr sehen. Wo man reinkann?» Er hält nachdenklich inne, ein General, der das Terrain sondiert. «Das flache Gebäude links.»

«Das mit dem Hubschrauberlandeplatz?»

«Genau. Wir kommen im Schutz dieser Felsvorsprünge näher ran, schneiden ein Loch in den Draht und dann in das kleine Gebäude hinein: das heißt, wenn es leer ist.»

«Und dann?»

Der Mann steht auf und macht sich daran, das Questar zusammenzuklappen. «Dann wird es schwierig. Ein Fenster im ersten Stock, wenn wir Glück haben. Wenn nicht, übers Dach.»

Findhorn ruft sich das hohe, steile und schneebedeckte Dach vor Augen. Er sagt: «Stefi, Sie gehen zurück ins Auto.»

«Nein, ich bleibe hier. Wenn Sie sich verirren, blinke ich mit der Taschenlampe.»

«Okay, Leute, gehen wir.»

«Da bin ich anderer Meinung», sagt der Mann.

Betretenes Schweigen. Er sagt: «Es ist viel zu riskant.»

«Wir haben eine Abmachung. Zehntausend Pfund dafür, dass Sie uns unentdeckt rein- und wieder rausbringen. Heute Abend.» Romellas harter Ton verblüfft Findhorn.

«Lady, der Zaun ums Gelände und der Hund sprechen doch Bände. Diese Leute legen Wert auf Sicherheit, und das gefällt mir nicht besonders. Da drinnen könnten uns noch allerhand böse Überraschungen erwarten. Ich weiß nicht, wie es um Sie steht, aber bei meinem Vorstrafenregister geh ich für zehn Jahre in den Bau, wenn man mich erwischt.»

«Können Sie es denn nicht hinkriegen?», fragt Findhorn.

Der Mann fährt ihn an: «Klar kann ich das, aber ich steh nicht auf Kamikaze. Sie haben mir nicht gesagt, dass wir mit einer solchen Situation rechnen müssten. Und ich sage Ihnen, das hier ist der reine Wahnsinn.» Er weist mit einer Handbewegung auf das große Gebäude in einer Meile Entfernung. «Das ist ja nicht gerade ein Bungalow im Grünen.»

Romella sagt: «Zwanzigtausend Pfund. Und wenn Sie's nicht hinkriegen, besorgen wir uns einen anderen.» *Außer dass wir nicht genügend Zeit haben, um jemand anderen aufzutreiben.*

Habgier und Vernunft liefern sich einen Kampf hinter der Stirn des Mannes. Romella fügt hinzu: «Sobald wir wieder in Glasgow sind.»

Joe wägt das Für und Wider ab. Die Kälte kriecht Findhorn bis ins Mark. Dann sagt der Berufseinbrecher: «Oben an der Straße, wo ich wohne, ist ein Ausstellungsraum. Da steht ein hübscher kleiner Alfa Romeo, Zwei-plus-Zwei, Kabrio, flamencorot. Fabelhaft zum Bräuteaufreißen. Kostet sechsundzwanzig.»

«Bringen Sie uns unentdeckt rein und wieder raus, dann können Sie ihn morgen früh schon fahren.»

Im Halbdunkel wägt Joe noch immer ab. Dann atmet er tief aus und hebt seinen Rucksack auf. «Okay, okay. Aber wenn ich den Befehl gebe, stellen Sie keine Fragen, sondern hauen sofort ab.»

Sie gehen nach links und lassen die vor Kälte zitternde Stefi hinter dem Felsen zurück. Sie stapfen durch den Tiefschnee, umgehen große Felsbrocken und durchqueren in Schlangenlinien die Mulden. Findhorn vermutet, dass sie im Dämmerlicht nicht zu sehen sind, stellt sich aber gleichzeitig vor, dass hinter jedem Fenster ein dunkles Gesicht lauert, das sie beobachtet. Je näher sie kommen, desto unwahrscheinlicher kommt es ihm vor, dass man sie nicht entdeckt hat. Wörter aus Mikes Computerantworten kommen ihm in den Sinn und malen ein bestürzendes Bild: «… Ansammlung von Waffen … paranoid … Angriffe mit Aerosolgiften … zahlreiche Leichen …»

Ungefähr zweihundert Meter vor dem Zaun und im Schutz eines massigen, vom Gletscher eingekerbten Felsbrockens bedeutet Joe ihnen, stehen zu bleiben. Die Sonne bescheint noch immer die Kuppeln, aber ansonsten liegt das Gelände im Dunkeln. Die meisten Fenster sind erleuchtet, aber sie sehen mit an, wie die Läden geschlossen werden. Joe kramt in einem Rucksack, holt ein Nachtsichtfernglas hervor, stützt sich mit den Ellbogen auf den Felsbrocken und sucht das Gebäude ab. «Verdammtes Licht, kann kaum was sehen.» Dann kramt er wieder in dem Sack. Er teilt schwarze Seidenhandschuhe aus. «Ziehen Sie die an. Und jetzt im Gänsemarsch hinter mir her, ohne ein Wort.» Findhorn macht das Schlusslicht. Seine Nerven flattern, und seine Füße schmerzen vor Kälte.

Ungefähr dreißig Meter vor ihnen, dicht an der Umzäunung, bleibt Joe stehen. Ein leichter Wind kommt auf und pfeift leise durch das Zaungeflecht, das von Stacheldraht gekrönt ist.

Er holt eine flache Scheibe aus seinem Rucksack. «Allerbestes Filetsteak. Hat mich neun Franken gekostet.»

«Da sind Sie ja billig davongekommen.»

Dann sieht Joe wieder durch sein Fernglas, und wie ein Diskuswerfer schleudert er das Steak über den Zaun. Eine Minute vergeht. Dann flüstert er «Los!», und in Sekundenschnelle haben sie die dreißig Meter bis zum Zaun zurückgelegt. Kräftige Seitenschneider hinterlassen über dem Boden ein Loch im Zaun, und sie kriechen hindurch bis zur hinteren Mauer des flachen Gebäudes. Findhorn schlägt das Herz bis zum Hals. Romella ringt nach Luft.

Joe steht auf und überprüft ein Fenster. Es ist nicht verschlossen. Er lacht in sich hinein. Das Fenster knirscht laut, als er es öffnet, und er flucht vor sich hin. Findhorn verkrampft sich. Und dann helfen sie einander durch die Öffnung. Sie werden von warmer Luft umfangen, und es riecht nach Chlor. Das Licht vom Hauptgebäude wirft einen gespenstischen Schein in die Schwimmhalle, und das Wasser reflektiert ihn in einem vibrierenden Wellenmuster über Decke und Wände.

Sie schleichen an Trainingsfahrrädern und Laufbändern vorüber, die im schwachen Licht wie mittelalterliche Folterinstrumente aussehen. An der Tür der Schwimmhalle untersucht Joe mit einer kleinen Taschenlampe das Schloss. «Ein Kinderspiel», verkündet er. Seine Stimme hallt wider. Romella hält die Taschenlampe, während Joe sich mit einem Schweizer Armeemesser an die Arbeit macht. Er benutzt dessen abnehmbaren Zahnstocher und die lange dünne Ahle.

Joe öffnet die Tür nur wenige Zentimeter. Die warme Luft aus dem Schwimmbad kondensiert draußen in der Kälte sofort zu Dunstwolken. Direkt vor ihnen befindet sich ein schwarzer Schatten, wo der runde Turm an die Mauer grenzt. «Ganz schnell jetzt», flüstert Joe. Tief gebeugt rennen sie über dreißig Meter offen liegendes Gelände in den schützenden Schatten und hinterlassen dabei Spuren im Tiefschnee. Der Turm hat ein schmales dunkles Fenster in ungefähr drei Meter Höhe. Es ist innen von schweren Rollläden geschützt.

Sie kommen an dem Dobermann vorbei, der im Schnee liegt. Er hebt ganz kurz seinen Kopf. Er atmet rasselnd und hat leichten Schaum vor der Schnauze. Findhorn hat ein schlechtes Gewissen und hofft nur, dass das Tier davonkommt.

In Zeichensprache gibt Joe seine Instruktionen, und Findhorn trägt den Einbrecher plötzlich auf den Schultern. Nach einer Minute wird aus der Unbequemlichkeit Schmerz, und nach einer weiteren Minute grenzt der Schmerz schon an Qual, aber dann sind seine Schultern frei von dem Gewicht, und als er nach oben sieht, erkennt er, dass Joe sich durch das Fenster ins Innere stemmt.

Die Minuten verstreichen.

Plötzlich gehen am Grundstücksrand Lichter an. Einen panischen Moment lang glaubt Findhorn, dass man sie entdeckt hat, und verfällt dem Albtraum von laut tönenden Alarmsirenen und Wachen in Knobelbechern, die lauthals «Achtung!» brüllen. Aber die Sekunden vergehen, und man hört nur den Wind durch die Umzäunung pfeifen. Romella und Findhorn kauern sich in eine dunkle Ecke, so weit wie nur möglich entfernt von dem Meer weißen Lichts, das sie umflutet. Langsam schlagen ihre Herzen ruhiger. Ein kaum vernehmbares Rascheln kommt von oben. Ein dickes verknotetes Seil hängt herab. Findhorn klettert als Erster hinauf und zieht Romella recht unsanft zu sich, als sie mühsam über die Fensterbank klettert.

Dann schließt Joe leise das Fenster hinter ihnen. Er stopft das verknotete Seil zurück in seinen Rucksack.

Sie befinden sich auf einer hölzernen Wendeltreppe ohne Teppich. Auch Bilder oder sonstige Dekorationen sind nirgends zu sehen.

Stimmen.

Auf Zehenspitzen steigen sie die Holztreppe hinunter. Joe trägt seinen Rucksack, als sei er darauf vorbereitet, ihn von einem Moment zum anderen fallen zu lassen und davonzulaufen. Sie kommen an eine schwere Holztür, die einen Spaltbreit offen steht. Joe bedeutet Findhorn und Romella mit einer Handbewegung zurückzubleiben und sieht sich um. Dann kramt er in seinem Rucksack. Sie lassen ihre schweren Jacken auf die Treppenstufen fallen und zwängen sich in lange schwarze Bühnenroben, die nur noch mehr zur unwirklichen Atmosphäre beitragen, in der Findhorn sich gefangen fühlt. Romella müht sich mit einer Kamera ab und schlingt sich deren Riemen um den Hals, wobei sie darauf bedacht ist, dass keine Ausbuchtung unter ihrem Gewand entsteht. Joe stopft sich irgendwelche Sachen in die Taschen und unters Hemd.

Hinaus in den warmen und mit Teppichen belegten Korridor. Findhorn steigt Küchengeruch in die Nase. Am Ende des Korridors wartet eine breite Treppenflucht. Auf dem Weg zu ihr steht rechts eine Doppeltür offen, und von dort sind Gesprächslärm und das Klappern von Geschirr und Bestecken zu hören. Um die Treppe zu erreichen, müssen sie an der Tür vorbei. Sie folgen Joe und schleichen mit aller Vorsicht den Korridor entlang.

Ein Mann und eine Frau tauchen oben auf dem Treppenabsatz auf. Joe, Romella und Findhorn drängen sich dicht aneinander, als seien sie ins Gespräch vertieft. Findhorn stellt fest, dass ihre Kostümierung völlig falsch ist: viel zu schwarz. Und auch der Kragen stimmt nicht. Der Mann und die Frau sind mit gebeugten Köpfen und in den Ärmeln verschränkten Händen die Treppen hinuntergestiegen und kommen auf sie zu. Sie beachten das Trio nicht und wenden sich ins Refektorium.

Joe geht an der offenen Tür vorbei. Findhorn gestattet sich im Vorübergehen einen Blick. Er kann vier lange dunkle Tische ausmachen, an denen insgesamt um die hundert Gläubige sitzen. Auf einem Podium steht ein Rednerpult, und im Hintergrund befinden sich schwere Vorhänge. Ohne bemerkt zu werden, stehlen sich die drei an der Tür vorbei, steigen die Treppe hinauf und finden sich auf einem Absatz wieder, von dem zwei Korridore abgehen.

Einer von ihnen führt zu einer Kapelle, die in flackerndes Kerzenlicht getaucht ist. Silbern glänzende fliegende Untertassen hängen an Ketten von der Decke. Ein Mutterschiff von der Größe eines riesigen Kronleuchters und mit einer Vielzahl von Bullaugen überragt die Nachbildungen der außerirdischen Flugkörper. Die Wände der Kapelle sind mit Gemälden geschmückt: Jesus mit ausgebreiteten Armen, Heilige mit ihren Heiligenscheinen. Dazwischen großformatige Fotos des Außerirdischen von Roswell, des Gesichts auf dem Mars, des Orion-Gürtels. Auf einer Sternenkarte ist die Bahn des Sirius markiert, die sich über den Himmel schlängelt. Unbehagen überkommt Findhorn, und er hat das Gefühl, sich im Angesicht des Bösen zu befinden. Analysieren kann er dies Gefühl nicht, und er versucht es abzuschütteln. Aber es bleibt.

Sie ziehen sich zurück. Joe zeigt auf eine Doppeltür. «Das sieht nach einem Privatquartier aus», flüstert er.

Findhorn nickt zustimmend. Licht scheint unter der Tür hervor. Joe kniet sich hin und hantiert mit einem seiner Werkzeuge am Türschloss. Romella hält oben auf dem Treppenabsatz Wache. Gelächter brandet aus dem Refektorium auf.

Dann öffnet sich die Tür mit einem metallischen Geräusch, und sie stehen auf einem Flur, der es an übertrieben üppiger Ausstattung mit Dougies Wohnung aufnehmen kann. An beiden Seiten hängen Wandteppiche. Sie gehen auf sehr weichem Bodenbelag, und ihr Weg wird von imitierten Öllampen an den Wänden ausgeleuchtet.

Stimmen aus einer Türöffnung zehn Meter rechts vor ihnen. Joe schleicht sich weiter, späht in den Wohnraum, zieht den Kopf zurück. Findhorn bewundert seine Kaltblütigkeit. Dann späht Joe nochmals hinein und wendet sich dann ihnen zu. Sein Gesichtsausdruck spiegelt Angst, Schrecken und Wut gleichermaßen. Er winkt sie an dem Zimmer vorbei.

Es ist leer. Marlon Brando, der in seiner Toga sehr vornehm aussieht, spricht mit Nebraska-Akzent zu einem römischen Lynchpöbel, deutsch untertitelt. Auf der Nussbaumoberfläche eines Schreibtisches türmen sich völlig ungeordnet Revolver, automatische Pistolen und Pappkartons mit Munition. Ungefähr ein Dutzend kleiner orangefarbener Zylinder mit dem schablonierten Wort SARIN-GAS ist vor einer Wand aufgereiht. Findhorn schätzt, dass die Menge wahrscheinlich reicht, um eine Kleinstadt zu entvölkern. Joes Gesichtsfarbe ist wächsern. Er zischt: «Leute, in was habt ihr mich da verwickelt?»

Ungefähr ein halbes Dutzend Türen säumt den Flur. Unter einer von ihnen leuchtet ein schwaches bläuliches Licht. An dieser Tür kniet sich Joe wieder hin und zieht aus einer Tasche etwas, das aussieht wie ein Stück zusammengerollter Draht. Es ist nicht zu übersehen, dass er zittert. Er rollt den Draht auseinander und schiebt ihn unter der Tür hindurch. Am anderen Ende befindet sich ein Okular, und das hält er ans Auge, während er mit dem Draht wackelt. Dann seufzt er erleichtert, und gleich darauf befinden sie sich in einem großen leeren Arbeitszimmer. Das bläuliche Licht stammt von drei kleinen Monitoren auf einem Tisch am Fenster. Die Bildschirme zeigen das Außengelände. Der vordere Bereich des Swimmingpools ist deutlich zu erkennen. Eine Kamera musste sie also erfasst haben, als sie sich anschlichen. Joe legt die Hände ans Gesicht und murmelt etwa wie «Nie wieder!».

Joe spult das Videoband zurück und drückt auf «Abspielen». Dann geht er hinüber zum Fenster mit den Läden und zieht die schweren Samtvorhänge zu. «Also schön, erledigen Sie, was Sie zu tun haben, und beeilen Sie sich. Wenn man uns erwischt ...»

Schnell schaltet Findhorn den Computer an. Ein Passwort wird verlangt. Jemand mit Tatis Geheimnissen würde wohl kaum ein Passwort auf irgendeinen Notizblock kritzeln und vergeudet keine Zeit damit, es etwa erraten zu wollen. Romella blättert in Papieren auf einem anderen Tisch. Da geht es unter anderem um die acht weltlichen Dharmas: Ruhm und Schande, Lob und Beleidigung, Gewinn und Verlust, Freude und Schmerz. Sie durchsucht die Schubladen und hält dabei ihre Taschenlampe zwischen den Zähnen. In einer befinden sich nur Landkarten. In einer anderen Kugelschreiber, Bleistifte und Notizpapier. Die dritte Schublade ist verschlossen. Sie nimmt die Taschenlampe aus dem Mund und zischt leise in Richtung Joe.

Der Einbrecher geht wieder auf die Knie, betrachtet im Licht seiner Taschenlampe eingehend das Schloss und holt wieder sein Schweizer Armeemesser hervor. «Kinderspiel», flüstert er mit bebender Stimme. Findhorn fragt sich, warum sie alle in dieser großen leeren Wohnung flüstern. Joe schließt die Augen, um sich besser zu konzentrieren. Er scheint die dünne Klinge gar nicht zu bewegen. Aber wie durch ein Wunder gleitet die Schublade auf.

Romella nimmt den Inhalt heraus, legt ihn auf den Schreibtisch und schaltet eine Lampe ein.

Findhorn merkt plötzlich, dass seine behandschuhten Hände zittern. Sie machen sich daran, die Papiere zu sichten.

«Schritte?», fragt Romella.

Sie erstarren.

Noch ein Hund. Sein tiefes Bellen direkt unter dem Fenster des Arbeitszimmers klingt nach einem Pitbull oder einem großen

Jagdhund. Stiefel knirschen im Schnee, und eine raue Männerstimme ist zu hören.

«Sie haben den Dobermann gefunden.» Joes Blick ist wirr.

Eine Tür schlägt im Wind. Draußen leuchtet gleißend Licht auf und findet die Ritzen in den Fensterläden.

Joe rennt aus dem Raum. Einen Augenblick lang fürchten sie, dass er sie im Stich lässt. Aber dann ist er wieder da. «Das Dach der Sporthalle ist erleuchtet. Kommen Sie, verschwinden wir hier!»

«Nein.»

«*Was?*»

Romella streift den Riemen der Kamera über den Kopf. Findhorn hält die einzelnen Seiten, während Romella sie eine nach der anderen fotografiert. Er bemerkt, dass ihre Hände ebenfalls beben.

Das entfernte Geräusch eines Hubschraubers, der jedoch immer näher kommt.

Joe ringt die Hände und rennt nervös auf und ab. «Okay, Leute. Gehen wir.» Er denkt an die Waffen und das Saringas, überzeugt, dass eine Gefangennahme den sicheren Tod bedeutet.

Der Hubschrauberlärm wird lauter. Findhorn sagt: «Jetzt das Adressbuch.»

Joe lässt einen Schwall von Flüchen los. Jetzt ist das Dröhnen des Hubschraubers schon ohrenbetäubend. Die Fensterläden klappern, und ein rotierendes Licht flackert durch einen Ritz. Romella und Findhorn fotografieren noch immer. Dann hören sie, dass der Motor abgestellt wird. Nur noch das Schwirren der auslaufenden Rotorblätter ist zu vernehmen.

Und dann der Klang von Stimmen. Vielleicht vier oder fünf Leute. Joe führt eine Art Kriegstanz auf, tonlos und hektisch.

Schritte auf dem Weg zur Front des Hauses. *Es führt kein Weg daran vorbei: Sie müssen unsere Spuren im Schnee entdecken*, denkt Findhorn beklommen.

Romella sagt: «Okay.» Hastig legt sie die Papiere in die Schublade zurück.

«Abschließen», sagt Findhorn.

«Ham keine Zeit dazu, Sie Blödmann.»

«Schließen Sie ab, wenn Sie Ihr Geld kassieren wollen.»

Joe steht kurz vor einem Gewaltausbruch. Er kniet sich hin, hantiert mit seinem Messer am Schloss. Der Pitbull rastet aus. Sein heiseres Gebell lässt Findhorn das Blut in den Adern gefrieren. Jemand spricht deutsch im Verhörton.

Die Tischlampe ausschalten. Die Vorhänge öffnen. Aus dem Arbeitszimmer hinaus, den Korridor entlang bis zum Treppenabsatz. Findhorn wirft Joe einen Blick zu. Joe verschließt die Wohnungstür.

Auf halbem Weg die Treppe hinunter dreht sich Joe um und sprintet wieder hoch. Dabei stößt er beinahe mit Romella zusammen. Er versucht es an der nächstbesten Tür: eine Besenkammer. Joe quetscht sich hinein, und Findhorn stopft Romella dazu. Die Gläubigen nähern sich rezitierend der Treppe. Verzweifelt versucht es Findhorn an einer anderen Tür. Sie ist verschlossen, ebenso wie die nächste und übernächste. Als die ersten Gläubigen den Treppenabsatz erreichen, kann er eine Tür aufreißen und findet sich in einer weiteren Wohnung wieder. Er hat gerade noch Zeit, um sie zu sehen, Männer und Frauen in langen schwarzen Gewändern, Seite an Seite, angeführt von einem glatzköpfigen Mann um die fünfzig, der aussieht wie Bruce Willis mit Brille. Der Mann führt den Sprechgesang mit seiner Tenorstimme, und jede Zeile wird von ungefähr der Hälfte der Gläubigen wiederholt. Findhorn steht wie zur Salzsäure erstarrt in dem dunklen Raum, während sich die feierliche Prozession nur Zentimeter von ihm entfernt den Korridor entlangbewegt.

Die Prozession zieht vorüber. Joe öffnet die Tür, wirkt wie ein gejagtes Tier. Findhorn öffnet seine Tür ebenfalls. Die Gläubigen verschwinden in Zweierreihen in der Kapelle. Eine von ihnen, eine kleine Frau mittleren Alters, wirft einen Blick zurück und mustert ihn verwirrt. Auf dem Korridor senkt Joe den Kopf und verschränkt die Hände in den weiten Ärmeln seiner Robe. Er gibt sich alle Mühe, nicht loszurennen. Der inzwischen englische Gesang verklingt langsam, als die Reihe der Gläubigen in die Kapelle marschiert:

Komm zu uns, Gesegneter des Tatos, befreie uns
aus den Fesseln der Erde
Komm zu uns, Gesegneter des Tatos, trage unsere Seelen
hinauf zum Sirius
Komm zu uns, Gesegneter des Tatos, schließe uns in deine Arme
Gib, dass wir dein Kommen durch unsere irdischen Taten
beschleunigen
Gesegneter des Tatos, komm zu uns
Gesegneter des Tatos, komm zu uns.

Sie erreichen die Wendeltreppe. Joe flüstert: «Mann, verschwinden wir um Himmels willen aus diesem Irrenhaus!» Er öffnet das Fenster. Sie sind jetzt in das Licht vom Hubschrauberlandeplatz getaucht. Es geht drei Meter abwärts. Romella springt als Erste und riskiert einen Knöchelbruch. Findhorn folgt ihr, ohne zu zögern. Joe lässt seinen Rucksack fallen. Der landet mit einem dumpfen Aufschlag im Schnee. Joe balanciert mit gebeugten Knien gefährlich weit am Rand der Fensterbank und schließt das Fenster hinter sich. Die Treppenbeleuchtung geht an. Ihm bleibt keine Sekunde mehr, die richtige Absprungposition zu finden, und hat nur die Wahl, wie ein Stuntman zu springen oder einen Tropfen Sarin auf die Haut zu bekommen. Er springt.

Als sie den Turm hinter sich gelassen haben, müssen sie feststellen, dass ein Mann mit Gewehr über der Schulter freie Sicht auf sie hat. Der Mann redet mit dem Piloten. Joe sagt: «Kommen Sie», und sie stapfen durch den Schnee, die Köpfe gebeugt und die Hände in den Ärmeln, in Richtung Swimmingpool. Romella trägt Rucksack und Jacken über dem Arm. Der Mann mit dem Gewehr schenkt ihnen nicht die geringste Beachtung.

In die schützende Dunkelheit jenseits das beleuchteten Grenzzauns, ohne Orientierung. Sie halten Ausschau nach Stefis Taschenlampe. Joe bleibt zurück und hockt sich am Zaun nieder. Er schließt das Loch und nimmt sich Zeit, es sorgfältig zu tun. Er will sein Zwei-plus-Zwei flamencorotes Kabrio, so fabelhaft zum Bräuteaufreißen.

Findhorn würde schon eine Toilette reichen.

33 DER ÜBERFALL

In Davos, in Dougs Hotelzimmer, dessen Fenster die weißen Gipfel umrahmen, schließt Findhorn seinen Laptop an den großen Fernseher an, um sich nicht auf den kleinen Monitor beschränken zu müssen. Doug sitzt auf einem Sessel und hat Stefi auf den Knien, was ihm durchaus zu gefallen scheint. Romella hockt im Schneidersitz auf dem Doppelbett, während Findhorn auf der Bettkante die Digitalfotos der Sachen aus Albrechts verschlossener Schublade durchgeht:

- Ein Brief von Mister Tedesco, dem Präsidenten der Gesellschaft für Informationsdisplay. Können Sie einen qualifizierten Angehörigen Ihres Stabs dazu abstellen, ein Seminar über neueste Entwicklungen im Cockpit-Display abzuhalten?
- Ein langer Brief voller technischer Einzelheiten von einem Andrew Roper vom englischen Verteidigungsministerium mit der Bitte um die Bewertung einer faszinierenden Neuentwicklung im Bereich der Nachtsichtgläser (Beschreibung beiliegend)
- Ein Brief von Colonel Herzberg am US Army Aviation Center, Fort Rucker. Es wird bestätigt, dass er im nächsten Monat sein Team nach Davos bringen wird, um das neue Waffensystem zu erörtern. Sekretäre werden die Tagesprogramme abstimmen. Zu diskutierende Themen schließen ein: Kampftauglichkeit, menschliche Faktoren, Visionik, Horizonttechnologie-Integration, Verlässlichkeit, ASE-Ausrüstungsinterfacing. Man hatte ein Wort darüber gekritzelt. Findhorn entzifferte es als «Rosa».
- Ein Rundschreiben, betitelt «Der Schlüssel zur himmlischen Herrlichkeit der Letzten Tage». Enthält etwas über den Lohn

der Freigebigkeit. Es liest sich wie ein Betrugsversuch an Leichtgläubigen.

- Ein Liebesbrief oder zumindest ein lüsterner Brief von einer Dame aus Boston namens Zoë. Romella übersetzt: etwas über eine Nil-Kreuzfahrt, ein ziemlich abwegiger Scherz über eine italienische Fußballmannschaft und der Ausdruck der Hoffnung, man könne dies Erlebnis irgendwann wiederholen.
- Ein Brief des Kurators von L'Annonciade in Saint-Tropez, in dem er sich nochmals namens der Galerie für die Leihgabe des Bildes von Klee bedankt und bestätigt, dass es während der Ausstellungszeit für 7,5 Millionen Dollar versichert sein wird.
- Eine Einladung von H. Silver and Associates, Advanced Systems Division, zur Teilnahme an der vierten HSA-Konferenz über Kampfhubschrauber in London, England. Teilnahmegebühr 1495 £ (plus 17 % Mehrwertsteuer).
- Jemand aus Hull mit einem visionären neuen Flugzeugdesign, das er gegen einen 50-prozentigen Anteil an zukünftigen Gewinnen zu enthüllen bereit ist. Der Brief ist handschriftlich abgefasst und kommt von einer Adresse im dritten Stock, zweite Tür links. Die Rechtschreibung ist grauenhaft.
- Ein Adressbuch, klein, schwarz und glänzend. Findhorn klickt das nächste Foto an.
- Eine Rechnung über 24 310 Schweizer Franken für die Installation eines Aga-Herds (vier Backröhren, Hartzinn) von Tamman & Söhne in Zürich. Sie ist gerichtet an einen Herrn W. Neff und trägt eine Adresse in der Nähe von Blatten, Brig, Valais, Schweiz. Außerdem liegt bei die Fotokopie eines Schecks über diese Summe, unterzeichnet von H. W. Neff und ausgestellt auf ein Konto in Brig, Schweiz.

«He», sagt Romella.

«Das denke ich auch», erwidert Findhorn. «Wer ist dieser Mister Neff, und warum sollte Albrecht für seinen Aga-Herd bezahlen?»

«Steht Neff in dem Adressbuch?»

Findhorn durchstöbert die elektronische Kopie. Kein Herr Neff zu finden. Findhorn ruft das letzte Bild auf, die Fotokopie eines Briefs. Er ist auf Deutsch abgefasst und mit breiter Füllfeder geschrieben.

Stefi fährt gedankenverloren mit den Händen durch Dougs schüttere Haare. Sie sagt:

«Zoë, mein Liebling,
hab Dank für deinen wundervollen Brief. Ich gebe ja zu, dass ich nicht mit elf italienischen Fußballern konkurrieren kann, aber im Laufe meines Lebens habe ich gelernt, dass letztlich nur Qualität zählt. Die ersten beiden Wochen im Januar werde ich in Marokko sein. Es geht um Geschäfte, aber ich schicke die Pirate *voraus und hoffe auf ein paar Tage der Sünde und Ausschweifung auf hoher See. Wenn du die Hitze aushalten kannst, warum gesellst du dich nicht zu mir? Ich übernehme wie gewöhnlich die Reisekosten. Antworte mir über Optika und vergiss nicht den Vermerk ‹Persönlich›.*
In Liebe
Konrad»

«Ich wünschte, ich würde zwanzig Sprachen fließend beherrschen.»

Stefi scheint ihn nicht gehört zu haben. Sie studiert aufmerksam den Brief. «Gehen Sie zurück zu dem Neff-Brief.»

Findhorn schaut sich eingehend die Unterschrift auf dem Scheck an und klickt dann wieder vorwärts zu dem Liebesbrief von Konrad. Verschiedene Unterschriften, aber geschrieben von derselben Hand, ja, sogar mit derselben breiten Füllfeder. Er klatscht in die Hände. «Gut gemacht, Ms. Stefanova. Herr Neff und Herr Albrecht sind ein und derselbe.»

Stefi strahlt. «Ja, ich glaube, wir sind auf eine Goldader gestoßen.»

«Albrechts Schlupfwinkel. Irgendwo bei Blatten in der Schweiz. Könnte er jetzt dort sein? Mit seinen Ingenieuren?»

Romella zieht das Telefon neben sich aufs Bett. «Holen Sie bitte diesen Brief von der US-Armee wieder auf den Schirm.»

Findhorn kommt ihrem Wunsch nach. Sie sagt: «Das gekritzelte Wort. Es heißt Rosa.»

«Okay, er hat in Davos eine Sekretärin mit dem Namen Rosa.» Er holt das Adressbuch wieder auf den Schirm und geht die einzelnen Seiten durch. Er ist aufgeregt wie ein Jäger, der sich immer näher an seine Beute pirscht. Da gibt es eine Rosa Stumpf mit einer Adresse in Davos. Romella wählt und verblüfft Findhorn mit ihrem fließenden Deutsch. Findhorn hört die Stimme einer jungen Frau und Kindergeschrei im Hintergrund.

Romella legt den Hörer zur Seite und wendet sich an Findhorn: «Ich habe gesagt, ich sei von Fort Rucker und müsse dringend mit Albrecht sprechen. Sie hat mir seine Privatnummer gegeben.»

Sie wählt diese Nummer. Frau Albrecht nimmt ab. Mein Mann führt den Hund aus. Sie haben ihn um fünf Minuten verpasst.

Er ist also nicht auf Reisen?

Wer spricht denn da? Argwohn in ihrer Stimme.

Hier ist Colonel Herzbergs Sekretärin. Ich rufe aus den Staaten an.

Er wird in zwei Stunden zusammen mit einem Kollegen wieder hier sein. Dann fahren sie irgendwohin, um geschäftliche Dinge zu besprechen. Fünfunddreißig Jahre verheiratet, und Konrad war Weihnachten immer zu Hause. Möchten Sie vielleicht in, sagen wir, drei Stunden nochmal anrufen?

Nein, es kann warten. Danke.

Ach! Ausgerechnet zu Weihnachten. Aber morgen wird er zurück sein.

Fröhliche Weihnachten. Wiederhören.

Und Sie werden Ihren Mann vielleicht nie wiedersehen.

Romella sagt: «Er ruft seine Ingenieure zusammen. Wir haben keine Zeit mehr.»

Findhorn geht ins Internet und ruft eine Karte der Schweiz auf. Davos befindet sich am äußersten östlichen Ende der Schweiz. Brig liegt auf halber Strecke zwischen Genf und Davos. Blatten ist ein winziges Dorf, hoch in den Berner Alpen. Jenseits des Dorfs schlängelt sich ein Weg hinauf in die Berge. Instinktiv weiß Findhorn, dass sich Albrechts Schlupfwinkel irgendwo dort oben befindet. «Ich muss Kontakt zu Matsumos Killern aufnehmen.»

Romella sagt: «Und Sie werden Ihre Übersetzerin brauchen.»

Die Killer warten am Genfer Flughafen auf sie. Ms. Drindle trägt einen schweren Pelzmantel und eine Art Kosakenmütze. Dunkle lange Hosen ragen unter dem Pelzmantel hervor. Die Sonnenbrille, so nimmt Findhorn jedenfalls an, ist Zeichen dafür, wie kamerascheu sie ist. Das Gesicht des Koreaners ist ähnlich getarnt, aber er trägt einen schwarzen Trenchcoat und einen Hut, die ihn wie einen dicken kleinen Jazzmusiker aussehen lassen.

Man gibt einander weder die Hand, noch werden Begrüßungen ausgetauscht. Findhorn und Romella folgen den beiden hinaus in die Kälte. «Sie fahren», wird Findhorn von Ms. Drindle instruiert. «Halten Sie sich streng an die Geschwindigkeitsbegrenzung.» Der Wagen ist ein schwarzer Suzuki mit Vierradantrieb und französischen Nummernschildern. Findhorn setzt sich ans Steuer. Romella sitzt neben ihm. Er muss sich intensiv darauf konzentrieren, wie man in einem Auto mit Linkssteuerung schaltet. Aufmerksam und mit aller Vorsicht chauffiert er sie durch Genf und über die Mont-Blanc-Brücke, an der aus irgendwelchen Gründen die Fahnen sämtlicher Kantone flattern. Die große Wasserfontäne ist abgeschaltet, aber das Raddampferrestaurant serviert weihnachtlichen Mittagstisch. Er folgt den Schildern in Richtung Thonon und fährt sie schon bald durch eine schneebedeckte flache Landschaft mit dem Lac Léman zur Linken. Ihm ist quälend bewusst, dass die Leute im Fond des Wagens sich bis jetzt alle Mühe gegeben haben, ihn zu finden und umzubringen.

Unterhaltung findet keine statt.

Sie haben den Zipfel von Frankreich durchquert, der an den südlichen See grenzt, und sind wieder in der Schweiz, als Drindle ihre unweibliche Stimme hören lässt. «Sagen Sie mir, wie Sie an die Sache herangehen würden, Findhorn.»

Es hat den Anschein, als sei die Straße erst kürzlich vom Schnee geräumt worden, aber es bildet sich bereits wieder eine dünne neue Schicht. Findhorn fährt mit äußerster Vorsicht.

«Mir ist zu übel, um darüber nachzudenken.»

«Tun Sie es trotzdem.»

Findhorn murmelt: «An seine Tür klopfen und ihm den Kopf wegblasen.»

Im Rückspiegel sieht er Drindle kurz nicken. «Das könnte tatsächlich funktionieren. Zumindest bei angemessener Planung und unter den richtigen Bedingungen, wie zum Beispiel in einer ruhigen Wohngegend. Es besitzt zudem den krönenden Vorzug der Einfachheit.»

«Es muss aber auch eine Alternative geben.»

«Und die wäre?»

Findhorn atmet aus und schüttelt den Kopf. Schon tausendmal ist er es durchgegangen.

Drindle fährt fort und lehnt sich dabei fast über Findhorns Schulter. «Bei einer Operation wie dieser sind drei Punkte von entscheidender Bedeutung: Planung, Überraschungsmoment und Unsichtbarkeit. Sie dürfen nicht die geringste Spur Ihrer Anwesenheit hinterlassen, natürlich bis auf die Leiche selbst.»

«Geben Sie sich keine Mühe, es wie eine legitime militärische Operation klingen zu lassen, Drindle. Sie sind nichts als eine Mörderin.»

Ihre Stimme ist eisig. «Sie befinden sich durchaus nicht in der Position, leichtfertig moralische Urteile abzugeben.»

Findhorn hat darauf keine Antwort.

Wie viel der Koreaner versteht, ist unklar, aber im Rückspiegel sieht Findhorn, dass der Mann ihn feindselig anstarrt. Findhorn dreht sich um und sieht in die kleinen blutunterlaufenen Augen. Er sagt: «Leck mich!»

Der Schneefall wird stärker. Um von der angespannten Stimmung abzulenken, sagt Romella: «Hoffentlich kommen wir überhaupt durch.»

Findhorn hofft, dass sie es nicht tun.

«Wir sind noch ungefähr hundert Kilometer vom Simplonpass entfernt», fügt sie hinzu, nachdem sie eine Karte auseinander gefaltet hat.

Ein altmodischer VW-Käfer zuckelt an ihnen vorbei. Seine Spikesreifen blitzen auf wie die Räder eines Streitwagens.

«Überlegen Sie doch, was für einen Wagen wir fahren, Findhorn. Ausländische Nummernschilder, Vierradantrieb, Schneeketten, nichts Ungewöhnliches. Aber irgendwann verlassen wir die Autobahn und müssen eine sehr steile Straße hinauffahren, an deren Ende sich weder Skipisten noch sonst irgendwelche Touristenattraktionen befinden, eine Straße, die nur zu den Chalets der Reichen führt, die verstreut am Berghang stehen. Man wird auf uns aufmerksam werden.»

«Es ist Weihnachten. Die Leute bekommen Besuch.»

«Gut. Aber was machen wir mit dem Wagen? Parken ihn direkt vor Albrechts Haus? Was würden Sie anstelle von Albrecht tun mit seinem Trillionen-Dollar-Geheimnis und Heerscharen von Feinden, wenn Sie unerwartet einen fremden Wagen vor Ihrem leeren Haus parken sehen?»

«Die Beine in die Hand nehmen.»

«Genau. Deswegen lassen wir den Wagen nicht dort. Wir suchen irgendeinen Unterstand oder parken sogar in seiner Garage. Bei diesem Wetter bleiben im Schnee weder Spuren von einem Fahrzeug noch von Menschen.»

Findhorn sagt: «Ich glaube, ich muss mich übergeben.»

Vor sich sehen sie eine Lichteroase unter einem dunkelgrauen Himmel. An der Stadtgrenze finden sie ein blaues Hinweisschild mit einer Liste der Pässe, die *open, ouvert, aperto* und offen sind. Findhorn stellt fest, dass der Simplonpass dazugehört und er die schnellste Fluchtmöglichkeit aus der Schweiz bietet, wenn sie ihr Vorhaben ausgeführt haben. Romella fordert ihn auf, nach links abzubiegen.

Er biegt ab und befindet sich auf einer Straße, die parallel zu einer Eisenbahnstrecke verläuft. Am Bahnhof stehen hellrote Wagen, deren Seiten mit *Zermatt* beschriftet sind. Es folgt eine Brücke, und sie fahren über die aufgewühlte Rhone, und dann befindet er sich plötzlich auf einer steilen Bergstraße. Er schaltet runter.

Und er schaltet nochmals runter: Die Straße steigt extrem an. Er bleibt im niedrigen Gang und fährt äußerst vorsichtig.

Chalets wie auf Postkarten, mit schneebedeckten Dächern und glitzernden Weihnachtsbäumen, überall auf den hohen weißen Hängen verteilt. Es kommt einem unglaublich vor, dass so weit oben überhaupt Häuser stehen können. Nirgendwo kann er eine Straße erkennen, die dort hinaufführt. Furcht erregende Eisriesen beobachten seine Fahrt durch Löcher in der Wolkendecke. Brig ist nur noch ein schwaches Leuchten tief unter ihnen.

Im Schneckentempo fahren sie in ein kleines Dorf. Ein paar Autos und eine Seilbahnstation. Weit über ihnen verschwindet eine kleine blaue Kabine in den Wolken. Findhorn hält an, und sie steigen aus. Ihr Atem gefriert in der eisigen Luft. Drindle geht hinüber zu einer Ansammlung von Briefkästen. Sie studieren die Namen. Herr W. Neff wohnt in einem Haus namens *Heya*.

Sie trennen sich. Findhorn wandert durch enge Gassen, die kaum so breit sind wie ein Auto. Zu beiden Seiten ist der Schnee hoch aufgehäuft. Die hübschen hölzernen Chalets haben Veranden und rote Fensterläden, und auf ihre Wände hat man Namen und Daten in weißer Schnörkelschrift gepinselt. Ein Teil des Dorfes besteht aus großen Holzhütten, die auf massiven Stelzen stehen. Einige sind mit Holz gefüllt, andere mit Heu. Er kommt an einer Kirche vorbei, deren kleiner überfüllter Friedhof sich als Kontur unter einer meterdicken und unberührten Pulverschneedecke abzeichnet. Alles wirkt adrett und ordentlich. Ein Haus *Heya* ist jedoch nicht zu finden.

Eine einspurige Straße voller Schlaglöcher führt aus dem Dorf hinaus: die dünne schwarze Linie auf Findhorns Karte. Er betrachtet sie genau und versucht, ihrem Verlauf bergauf zu folgen. Hier und da kann er die Straße streckenweise erkennen. Romella kommt durch den Schnee auf dem Parkplatz herbeigestapft. Sie trägt Bluejeans und Lederstiefel; Findhorn findet, dass die Kombination von peruanischem Hut und Dougs Dufflecoat leicht exzentrisch wirkt. Er zeigt nach oben. «Ich glaub nicht, dass es zu schaffen ist.»

Sie sieht auf den Berghang. «Da könnten Sie Recht haben.»

«Was, zum Teufel, machen wir hier eigentlich?»

«Langsam frag ich mich das auch.»

Die Killer tauchen auf, und sie steigen gemeinsam wieder in den Wagen. Findhorn fährt los, lässt den Platz hinter sich und steuert den Suzuki auf die schmale Piste. Schon auf den ersten zweihundert Metern packt ihn die Furcht. Es ist fast unmöglich, nicht ins Rutschen zu kommen, und nach einer halben Meile hört dann auch die Leitplanke auf. Er nimmt ganz kurz den Blick von der Piste und sieht auf die Dächer der Chalets hinab, die ganz tief unter ihm stehen. Der reine Horror überkommt ihn, und im Wagen herrscht Totenstille.

Nach einer weiteren Meile wird die Straße noch schlimmer. Der Schnee liegt höher, und Findhorn muss eine ganze Reihe enger Haarnadelkurven bewältigen, immer dicht am tausend Meter tiefen Abgrund. Seine Kinnladen schmerzen vor Anspannung, seine Hände sind beinahe wund, so krampfhaft umklammern die das Lenkrad, und in seiner Magengrube verspürt er einen dumpfen Schmerz. Über ihnen schiebt sich eine riesige weiße Wolke den Hang hinunter wie eine eben ausgelöste Lawine.

Schließlich sieht Findhorn stumm vor Schrecken ein Alpendorf am äußersten Rand seines Blickfelds. Die schmale Piste aus den Augen zu verlieren wagt er nicht. Eine letzte Kurve, und die

Straße wird eben. Sie endet an einem offenen Platz. Sie steigen aus. Findhorn hat weiche Knie. Ihm kommt die Höhe unbegreiflich vor. Sie schauen hinaus über weiße Alpengipfel, und die Luft ist rein und kalt. Er riecht ein Holzfeuer. Felsbrocken so groß wie Häuser ringsum. Ein Wald aus schneebeladenen Nadelbäumen erstreckt sich über ihnen, und ein unbefestigter Weg führt zwischen die Bäume. In der Ferne, auf der anderen Seite des Tals, ergießen sich Wolken zwischen den Gipfeln wie ein gigantischer Wasserfall.

Das Chalet ist mit *Heya* beschriftet. Es liegt ungefähr fünfzig Meter vom Platz entfernt und ist über einen steilen Pfad zu erreichen. Eine Garage gibt es nicht, aber auf dem Platz steht ein Saab, und Spuren im Schnee weisen darauf hin, dass kürzlich ein weiterer Wagen davongefahren sein muss. Der Wintervorrat an Holz ist seitlich vom Chalet hoch aufgeschichtet, und eine Holzveranda ist mit kleinen Blumenkästen geschmückt. Das Dach ist meterhoch von Schnee bedeckt und ragt an allen Seiten über das Haus hinaus. Die Fensterläden im oberen Stockwerk sind geschlossen. Ein kleiner Weihnachtsbaum steht neben einem großen Parterrefenster, und seine Lichter funkeln in der Düsternis.

«Dieser Kerl liebt die Abgeschiedenheit», sagt Findhorn, der am ganzen Körper zittert.

«Was unserem Vorhaben nur zugute kommt.» Drindle öffnet eine hintere Tür des Suzuki.

«Es könnte jemand da sein, der das Haus hütet», gibt Romella zu bedenken.

«Umso schlimmer für ihn.» Aus einer Reisetasche zieht Drindle etwas, das aussieht wie eine gedrungene Schrotflinte. Der Koreaner balanciert in beiden Händen je eine Pistole, als würde er Kartoffeln abwiegen. Schließlich verstaut er sie links und rechts in den Taschen seines Trenchcoats.

«Es dürfte niemand da sein, wo doch jetzt die geheimen Gespräche geplant sind», sagt Findhorn optimistisch. Trotz der Kälte spürt er kleine Schweißperlen auf der Stirn.

Drindle knurrt dem Koreaner irgendetwas zu, und der reicht ihr ein Paar schwarze Lederhandschuhe, bevor er sich selbst welche überstreift. Romellas Gesicht wird kreideweiß, und Findhorn hat das Gefühl, dass es seinem nicht anders ergeht.

Sie stapfen mühsam durch den Schnee hinauf, Drindle voraus und der Koreaner als Schlusslicht. Drindle späht durch ein Fenster, versucht es an einer Tür. Dann ruft er von der Seite des Hauses. Er hält eine schwere Axt in der Hand. Eine Holztreppe führt in einen Keller. Dort befinden sich ein pyramidenförmiger Holzstapel und ein Sägebock. Es riecht nach Sägespänen. Sie treten zurück, als er wiederholt auf die einzige Tür einschlägt. In dem kleinen Raum ist der Lärm schmerzhaft laut. Dann kann er mit einer Hand durch ein Loch in der Tür greifen und hantiert mit dem Schlüssel, der innen steckt. Sie durchqueren einen kurzen Korridor und öffnen eine weitere Tür.

Wärme schlägt ihnen entgegen.

Die Küche hat eine hohe Decke aus Stein, die nach italienischer Art gewölbt ist. In einem Alkoven steht ein Aga-Herd, zinnfarben und mit vier Backröhren. Von der Decke hängt ein auf Hochglanz polierter Kupfertopf an einer schwarzen Kette mit großen Ringen. Rundherum an den weiß getünchten Wänden hängen an Nägeln diverse Kupferpfannen. Die polierten Möbel sind aus Kiefernholz, antik und gediegen. Überall stehen Stühle und auch kleine Tische, die von Vasen mit gelben, roten und rosa Blumen geschmückt sind. Kleine dekorative Tassen an ausgewählten Plätzen bilden einen interessanten Kontrast zu den kompakten Möbeln. Es riecht nach einem Braten, der anscheinend in einem der vier Backöfen schmort.

Weiter ins Wohnzimmer, das ebenfalls als Esszimmer dient. Hier duftet es weihnachtlich nach Kerzenwachs, und alles wirkt geradezu peinlich aufgeräumt. Nahe der Mitte des Raums steht ein schwerer Tisch mit weißer Tischdecke. Er ist für sechs Personen zum Abendessen gedeckt. Weingläser aus Kristall funkeln im Licht des Weihnachtsbaums. Der Holzofen in einer Kaminecke wärmt das Zimmer. Über dem Ofen hängt eine altmodische Pendeluhr, und ihr stetiges Ticktack verleiht dem Raum eine harmonische Atmosphäre, gemahnt an Stabilität und häusliche Zufriedenheit.

Aber es lässt auch Drindles Stimme umso unangenehmer kratzig klingen. «In jedem Schweizer Haushalt ist ein Gewehr. Findet es!»

Findhorn, Romella und der Koreaner steigen die Holzstufen hinauf. Oben befinden sich drei Schlafzimmer. Findhorn folgt Romella in eins davon. «Das ist doch Wahnsinn. Was machen wir hier überhaupt?»

«Glauben Sie denn, ich bin entzückt von alledem?»

«Haben Sie über die Handschuhe nachgedacht?»

Ihre Miene ist finster. «Ja.»

«Sie wissen, was es bedeutet?»

«Ich bin ja nicht blöde, Fred. Es macht ihnen nichts aus, wenn wir erwischt werden.»

Findhorn flüstert: «Aber wenn wir erwischt werden, könnten wir reden. Das wäre riskant für sie.»

«Ich weiß. Deswegen haben sie bestimmt vor, uns umzubringen.»

«Was gibt es da oben zu flüstern? Habt ihr es gefunden?»

Der Koreaner stößt einen Triumphschrei aus und erscheint auf dem Treppenabsatz mit einem langläufigen Gewehr, das aussieht, als würde es so regelmäßig gereinigt und poliert wie die kupfernen Töpfe.

«Was sollen wir denn machen?», flüstert sie.

«Kommen Sie hier runter, wo ich Sie sehen kann.»

Ms. Drindles Pelzmantel, Hut und Perücke sind achtlos auf einen Stuhl geworfen worden, und er hat seine Füße auf den Esstisch gelegt. Seine Haare sind grau und kurz geschoren. Fast liebevoll untersucht er sein Gewehr. Es hat einen Schaft aus Holz mit einem faustgroßen Loch und einen kurzen dunklen Lauf. Der Koreaner wirft ihm die andere Waffe zu und verschwindet.

Findhorn sieht Drindle an. «Ich hatte bereits so eine Ahnung.»

Drindle grinst. «Um Zeugen zu verwirren. Und außerdem gibt es heutzutage so viele Überwachungskameras.»

«Vielleicht finden Sie es ja auch nur aufregend, in Frauenkleidern herumzulaufen.»

Drindle löst das Magazin, leert die Patronen in eine Vase und wirft Romella die Waffe zu. «Zurückbringen!»

Der Koreaner ruft etwas. Sie folgen ihm in ein großes Arbeitszimmer. Der Mann trägt immer noch Trenchcoat und Hut, hat aber seine Sonnenbrille abgenommen und grinst breit. In einer Ecke des Zimmers steht ein Safe, der ungefähr einen Meter hoch ist. Ms. Drindle kniet sich davor und spielt mit dem Griff des Geldschranks. Er wendet sich ihnen mit einem sonderbaren Gesichtsausdruck zu. «Hier ist es drin, nicht wahr? Das Trillionen-Dollar-Geheimnis. Und wir brauchen nur noch den Schlüssel.» Er betastet mit seinen behandschuhten Fingern den Sockel. «Er ist auf einer Betonplatte verankert, und wir bräuchten einen kleinen Kran, um ihn zu bewegen. Aber egal, der Schlüssel wird ja bald eintreffen.» Er steht auf und setzt ein makabres Grinsen auf. Dann gibt er dem Koreaner eine knappe Anweisung, worauf dieser ihn finster ansieht und sich auf den Weg macht. Ein kurzer, kalter Luftzug ist zu spüren, als er das Haus verlässt.

Drindle legt seine Waffe auf Romella und Findhorn an und dirigiert sie damit ins Wohnzimmer. Er schwenkt sie nochmals, und sie setzen sich auf Stühle, die weit vom Fenster entfernt sind. Er wirft ein paar schwere Scheite aufs Feuer und öffnet die Lüftungsklappe des Ofens. Dann nimmt er ihnen gegenüber Platz, und ein rotes Glühen erhellt flackernd den Raum, während sich draußen der Himmel verdunkelt.

Der Koreaner ist nach fünfzehn Minuten zurück, und während der gesamten Zeit ist im Zimmer kein einziges Wort gefallen. Er sieht aus wie ein Schneemann. Er wirft seinen schwarzen Trenchcoat und seinen Hut neben dem Weihnachtsbaum auf den Fußboden und streckt seine Hände zitternd und schimpfend den wärmenden Flammen entgegen. Im Schein des Feuers kommt Findhorn der Mann wie der leibhaftige Teufel vor.

Nachdem er sich aufgewärmt hat, setzt sich der Koreaner auf einen niedrigen Ledersessel, eine Pistole auf dem Schoß, und grinst ohne jeden ersichtlichen Grund.

Und sie warten.

34 PETROSIANS GEHEIMNIS

Der Saab hat Schneeketten, eine kluge Maßnahme bei dem stetig fallenden Schnee und der steilen Straße. In der oberen Etage späht Drindle durch einen schmalen Spalt in einem Fensterladen und spreizt die fünf Finger einer Hand.

Ein Schlüssel dreht sich im Schloss, und es folgt ein kurzer und heftiger Luftzug, als die Vordertür geöffnet wird. Die Stimmen sprechen deutsch, und zwei von ihnen gehören Frauen. Findhorn erkennt eine der Männerstimmen.

Er versucht sich vorzustellen, was sich hier gleich abspielen wird, aber schreckt letztlich doch davor zurück. Seine Beine zittern. Drindle und der Koreaner andererseits zeigen nicht die geringste Gefühlsregung. Sie stehen bewegungslos da, ruhig und auf der Hut, zwei mörderische Raubtiere, die auf ihre Beute lauern.

Jemand ist in die Küche gegangen. Töpfe werden auf heiße Herdplatten geschoben. Andere Ankömmlinge wandern ins Wohnzimmer. Man hört, dass Holzscheite aufs Feuer geworfen werden. Vereintes Lachen. Gläserklirren.

Und jetzt kommt jemand schweren Schrittes die Treppe herauf.

Der Koreaner tritt von der Tür zurück, eine hässliche kleine Pistole in der Hand. Die Tür geht auf. Drindle richtet seine abgesägte Schrotflinte mit ausgestrecktem Arm direkt auf den Kopf des Mannes. Er ist um die vierzig und trägt einen Bart. Er lässt den Koffer fallen. Drindle hebt einen Finger an die Lippen, zeigt die Richtung an, und sie folgen dem verstörten Mann die Treppen hinunter. Drindle lenkt ihn ins Wohnzimmer, und der Koreaner begibt sich in die Küche.

Ein Mann und eine Frau haben es sich auf dem Ledersofa bequem gemacht, Gläser in der Hand. Ihnen wird nicht sofort bewusst, was vor sich geht. Die Frau ruft verblüfft: «Ooh!» Der Mann neben ihr reißt Mund und Augen auf und verschüttet Rotwein auf seinen weißen Pullover und seine Hose. Zwei weitere Männer sitzen senkrecht auf ihren Sesseln. Einer von ihnen trägt einen festlichen weißen Abendanzug und dazu eine schwarze Krawatte. Der andere ist Pitman, und Findhorn fragt sich, ob die menschliche Verschlagenheit denn gar keine Grenzen kennt.

Der Koreaner gesellt sich zu ihnen, und er schiebt eine Frau mittleren Alters mit aschfahlem Gesicht vor sich her. Er stößt sie auf einen Stuhl neben dem Christbaum. Drindle spaziert ganz ungezwungen auf Albrecht zu und bleibt gerade eben außer Reichweite vor ihm stehen. Er richtet die Waffe auf die zitternde Frau, die auf der Couch neben ihm sitzt. «Sie sind sehr unartig gewesen, Herr Albrecht alias Tati. Ihr Tempel sollte die Tagebücher an meinen Arbeitgeber ausliefern, und Sie sollten sie nicht zu Ihrem persönlichen Profit stehlen. Ich fürchte, das verlangt nach einer Bestrafung.»

Totenstille.

Drindle fährt fort: «Sie werden die Waffe als einen russischen VEPR-Karabiner erkennen. Ja, Sie haben sogar schon Geschäfte mit dem Wiatskie-Poliani-Werk gemacht, in dem er hergestellt wurde. Deswegen brauche ich Ihnen nicht zu erzählen, dass er mit einem Selbstlader ausgerüstet ist. Und Sie werden selbstredend wissen, welchen Schaden er auf diese Entfernung dem menschlichen Körper zufügt.»

Die Frau schreit. Drindle wirft ihr einen irritierten Blick zu und fährt dann fort: «Die Lage ist ganz einfach. Entweder händigen Sie das Petrosian-Dokument aus, oder ich werde Ihnen an dieser Frau die Wirkungsweise der Waffe demonstrieren. Und wenn Sie das nicht überzeugt hat, werde ich einen anderen Ihrer Gäste derselben Prozedur aussetzen. Und sollten Sie immer noch nichts zu sagen haben, wenn mir die Gäste ausgegangen sind, sind Sie selbst an der Reihe.»

Trotz seiner Angst empfindet Findhorn beinahe Bewunderung für Albrechts Nervenstärke. Der bleibt nämlich ungefähr zehn Sekunden lang stumm, während die Frau zu hyperventilieren beginnt und Findhorn zunehmend damit rechnet, dass die Waffe abgefeuert wird. Dann sagt Albrecht beinahe ungerührt: «Und was geschieht mit uns, wenn ich Ihnen das Dokument gebe?»

«Wir werden Ihre Autos und Ihr Telefon funktionsuntüchtig machen, Sie fesseln und hier zurücklassen. Wenn Sie sich dann irgendwann befreit und die Polizei gerufen haben, sind wir schon längst aus der Schweiz heraus.»

«Ich kann Ihnen das Dokument nicht geben. Es befindet sich in Davos.»

Drindle sieht die Frau an und lächelt. Er spricht betont leise. «Das ist Pech.»

Sie sieht aus, als werde sie gleich ohnmächtig. «Bitte. Ich habe zwei Kinder.»

«Doppeltes Pech.»

Der Koreaner hat sich hinter ihm und nach links von Findhorn in die Nähe der Tür bewegt. Aus dieser Position kann er den ganzen Raum überblicken. Der Abstand zwischen ihm und Findhorn beträgt ungefähr anderthalb Meter. Findhorn sieht sich ganz kurz in einer Verzweiflungstat nach der Waffe des Mannes hechten und dann mit ihr Drindle erschießen. Fast augenblicklich verwirft er den Gedanken. Es ist die Phantasievorstellung eines Schuljungen, der reine Selbstmord.

Und wieder diese erstaunliche Nervenstärke. «Wenn ich Ihnen das Dokument nicht gebe, werden Sie uns auch nicht töten. Sie gehen sonst nämlich das nicht sonderlich lohnende Risiko ein, für den Rest Ihrer Tage eingesperrt zu werden. Aber wenn ich Ihnen das Dokument gebe, werden Sie uns ganz sicher töten. Weil nämlich sein Wert so groß ist, dass Mord sich lohnt. Wir könnten Sie ja sonst identifizieren.»

Der Koreaner kann tatsächlich sprechen. Seine gutturale Stimme scheint tief aus dem Brustkorb zu kommen, und es ist nicht zu überhören, dass das schlechte Englisch nicht seine Muttersprache ist. «Erschieß Schlampe. Zeig ihm, wir ernst meinen.»

Albrecht sagt: «Aber wenn Sie Elsa erschießen, macht es keinen Sinn, Ihnen das Dokument zu geben. Wir wären dann nämlich alle Zeugen eines Mordes. Und Sie müssten uns alle umbringen.»

«Ihre Logik ist mangelhaft, Albrecht. Zuerst einmal sind wir Profis. Das Risiko, erwischt zu werden, ist minimal und zählt nicht in unseren Überlegungen. Und zum anderen kann ich Schmerzen verursachen.» Das Krachen des Karabiners durchbricht unbarmherzig die Stille. Blut und weiße Knochensplitter spritzen von den Schienbeinen der Frau, zusammen mit Schaumgummifetzen aus der Sofapolsterung. Sie bricht zusammen und wälzt sich schreiend auf dem Fußboden.

Albrecht springt auf. Er hebt die Hände, als wolle er weitere Schüsse abwehren. Er sieht hinunter auf die schreiende Frau. In seinem Gesicht steht das nackte Entsetzen. «Warten Sie!»

Drindles Worte übertönen die Schreie der Frau. «Ich fürchte, Ihr Weihnachtsabend nimmt einen scheußlichen Verlauf, Albrecht. Und es wird noch schlimmer. Aber geben Sie uns das Dokument, und Sie werden nicht getötet. Das ist ein Versprechen. Auf Deutsch fügt er hinzu: «Sie verstehen?» Er richtet die Waffe auf den Mann im Abendanzug und lächelt wieder. Der Mann wird bleich und redet hektisch in einem schwyzerdütschen Dialekt auf Albrecht ein. Seine Stimme bebt vor Todesangst. Pitman sitzt stumm da, lauernd wie eine Katze.

«Es ist oben in einem Safe.» Albrecht kann kaum sprechen.

«Das weiß ich. Holen Sie es!» Und dann wieder auf Deutsch: «Beeilen Sie sich!»

Albrecht wankt aus dem Zimmer. Drindle folgt ihm.

Der bärtige Mann und Romella hocken auf den Knien und versuchen, die Blutungen mit Stoffservietten zu stillen, aber die Frau krümmt sich zu sehr vor Schmerzen und schreit auf, sobald ihr Schienbein berührt wird. Der Mann im Sessel hält sich krampfhaft an den Lehnen fest und zittert unkontrolliert. Seine Augen sind schreckgeweitet. Die Frau neben dem Christbaum hat die Augen fest geschlossen und flüstert vor sich hin. Der Koreaner schaut aus einer Ecke ungerührt zu, die Arme gekreuzt, eine Pistole in der Hand. Findhorn schätzt noch einmal die anderthalb Meter Entfernung ab, weiß aber, dass es hoffnungslos ist. Der Koreaner wirft ihm einen Blick zu und grinst, als wolle er ihn einladen, es doch zu versuchen. Eine Lache aus hellrotem Blut breitet sich auf dem Fußboden aus.

Eine Minute später taucht Albrecht wieder auf. Drindle folgt ihm, seinen Karabiner in der einen Hand und in der anderen ein umfangreiches Dokument. Die Seiten sind zusammengeheftet und leicht vergilbt. Er wirft Findhorn das Dokument zu und reißt mit der freien Hand an der Decke des Esszimmertisches, sodass Gläser, Kerzen, Bestecke und Geschirr mit lautem Krachen auf dem Holzfußboden landen. Dann zieht er einen der Stühle zurück, bedenkt Findhorn mit einer auffordernden Kopfbewegung und sagt: «Wenn Sie bitte die Echtheit prüfen wollen.»

Findhorn setzt sich. Es sind ungefähr zwanzig Seiten, einseitig mit der Hand auf Armenisch beschrieben, mit einem halben Dutzend Diagramme. Namen wie Bethe, Bohr und Einstein stechen auf Englisch hervor. Die Gleichungen benutzen das vertraute Alphabet, und die Diagramme sind ebenfalls auf Englisch beschriftet. Findhorn vermutet, dass er mit gewisser Anstrengung allein schon durch die Masse der Gleichungen und Formeln herausfinden könnte, worum es geht.

«Ich brauche meine Übersetzerin.»

Drindle macht Romella mit einem Fingerschnippen auf sich aufmerksam.

«Verpiss dich!» Sie ist blutig bis zu den Ellbogen. Die Stoffservietten sind inzwischen blutgetränkt, und die Frau stößt Schmerzensschreie aus und verliert immer wieder das Bewusstsein.

Drindle stellt sich über die stöhnende Frau und richtet die Waffe auf ihren Kopf. Romella sieht aus, als würde sie Drindle am liebsten die Waffe entreißen und in die Kehle rammen. Die Szene gleicht einem eingefrorenen Standbild, das sich nicht wieder in Bewegung setzen will.

Findhorn, der eine Katastrophe ahnt, sagt: «Romella, lieber nicht.» Sie steht auf und geht wütend auf die Tür zu.

«Wo gehst du?», will der Koreaner wissen und richtet seine Pistole auf sie. Aber sie stößt ihn grob beiseite, und das Blut von ihrer Hand färbt sein Hemd.

Nach einer Minute ist sie zurück und trocknet sich die Hände in einem weißen Handtuch ab. Sie setzt sich neben Findhorn an den Tisch. Sie atmet schwer und ist blass vor Zorn.

Die Frau hat jetzt das Bewusstsein verloren. Der bärtige Mann sagt: «Ihr Puls rast. Ich kann ihn kaum fühlen.»

Findhorn reicht Romella das Dokument. «Beeilen wir uns.»

Sie nickt verbissen. «Okay.» Sie blättert die Seiten durch. «Also gut, es trägt den Titel *Energie aus dem Vakuum*. Es hat vier Teile. Teil eins, Einleitung; Teil zwei, Thermodynamik der Energiegewinnung; Teil drei, Eine neue Sichtweise der Schwerkraft und der Trägheit; Teil vier, Praxis der Energiegewinnung.»

«Bei Teil eins, geht es da um den Casimir-Effekt?»

«Nun ja. Aber auch noch um eine Menge mehr. Hier sind zum Beispiel diese *HMS Daring*, von der Sie sprachen, und das foucaultsche Pendel. Das bringt er mit etwas in Zusammenhang, das Ylem heißt –»

«Vergessen Sie's. Uns bleibt keine Zeit. Vom Gewinn welcher Art Energie spricht er? Was sagt er an der Stelle?» Findhorn zeigt auf einen Satz mit einer Zahl.

«‹Die Energiedichte des Vakuums hat daher schätzungsweise dieselbe Größenordnung wie die Planck-Energie, mit einem zu extrahierenden Anteil von vielleicht 10^{21} Ergs pro Kubikmillimeter› – ist das eine Menge?»

Eine Hiroshima-Bombe in jedem Kubikmillimeter Raum. «Es reicht. Wie lautet sein Fazit? Übersetzen Sie mir den letzten Absatz der Einleitung.»

Sie übersetzt wortgetreu, spricht schnell und so leise, dass außer Findhorn niemand es hören kann: «‹In Teil zwei zeige ich, dass keine Unvereinbarkeit zwischen dem Prinzip der Erhaltung der Energie und der Extraktion unbegrenzter Energie aus dem Vakuum besteht. Teil drei widmet sich dem Einwand, dass die Energiedichte des Vakuums den Raum in einem Maß krümmen würde, dem alle Beobachtungen widersprechen. Der Kernpunkt ist hier, dass die virtuelle Strahlung nur so flüchtig auftritt, dass keine schwere Masse mit ihr assoziiert ist. In der Tat werde ich zeigen, dass Trägheit und Schwerkraft als Wechselwirkung von Masse mit einem asymmetrischen Strahlungsfeld in einem beschleunigten Bezugssystem angesehen werden können …›»

«Ihr Puls ist fast ganz verschwunden. Wenn wir sie nicht in ein Krankenhaus bringen, wird sie sterben.»

Drindle sagt: «Das wird sie ohnehin, wenn Albrecht ein falsches Spiel mit mir treibt. Sie beide, warum haben Sie aufgehört?»

Teil drei läuft auf eine neue Theorie der Schwerkraft hinaus. Findhorn hat den Eindruck, eine Nobelpreis-würdige Arbeit vor Augen zu haben. Er sagt: «Dafür haben wir jetzt keine Zeit. Die Frau könnte uns wegsterben. Machen Sie mit Teil vier weiter.»

Teil vier. Der Zaubertrick.

Romella liest schnell und leise, ohne das Geringste zu verstehen, und sooft er meint, es verantworten zu können, veranlasst Findhorn sie, einen Absatz zu überspringen. Während sie übersetzt, vergisst Findhorn beinahe, wo er sich befindet. Es handelt sich um eine äußerst sonderbare Konzeption, eine Annäherung an die Vakuumtechnik, die so anders war als alles, was er sich vorgestellt hatte. Sie ist eine Symbiose von Biologie und Physik. Und sie ist zudem verblüffend einfach.

1952 entdeckten Chase und Henshal die Struktur von Viren. Es war eine duale Struktur, vergleichbar der eines Golfballs. Ein weicher innerer Kern aus RNS trug die Information in sich, die das Virus zur eigenen Reproduktion braucht. Als Schutz für diesen lebenswichtigen Kern dient eine harte Außenschicht, ein Eiweißmolekül, eine lange Kette von Atomen, die die RNS umschließen, deren Tausende von zugehörigen Atomen dicht gebündelt sind. Diese Schutzhülle – das Capsid – ist ein enorm komplexer Kristall. Ein Golfball mit Beinen.

Das Virus ist nicht größer als ein Bruchteil eines Mikrons. Seine Atome schimmern und vibrieren im Quantenvakuum; sie spüren die Nullpunktenergie, die Vibrationen entfernter Galaxien.

Man überziehe eine kleine Platte, einen Zentimeter im Quadrat und so flach, wie es die Technik ermöglicht, mit einer dünnen Schicht Viren. Dann bringe man diese Platte in ein Vakuum und schicke einen gewaltigen Stromstoß hindurch. Die Platte zerfällt in eine Wolke von mikroskopisch kleinen Plättchen. Die Energie der Galaxien – die Nullpunktenergie – zwingt die kleinen Platten zusammen. Für eine winzige Hand voll, die flacher ist als der Durchschnitt, ist die Casimir-Kraft groß genug, um Röntgenstrahlen zu bilden, deren Druck benachbarte Plättchen komprimiert, wodurch noch mehr Nullpunktdruck und noch mehr Röntgenstrahlen entstehen …»

Und jetzt beutet Petrosian auf geschickte Weise die Kraft des Viruskristalls aus. Er ist klein genug, um die Vakuumfluktuationen zu spüren, und groß genug, um sie zu absorbieren, Energie aus dem winzigen Vakuum extrahierend, das sich zwischen den Platten befindet, und Reaktionen hervorrufend, die in der Makrowelt unmöglich wären. Zeit verstreicht mit einer anderen Geschwindigkeit; Licht bewegt sich schneller; Kausalitätsgesetze werden verletzt; hoch energetische Elektronen und Positronen werden aus dem leeren Raum erschaffen. Der Viruskristall verhält sich jetzt wie ein einziges gigantisches Atom, seine Quantenniveaus werden eng zusammengepresst; die relativistischen Elektronen durchbrechen sie, penetrieren den Kern und sinken dann in die schattenhaften Tiefen des Energieozeans. Das Vakuum ist jetzt instabil; und es kann nicht geleert werden.

Eine Erinnerung aus der Kindheit kommt Findhorn in den Sinn, die Geschichte über einen Müller, der sich mehr Mehl wünschte. Aber dann ließ sich der Mahlvorgang nicht mehr stoppen, das Mehl rann aus der Mühle und bedeckte das ganze Land.

Petrosian äußert sich unbestimmt dazu, wann der Prozess endet, aber macht spekulative Bemerkungen zur Vernichtung der Materie.

Einmal ausgelöst, besteht kein Bedarf mehr an einem elektrischen Feld: Der ungeheure Druck, der in dem Prozess ausgelöst wird, reicht aus. Dann gibt es noch einen Anhang. Aus irgendeinem Grund hat Petrosian ihn auf Russisch abgefasst. Romella sagt, dass sie Russisch versteht, und übersetzt mit leiser Stimme, die vor Zorn vibriert. Angefügt sind ebenfalls technische Konstruktionszeichnungen. Kleine, mit Viren beschichtete Platten werden in eine riesige Titaniumkammer gefeuert (die in Petrosians Zeichnung einen Durchmesser von hundert Metern hat und deren Wände drei Meter dick sind); sie schaffen einen weiß glühenden Feuerball, der von Gammastrahlen geschürt wird, die aus dem leeren Raum emittiert und von unvorstellbar großen kosmischen Energien genährt werden.

All das überfliegen Findhorn und Romella in einigen wenigen Minuten. Dem Text schließt sich ein zweiter Anhang an, der aus mathematischen Formeln und derart komplexer Beweisführung besteht, dass Findhorn sich gar nicht erst herantraut. Ihm fällt jedoch das Virus auf, das Petrosian als geeignet identifiziert hat. Das Tabakmosaikvirus, von dem er annimmt, dass es eine Krankheitsursache bei Tabakpflanzen ist.

Noch weitere dreißig Sekunden: Wie Petrosian in einer Fußnote einräumt, besteht das Problem darin, die Energiegenerierung im richtigen Moment zu stoppen. Es hängt von unbekannten Eigenschaften des Vakuums bei noch nicht erforschten Energien ab. Alles ist unüberprüfte Theorie. Es könnte sein, wie Petrosian dachte, dass ein kontrollierter Feuerball entstünde, aus dem sich endlos und ohne Gefahr Energie abzapfen ließe. Oder vielleicht fehlten auch ein paar Zehnerpotenzen, und ein Labor und die umliegende Landschaft würden verschwinden, sobald man einen Hebel umlegte. Oder noch ein paar mehr Zehnerpotenzen, und die Ozeane würden kochen und der Planet würde sterilisiert.

Oder der ganze Prozess konnte auch der reine Humbug sein. Petrosians Maschine könnte Blödsinn sein, eine Ausgeburt der Phantasie und zu nichts nutze. Findhorn erinnert sich an Bradfields Worte: *In unserer Wissenschaftsdisziplin gibt es eine Menge Spinner.*

Findhorn denkt an jenen heißen Tag auf MacDonalds Ranch, als die Plutoniumstücke so dicht zusammengeschoben werden mussten, dass sie fast den kritischen Zustand erreichten. Er denkt an Petrosians ständig wiederkehrenden Albtraum, dass der nukleare Feuerball heiß genug sein würde, die Atmosphäre zu entzünden. Und er denkt an seine eigene Furcht vor der Instabilität, vor dem bevorstehenden Schmelzen der Polkappen. Und dann wird sein Verstand eins mit dem Petrosians, und er versteht dessen Furcht vor den dunklen Nischen des Vakuumprozesses und den Wunsch, ihn verborgen zu halten, bis es in einer utopischen Zukunft keine Piraten mehr gibt und sich die Risiken unter verantwortlich gehandhabten und offenen Marktbedingungen einschätzen lassen. Petrosian war eben, wie Findhorn jetzt klar wird, der klassisch naive Akademiker.

Drindles Stimme reißt ihn in die raue Realität zurück. «Sind Sie fertig?»

Findhorn bläst die Wangen auf. «Das Dokument ist authentisch.»

Der Koreaner grinst. Er zielt mit seiner Pistole auf Findhorn und sagt: «Bum, bum!»

35 MASSAKER

Findhorn ist übel. Er zittert, und vor lauter Stress schnürt sich ihm die Kehle zu. Er kennt zwar die Antwort, aber er versucht es trotzdem: «Diese Leute wissen gar nichts über das Verfahren. Sie können sie gehen lassen.»

Drindle lächelt. «Sie sind ja so naiv.»

Was als Nächstes geschieht, spielt sich innerhalb von höchstens drei Sekunden ab.

Die Frau zu Drindles Füßen stöhnt. Er richtet seinen Karabiner auf sie und feuert. Ein ohrenbetäubender Knall. Eine Blutfontäne spritzt in die Luft. Der bärtige Mann, der noch immer versucht, die Blutung an ihren Beinen zum Stillstand zu bringen, hebt konsterniert den Kopf. Seine Gesicht ist von kleinen roten Spritzern übersät, aber dann folgt ein weiterer ohrenbetäubender Knall, und wie in Zeitlupe sinkt er nach hinten. In seiner Brust klafft ein großes Loch. Albrecht öffnet den Mund, um etwas zu sagen, aber da ertönt auch schon der dritte Knall. Seine Augen verdrehen sich, er spreizt die Arme wie ein Priester und bricht dann leblos auf dem Sofa zusammen. Die Frau am Weihnachtsbaum hat noch immer die Augen geschlossen und betet inbrünstig mit vor Angst bebender Stimme. Drindle richtet seine Waffe auch auf sie, aber jetzt ist Findhorn auf den Beinen und schreit, so laut er kann: «Es geht übers Internet raus! Es geht übers Internet raus!»

Drindle hält inne, den Finger am Abzug des Karabiners. Findhorn klingen die Ohren vom Lärm der Schüsse.

«Es geht an den Aufsichtsratsvorsitzenden von Fiat und Otto Wolff. Es geht an Goldman Sachs International und Chase Manhattan. Es geht an Matra Èspace und Siemens. Es geht per E-Mail an Lockheed Martin und Rueda in Kalifornien und Longair am Cavendish und Puthoff in Texas. Es geht an Nobelpreisträger in Princeton und Computer-Freaks in Idaho. Und ganz besonders geht es an elektronische Infodienste. Von dort wird es sich wie ein Flächenbrand verbreiten.» Er schweigt und ringt nach Atem.

Der Mann im weißen Abendanzug schluchzt laut. Findhorn, dem vom plötzlichen Schreien der Hals wehtut, fährt etwas leiser fort und holt zwischendurch immer wieder tief Luft: «In vierundzwanzig Stunden wird das größte Geheimnis auf der Welt, für dessen Unterdrückung Sie bezahlt worden sind, zum meistdiskutierten Thema auf unserem Planeten geworden sein.»

Drindle zuckt mit keiner Wimper. Der Koreaner ist zum Standbild erstarrt.

«Noch kann ich es aufhalten. Aber nicht, wenn ich tot bin.»

«Eine raffinierte Lüge», unterstellt Drindle.

«Ich habe eine Zeitsperre aktiviert. Wenn ich nicht bis zu einem bestimmten Zeitpunkt an einem Computer-Terminal ein Passwort eingebe, wird die Nachricht automatisch verbreitet. Dann werden Sie versagt haben. Möchten Sie Mister Matsumo dies Versagen erklären? Oder meinen Sie etwa, dass Sie für den Rest Ihres Lebens der Matsumo Holdings immer einen Schritt voraus sein können?»

Der Mann fällt heulend und um sein Leben bettelnd auf die Knie. Der Koreaner geht über die Leichen auf ihn zu, knurrt ihn wütend an und lässt den Hahn seiner Waffe zurückschnellen. Drindle ruft: «*Yamero!*» Der Koreaner schreit: «Nur ruhig!» Ob er damit den Mann oder Drindle meint, bleibt unklar. Der Mann verstummt, aber seine Schultern beben vor Entsetzen.

«Nehmen Sie Kontakt mit Ihrem Zahlmeister auf», fährt Findhorn fort. Er riecht Schießpulver und brennendes Holz. «Sagen Sie ihm, dass ich für den Rest meines Lebens jeden Monat Zugang zum Internet brauche. Sagen Sie ihm, er kann nur hoffen, dass ich niemals aus dem Fenster falle, nie bei einem Autounfall umkomme, niemals einen Herzschlag erleide, nie an Krebs oder Lungenentzündung sterbe, nie ertrinke. Ich darf auch niemals verloren gehen oder verschwinden. Sagen Sie ihm das alles. Sagen Sie ihm, dass von meiner Gesundheit und von meinem Wohlbefinden auch das seine abhängt. Und mein Unglück ist das seine. Ich gehe davon aus, dass ein Mann in seiner Position Kollegen hat, die Erfolg großzügig belohnen und Versagen streng bestrafen.»

«Ich bin sicher, Sie haben Recht, Mister Findhorn. Hoher Lohn erfordert hohes Risiko. Und ich bin mir genauso sicher, dass Sie lügen.»

«Die Einschätzung sollten Sie jemand anderem überlassen.»

«Und den werde ich jetzt auch anrufen. Setzen Sie sich.» Drindle gibt dem Koreaner eine knappe Anweisung und verlässt mit schnellen Schritten den Raum. Schweißtropfen laufen Findhorn Gesicht und Hals hinunter. Die Frau betet noch immer leise auf Deutsch. Der Koreaner setzt sich an den Esstisch. Sein Blick huscht zwischen Romella und Findhorn hin und her.

Drindle ist nach weniger als einer Minute zurück und tippt eine Nummer in ein schnurloses Telefon, während er noch immer den Karabiner in der Hand hält. Er spricht in fließendem Japanisch ins Telefon.

«Die Auskunft», informiert Romella unaufgefordert. Ihr Gesicht ist grau und sie zittert. Der Koreaner knurrt zornig und wedelt mit seiner Pistole.

Eine weitere Nummer. Diesmal folgt ein konzentriertes Gespräch, ausgedehnt und mit ernstem Unterton. Findhorn überfällt ein Schwindelgefühl. Das Holzfeuer erwärmt den Raum, aber er zittert vor Kälte. Romellas Wangen andererseits bekommen langsam wieder Farbe. Sie sieht den Koreaner trotzig an und wendet sich dann kühl an Findhorn. «Er hat seine Sekretärin privat angerufen. In Kioto ist es vier Uhr morgens.»

Das Telefongespräch wird beendet. Drindle setzt sich ebenfalls an den Tisch, Findhorn direkt gegenüber. Er wird vom Weihnachtsbaum eingerahmt. Er legt den Karabiner und das Telefon auf den Tisch und lehnt sich mit überkreuzten Armen zurück. Wie ein

Hypnotiseur lässt er Findhorn nicht aus den Augen, und der hasst ihn wie niemanden sonst auf der Welt.

Das Schweigen dauert an, wird nur gelegentlich vom leisen Knistern der brennenden Holzscheite durchbrochen. Einer von ihnen fällt ins Feuer. Findhorn schreckt auf, und Drindle grinst verächtlich. Der Geruch des angebrannten Eintopfgerichts zieht aus der Küche herein und vermischt sich mit dem von brennendem Holz und frischem Blut. Findhorn weiß genau, dass er diesen Geruch niemals vergessen wird, sollte er das hier überleben.

Zehn Minuten verstreichen.

Von irgendwo tief unten im Tal wird das dumpfe Ummpah-da, Ummpah-da einer Blaskapelle heraufgeweht. Kirchenglocken, schon fast außer Hörweite, kündigen an, dass es acht Uhr ist.

Als das schrille Läuten des Telefons die Stille durchbricht, kommt es Findhorn vor wie das Signal für den Henker. Er spürt, wie ihm das Blut aus dem Gesicht weicht. Drindle schiebt seine rechte Hand zum Gewehrschaft, krümmt den Finger um den Abzug und greift mit der linken Hand nach dem Telefon. Das Gespräch verläuft fast ausschließlich einseitig, und Drindle wirft nur ab und zu einmal ein «*Hai!*» dazwischen. Findhorn vermag den Blick nicht von den Augen des Mörders zu lösen, aber er kann in ihnen auch nichts lesen.

Schließlich nimmt Drindle das Telefon vom Ohr und stützt die Sprechmuschel auf die Schulter. «Haben Sie Mut?»

«Fahren Sie zur Hölle!»

Drindle nickt. «Eine mutige Antwort unter diesen Umständen. Mut wird jedoch nur Ihre Qualen verlängern, ohne letztlich das Ergebnis zu beeinflussen. Sie sollen bis zu dem Augenblick gefoltert werden, in dem Sie das Passwort und die Speicherstelle Ihres Computerdokuments herausschreien, obwohl es Ihren Tod bedeutet. Ärztliche Überwachung wird zur Stelle sein, damit Ihr Herz nicht vorher zu schlagen aufhört. Wenn Sie es wünschen, können wir unsere Fähigkeiten auf diesem Gebiet demonstrieren, indem wir Ihre Übersetzerfreundin zuerst bearbeiten. Wenn Sie erst einmal gesehen haben, wozu wir in der Lage sind, werden Sie uns bestimmt erzählen, was wir wissen möchten. Wir werden natürlich den Wahrheitsgehalt Ihrer Informationen überprüfen müssen, bevor wir uns Ihrer entledigen. Bitte glauben Sie mir, dass ich persönlich an einer solchen Verfahrensweise kein Vergnügen finde. Aber ich kann nicht für meinen Kollegen sprechen.»

Aus dem Augenwinkel sieht Findhorn, dass sich ein fieses Grinsen auf dem Gesicht des Koreaners ausbreitet. Romella ist erstarrt und hat die Augen vor Angst weit aufgerissen.

Findhorn sagt: «Sie werden uns nicht anrühren.» Er gibt sich alle Mühe, es selbstsicher klingen zu lassen, aber er verspürt ein extrem flaues Gefühl in der Magengrube.

Drindle wirkt amüsiert und runzelt skeptisch die Augenbrauen. «Nein?»

«Denn wenn Sie es tun, schreie ich das Passwort, Sie töten mich, und dann löschen Sie das Dokument.»

«Ebendas ist ja unser Ziel. Verzeihen Sie mir, aber die Angst scheint Sie zu verwirren.»

Findhorn fährt fort: «Und dann werden Sie feststellen, dass in irgendeiner weit entfernten Maschine ein zweites Dokument versteckt ist, ein Duplikat. Vielleicht gibt es sogar ein drittes dieser Dokumente. Gar ein viertes. Aber wie könnten Sie das je mit Gewissheit feststellen? Wie viele Romellas können Sie foltern? Können Sie mich wieder auferstehen lassen, um mich nochmals umzubringen?»

Zum ersten Mal überschattet sich die bis dahin so verbindliche Miene des Mörders. «Das war sehr ungehörig.» Er spricht wieder ins Telefon, wobei er seinen Blick nicht von Findhorn abwendet. Dann schiebt er das Telefon über den Tisch.

Findhorn weiß nicht, was ihn erwartet. Er nimmt das Telefon in die Hand. Yoshi Matsumos Stimme ist so deutlich, als säße er auf der anderen Seite des Tisches. «Sehr clever, Mister Findhorn.»

Findhorn gibt sich weiterhin Mühe, gefasst zu klingen. «Sie haben von mir nichts zu befürchten. Solange ich Sie überlebe.»

Eine winzige Verzögerung ist zu bemerken. Schließlich wird das Signal aus der Schweiz an einen Ort gesendet, der sich vierundzwanzigtausend Meilen über der Erde befindet, und dann in ein entferntes Land weitergeschickt, bevor die Antwort dieselbe enorm weite Reise in entgegengesetzter Richtung zurücklegt. «Sie behaupten also, dass Sie das Geheimnis schon kannten, bevor Sie in das Chalet eingebrochen sind?»

«In der Tat.»

«Warum haben Sie sich dann meinen Kollegen von der Friendship Society angeschlossen?»

«Das sagte ich Ihnen doch schon. Ihre Interessen und die meinen decken sich in dieser Angelegenheit. Ich wollte nicht, dass Albrechts Leute das Patent zugesprochen bekämen.»

«Sie strapazieren die eigene Glaubwürdigkeit über alle Maßen. Aber auch für den Fall, dass Sie die Wahrheit sagen – wie könnte ich Sie entkommen lassen und Gefahr laufen, dass Sie das Geheimnis verkaufen?»

Findhorn bläst die Wangen auf. Der Koreaner verzieht wütend das Gesicht. «Warum immer reden, reden? Besser Job erledigen. Zwei Sekunden.»

«Denken Sie darüber nach, Matsumo.»

«Ich glaube, Mister Findhorn, dass Sie ein Mann mit Prinzipien sind. Ihre Prinzipien haben Sie veranlasst, Unschuldige zu töten, um das Geheimnis zu bewahren. Dieselben Prinzipien werden Ihnen nicht erlauben, diese verheerende Sache der Öffentlichkeit zugänglich zu machen, nicht einmal um Ihr Leben zu retten. Und deswegen existieren Ihre Internet-Dokumente auch nicht. Deswegen können Sie gefahrlos exekutiert werden. Und zwar ausschließlich als Vorsichtsmaßnahme, wie Sie verstehen werden, nämlich für den Fall, dass irgendwann in der Zukunft Armut oder Geldgier stärker sein könnten als diese Ihre starken Prinzipien.»

Drindle beobachtet Findhorn mit gespanntem Interesse: ein Löwe, der eine Antilope anspringen will.

Das Telefon ist inzwischen so nass von Schweiß, dass es ihm

aus der Hand zu rutschen droht. «Sie missverstehen die Situation. Ich habe diese Leute für zwei Millionen Dollar umgebracht, eine für mich, eine für meine Assistentin.» Jetzt spürt er Romellas Blick. «Verstehen Sie doch, seit diese Kerle aus dem Weg geschafft sind, bin ich die einzige Person auf der Welt, die das Verfahren kennt. Sie sind mein Markt, Yoshi. Stopfen Sie mir den Mund mit Gold.»

Völlig unerwartet mündet das Schweigen auf der anderen Seite der Leitung in schallendes Gelächter. Findhorn hält das Telefon von seinem Ohr weg, und verwirrte Gesichter am Tisch starren es an. Als er zu lachen aufhört, sagt Yoshi Matsumo: «Was für ein beeindruckender Lügner Sie doch sind, Mister Findhorn! Ich gratuliere Ihnen zu Ihrer Erfindungsgabe.» Wieder folgt ein langes Schweigen. Findhorn fragt sich schon, ob die Verbindung unterbrochen wurde. Dann: «Doch Sie stellen mich vor ein interessantes Dilemma. Angenommen, ich lasse Sie töten. Dann wird, wenn es, wie ich glaube, keine Botschaft gibt, die auf ihre Verbreitung wartet, Ihr Tod mein Problem lösen. Aber unterstellen wir einmal – wie unglaubwürdig es auch ist –, dass Sie die Wahrheit sagen. Dann, fürchte ich, würde auf Ihren Tod sehr schnell meine Schande folgen, wenn nicht gar mein Untergang.»

«Also nehmen Sie Ihr Vorkaufsrecht wahr und lassen Sie uns gehen.»

«Unglücklicherweise könnten Sie, sobald Sie mir das Geheimnis verkauft haben, es sogleich nochmals an einen anderen verkaufen. An jemanden, der das Verfahren benutzen könnte, um meine Firma zu ruinieren. Und genau darin liegt mein Dilemma: Ob lebendig oder tot, Sie sind ein Risiko.»

Findhorn wischt sich einen störenden Schweißtropfen von der Stirn. Der Koreaner, der die heikle Situation spürt, grinst jetzt und nickt. Dazu provoziert er Findhorn, indem er so tut, als wolle er ihn erschießen. Matsumo fährt fort: «Ein Idealist oder ein durchtriebener Freibeuter? Das ist die Frage. Reichen Sie das Telefon wieder an meinen Assistenten.»

Findhorn schnürt es langsam, aber sicher die Brust zusammen.

Er lässt das Telefon mit einem Schwung über den polierten Tisch zu Drindle gleiten. Es folgt eine kurze Unterhaltung auf Japanisch, und dann herrscht wieder Schweigen.

Drindle berührt den Lauf des Karabiners. «Noch warm. Eigentlich sitzt hier obendrauf ein Zielfernrohr, aber das habe ich abgenommen. Stört nur auf die kurze Entfernung. Er bespricht sich mit Mitarbeitern.»

Kinderstimmen.

Stille Nacht, heilige Nacht … Das Weihnachtslied klingt leise aus einer anderen Welt herauf, aus einer Welt der Unschuld und der Liebe und der menschlichen Güte, aus einer Welt mit unumstößlichen Werten und moralischen Gewissheiten. Findhorn sieht Drindle in die Augen und versucht, in ihnen die Seele des Mannes zu erforschen. Er gibt es auf.

Alles schläft …

Große und dichte Schneeflocken fallen draußen vor dem Fenster: Bald werden sie alle eingeschneit sein, gemeinsam in diesem Chalet gefangen. Die Holzscheite knistern leise.

Einsam wacht …

Sie könnten sich in einer Szene wie von einer Weihnachtskarte befinden, wären da nicht die drei Leichen. Ihre Augen sind halb geschlossen, ihre Münder stehen offen, und ihr Blut befleckt den gebohnerten Holzfußboden.

Und im warmen Esszimmer verhalten sich die Lebenden so still wie die Leichen – schlafen in himmlischer Ruh. *Schlaf in himmlischer Ruh, schlaf in himmlischer Ruh* …

Eine Stimme am Telefon. Drindle lauscht einige Minuten lang. Sein Blick ist ausdruckslos. Dann macht er ein finsteres Gesicht und schiebt das Telefon wieder zu Findhorn. Matsumo spricht wie ein Richter bei der Urteilsverkündung: «Mister Findhorn, ich bin zu der Überzeugung gekommen, dass Sie nichts ins Internet gestellt haben.»

Mit einem Sprung in die Küche. Romella wird vielleicht mit dem Koreaner fertig.

«Aber warum sollte ich auch nur das geringste Risiko eingehen? Es gibt noch einen anderen Weg, der uns weiterbringt. Zwei Millionen Dollar sind Peanuts, gemessen an dem, was auf dem Spiel steht. Irgendwann in der Zukunft, wenn Ihnen das Geld ausgeht, kämen Sie vielleicht in Versuchung, doch zu reden. Ich muss Sie also zu einem sehr reichen Mann machen, um diese Versuchung erheblich zu reduzieren. Ich habe für Sie in der Hofbahnstraße in Zürich ein Konto eingerichtet und veranlasst, dass zwanzig Millionen Dollar darauf eingezahlt werden. Morgen früh, wenn die Banken öffnen, können Sie bereits Geld abheben.»

Findhorn fällt es sehr schwer, die Worte zu begreifen. Aus mehreren Richtungen stürzt es gleichzeitig auf ihn ein. Er zwingt sich, gefasst zu antworten. «Eine solche Summe würde nach Drogenhandel aussehen. Was ist mit der Schweizer Bankenaufsicht? Oder sogar Interpol?»

«Machen Sie sich um derartige Dinge keine Sorgen – wir haben Mittel und Wege. Rufen Sie meine Sekretärin um 12 Uhr mittags japanischer Zeit an, also in acht Stunden. Und machen Sie sich eins bewusst: Sollten Sie je das Geheimnis verraten oder auch nur etwas über unsere Transaktion verlauten lassen, werde ich auch noch über meinen Tod hinaus dafür sorgen, dass man Sie jagt und auslöscht. Doch das Risiko werden Sie als reicher Mann bestimmt nicht eingehen wollen. Halten Sie diese Lösung für befriedigend?»

«Ich denke, wir verstehen uns.»

Eine kurze Pause, die dennoch länger dauert, als die Funkverbindung zwischen ihnen benötigt. «Gut, ich habe unser kleines Kendo-Gefecht durchaus genossen, Findhorn-san. Wir sind beide Sieger. Sie sind jetzt reich, und ich habe das Energiegeheimnis aus der Welt geschafft. Das Gefecht wurde mit unserem Verstand ausgetragen und nicht mit *shinai* – tut mir Leid, aber ich kenne das englische Wort nicht –»

«Bambusstöcken?»

«– und wenn Sie Japaner wären und kein *gaijin*, dann würde ich mich vor Ihnen als ebenbürtigem Gegner verneigen.»

Du kannst mich mal, denkt Findhorn. Er legt das Telefon zur Seite und wendet sich an Romella. «Wir verschwinden hier.»

Die aalglatte Liebenswürdigkeit des Mörders hat sich abgenutzt. «Wenn es nach mir ginge, sähe die Sache anders aus.»

«Es kommt eben auf den richtigen Gesprächspartner an. Und darum zieht auch Matsumo die Strippen auf einer höheren Ebene, während Sie weit unten herumhampeln.»

Drindle nimmt Petrosians Dokument zur Hand. «Ihre Witzeleien prallen von mir ab, aber bei meinem Partner ist es ganz anders. Ich würde sagen, er hat das Temperament eines Vulkans. Und da er ein geistig beschränkter Mann ist, kapiert er nicht, worum es hier geht.» Er öffnet die Ofentür und wirft das Dokument auf die brennenden Scheite. Der Koreaner gibt mit wütender Stimme einen Kommentar ab. Die Seiten krümmen sich, fangen an ihren Rändern Feuer. Bewässerte Wüsten, billige Superbomben, Dünger aus der Luft, gesellschaftliches und finanzielles Chaos, Reisen in die entlegensten Winkel und darüber hinaus – all das geht in Flammen auf. «Raus mit Ihnen. Nehmen Sie den Saab und lassen Sie ihn am Bahnhof zurück.»

«Und was ist mit Ihnen?», fragt Findhorn und steht auf. Er stellt fest, dass er sich kaum auf den Beinen halten kann.

«Wir haben hier noch viel zu tun. Es gibt in diesem Haus genug DNS-Proben, um die Polizei vom Nordkap bis nach Hongkong Freudentänze aufführen zu lassen. Nun verschwinden Sie schon.»

«Mögen Sie schon sehr bald auf die grässlichste Weise umkommen», sagt Findhorn.

Der Mann im weißen Anzug steht auf, sieht sich furchtsam um, schiebt sich langsam zur Tür und rennt hinaus. Unter weniger lebensbedrohlichen Umständen hätte es fast komisch gewirkt. Pitman folgt, festen Schrittes. Er scheint noch etwas zu Findhorn sagen zu wollen, verschwindet dann aber ohne ein Wort. Die Frau am Christbaum hat die Augen geöffnet, sitzt aber weiterhin bewegungslos da. Sie merkt anscheinend gar nicht, was um sie herum geschieht. Romella geht zu ihr, hilft ihr am Ellenbogen hoch und schenkt ihr ein aufmunterndes Lächeln.

Von der Tür wirft Findhorn noch einen Blick zurück. Drindle hat den Getränkeschrank geöffnet und kredenzt sich einen roten Martini. Der Blick des Koreaners irrt zwischen Findhorn und Drindle hin und her. Er hat seine Pistole fest umklammert und bewegt sie ruckartig auf und nieder, als sei sie ein Hammer. Sein wütendes Gesicht reizt fast schon zum Lachen.

Der Vulkan steht kurz vorm Ausbruch.

36 BLASKAPELLEN

Autoschlüssel auf dem Tisch im Flur, mit Saab-Anhänger, die schwere Eingangstür aus Kiefernholz bereits offen. Pitman und der andere Mann sind bereits vorausgelaufen und in der Dunkelheit verschwunden. Frostkalte Luft und Schneeflocken, die in den Flur getrieben werden.

Jetzt nichts mehr sagen. Nicht stehen bleiben. Nicht nach hinten sehen.

Der Schnee liegt schon fast einen halben Meter hoch. Romella schiebt die benommene Frau eilig vor sich her. Der Saab ist ein Schneehaufen. Findhorn fegt mit hektischen Armbewegungen den Schnee von den Türen und der Windschutzscheibe, während Romella erst mal die Frau auf den Rücksitz des Autos verfrachtet. Sie springen hinein. Er hantiert mit dem Zündschlüssel, der Motor springt an, und er legt in aller Eile den Rückwärtsgang des automatischen Getriebes ein. Ein lauter Knall ist vom Chalet her zu hören.

Romella öffnet die Tür und springt raus. Sie rutscht aus und fällt. Findhorn tritt mit aller Kraft auf die Bremse, und der Wagen schert zur Seite aus. Im Rückspiegel ist nichts als Schnee und Dunkelheit zu erkennen. Er weiß, dass er sich ganz dicht an einem furchtbaren Abgrund befindet. Geduckt verschwindet Romella in der Dunkelheit.

Die Tür des Chalets wird aufgestoßen. Die Umrisse des vierschrötigen Koreaners zeichnen sich gegen das Flurlicht ab. Er hält Drindles Karabiner. Findhorn sagt «Mist» und kurbelt am Lenkrad. Der Wagen kreiselt, und er hat jetzt jede Orientierung verloren.

Etwas prallt gegen die Windschutzscheibe, und deren eine Hälfte ist plötzlich weg. Auf Findhorn geht ein Schauer winziger Brocken von Sicherheitsglas nieder. Er zieht den Kopf ein und merkt, dass der Wagen sich noch dreht. Er nimmt den Fuß vom Gas, aber es folgt ein dumpfer Aufprall, und das Auto neigt sich zur Seite. Er ist sich sicher, dass es in den Abgrund stürzt. Die Airbags explodieren und umfangen ihn. Während all dessen gibt die Frau im Fond keinen Ton von sich. Findhorn vermutet, dass sie betet.

Der Wagen liegt auf der Seite. Die Fahrertür befindet sich unter ihm, und der zusammengepresste Schnee drückt gegen sein Seitenfenster. Er ist von Sicherheitsgurt und Airbags fest eingeschlossen. Er macht den Gurt los, kämpft sich in Panik durch die aufgepumpten Kissen zur Beifahrertür. Er steht auf dem Lenkrad, stemmt sich gegen das Gewicht der Beifahrertür und befreit sich halbwegs aus dem Auto. Doch die Tür schlägt ihm auf den Rücken. Die Schmerzen sind beinahe unerträglich, und für ein paar schreckliche Momente kann er die Beine nicht bewegen. Der Koreaner ist jetzt ungefähr dreißig Meter entfernt und bahnt sich mühevoll den Weg durch knietiefen Schnee. Findhorn rappelt sich jetzt ganz aus dem Auto, fällt aber mit dem Gesicht voran in den Schnee. Er kommt auf die Beine, und als Erstes hat er den Karabiner vor Augen.

Das Gesicht des Koreaners ist wutverzerrt. Der Mann ist außer sich.

Findhorn kann nur hoffen, dass es schnell geht.

Und dann vollführt der Koreaner eine Art Pirouette wie ein Gorilla, der Ballett tanzt. Das Gewehr fliegt ihm aus der Hand und verschwindet im tiefen Schnee. Er sagt nur «Uff», packt sich an den Oberschenkel und fällt auf die Knie.

Romella kommt mit einem Gewehr die Auffahrt heruntergelaufen, und ihre Schritte werden immer länger. Sie fällt, mit dem Gesicht voran, den Hang abwärts und schiebt wie ein Schneepflug einen Schneehaufen vor sich her. Der Koreaner hat sich inzwischen auf alle viere hochgerappelt und scharrt hektisch wie ein Hund, der nach einer Maus gräbt.

«Das Gewehr!», ruft Romella. Ihr Gesicht ist von Schnee bedeckt.

Findhorn taumelt unbeholfen vorwärts, gerät fast ins Straucheln. Nur ein paar Meter vom Koreaner entfernt sieht er das längliche Loch im Schnee, wo der Karabiner gelandet ist. Der Koreaner entdeckt es ebenfalls und hechtet in die Richtung. Findhorn ist zuerst da, packt die Waffe am Lauf, fällt nach hinten, kommt wieder auf die Beine. Romella steht auch wieder, Gesicht und Haare weiß von Schnee. «Erschießen Sie ihn!», ruft sie.

«Was?» Findhorn schüttelt sprachlos den Kopf, als ihm Romellas Aufforderung bewusst wird.

«Erschießen Sie ihn! Wenn Sie ihn am Leben lassen, wird er immer hinter Ihnen her sein. Er wird Sie finden, Sie foltern, bis er das Geheimnis hat, und Sie dann umbringen. Wollen Sie das? So enden wie Captain Hansen? Oder den Rest Ihres Lebens damit verbringen, auf irgendwelche Geräusche in der Dunkelheit zu lauschen?»

«Und die Polizei?», ruft er.

«Um Himmels willen, Fred! Denken Sie doch nach!»

Der Koreaner hinkt in die Dunkelheit, sein Bein umklammernd.

«Ich kann es nicht.»

«Fred! Sie müssen es tun!»

Der Koreaner humpelt schnell die Straße hinunter und verschwindet hinter einem Schneevorhang. Findhorn rennt los und folgt seinen Spuren. Fünfzig Meter weiter hat er ihn eingeholt. Der Mann scheint zu überlegen, ob er die Straße verlassen soll. Die Lichter des Dorfs tief unter ihnen funkeln ab und zu auf. Der Mann dreht sich um und sieht Findhorn ins Gesicht. Sein Kopf und seine Arme sind schneebedeckt, und er umklammert nicht mehr sein Bein. Findhorn hebt das Gewehr und richtet es auf die Brust des Koreaners, die sich hebt und senkt. Der Mann schüttelt den Kopf. Findhorn feuert einmal. Im Schein des Mündungsfeuers leuchten die Schneeflocken rundherum für einen kurzen Moment gelb auf. Er hat noch nie zuvor ein Gewehr abgefeuert, und seine Schulter schmerzt vom Rückstoß. Der Koreaner strauchelt rückwärts und liegt dann mit dem Gesicht nach oben am Rand des steilen Abgrunds. Findhorn kommt näher, steht über dem Mann. Nur mit Mühe ist das Gesicht des Koreaners im Widerschein des Schnees zu erkennen. Es ist von Furcht und Schmerz gezeichnet. Ein dunkler Fleck breitet sich über seinen rechten Ärmel aus. Er hebt abwehrend eine Hand und sagt: «Bitte. Ich tu dir auch nichts.»

Diesmal hält Findhorn den Karabiner mit beiden Händen. Blut und Bruchstücke von Knochen spritzen aus dem Brustkorb des Koreaners. Findhorn ist entsetzt, aber weniger von dem Anblick als von der Freude, die ihn erfasst, als er den Koreaner sterben sieht.

Er steht am Rand des Abhangs und blickt in einen Hexenkessel, in dem der Schneesturm tobt. Tief unten sind die Lichter von Häusern zu erahnen. Dann setzt er sich in den Tiefschnee und stemmt beide Füße gegen die Leiche des Koreaners. Der Mann ist überraschend schwer. Findhorn stößt immer heftiger und schiebt sich vorwärts, bis die Leiche von allein mehr als einen Meter rutscht und wie ein Schlitten immer schneller wird, bis sie schließlich geräuschlos und in einer kleinen Schneewolke über den Rand verschwindet. Dann wirft er den Karabiner ins schwarze Nichts und stapft zurück zum Chalet. Sein Kopf ist leer, und dabei belässt er es.

Der Saab liegt in einem Graben. Die Scheinwerfer leuchten hinauf in den Himmel voller Schneeflocken, die Scheibenwischer kratzen über die Reste der Windschutzscheibe. Der Motor läuft noch, und kleine Wölkchen steigen vom heißen Auspuff auf. Romella hat die hintere Tür geöffnet und sieht hinein. Findhorn tut dasselbe: Die Leiche der Frau liegt zusammengekrümmt in der Ecke, und ihr Kopf ist kaum noch mit dem restlichen Körper verbunden. Er denkt an ihre beiden Kinder, bekommt aber keinen Ton heraus.

Romella dreht sich um und schleppt sich zurück ins Haus. Sie kommt mit Autoschlüsseln wieder.

In dem Mercedes schafft es Findhorn, seinen Sicherheitsgurt anzulegen, aber die Heizungsknöpfe weiß er nicht zu bedienen. Sein Verstand und seine zitternden Hände versagen den Dienst. Der Schnee liegt inzwischen weit über einen halben Meter hoch. Romella lenkt den Wagen auf den schmalen Weg. Bald geht es steil abwärts, und Romella muss die Haarnadelkurven bewältigen. Ihm kommt der Gedanke, dass es dämlich wäre, nach einem solchen Abend noch in einen Abgrund zu stürzen.

Dann sind sie im Dorf und kommen an Häusern vorbei, deren Dächer schneebedeckt sind und in deren Fenstern Christbäume glitzern. Jemand schaufelt vor seinem Haus Schnee. Er hält inne und winkt. Findhorn winkt zurück.

Sie sind schon halb in Brig, als er endlich wieder einen Ton herausbekommt. Sein Mund ist trocken. «Was ist da drinnen geschehen?»

Romella atmet noch immer schwer. «Der Koreaner hat Drindle den Hinterkopf weggeschossen und wollte dann mit dem Karabiner auf Sie los. Als er aus dem Chalet kam, hab ich mich reingeschlichen. Ich nahm mir das Schweizer Gewehr und hab nachgeladen.»

«Warum sind Sie überhaupt wieder reingegangen?»

«Ich hab geahnt, was er vorhatte. Es war seinem Gesicht abzulesen. Er sah seine Chance auf ein großes Vermögen schwinden. Er hatte auch nicht vor, Sie umzubringen, Fred, nicht bevor er das Geheimnis aus Ihnen herausgequetscht hätte. Keine Sorge, das Zittern hört bald auf.»

Findhorn bleibt eine Weile stumm. Sie sind inzwischen unterhalb der Wolken, und Brig liegt ausgebreitet vor ihnen wie eine illuminierte Landkarte. Dann sagt er: «Ein Massaker.»

«Zum Wohle der Menschheit.»

«Ich muss immer an die Kinder der Frau denken.»

«Tun Sie's nicht. Wir haben unser Bestes getan.»

«Gehen wir zur Polizei?»

«Fred, kommen Sie wieder zu sich. Sie haben heute Abend einen Mann getötet.»

«Romella, ich hatte Freude daran, den Mann umzubringen. Es war ein grandioses Erlebnis.»

Im Schneckentempo lenkt sie den Wagen durch eine Haarnadelkurve, aber er kommt trotzdem ins Rutschen. Die Scheinwerfer tasteten ins schwarze Nichts. «Eine ganz natürliche Reaktion. Sie haben sich einer Bedrohung entledigt. Wir haben alle noch den Hirnstamm von Krokodilen.» Sie hat die Kurve bewältigt.

«Ich hätte fortlaufen sollen.»

«Für den Rest Ihres Lebens? Und was wäre geschehen, wenn er Sie eines Tages erwischt und zum Reden gezwungen hätte? Sie würden es riskieren, die Erde auszuradieren, nur um sich behaglich und gesetzestreu zu fühlen?»

«Die Polizei –»

Romella klingt gequält. «Dadurch würden Sie den ganzen Schlamassel wieder aufrühren.»

«Ich möchte wissen, was das Gesetz sagt. Ich töte kaltblütig einen Menschen, weil ich weiß, dass die Folgen katastrophal sein würden, wenn ich es nicht täte. Eines Tages werde ich mal meinen Alten deswegen um Rat fragen.»

«Fred, hören Sie auf, sich zu quälen. Die Situation hatte nichts mehr mit dem Rahmen der Legalität zu tun. Sie hätten gar nicht anders handeln können.»

Nach zwanzig Minuten wird die Straße endlich eben, und sie biegen nach Brig ein. Das Zittern hat Findhorns gesamten Körper erfasst, und er staunt, dass Romella überhaupt fahren kann. Man hat die Hauptstraße bereits vom Schnee geräumt, wenn auch eine festgefahrene und glatte Schicht geblieben ist und noch immer große Schneeflocken fallen. Romella folgt einem mit Skiern beladenen Volkswagen voller Teenager durch die Stadt. Brig ist ein Lichtermeer, das den bedrohlichen Bergen rundherum zu trotzen scheint. Die Straßen sind mit Weihnachtsbeleuchtung geschmückt, und trotz der späten Stunde sind noch viele Leute unterwegs, die letzte Einkäufe machen. Eine Kapelle aus Schneemännern posaunt «Rudolf the Red-Nosed Reindeer» heraus. Der Dirigent ist als Weihnachtsmann verkleidet, und im Orchester wird Glühwein herumgereicht.

Romella fährt daran vorbei, und dann lassen sie die Stadt hinter sich. Das Schneegestöber wird heftiger, und die Reichweite der Scheinwerfer wird immer geringer. Auf einer breiten, ansteigenden Autobahn lässt sie Ried-Brieg hinter sich.

«Der Simplonpass?», fragt er.

«Ja. Wir müssen aus der Schweiz raus sein, bevor die Frau Haushälterin auftaucht.»

Aber der Simplonpass ist *geschlossen*. Ein junger Soldat mit Kosakenmütze und Gewehr über der Schulter betrachtet sie neugierig und schickt sie nach Brig zurück.

Romella sagt: «Ich denke, der Grimsel wird auch geschlossen sein. Wir fahren westlich nach Genf und die ganze Nacht durch.»

«Sicher werden wir nicht mit dem Massaker in Verbindung gebracht?»

«Der liebe Fred. Er glaubt auch, dass Verkehrskameras der Verkehrskontrolle dienen.» Sie wirft einen Blick auf Findhorns verblüfftes Gesicht und schüttelt den Kopf. «Sie brauchen einen Babysitter.»

37 STEEL DRUMS

Findhorn schreckte aus dem Schlaf auf. Die Uhr zeigte halb vier morgens. In dem beengten Raum roch es stark nach Leder und Romellas Parfum. Aber die heißen und kalten Schweißausbrüche, die Übelkeit und die lähmenden Kopfschmerzen, all das hatte aufgehört.

Ebenso wie der Schnee. Romella lenkte den Wagen durch eine Gasse, die sich auf einen gepflasterten Platz öffnete, der von Arkaden gesäumt war. Fenster mit grünen Läden sahen auf sie hinab. Es wirkte alles sehr französisch, abgesehen von den lila und roten Lichtern eines sehr unfranzösischen «All-Nite Diner», die wie ein Fanal in der Dunkelheit leuchteten. Sie fuhr langsam über den Platz und parkte neben einem Dutzend chromblitzender Motorräder.

So wie jede Unterhaltung augenblicklich erstarb, musste Romella einen dramatischen Auftritt hingelegt haben. Die Biker hatten drei Tische besetzt und spülten ihre Steaks und Chips mit dunkelrotem *vin ordinaire* aus Karaffen hinunter. Findhorns Nase fühlte sich von Gauloise-Rauch, Wein, Knoblauch und allen möglichen Kräutern attackiert. Doch es war ein köstliches Aroma, und er versuchte sich zu entsinnen, wann er zum letzten Mal gegessen hatte. Eine Frau mit blonden Haarstacheln, heftigem schwarzem Lidschatten und einem Ring durch die Nase versenkte gekonnt Billardkugeln, während ihr Begleiter missgünstig grunzte. Tom Jones behauptete «It's not unyoosual to be lonely» aus einer Musikbox, deren Chromfurnier in langen Streifen herunterhing.

Sie setzten sich so weit entfernt von Tom Jones, wie sie nur konnten, auf zwei unbequem harte Stühle. Der Tisch mit gelbem

Resopalbelag hatte wacklige Beine. Findhorn bestellte «dö schokola» auf Schulfranzösisch, und durch die Schwaden von Gauloise-Rauch blinzelte der stämmige Inhaber erst ihm zu, dann Romella und schließlich wieder ihm. Dann watschelte er davon.

«Wo sind wir?»

«Frankreich. Das hier ist Dijon.» Sie rauchte eine schwarze Sobranje mit goldenem Mundstück.

«Ich wusste ja gar nicht, dass Sie rauchen», sagte Findhorn.

«Nur wenn es etwas zu feiern gibt, zum Beispiel Weihnachten oder einen Geburtstag.»

Findhorn spielte mit dem Salzstreuer. Nach den Ereignissen der vergangenen Nacht hatte er Schwierigkeiten, sich wieder in der normalen Wirklichkeit zurechtzufinden. «Wie stehen unsere Chancen?»

Die beiden Schokoladen wurden in Tassen serviert, die so groß waren wie Suppenschüsseln. Romella rührte in ihrer Tasse. «Sie meinen, für uns beide?»

«Ich meine, auf der Flucht.»

Sie musterte ihn aufmerksam durch den sich kräuselnden Zigarettenrauch. «Ich denke, solange Sie im Besitz von Petrosians Geheimnis sind, wird der uneingeschränkte Apparat einiger mächtiger Konzerne und Staaten aufgeboten werden, um Sie zu fassen.»

Findhorn trank nachdenklich von seiner Schokolade. Romella sah ihn mit Marlene-Dietrich-Augen durch den Rauch an. «Wenn Sie verhindern wollen, dass Sie Ihr Leben lang auf der Flucht sein müssen, bleibt Ihnen nichts übrig, als Petrosians Geheimnis weiterzugeben. Wenn Sie das täten, würde Ihnen niemand mehr nachstellen.»

«Doch, Matsumo Holdings würde es tun. Die würden mir ihre Ninjas schicken.»

«Dagegen gäbe es jedoch ein wunderbares Rezept. Nehmen wir an, das Geheimnis würde von einer unabhängigen dritten Partei entdeckt», schlug sie listig vor.

«Vergessen Sie's. Da bleibt nämlich das einprozentige Risiko, die Ozeane zum Kochen zu bringen.»

Das Mädchen mit der Stachelfrisur lochte die einsame schwarze Kugel mit einem selbstzufriedenen Lächeln ein, während ihr bärtiger Freund einen obszöne Geste mit seinem Billardqueue machte.

Findhorn sah Romella an. Aus unerfindlichem Grund lächelte sie. Im grellen Licht des Restaurants wirkten ihre dunklen Gesichtszüge besonders rätselhaft. Er fragte sich, ob er sie wohl je gut genug kennen würde, um genau zu wissen, was sie dachte. Er sagte: «Wir werden uns also wirklich auf die Flucht begeben?»

«Sie werden es tun.»

Findhorn winkte nach der Rechnung, aber die Biker belagerten die Kasse, und der Inhaber zählte ihr Geld.

Es kam zu einem lautstarken Streit. Jemand bekam zu wenig Wechselgeld heraus oder dachte, es sei zu wenig, oder sagte, er fände, es sei zu wenig.

«Hab ich Ihnen schon erzählt, dass Matsumo für mich ein Bankkonto eröffnet und zwanzig Millionen Dollar darauf einzahlt? Ein kleines Bonbon, um mir ein ungebrochenes Schweigen zu versüßen.»

«Zwanzig Millionen Dollar.» Sie drückte ihre kleine schwarze Zigarette aus.

«Also rechnen wir mal – Dougie und Sie bekommen je zwanzig Prozent, das sind pro Person vier Millionen, und Stefi bekommt zwei Millionen. Bleiben mir noch zehn.»

«Stefi hat genauso viel verdient wie wir auch.»

«Okay. Sie kriegt ebenfalls vier, und mir bleiben acht.» Findhorn staunte über die atemberaubende Selbstverständlichkeit, mit der er soeben auf zwei Millionen Dollar verzichtet hatte. Doch dann sagte er sich, es sei eben ein gerechter Lohn.

Romella meldete sich: «Ich mochte schon immer runde Zahlen. Bruchrechnung habe ich nie kapiert. Wir können bei Tagesanbruch in Paris sein.»

«Ganz sicher wird man uns nicht mit dem Blutbad in Blatten in

Zusammenhang bringen. Albrecht war Waffenhändler und dazu der Anführer einer Weltuntergangssekte. Er hat bestimmt Dutzende von Feinden gehabt.»

«Sie sind der Mann mit dem Geheimnis. Und wir sind an ziemlich vielen Verkehrskameras vorbeigefahren.»

Findhorn sagte: «Acht Millionen auf der Bank, und ich fühl mich trotzdem wie ausgeweidet.»

Romella lächelte. «Wir sollten uns auf den Weg machen.»

Draußen auf dem Kopfsteinpflaster waren die Biker bei Rot durchgefahren und verschwunden. Romella wartete geduldig. Findhorn betrachtete sinnierend die Verkehrskamera. Dann wurde die Ampel grün, Romella schaltete schnell hoch, und schon Minuten später waren sie auf einer schnellen Autobahn, die durch flaches französisches Land führte.

Findhorn warf einen Blick auf den Tacho. Telegraphenmasten flogen vorüber, und bei unerlaubten hundertsechzig Stundenkilometern kam ihm die Autobahn vor wie eine kurvige Landstraße. «Warum Paris?», fragte er.

«Ich habe eine Freundin im fünften Arrondissement. Dort können wir bleiben, bis wir uns gesammelt haben.»

Eine Vielzahl roter Rücklichter tauchte vor ihnen auf. Die Biker jagten vornübergebeugt auf ihren Maschinen über die Fahrbahn. Sie überholte sie mühelos.

«Und nach Paris?»

«Vor vielen Jahren, als ich noch ein ziemlich kleines Mädchen war, habe ich mal etwas in einem Reiseprospekt gesehen. Das ist mir nie aus dem Sinn gegangen. Der Ort hieß Treasure Beach. Wo man keinen Schnee kennt und Weihnachten mit einer mitternächtlichen Strandparty feiert, und wenn man will, kann man bei Vollmond an Dichterlesungen teilnehmen.»

«Sie können unbehelligt überallhin reisen. Ohne Pass sitze ich fest.»

«Die Klienten Ihres Bruders –»

Findhorn lachte und stellte plötzlich fest, dass es sein erstes

Lachen seit langer Zeit war. «Ja, zweifellos könnte Dougie etwas deichseln und dabei so unschuldig aussehen wie frisch gefallener Schnee.»

Einige Minuten lang fuhren sie schweigend dahin.

Findhorn sagte als Erster etwas: «Es wird einige Zeit brauchen, bis es gesackt ist.»

«Was?»

«Das ganze Ausmaß der Ereignisse. Der Reichtum, der uns zugefallen ist.»

Romella sagte: «Alles aus dem Nichts.»

Auf der Gegenfahrbahn raste ein Polizeiwagen mit blitzendem Warnlicht vorüber. Sie sagte: «Ich glaube, Stefi und Doug sind für einander geschaffen.»

Findhorn nickte im Dunkeln. «Ja. Vereint durch Gelüste und Geldgier, die beiden eigen sind. Ich bin sicher, dass sie zusammen glücklich werden.»

Er nahm den leichten Duft von Parfum wahr, und die Wärme im Wagen war einschläfernd. Die Katzenaugen auf der Straße huschten mit erfreulicher Geschwindigkeit vorbei. Langsam wurde ihm klar, was sie erreicht hatten. Die Mischung aus Gefühlen, die er empfand, verwirrte ihn. Da war ungeheure Erleichterung, als sei ihm eine riesige Last von den Schultern genommen, und da war auch etwas wie Stolz, eine schmutzige Aufgabe zum Wohl der Allgemeinheit erledigt zu haben. Aber da war noch etwas anderes: eine prickelnde Vorfreude, deren Anlass er nur schwer erklären konnte. Er gab sich Mühe, ganz beiläufig zu klingen: «Dieser Treasure Beach. Ich würde gern mitkommen.»

«Was?» Sie lachte. «Sollte Findhorn, der Mann der Arktis, mir endlich trauen?»

«Niemals, Miss Grigorian.»

«Und überhaupt, was sollte ein Polarforscher denn im karibischen Sonnenschein anfangen?»

«Sie machen sich keine Vorstellung, wie oft ich mich danach gesehnt habe.»

«Aber Ihre Polarforschungen?»

«Wenn ich meine Kenntnisse über die Geschehnisse in der Arktis mit El Niño und Hurrikans in Zusammenhang bringe, wer weiß, was sich daraus ergeben könnte? Ich könnte mich den Klimaforschern an der University of the West Indies anschließen und mir selbst das Gehalt zahlen. Ich könnte sogar in bester Macho-Manier Hurrikans der Kategorie fünf hinterherjagen, während Sie auf der Veranda sitzen und Strickjacken für unsere Babys stricken.»

Sie warf lachend den Kopf in den Nacken. «Übrigens, haben Sie wirklich Petrosians Geheimnis ins Internet gestellt?»

«Würde ich etwa lügen?», fragte Findhorn. «Und wollen Sie es aus mir herauspressen?»

Im Halbdunkel wirkte ihr Lächeln rätselhaft. «Ich habe Mittel und Wege, dich zum Reden zu bringen.»

Findhorn beobachtete ihre gepflegten Hände am Lenkrad, hörte auf ihre melodische Stimme und registrierte den Hauch von Körpergeruch unter ihrem teuren Parfum. Er lehnte sich auf dem Ledersitz zurück und horchte auf das Schnurren des starken Motors. In seinen Gedanken herrschte ein romantisches Durcheinander aus verschwiegenen Buchten, in denen Piraten ankerten, Schatzkisten, Hurrikans, karibischen Regenwäldern und Schlupfwinkeln in den Bergen. Er dachte an zwei Niederlagen, zwei Unterwerfungen und einen Knock-out. Dann legte er die Hand ganz leicht auf ihren schlanken Oberschenkel. «Wann könntest du anfangen?»

38 BYURAKAN

Im Sommer wurden die großen Disteln braun, und es gab eine Menge Früchte zu pflücken. Überall waren Fliegen.

Unten in der Jerewan-Senke war es im Sommer brütend heiß, und der Ararat war gegen Mittag stets im blauen Dunst verschwunden. Aber die Wochenenden im Sommer waren gut. Die Wochenenden waren die Zeit, wenn Großvater darauf gewartet hatte, dass sein Sohn Jerev, dessen faule Frau Asia und ihr Junge Piotr kamen und ihm im Obstgarten und mit den Schafen halfen. Am frühen Samstagmorgen kletterten sie allesamt in den Škoda und machten sich auf ins Gebirge, wo die Luft kühl war und man noch immer den weißen Kegel des biblischen Berges erkennen konnte.

Aber diese Gewohnheit war nach Großvaters seltsamem Tod abrupt abgebrochen worden. Jerev war mehr als einmal allein hinaufgefahren. Um Geschäfte zu tätigen, wie er sagte. Er hatte den Obstgarten an einen anderen Schafhirten verpachtet. Die Schafe waren verkauft worden. Ich bin Lehrer, hatte er einem verwirrten Piotr erklärt. Es ist einfach unmöglich, Lehrer in der Stadt und gleichzeitig Schafhirte in den Bergen zu sein. Asia hatte zufriedene Zustimmung geäußert und gedacht, dass jetzt die Wochenenden vielleicht damit verbracht werden könnten, die Zimmerdecke neu zu verputzen, die beim letzten Erdbeben eingestürzt war.

Und dann, eines Sonntagabends im Juli, war Jerev heimgekommen, müde die sieben Treppen ihres hellhörigen Hochhauses hinaufgestiegen und hatte verkündet, dass es ihm gelungen war, einen Käufer für Großvaters Haus zu finden. Asia war losgegangen und mit einer Flasche guten Kognaks zurückgekommen. Der vierzehnjährige Piotr, dem klar war, dass damit die letzte Verbindung zu seinem Großvater abgebrochen war, hatte in jener Nacht in seinem Bett leise vor sich hin geweint. Während Asia neben ihm schnarchte, hatte Jerev im Dunkeln seinen Sohn gehört, war aber zu müde gewesen, um ihn zu trösten.

Am nächsten Morgen sah alles etwas besser aus. Ein Kollege aus Jerevs Schule kam mit einem Kleinlaster, den er von seinem Bruder, einem Straßenfeger, geliehen hatte. Asia füllte Flaschen mit Wasser und Wein sowie Wodka und selbst gebrautem Bier und Plastiktüten mit Obst, geriebenen Karotten, Roten Beten und gefalteten Fladen des armenischen Brots *lawasch*, und sie machten sich auf ins Gebirge, bevor die Sonne zu hoch am Himmel stand.

Innerhalb einer halben Stunde hatte sie der Laster aus dem Smog herausgebracht, und sie fuhren auf einer steilen Straße, die sie zum römischen Tempel und den geriffelten Basaltsäulen von Garni bringen sollte. Es herrschte so gut wie kein Verkehr. Nach einer weiteren halben Stunde erreichten sie einen holprigen Pfad, der nach ungefähr fünfzig Metern an einem einstöckigen Haus endete. Es stand am Kamm, und man blickte von dort über verdorrtes Land. Piotr konnte unten einen Mann und einen Jungen sehen, die Sensen bei sich trugen, und die Sense des Jungen war größer als er selbst.

Sie brauchten nicht mehr als eine halbe Stunde, um Großvaters Habseligkeiten auf den Wagen zu laden. Während Jerevs Freund die Ladung mit einem Tau festzurrte und Asia Schaschlikspieße zum Grillen über einem Holzkohlenfeuer vorbereitete, machten Jerev und Piotr noch einen letzten Rundgang. Piotr wies auf eine kleine Luke in der Küchendecke, und Jerev hob seinen Sohn hinauf in den winzigen Bodenraum.

Zuerst war es dunkel, aber dann gewöhnten sich seine Augen an die Finsternis, und der Junge erblickte einen kleinen Metallkasten. Er kroch über einen Dachbalken. Der Deckel des Kastens war mit einer lockeren Klammer gesichert und ließ sich leicht öffnen. Piotr stockte der Atem. Glasmurmeln! Und auch welche aus

Stahl! Man stelle sich nur vor, dass sie sie beinahe übersehen hätten! Alle seine Freunde würden ihn beneiden.

Der Kasten war recht schwer, und der Junge musste leicht in die Hocke gehen, um ihn zur geöffneten Luke zu ziehen. Als sein Rücken die Sparren berührte, hörte er ein Rascheln, und ein Bogen Papier, der zwischen Sparren und Ziegeln klemmte, wurde sichtbar. Neugierig griff er mit der Hand in den Hohlraum und tastete blind darin umher. Er fühlte ein Bündel Papier und zog es vorsichtig hervor, um nichts zu zerreißen. Das Papier war alt und brüchig. Dann reichte er den Kasten mit den Murmeln seinem Vater hinunter, gab ihm auch die Papiere und ließ sich dann hinab. Er wischte sich den Staub von der Kleidung und den Händen.

Piotr rannte mit dem Kasten nach draußen, um seiner Mutter die tolle Sammlung von Murmeln zu zeigen. Jerev schloss die Haustür seines Vaters ein letztes Mal ab und setzte sich, ins Sonnenlicht blinzelnd, an den Picknicktisch, um in den Papieren zu blättern.

«Was hast du denn da, Jerev?», fragte seine Frau.

«Ist sehr seltsam. Viktor, was hältst du davon?»

Jerevs Freund schaute sich die linierten Seiten an, die aus einem Notizblock gerissen worden waren. Die Handschrift war die einer ungebildeten Person, für die es ungewohnt war, Buchstaben zu formen.

«Die Handschrift deines Vaters?»

«Ja, zweifellos.»

«Aber –»

«Genau, Viktor. Vater konnte kaum lesen oder schreiben.»

«Aber das hier sind Formeln! Und den Text kann ich kaum verstehen!» Das war eine Untertreibung: Viktor konnte den Text absolut nicht verstehen. Und dann gab es da auch noch technische Zeichnungen mit einem Begleittext auf Russisch.

«Hier sind einige Wörter.» Er blätterte und sagte: «Elektron. Positron. Lithium. Deuterium. Foucaultsches Pendel, was soll denn das sein? Und Casimir-Effekt? Und hier sind Namen: Gamow. Teller. Aha! Oppenheimer! Fuchs! Ich glaube, diese Namen hab ich schon mal gehört.»

Viktor verzog das Gesicht zu einer Grimasse. «Manche von ihnen. Amerikanische Wissenschaftler.»

«Oh-oh! Oh-oh!» Jerev sprang vom Tisch auf und ging erregt auf und ab. Er blätterte noch immer in den Seiten. Dann wandte er sich an die anderen, die ihn verblüfft ansahen. «Und hier ist irgendwas über Wasserstoffbomben.»

Asia kreischte. Vor Schreck riss sie die Augen auf. «Verbrennt das Zeug. Das bringt nur Ärger.»

«Papa muss das irgendwo abgeschrieben haben. Aber warum?»

«Sein Bruder? Lev?»

«Aber natürlich», sagte Jerev. «Vielleicht hat ihm Lev die Papiere zum Aufbewahren gegeben, und er hat sie abgeschrieben.»

«Verzeih mir, Jerev, aber hat Lev nicht für uns spioniert?»

«Für die Sowjets, meinst du. Mag sein. Hat jedenfalls der Amerikaner gesagt, der zu Besuch kam. Aber wer weiß schon die Wahrheit über derartige Dinge?»

«Verbrenn die Papiere, Jerev.» Asia tippte mit ihrem Fleischspieß auf den Holzkohlengrill. «Die bringen nur Ärger.»

Jerev dachte darüber nach, schaute sinnend in die glühende Holzkohle und dann auf die Papiere in seiner Hand. Dann sagte er: «Nein. Die bringen uns Glück. Könnte sein, dass dies Zeug ein paar Dram wert ist. Wir bringen sie direkt zum Byurakan Observatorium. Dort gibt es Leute, die sich mit solchen Sachen auskennen.» Er wandte sich an Piotr und sagte strahlend: «Wer weiß, vielleicht ist da sogar ein neuer Škoda drin.»

Asia seufzte. «Dieser Träumer.»